U0071202

比較詩學：

兩岸戰後新詩的話語形構與美學生產

涂書瑋——著

主編　李瑞騰

【總序】

二〇二二，不忘初心

李瑞騰

一些寫詩的人集結成為一個團體，是為「詩社」。「一些」是多少？沒有一個地方有規範；寫詩的人簡稱「詩人」，沒有證照，當然更不是一種職業；集結是一個什麼樣的概念？通常是有人起心動念，時機成熟就發起了，找一些朋友來參加，他們之間或有情誼，也可能理念相近，可以互相切磋詩藝，有時聚會聊天，東家長西家短的，然後他們可能會想辦一份詩刊，作為公共平臺，發表詩或者關於詩的意見，也開放給非社員投稿；看不順眼，或聽不下去，就可能論爭，有單挑，有打群架，總之熱鬧滾滾。

作為一個團體，詩社可能會有組織章程、同仁公約等，但也可能什麼都沒有，很多事說說也就決定了。因此就有人說，這是剛性的，那是柔性的；依我看，詩人的團體，都是柔性的，當然程度是會有所差別的。

「臺灣詩學季刊雜誌社」看起來是「雜誌社」，但其實是「詩社」，一開始辦了一個詩刊《臺灣詩學季刊》（出了四十期），後來多發展出《吹鼓吹詩論壇》，原來的那個季刊就轉型成《臺灣詩學學刊》。我曾說，這一社兩刊的形態，在臺灣是沒有過的；這幾年，又致力於圖書出版，包括同仁詩集、選集、截句系列、詩論叢等，今年又增設「臺灣詩學散文詩叢」。迄今為止總計已出版超過百本了。

根據白靈提供的資料，二〇二二年臺灣詩學季刊雜誌社有八本書出版（另有蘇紹連主編的吹鼓吹詩人叢書二本），包括**截句詩系、同仁詩叢、臺灣詩學論叢、散文詩叢等**，略述如下：

本社推行截句幾年，已往境外擴展，往更年輕的世代扎根，也更日常化、生活化了，今年只有一本漫漁的《剪風的聲音——漫漁截句選集》，我們很難視此為由盛轉衰，從詩社詩刊推動詩運的角度，這很正常，今年新設散文詩叢，顯示詩社推動散文詩的一點成果。

「散文詩」既非詩化散文，也不是散文化的詩，它將散文和詩融裁成體，一般來說，以事為主體，人物動作構成詩意流動，極難界定。這一兩年，臺灣詩學季刊除鼓勵散文詩創作以外，特重解讀、批評和系統理論的建立，如寧靜海和漫漁主編《波特萊爾，你做了什麼？——臺灣詩學散文詩選》、陳政彥《七情七縱——臺灣詩學散文詩解讀》、孟樊《用散文打拍子》三書，謹提供詩壇和學界參考。

「同仁詩叢」有李瑞騰《阿疼說》，選自臉書，作者說他原無意寫詩，但寫著寫著竟寫成了這冊「類詩集」，可以好好討論一下詩的邊界。詩人曾美玲，二〇一九年才出版她的第八本詩集《未來狂想曲》，很快又有了《春天，你爽約嗎》，包含「晨起聽巴哈」等八輯，其中作為書名的「春天，你爽約嗎」一輯，全寫疫情；「點燈」一輯則寫更多的災難。語含悲憫，有普世情懷。

「臺灣詩學論叢」有二本：張晧棠《噪音：夏宇詩歌的媒介想像》、涂書瑋《比較詩學：兩岸戰後新詩的話語形構與美學生產》，為本社所辦第七屆現代詩學研究獎的得獎之作，有理論基礎，有架構及論述能力。新一代的臺灣詩學論者，值得期待。

詩之為藝，語言是關鍵，從里巷歌謠之俚俗與迴環復沓，到講究聲律的「欲使宮羽相變，低昂互節，若前有浮聲，則後須切響」（《宋書・謝靈運傳論》），是詩人的素養和能力；一旦集結成社，團隊的力量就必須出來，至於把力量放在哪裡？怎麼去運作？共識很重要，那正是集體的智慧。

臺灣詩學季刊社將不忘初心，不執著於一端，在應行可行之事務上，全力以赴。

【自序】致每一個被重新敘述與理解的詩意生命

這本專著改寫、刪節自我的博士學位論文《詩的交涉——兩岸戰後新詩的話語形構與美學生產》。博論原文長達 48 萬餘字，以比較詩學為分析方法，並以兩岸詩史為寫作架構，分析兩岸戰後當代詩作二百餘首，研究對象涵蓋兩岸戰後四十餘位詩人。

本書寫作過程的初始，正值我在美國加州大學聖塔芭芭拉分校東亞系與臺灣研究中心進行移地研究，尤其在第二章「自我之書」中的部分段落與文字，因此沾染了南加州 Goleta Beach 海風的颯爽，以及每日夕陽拂照海面的溫煦。這本書的每一個字，亦寫在海島臺灣一個個漆黑、闃靜而沒有盡頭的夜晚，或在臺大椰林大道盡頭圖書館內的研究小間，或在一處處溫州街、板橋或永和的咖啡館內，這本專著是我長年在華文新詩領域孤隅閱讀、思索的結晶。

這部專著的學思歷程，立足於臺灣戰後現代主義、後現代主義、女性主義與後殖民主義詩學的豐盈土壤之上，而在我一次次地探觸中國當代新詩的歷史經驗與個體心靈的同時，也不斷地回顧、反思臺灣新詩自身的美學歷程與精神轉折。本書試圖深入文本的內裡，並試圖呈現兩岸戰後新詩發展的動態圖像，及兩者在典範轉移、詩歌觀念與表現樣態上的差異，做出個人的解讀。當我頻繁往返當代臺灣的現代與後現代、當代中國的朦朧與後朦朧，以及兩岸女詩人一個個靜美而深邃的心智之時，我發現了一種超脫兩岸現存政治解釋框架的美學景觀，那是詩人的心靈座落在當代「中文」的心智結構，亟需以一個比較詩學的方式，重新爬梳一個個歷盡苦難與孤獨的心靈、一個個應該被重新敘述與理解的詩意生命。

感謝我的學術導師——臺大中文系洪淑苓老師，謝謝您的溫柔與堅毅。您總是給予我研究構思上最大的自由，卻也給予我最豐盛與最嚴謹的指導。沒有您的「陪跑」，我無法完成博士論文 48 萬餘字的詩思壯遊，更不會有這本專書的出版；感謝已從加州大學聖塔芭芭拉分校東亞系退休的杜國清老師。我有幸在您退休的前一年，親自到美國師從於您，您對象徵主義詩學的理解橫跨中日英三種語境，您對詩論的擘建、詩藝的探求以及在臺灣文學英譯上的卓越貢獻……，在在深遠地影響了我。謝謝您在中西詩學的博學、貫通與深邃，還有對於我的所有關懷與提攜，至今我仍由衷感念；也要感謝曾經引領我進入臺灣現代詩的研究領域、奠定我臺灣文學知識基礎的林淇瀁（向陽）老師，您根植於臺灣民間、出入於母語的詩學風采，至今仍是啟發我的重要養分。

謝謝我的博士論文四位口試委員：陳義芝老師、楊小濱老師、劉正忠（唐捐）老師與李癸雲老師。四位老師皆在現代詩學研究領域卓然有成，不但在本書前身（博士論文）的架構與觀點上，給予了我極多珍貴的修正建議。至今，四位老師亦從未拒絕我所提出的種種學術「售後服務」之請求，並持續鼓勵我的研究與寫作，在此一併致上最誠摯的謝意；感謝陳俊榮（孟樊）老師、須文蔚老師、翁文嫻（阿翁）老師，謝謝您在第七屆「大學院校現代詩學研究獎」與第八屆「楊牧研究論著獎」上給予我的肯定。這份肯定，對於一個致力於現代詩學研究的後學而言，極其重要，彷若暗夜的晨星，冬雪裡的火光。

亦謝謝白靈老師，沒有您與臺灣詩學季刊雜誌社的鼎力支持與督促，這本書無法完成改寫與順利出版；謝謝來自對岸中國學界的師友，北大姜濤老師、中央民族大學冷霜老師、廣州市社科院鄒容博士後研究員等，在我搜集當代中國詩歌研究資料上的慷慨協助；當然，秀威資訊科技股份有限公司責任編輯石書豪與出版部所有同仁，謝謝你們對這本書的付出，並給予我種種編輯、出版專業上的協助。

感謝科技部 108 年度「補助博士生赴國外研究（千里馬計畫）」、美國臺灣文學基金會（US-Taiwan Literature Foundation），以及中央研究院中國文哲研究所「109 年度博士候選人獎助計畫」。沒有上述學術機構的財政支持，我將奔忙於生計，無法順利完成博士論文的撰寫。

最後，更要謝謝我的父母，願這本專著的出版，能稍微寬慰您們的辛勞與擔憂；謝謝我的另一半，沒有妳為我架設層層牢固的「社會安全網」，我無以走到今日。謝謝妳陪伴我度過學術路上所有的高峰與低谷、獲得與失去、欣喜與挫敗，生命裡或許無法事事盡如人意，但妳的陪伴永遠會是我走在學術路上最堅定的支持力量。

2022 年 11 月 15 日寫於土城

【推薦短語】

（以下依姓名筆劃排列）

本書以西方文化研究理論為基礎，檢視戰後臺灣與中國的詩人詩作，並以「自我意識」、「現代主義」、「後現代主義」及「女性詩學」四大主題為論述核心，具體指陳兩岸新詩在語言策略及美學表現的異同之處。從詩人詩作的文本分析，到政經與社會結構的差異，均能細密爬梳，相互對照，進行論述，總體呈現臺灣與中國各為主體的「話語形構」與「美學生產」，既有比較詩學的微觀深度，也有詩史研究的宏觀廣度。

——向陽（詩人，國立臺北教育大學名譽教授）

本書企圖龐大，擬從詩史的耙梳以比較兩岸詩在話語形構上的差距，並同時考察其於美學生產之異同，著實探討兩岸各自代表性詩人及其詩作（有四五十位之多），深入檢視渠等詩文本，指出其時代背景所造就的美學特徵，及其時代意義對於創作的影響，架構宏大，立論亦深入肯綮，有其見地。

臺灣詩壇及學界向來較缺乏有關兩岸詩及其詩學的比較研究，尤其要將其研究同時涵蓋數個「斷代」（如1960、1980、1990年代）則更為罕見，本書在此下了不少功夫，相關文獻資料的蒐羅與檢視確實很到位，值得肯定。

——孟樊（詩人，詩論家，國立臺北教育大學語文與創作學系教授）

本書探討戰後臺灣與中國的新詩，建立了比較、互文與交涉的詩學方法論。作者擅長理論架構，又能深入分析文本，充分掌握當代新詩的美學特徵。尤其所討論者皆為重要詩人，更能夠看出新詩典範的建立與轉移。作者兼具研究與創作的才華，解讀新詩鞭辟入裡，並具有「詩人之眼」的睿智與洞見，可以引領讀者欣賞詩歌的優美內涵，也可以啟發讀者對於時代與思潮的反思。這不僅是一部彙整 20 世紀新詩發展的研究，更是指向未來的卓越論著。

——洪淑苓（詩人，國立臺灣大學中國文學系教授）

評斷現代詩論著，察其課題可見其學術關切，察其文本文獻可見其研究視野，察其論述則可見其詩心之有無。臺灣現代詩研究通常鎖定個人或詩社，不出臺灣當代，涂著卻能大膽開展，論人之未敢論，眼光開闊，詮釋精微。

書瑋以四十餘萬字篇幅，考察二十世紀漢語詩發展，詩人詩作採兩岸對照方式，有極其複雜的時間與空間跨度；以美學原理結合時代思潮、歷史語境、社會現實等因素，重建比較論述，既有統合性的思考，又有非邏輯可掌握的分析，企圖不可謂不大，創見頗多！我對他指出 1980 年代以降，臺灣是抒情傳統的現代主義，中國大陸是啟蒙構圖的現代主義，尤其欣賞。

——陳義芝（詩人，國立臺灣師範大學國文學系兼任教授）

本書涉及兩岸詩人「如何辯証、如何現代、如何後現代、如何性別？」在詩語的追尋下，開展出華人主體性，面對時局變動，一幅真誠赤裸的心象；值得哲學界、心理學、社會學界多方的參考。

作者在各欄目，引用西方哲學文論（原文）、中西詩學兩岸名家、驚喜地也有古典名家（例如引述楊牧詩如何消融徐復觀討論殷周的憂患意識）；同時，也是一本最有規模、羅列七十年來，兩岸詩人的清單。作者不只能引用一切該有的先行資料，在綜合整理外，更有自己的分判及見解。

——翁文嫻（詩人，國立成功大學中國文學系教授）

涂書瑋以宏大的視野，以「比較詩學」為進路，觀察兩岸當代詩人如何在歷史／語言空間裡，以不同的話語形構與美學生產模式，面對不同的時代與美學思潮的衝擊。難能可貴的是，作者能先進行理論建構，出入比較詩學、女性主義、華語語系文學、中國抒情傳統等理論，細讀本文，掌握臺灣在抒情傳統、現代主義、主體認同與性別論述多元等特色，提出具有說服力的論點，為臺灣詩學奠定了嶄新的論述起點。

——須文蔚（詩人，國立臺灣師範大學文學院副院長、國文學系教授）

書瑋的這部論著視野廣闊，涵蓋了對兩岸現代詩一大批代表性詩人的研究與評述，通過兩岸詩的參照比較，觀察到現代漢語詩的諸多關鍵面向。從現代主義到後現代主義，從自我到歷史，從抒情到啟蒙——沿著這樣一些觀念的脈絡對兩岸現代詩進行梳理，也顯示出書瑋的批評話語具有某種理論的高度與論述的深度，以及近乎詩史的架構，而又不乏對作品文本的細讀解析，呈現出多方位、多層次的研究向度。

——楊小濱（詩人，中央研究院中國文哲研究所研究員）

目次

第一章　緒論

瓦解與重建並時發生
整座紛亂的世界引誘青空擴張
優雅地我們為下個世紀的生靈導航
人類的詩史正為「我的世代」而存在[1]
我曾離散於中國，卻從未曾離散於中文。[2]

第一節　問題意識與研究目的

一、歷時性的錯位：「分殊／流」的歷史與「差距／異」的美學

二次戰後，由於政治力的阻隔、現代化轉型的時間差與社會組織型態的不同演化進程，臺灣與中國的新詩發展，呈現出「分殊／流」而「差距／異」的經驗歷程與美學光譜。「分殊／流」的新詩史，從「外緣」面的時代大環境而言，源自毛蔣軍事鬥爭的歷史必然，而「差距／異」的新詩美學，則可歸因於戰後五〇年代以降，兩岸官方文化政策（臺灣：反共文藝／中國：社會主義改造）對文化場域進行暴力的意識形態規訓，民間集體文化意識不得不轉向「內緣」面（臺灣：現代主義／中國：十七年文學）生成各種形式與路徑的回應、轉型與重整。然而，由於臺灣地緣政治的特殊性，不單作為戰前日本帝國侵略東南亞的「南進基地」，若從東亞文化流動與跨界知識傳播的角度來看，不論是戰前或戰後，臺灣一直扮演著隨同世界與東亞文化場域交互衝擊下的連動性角色。[3]

---

[1] 林燿德，〈我們〉，《一九九〇》（臺北：漢光，1990），頁 i。

[2] 楊煉，〈總序：一首人生和思想的小長詩〉，《楊煉創作總集：1978~2015》（上海：華東師範大學出版社，2016）。

[3] 「東亞」一詞原先來自戰前日本右翼軍國主義、帝國主義與擴張主義（如「大東亞共榮圈」）的意義範疇，然而，在日本「帝國之眼」的視域下，「東亞」各個殖民地（如韓國與臺灣）並非單向而被動地接／承受殖民母國的語言同化政策與知識、文藝思潮的輸入，被殖民者更透過各種隱蔽的文化程序，進一步對殖民者的語言／文化／經典進行戲仿、改作與顛覆，這也是霍米巴巴（Homi K. Bhabha）稱之的「雜揉性」（hybridity）。於是，在殖民／反殖民的文化衝突之中，統治者亦受到了程度不同的、

另一方面，兩岸新詩史的「分殊／流」，亦能夠推導出另一個外部政治因素——二戰後世界美蘇兩極冷戰格局的外部制約，以及，冷戰局勢的意識形態對立與核打擊的恐怖平衡。冷戰局勢讓兩個意識形態陣營彼此之間構築一種封閉、隔絕的超穩定狀態，也間接促使兩岸的專制政體各自遂行「以黨領政」的統治方針，意識形態國家機器干預民間政治批判意識與自由話語的生成，並對文化場域進行滲透與操控。兩岸新詩史的「分殊／流」導致兩岸「差距／異」的兩岸新詩美學，並折射出兩岸不同的政治意識形態、社會結構、經濟體系與國族認同光譜，亦反映「差距／異」的時代精神、文化語境與美學圖像。

與中國於戰前所處的半封建半殖民地的社會性質不同，戰前臺灣曾經作為日本殖民地的歷史事實，殖民歷史作為一種文化連續性過程中結構性的干預，造成臺灣文學品種的「混種」特徵：除了張我軍引介的中國五四白話新文學，另外從帝國日本中央文壇譯／轉介而至的現代主義前衛思潮或普列塔尼亞無產階級文藝，再再促使臺灣文壇催生出主要以日文書寫、並承繼自日本戰前前衛詩潮的殖民地前衛派新詩（「風車詩社」），以及在現代主義書寫實踐上橫跨戰前與戰後兩個歷史階段、具有承先啟後歷史意義的「銀鈴會」，以及強調鄉土寫實、具解殖反帝民族解放鬥爭傾向的「鹽分地帶文學」。

儘管紀弦於戰後從中國大陸帶來了李金髮、戴望舒的現代派「火種」，加之戰後大批中國省籍文人（跨海的一代）隨國民黨政權轉進臺灣，締造了臺灣戰後盛極一時的「現代派」與「現代詩」。即使如此，這仍無法充分說明臺灣新詩史中陳千武與林亨泰的關鍵角色，也就是其承接「殖民現代性」歷史結構與文化影響下的「現代」，不同於中國新詩承受「半殖民地半封建」的「現代」。部分大陸臺灣詩史論者所言的「主幹（中國）－支流（臺灣）」文學史觀，[4]或許只是史家國族主義的心理投射，而無法全面關照臺灣詩人如何度過「跨越語言」的艱辛，以及新詩語言形態與內涵上的「雜燴」與「異質性」。相反的，若客觀還原到二戰前的歷史情境，兩岸「分殊」的歷史背景，造就出臺灣新詩不同於中國的感覺結構、美學經驗與文化想

來自殖民地的「去中心」力量，由此可見，帝國文壇（中央）與殖民地文壇（外地）之間的疆界，並非穩固而不變的。見 Bhabha, Homi. K., *The Location of Culture* (New York: Routledge, 1994), pp. 19-20. 關於以「東亞」此一地理空間尺度，考察帝國／殖民地的文學／化交涉與多語融混者，見 Kleeman, Faye Yuan（阮斐娜）. *Under An Imperial Sun: Japanese Colonial Literature of Taiwan and the South* (Honolulu: University of Hawaii Press, 2003). 此書亦有中譯本，見同氏著，吳佩珍譯，《帝國的太陽下：日本的臺灣與南方殖民地文學》（臺北：麥田，2010）；而在戰前「東亞」現代性與殖民性交錯的時空範疇內，進行跨域殖民地比較文學論述，見崔末順，《海島與半島：日據臺韓文學比較》（臺北：聯經，2013）；思想史方面，見白永瑞，《橫觀東亞：從核心現場重思東亞歷史》（臺北：聯經，2016）。

[4] 古繼堂，《臺灣新詩發展史》（臺北：文史哲出版社，1989）。

像，這不但是桓夫（陳千武）「兩個球根」論，[5]或是李敏勇關於臺灣新詩「雙重構造的精神史」[6]的重要引據，也成為了目前臺灣新詩學界的主要共識。[7]

從戰前臺灣的新詩發展的系譜觀之，包括王白淵、張冬芳、巫永福、楊雲萍等，以及日本來臺知識份子如矢野峰人、島田謹二、西川滿等人的臺灣近代詩精神，以及受《詩と詩論》影響之楊熾昌、李張瑞、林修二等主知前衛詩潮的「風車詩社」，[8]更有連結戰前、戰後兩個歷史時期的林亨泰、吳瀛濤與錦連等「跨越語言一代」的臺灣本土現代主義實踐等等。以上，不但還原了臺灣新詩的現代主義運動於世界新詩版圖的「時代性」與「共時性」，更顯示出帝國主義及殖民主義時期，涉及的知識傳播、語境流動與文化介入等「政治／文化」動態機制，體現在現代主義接受史上的複雜性，形塑出臺灣新詩美學獨特的歷史機遇與生產模式。

戰後的臺灣，蔣介石「反共」意識形態、「白色恐怖」的威權統治以及「美援文藝體制」，帶動著「反共文藝」大行其道。而後六〇年代的「現代文學」與七〇年代的「鄉土文學」，可以視作島內知識份子某種回應時代的方式，也是詩人以意象的技藝與時代周旋的證明。由於政治的禁忌與作家的自我檢查，「臺灣」、「鄉土」或「本土」等詞彙，不是被貶抑為「地方」、被冠以「工農兵」文藝的帽子，或是被貼上「臺獨」的政治標籤，作家自身具自覺性的現實與歷史情感，仍然處於集體文化

---

[5] 《笠》編輯部譯，〈臺灣現代詩的歷史和詩人們〉，《笠》40 期（1970.12），頁 49。

[6] 李敏勇，《戰後臺灣現代詩風景：雙重構造的精神史》（臺北：九歌，2019）。

[7] 譬如，林淇瀁：「戰後的臺灣現代詩運動一開頭便是融會了日治後期現代主義和四〇年代中國現代主義的混合產物。」見林淇瀁，〈長廊與地圖：臺灣新詩風潮的溯源與鳥瞰〉，《中外文學》28 卷 1 期（1999.06），頁 80。其他如孟樊亦認為臺灣現代詩源流有其本土傳承，由紀弦所接續而至的、來自中國新詩的「血緣」，臺灣與中國兩者之間的關係「畢竟是淺薄的」。見孟樊，《當代臺灣新詩理論》（臺北：揚智，1995），頁 101。

[8] 如呂興昌：「此一運動完全是與世界性的前衛藝術同步進行，從而突顯臺灣文學除了部分來自中國座標的啟發外，更大部分原自世界座標的影響。……它平實但鐵案如山地點出紀弦等一向的詩史謬見，使我們清楚地瞭解臺灣的現代詩運動並非起於五〇年代臺北的『現代詩社』，而是三〇年代臺南的『風車詩社』。」見呂興昌，〈詩史定位的基礎〉，《水蔭萍作品集》（臺南：臺南市立文化中心，1995），頁 11-12。筆者認為，「風車詩社」及其同人刊物《風車》作為臺灣新詩史裡「現代／前衛主義」向戰前延伸的關鍵案例，亦是本書認為兩岸新詩史「分殊／流」的重要起點。相關研究亦見陳明臺，〈新詩精神的提倡與實踐〉、〈楊熾昌·風車詩社·日本詩潮——戰前臺灣新詩現代主義的考察〉，《臺灣文學研究論集》，頁 30-63；林巾力，〈從「主知」探看楊熾昌的現代主義風貌〉，《第八屆府城文學獎得獎作品專集》（臺南：臺南市立圖書館，2002）；〈主知、現實、超現實：超現實主義在戰前臺灣的實踐〉，《臺灣文學學報》第 15 期（2009.12）；〈追求詩的純粹性：從楊熾昌到紀弦〉，《中外文學》39 卷 4 期（2010.12），頁 85-133；陳允元，〈尋找「缺席」的超現實主義者——日治時期臺灣超現實主義詩系譜的追索與文學史再現〉，《臺灣文學研究學報》16 期（臺南：臺灣文學館，2013.04），頁 9-45；陳允元，《殖民地前衛——現代主義詩學在戰前臺灣的傳播與生產》（臺北：政治大學臺灣文學研究所博士論文，2017）。

象徵系統裡受到壓抑的一方。

與戒嚴時期臺灣蔣氏政權自上而下、單向的右翼威權統治不同，中國共產黨在文化領導權上，將「階級」革命化、政治化與激進化，強調「群眾」自下而上的參與，文藝也必須透過馬列主義與革命群眾的「積極性」而加以改造。[9]包括五〇年代整肅胡風集團、農業合作化、反右、大躍進，以至 1966~1976 的「十年文革」，除了由上而下透過黨宣傳系統號召反革命階級鬥爭與群眾動員，也包含邊緣社會「個體」自發性投入「集體運動」，這樣烏托邦式的道德激情。[10]兩岸彼此在政治意識形態性質與文化領導權運作模式上雖南轅北轍，不過，各自在其國家空間內部對文化場域，遂行政治教條化的規訓，則是相似的。[11]

---

[9] 中國共產黨在尋求民族解放與反革命勢力的鬥爭上，一反正統馬列主義標示「工人階級」領導的優位性，而是訴諸「群眾」此一較意指較為模糊的群體，意在擴大階級基礎，成為「統一聯合戰線」，而參與「統一戰線」的階級身分並非固定不變，而是隨著革命形勢作出調整。也就是說，民族資產階級、城市小資產階級亦可以基於階段性革命目標的需要，而參與到無產階級革命群眾（工、農、兵）的行列之中。譬如，在抗日戰爭時期，毛澤東曾言：「黨的任務就是把紅軍的活動和全國的工人、農民、學生、小資產階級、民族資產階級的一切活動匯合起來，成為一個統一的民族革命戰線。」見毛澤東，〈論反對日本帝國主義的策略〉，《毛澤東選集・第一卷》（北京：人民出版社，1991），頁 151。而在新中國成立後，毛澤東在 1950.06.23 的「中國人民政治協商會議第一屆全國委員會第二次會議」上的閉幕詞：「在國內，我們必須團結各民族、各民主階級、各民主黨派、各人民團體及一切愛國民主人士，必須鞏固我們這個已經建立的偉大的有威信的革命統一戰線。」見毛澤東，〈做一個完全的革命派〉，《毛澤東選集・第五卷》（北京：人民出版社，1966），頁 28；在「群眾」革命的參與方面，如「要保護幹部和人民群眾的積極性，不要在他們頭上潑冷水。」見毛澤東，〈在中國共產黨第八屆中央委員會第二次全體會議上的講話〉，書同前所引，頁 314-315；在文藝政策上，毛澤東也強調「群眾」的作用，如共黨著名文藝政策指導文獻〈在延安文藝座談會上的講話〉：「許多同志愛說『大眾化』，但是什麼叫做大眾化呢？就是我們的文藝工作者的思想感情和工農兵大眾的思想感情打成一片。而要打成一片，就應當認真學習群眾的語言。如果連群眾的語言都有許多不懂，還講什麼文藝創造呢？」見毛澤東，〈在延安文藝座談會上的講話〉，《毛澤東選集・第三卷》（北京：人民出版社，1991），頁 851。

[10] 蔡翔認為，中國五〇年代周立波《山鄉巨變》等小說「動員—改造」敘事結構，體現出革命使「群眾」進一步成政治主體的過程，成為一股參與革命歷史的積極力量，超越了「現代民族—國家」建構模式，也成為了一種「面向未來的態度，或者，一種烏托邦式的想像。」見蔡翔，《革命／敘述：中國社會主義文學——文化想像（1949-1966）》（北京：北京大學出版社，2010），頁 73-89。

[11] 在臺灣方面，由張道藩、陳紀瀅、王平陵、尹雪曼、王藍等人發起的「中國文藝協會」（簡稱文協），長期配合蔣介石政權「反共」國策，與其他親官方的民間文藝團體（「中華文藝獎金委員會」、「中國婦女寫作協會」、「中國青年寫作協會」等）協力執行國民黨官方的文化政策。在中國方面，1949 年 7 月召開之「中華全國文學藝術工作者代表大會」（簡稱「第一次文代會」）上，郭沫若即提出毛澤東在〈新民主主義論〉所揭示的「無產階級領導的人民大眾反帝反封建革命」作為新中國成立後「新文化和新文藝的性質」，此會議其他文壇人士（如茅盾、周揚）的發言，也呼應將五四新文學的「現實戰鬥主義」與「革命群眾」結合的立場，〈大會的決議〉也大體確立並鞏固了以毛澤東〈在延安文藝座談會上的講話〉作為新中國文藝方向的指導原則。見中華全國文學藝術工作者代表大會編，《中華全國文學藝術工作者代表大會紀念文集》（北京：新華書店，1950），頁 35-97；頁 146。即便中共黨中

因此，隨著兩岸各自「改革開放」(1978~)與「解嚴」(1987~)，政治力對民間文化場域的規訓力量漸趨鬆動、弱化，[12]兩岸的新詩出現了某種集團化的、建立在「現代性」視野上的美學倫理，以及一種「反思性」的審美趨向。只不過，這樣的「反思性」，臺灣因為歷經六〇年代現代主義「心靈考古學」與七〇年代「鄉土文學」的洗禮，八〇年代臺灣詩壇則朝向了「現實批判」的本土化[13]與「語言本體」的後現代反思[14]兩種路線；而中國，則是剛歷經十年文革的精神毀燼，朦朧詩群的

央在批判「四人幫」、並試圖告別左傾階級鬥爭路線，文化政策朝向務實、開放方向的七〇年代末期，如 1979.10.30 召開的第四次文代會上，鄧小平〈鄧小平同志代表中共中央和國務院在中國文學藝術工作者第四次代表大會上的祝詞〉:「各級黨委都要領導好文藝工作。黨對文藝工作的領導，不是發號施令，不是要求文學藝術從屬於臨時的，具體的，直接的政治任務，而是根據文學藝術的特徵和發展規律，幫助文藝工作者獲得條件來不斷繁榮文學藝術事業，提高文學藝術水平，創作出無愧于我國偉大人民，偉大時代的優秀文學藝術作品和表演藝術。當前，要著重幫助文藝工作者繼續解放思想，打破林彪『四人幫』設置的精神枷鎖，堅持正確的政治方向……。」由此可見，「解放思想」只是藉由平反冤假錯案修正過去極端的階級鬥爭路線，以導向新的路線指導方針（社會主義經濟改革），黨對文藝場域的「領導」仍具絕對權威性。書同前所引，頁 446。

[12] 中國「改革開放」(1978~）與臺灣「解嚴」(1987~)，兩岸各自官方的政治力「對民間文化場域的規訓力量漸趨鬆動、弱化」,「鬆動、弱化」意謂由官方主導的一元化宰制性言論空間遭到挑戰，並非指稱在言論、集會與出版等公民社會權利上的「全然」自由、開放與民主。就兩者疊合的時空「八〇年代」來說，臺灣七〇年代末的黨外運動如中壢事件（1977)、橋頭事件（1979)、美麗島事件（1979)，與文化界的鄉土文學論戰（1978)，打開了臺灣主體自決意識的言論空間，雖然 1982.09.24 最後一批因二二八事件入獄的 24 位受刑人，在囚禁 35 年之後在立委洪昭男奔走下終獲警總釋放，但仍發生了林宅血案（1980)、美麗島事件軍法大審（1980)、陳文成命案（1981)、江南案（1984）等政治案件，威權統治陰影仍如影隨形。八〇年代臺灣時值「體制衝撞」的年代，臺灣「解嚴」(1987）後雖連同廢除《臺灣省戒嚴令》及《臺灣省戒嚴期間新聞紙雜誌圖書管制辦法》、《臺灣地區戒嚴時期出版物管制辦法》等箝制人民言論自由的子法，不過，《動員戡亂時期臨時條款》、《懲治叛亂條例》、《中華民國刑法》一百條等，是直到九〇年代初期才廢除。因此，八〇年代的臺灣文化出版仍受到警總的監控，不但是黨外政論雜誌，具有批判現實主義信念的詩刊如《春風》、《陽光小集》等也難逃被查禁的命運。在中國方面，文革後的 1977 年從 1978 年 5 月 10 日胡福明發表於中共中央黨校內部刊物《理論動態》第 60 期的〈實踐是檢驗真理的唯一標準〉開始，中共文宣機關與黨營媒體如《人民日報》、《光明日報》、《解放軍報》等亦倒向了鄧小平，華國鋒及其「兩個凡是」(即「凡是毛主席作出的決策，我們都堅決維護，凡是毛主席的指示，我們都始終不渝地遵循」）逐漸失勢。隨著 1978 年底中國共產黨第十一屆中央委員會第三次全體會議（簡稱「中共十一屆三中全會」）的召開，鄧小平取代華國鋒，掌握了黨和國家的最高權力。相關史實見陳永發，《中國共產革命七十年（下)》(臺北：聯經，2001)，頁 889-905；及張靜如編，《中國共產黨全國代表大會史叢書：從一大到十七大》(瀋陽：萬卷，2008)。

[13] 此路線譬如《陽光小集》於 1984 年 6 月發行第 13 期「政治詩專輯」，大體是黨外運動的某種文化回應，以及延續鄉土寫實文學浪潮的現實／民眾／本土價值。林淇瀁認為，「《陽光小集》的衝撞詩壇，挑戰威權，介入社會，正顯現了戰後詩人企圖以臺灣本土為新的主體性的企圖。」見林淇瀁，〈八〇年代臺灣現代詩風潮試論〉，《臺灣史料研究》9 期（1997.05)，頁 104。

[14] 關於「語言本體」的後現代反思路線，指的是八〇年代中期以降臺灣的後現代風潮。臺灣的後現代詩的出現必須考量到都市化、消費社會與全球化文化資本跨域流動的社會條件背景，以及「世代建構論」在文壇的話語權爭奪的問題。見林燿德，〈不安海域——八〇年代前期臺灣現代詩風潮試論〉，《重

「崛起」之後，第三代詩的「反叛」接踵而至。

中國朦朧詩是面對文革十年精神浩劫的反動，詩人亟須站在「歷史救贖」的姿態，重新梳理歷史創傷與畸零自我，如同北島所執筆的《今天》發刊詞〈致讀者〉：

> 今天，當人們重新抬起眼睛的時候，不再僅僅用一種縱的眼光停留在幾千年的文化遺產上，而開始用一種橫的眼光來環視周圍的地平線了。……我們的今天，根植於過去古老的沃土裡，根植於為之而生，為之而死的信念中。過去的已經過去，未來尚且遙遠，對於我們這代人來說講，今天，只有今天！[15]（底線為筆者所加）

《今天》發刊詞〈致讀者〉為中國文革後，嘗試重新鍛接因為五〇年代「反右」與六〇至七〇年代「文革」早已「斷裂」的現代主義傳統——戰前三〇年代《現代》、《新詩》，與四〇年代「九葉詩派」，開啟了以現代主義意識重新做「語境校正」的一份重要宣言。兩岸戰後對於「傳統／現代」此一協商式新詩議程的提出，紀弦在臺灣五〇年代《現代詩》所揭櫫的「縱的繼承」（中國／傳統）與「橫的移植」（西方／現代），中國詩人受制於文革與社會主義現實主義文藝教條，遲至 1978 年底《今天》創刊時才重新提出，不同的歷史情境與感知經驗，促使兩岸的美學觀念與新詩生產自此出現了一種「歷時性的錯位」。

這樣「歷時性錯位」的新詩系譜，也體現在八〇年代，臺灣詩人正從鄉土文學論戰的煙幕中走出，重述歷史記憶、建構主體性的同時，臺灣更為年輕世代的聲音也接續出現，高舉「都市」、「感官」與「後現代」的大旗，這樣鄉土／現代／後現代多元雜燴的文化景觀，出現了「現代主義」如何深化，以及如何容納「現實」與「鄉土」的命題。而在中國，來自民間關於「反思」（歷史）、「重述」（記憶）與「回歸」（傳統）的文化重構行動（傷痕、反思、尋根），亦刺激了朦朧詩與第三代詩人，以特定的詩歌語言與表現技巧，展現出回應歷史、記憶與傳統的豐碩成績。兩岸「歷時性錯位」的新詩發展史，經由「比較詩學」的思維為中介，能夠出現怎樣「不相稱」的美學構造？更精確地說，既然兩岸戰後新詩承接了不同的歷史、政治與文化要素，那麼，兩岸戰後新詩「如何現代」？又如何「後現代」？其具體的美學「差異」點為何？

組的星空》（臺北：業強 1991），頁 1-61。

[15] 《今天》編輯部，〈致讀者〉，《今天》創刊號，1978 年 12 月；亦見自洪子誠，《中國當代文學史》（北京：北京大學出版社，2017），頁 235。

然而，我們還是得聚焦這樣的問題意識：不論如何迂迴地與「傳統」決絕斷裂的現代主義姿態，兩岸在各自前行代的美學系統（臺灣：現代主義與鄉土文學；中國：十七年文學、文革樣板文學），以及從西方傳入的「後結構主義」與「後現代主義」思潮，發生了一種美學上突刺、遇合、衝撞的過程。尤其在八〇年代以降的「現代主義」系譜上，臺灣現代主義詩人面臨的是如何以「現代」的稟賦積極回應「鄉土文學」的問題（林燿德），而在中國，主要是「朦朧詩」與「第三代詩」的先鋒詩實驗的迭起，以回應「文革創傷」的問題。在此，兩者出現了一種「反思現代」的歷史交會，也就是說，八〇年代兩岸「差距／異」的新詩美學系譜在形式、語言或思想上，在各自自身文化場域裡，如何重塑「現代」與「先鋒」？還原到八〇年代的漢語新詩美學界面，「告別現代」的臺灣與「告別革命」的中國，與「現代主義」的關係仍是千絲萬縷，面對「現代主義」前行語境「斷裂」的客觀歷史[16]，兩岸於八〇年代的新詩，各自呈現出怎樣面對「現代」的「差距／異」的回應方式？

二、新詩「潛勢區」：朝向「域外」接觸的臺灣新詩

自臺灣開放中國大陸探親伊始，隨著對等的官方組織與半官方／民間對話管道的建立、三通的暢行，資本、訊息、商務與人員的頻繁往來與流通，敵對意識形態也已弱化為「不統、不獨、不武」的現狀擱置狀態。在近代歷史發展進程及政治治權上處於分治狀態的兩岸，2010 年，因應全球化浪潮區域性經貿整合（ECFA）的開展，兩岸官方與民間交流日益密切，臺灣的經貿依存性亦對中國市場長期倚賴。

由上述政治敵對、經貿依賴的兩岸分治現狀所產生的、各自在社會內部關於認同闡釋的衝突，以及部分人民團體對於兩岸歷史文化過於政治化的解讀等等，以上現象，促使我們必須對共享親緣性文明資產及文字載體的兩岸新詩場域做出歷史性的辯證與梳理，也就是說，對某種過於簡化的兩岸「整合式」的文化論述：兩岸同屬「中文／華文／漢語」文脈與同一歷史文明「屋宇」此一簡化認知，提出質疑。

至今，即便在國族認同與政治關係上仍處於分歧的狀態，但是兩岸在經貿關係上的依存度仍高，在民間文化交流上也有了大幅度的開展。到了「八〇年代」，兩

---

[16] 所謂「兩岸面對『現代主義』前行語境『斷裂』的客觀歷史」，這裡「前行語境」與「客觀歷史」的指稱，係建立在兩岸各自詩史對特定新詩時期的總體描述與建構上。而所謂「斷裂」，除了是指稱八〇年代的臺灣與中國的「現代主義」新詩，遭受到「鄉土／現實」（臺灣）與「文革／教條」（中國）感覺結構的影響，其實也隱含「再銜接」或重建／構「前行語境」（「前行代）現代主義）的意涵。七〇年代的鄉土呼聲，造成臺灣八〇年代現代主義詩人的「現代」，除了意圖對六〇的「現代」進行超越，同時也不得不回應與融合「鄉土」的感覺結構；而中國八〇年代的朦朧詩，除了在書寫倫理上確認「人」的價值本位，也試圖尋回、接軌戰前現代主義（朱湘、聞一多、梁宗岱、卞之琳、馮至、九葉派）的美學傳統。

者官方的話語權威都面臨了來自民間的挑戰，也都出現了風起雲湧的公民權利抗爭與社會運動。而到了在理論知識、文化商品與情慾想像也日益全球化的九〇年代，臺灣讀者對現代詩文本閱讀、理解與接受的過程，不可能只侷限在單一民族／國家的詩歌傳統界域內，它必定有來自「域外」的接觸，也必然有朝向「域外」的對話。

本書將 1987 年「開放兩岸探親」視作臺灣新詩朝向「域外」（中國）接觸更為「全面化」或「規模化」的開始。而我們必須要問，進入九〇年代掀起的兩岸新詩，在「後殖民」與「全球化」方興未艾之際，除了部分詩人仍積極擁抱激進的實驗形式，兩岸多數詩人其實選擇的是以一種「反思」的角度或姿態重新回到「現代主義」的行列，與「後現代」的關係若即若離或根本拒絕，這樣「反思現代」的共同美學症候，以及兩岸詩壇共通的「女力」崛起現象，兩者之間有沒有交互對話、對照詮釋或比較研究的可能？

為回答這個問題，筆者試圖開展出將「臺灣新詩研究」向「域外」延伸、並做出比較研究的思考，最先必須闡釋的「他者」，即是中國戰後當代新詩。以「中國」作為「他者」，其實也是一種不得不然的論述視角。因為，一方面中國不少詩史作者過於文化民族主義式的史觀，實有商榷之必要。另一方面，陳千武「兩個球根」論（起源論）的提出，作為新詩研究的後學，也有持續深掘、辨明、辯證兩岸新詩在「戰後」如何呈現「分殊」（詩史）與「差異」（美學）的必要，也才能佐證「兩個球根」在臺灣戰後詩史發展的有效性。我以為，在「中國」這個「他者」的內部，其新詩紋理背後所反映的思考也不是那麼均質的，然而若以「中國」作為「他者」，反思、審視臺灣詩人在本書研究的時間範疇（二次戰後至新世紀之交）底下於新詩領域的美學積累，在某程度上，也足以界定了臺灣自身新詩美學在世界華文文化圈的存續價值。

其次，為何「域外」延伸的對象是「中國」，而不是香港、澳門、新加坡、馬來西亞等其他華人國家或地區的新詩？若從史書美華語語系「離散」論來看，不是應該從華語語系「邊陲性」社群的政治實體單元（港、澳、新加坡）或族裔單元（歐洲或美國華人）加以比較嗎？為何朝向「域外」接觸的跨界「臺灣新詩」研究，必須挑選「中國新詩」這個「他者」作為對象？筆者認為，「他者」對象的擇取，關係到歷史語境與現實距離所催生的詮釋動能，及其背後所指涉的兩岸分治的政治時間，所造成的新詩美學問題的錯位。

以上問題，必須就詩歌研究的兩種外部因素加以審視，也就是連動性的政治、社會、歷史因素所生成的某種新詩研究的「潛勢區」。以下，將從（1）新詩潛勢區：

兩岸國族想像的衝突結構；（2）新詩潛勢區：全球化書寫倫理的在地轉向，依次論述：

（一）兩岸國族想像的衝突結構

不論是杜維明的「文化中國」論、世界華文文學以致新興的華語語系文學，其外部的文化時空，呈現的是中國因經濟增長、國力大增後，於 21 世紀刮起的全球「中文熱」。兩岸新詩風潮的推展，不能自外於外部政治、社會情勢的變動。因此，首先必須回溯到「戰後」此一時間界域來審視，思考兩岸之間關於「國族想像」的衝突結構，如何構成兩岸新詩比較研究的論述張力。起因在於，臺灣從戰後歷經蔣氏流亡政權的威權統治，而至今作為華人世界民主的典範國家，在朝向民主政體的政治轉型過程中，民主開放社會的臺灣帶給了共產黨政權一定的國際視聽壓力，相對來說，共產黨政權至今仍未鬆綁對於言論、集會及出版場域的管控，更遑論中國官方至今仍對臺灣存在「促統」國策與軍事威嚇手段。

解嚴後臺灣的民主轉型過程不但使得本土勢力順勢崛起，也讓國民黨政權代言的「中華性-自由中國」的象徵體系逐漸失去言論市場，臺灣的本土詩人從七〇年代尾聲即提出的「國族認同」議程，到了九〇年代民主化之後，進一步凝聚成為「體制性」的政治社會力量。因此，「同文」的臺灣與中國，其實潛藏著某種詩歌的潛勢區——衝突性的「國族想像」。在臺灣文學學科體制化漸趨完整的當下，作為一位臺灣新詩研究者，如何以「臺灣文學」或「臺灣新詩」此一主體性完備的學科位置出發，去理解中國新詩在改革開放後、尤其是進入八〇年代後出現的「個人化」、「朦朧」、「第三代」寫作的歷史胎動，進而借助兩者衝突性的「國族想像」（現況）所生產的比較論述張力，看待二戰後以降兩岸詩人如何以詩表述複雜的精神世界、語言／文化反思與身分認同的問題。

（二）全球化書寫倫理的在地轉向

兩岸在八〇年代，為促進經濟增長、吸引外資，加工出口區、經濟特區的廣設，已證明兩岸均已成為全球資本主義產業供應鏈的重要環節。因此，八〇年代可以等同是兩岸步入「全球化」的初始階段，更進一步說，九〇年代兩岸持續深化經濟增長的步伐，逐漸與全球經貿體系接軌，整體國家發展方向日益朝向國際貨幣基金（IMF）所定義的四項「全球化」指標：「貿易和國際往來」、「資本與投資的流動」、「人口流動」、「知識的傳播」移動，兩岸正式迎接了「全球化」、「資訊社會」、「後工業社會」的來臨，卻也造成另一個「詩歌的潛勢區：全球化書寫倫理的在地轉向」

的產生。

因此，在新興資訊媒介出現的九〇年代，傳統的詩歌平面傳媒的權威性與中心性，遭受到了挑戰，詩壇的美學傳承系譜也不再是由「詩社」、「詩人」或「文學獎」來擔綱，而是去中心化的網路虛擬空間。於是，臺灣詩人面對了新的書寫倫理轉向：由原先的八〇年代短暫的「詩刊復興」，到了九〇年代轉趨式微，取而代之的是網路媒介的興起，許多結合圖像、聲光、音效與其他數位技術的文本開始出現，詩的「平面工程」轉向了「立體工程」，傳播科技打開了跨國的信息技術網路（network）的社會共同體，帶動了商品、技術、信息、服務、貨幣、人員的快速流通，這也是卡斯特（Manuel Castells）：「由於網絡不停留在民族國家的邊界，網絡社會構成了一個全球體系，開創了我們這個時代新形式的全球化」[17]，詩壇也呈現平面詩刊節節敗退、「網路」文壇的攻城掠地，如同白靈所指稱的「兩個詩壇」（平面與網路）[18]時期。

另一方面，在「全球化」的認識基礎之上，來自「地方」的抵抗亦從未間斷。全球資本主義的形成、廣布與滲透，「中國性」的文化樣態，伴隨「全球性」而跨越了有形的國家、地理與民族的疆界，[19]於全球各地不同的文化場域之中，形成一個個變動、彈性、不穩定、甚至是因地制宜的「中國」論述體系。因此，在「離散華文文學」、「世界華文文學」、「華語語系文學」等理論話語的順勢興起之後，某種趨於穩固的「普世性」中國文化敘事或身分認同，至少，在「中國」與「臺灣」各自內部或彼此之間，呈現出不同程度的拉鋸與角力。

上述（1）兩岸國族想像的衝突結構，以及（2）全球化書寫倫理的在地轉向，兩項新詩研究者必須關照的理論／現實的潛勢地帶，帶出「臺灣性」、「中國性」、

---

[17] Castells, Manual. *The Rise of the Network Society* (Oxford: Blackwell, 2010), pp. xviii.

[18] 白靈，〈桂冠與荊棘——全球化趨勢下臺灣新詩的走向〉，《臺灣詩學學刊》13 期（2009.08），頁 18。

[19] 自十五世紀末地理大發現，新航路的開闢使東西方之間的文化、貿易交流開始大量增加，繼之十八世紀工業革命，促使資本主義貿易體系朝向更大的地理尺度擴張，衍生出新興的殖民主義與帝國主義。以及，工業化產生現代化的交通工具，數百年來全球經濟體系的逐漸融合與通訊科技的飛躍進展，直接或間接的，將所有當代人類都連結到當代世界體系中，傳統秩序與社群的重組，全球化也將「個體」帶向了一種面向「過去」即時而消逝的「當下」（present）。阿帕杜萊（Arjun Appadurai）曾提出全球化多重性的「文化面向」，以「圖景」（scape）來描述一種流動與不規則的狀態，但同時又隱涵著受到不同視野和境遇制約下被建構的關係，包括「人種圖景」（ethnoscapes）、「媒體圖景」（mediascapes）、「科技圖景」（technoscapes）、「金融圖景」（finanscapes）、「意識形態圖景」（ideoscapes）。阿帕杜萊把這些「圖景」視為「想像世界」（imagined worlds）的構成材料，而所謂「想像世界」則是指「由遍佈全球的個人和群體在特定歷史境遇中的想像所構成的多元世界」，它構成了阿帕杜萊所建構的「全球化景觀」。Appadurai, Arjun. *Modernity at Large: Cultural Dimensions of Globalization* (Minneapolis: University of Minnesota Press, 1996), pp. 33.

「全球性」等複雜、跨國文化意識形態的交錯，觸發筆者想進一步探究兩岸戰後新詩在「分殊／流」的詩史發展底下，「差距／異」的美學具體面貌為何。因此，首先我們必須觸及兩岸新詩在戰後的歷史語境問題。第一個是戰後至七〇年代，兩岸詩人在各自的歷史語境裡，回應了集體話語的壓抑，並建構「自我」的心靈地貌。其次，在政治力鬆動的八〇年代，兩岸民間力量昂揚，兩岸詩人以現代主義語言表述生命的方式（如何「現代」？又為何「現代」？）出現了重大的差異。

在言論體制漸趨寬鬆的兩岸九〇年代以降，面對訊息爆破式的全球文化語境，兩岸後現代詩人以「地方」立場或立足於個人生活感知，回應了「全球化」的種種文化併發症。以及，在「男性」的中心／邊陲的文化權力機制下，兩岸女詩人在這樣「男性」的文化編碼程序之外，繁衍出自身「差／異」的美學生產，而兩岸女詩人詩作的語言特徵或內在思維亦出現了重要的差異點。

三、「兩岸詩」：一項未竟的學術志業

兩岸新詩研究界即便已有頻繁的交流往來，然而，若回顧目前涉及八〇年代以降兩岸詩歌研究概況，發現不論在詩選、批評或學術生產上，一直以來都是中國詩人與學者「單向」編選、批評或研究臺灣詩人與文本，或是臺灣詩人與學者亦「單向」地對中國現代詩歌進行批評或研究，向來缺乏「雙向視域」與「比較詩學」的視角，也就是——「交流」多於「交集」。比如，1995 年《臺灣詩學季刊》曾掀起一陣「大陸的臺灣詩學」論爭，臺灣詩人及學者針對大陸「雙古」的臺灣詩史建構論進行了質疑[20]。隨著兩岸政治情勢與國際格局的變動，自 2011 年起，每年度於海口舉辦的「兩岸詩歌高端論壇」（兩岸詩會），不但已有不少臺灣詩人與會，部分臺灣詩人也獲得兩岸詩會頒發的「桂冠詩人」獎項[21]。其實，不論是「交鋒」還是「交流」，兩岸新詩種種交流活動或新詩論爭仍不斷被突顯，而研究層面，尤其是「兩岸詩比較」層面的工作推展，則甚少有學者投入。

---

[20] 最具代表性的文章為張默〈偏頗・錯置・不實？——古繼堂著《臺灣新詩發展史》初探筆記〉，及蕭蕭，〈大陸學者拼貼的「臺灣新詩理論批評圖」〉，《臺灣詩學季刊》3 月號（1996）；關於古遠清的回應，見古遠清，〈蕭蕭先生批評大陸學者的盲點——對《大陸學者拼貼的「臺灣新詩理論批評」圖》一文的回應〉，《華文文學》1 期（1997）；針對這次論爭過程做出簡要梳理與反思，見葛乃福，〈我們期待怎樣的交流——海峽兩岸詩歌交流之檢討〉《華文文學》1 期（1995），頁 46-47。

[21] 2011 年首屆詩會兩岸有近 40 位詩人參會，包括羅門、蓉子、李少君、楊克、潘維、譚五昌、方明、林于弘、張德明、江非等 23 位參會兩岸詩人，聯名簽名發表了《海南紀要：創造中國新詩的現代性》，重申「中國新詩應回歸中國」、「中國新詩應建立自己的現代性」與「中國新詩應重建自己的傳統意識」三項主張。余光中、羅門、顏艾琳等皆曾獲頒兩岸詩「桂冠詩人」獎。見馬超，〈羅門、顏艾琳、舒婷、潘維獲 2012 兩岸詩會桂冠詩人獎〉，《詩潮》（2013.01）；余光中則是 2013 年獲獎，見戎海、侯賽，〈余光中等獲頒兩岸詩會桂冠詩人〉，《海南日報》A01 版（2013.12.30）。

其次，面對中國詩學界已經出產多部「臺灣詩史」專著，[22]或是在「中國」的詩史框架下處理臺灣的詩學問題（如洪子誠、劉登翰《中國當代新詩史》），其餘對特定文學思潮、流派或詩人等研究專著、單篇論文或批評文字更是多不勝數，這樣的文化詮釋／權勢的傾斜，對我形成某種巨大的「闡釋焦慮」：作為一位臺灣文學研究者，我如何以自身於臺灣本土培育的文學訓練與學術素養出發，回應、看待與解讀中國現當代詩？以及，在各自相異的歷史結構、文化語境與現實際遇之中，看待兩岸詩人如何辯證自我、如何現代、如何後現代、如何性別的過程中，找到兩岸新詩美學共同的價值信念——探索內在心靈的方式、架構語言感性與知性的方式、語言承受時代題材與內容的方式、對語言自身的反省與改造的方式等等，以上種種所謂的「……方式」，是人類精神探索的共通「語言」，它能自外於任何變動的文藝潮流，亦能夠決裂於任何意識形態的領地。

以上可知，中國方面，對「臺灣新詩研究」，在「量」的方面已有深厚的積累。在臺灣方面對中國新詩的引介與研究，卻大多侷限於朦朧詩世代，對第三代詩歌及其後「70-後」甚至「80-後」的詩人或流派，是直到九〇年代以後才零星出現。[23]當然，臺灣亦不是沒有出現向域外中國的文學生產推進的研究學者，譬如陳建忠。[24]在新詩研究領域，對兩岸詩「比較研究」著墨較多者，為楊小濱與陳大為。然而，以一個「學位論文」作為規模切入此領域者，在臺灣仍付之闕如。

「兩岸詩」的比較研究，在新詩文本裡再現出複雜的時間與空間跨度，跨越了性別／國族／階級的分析範疇，更難以「中國新詩」或「臺灣新詩」作為單一國族文化場域加以解讀。可以這麼說，若能跨越受到時間與空間限制的上層建築，嘗試以由下而上、以兩岸「同文」的紐帶扭動原本疏離乖隔的詩歌話語場域，連結「域外」，正視中國詩人在近上個世紀末的集體美學歷程，以此擴展「臺灣新詩美學」的審美邊界，並以一種比較的歷史詩學去處理，而目前為止，承擔此項工作的學術工作者仍少之又少，唐小兵亦有此見解。[25]

---

[22] 如古繼堂，《臺灣新詩發展史》（臺北：文史哲，1989）；古遠清，《臺灣當代新詩史》（臺北：文津，2008）；劉登翰、莊明萱，《臺灣文學史》（北京：現代教育，2007）等等。

[23] 最具代表性的選本為吳思敬、傅天虹、簡政珍合編，《兩岸四地中生代詩選》（北京：作家出版社，2019）；對於第三代詩歌以降，兩岸新詩交流資訊匱乏、扭曲、不對稱的現象，白靈在《新詩跨領域現象》一書中亦有陳述。見白靈，《新詩跨領域現象》（臺北：秀威經典，2017），頁 258-262。

[24] 陳建忠在小說領域所開展出的「臺灣－中國」比較視野甚為可觀。見陳建忠，〈國共鬥爭與歷史再現：姜貴《旋風》與楊沫《青春之歌》的比較研究〉，《臺灣文學研究學報》1 期（2005.10），頁 169-193；〈以小說造史：論高陽與張大春小說中的敘史情結與文化想像〉，《淡江中文學報》27 期（2012.12），頁 155-188；〈鄉野傳奇與道德理想主義——黃春明與張煒的鄉土小說比較研究〉，《臺灣文學研究集刊》1 期（2006.02），頁 161-189。

[25] 唐小兵，〈〈古都〉‧廢墟‧桃花源外〉一文曾言：「在當代臺灣文學與大陸文學之間，尤其是兩岸各自

長期以來，出身臺灣文學研究場域的學術工作者，礙於政治體制轉型與學科建制的歷史因素，未能有尋求朝向「域外」擴展研究邊界的空間與餘裕。如同王德威所言的兩岸華語文學在「一九四九年以後『當代』文學的分流狀態」，[26]作為一名新詩的研究者，面對這樣歧出、差異的「分流狀態」，最好的處理方式並非「分而論之」，而是兼採「解構」與「建構」交錯的觀點，以「解構」破除詩史的兩岸文化統合論神話；又如何以「建構」的觀點，對兩岸二戰以後的詩歌發展，做出統合性、比較性的思考，辨明兩岸詩人在「中文／華文／漢語」的詩歌場域裡，彼此分殊／差異的「心靈法則」、「現代意識」與「感覺結構」(話語形構)，又在相異的文化土壤之上，兩岸詩歌出現怎樣分殊／差異的「語言邏輯」、「形式思維」或「表達方式」(美學生產)，又各自對當代中文新詩提出怎樣的美學語境與革命議程。

更進一步說，兩岸現代詩在接受西方現代主義文藝思潮之幅度與歷史時空之特性本就具備不小差異，然而在兩岸現代詩（亦包含後現代詩、女性詩）之間的內在精神構造的面向上，亦出現了精神氣質上「揚升」或「深潛」、「負向」或「正向」的反差。同時，若以同一知識論建構方式（自我／主體）或藝術風格／流派（現代／後現代／女性）解讀兩岸詩，亦能夠發現彼此藝術層次與體現內涵上的顯著差異，並以此作為主要的問題意識，對「兩岸詩」在戰後的發展，進行宏觀（詩史）與微觀（文本）層面的比較研究。

杜國清在〈新詩‧現代詩‧朦朧詩〉一文，即有以下提綱挈領的指陳：

> 臺灣的現代詩，尤其是六〇年代的作品，往往表現出絕望、虛無的精神，而大陸的朦朧詩，在精神上大致還是肯定的、抱有期望的。這可能與詩人所處的現實環境的政治氣氛有關。在臺灣，那是孤臣孽子深感國破家亡的時代；在大陸，那是「四人幫」粉碎之後，痛定思痛，人性回復的時代。至於語言的表現，我想這是最足以檢定臺灣的現代詩與大陸的朦朧詩在藝術上異同的試金石，有待學者專家從比較的觀點詳加探討。[27]

的城市文學之間，實在是很有進行比較文學研究的可能和必要。相對與常常淪為大而無當、或者無關痛癢的中西比較文學而言，就同一種語言的兩種文學形態進行歷史的對比參照，在我看來是大有可為的一項學術事業。」見周英雄、劉紀蕙編，《書寫臺灣：文學史、後殖民與後現代》(臺北：麥田，2000)，頁 392。

[26] 王德威，〈編者前言〉，見王德威、陳思和、許子東主編，《一九四九以後》(香港：牛津大學出版社，2010)，頁 viii。

[27] 杜國清，〈新詩‧現代詩‧朦朧詩〉，《詩論‧詩評‧詩論詩》(臺北：臺大出版中心，2010)，頁 222。

杜國清除了提示兩岸現代詩內在精神構造面向上的差異，主要在於政治時空導引下的集體精神自覺上，出現了文化感受方式上的不同，另一方面，也明確指陳兩岸現代詩在藝術層次（語言表現）上，仍有持續研究的必要性。

諸多兩岸詩學會議、學術期刊專題、個人學術專著出版等早已呈倍數增長的現在，兩岸在新詩交流的往來也易早已常態化，兩岸「詩歌比較」研究也因為詩史的殊途，研究架構的難以擬定，而僅有少數學者投身參與。兩岸詩比較研究是一項「未竟的」學術志業，這項志業使我們在進行研究前，不可輕易情感直覺式地將歷時性錯位的新詩詩潮做出等同的簡化處理，而是須辨明彼此在詩歌感受方式、驅動情感的社會因素與歷史經驗的差異性，揭示兩岸新詩在二次戰後「殊相」與「共相」辯證的能動性，也進一步反省自身研究倫理上虛假的同一性，這是兩岸新詩研究者共同的倫理承擔。

第二節　研究範疇與目的

一、研究範疇

（一）臺灣：解嚴與解除黨禁、報禁

目前臺灣文學史大致以「十年」為一個「斷代」，分別是「現代主義」（60-）、「鄉土文學」（70-）與後現代／後殖民（80-）。當然，若從「文學史」再進一步限縮到「詩史」來看，目前臺灣詩史家基於詮釋框架與觀點各有所側重，文學史的「十年」基本上只是一個權宜性的區分。[28]因為就數量來看，鄉土詩、臺語詩的興盛期主要是出現在八〇年代，七〇年代其實主要是「論戰」景觀，而非實際的創作實踐。同樣的，在「現代」取向方面，八〇年代以後仍有大量現代主義取向的新詩，而非只有後殖民詩與後現代詩。

到了九〇年代，臺灣雖逐漸進入資訊社會（information society）型態，不過以「網際網路」為媒介的全球化數位通訊技術及其連結網絡效已然初步成形，在這樣的時代背景下，臺灣言論紙媒與出版市場，亦隨著「解嚴」（1987）而大步開展，因此透過書籍或報紙而產生的「共同體想像」、也就是班乃迪克・安德森（Benedic

---

[28] 由於臺灣具備組織性的黨外運動衝撞威權體制的時間點，並非解嚴後才出現，以及詩壇相伴而生的「回歸鄉土」與「後現代主義」，早在七〇年代中後期已經開始。因此，筆者為求取以「兩岸」新詩作為分析比較架構做出歷時性的考察，並兼顧論述結構的整體性，是故必須將歷史時間範疇權宜調整為「十年」為一個斷代，以「1980-1989」以及「1990-1999」作為時間範疇來做分析。

Anderson）所謂建立在「印刷資本主義」認識上關於共同體的「想像」和「認同」，對臺灣國族認同的變遷仍具有一定的闡釋力。而世界冷戰格局的結束，也進一步推升了全球資本主義的跨國擴張，資本、人員與訊息跨國流動的現象，卻已是不爭的事實。

首先，「解嚴」及黨禁、報禁的解除，為臺灣文化場域帶來話語空間的實質解放。另外就是 1987 年 11 月 2 日，開放「兩岸探親」政策（凡在大陸有三親等內血親、姻親或配偶的民眾，准許登記赴大陸探親），兩岸開啟民間交流之後，原先歧出的兩岸新詩場域出現了接觸點，兩岸學界對彼此的新詩美學生產也有了更多認識與引介，而在實際創作層面，卻由於各自文化語境的殊異性，持續生產著差距／異的美學，也持續地進行對話與交流。以及，1996「總統直選」，本省籍人士取得了體制內權力的合法性，催生出一種政治「主體性」思維，這也是臺灣詩壇轉向更為具體的國族建構意圖（「後殖民」與「本土」詩潮）的重要時間參照點。

（二）中國：「文革」結束與「改革開放」

在中國方面，按一般中國當代文學史的認知，所謂「新時期文學」就是 1978 年 12 月「十一屆三中全會」召開，確立「平反冤假錯案」、「否定文革」與「改革開放」路線方針之後的文學。因此，「文革」結束（1976~）與「改革開放（1978~）」，導致中國詩壇在七〇年代末期出現了文化場遇的劇烈變動，毫無疑問，上述兩個時間點皆是朦朧詩何以從「地下」轉為「地上」的重要背景。另外，1989「六四天安門事件」以及 1992 鄧小平「南巡講話」，前者形成了中國知識階層的集體精神創傷、部分詩人流亡海外，而後者則是確立了官方持續深化市場經濟改革路線，這兩個時間的參照點也在在影響了中國九〇年代轉向「個體寫作」的關鍵。

一般中國當代詩史皆將「朦朧詩」崛起前、不能見容於官方主流意識形態的新詩寫作，稱作「地下詩歌」，被視為是朦朧詩登場前的「預演」。但從整體的詩歌場域而言，許多「地下詩人」與「朦朧詩人」彼此傳抄與閱讀作品，其實有深刻的個人交誼關係。若從實際作品來看，部分地下詩歌作品其實比部分朦朧詩還要「現代」，而且部分朦朧詩其實也稱不上「現代」，只是高度個人化的「浪漫」主義。

九〇年代，中共官方「改革開放」政策的確立，經濟起飛，一級城市的基礎建設亦大幅度躍進。然而在文化場域上，最終中國並未走向全面民主化，屬於半威權、半自主的文化語境，亦帶出了朦朧詩的個體／啟蒙美學、第三代詩人激進的後現代美學，以及諸如如廖亦武、北島、楊煉、孟浪等「流亡的中文」這樣離散性的語言載體。

本書所設定的時間界域是兩岸新詩之「戰後」至「世紀之交」，物理時間界域同為六十餘年，但各自有不同的新詩發展歷程與美學層次。比如說，「解嚴後（1987~）」之臺灣與「改革開放後（1978~）」之中國，兩個時間點皆蘊藏著巨大的歷史動能，筆者認為，兩岸在戰後新詩詩潮的形成與推進，與此等重要「政治」時間點的出現，有著極為密切的聯繫。

（三）綜論：兩岸歷史／政治時間與新詩發展

在時間的界域與論證主題的關聯度方面，筆者以書寫的公共性與自由度，遭到政治力壓迫後的解放期作為時間的參照點。值得注意的是特定「政治」時間點，皆影響了兩岸各自新詩潮流的生成與建構。無論如何，重大的「政治」時間點，皆導致臺、中兩地皆發生了劇烈的政治轉型與社會變遷，連帶影響的是，民間書寫、創作的自由度出現某程度上的開展，包覆著種種日常生活形態與思維結晶的新詩語言，也出現了重大轉向。

本書將研究的時間範疇定錨在兩岸詩的「戰後」時空，臺灣自 1953 年紀弦創辦主編《現代詩》，往後一路拔高的「現代主義」時代來臨。中國具備現代主義特徵的「地下詩歌」，也正好座落在這個時期。據此，第二章「自我之書：兩岸現代主義新詩的自我與世界」比較的是臺灣的「現代主義」與中國的「地下詩歌」。而七〇年代末至九〇年代，臺灣出現了一批戰後出生世代之詩人，致力於現代主義的改造與深化，中國朦朧詩人也正式地開啟現代的聲道，「現代主義」在兩岸八〇年代前後出現了比較研究的「區間」。

此外，八〇年代以後，因為中國不具備充分「後殖民」的歷史文化條件，因此並未有足夠份量的「後殖民詩」可資比較，這時候，研究「區間」就落在了「後現代」上。因此，「後現代」與「女詩人」的崛起，代表的是走向多元的新詩景觀。因此，從第二章到第五章，分別比較兩岸八〇年代以降的「現代主義」新詩、「後現代詩」與「女性」新詩。

二、研究目的

本書將「當代華文新詩」視作一研究的整體，企圖辨明在「同文」（同一語言屋宇：漢語／文／字）的表象架構之下，臺灣詩人與中國詩人各自因為不同的政治結構、歷史機遇與文化情境，催生出彼此迥異的話語形構、美學生產與心靈版圖。從戰後以來，臺灣的新詩向來在詩潮的催動與技巧的開拓上，較中國大陸詩壇更為活躍。而在「臺灣文學」學科體制化趨於完備的今日，回顧八〇年代以後臺灣前行代詩人所創造的多元價值光譜，相較於同時間中國現代主義的百花齊放，比較兩者之間更深層次的美學紋理與心靈樣貌，目前兩岸學界仍缺乏整個歷史脈絡的梳理。

臺灣現代詩的創作能量與藝術價值，在世界華文文學向來具備指標意義，而將八〇年以後臺灣總體詩歌景觀，適度投射至中國詩壇，考察其在「現代」、「後現代」與女詩人寫作道路上的蟄伏與突圍，考察其所創造出的與臺灣不同的接受與回應方式，這應是一項值得深究的學術議題。因此，若能以「兩岸詩」為分析架構、釐清兩者不同文化土壤所生成的文本「交涉」後衍生種種繁複多層次的文脈與表徵，並進一步提出臺灣詩歌於全球世界華文文學的特殊性。筆者推估，「臺灣新詩」於全球華文世界的主體性輪廓也將漸次浮現，這不但能拓寬既有臺灣新詩研究的穩固僵化的邊界，也是一種臺灣新詩研究面向全球化的「文化戰略」。所以，面向中國的新詩生產與研究能量、揭開「中國新詩」生產與傳播過程中的種種隱蔽的容貌，暫時解除「民族國家」的國／別新詩研究框架，探尋另一種「兩岸詩」學術生產上知識論與方法論可能性，如此也能夠刺激筆者自身對「臺灣現代詩」的研究預設與價值尺度，進一步重新反思、理解與再詮釋自身的新詩傳統。

本書的「研究目的」，以下分三點論證：

（一）探究臺灣與中國戰後新詩在世界華文新詩研究場域的特殊性與重要性

在後工業社會的「後」歷史語境之中，在「漢語／中文」此一歷史先驗的文／言之文明表徵下，臺灣與中國在八〇年代以後，所呈現出差異化的歷史、社會與政治的條件，及其各自詩歌文本中所催生的文本政治、激進話語與身分認同。以上，種種現象背後所指涉的歷史脈絡與思想結構都相當複雜。本書透過文化場域的「交涉」方法，跨出臺灣單一國／別的論述空間，開啟以「兩岸」詩為架構的閱讀與思考。

筆者認為，戰後兩岸詩人擁有「名目」上雷同的「文化／審美」姿態（比如同為「現代」或「後現代」），但兩岸詩人理解自我與外部世界的關係、對於表現現代／後現代的傳達方式出現了諸多重要差異。以兩岸戰後「後現代」詩人為例，兩岸後現代詩人對前代詩人話語權的爭奪，對文化認同與集體記憶的構成、對身分政治的演繹與轉化、對語言表達的反思等，以及，同樣是「反文化」，面對無所不在的資本／市場馴化文學與獨立思考的現象，拆／解語言內部「總體性」的方式與策略等等。以上，皆需要透過臺灣與中國新詩美學的比較研究，才能突顯兩者在世界華文新詩研究場域的特殊性與重要性。

（二）以中國新詩作為「文化他者」，重新蠡測臺灣新詩美學的歷史位置

臺灣在八〇年代以前，「紀弦」此一球根在官方認可的詩壇表象之下，於日治時期延續至戰後的前衛詩潮，仍隱隱作為伏流影響著跨語世代的詩人。八〇年代以降之詩人群體自重層糾葛的詩史中，以迂迴、游牧之藝術游擊姿勢或語言戰略——兵不血刃、亦裝聾作啞地以藤蔓叢生，攀附於威權解體後、呈現出話語大爆炸的狀態。然而，臺灣的現代主義在六〇年代早已取得了巨大成就，但若能以中國新詩作為「文化他者」，看待中國朦朧詩人在八〇年代的地表之上，其努力在思考與想像的邊界上掙扎、滋長、蔓延「現代性」的歷程。如此一來，也能反思臺灣「現代派」何以為「現代」、如何「現代」的內在文化成因。

於是，「他者」（中國）向度的美學思考，從宏觀處，必須牽涉到對兩岸新詩史整體性的掌握，從微觀處，也必須落實到兩岸詩人具體的文本分析。以「中國戰後新詩」為「他者」，亦有助於重新蠡測臺灣新詩美學從戰後以降，在整體世界華語新詩發展的歷史位置與美學價值。透過兩岸詩人其表裡（形式與內容）錯動參差的「不對稱美學」（或稱之為文本「非同一性」），看待兩個詩壇如何在對應時代與自我、如何現代與後現代、女詩人如何表述自身情感與思想的面向上，呈現出的種種繁複差異。因此，對中國戰後新詩生產進行大規模的閱讀，以「中國」作為「文化他者」的比較研究，這對臺灣內部自身的現當代新詩研究，亦有「他山之石」的助益。

（三）打開內向型的研究視域，反思臺灣新詩的歷史經驗

進入九〇年代，兩岸詩壇皆面對了後現代狀況由「時間性」朝向「空間性」的裂解構型，兩岸漢語詩歌美學打開了某種「塊莖文本」，向「歷史總體性」及其隱含的「文化／資本」政體滲透。以對岸中國詩歌為參照系，兩岸詩壇各自建構的反應模式，及其所牽涉的雙方，關於漢文文化系統的連帶、互涉、互動的問題就更形重要了。九〇年代中國改革開放的加速，中國詩壇在驅散了毛話語的幽靈後，對應於解嚴後「眾聲喧嘩」的臺灣新詩場域，中國詩壇也出現了一種「個人化」的話語裝置，生產著異質的詩學：抵抗政治力對文化民主化的制約與反極權主義攏絡的文化編碼模式（知識份子／民間立場）。

因此，筆者認為，臺灣與中國在戰後皆面臨著來自西方、甚至模仿的「現代」詩歌視野，只是雙方的歷史進程、接受步調有所不同。為了辨明兩岸戰後新詩不同發展路向與歷史經驗，臺灣新詩研究應該打開內向型的研究視域，面向中國戰後新詩場域，探究兩岸詩人在面對社會轉型時期所出現不同的詩歌思考，此舉亦能夠促

使自身對臺灣現代詩的歷史經驗進行反思。

比如，從兩岸戰後至七〇年代的歷史時空之中，看待臺灣詩人在「橫的移植」之後，如何呈現出「傳統」與「現實」的內在張力；以及，探究中國詩人在革命浪潮劇烈衝擊下的新詩寫作，其抒情主體的精神輪廓與後五四的中國現代性相聯繫又斷裂的不同內在樣貌。如此一來，考察戰後中國詩人在現代性歷程上的頓挫，以及一種辯證性的「現代」，如何被體現在兩岸詩人筆下豐富、細緻的精神層次之中。以上，皆必須經由打開內向型的研究視域方能獲得較澈底的解決。

第三節　相關研究文獻回顧

1980 年以降兩岸新詩的比較研究，是建立在原先「單向視域」的基礎之上，也就是應從八〇年代大陸出版市場的「臺灣熱」，以及臺灣部分詩刊、報刊刊載的中國大陸詩作，作為考察的起點。從本書「問題意識」已稍做勾勒，以及從實證的文獻資了顯示，由於大陸學術量體與分工機制（機構量體、人員編制、研究經費）較為充實，至今，中國學界已有多部有述及臺灣新詩的文學史、詩史、詩歌風潮與詩人各論的研究累積，而臺灣學界跨度對岸研究者，已然在歷史總體脈絡、個別世代、詩潮與風格或個別詩人研究（楊小濱），或是從中國當代詩史「典律化」的角度出發，考察特定詩人與作品在詩史的建構過程（陳大為）。

無論如何，時至今日，關於臺灣學界跨足兩岸新詩的「比較研究」方向來說，是較為稀缺的。因此，本書在兩岸新詩的對比圖式、論述框架與實際詩歌批評路徑和方法的提出，必須廣泛參照兩岸學界在「單向視域」所累積的研究成果，再進一步作為提出「雙向視域」與「比較研究」的論證基礎。

以下，將從「詩選」、「學術專著與新詩批評」、「詩刊雜誌、期刊論文或報紙專章」，從中廣泛爬梳文獻的不同文類特質與論述理路之後，再獨立出涉及「比較」向度研究者一類，作為本書最為重要之參考文獻：

一、詩史與詩選

從詩史面向，欲對戰後以降兩岸新詩發展有所管窺，必涉及已然大量累積的「詩史」專著，而對於詩史該如何寫，以及涉及的諸如史觀、史料、評述方式等問題，尤其是中國學者寫的臺灣詩史著作，以及臺灣學界對自身史家撰史方法的梳理，這方面已有部分臺灣學者對兩岸詩史寫作及「如何文學史」提出反思，如孟樊[29]與楊

---

[29] 陳俊榮（孟樊），〈書寫臺灣詩史的問題——簡評古繼堂的《臺灣新詩發展史》〉，《中國論壇》32:9

宗翰[30]。

本書從各自新詩研究場域裡已然累積的詩史著作出發，臺灣部分，包括葉石濤《臺灣文學史綱》[31]，雖並未特別著重於新詩史，但本書在敘述五〇年代至八〇年代的臺灣文學的歷史與社會背景、主要文學潮流與重要的作家及作品等部分，仍可約略觸及到本土派文人史家看待臺灣戰後文學基本歷史發展的方式；

張雙英的《二十世紀臺灣新詩史》[32]，時間跨度從戰前日治時期新文學寫到戰後九〇年代，本書以臺灣新詩文本的「形式」意義和文字「表現」方式為論述重心，並能兼顧詩社活動，全景式地勾勒出「二十世紀臺灣新詩」的發展面貌與流變歷程；

陳芳明《臺灣新文學史》[33]是目前臺灣最為完整的文學史，尤其在六〇年代現代主義新詩的高潮期，陳芳明以其對現代主義詩學的深厚個人參與經驗及研究歷程，以及其所持之後殖民左翼、女性、邊緣、動態的史觀，對臺灣文學史做出整體圖像的描述與考察。

其次，鄭慧如的《臺灣現代詩史》[34]，其持論以「詩人」與「作品」為主，是目前最為完整的「詩史」，相較於「文學史」更為聚焦於「新詩」場域、現象與文本的研究。本書大致以「經典之形成：1950~1969」、「現代主義到現實主義的轉折：1970~1979」、「解嚴到世紀末的繁花盛景：1980~1999」劃分臺灣戰後詩史階段，尤其在「解嚴到世紀末」一章另獨立「學院詩人」唯一論述類別，為臺灣「學院詩人」標立詩史意義與位置，是為本詩史寫作在體裁上的獨特性與開創性。

以及，甫於2022年出版、由孟樊與楊宗翰合著的《臺灣新詩史》（下文簡稱「孟楊版」詩史）。「孟楊版」詩史堅持「文本主義」史觀、著重新詩場域自身相較於外部政治、社會變動的「自律性」，除了「不循傳統臺灣文學史慣採政治事件或社會變遷作為分期點的惡習，改以重要詩集、詩論集、刊物的出版與文學事件（如文學運動或思潮）的發生為斷代及論述之『點』」[35]，更力圖破除詩社、詩人、世代等「人際網絡」所編派的詩史寫作慣例。

中國當代新詩史部分，程光煒《中國當代詩歌史》[36]從戰後寫至九〇年代，不

（1992.06），頁73-76；以及陳俊榮（孟樊），《文學史如何可能：臺灣新文學史論述》（臺北：揚智文化，2006）。

[30] 楊宗翰，《臺灣現代詩史：批判的閱讀》（臺北：巨流，2002）。

[31] 葉石濤《臺灣文學史綱》（高雄：春暉，1998），頁83-179。

[32] 張雙英，《二十世紀臺灣新詩史》（臺北：五南，2006）。

[33] 陳芳明，《臺灣新文學史》（臺北：聯經，2011）。

[34] 鄭慧如，《臺灣現代詩史》（新北市：聯經，2019）。

[35] 孟樊、楊宗翰，《台灣新詩史》（新北市：聯經，2022），頁40-41。

[36] 程光煒，《中國當代詩歌史》（北京：中國人民大學出版社，2003）。

過對特定當代詩學問題（如詩歌批評與詩史研究）亦有專章呈現；洪子誠、劉登翰《中國當代新詩史》[37]從六〇年代政治抒情詩、文革詩歌、歸來的詩人、八〇年代朦朧詩、第三代詩、九〇年代新詩，另論及臺、港、澳的現代主義新詩，包括新詩潮流、運動、流派與主要詩人，體例最為完整；張新《20世紀中國新詩史》[38]雖然在篇幅上較為偏重戰前新詩的起源與發展，直到「第四編：新的開始」才開始論及八〇年代以降的新詩發展概貌，但本書在詩史寫作觀念上更注重文本例證，亦可補足一班新詩史書寫缺乏適量文本例證的現象；最後，則是張清華的《中國當代先鋒文學思潮論》[39]，此書顯然蘊含作者個人獨特的學術見解，重視的是「先鋒」此一詩歌運動、現象、文本展演等面向其內部的「思想」基礎，譬如將「朦朧詩」納入「啟蒙主義」的範疇之內，第三代詩有其「新歷史主義意識」等等，展現對既存的新詩史進行再詮釋與再發現的能力；張桃洲《中國大陸先鋒詩歌簡史》[40]雖是「簡史」，但卻能夠不陷入一般史家闡述習慣上的客觀與駁雜，而能夠結合自身身為批評家的銳利與洞見，以此呈現中國先鋒詩歌1986~2003之間的發展概貌。

從詩選面向，臺灣詩人部分，以詩人自身出版單行本詩集或全集裡的新詩卷部分為主，在此不贅述。中國詩人部分，本書以黃粱編選、由唐山出版的「大陸先鋒詩叢」為主要參考資料，此叢書含「詩論卷」共20冊，本書納入的研究對象如虹影、周倫佑、于堅等[41]，皆參考了此書系的選本。作為臺灣面向中國當代新詩最重要編選者與闡釋者之一，黃粱以其詩人兼詩評家的位置與素養，對當代中國詩歌的時代命題與審美意義的挖掘與闡釋，居功甚偉。惜此書出版於1999年，部分有先鋒傾向的詩人未及選入；而作為臺灣最重要的中國當代新詩研究者之一的楊小濱，由其編選、秀威資訊出版的「中國當代詩典」系列，共兩輯，一輯15冊，以「未曾在臺灣出版個人詩集」的詩人為主，補足了前述黃粱未及選入的詩人與作品。其中，依照本書研究架構的選定，本書亦納入「中國當代詩典」書系「第一輯」裡的楊煉、多多、王小妮、翟永明、陳東東、李亞偉等[42]選本；當然亦有其他在中國本地出版的選本，譬如廣州花城出版社的「忍冬花詩叢」；北京作家出版社的「標準詩叢」；由謝冕與徐敬亞等

---

[37] 洪子誠、劉登翰，《中國當代新詩史》（北京：北京大學出社，2005）。

[38] 張新，《20世紀中國新詩史》（上海：復旦大學出版社，2009）。

[39] 張清華，《中國當代先鋒文學思潮論》（北京：中國人民大學出版社，2013）。

[40] 張桃洲，《中國大陸先鋒詩歌簡史（1986~2003）》（臺北：秀威資訊，2019）。

[41] 如周倫佑，《在刀鋒上完成的句法轉換》（臺北：唐山出版社，1999），後出版地與出版單位皆相同；虹影，《快跑，月食》；虹影，《快跑，月食》。

[42] 如楊煉，《眺望自己出海：楊煉詩選》（臺北：秀威，2013）；多多，《依舊是：多多詩選》；王小妮，《致另一個世界：王小妮詩選》；翟永明，《登高：翟永明詩選》；陳東東，《導遊圖：陳東東詩選》；李亞偉，《紅色歲月：李亞偉詩選》等。

編選、瀋陽春風文藝出版社的「中國女性詩歌文庫」系列等等，亦有所參照與徵引。

若仔細檢視中國大陸的「臺灣新詩」的編選，一直以來，臺灣新詩在中國的研究熱點，大致集中在余光中、洛夫、瘂弦、鄭愁予、楊牧、商禽等「經典詩人」。古繼堂《臺灣新詩發展史》關注到了「回歸浪潮」（七〇年代鄉土文學）世代的詩人群，如吳晟、蔣勳、高準、羅青、施善繼、林煥彰、向陽、鄭炯明、李敏勇、張香華、朵思、陳明臺、渡也、蘇紹連等[43]，但由於此部中國大陸第一部臺灣詩史詩學專著出版於 1989 年，尚未走完整個八〇年代，因而只能寫到七〇年代為止，而對於八〇年代因為「詩刊復興」而崛起的世代，如楊澤、陳黎、苦苓、羅智成、夏宇、劉克襄、陳克華、林燿德、許悔之等，只能在〈後記〉[44]略微提及。

另外，大陸詩人流沙河編選的《臺灣詩人十二家》[45]選入紀弦、羊令野、余光中、洛夫、瘂弦、白萩、楊牧、辛鬱、商禽、羅門、葉維廉、鄭愁予、與高準；另一選本《臺灣中年詩人十二家》選入杜國清、許達然、施善繼、羅青、吳晟、方莘、張錯等，雖已能顧及臺灣詩壇不同美學光譜的多元與差異，但受限於出版時間因素，八〇年代崛起的詩人並未納入。九〇年代的部分則有沈奇編選《九〇年代臺灣詩選》[46]，這個選本選入了許悔之、孫維民、紀小樣、李進文、陳克華、林群盛等八〇年代後崛起的詩人，頗能忠於臺灣九〇年代的詩壇原貌。較晚近的選本如李少君、陳衛編選的《臺灣現代詩選》[47]，也有世代向下延伸的趨勢。以及，較側重世代論角度的選本，為兩岸詩人顏艾琳（臺灣）與潘洗塵（大陸）編選的《生於 60 年代：兩岸詩選》[48]。

二、學術專著與新詩批評

（一）偏重整體批評或綜述評論的著作

偏重整體批評或綜述評論的著作方面，臺灣與美國華人學者對自身詩學的研究，如陳義芝《現代詩人結構》，以「文化研究」作為主要研究方法，論述詩人與作品在特定歷史時空之中的文化認同、心靈歸屬、在地意識等心智景觀；陳義芝，《聲納：臺灣現代主義詩學流變》，則是「類詩史」的寫作，勾勒戰前水蔭萍與超現實主

---

[43] 古繼堂，《臺灣新詩發展史》（臺北：文史哲出版社，1989）。
[44] 同上註，頁 495-501。
[45] 流沙河，《臺灣詩人十二家》（重慶：重慶出版社，1983）。
[46] 沈奇編，《九〇年代臺灣詩選》（瀋陽：春風文藝出版社，1998）。
[47] 李少君、陳衛編，《臺灣現代詩選》（北京：現代出版社，2017）。
[48] 顏艾琳、潘洗塵編，《生於 60 年代：兩岸詩選》（臺北：文訊，2013）。

義到戰後現代主義與後現代主義詩學的「流變」。

蕭蕭《臺灣新詩美學》與《後現代新詩美學》，前者以戰後臺灣兩大新詩美學主潮的成形為主要軸線：寫實主義與超現實主義，試圖論證臺灣戰前與戰後現代詩美學圖像的斷裂與鍛接、共構與多元的發展面貌。後者將德希達的「延異」與臺灣本土詩學聯繫起來，重塑臺灣新詩的後現代系譜，以「差異」圖繪臺灣新詩美學座標語路向。

簡政珍《臺灣現代詩美學》本書的理論取徑上引用琳達·哈琴（Linda Hutcheon）對於「後現代雙重視野」的理論觀察，認為後現代從現代主義的基礎上，重新對自我進行一次本體的追問，作者以此觀點蠡測、評價臺灣目前的後現代詩寫作、後現代詩研究與批評。本書提供筆者對於後現代主義「諧擬」、「自我指涉」、「再現」等觀點的概要性認識，也對本書切入兩岸詩人文本的實際研究時，給予相當重要的論述參照。

奚密《臺灣現代詩論》雖是詩學各論，各篇亦有不同主題，但我以為奚密尤擅長的是以其詩學素養重新梳理臺灣新詩史與實際批評時，能夠指出部分既存陳習學術論點的謬誤。尤其是其〈邊緣・前衛・超現實：對臺灣 1950~1960 年代現代主義的反思〉一文，對本書進行臺灣戰後超現實主義的重新解讀與寫作時，有重要參考價值；向陽《長廊與地圖：臺灣新詩風潮簡史》，以「十年」唯一階段，總結臺灣戰後至八〇年代詩風潮的生成與變遷，對臺灣詩史的反思與重寫，有提綱挈領之功；以及，劉正忠（唐捐）的《現代漢詩的魔怪書寫》，其中在「當代臺灣詩（1949~」」的部分，作者以「非理性視域」與「異端」為觀察視角，瞄準洛夫、顏艾琳、江文瑜、陳克華等人的作品中，呈顯被主流審美機制（如溫柔敦厚的傳統詩學）所排除、貶抑、賤斥的「體液」、「屎尿」等身體身體／生理機制，納入了詩意生產的範疇，甚至具有詩人內蘊精神創造的表現。本書對現代漢詩領域研究極具突破性與開創性，「體液」不再是無生命、機械式的生理機制，而是能夠納編符號與身體、悠遊於體制與想像界域的反／詩意生產。

臺灣學者對「中國現當代詩」的研究，如楊小濱《歷史與修辭》中多數篇章，清晰而有力度地闡釋了「朦朧詩」到「第三代詩」的內在美學機制的轉換，其中〈解讀兩岸詩的後現代性〉、〈崩潰的詩群〉二文，亦收錄於其在臺灣出版的《語言的放逐：楊小濱詩學短論與對話》；楊小濱《慾望與絕爽：拉岡視野下的當代華語文學與文化》中之第一至第三章，以拉岡精神分析學為分析架構，解讀當代中國漢語詩的後現代政治（第一章）、文化轉譯與心理轉移（第二章）及身體與情色書寫（第三章），以及陳大為《中國當代詩史的典律生成與裂變》，從中國當代詩史「典律化」的角度出發，考察特定詩人與作品在詩史的建構過程。

而中國學界對「臺灣文學」研究地開展甚早[49]，其中較重要的有沈奇《臺灣詩人散論》、古遠清《臺港朦朧詩賞析》及《海峽兩岸朦朧詩品賞》、陶本一與王宗鴻編《臺灣新詩鑑賞辭典》、古遠清《海峽兩岸詩論新潮》[50]等，以及較晚近的有陶保璽《臺灣新詩十家論》[51]。古遠清《海峽兩岸詩論新潮》的論述時間軸從詩觀、詩史、詩人三個面向縱論現代派到龍族的「民族回歸」，不過大體上還是停留在八〇以前，「臺灣詩論新潮」與「大陸詩論新貌」仍是分成上下兩卷分開處理，並未有任何綜合的比較討論。陶保璽《臺灣新詩十家論》，論述的是洛夫、張默、瘂弦、辛鬱、商禽、大荒、向明、周夢蝶、余光中與林亨泰等十家詩人，仍是跳開了多數臺灣八〇年代以後不論是「鄉土」、「現代」還是「後現代」的重要詩人。

（二）偏向學術專業的著作

偏向學術專業著作方面，兩岸對臺灣現當代詩的研究，有孟樊《當代臺灣新詩理論》以西方現代文學批評理論為分析參照架構，考察臺灣新詩及其批評理論的系統性專著，以及《後現代詩的理論與實際》，則是以「後現代」理論對臺灣現當代詩進行實際批評的重要著作；有陳仲義《臺灣詩歌藝術六十種——從投射到拼貼》、《扇形的展開：中國現代詩學的譾論》[52]，前者「技巧表現」的方法論，將臺灣戰後新詩分為六十種表現技藝；後者以新詩「本體論」的分類方式，歸結出十六種詩歌本體形態，並在「後浪漫詩學」、「超現實詩學」、「智性詩學」等章節裡，皆有論及臺灣詩人的詩作；另外，還有朱雙一與劉登翰《彼岸的謬斯——臺灣詩歌論》；朱雙一《兩岸新世代和舊世代詩論之比較》；張亞昕《情繫伊甸園：創世紀詩人論》；

---

[49] 就 1979-1989 這十年在中國大陸與「臺灣文學與文化」（不限於新詩）有關的研究著作，按古繼堂的整理，在「專著方面」：封祖盛的《臺灣小說主要流派初探》，王晉民的《臺灣當代文學》；白少帆、王玉斌、張恆春、武治純主編、由北方 81 所大專院校的教師合著的《現代臺灣文學史》，古繼堂的《臺灣新詩發展史》、《臺灣小說發展史》，公仲與汪義生合著的《臺灣新文學史初編》，莊明聲、黃重添、閔豐齡合著的《臺灣新文學概觀》，黃重添的《臺灣當代小說藝術採光》等。論文集方面如：武治純的《臺灣鄉土文學初探》，汪景壽的《臺灣小說作家論》，張默芸的《鄉戀・哲理・親情》，播亞曦的《香港作家剪影》，古繼堂的《柔美的愛情——臺灣女詩人十四家》、《靜聽那心底旋律——臺灣文學論》、《臺灣的電影與明星》，流沙河的《臺灣詩人十二家》，《臺灣封祖盛的《臺灣現代派小說評析》，古遠清的《臺港朦龍詩賞析》，《臺灣香港文學論文選》（首屆臺灣香港文學學術討論會專輯），《臺灣香港文學論文選》（第二屆討論會專輯），《臺灣香港與海外華文文學論文選》（第三屆全國臺港與海外華文文學學術討論會論文選輯）等。見古繼堂，〈臺港文學研究十年〉《臺港與海外華文文學研究》（1990.06），頁 60。

[50] 古遠清，《海峽兩岸詩論新潮》（廣東：花城出版社，1992）。

[51] 陶寶璽，《臺灣新詩十家論》（臺北：二魚文化，2003）。

[52] 陳仲義《扇形的展開：中國現代詩學的譾論》（杭州：浙江文藝出版社，2000）。

王珂《臺灣中生代詩人兩岸論》[53]等等。

王珂《臺灣中生代詩人兩岸論》首先揭示「由於地域空間、政治體制、文化記憶等原因，尤其是政治原因，形成不同的詩歌生態，導致文體的功能、形態甚至價值都有差異。比較研究兩岸四地的新詩文體具有重要的詩歌、文化和政治意義」[54]，本書並在「第一章：總體研究」的第一節「大陸和臺灣中年詩人寫作比較」之中，以臺灣中年詩人簡政珍、詹澈為例，批判了九〇年代後進入「個人化寫作」情境的中國大陸中年詩人，沒有展現如臺灣詩人那般的面向社會現實的「啟蒙與批判」功能以及「使命與參與」意識[55]；江漢大學現當代詩學研究中心曾將 2004-2011 年間《江漢大學學報》（人文科學版）所創設「現當代詩學研究」特色欄目近四十篇精粹論文，彙集成《群峰之上：「現當代詩學研究」專題論集》[56]一書。其中，除了中國現代詩潮與詩人相關研究，在「臺灣與海外詩歌」一欄，也有涉及臺灣詩人與特定詩潮的研究篇幅[57]；傅天虹、白靈《臺灣中生代詩人兩岸論》[58]，則是由兩岸共十五位詩人學者，各自論述臺灣十五位中生代[59]詩人，除了臺灣學者自身的，也可以見到大陸學者的。

女性詩歌方面，臺灣學者部分有鍾玲的《現代中國繆思——臺灣女詩人作品析論》；陳義芝《從半裸到全開——臺灣戰後世代女詩人的性別意識》；鄭慧如《身體詩論：1970~1999》；李元貞的《女性詩學：臺灣現代女詩人集體研究（1951~2000）》；李癸雲《朦朧、清明與流動：論臺灣現代女性詩作中的女性主體》與《結構與符號之間：臺灣現代女性詩作之意象研究》；洪淑苓《思想的裙角——臺灣現代女詩人的自我銘刻與時空書寫》等等。中國部分，有周瓚《透過詩歌寫作的潛望鏡》；以及，張曉紅《互文視野中的女性詩歌》等等。

三、詩刊雜誌、期刊論文或報紙專章

在詩刊雜誌、期刊論文或報紙專章方面，有古遠清〈多元發展，混聲合唱——20

[53] 王珂，《兩岸四地新詩文體比較研究》（北京：知識產權出版社，2015）。

[54] 同上註，頁 1。

[55] 同上註，頁 24-38。

[56] 江漢大學現當代詩學研究中心編，《群峰之上：「現當代詩學研究」專題論集》（武漢：長江文藝出版社，2011）。

[57] 論及臺灣新詩研究者，如張桃洲〈對「古典」的挪用、轉化與重置——當代臺灣新詩語言構造的重要維度〉、黃梁〈推敲的詩藝：從無聲處叩問浮生——葉維廉詩集《雨的味道》索隱〉、陳仲義〈「聲、像、動」全方位組合：臺灣新興的超文本網絡詩歌〉，共三篇。書同上註，頁 481-531。

[58] 傅天虹、白靈，《臺灣中生代詩人兩岸論》（臺北：創世紀詩雜誌出版社，2014）。

[59] 所謂「中生代」，傅天虹、白靈的〈編後記〉為「出生於上個世紀五、六十年代，成熟並稱雄於上個世紀的八、九十年代。」見同上註，頁 353。此選本所論述的十五位中生代詩人對象為：焦桐、簡政珍、陳育虹、陳黎、白靈、渡也、杜十三、向陽、鴻鴻、陳義芝、李進文、羅智成、陳克華、馮青。

世紀 80 年代臺灣新詩創作概貌〉[60]、〈1990 年代的臺灣詩壇〉[61]、洪子誠〈新詩史中的「兩岸」〉[62]；詩刊雜誌方面有《創世紀詩雜誌》「中國大陸朦朧詩特輯」[63]、第七十二期[64]、第八十二期「大陸第三代詩人作品展」；《聯合文學》四十期「兩岸文學特輯」[65]；《笠》一四四期「大陸詩特輯」[66]；《當代詩學》年刊亦有第一期「兩岸詩學專號」及第四期「兩岸女性詩人專號」；《兩岸詩》創刊號亦有兩岸學者與詩人的座談記錄[67]等等；以上，還另有臺灣方面研究如「朦朧詩」與「第三代詩」的個別研究者，如陳大為、孟樊、楊小濱等[68]。

四、涉及「比較」向度研究者

許世旭〈兩岸新詩的發展比較〉[69]，分為〈上〉、〈中〉、〈下〉三篇比較兩岸五〇到九零的新詩風潮發展，其中涉及八〇年代以降新詩風潮的部分論證，譬如許認為臺灣八〇年代政治詩的興起，在形態上接近於中國大陸「社會主義的創作路線」，並認為八〇年代臺灣詩人因為六四事件而書寫的一系列「政治抒情詩」，與五、六〇年代大陸的「政治抒情詩」兩者風格類似。以及，許文將臺灣八〇年代詩潮視為

---

[60] 古遠清，《甘肅社會科學》3 期（2006.05）。

[61] 古遠清，《詩探索》1 期（2009.06）。

[62] 洪子誠，《文藝爭鳴》1 期（2015.01）。

[63] 《創世紀詩雜誌》64 期（1984.06）。

[64] 《創世紀詩雜誌》72 期（1987.12）。

[65] 《聯合文學》40 期（1988.02）。

[66] 《笠》144 期（1988.04）。

[67] 姜濤、張潔宇、零雨、李進文與談；奚密主持；洪崇德記錄，〈兩岸新詩的分流與交融〉，《兩岸詩》1 期（2015.12），頁 136-141。

[68] 關於中國大陸「第三代詩歌」，臺灣的相關研究有：曾琮琇，〈當代中國「第三代詩」的抒情性--以柏樺、韓東為討論對象〉，《國文學報》64 期（2018.12），頁 225-250；陳培浩，〈「第三代詩歌」精神的歷史性終結〉，《中西詩歌》2012:4=43（2012.12），頁 129-134；世賓，〈轉型——第三代詩歌運動的缺失、影響及未來詩歌的方向〉，《中西詩歌》2012:4=43（2012.12），頁 118-123；夢亦菲，〈新圖景中的不可能性詩歌——兼對第三代詩歌的反思〉《中西詩歌》2012:4=43 2012.12，頁 124-129。陳大為，〈徘徊在詩史的左邊——論柏樺《左邊：毛澤東時代的抒情詩人》〉，《臺灣詩學學刊》16 期（2010.12），頁 235-251；陳大為，〈中國當代詩史的後現代論述〉，《國文學報》43 期（2008.06），頁 177-198；孟樊，〈大陸第三代詩與臺灣新世代詩之比較〉，《當代青年》1:4=4（1991.11），頁 64-67；楊小濱〈劫難的寓言：八十年代後期的後朦朧詩〉《傾向：文學人文季刊》12 期（1999.01），頁 369-386、"Yuyan as Allegory/Prophecy: Visions of Ruin in Post-Misty Poetry" NTU Studies in Language and Literature. 25 期（2011.06），pp. 135-163、〈毛世紀的「史記」：作為史籍的詩輯〉《臺灣詩學學刊》15 期（2010/07），31-38。

[69] 許世旭，〈兩岸新詩的發展比較（上）〉，《幼獅文藝》84:11=527（1997.11），頁 32-38；許世旭，〈兩岸新詩的發展比較（中）〉，《幼獅文藝》84:12=528（1997.12），頁 41-52；許世旭，〈兩岸新詩的發展比較（下）〉，《幼獅文藝》85:1=529（1998.01），頁 53-55。

「象徵主義的退潮」與「向大陸的回歸」和兩岸分流的詩潮將走向「同質化」傾向等等，我認為以上許文的推斷是有疑問的。不過無論如何，許文仍是兩岸學界少見做出對兩岸詩潮歷史脈絡的梳理與對照，仍不失參考價值。

孟樊〈兩岸新詩發展的浪漫旅程〉[70]，簡述兩岸從戰前到戰後八〇年代的新詩發展，提綱挈領地描繪出政治社會條件變動，落實在兩岸新詩場域的影響；孟樊另一文〈大陸第三代詩與臺灣新世代詩之比較〉[71]，論述臺灣八〇年代崛起的「新世代詩人」與大陸「第三代詩人」在多元化詩歌景觀下的不同特質（臺灣：成熟穩健／大陸：喧嚷渾沌），也認為在大陸第三代詩人標榜「造反」（反崇高、反文化、反修辭、反藝術）的立場之餘，也指出了語言變成了一種「事件的敘述」、過於平面化的流弊，而這一點在臺灣新世代詩人之中，較少見到。

陳衛〈臺灣現代詩：參差映襯著大陸詩歌〉[72]，強調了臺灣新詩對大陸的影響論，提出臺灣詩歌發展歷程足可作為大陸新詩發展參照的主張，但比如「八十年代的大陸詩壇，吸收了五六十年代的臺灣現代詩歌的滋養；九十年代的大陸詩歌，與臺灣七八十年代的詩歌對接、很快就互相映照。如圖像詩的寫作，解構現代主義的詩作，再比如口語、敘事手段的使用」，這樣的論點堪稱是無比重要的兩岸詩研究的問題意識，但受限於報紙媒體的篇幅，未能深入討論，是至為可惜之處。

陳仲義：〈海峽兩岸：後現代詩考察與比較〉[73]，大只以「題材類型與維度取向」和「語言與思維方式」兩個面向考察兩岸「後現代詩」美學特質的異同。此文在體例上偏重解讀兩岸後現代詩種種美學再現的差異，雖文本例證較少，但卻頗能掌握兩岸現代詩的不同格局與歷程，在進行實際批評的過程中，也能騰出篇幅呈現出比較論述的張力[74]。

楊小濱〈論兩岸當代詩的幾個核心問題〉[75]一文，比較論述兩岸詩自八〇年代以後的歷史背景與起源、後現代主體、文化風格、社會向度、身體與情色等，將我

---

[70] 孟樊，〈兩岸新詩發展的浪漫旅程〉，《中國論壇》26:3=303（1988.05），頁 51-55。

[71] 孟樊，〈大陸第三代詩與臺灣新世代詩之比較〉，《當代青年》1:4=4（1991.11），頁 64-67。

[72] 陳衛，〈臺灣現代詩：參差映襯著大陸詩歌〉，《文學報》18 版（2016.01.26）。

[73] 陳仲義，〈海峽兩岸：後現代詩考察與比較〉《文藝評論》3 期（2004），頁 36-42。

[74] 譬如，在後現代理論落實到實際詩歌批評時，常被提及的主體（書寫者）、客體（所觀看事物）之間的關係及位差，陳仲義認為：「臺灣後現代詩人一般都恪守文化的主體性，通常以略為平視的視角，俯看對象，於『認知』層面化解對象，相對具體細密，寫作主體（與文本主體）比較統一，帶有一股學院的精英書寫味道和『鑽牛角尖』作風。大陸一開始就被主體的客體化所驅策，同時有意輕慢寫作倫理學，熱中『零度』風氣，掏空或淡化文化的主體性，常常『降格』為物的視線，衝動於感性運作，也不太顧及美學底線，特別在非崇高、非和諧、非修辭、非美（審醜）原則導引下，演繹粗鄙，帶有一種自立寨門、我行我素的流俗氣息，也沾染不少功利色彩。」同上註，頁 41。

[75] 楊小濱，〈論兩岸當代詩的幾個核心問題〉，《詩探索》2012 年 1 期，頁 95-106。

帶向了對「兩岸詩」研究的初步認識與視野開展，及其所生成之話語形構、風格與美學體系的批判審視。

洪子誠〈新詩史中的「兩岸」〉[76]，是一篇史料方法學的文獻。洪文將新詩史中如何處理兩岸的詩歌現象，分為三個層次：（1）對兩岸的詩歌單獨分別處理；（2）將大陸和臺、港的詩歌都納入其中，但採取分別敘述的結構；（3）將兩岸新詩作為「中國新詩」既相對獨立性，也密切關聯的對象，進行「文學史意義」的整理。若按照洪文的分類，本書的論述取向應比較貼近（3），但本書著重的並非全然附會兩岸詩史既定的論斷，而是將新詩特定的主體構造或詩潮抽繹出來，進行對比，呈現兩岸詩人不同的主體與感覺結構（話語形構），又在相異的文化土壤之上，兩岸詩歌出現怎樣分殊／差異的語言形式與表達方式（美學生產）。

第四節　論述路徑與研究架構

承前述在「問題意識」上，（一）歷時性的錯位：「分殊／流」的歷史與「差距／異」的美學；（二）新詩「潛勢區」：朝向「域外」接觸的臺灣新詩；（三）「兩岸詩」：一項未竟的學術志業。以及，在「研究目的」的設定上，（1）探究臺灣新詩美學於世界華文新詩場域的特殊性；（2）以中國新詩作為「文化他者」，重新蠡測臺灣新詩美學的歷史位置；（3）打開內向型的研究視域、面向中國，催生臺灣主體性的新詩美學。

以上，透過「問題意識」的生成與「研究目的」的設定，打通臺灣／中國「雙軌的系譜」，以「兩岸」作為比較的國族／地域範疇，擺脫衍生自國族認同僵局的「文化統合論（臺灣文學是中國文學的一部分）」或「文化兩國論（臺灣文學與中國文學互不隸屬）」這樣過於簡化的二元對立，試圖透過「漢語詩歌美學」整合兩岸參差差異的新詩發展脈絡，排除「國族文學」此一僵化的意識形態研究樣態，除突顯臺灣新詩於世界華文文學之中的特殊的位置之外，也嘗試呈現出上個世紀末的二十年之中，兩岸文學場域裡多重、繁複且變動的新詩美學景觀。

因此，本書開展出以下「論述路徑」：「以比較為視域，以詩史為方法」為總綱，開展出（1）研究對象的再相對化；（2）兩岸新詩的再問題化；（3）研究視域的雙向化，以及「研究架構」：（1）從歷史重要「時間斷代」，梳理在八〇與九〇兩個歷史斷代的美學。也就是說，「八〇年代（1980-1989）」臺灣「本土／現代／後現代」與中國「現代／先鋒」之間，及「九〇年代（1990-1999）」臺灣「全球化／後殖民」

---

[76] 洪子誠，〈新詩史中的「兩岸」〉，《文藝爭鳴》1 期（2015），頁 115-118。

與中國「全球化／後現代」之間，各自在時代的共時維度裡，比較兩者複數的、差異的美學圖像，也試圖提出兩者在每一個時間斷代裡共同的美學特質。

一、論述路徑

（一）以「比較」為視域，以「詩史」為方法

兩岸八〇年代以降新詩，經由語言所聯繫的知識、身體、情感與慾望，呈現出解放話語的爆破式生成與蔓延。據此，不論是中國的「朦朧詩」、「後朦朧詩」，還是臺灣的「都市詩」、「政治詩」、「女性詩」還是「後現代詩」，文本的內部出現了種種巨大的、亟待被填補的書寫空間。兩岸新詩裡因為政治禁忌再現出「空缺主體」的精神徵狀、被壓抑的記憶與情感，也得到了被表述與書寫的歷史契機。於是，掙扎於政治壓抑結構中的詩歌敘事與抒情，被時代的裝置重新抽換，話語的解放帶來了批判思維的重新「結構化」。

順此思路，兩岸八〇年代以降的新詩美學，正處於戰後世代之前輩大家的所樹立之「正典化」的美學遺風（臺灣／「楊牧」的？還是「夏宇」的；中國／打倒北島、pass 舒婷），特定的文學典律、意識形態化的書寫系統，及其所挾之文學詮釋權（臺灣／副刊、詩刊、文學獎、出版社；中國／作協、文聯、文學獎）的多重擠壓之下，卻適逢後現代／後工業資訊社會的書寫解放浪潮中，逐漸衍生出批判性的審美體系。

因此，作為兩岸「比較」研究視域所衍生的種種詩學問題，以及再回到本書的「問題意識」上，比如說兩岸詩人在「八〇年代以前」的「自我建構」有何差異？又體現出怎樣的「現代」？而在八〇年代兩岸走向政經劇烈變動的年代時，兩岸在歷經鄉土洗禮（臺灣）與文革中斷（中國）歷史情境中，又如何繼續或發明「現代」？其後，「後現代」又為何產生？其對「後現代」的語言構造與表現方式有何美學上的異同？兩岸女性詩歌又如何生產著不同的主體建構思維與話語策略？

以上問題，我認為圍繞在特定「意象」叢或「主題」的比較方式，是「見樹不見林」，且不少詩人其寫作歷程歷經內在的質變[77]，若以特定時期、特定的表述方式或語言風格概括，也失之精細度與客觀性。以上，我以為皆需要透過「詩史」的回

[77] 比如顧城，其早期的「童話風」，與後期的「自然風」，明顯有所差異，因此不能用「童話」概括顧城的創作特質。臺灣方面比如蘇紹連，其原本趨向物像變形劇烈、語言晦澀的超現實詩風，在中後期的寫作明顯轉向具有本土題材與現實感知的凝視，以及其對形式的敏感與實驗傾向（散文詩），亦很難用特定的美學框架一概而論。兩岸後現代詩人與女詩人亦有不少案例，也顯示了這樣的詩人對自身創作風格基調進行反思與革新的現象，在此不再贅述。

顧、重讀、重新詮釋才能有效解決，在每一個「當下」重讀、重解每一段「詩史」歷程，不但是催生新學術觀點以對現有「詩史」的回應，也能夠「再發現」現有「詩史」與前行研究的詮釋偏差或未能著墨之處。於是，本書以「比較」為視域，以「詩史」為方法，試圖探究兩岸「華文詩歌」此一美學生產機器的生成、變遷與現狀，以及集體表述與影響焦慮的對照研究。

本書各章節的次標題皆以「詩人－總體特徵」此一論述方式，每個章節在臺灣與中國接個別挑選具代表性的五至六位詩人作為案例研究對象，呈現兩岸詩人在「詩史」的位置與意義。基於自身學力與時間限制，雖難免會有部分詩人未能選入研究案例的缺憾。但另一方面，也是經由「詩史」為方法的重讀、重新解讀兩岸詩人作品，把兩岸現當代詩原本各自分治、缺少比較與對話的話語形構與美學生產，透過「詩史」為方法，串接起來並整理出一個粗略的分析雛形，藉此也希望能夠重構「兩岸現當代詩新詩比較史」。

在提出知識取向論的總綱「以「比較」為視域，以「詩史」為方法」之後，進入了具體的分析方法，就必須尋求兩岸新詩比較研究適當的方法論。本書開展出以下三條論述路徑：（1）研究對象的再相對化；（2）兩岸新詩的再問題化；（3）研究視域的雙向化。

（1）研究對象的再相對化

以八〇年代來說，臺灣詩壇繼受了前代現代主義與鄉土文學兩項精神遺產，開啟了後現代的新篇章，以及中國詩壇也在同樣時間，經歷了從「朦朧」到「第三代」這樣深刻的詩學質變。兩岸都不是第一次的「現代」，兩岸從戰前、戰後早已經驗了一波波的「現代主義」詩潮。然而，以具有標誌性的「後現代」詩人夏宇《備忘錄》（1984）的出版時序來說，臺灣八〇年代詩潮已轉向了「後現代」，約略與作為中國第三代詩崛起標誌的「中國詩壇 1986’現代詩群體大展」的時間點接近，而在女詩人方面，兩岸戰後世代女詩人皆在八〇年代出現了寫作上的豐收期，亦適合作為比較研究的起點。

但我們仍不可遺忘的是，極具現代意識的詩人如楊牧承受鄉土年代重力的《禁忌的遊戲》（1980）與《海岸七疊》（1980），多數寫於八〇年代且持續進行語言抽象（知識）與具象（社會）等現代實驗的《有人》（1984），以及另一位現代主義代表詩人羅智成其《傾斜之書》（1982）、《寶寶之書》（1988）、《擲地無聲書》（1988）皆成書於八〇年代；以上，八〇年代臺灣「再次」的現代主義新詩就可以「相對於」中國現代主義色彩濃厚的「朦朧詩」。

而鄉土詩方面，向陽、李敏勇、李魁賢皆有詩集出版、「笠詩社」出版了「臺灣文學選集」，80 年代中後期《臺灣文化》、《臺灣新文化》、《自立晚報》、《臺灣時報》等陸續刊登臺語作品，等等。[78]而後文「研究架構」一段，由於歷史結構所決定的「集體意識」的不同，後文第四節「論述路徑與研究架構」之三、「比較向度與章節概要說明」，筆者會再詳細說明為何臺灣的「鄉土詩」無法「相對」於中國「新鄉土詩」開展比較研究的原因。

由上可見，以臺灣如此異質拼貼的詩壇景觀，若與同時期的中國新詩（朦朧詩、第三代詩、女性詩）加以比較的時候，我們就必須將研究對象「再相對化」，深入兩岸詩的「詩史」結構與發展脈絡裡，從特定的歷史時期與主要詩潮，探究「相對化」的比較研究依據。也就是說，將同一歷史階段的現代主義對比，或是少數突出後現代色彩的中國第三代詩與臺灣的後現代詩，以及八〇年代以將兩岸的「女性」詩人的寫作，進行對比。

（2）兩岸新詩的再問題化

進入到九〇年代，臺灣民主化的腳步正式邁步展開，直至 1996 年總統直選，可以視作臺灣民主轉型的巨大成就。另外，資訊科技社會的逐漸成形與經貿高度自由化，由歐美、日本流行文化的輸入及種種影音、圖像轉製的次文化商品，也已然躍升為日常生活的主流消費形態。中國則是深化市場經濟改革，GDP 年增率大幅提升，各式理論思潮的舶來品也大舉湧入中國這個龐大的市場。在這樣的社會條件下，

---

[78] 雖然臺灣文壇「臺語文學」或「臺語詩」的書寫可上溯至七〇年代末，但較具規模的正式民間結社（詩社），也是直到解嚴後才開始。以臺灣第一個臺語詩社「番薯詩社」為例，1991 年初，林宗源、黃勁連、林央敏、李勤岸、陳明仁、周鴻鳴、黃恆秋、詹俊平等人，於林宗源住處發起成立「蕃薯詩社」，隨即開始籌備。詩社名稱原稱作「府城詩社」，後來未免社會大眾誤會為只是臺南的地方性社團，於是決議用當時有全臺灣代表性的「蕃薯」來為詩社命名。《蕃薯詩刊》第一期，有「蕃薯詩社」的成立宗旨：「1.本社主張用臺灣本土語言創造正統的臺灣文學。2.本社鼓吹臺語文學、客語文學參臺灣各先住民母語文學創作。3.本社希望現階段的臺灣文學作品會當達著下面幾個目的：a.創造有臺灣民族精神特色的新臺灣文學作品。b.關懷臺灣及世界，建設有本土觀、世界觀的詩、散文、小說。c.表現社會人生、反抗惡霸、反映被壓迫者的艱苦大眾的生活心聲。d.提升臺語文學及歌詩的品質。e.追求臺語的文字化及文學化。」林央敏認為：「這份『宣言』式的宗旨所揭櫫的內容正代表整個臺語文學運動的主張和目標，並已大略反映了二十年來臺語文學的理論，也繼承了日治時代以來臺灣新文學的寫實主義精神和普羅文學觀。」見林央敏，《臺語文學運動史論》，臺北市：前衛，1997，頁 107。林淇瀁提及八〇年代的新詩風潮，也提及「臺語詩」的「語言－主體」論：「八〇年代的臺灣現代詩風潮從而不再像過去的任一個年代那樣，可以明確地區分主流或非主流，而是形成了一幅多元並陳，各種詩潮雜然相錯，互文互圖，相與拼貼接合的地圖。在這幅地圖上，我們最少看得到政治詩（詩的政治參與與社會實踐）、都市詩（詩的都市書寫與媒介試驗）、臺語詩（詩的語言革命與主體重建）、後現代詩（詩的文本策略與質疑再現）以及大眾詩（詩的讀者取向與市場消費）。」見林淇瀁，〈臺灣新詩風潮的溯源與鳥瞰〉，《中外文學》28 卷 1 期（1999.06），頁 94。

兩岸同樣面對的是社會結構朝向資本主義消費社會形態轉型，造成純文學社群的邊緣化，以及在詩學表現上，反諷、嘲弄、戲擬文化傳統或文學經典的亞文化話語的出現。

尤其八〇年代末重大的政治事件（臺灣：解嚴；中國：六四），在政治言論空間兩岸朝向了「開放」與「管制」兩個不同的形態，兩岸思潮概貌大致是「臺灣：全球化／後殖民／後現代」vs.「中國：全球化／後現代」。因此，本書力圖將兩岸的比較向度鬆脫斷代的限制，試圖將共時性的美學圖像「再問題化」：也就是追問不同的社會條件下，同一詩潮名目範疇中迥異的美學生產與傳播面貌，更進一步考察兩岸疊合的思潮圖像「全球化／後現代」之中，在表現、主題、思想等詩學上的差異。

（3）研究視域的雙向化

在「第一節　問題意識與研究目的」的「「兩岸詩」：一項未竟的學術志業」已略微提及，兩岸詩歌交流已取得進展之際，在研究領域仍是彼此「單向」（兩岸詩人或學者編選對方之詩選、述評或研究），而缺乏「雙向視域」與「比較詩學」（comparative poetics）的視角，也就是將兩岸詩歌之中特定審美形式（長詩、短詩、史詩、敘事詩、圖像詩等）、主題（民族、戰爭、死亡、情慾、疾病等）、特徵（啟蒙、抒情、世代、古典、現代、後現代等）、表現（隱喻、象徵、諷刺、張力、戲劇化等）等等，抬上比較維度的思考範疇。兩岸詩學界不是沒有「跨界」，而是進行「跨界」時，並沒有將自身的詩學傳統與話語體系，進行交叉比對。因此，我們可以看到不少研究特定時期、詩潮或詩人的「中國大陸的臺灣新詩研究」或者「臺灣的中國大陸現代詩研究」，卻甚少見到「兩岸新詩的比較研究」。

另外，「研究視域的雙向化」更隱含著某種時間差的機關，那就是「遲到的現代性」（belated modernity）。「遲來的現代性」使得兩岸詩壇曾經瘋狂擁抱西方現代主義或後現代主義詩學，囫圇吞棗地拆解、援用、轉化、移植、抽換歐美新詩流派的觀念與技術。自此，雖然兩岸承接歐美新詩潮流影響的時間序列有所不同，但是在這樣共同的「影響焦慮」下，我們更應該將焦點凝聚在兩岸詩人應對西方詩潮時產生不同的創作思維、美學圖像與文化想像之時，仔細比對兩者種種繁複差異的「現代性」與「後現代性」新詩美學發展與變遷歷程，及其所導致兩者於文本形式與內容的「在地性」、「文化性」與「中文性」所觸發、牽引、生成歷史意識、現實感受與文化抵抗方式的不同新詩風景。

「遲來的現代性」為「研究視域的雙向化」帶來了一種認識論上的貫通作用，更可進而證明，中國則是歷經八九天安門事件，此事件影響了廣大知識份子介入社會與重寫歷史的方式，而臺灣詩人如何在相對自主的創作環境之中，以詩歌生產著應對「遲來現代性」的變異樣貌與精神景觀，如何持續地走在中國詩壇之前，為中國詩壇起著重要的示範作用，也以實際的詩歌質量，擺脫中國學界不斷將臺灣文學（新詩）視作中國新文學影響下的「支流」的文學史觀。

（二）比較詩學：平行研究與共時化

本書從事的是「兩岸」詩學之比較研究，既然是「比較」研究，就必須從比較文學學科的性質、角度與方法出發。首先，從一般性的定義而言，雖說厄爾・麥納（Earl R. Miner）認為：「對於比較詩學的著述而言，採取的例證必須是跨文化（intercultural）而非同一文化體系之內」[79]；或是如同陳惇、劉象愚所言：「比較文學是一種跨民族界限與跨學科界限的文學研究，所以它的形成和發展是與人們的全球意識和學術上宏觀意識的形成與發展分不開的」[80]。以上，不論是「跨文化」、「跨民族界限」與「跨學科」等，皆屬於比較文學與比較詩學的傳統原則，但如同前述，筆者以為兩岸詩潛藏著分歧／流的詩史與差異／距的美學，不會因為「同文」就等同於同一文化圈，也不會因為「同文」就等同於擁有相似的詩史發展與美學系統。因此，就本書的研究視角與方法學而言，此偏向傳統的比較文學通則較難適用。

另外，從曹順慶的觀點，「比較詩學」屬於「比較文學」學科的「平行研究」範疇，是不同「民族－國家」詩學體系之本質、範疇、術語、風格（微觀），或是總體結構、文化典範等詩學精神（宏觀），以及文類研究（文學類型）、闡發研究（以西方文學或美學理論闡釋中國文學現象）、話語研究（文化積澱、思維方式、人生體驗、意義建構、文本特徵）等[81]。若從全球化以降，人文學科的交互融合與滲透的時代趨勢來說，世界文學（World Literatures）、文化研究（Cultural Studies）甚至「華語語系文學」（Sinophone Literature），與原先二戰後在美國快速崛起的比較文學學科建制，呈現出交叉融合的趨勢，世界各地區的比較文學與比較文化研究（Comparative Cultural Studies）的興盛，也逐漸「擺脫了歐洲中心論與國族路徑——

---

[79] Miner, Earl R. *Comparative Poetics: An Intercultural Essay on Theories of Literature*. (Princeton, N.J.: Princeton University Press, 1990), pp. 22.

[80] 陳惇、劉象愚，《比較文學概論》（北京：北京師範大學出版社，1988），頁 2。陳惇、劉象愚將「比較文學」從「基本類型和研究方法」分為「影響研究」、「平行」、「闡發」、「接受」四類，另外在「文學範圍內的比較研究」分為「神話和民間文學」、「媒介學」、「文類學」、「主題學」、「文學思潮和文學運動」、「比較詩學」六類，以及「跨學科研究」分為「文學和藝術」、「文學和宗教」、「文學和心理學」、「文學和哲學」四類。作者、書同前所引，頁 109-342。

[81] 曹順慶，《比較文學論》（成都：四川教育出版社，2002），頁 249-253。

包括文化研究的意識形態取向」[82]。

「臺灣新詩」已然在八〇年代以後，前行學者逐步在史料學、詩史建構、詩人個體研究、斷代研究、詩潮研究等面向，逐步充實了豐厚的研究成果，也逐漸在「臺灣文學研究」主體性的建置奠定了堅實的基礎。不過，筆者認為，目前不論是「中國大陸的臺灣新詩研究」或者「臺灣的中國大陸現代詩研究」，皆未跨出中文／華文／漢語文化圈之中，以特定國／民族生活圈、政治疆域或地理區域，或是特定斷代與詩人各論的新詩研究模型，未能以「平行研究」的取徑，打開兩岸詩在「話語形構」與「美學生產」兩個面向上的異質性與辯證性。譬如以「二次戰後」為例，就可以切分為臺灣、香港、新加坡、南洋馬華等「戰後新詩研究」，而容易將詮釋的整體性、流動性與關係性，侷限於「國家」、「民族」或「地域」的內部，形成封閉、留存「殊異」而無「共相」的詮釋體系，而無法適當開展與中國本土的詩歌生產脈絡、變遷與發展，種種兩方在特定時代出現詩歌景觀與文化圖像上的交會、較勁與回應，或種種因應緊急文化狀態而出現的共通、或相聯繫的精神規律與美學表現，就無法經由「國族詩學」或「地域詩學」的研究向度而被突顯出來。

因此，本書並不是將「臺灣」與「中國」兩塊新詩「模板」，視作與其政權性質所延伸的文化同構，而是試圖研究兩岸詩各自在歷史表象下的動態深層結構，而做出比較式的辯證研究：譬如，兩岸詩人拒絕政治現實妥協、拒絕歷史決定論的同時，如何各自發展出主體性的美學；探究兩岸戰後某些價值性的新詩美學觀念，對於各自詩史軌跡與新詩場域的形塑，以及各自在語言上的表現特性，等等。以上，筆者認為，「平行研究」足以打開了兩岸原本封閉的書寫與論述場域，而在「自我意識」、「現代主義」、「後現代主義」或「女性主體」等異質的比較向度上，展開「兩岸詩」此一具辯證式的比較詩學研究。

本書除了從「平行研究」路徑，深入兩者各自的詩歌場域之文本、生態、思潮進行全面性的理解之外，更困難的地方在於，如何從「比較詩學」的視野與方法，打開原本因為政治原因而疏離的精神與社會結構，所產生的彼此趨於封閉性的審美關節，將原本各自為政的新詩美學系譜加以梳理、對比、參照，如同葉維廉：「……要尋求『共相』，我們必須放棄『死守』一個模子的固執。我們必須要從兩個『模子』同時進行，而且必須根深柢固，必須從其本身的文化立場去看，然後加以比較加以對比，始可得到兩者的面貌」[83]。

---

[82] Zepetnek, Steven Tötösy de., and Mukherjee, Tutun. “Introduction”. *Companion to Comparative Literature, World Literatures, and Comparative Cultural Studies*. New Delhi: Cambridge University Press India Pvt. Ltd. 2013. pp. vii-viii.

[83] 葉維廉，《比較詩學》（臺北：東大圖書有限公司，1983），頁 15。

本書涉及的研究面向比較傾向於比較文學的「平行研究」，並著重在臺灣與中國之間，於特定歷史時期裡的詩歌體裁與表現手法的異同，或是兩者在「使用漢字」的物質基礎上，如何經由「個體」通向「集體」、如何由「語言」通向「精神」，或以各自不同的知覺歷程及語言感性，打開不同的心靈世界與思想方式，呈現在「話語形構」與「美學生產」上的差異。

更重要的是，就比較文學的另一流派「影響研究」而言，臺灣與中國彼此有著極為不同的接受西方思潮的歷史情境與反應模式，也因為彼此的「現代性」語境與歷史背景的不同，也出現了不同的詩歌生態與觀念流派，這樣很難以特定的「影響效應」來概括兩者的詩歌發展、精神規律與美學特徵，也極其容易陷入「見樹不見林」的審美困局。比如，若探討中國大陸的「余光中熱」或臺灣特定詩歌閱讀圈的「顧城熱」，或許足以展開一篇研究論文，但筆者認為，這樣一個圍繞在特定詩人其語言風格的「熱」，能夠開展出來的詩史縱深與具體的文本批評實在有限，也不足以完全說明「兩岸詩」美學交涉的詩史脈絡與比較視野，因此不適合以篇幅較長的學位論文來處理。

在以八〇年代以後「臺灣」新詩與「中國」新詩此一「共時化」的比較研究為基礎，並將詩兩岸歌史料架構在「比較詩學」或「世界漢語詩學」的文化土讓之上，除了突出臺灣詩人在上個世紀尾聲之前，在詩歌表現與美學開拓上具備華人世界引為指標的成績之外，另一方面，也希望以筆者出身臺灣文學學術訓練的歷程經驗，並站在以臺灣為文化主體性的研究視角，對中國詩人在歷盡意識形態時代下的奮鬥軌跡：其集體的、或個人面向時代語境的精神掙扎，與官方主流意識抵抗的決絕與猶疑，以及，尋求詩歌藝術本體的解放、找尋恢復詩歌語言原初生命力的種種努力等等。

（三）作為「世華文學」與「華語語系文學」的參照

(1) 世華文學

所謂華文文學前置「世界」一詞，意指近代從中國移居海外的華人。因此，「世界華文文學」（World Literatures of Chinese）的概念，是廣義上指涉世界各地移居者（華人）以華文（中文、漢語）創作的文學作品。相較於「世界華文文學」以「語言」作為區辨與門檻，而杜國清另提出更具包容性的「世華文學」（literatures of the Chinese world）概念：

> 「世華」不單是「世界華文」的縮寫；它所蘊涵的意旨可以包括世界上任何

> 與「華」有關的事物，不論是華語、華文、華人、華裔、華族，以及有關的一切文化屬性。「世華」的「華」，相當於英文的「Chinese」，意指與華有關的民族、語言和文化（of or relating to China or its peoples, languages, or cultures）。因此，「世華文學」的世界可以涵蓋「華文文學」、「華人文學」、「華僑文學」、「華裔文學」、「華族文學」等世界上與華有關的任何文學。[84]

我認為，兩岸的新詩比較研究，正是杜國清「世華文學」概念切入實際批評的契機。從「臺灣新詩」的單一焦距，向外拉出「中國新詩」、「海外中國新詩」兩種量尺，進一步考察其中「中國性」、「臺灣性」、「無宗主性」三者的流變、延伸、轉化與彼此的辯證共存關係。這也印證了杜國清所言：「將臺灣文學放在「世華文學」，乃至「世界文學」的格局中加以評價和定位，才能確立臺灣文學的普世價值。」[85]

（2）華語語系文學

華語語系研究（Sinophone studies）作為一個中國域外異質變異與多重地方性辯證的新興理論話語，王德威的華「夷」風，「夷」風再起，證明了文化整體性的幻夢持續的裂解與自我消解。史書美則是以《視覺與認同》（*Visuality and Identity*）於 2007 年為華語語系開啟爭鳴之勢，二〇一三年初由史書美、蔡建鑫、貝納子（Brian Bernards）合編，以英語出版的《華語語系研究批判讀本》（*Sinophone Studies: A Critical Reader*），首次以學科建制的面貌呈現一新興理論話語的成果。史書美近來更有《反離散》（*Against Dispora*）重新為華語語系理論框架做出突破性的基礎建構，譬如：「華語語系研究試圖打破舊有的、漢人中心（Han-centric）與中國中心（China-centric）的典範，並以比較的理論觀點，重新啟動不同文化、不同族群、與不同宗主國之間對話。」

另外，自從王德威與石靜遠編撰《全球華文文學論文集》（*Global Chinese Literature: Critical Essays*）[86]，以及史書美與貝納子（Brian Bernards）、蔡建鑫合編的《華語語系研究讀本》（*Sinophone Studies: A Critical Reader*）[87]問世後，「華語語系文學」的研究與推展，已然成為華文文學界最熱議的新興學科論述。不過，「華語語系文學」亦引起不少爭議，比如說「華語語系文學」的張愛玲式懸想：應該將中

---

[84] 杜國清，《臺灣文學與世華文學》（臺北：臺大出版中心，2015），頁 viii。

[85] 同上註，頁 ix。

[86] Tsu, Jing., DeWei, Wang. *Global Chinese Literature: Critical Essays.* Boston: Brill. 2010.

[87] Shumei, Shi., Chien-hsin, Tsai., Bernards, Brian. *Sinophone Studies: A Critical Reader.* New York: Columbia University Press. 2013.

國「包括在內」或「排除在外」？

若按照史書美的框架，則將中國視為一個全球中心性的「後殖民帝國」，華語語系「包含位處民族或民族性（nationalness）邊陲的各種華語語系社群與其（文化、政治、社會等方面）的表述，他們包括中國境內的**內部殖民地，定居殖民地**，以及**其他世界少數民族社群**。」[88]因此，史書美強調「離散有其終時」、「語言群體是一個處於變化之中的開放群體」[89]，強調中國境外華人定居地／地方／流（routes）的離散漢語（如臺灣），其「在地化」的政治主體的華語文化生產，漸漸告別了「中國／華性」的母語鄉愁式想像。

但若按照王德威的框架，「包括在外」此一矛盾性的修辭，解構了同質性的語言疆域。王德威參酌德勒茲與瓜達里的「根莖論」（theory of rhizome）與余蓮（François Jullien）中西思想體系史的「間距」（écart），提出華語語系關於「根與勢」的辯證法，若嘗試將「根」的空間政治學、一種「位置的極限，一種邊界的生成」[90]，放置在更為廣義的時間向度之中，轉向「空間以外」的「勢」的「傾向（disposition）或氣性（propensity），一種動能（momentum）」[91]。因此，相對臺灣而言，「中國新詩」亦是一種「包括在外」，兩者不是「根」的空間意識形態的拓殖或劃分，而是採取「勢」的詩學與方法，讓兩岸「依違在審美與政治之間，所隱含審時觀勢的判斷力，以及蘊藉穿越的想像力」[92]，讓兩岸新詩隨著「勢」的推移與興發，激發新的思考與想像場域。

從華語語系論述來看，若以中國本土文化場域為坐標，不論是王德威的「包括在外」，或是史書美的「排除在外」，從本書所設定的「文化身分範疇」來說，「鄉土文學論戰」以後，民族／左翼（如陳映真）逐漸在臺灣主流言論市場邊緣化，八〇年代以降一連串挑戰威權的黨外運動，促使本土／右翼（葉石濤）勢力取得了長足的發展機會。因此，就臺灣的本土化新詩來說是史書美的「排除在外」，然而，若納入「海外中國流亡詩人」的話，其筆下仍然瀰漫著濃厚對祖國的依戀與鄉愁（如楊煉、貝嶺等），於是，這時候又是王德威的「包括在外」了。於是，本書對朦朧詩群而後來流亡海外的詩人（北島、楊煉、多多）的詩設定在「中國時期」，以之與臺灣八〇年代「現代主義」的「抒情傳統」傾向作出比較。原因在於，北島等人在海外寫的作品因不在「本土」生產而具濃厚的世界主義與華語語系特質，其對語言的經

[88] 史書美，《反離散：華語語系研究論》（臺北：聯經，2017），頁 22-23。

[89] 同上註，頁 47-48。

[90] 王德威，《華夷風起：華語語系文學三論》（高雄：中山大學文學院，2015），頁 33。

[91] 同上註。

[92] 同上註。

營方式也出現重大質變，已經屬於不同性質的寫作文化語境。基於類似歷史情境的比較需要，本書仍是以兩岸詩人在「本土」生產的文本作為比較研究案例。

為解決這個問題，本書對兩岸的新詩比較研究，應可提供華語語系研究一個適切的參照。本書不對史書美與王德威兩種不同的「華語語系」認識框架有任何立場的預設，因為「兩岸」作為一個詩歌的語言整體，本身就是一個邊界不穩定的概念，刻意將臺灣八〇年代以後的本土新詩書寫，視為中國「根性」新詩歷史或美學上的延伸，並不吻合真實的歷史語境。但是，若過度標榜臺灣新詩的「臺灣性」，也不必然是解構「中國性」的最理想途徑，更何況，標榜「臺灣性」，在自身內部也容易陷入本質論的危機，引起「誰代表臺灣性」（福佬？客家？原住民？新移民？）的立場爭議。

因此，「兩岸」新詩的比較研究結合若取道華語語系論述，包括華人移民史、移居殖民主義、後殖民理論、離散的歷時性、語言共同體的地方化等思想資源，作為拆解以傳統中國性為想像基準的文學、文化史觀與書寫實踐，尤其是部分八〇年代臺灣詩人的「文化中國」情結或是不少連結「文化中國」意象的作品（楊澤、羅智成、陳義芝）與中國詩人的「文化史詩」（楊煉、江河）之間，就出現了比較研究的審美張力。華語語系論述讓一直以來固著於漢語表意中心主義／書寫／視覺／文化認同的文－言系譜出現了決定性的鬆動，混語、身分、代際與在地的國族政治（indigenous national politics）生產了一種非文化中國性的少數表述，八〇年代以後的兩岸新詩，也各自謀劃出一類「語言－民族」的逃逸路徑，讓認同生產與文化再現體制，偕同種種語焉不詳的「華語語系表述」（sinitic articulation），連結人間情境與集體話語。

二、研究架構

進入到八〇年代，臺灣在內部制約性的政治結構朝向民主轉型的過程中，詩人正在摸索語言本身隱匿於重層話語表象背後的「質地」，也企及尋找某種突破既定審美框架的語言表現方式，以及某種具備顛覆前代思維定勢的美學思想，這時候「後現代」於是以「反身性」的方式，出現在臺灣詩壇。更不可遺忘的是，強調鄉土寫實的一脈[93]，以及歸類於「現代主義」風格的詩集仍持續出版，後兩者仍是不可忽

[93] 林淇瀁為回應林燿德〈不安海域——八〇年代前葉臺灣現代詩風潮試論〉一文過於突出「世代交替」的正常時序演繹，而缺少了對八〇年代新詩風潮的歷史維度分析，及臺灣在這個時期政治體制轉型下對新詩走向的影響，並指陳：「……在八〇年代現代詩風潮的特徵，顯然也絕對不會只有『都市精神的覺醒』這樣單薄的一個面向，在臺灣政治變革中與臺灣意識的壯大若合符節的八〇年代前葉政治詩的躍然冒出，後葉臺語詩的蔚然集結，都有它不可忽視的力量。」見林淇瀁，〈八〇年代臺灣現代詩

視的臺灣詩壇潮流。然而，相較於中國，從「朦朧詩」到「第三代詩」，八〇年代則是一次次「現代主義」的再深化、後現代仍局限於部分詩人的探索嘗試，直至九〇年代「後現代」才大規模顯露身影。

在「兩岸新詩」作為一種比較詩學的「實踐、方法及理論」，以及將研究的時間範疇設定在 1980-1999 的同時，若我們將戰後臺灣八〇年代現代主義視作六〇年代的隔代（間隔為七〇年代的「鄉土文學」）遺傳，或簡化為集體美學現代性的追求，而忽略了八〇年代以後詩人對現代主義「深化」，是自有一套不同於六〇年代的語言表現及話語策略，八〇年代也不能等同於「後現代詩」。譬如，楊澤《彷彿在君父的城邦》、陳黎《動物搖籃曲》、羅智成《傾斜之書》與《擲地無聲書》、陳義芝《新婚別》等，我們不可能稱之為「後現代詩」，即便是陳克華《我撿到一顆頭顱》及《星球紀事》、蘇紹連《驚心散文詩》等，不論就內容與形式上，也不是嚴格意義上的「後現代詩」。

本書認為，與其談論已經累積相當研究成果的自身詩學流變問題，不如回到跨視域的華語「語際」新詩——臺灣與對岸中國詩壇，在不同歷史進程與發展方向上出現種種同步與錯位的詩學問題，重新調整研究的邊界與框架、以自身累積的美學基礎，向「域外」的新詩美學生產做出相應的參照與比對，才是拓展新世紀臺灣詩歌研究動能的最佳取徑。

（一）斷裂的現代：時間點

試圖以兩岸的新詩美學做出以「戰後」尺度的比較研究，首先涉及幾個重要「時間節點」的問題——1949（兩岸）；1972、1987（臺灣）以及 1976、1989（中國）。無庸置疑，1949 作為兩岸重要的歷史時間節點，臺灣自此走上右翼－反共軍事戒嚴體制，中國則邁向了官方所謂「社會主義新紀元」。隨著兩岸不同的歷史進程（臺灣：白色恐怖、退出聯合國；中國：反右、大躍進、文革），於是各自演繹出不同的新詩話語形構及美學生產方式，這不代表無法以特定的研究主題與觀察視角，對兩岸新詩歧異、共存的詩歌作品與現象，做出具有比較視野的闡釋與解讀。

值得注意的是，臺灣於 1972 年，關唐事件引發的「現代詩論戰」，到 1977 年「鄉土文學論戰」，臺灣詩壇不斷試圖校正「現代主義」的晦澀與虛無、調整文學寫作和社會現實之關係，確立鄉土、現實、社會的本土詩觀，一種告別中國文化民族主義、以本土為存在視域、不言而喻的「臺灣文化民族主義」，正式成形。與此同時，關懷社會、面向現實的時代呼聲在臺灣「現代主義」陣營中已有所反應，如何

風潮試論〉，《臺灣史料研究》9 期（1997.05），頁 99。

以抒情的或知性的現代主義語言，表達具體的現實與生存問題，是戰後出生的詩人的重要詩學課題。

與此同時，中國在戰後「不斷革命」的影響以及於 1966 年開始的文革，造成戰前批判的「寫實主義」傳統受到斷絕，只能寫受到黨意識形態指揮的「人民詩」、「鄉土詩」或「寫實詩」，這與臺灣受到集體意識與情感驅動的「鄉土」與「本土」顯然在內涵與性質上有所不同，若以此為比較標的，當然結論不只是「不同政權意識形態作為主導要素」這樣簡易的結論，其背後有「地方感」的歷史與文化形塑問題，但此一「寫實－地方」的發展脈絡並非本書的研究主題。

若深究兩岸的文學史與新詩史論述，臺灣的「十年」一個區間的論述模式「現代」（六〇）－「鄉土」（七〇）－後現代與後殖民（八〇）的模式，與中國的論述模式：「十七年文學」（1949~1966）－「文革文學」（1966~1976）－「新時期文學」（1979~），顯然有所差異。就重要時間點而言，臺灣史家著重的是解嚴（1987），臺灣的解嚴與中國標誌文革「正式」結束的「十一屆三中全會」（1979），顯然劃開了文學史敘事中歷史時間與話語空間的範疇。

更值得深究的是，其一，六〇年代的臺灣現代主義的高潮期，呼應的是中國「地下詩歌」其現代感覺結構的殘缺。其二，在八〇年代以降此一歷史區間，1979 年後「朦朧詩」正式確立以現代主義話語進行「自我」命名，但同一時間臺灣顯然早已在六〇年代「現代」過了，甚至已然乘載著「鄉土」的感覺結構，這時候臺灣「再次」現代的「現代主義」顯然與「朦朧詩」出現了美學表現上結構性與差異，亟需做出整體比較式的研究。

（二）重構兩岸比較詩學：比較向度

本書選擇「自我與世界」、「現代主義」、「後現代主義」、「女性詩歌」作為主要的比較向度，「自我與世界」偏向兩岸戰後新詩「自我意識」結構的趨向內／外的辯證，皆屬於廣義上的「現代（前衛）／後現代」的新詩系譜。在確立了兩岸八〇年代現代主義的「史前史」的自我意識結構之後，就此一「前衛」的發展脈絡而言，（1）兩岸八〇以後同樣面對一種隔代的中斷（臺灣：鄉土文學；中國：文革樣板文學），面對這樣的隔代中斷，「現代」如何在兩岸八〇以後鍛接與延續，以及兩岸的「後現代」是基於怎樣的歷史與文化語境而出現，以及，「女性詩學」又如何開展等，皆是本書極為重要的比較向度。

還有，（2）臺灣詩壇的創作質量向來在世界華文文學場域備受稱譽，一直以來兩岸詩人一直承受著歐美詩歌流派的刺激，從一個「變動中的漢語」此一視域，比較兩岸在承受歐美詩潮傳播與轉譯等不同程度的影響之下，各自生產著對「現代主義」、「後現代主義」、「女性主義」不同程度的接受與理解，以及繁衍著怎樣的「差異的美學」。

以上，兩岸詩人在相異的歷史時空、文學場域與美學位置裡，不斷持續進行本書所指向的幾個重要的研究主題：「自我與世界」、「歷史／時間」、「後現代」、「主體身分」（女性）、對「漢語／中文」承受力與表現力的種種探索，以及和各自的新詩傳統和話語機制融合後重新組裝、配置出怎樣的文化場域秩序，以上種種具辯證思考動能的詩學共像與殊像，是本書思考兩岸新詩「話語形構」與「美學生產」的另一比較向度。

三、比較向度與各章節概要說明

首先，第二章「自我之書：兩岸現代主義新詩的自我與世界」比較戰後至七〇年代的臺灣「現代主義」與中國「地下詩歌」。後者選擇「地下詩歌」的原因在於其發揮了「現代主義」某些藝術特色或運用了部分具備「現代主義」特徵的表現方式，不若當時「地上詩歌」的革命語體、宣言詩、口號詩等不具備現代主義特徵的文本。另一方面，我不認為應該把六〇與七〇年代「地下詩歌」納入「朦朧詩」的範疇，即使多數「朦朧詩人」有其「文革經驗」，也參與了「地下詩歌」的寫作群體，但這只能證明在「新詩潮」此一文化階段、集體精神史與詩史的層次，「地下詩歌」與「朦朧詩」確實是彼此交疊、重合。

但走過了西單民主牆運動、《今天》創刊後的朦朧詩，處在八〇年代以後相較於文革時期管制較為寬鬆的話語時空，成員如舒婷的詩作也已被官方的《詩刊》認可與刊載，早已不能稱之為「地下詩歌」。更何況，若說詩歌脫離共產主義官方意識形態，並積極尋求超越主流話語、試圖轉向「個人」的話語建構，「地下詩歌」在此一面向的探勘早已開始，而非始於《今天》－朦朧詩。因此，「地下詩歌」作為中國現代主義「前沿」與「先導」的文化位置，必須被獨立標示出來，而其在受到政治力壓抑的語言、特殊的發展型態，以及在歷史時間的位置上，也大致可以與臺灣現代主義的高峰期相互對照。

第三章「時間之書：兩岸現代主義新詩的歷史／時間」，以「現代」作為主要比較基準，比較七〇年代末期至八〇年代的臺灣「現代主義」新詩與中國「朦朧詩」。兩方從內在意識到語言表現，同樣具備鮮明的現代主義特徵，因而作為本章主要的比較向度。在臺灣詩人方面，鑑於時間區段（七〇年代末期至八〇年代）的選擇，詩人的寫作必須在「戰後出生」且在寫作跨度上於「七〇年代有延續性與發展性」

為原則，因而本章沒有選入紀弦、瘂弦、覃子豪、周夢蝶等詩人，而選擇楊澤、羅智成、陳義芝、蘇紹連、簡政珍，上述五位詩人對臺灣當代詩史而言，亦具有承先啟後的發展性與轉承意義，其「世代」階序也與「朦朧五君」相當。

另外，本書將舒婷視為「朦朧詩人」而未將之納入第五章「女詩人」的研究架構裡。因為在詩史的評價上，舒婷作為一個「朦朧詩人」的歷史意義與美學價值，是高於其作為一名「女詩人」的。作為一名「女詩人」，舒婷的抒情詩寫作裡確實有不少如〈致橡樹〉、〈神女峰〉、〈雨別〉、〈四月的黃昏〉等，表達女性置身於沉重（家國敘事、文化傳統、社會主義三個現代化）背景下，極具女性情感、經驗與價值思考特質的作品。但若仔細閱讀上述文本內容，仍然可以見到其抒情主體仍持續生產著朝向「人性」回歸的普遍意志，與「新時代」的「啟蒙」語境高度重合，而且與八〇年代崛起中後期崛起的女詩人如翟永明、伊蕾與唐亞平等相較，舒婷的詩尚不具備「女性話語」的充分文化條件。

如同張清華所宣稱：

> ……在舒婷等人的詩中，表現最多和最根本的仍是對人的共同命運與權利的思考，而不是一種完整獨立的女性立場。這並不難理解，因為這個時期最主要的文化矛盾是作為啟蒙主義的人本觀念同殘存的封建專制主義觀念之間的衝突，而女性自覺對男權主義的反抗尚處在潛層狀態。[94]

因此，舒婷的詩確實擁有作為「女詩人」的敏感細膩、溫婉柔美等特質，但是如果還原舒婷整體的書寫歷程，「啟蒙」、「人本」、「個人」、「現代」的內在聲音，仍是大於「女性」聲音的。

第四章「叛逆之書：兩岸的後現代詩」，主要比較兩岸「後現代詩」各式內在觀念，以及落實在語言面的不同方法。本章指出，兩岸後現代詩不論從生成背景，與具體作品而論，其實具有不少美學特徵上的共通點與差異點。在後現代詩表徵模式的面向上，兩岸後現代主義其實比較接近現代主義對根源與本質的討論。從此點看，在臺灣方面，不論是羅青的錄影鏡頭、陳克華的科幻、身體與情色，或是林燿德的都市、陳黎與向陽的本土，都較傾向從「邊緣」向「中心」的文化奪權，至少在前衛／先鋒的思維圖示上，仍是傾向高度現代主義的文化政治類型。而中國的後現代詩人，儘管解崇高、反權威、嘲諷經典、口語化等特色鮮明，但卻並非全然「拒絕深度」，從韓東、于堅、周倫佑的詩來看，某種乘載著精神的寬度與深度、亟待闡釋

[94] 張清華，《中國當代先鋒文學思潮論》（北京：中國人民大學出版社，2013），頁 287。

的心智空間仍是存在的。

第五章「女之書：兩岸八〇年代以後的女性詩歌」，主要比較兩岸八〇年代以降的女性詩歌書寫。本章探究兩岸女詩人在八〇年代以後，不同的歷史境遇下建構女性言說主體（female speaking subject）的書寫軌跡，以及在不同的社會時空與話語規則之中，努力在語言符號系統中找尋屬於女性主體符號再現的異質性（heterogeneity）。另外，本章致力呈現兩岸女詩人以寫作釋放被男性象徵系統收編的歷史性、她者性（otherness）、物質性（materiality）與否定性（negativity），找尋自身獨特的情感與思考與言說方式，驅動流動的意符以抵抗陽具同一性話語體系的控制與收編。

另外，據前行研究（如陳義芝與李癸雲），夏宇在〈銅〉、〈重金屬〉、〈某些雙人舞〉等，揶揄男性所建立之性別、傳統、與身體規範，確實具備充分的女性主體思考，但本書一方面希望避免研究對象的重複，一方面希望著重在夏宇「後現代技藝」——語言的即興演出面向，夏宇的創作面向本來就橫跨折衝於現代、後現代、女性三者，若都要論及的話實在難以面面俱到，為求研究樣態與論述推進有所聚焦與集中，因此將夏宇放在第四章「叛逆之書：兩岸的後現代詩」中作討論，而並未放在第五章「女之書：兩岸八〇年代以後的女性詩歌」，這是研究視角上的選擇與取捨問題，而非刻意忽略夏宇在「女性」詩學建構上的成績。

補充說明的是，臺灣新詩史上極具研究價值的「鄉土詩」，本書並未納入。本書是以「比較研究」視域作為主要分析架構與方法，由於中國雖然亦有「鄉土詩」，但其國土幅員過於廣大、各地方文化脈絡過於複雜等因素，若拿臺灣由國族主義驅動的「鄉土」比較中國屬於「地方意識」的「鄉土」，一個是後殖民的國族主體意識、歷史意識的重構，一個是意圖斷開北京／漢族政治權力凝視的「鄉土」，且特定鄉土地域主義的作品在中國官方看來有「分離主義」之嫌，如此一來比較兩岸的「鄉土詩」就如此出現了詮釋前提的不對稱而容易陷入了各自闡釋的相對論，因此，本書並未將「鄉土詩」納入比較研究架構之中。

另外，仍須再次補充說明之處，由於研究範疇與研究對象的限制，尤其是「後現代」的部分，經由「文字」表現的後現代詩所撐出的論述內容已經過於龐大，因此本書未能企及於「網際網路」或「數位語言」作為書寫與傳播媒介的「後現代詩」。而礙於學力、時間限制與研究材料收集難易等因素，作為「兩岸詩」比較論述的開展，本書研究對象的擇取是以「詩史」過濾後的「正典」詩人為主，這並非刻意鞏固兩岸各自詩史的「正典」系統，而刻意疏忽多數未及載入史冊的「邊緣」文本及其顛覆詩史詮釋權力的美學價值。

本書認為在「兩岸詩」與兩岸現當代詩的「比較詩學」尚未全面開展的時間點，從「詩史」著手仍是正本清源之道，也唯有從「正典」出發，找出兩岸各自詩史中仍未被看見的詮釋地帶、間隙或誤區，唯有如此，也才能呼應兩岸詩史缺少「比較向度」的研究偏誤，為重建兩岸現代詩學比較論述奠定一個較穩固的詮釋基礎。*

* 本書在研究與撰寫期間，曾擔任國立臺灣大學中國文學系洪淑苓教授科技部 106-107 年度專題研究計畫「戰後臺灣現代詩的「日常」演繹」、107-108 年度專題研究計畫「戰後臺灣現代詩的「日常」演繹（二）：女性視角與日常詩學」、109 年度專題研究計畫「女性話語與文本展演：中國當代女詩人研究（1950-1970 世代）（II）」之研究助理，得以蒐集相關研究資料，謹此致謝。

第二章　自我之書：兩岸現代主義新詩的自我與世界

詩人啊！忠實地表現你自己：這才是比一切都重要的！[1]

我所經歷的一個時代的菁英已被埋入歷史，倒是一些孱弱者在今日飛上天空。[2]

第一節　前言：暗夜微光——兩岸新詩「自我」話語的起源

兩岸分屬於不同政治體制與意識型態，其新詩發展路徑也出現不小的差異，但就兩岸戰後現代主義的發展系譜而言，由於受到政治力外部形塑力量的影響，「詩」必須、也不得不從「邊緣」向「中心」投放匕首與投槍，藉以標誌「自我」（self）的存在。如同奚密對兩岸二十世紀兩岸現代詩的「邊緣化」的簡要梳理：「『邊緣』的意義具雙重指向；它既意味著詩之傳統中心地位的喪失，亦暗示新的文化空間的獲得，使詩得以與中心文體展開批判性的對話」。[3]從奚密的觀點來看，詩的「邊緣」不意謂只有被宰制與從屬，而是發揮「邊緣」的積極意義與力量，獲取新的話語空間。而更重要的是，話語空間的運作必仰賴「主體」（subject），而「主體」透過陳述、想像、再現的話語操作，與新詩「現代性」的內在話語同步，進一步向社會空間的政治秩序、道德範疇或公共情感過渡，形成一個具備文化批判與人文感知的「自我」（the self of cultural criticism and humanistic perception）。因此，同樣「疏離於時代主流」的現代詩，但是作為文本發話主體的「自我」，由於兩岸外部政治力性質的不同，深刻影響了其新詩「如何現代」的路徑與方式，也就是如何在現代性「自我」的話語形構與美學展演方式上，兩岸出現了重要的差異。

若以 1978 年 12 月《今天》創刊前作為中國詩歌現代主義的「地下」時期，臺灣現代詩則是早已在六〇年代出現了官方默許、生產亦相當豐碩的「現代」部位，

1　青空律（紀弦），〈詩論三題〉，《詩誌》第 1 號（臺北：暴風雨出版社，1952），頁 3。

2　多多，〈1970-1978 北京的地下詩壇〉，見劉禾編，《持燈的使者》（桂林市：廣西師範大學出版社，2009），頁 88。

3　奚密，〈從邊緣出發——《現代漢詩選》導言〉，收於奚密，《現當代詩文錄》（臺北：聯合文學，1998），頁 24。

自此，檯面上（臺灣）與檯面下（中國）的現代主義詩歌，於是就出現了重新比較詮釋的必須。**我認為兩岸詩歌在戰後由於統治者意識形態的不同，以及，而發生了一種美學現代性的歧異／義，相當具體地體現在兩岸現代詩「尋找現代」的思維取徑上，也體現在「如何現代」的表現方式上，以上都建立在「現代詩」的現代性「主體」，採取何種相應話語策略的前提之上。而「自我」，就是「主體」透過話語表述而再現的心象，其發話位置、話語策略與話語形構的方式，構成了詩人自身介入時代並再現時代的感覺結構**。詩歌是一個精神的創造性行為，它通常具有或痛苦或疏離的自我參與的能量，但是隨著詩人通過對詞語和世界其偶然性與多重性的感知過程，「自我」不只向世界投擲了精神的片段，也參與了自身內在精神力量的轉換。

回顧現代性「自我」理論，查爾斯・泰勒（Charles Taylor）關注的是「現代性」主體的三個主要側面：第一，現代的內在性（modern inwardness），「自我」作為「我們」(-selves）的觀念以及所具有的內在深處的存在感。第二，對近代日常生活的肯定。第三，作為內在道德淵源的「自然／本性」(nature)的表達作用。[4]紀登斯（Anthony Giddens）則是關注「自我」的現代性認同形構，認為「自我被非先天就給定的，而是在個體的反思活動中被慣例性地創造與維繫」[5]，於是，自我認同是「個人根據自身的經歷，作為反思性理解的自我」[6]。羅伯特・李夫頓（Robert J. Lifton）以「多變自我」(the protean self）來描述處於多變之歷史場景中深具彈性應變的人類：「多變自我的表面結構，是深層自我的人為變換」[7]，透過文學書寫／閱讀的表面結構，「自我」得以從「深層自我」中提取創造性的修復力量，並在創傷性記憶中重生。

綜上所述，「自我」既是人為存在意識（日常生活）的特定內容，又是歷史意識（創傷記憶）的參照點。「自我」具有預言者（主體作為沉思者）與被觀察者（被沉思的客體）的雙重主體特徵，而這樣的主體特徵，伴隨著「自我」面對性質迥異的社會語境，精神內部潛在的啟蒙意識（反思活動）自此也走向了不同的方向，導致兩岸新詩文本中呈現多維度的主體話語與多面向的現代主義再現，以及對於如何構建／維持「自我」完整性的慾望此一主題上，兩岸的「深度自我」勢必回歸到個自的時空背景去理解。

---

[4] Taylor, Charles., *Sources of the Self: the Making of the Modern Identity* (Cambridge: Cambridge University Press, 1989)., pp. x.

[5] Giddens, Anthony., *Modernity and Self-Identity: Self and Society in the Late Modern Age* (Cambridge: Polity Press, 1991)., pp. 52.

[6] *ibid.* pp.53.

[7] Lifton, Robert Jay. *The Protean Self: Human Resilience in an Age of Fragmentation*. (New York: Basic Books, 1993), pp. 18.

對現代主義詩歌而言，想像作用（暗示、象徵或隱喻）並非是封閉在藝術範疇的創造行為，想像為主體內在的主觀性塑造了一個認同政治的邊界，在不斷碰觸外在物象的過程中，審視其政治－社會構成與藝術效用。也就是說，想像力雖說無遠弗屆、可以穿透任何障蔽主體感受的客觀物，但是其目的性卻是意圖辨明主體在特定現實環境裡的脈絡、位置與功能，從這個面向看，非理性的構圖其實蘊含著「自我」通往物體的深層意識，主體與客體的交融打開了一種「自我」與「語境」對話向度：

> 通過隱喻的方式，它使我們的內心生活陷入了一個物體世界的對話過程，或者更確切地說，它恢復了這個過程某種無法解釋的內在感。主體和客體變得密不可分，彼此相互揭示，明亮而困惑，而這種困惑的壓力仍然是詩歌如何運作的關鍵。我們從詩意的意義上看到了更加普遍的偶然性的強化，單詞如何在與語境（包括其讀者的語境）的對話中改變了意義。在語言中作為一個沉思的客體：自我，及其主體性及其個別的特徵而言，詩歌意象的隱晦無疑更具啟發性。[8]

從詞語的作用的沉思的主體，現代主義詩學曖昧晦澀的意義，引導出一種『自我』感知的精神介面，如何生產關於世界的嶄新認識的問題，及其涉及到前衛詩歌如何經由意義的歧異性而達到顛覆外在主權宰制，因為「詩歌對世界的銘刻很大一部分依賴於隱喻的光輝，詩意性意義模式比說明性敘事更具顛覆性。『自我」表現出的，不是預定實體注入相對被動和從屬的媒介——自白，而是表現為通過腹語、反諷和嬉戲而引起的難以捉摸的存在」[9]，現代派詩歌的腹語、反諷與嬉戲，來自「自我」此一複雜的精神實體觸摸世界的感受與運動，詩歌在特定的歷史時空之內對生命意義的探詢，其實是文本「自我」各個感知面向的考掘學。

由於兩岸於八〇年代以前歷史語境、政治時空與社會條件的差異，致使兩岸現代詩主體的建構路徑與策略，以及「如何現代」的面向上，出現了必須、也不得論述與詮釋的美學區間。「自我」在本書中被視作體現「主體」生成與建構的感知介面，主導了「自我」突出於社會話語的方式，也因為兩岸即便統治者的意識形態不同，但在這個時間點上都屬於政治力箝制詩歌自律性發展的時期，導致「自我」表述的內容與手段出現巨大差異，也促使語言的鋪排與表現方式出現了差異的詮釋空間。

---

[8] Bond., Bruce. *Plurality and the Poetics of Self,* (Cham: Springer International Publishing, 2019), pp.2.

[9] *ibid*., pp. 3.

以下，本書分為「**著重個人主體的追求與定位、向外拓殖、「走出去」的現代性**」、「**著重人性尊嚴的修復與回歸、向內固守、「走進來」的現代性**」兩節，第一節臺灣部分分析林亨泰、陳千武、洛夫、余光中、鄭愁予與楊牧，第二節中國部分分析食指、多多、芒克、陳建華與黃翔。一個是面向反共話語、現代主義揚聲版本的「有所揚棄並發揚光大地包容了自波特萊爾以降一切新興詩派之精神與要素的現代派」，一個是面向毛澤東與革命話語、現代主義深潛版本的「地下詩歌」。本書試圖指出兩岸「現代主義」的「自我」兩種種差異的美學，以及論述「自我」作為價值尺度在美學表現策略與方法上的差異，指出兩岸戰後至七〇年代新詩裡的「自我」朝向時代撐開的感知張力，以及，由於歷史語境與社會條件差異，而出現不同意義的主體結構與美學型態。

第二節　臺灣：個人主體的追求與定位、向外拓殖、「走出去」的現代性

前言：「傳統」的移植與繼承：臺灣現代主義的推移與轉化

在論及臺灣六〇年代以降的現代主義詩歌以前，則是必須稍做回溯現當代詩史之中「現代主義」精神的發軔與起點，也就是戰後初期的新詩史敘述。依據現行新詩史料的出現與基本認識，尤其是陳千武〈臺灣現代詩的歷史和詩人們〉[10]一文關於「兩個球根」論的提出，兩個源流從不只是戰後遷臺詩人（「中國」：戴望舒、李金髮→「臺灣」：紀弦、覃子豪→現代、藍星、創世紀）帶來新詩的火種，無疑地也包括了日治時期新文學而來的根苗（「日本」矢野峰人、西川滿→「臺灣」：王白淵、張冬芳、楊雲萍→「跨語世代」吳瀛濤、陳千武、林亨泰、錦連），其中，林亨泰亦參與了紀弦「現代派」的論述與書寫陣容，成為「兩個球根」的合流。[11]

另一方面，戰前「風車詩社」史料的出土與研究的不斷深化[12]，促使「『戰前臺

---

[10] 陳千武，〈臺灣現代詩の歷史と詩人たち〉，見《笠》編輯委員會策劃編譯，《華麗島詩集——中華民國現代詩選》（東京：K. K.若樹書房，1969），頁 174-180；中譯見《笠》40 期（1970.12），頁 49；見鄭炯明編，《臺灣精神的崛起》》（高雄：春暉出版社，1989），頁 415-457。

[11] 陳千武，〈臺灣現代詩の歷史と詩人たち〉，書同上註，頁 175。

[12] 以楊熾昌於 1932 年赴日的時間點估算，其接受美學的來源是處於大正末期，包括神原泰〈前衛藝術願動宣言〉（1920）、平戶廉吉〈日本未來派宣言運動〉（1921）、高橋新吉《ダダイスト新吉の詩》（1923），以及昭和初期《詩と詩論》的創刊（1928）一連串前衛藝術運動的出現的高峰期，見杜國清，《臺灣文學與世華文學》（臺北：臺大出版中心，2015），頁 172-181；楊熾昌在〈新精神和詩精神〉一文中敘述日本詩人平戶廉吉、神原泰以「破壞文章句法、剔除形容詞與副詞」等詩觀來對應未來派

灣現代主義詩』的概念能夠成立，同時也改寫了向來臺灣的文學史的敘事」[13]。因此，對於臺灣現代主義新詩源流的探討，早已橫越了被稱為臺灣現代詩「點火者」的紀弦及其創立「現代派」的時間點，而是在作為日本殖民地時期的「昭和」年代，從描繪夢境、譫妄、潛意識失序版本的法國超現實主義，經由理論旅行到達日本之後，透過日本帝國文壇春山行夫、西脇順三郎《詩與詩論》高舉的「主知」與「新精神」的折射，顯然經由世界前衛藝術思潮的移動軌跡（歐陸日本臺灣），「風車」的存在使臺灣已然具備了一個與世界藝術潮流連動的現代主義陣地，成為楊熾昌筆下「燃燒的火焰擁有的詩的氣氛成為詩人喜愛的世界」[14]。

因此，從戰前的「風車」，跨越二戰前後的「銀鈴會」，進入到戰後「跨語世代」詩人轉而以中文寫作，尤其是林亨泰與陳千武兩位重要的跨語世代詩人，既影響、也實質參與了戰後臺灣的現代主義詩歌的生產與創造，殖民地的前衛精神並未隨著語言的轉換而消隱，而是更為「嵌入式」地進入戰後以中文書寫、體現現代主義表現風格的新詩網絡之中。這樣文本與思潮的世界場域流動與經由特殊東亞戰爭地緣美學壓縮的特徵，印證了林巾力所言：「與其說臺灣戰前的現代主義是因都會或資本主義的興起而發展，不如說是透過文本流傳的時空高度壓縮下的產物」[15]。

有了這樣的詩史認識以後，當中國進入五〇年代「革命頌歌」、「大躍進民歌」蔚為主流的階段，直至文革結束以前，任何意圖擺脫政治他律、訴諸文學自律與的作品，即便詩人力圖在形式、韻律上思索實驗性與創造性的可能，都有被官媒打為「主觀唯心論」、「脫離人民」與「資產階級腐朽意識」的危險。毛話語不斷地以個人意志介入中國當代新詩的生產與發展，企圖以馬克思中國道路、無產階級、人民、大眾等觀點立場理解、詮釋、主導新詩的發展規律，將文學納入「人民解放鬥爭」

的主張，見楊熾昌著，葉笛譯，〈新精神和詩精神〉，收錄於呂興昌編訂，《水蔭萍作品集》（臺南：臺南文化中心，1995），頁 167-171。陳明臺以為，春山夫行、安西冬衛、北川冬彥、西脇順三郎等前衛詩人集結創辦的《詩與詩論》雖以「主知」詩觀為主，卻也分為「形式主義方向」、「超現實主義方向」與「新即物主義方向」三大傾向。《詩與詩論》於昭和六年（1931）解散後，由三好達治、丸山薰等強調「日本傳統詩精神與歐洲象徵詩精神的交叉點」的「四季」詩派接手。「詩與詩論」（超現實主義）與「四季」（象徵主義）主導日本詩壇的時間「亦即風車詩社主要成員先後滯留日本的時期，相當的左右了他們步入文學的成熟階段（從青春到成熟）的文學品味，有由於沉浸在此種文學主流思潮中，他們敏感地，洞察世界文學的最新動向而邁開大步追隨。」見陳明臺，〈楊熾昌・風車詩社・日本詩潮——戰前臺灣新詩現代主義的考察〉，呂興昌編訂，《水蔭萍作品集》，頁 312-313。

[13] 陳允元，《殖民地前衛——現代主義詩學在戰前臺灣的傳播與再生產》（臺北：政治大學臺灣文學研究所博士論文，2017），頁 6。

[14] 楊熾昌著、葉笛譯，〈燃燒的頭髮〉，《水蔭萍作品集》，頁 127-130。

[15] 林巾力，〈主知、現實、超現實：超現實主義在戰前臺灣的實踐〉，《臺灣文學學報》第 15 期（2009 年 12 月）。

的宏大敘事之中。[16]

自此，中國詩歌的現代化進程自此被「馬克思列寧主義」意識形態與「為人民（工農兵）服務」文藝道路的「他律」所決定，在胡風、丁玲、諸多七月詩人等被打為右派，以及何其芳、卞之琳提出矯正「民歌」形式與體裁而開展的「現代詩新格律論」都被批判的情況下，[17]中國新詩的發展道路在文革前持續地遭受「民族化」、「大眾化」等革命律令所纏繞，書寫倫理的唯意志論被整合進無產階級屬性的政治倫理之中，洪子誠所謂社會主義時代裡「社會生活和政治倫理，也就是詩的美學倫理」，[18]亦是毛澤東 1942 年「在延安文藝座談會上的講話」以降種種社會主義文藝教條與政治律令的演化結果。如此一來，後文會再論證，**毛話語政治律令深入人民集體心智的影響太過巨大且細微，也直接導致了地下詩歌至「新詩潮」的朦朧詩，其現代主義有過度側重「啟蒙」方向的現象**。

同一個時候，臺灣也進入了戰後國族格局的變動與重組、政治氛圍「反共」的戒嚴時空。國民黨肅清共諜的特務政治遍佈島內，即使如此，以非本省籍文人為主的新詩結社，卻得以在「反共」的意識形態大纛之下，不論是「現代」在「橫的移植」上亦強調「愛國、反共、擁護自由與民主」，[19]或是「藍星」覃子豪在《藍星詩選》第 2 期以〈新詩向何處去〉的「若全部為橫的移植，自己將植根於何處？」，

---

[16] 如毛澤東〈在延安文藝座談會上的講話〉:「在我們為中國人民解放的鬥爭中，有各種的戰線，就中也可以說有文武兩個戰線，這就是文化戰線和軍事戰線。我們要戰勝敵人，首先要依靠手裡拿槍的軍隊。但是僅僅有這種軍隊是不夠的，我們還要有文化的軍隊，這是團結自己、戰勝敵人必不可少的一支軍隊。」見毛澤東，《毛澤東選集・第三卷》（北京：人民出版社，1991），頁 847。除此之外，中共中央中宣部、官方媒體、作協等單位，也在指導文藝發展方向與路線上，扮演舉足輕重的角色。例如大躍進正式開展前，為呼應毛澤東廣泛搜集，1958 年 4 月 14 日，《人民日報》發表了社論《大規模地收集全國民歌》，指出「這是一個出詩的時代，我們需要用鑽探機深入地挖掘詩歌的大地，使民歌、山歌、民間敘事詩等等像原油一樣噴射出來。……詩人們隻有到群眾中去，和群眾相結合，拜群眾為老師，向群眾自己創造的詩歌學習，才能夠創造出為群眾服務的作品來。」見；以及，1958 年 5 月奠定「大躍進」政策方針的中共八大二次會議，時任中央宣傳部副部長、中國作家協會黨組書記的周揚《新民歌開拓了詩歌的新道路》的發言，論述民歌的思想內容和藝術特徵，闡述黨對搜集民歌和其他民間文學的方針政策：「最近，隨著毛澤東同志的倡導，全國各地展開了聲勢浩大的搜集民歌的運動……大躍進民歌反映了勞動群眾不斷高漲的革命干勁和生產熱情，反過來又大大地促進了這種干勁和熱情，促進了生產力的發展。」見姜華宣、張尉萍、蕭甡編，《中國共產黨重要會議紀事（1921-2011）》（北京：中央文獻出版社，2011）。

[17] 見宋壘，〈與何其芳、卞之琳同志商榷〉，《詩刊》10 期（1958.10），頁 66-68；比較持平的看法，見張光年，〈關於詩歌問題的討論：在新事物面前——就新民歌和新詩問題和何其芳同志、卞之琳同志商榷〉，《人民日報》1959 年 1 月 28 日，（來源：https://new.zlck.com/rmrb/news/I7MYL06J.html，2020.10.20）。

[18] 洪子誠、劉登翰著，《中國當代新詩史（修訂版）》（北京：北京大學出版社，2005），頁 9。

[19] 紀弦，〈現代派信條釋義〉，《現代詩》13 期（1956.2），頁 4。

以「民族風格」作為中國新詩獨立品格的依據；[20]還是「創世紀」在還未全面轉向「超現實主義」前追求的「新民族詩型」，[21]臺灣五〇年代現代詩運動以向內在世界的挖掘，搭配符合當局政治意識型態（中國（國）／中華（族）／道統（文））的美學，取得某種「政治表態中性化」的隱蔽效果，因此促使「現代主義」詩歌運動得以在「戰鬥文藝」大行其道的五〇年代掙出意識形態管控的文化縫隙，這其間的整體政治背景，當然，以上也包括了世界「冷戰」權力格局下官方國語政策、張道藩「中華文藝獎金委員會」及「美援文藝體制」交互運作下的多重影響。[22]

進入了本書對於開啟兩岸歷史軸線「同時性」比較向度的六〇至七〇年代，在中國，1966-1976 文革的十年，迫使戰前「現代」與「中國新詩派」的現代主義傳統被迫切中斷，大批知識份子受到批鬥與迫害，這與毛澤東拋棄了正統馬克思主義關於「資本主義」是作為邁向「社會主義」的必要階段，而抱持「不斷革命」迅速達成社會主義與共產主義社會的信念有關，也與其不信任知識份子、堅信以「民粹主義」思考群眾自發性與革命實踐的問題有關。[23]即便是文革前的「十七年文學」時期，三反五反、胡風反革命集團案、反右運動等，文化人的主體意志早在文革前已一再遭受摧折，更遑論被視為「資產階級文學」的西方現代主義，能夠出現任何開展性的文化與社會空間。

在臺灣，則是進入到「現代主義」的黃金時代，也是文學史與詩史家歸類於「無根與放逐」、[24]「現代主義文學的擴張與深化」[25]的六〇年代文學，更是一個詩史家稱之為「經典之形成」[26]與詩史的「展開期」[27]的年代。相較於中國具備鮮明現代主

[20] 覃子豪，〈新詩向何處去〉，原載《藍星詩選》第 2 期（1957.8）；亦見《覃子豪全集II》（臺北：覃子豪全集委員會，1974），頁 304-312。覃子豪此篇擲地有聲的詩論，頻繁於現代主義光譜上折衝、協調「西方／現代」與「中國／傳統」兩種異質美學向度，帶有對紀弦「現代」過度西化的語境校正功能，如「中國的新詩是中國的，也是世界性的，唯其是世界性的，更要有自己獨特的風格」，同前註，頁 311。

[21] 譬如洛夫在〈建立新民族詩型之芻議〉提出「藝術的」與「中國風」的觀點。見洛夫，〈建立新民族詩型之芻議〉，《創世紀》第 5 期（1956.3），頁 3。

[22] 相關研究見王梅香，〈美援文藝體制下的《文學雜誌》與《現代文學》〉，《臺灣文學學報》25 期（2014.12），頁 69-100；陳建忠，〈「美新處」（USIS）與臺灣文學史重寫：以美援文藝體制下的臺、港雜誌出版為考察中心〉，《國文學報》52 期（2012.12），頁 211-242；陳文亦收於黃美娥等作，黃美娥主編，《世界中的臺灣文學（臺灣史論叢．文學篇）》（臺北：臺灣大學出版中心，2020），頁 195-230。

[23] Meisner, Maurice. *Mao's China and After: A History of the People's Republic*. (New York: Free Press, 1999), pp. 297-298.

[24] 葉石濤，《臺灣文學史綱》（高雄：春暉，1998），頁 111-136。

[25] 陳芳明，《臺灣新文學史》，頁 345-382。

[26] 鄭慧如，《臺灣現代詩史》，頁 87-314。

[27] 孟樊、楊宗翰，《台灣新詩史》，頁 217-316。

義特徵的新詩文本被迫轉入「地下」的歷史語境，從小說到新詩，臺灣六〇年代對西方世界、尤其是十九世紀中期至二十世紀前期的歐陸現代主義思潮亦步亦趨，就其原因，即是原有的官方「反共」價值體系，已然無法支撐社會急遽現代化下知識份子經驗到的現代意識、文藝的政治向度亦顯然無法統合苦悶壓抑的情緒。雖然敵視大眾話語與普羅階級的現代主義，[28]造成了「六〇年代的臺灣現代派文學運動可說是一個較為純粹的文化菁英份子的前衛藝術運動」[29]，被鄉土派批評為頹廢、耽溺、逃避「現實」，「創世紀」標榜的「世界性、超現實性、獨創性、純粹性」也被論者批評為「臺灣的超現實詩人卻是西方超現實詩人（大半也是社會主義者）最厭惡的遵從威權的反動者」[30]，但卻也面對威權政治的文化律令劃出了一道清晰的精神界線、形構了一種反對文藝工具效用主義的「藝術自律」，對《創世紀》來說，尤其是在「意識形態層面上，西方文明提供的另類文化想像具有解放性的功能，被這些（現代主義）作家用來對抗儒家倫理規範的壓力」，[31]即使，這種僅止於封閉心智狀態與形式、風格面上的「藝術自律」，是建立在「反共之任務背景」的意識形態基礎之上。[32]

兩岸雖然同屬壓抑、禁閉、承受冷戰局勢與威權／極權狀態的文化場域，但在統治「意識形態」的不同、臺灣與中國於冷戰時期集團屬性的對立、歷史背景和社會結構的差異等因素影響下，臺灣現代詩自此與中國走向了不同的發展道路。如同中國大陸部分文學史或詩史「目的性」地將臺灣六〇年代現代主義文學運動納入其中國國族主義詩史建構的一部分，[33]我認為，此舉更顯現出六〇年代中國文化母體

---

[28] 洛夫：「所謂『大眾化』，我們絕不能讓人誤解為婦孺皆知的『通俗化』，以『通俗化』達到『大眾化』的目的乃是共產黨徒搞文化統戰的手段，這不僅污損了藝術，也謀殺了藝術的本質。」見洛夫，〈緒言〉，收於張默等編，《六十年代詩選》（臺北：大業書店，1973）。

[29] 張誦聖，〈現代主義與臺灣現代派小說〉《文學場域的變遷——當代臺灣小說論》（臺北：聯合文學，2001），頁 8。

[30] 許達然，〈六〇～七〇年代臺灣社會和文學〉，收於東海大學中國文學系編，《苦悶與蛻變：六〇、七〇年代臺灣文學與社會》（臺北：文津，2007），頁 74。

[31] 張誦聖，《現代主義・當代臺灣：文學典範的軌跡》（臺北：聯經，2015），頁 30。

[32] 蔡明諺，〈新詩論戰之後——對六〇年代初期現代詩壇的幾個考察〉，收於東海大學中國文學系編，《苦悶與蛻變：六〇、七〇年代臺灣文學與社會》，頁 349。

[33] 中國學界試圖收納臺灣「現代主義」發展脈絡以遂行「中國國族主義」建構的相關文學史與詩史著作，如洪子誠，《中國當代新詩史》（北京：北京大學出版社，2005）；陳思和，《中國當代文學史教程》（上海：復旦大學出版社，2005）；羅振亞《中國現代主義詩歌史論》有第四章「扯不斷的血脈——20 世紀 50~60 年代臺灣現代派詩遙測」，見羅振亞，《中國現代主義詩歌史論》（北京：社會科學文獻出版社，2002），頁 157-192；古繼堂，《簡明臺灣文學史》（北京：時事，2002）與《臺灣新詩發展史》（北京：人民文學出版社，1989），朱棟霖、丁帆、朱曉進編《中國現代文學史 1917-1997（下冊）》（北京：高等教育出版社，1999），頁 211-241，等等。

之中新詩現代化進程，遭受極左翼政治力量所中斷的匱缺與蒼白，而必須借重臺灣現代主義詩歌填補空缺的原因。相較於西方高度發達的資本主義，臺灣滯後於歐美的文化現代性因為「反共」而未受到過多政治力的侵擾，這是「帝國主義文化與臺灣親美文化的相互激盪」[34]下生出的奇異花朵，也是經由「漢字鑄練與臺灣風土的改造」而達成的「美學在地化」，[35]促使戰後臺灣新詩的現代性呈現出相較中國更為突出的部位，並在現代主義上的美學成就上有著較為充分的開展，印證了鐘鼎文所指陳：「中國詩的傳統，只好由臺灣的新詩接續」[36]此一詩史認知之客觀描述。

因此，同樣面對著政治力對個體精神自由的壓制，但「六〇年代」兩岸新詩個自走向了不同的文化語境與感覺結構，而導致詩歌語言生成出不同型態的「現代感」與「自我」表述，催生出「橫的移植」與「縱的反抗」兩種詩歌精神型態：

> 由於社會背景的不同，大陸的朦朧詩與臺灣的現代詩在發展的過程中，也顯出一些不同的特性。基本上臺灣的現代詩是西方現代詩的橫的移植，而大陸的朦朧詩，卻是對在這以前的詩觀和審美趣味的縱的反抗。不論是橫的移植或是縱的反抗，兩者都是對一種新的詩質和審美原則的探索，而在創作的實踐上，新詩的再革命，使中國新詩變成世界各國的現代詩中的一環。[37]

由於「朦朧詩」語境並非專指《今天》創刊後的詩歌生產，而是影響朦朧詩出現的「地下詩歌」也是朦朧詩的指稱範圍。以此來看，杜國清的總體見解正呼應了本書我提出之「兩岸詩」比較詩學論述中，最為重要的歷史節點：兩岸走過國族格局變動的五〇年代，進入政治結構穩定、作品進入量產的六〇年代，中國詩歌的現代性進程，被捲進了革命民粹主義的漩渦之中，呈顯出的是各式現代、前衛、實驗的話語類型被禁制、壓抑的狀態，詩歌只能在「地下」傳抄、流通與閱讀，部分詩歌寫作語言的編排方式明顯地受到毛語錄及文革「格言體」的影響，其內在精神卻也充滿對文革話語「縱的反抗」。

時序進入到一九七〇年代，一系列外交危機（1970 釣魚臺事件、1971 中華民國退出聯合國、1972 美國與日本相繼與臺灣斷交並承認中華人民共和國），動搖了國民黨的法統地位與文化霸權。在島嶼內部，日漸壯大的中產階級與戰後嬰兒潮世

---

[34] 陳芳明，《臺灣新文學史》，頁 347。

[35] 陳芳明，〈序：未完的美學在地化〉，《現代主義及其不滿》（臺北：聯經，2019），頁 9。

[36] 鐘鼎文，〈詩刊與理想與使命〉《笠》50 期（1972.08），頁 149。

[37] 杜國清，〈新詩・現代詩・朦朧詩〉，《詩論・詩評・詩論詩》（臺北：臺大出版中心，2010），頁 221。

代知識份子的成年，現代主義文學背後「黨國」與「西化」的結構性同謀，遭受到來自本土社會民間草根力量的挑戰，整體的思潮景觀轉向了「現實」與「鄉土」。作為反對「反共」八股文藝的「現代主義」，在這個歷史階段，走入了它自身的反面、詩人不再迷戀於抽離現實的自我心象，而是嘗試與古典、傳統與現實做出美學的融合與對話，而作為八〇年代以後本土意識兩大驅動力量的「現實」與「鄉土」，自此也正式躍上了歷史舞臺。

在中國七〇年代前半個階段，仍處於文革時期個體精神表述的微弱與蒼白的同時，臺灣凝視鄉土、回首傳統、關懷現實的文化草根力量，開展出長滿歷史容顏與土地氣息的靈魂皺摺。一連串的外交危機，中華國族神話開始受到質疑，使知識份子試圖從文化上尋求出路；資本主義的發展，中產階級壯大，政治改革訴求的提出，挑戰了黨國的文化霸權。尤其是「現代詩論戰」與「鄉土文學論戰」的影響效應下，《龍族》、《草根》、《陽光小集》等深具本土現實意識的詩刊創刊，文壇轉向了凝視鄉土、關懷現實、走向大眾的思潮轉型，抨擊現代主義陣營的模擬西方、逃避現實、無病呻吟，整體文化結構走向了「標舉『民族性』、『社會性』、『本土性』、『開放性』、『世俗性』的新路」，[38]林淇瀁（向陽）更指出：「通過鄉土文學論戰，不少新世代詩人開始蛻變風格，重新確立詩觀，投向關切現實、認同土地的原野，《陽光小集》在這個部分，也充分地提供了領地」[39]。

奚密以為：

> 鄉土派和現代派的根本差別，我以為是在兩者對文學邊緣化現象的不同反應上。如果後者利用其邊緣地位作為一種藝術獨立、與社會進行批判式對話的保障，前者則欲根本改變文學的邊緣地位，強調其社會良心的功能。其中的反諷在於：雖然兩者都不認同於官方的主流論述，然而在攻擊現代主義文學時，鄉土派竟引用張道藩一九四二年的〈我們所需要的文藝政策〉來為自身辯護。[40]

延伸林淇瀁與奚密的觀察，現代詩論戰、鄉土文學的轉折，除了催生了戰後出生世代詩人為主體的新興詩刊的出現，側重本土／現實、傳統／民族的文化向度也

---

[38] 林淇瀁，〈七〇年代臺灣現代詩風潮試論〉，收於陳幸蕙編，《七十三年文學批評選》（臺北：爾雅，1985），頁110。

[39] 林淇瀁，〈臺灣新詩風潮的溯源與鳥瞰〉，《中外文學》28卷1期（1999.06），頁93。

[40] 奚密，〈從邊緣出發——《現代漢詩選》導言〉，見《現當代詩文錄》，頁38。

重新為詩壇注入了新的美學觀念，現代主義陣營亦身受影響，在表現的主題與技巧上，亦出現了現實轉向，或者朝向具體的臺灣現實情境或「在地」（臺灣）的歷史溯源做出現代的轉化。

因此，不論是戰前還是戰後出生之臺灣詩人，同步地在七〇年代「回歸傳統」，「傳統」本來是激進版本歐陸現代主義極力革除或矯正的對象，但承受艾略特英美現代派思潮脈絡的戰後臺灣，此脈現代主義極力拋棄的是一成不變、盲從、怯於更新的傳統，其現代主義的內涵是一種與傳統的內在相聯繫、又能夠超越其時間性的「歷史知覺」（historical perception）：也就是「不僅知覺到過去的過去性（pastness），也能夠知覺到過去的現在性（presence）」[41]，以此構成一個傳統與現代並存的同時性秩序。因此，陳義芝統合出臺灣戰後現代主義「回歸傳統」的四個面向：「古典形式的試煉」「古典的文理結構與意象」「古典題材與情節的再創造」「古典的人格認同與精神召喚」[42]。

臺灣現代主義詩歌處在世界冷戰格局與國府威權政體的狹促空間中，依賴冷戰局勢而流動來臺的現代主義此一「文化資本」，並未如中國受到激烈的極左運動抵制，而是為映照「文革」的文明毀壞，臺灣的現代詩歌運動與「文化中國」此一國民政府文化意識形態同構，取得了中國／反共／親美／現代的合法性文化表述權力，除了在美援文藝體制下引進歐美現代主義，更在「橫的移植」上更有所保留（如「藍星」）。不如中國詩人被革命話語暴力整併至「集體」、「階級」與「人民」、傾向「個體」孤島般的抵抗，臺灣現代主義所賦予的「自我」介面有著更為寬廣的思想幅度與歷史時間縱深，在「個人」話語系譜上出現了文學社會學意義上的「詩」運動——詩觀的辯論與詩社的形成，且在中華國族主義意識形態的有限度默許下，於多重文化維度的辯證感之中訴說著「自我」心象的須臾與永恆，印證了鄭慧如對一九五〇至一九六九年之間臺灣現代詩壇的總體評價：「在現代主義和反共文學之間，一邊向外迂迴前進，一邊內部自我檢視辯證，在古典文學的庇蔭裡休息省思，在超現實手法中處理內心繽紛意象」[43]。1950 年代後期開始，由於對八股的反共文學感到不滿，於是詩歌界開始傾向在政治之外，探索另一條藝術至上的道路。

---

[41] Eliot, T. S., “Tradition and Individual Talent”. in *Selected Essays*. (London: Faber and Faber Ltd., 1934), pp.14.

[42] 陳義芝，《聲納：臺灣現代主義詩學流變》（臺北：九歌，2006），頁 131-140。

[43] 鄭慧如，《臺灣現代詩史》，頁 314。

一、林亨泰：「知性」結構的自我

「跨越語言的一代」代表詩人之一的林亨泰，其生命軸線橫跨日治時期與國民政府，以《詩與詩論》為中介，吸收西歐現代主義詩歌養分，也承襲了自西脇順三郎、春山行夫、北園克衛、瀧口修造、北川冬彥、安西冬衛、村野四郎、三好達治、荻原恭次郎等的「純詩」與「主知」詩風，[44]啟蒙於二戰結束前後的「銀鈴會」，並在戰後加入了紀弦《現代詩》的創立，並提供《現代詩》豐沛的理論建構與創作展演，而後參與了《笠》的創刊，為臺灣詩界建構了殖民／本土／前衛的現代文學系譜。[45]

作為「主知」與「現實」、「現代」與「鄉土」的溝通者，經歷了「銀鈴會」（1945-1949，日文／滿懷社會改革理念）、「現代派」（1952-1964，主知的優越性和方法論的重要性）、「笠詩社」（1964-，時代性與本土性）。[46]呂興昌以「始於批判、走過現代、定位本土」[47]定義林亨泰的詩路歷程，而其「自我」所展現出的「知性」結構意識，帶出了紀弦〈現代派的信條〉之「知性的強調」：亦即如何以語言破壞官方「反共」統一語式與文化框架的實踐問題。如林巾力：

> 「意志活動」乃是林亨泰「主知」的重要內涵，也因此，他的語言實驗最終目標並不在於追求未來派無政府主義的激越、混亂與破壞性，而是藉由瓦解一般對於詩歌語言的既成觀點，與一反讀者的閱讀期待，而將箭頭指向詩歌的內在精神活動。[48]

所謂「意志活動」或「詩歌的內在精神活動」，意謂林亨泰認為飛躍跳脫的想像力與主知的語言操作，不只是呼應楊熾昌所謂「被投擲的對象描繪的拋物線」[49]，

---

[44] 林亨泰，〈詩的三十年〉，收於呂興昌編，《林亨泰全集六・文學論述卷 3》，頁 4-5。

[45] 關於林亨泰的文學歷程，及其作品與時代環境的關係，見林巾力，《福爾摩沙詩哲林亨泰》（臺北：INK 印刻，2007）。

[46] 林亨泰，〈復張默書〉，收於呂興昌編，《林亨泰全集七・文學論述卷 4》（彰化：彰化縣立文化中心，1998），頁 300-302。

[47] 呂興昌，〈走向自主性的世代：林亨泰詩路歷程簡述〉，收於呂興昌編，《林亨泰研究資料彙編》（彰化：彰化縣立文化中心，1994），頁 366。

[48] 林巾力，〈想像「現代詩」：以林亨泰五〇年代的「現代主義」建構為例〉，《中外文學》35 卷 2 期（2006.07），頁 134。

[49] 楊熾昌，〈燃燒的頭髮——為了詩的祭典〉，呂興昌編，《水蔭萍作品集》（臺南：臺南市立文中心，1995），頁 129。

而且是詩何以「現代」的必要條件，代表詩人衝破外在環境條件制約的心靈強韌之力，以「現代」的技巧策動主體對「現實」感受的驅動。如同其繼承考克多（Jean Cocteau）與評價紀弦〈脫襪吟〉、〈都市的魔術〉時對「真摯性」（sincérité）的強調，語言的率直之外更有「敏銳的感受性與豐富的想像力」。[50]因此，即使如瘂弦〈深淵〉、洛夫〈石室之死亡〉等極為晦澀難解的現代主義名篇，林亨泰亦認為「仍然不難看出他們對現實的積極態度以及具有較廣乃至較深結構之現實觀的」[51]，「『現代』與『鄉土』並不衝突，相信『現代』的成果必能落實於『鄉土』上」[52]，「現代」因而是「現實」意識的深層結構。

五〇年代，林亨泰已在《現代詩》發表了許多抗拒符號表意功能、強調視覺性經驗的「符號詩」，如〈輪子〉、〈房屋〉、〈第 20 圖〉、〈ROMANCE〉、〈騷音〉、〈車禍〉等等。以〈車禍〉為例，詩人將趨向平面化的能指聚合序列加以阻斷，轉向空間化與立體化，文本內以字的大小、線條符號模擬「車禍」迫近的臨場感：

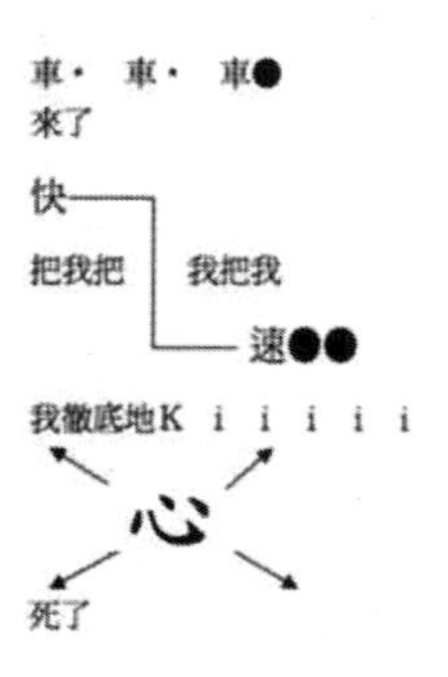

這首極具「未來派」色彩的作品，文本內字體、擬聲、標記號等的使用，除了是呼應紀弦現代派信條的「第三條：詩的新大陸之探險，詩的處女地的開拓」中，對詩的新內容、新形式、新工具與新手法的發明，也或與其於戰前接收自神原泰《未來派研究》所述之西方前衛藝術思潮有關。[53]〈車禍〉裡，「我」的形象被機械的動力、噪音與速度所碾壓，「我」被置換到一處聲光立體的車禍實境之中。這首詩以知性、抽象、反抒情的「前衛性」，宣告了原本平面化的、經由意象與意象的連結而產生意義的理解模式正式失效，詩人的「自我」搭建在前衛精神的感受之上。

---

[50] 林亨泰，〈現代詩的基本精神——論真摯性〉，收於呂興昌編，《林亨泰全集四・文學論述卷 1》，頁 12-19。

[51] 林亨泰，〈現實觀的探求〉，收於呂興昌編，《林亨泰全集四・文學論述卷 1》，頁 218-219。

[52] 林亨泰，〈復張默書〉，收於呂興昌編，《林亨泰全集七・文學論述卷 4》，頁 301-302。

[53] 林亨泰，〈現代派運動與我〉，收於呂興昌編，《林亨泰全集五・文學論述卷 2》，頁 146。

還有被廣泛研究的〈風景 No.2〉

防風林　的
外邊　還有
防風林　的
外邊　還有
防風林　的
外邊　還有

然而海　以及波的羅列
然而海　以及波的羅列[54]

〈風景 No.2〉試圖將作者的視點轉移過程，放置在空間（防風林）不段接續、延伸性的「風景」的整體印象之中。現代主義陣營中「象徵」或「意象」的一脈往往必須拆解複雜晦澀的符號指涉網絡，而得到初步的意義理解。這首詩明顯地將「主體」抽換為客觀的景物秩序，「自我」經過詩人現代主體的折射，呈現出一種知性的視線（或視角），視線漸進式地從「防風林」行進至「海　以及波的羅列」，客觀穩定的景物秩序中隱含著「自我」踰越邊界的慾望，像是「自我」亟欲奔出陸地（戒嚴體制）對自由心靈的禁錮。

〈作品四十八〉

你的嘴　咂碎了白
道德亦流出血來
以致把你的舌頭染白

到底是怎麼回事啊
世界竟如此光亮
如此凌亂著碎片[55]

---

[54] 林亨泰，〈風景 No.2〉，收於呂興昌編，《林亨泰全集二・文學論創作卷 2》，頁 127。
[55] 林亨泰，〈作品四十八〉，收於呂興昌編，《林亨泰全集二・文學論創作卷 2》，頁 222-223。

林亨泰自陳寫這首詩時「一方面感到這世界有救、有希望，一方面卻又感到碎片那麼多。這是理想與現實之間的矛盾感受……」[56]，如同齊美爾、克拉考爾與班雅明關於現代性的碎片視野：「關注的是資本主義劇變下所建立的對社會和歷史存在的感知和體驗的新模式，他們最關心的是作為短暫、瞬時、偶然、任意的時間、空間和因果關係的不連續經驗」[57]。相較於前述三者的「碎片」感知是建立在工業化、資本化社會條件的基礎上，稍有不同的是，林亨泰的知性遭受殘酷的現實（白色／戒嚴時空）所擠壓，屬於白色恐怖時代的精神碎片。文本裡的「白」訴說了時代的單一、沉悶，而光亮／碎片的交替，預示著主體自身已然掌握了無常世事興替的規律，「碎片」此一物象也引導出自我／世界疏離的狀態，也是對「自我」人格／感受完整性的追求。

鑑於「主知」與「純粹」的詩觀，林亨泰甚少在詩中使用第一人稱「我」。如同其〈作品四十八〉，知性思維塑造的「我」借助「你」來推進詩中的意念。〈風景〉，林亨曾言「〈風景〉是在實驗了一連串『怪詩』和『符號詩』之後，所精粹出來的作品。就好比吃了一帖瀉劑，在去除了所有雜質、渣滓而留下了絕對的純淨一般」[58]，或如〈車禍〉側重未來派對語言的聲音技術、機械文明的仰慕，直接將文字具象化、符號化、立體化，成為一種經由視覺與聽覺構成的意象。

林亨泰於現代派時期的「自我」，體現出剔除表述抒情與重層心裡經驗後的「知性」，將龐雜的、詩必須乘載的情感與時代意義予以抽象化、視覺化。以此來看，形式的極端化探索，足以帶出知性的「自我」，有過濾泛浪漫主義、情感過度膨脹的功能，以及其意向態勢從「主觀性」到「客觀性」的位移過程。誠如林巾力：

> 林亨泰藉由極端的形式探索而重新定義了詩與「自我」的關係，在這些符號詩當中，詩人將情感的介入降到最低，此時，「自我」僅僅是作為一個外在世界的觀察者，同時也是文字的操縱者。……所謂的「雜質」或「渣滓」，指的就是前期浪漫主義階段所無法駕馭自如的情感波動，而所謂「純淨」指的就是自我的「客觀」狀態。[59]

---

[56] 林亨泰，〈有孤岩的風景——訪林亨泰〉，收於呂興昌編，《林亨泰全集八・文學論述卷 5》，頁 150。

[57] Frisby., David. *Fragments of Modernity: Theories of Modernity in the Work of Simmel, Kracauer and Benjamin.*, (Cambridge: Polity Press, 1985), pp.4.

[58] 林亨泰，〈走過現代・定義鄉土〉，收於呂興昌編，《林亨泰全集六・文學論論述卷 3》，頁 20。

[59] 林巾力，〈現代詩的「自我」觀：以林亨泰為討論中心〉，收於彰化師範大學國文學系、臺灣文學研究所編，《看似尋常，最奇堀——林亨泰詩與詩學國際學術研討會論文集》（臺北：五南，2009），頁 21。

到了七〇年代，受到鄉土文學論戰的影響，林亨泰的詩走向了較為現實的質感，其詩裡的「自我」，也趨向了批判現實、或是對現實性精神輪廓的描繪。不過無論如何，在五〇至六〇年代一系列詩的語言形式實驗中，「語言的破壞並非林亨泰的終極關懷，而如何從語言在『時間性」與『空間性」的匱乏中，重新打破時空的束縛而壓縮、打造自己的美學並進而尋求合法化的過程，才是詩人的關注所在」[60]。

林亨泰的「自我」觀是現代主義「知性」結構所塑造的「自我」，體現了臺灣現代主義前衛、知性、客觀、純粹的面向，顯而易見的，符號（圖像）對中文文字的形象替代與介入，與其作為跨語世代詩人面對中文語境的壓迫有關。[61]林亨泰在反傳統、反抒情、追求西方代主義技巧的同時，「自我」並未只是在形上世界澈底的封閉與「虛無」，而是提出對既有詩形式與美學的挑戰，以此新的視覺經驗與創新的藝術形式，試圖創造社會和自然環境的關係，以及重整現在與過去的關係。

二、陳千武：「新即物主義」的自我

作為《笠》發起人的陳千武，於 1964 年 6 月，與吳瀛濤、詹冰、林亨泰、錦連、趙天儀、白萩、杜國清等十二位本土詩人發起成立笠詩社，而《笠》一向被視為是鄉土、現實主義詩觀的代表，其詩觀的建構更為貼近臺灣本土具體的人文風物、社會與政治的脈動，以臺灣本土／現實作為藝術建構的主要話語對象、思想來源與表現方式。以本省籍跨語世代詩人為骨幹，加上中堅的世代（白萩、杜國清、李魁賢、趙天儀等），杜國清以為，《笠》繼承了殖民地時期的新詩傳統，也開展了戰後臺灣的詩潮的推展，無疑具有承先啟後的意義，因此，「笠詩刊的創立，基本上是臺灣現代詩兩個球根的結合」[62]。杜國清更細究笠詩社成員的精神內面：

> 他們繼承日治時期臺灣新文學運動的現實精神，使他們對現代詩的本質，以及對本土詩文學的歷史淵源，都具有相當深切的認識和體驗，再加上他們對鄉土和時代的關懷，使他們無法認同《創世紀》所提倡的「超現實性」、「純粹性」、「世界性」的創作方向。[63]

---

[60] 林巾力，〈想像「現代詩」：以林亨泰五〇年代的「現代主義」建構為例〉，《中外文學》35 卷 2 期（2006.07），頁 137。

[61] 陳義芝，〈語言與時代的雙重斷裂——林亨泰前衛詩學探查〉，《看似尋常，最奇堀——林亨泰詩與詩學國際學術研討會論文集》，頁 183。

[62] 杜國清，〈《笠》詩刊與臺灣新詩的發展〉，《詩論・詩評・詩論詩》，頁 299。

[63] 同上註，頁 303。

由於省籍政治結構與話語權的競奪，《笠》除了試圖在本土／現實突出與《創世紀》的不同之處，因為作為《笠》創刊語的「把呼吸在這一個時代的的這一個『世代』（Generation）的詩，以適合於這個時代以及世代的感覺痛快地去談論」[64]，已然揭櫫一個詩的表現方式與「時代受容性」的問題。

因此，「《笠》創刊時的立場，並非全然對抗『現代主義』的藝術表現，而是要矯正臺灣五、六〇年代，借『現代主義』之名，創作許多過度實驗、晦澀難解的詩作，同時，對那些與『現代主義』論述似是而非的論述，加以反撥」[65]。「笠」的本土性、日本經驗與現實／抗議精神，向來有矯正臺灣主流現代主義集團（《創世紀》）只是在形式上過度實驗的用意，其中，陳千武在《笠》如何以譯介與理論面銜接日本前衛詩潮方面角色吃重，如第一期桓夫（陳千武）譯介三好達治〈跨在駱駝瘤上〉、第二期譯介北園克衛〈夜的要素〉、第三期譯介西脇順三郎〈旅人不回歸〉、第四期譯介上田敏雄〈假設的運動〉、第六期譯介春山行夫〈ALBUM〉等等。

除了此之外，陳千武在創作實踐如何體現「現代性」一脈，也以實際的理論引介與寫作，提出其對抗的策略，此即為「新即物主義」（Neue Sachlichkeit）。「新即物主義」原為威瑪共和時期興起的藝術流派，於二〇年代被《詩與詩論》詩人村野四郎、笹澤美明引進日本，而後陳千武在 1968 年的《笠》23 期上，以「本社」為名執筆引介「新即物主義」，與轉譯自日文的埃里希・卡斯特納（Erich Kastner）的〈即物性的故事詩〉：

> 新即物主義原來係美術用語，用於機能性、合目的性樣式美維目標的建築。在文學上排斥人的歷史性、社會性，缺乏洞察的表現主義的觀念和純主觀的傾向；而以即物性、客觀性極冷靜地描寫事物的本質，產生報導性要素頗強的作品。[66]

陳千武亦在《笠》第 39 期譯介村野四郎的新即物風格詩集《體操詩集》共十九首[67]，可見陳千武和村野四郎在詩學上的脈絡關係，唐谷青（杜國清）也在《笠》58 期，鑑賞了笹澤美明《蜜蜂之路》、《風琴調》、《冬之炎》等詩集裡的部分作品，認為《冬

[64] 本社，〈古剎的竹掃〉，《笠》1 期（1964.6），頁 3。

[65] 阮美慧，《戰後臺灣「現實詩學」研究：以笠詩社為考察中心》（臺北：臺灣學生書局，2008），頁 74。

[66] 本社，〈新即物主義〉，《笠》23 期（1968.2），頁 20。

[67] 村野四郎〈體操〉：「我沒有愛／我未曾持有權力／是白襯衫中之個／我解體　而構成／地平線來交叉我／／我無視周圍／而外界整列著／我底咽喉是笛／我底命令是音／／我翻翻柔軟的手掌／深呼吸著／這時　我底姿勢／如插上一輪薔薇」見村野四郎著，陳千武譯，《體操詩集》（全），《笠》39 期（1964.6），頁 35。

之炎》裡的〈窪處〉[68]一詩「表現上，仍舊是即物性的手法，可是詩人內部的聲音，由於碰到現實的絕壁而返響回來，顯得更為深沉、激烈」[69]，可見《笠》沒有與現代主義潮流疏離，而是藉由知性思維涵蓋的「新即物主義」作為挖掘情感與世界「真實」的尺度與方法，逼近事物的抽象思維：物性與線條，並藉此揭示人作為存在個體的「存在性」，並且呼應其一貫所主張的反抗、嘲諷現實的精神。

另外，杜國清〈新即物主義與臺灣現代詩〉一文，總結笹澤美明〈新即物主義文學〉要點：如「在藝術表現上，主張將表現主義的口（精神的告白）和印象主義的耳（外界的聽聞）合致，進而訴諸眼睛，尋求『新的客觀性』和『冷靜的秩序』」；「這種新藝術（新即物）與現實結合時避免過剩的感情，也不屈從於對象，而是將對象在內部創造，展現出新的視野」；「即物主義傾向於對物的本質性，與人的情緒性保持一定距離」[70]等見解，歸納出《笠》同仁透過從日本詩壇吸收的新即物主義思潮與臺灣現代詩的交會地帶：

1. 在臺灣六〇年代末，《笠》從日本傳入新即物主義，也是對當時詩壇《創世紀》標榜現超實主義的詩觀抗衡。
2. 新即物主義……其雙重性格也表現在「主知」與「抒情」，「抒情」與「敘事」的矛盾統一之中，而形成知性抒情，藉事抒情的獨特風格。
3. 作為主知文學的新即物主義，以機智和反諷為主要表現手法，作為對現實的批判手段。
4. 新即物主義的創作以日常事物為對象，在語言表現上注重意義性，是直接的、凝視的、洞察的、思考的、探究的。
5. （新即物主義）對發生的事象加以客觀的紀錄或描述，對人生的狀態或人類的命運加以形象化的藝術處理，以探究生命的意義和生死的本質。
6. 里爾克認為「詩不是感情而是經驗」這種思考及其影響，更加深了新即物主義的現實性與臺灣現代詩的關係。[71]

[68] 笹澤美明〈窪處〉：「為了逃出空虛的光明之地／看看哪兒有個休息的地方／我在這地上追求窪處／我將蟲鳴的秋／將冷凍的秋／在果物田裡／我啊推了一下／將光彩澤澤的果實叢／而這些想進入到這世界的／光明的窪處卻將我推回來」見唐谷青，〈日本現代詩鑑賞（12）笹澤美明〉，《笠》58 期（1973.12），頁 71-77。

[69] 同上註，頁 75。

[70] 杜國清，〈新即物主義與臺灣現代詩〉，《詩論・詩評・詩論詩》（臺北：臺大出版中心，2010），頁 262-264。

[71] 同上註，頁 265-266。

以此看來，陳千武與杜國清等主導了《笠》如何由本土／現實精神介入戰後「現代主義」詩歌的重構過程。而從「新即物主義」強調的「即物性」、「客觀性」的要素以及結合臺灣具體的生存實景，以寄託「社會現實批判」與揭示「人的存在本質」此一路數來說，陳千武寫於 1968 年的〈媽祖生〉，一隻「蒼蠅」的動態，逼使崇高形象的媽祖「神像」，出現了窘迫之狀，「自我」的心智景觀藉由新即物主義的客觀－現實的辯證關係而開展、延伸：

> 蒼蠅一匹
> 停泊在媽祖的鼻子上
> 非常詫異地搓揉著手
> 睥睨神桌
> 那些無數付的牲禮
> 嗅嗅擠進來的
> 婦女們的脂粉味……
> 為什麼點那麼多香枝
> 為什麼燒那麼多金紙
> 非常詫異的搓揉著手
> 天這麼熱！
> 無秩序的紛擾
> 在廟的幽昏裡
> 動盪不停的獻媚
> 在人潮的妒忌裡
> 又牲禮又香枝又金紙
> 再膜拜再膜拜再膜拜
> 意圖吵醒神
> 獲得神的保佑……
> 天這麼熱！
> 蒼蠅一匹
> 逃避在媽祖的鼻子上[72]

---

[72] 陳千武，〈媽祖生〉，見陳明臺編，《陳千武詩全集（三）》（臺中：臺中市文化局，2003），頁 153-154。

陳千武在這首詩裡全然掌握了客觀的筆法、將視野帶向攝影機位移與聚焦的操作，觀察一隻蒼蠅搓揉著「手」（腳）等舉動，場景的整體是汲汲營營盲目膜拜的人群，而詩人的微觀世界聚焦在「蒼蠅」停駐在媽祖的鼻子上。透過「新即物主義」對「蒼蠅」的客觀描繪與紀錄，主體的「自我」轉移到「物」（蒼蠅），透過「物」（蒼蠅）的客觀性，陳千武「自我」架構出詩人關於新詩「知性」的機智和反諷趣味，隱喻一種對人盲目崇拜而無自主意識的批判，展現其對臺灣社會「現實性」的批判視野，印證詩人所言，其「媽祖系列」正是政治圈保守、守舊勢力「古老得像媽祖婆纏足的狀態，十分頑固的絆纏著這個社會，……這種偶像性的權勢——媽祖婆纏足的彆扭情況，也就成為我寫詩的動機」[73]。

〈給蚊子取個榮譽的名稱吧〉更是其新即物主義式的「自我」之代表作：

嗡嗡不停地　飛來
叮在我癱瘓的手背上
說是過境
過境　就抽一絲利己的致命的血去了
究竟
有多少蚊子真正無依
有多少蚊子值得同情
在我的手背上
在廣漠的國土裡
在我底手越來越癱瘓了[74]

同樣地，這首詩裡詩人意圖為吸血的「蚊子」冠以「榮譽」之名，寄寓那些「過境」臺灣股市與資本市場炒作的投資客，其貪婪又沽名釣譽的嘴臉。「自我」在這裡以全景視角凝視蚊子、反思被吸血的自身（鄉土臺灣）的處境與前景，促使「自我（詩人主體突出於社會的心智）－物的客觀秩序（蚊子）－本土的社會現實（臺灣社會）批判」此一心智景觀成為可能。

陳千武曾言：

剖視民族存在與歷史的自覺，是一群所謂跨越中、日兩種語言的詩人們，注

[73] 陳千武，〈詩集「媽祖的纏足」後記〉，見陳明臺編，《陳千武詩全集（四）》，頁 213。

[74] 桓夫（陳千武），〈給蚊子取個榮譽的名稱吧〉，《媽祖的纏足》（臺中：笠詩刊社，1974），頁 62-63。

> 重詩的題材。在「橫的移植」盛行的時期，「笠」的詩人們也默默吸收了西歐知性的詩的技巧，放棄了傷感性無作為的情緒，然後站起來批判自己，認清血統，以暗喻或諷刺的高度技巧，表現民族性的提升向上，表現純粹傳統的本土意識，冀求精神的革新。[75]

這印證了「（笠）成為目前最強力的詩團體，而各位同仁都一味地努力於重疊意象的表現，應用了從即物性到超現實，甚至象徵與新表現等手法，極為寫實地追求本土詩的精神」[76]。經由新即物主義「自我－物的客觀－臺灣社會批判」此一藝術圖示，陳千武的「自我」展現了現代主義的知性特徵，並以此通達主知－本土的藝術追求。

「大陸－現代」球根詩人並未如「日本－臺灣」球根詩人那樣具備作為日本殖民地的殖民反省意識，如陳千武自身所言：「用思考的詩反抗專制主主義的政策，且又必須很嚴肅地批判自己內下的自卑感，保持崇高的理念，超脫世俗；這是僅接受大陸新詩的人們，未能切實感覺的問題」[77]。除了殖民歷史經驗帶來的前衛／現代主義詩潮的影響，亦有如下對本土現實事態的內省思維：

> ……對外界客觀性存在的現實反映，瞭解現象與本質的要素，也關心自己的存在，決定實存的意義，找出真實統一的藝術性思考，而表現現實多樣性的結果，來與那些抑壓人性奪取自由的一切戰鬥。[78]

陳千武寫於戰後戒嚴體制時期的詩，在現代／知性的基礎上，追求本土個性的現實與實存，並抗衡現代派與超現實主義虛無晦澀的基本詩觀，體現出其作為跨語世代詩人及《笠》詩人的「現代性／本土性」雙核美學構造。

三、余光中：現代意識與傳統維度辯證綜合的「自我」

余光中的詩歌歷程與風格類型出現了數次轉折[79]，很難以「現代」或「古典」一語概括。早期余光中歸屬於覃子豪「藍星詩社」，力圖以抒情／傳統抑制紀弦主

---

[75] 陳千武，〈臺灣新詩的演變〉，《臺灣新詩論集》（高雄：春暉，1997），頁 32。
[76] 陳千武，〈新詩的散文性格〉，同上註，頁 130。
[77] 陳千武，〈臺灣新詩的演變〉同上註，頁 36。
[78] 陳千武，〈臺灣現代詩的性格〉，同上註，頁 86。
[79] 劉裘蒂，〈論余光中詩風的演變〉，收於黃維樑編，《璀璨的五彩筆：余光中作品評論集（1979-1993）》（臺北：九歌，1994），頁 45-87。

知／現代一脈，創作意識呈現出「縱的繼承」與「橫的移植」雙向的拉扯與融合，余光中如何「現代」的方式向來受到「傳統」的受容意識所制約，因而最終在「新古典主義」取得美學制高點與理念的平衡，進而走向「廣義的現代主義」[80]。

尤其在洛夫〈論天狼星〉之後，余光中從抒情／傳統出發、進入現代主義、到告別現代主義[81]的過程，其路徑是曲折的：

> 狹義的「現代詩」應該遵循所謂現代主義的原則；以存在主義為內涵，以超現實主義為手法，復以現代的各種現象，例如機器、精神病、妓女等等意象為焦點。「廣義的現代詩」則不拘於這些條件。在精神上，它不必強調個人的孤絕感和生命的毫無意義；在表現方式上，它不必採納超現實主義的切斷聯想和揚棄理性，因為那是不可能的，更因為，表現上的清晰不等於淺顯；在意象上，它甚至可以快樂地忘記工業社會的種種，而自己去尋找一組象徵。一句話，「廣義的現代詩」可以免除「狹義的」現代詩的種種姿態。[82]

此說呼應了其詩論「我理想中的新詩語言，是以白話為骨幹，以適度的歐化及文言句法為調劑的綜合的語言。只要配合得當，這種語言是很有彈性的」[83]、「他們（達達與超現實主義者）的題材日窄，角度日偏，語言日趨僵化，經驗日趨破碎，其結果必然是愈寫愈不快樂，而終於無詩。對於傳統，無論接受或反對，都應該先經過了解」[84]、「我們志在役古，不在復古；同時它是現代的，但不應是洋貨，我們志在現代化，不在西化。……我們認為，一首詩也好，一位詩人也好，唯有成為中國的，始能成為世界的」[85]。

---

[80] 余光中曾言：「關於傳統，在對外論戰期間，我從未主張澈底加以反叛。我是有選擇有所擯棄的，這是我和黃用先生不同之處。在對內的討論中，我主張**擴大現代詩的領域，採取廣義對現代主義**。我堅決反對晦澀與虛無，反對以存在與達達相為表裡的惡魔派。……我認為：**反叛傳統不如利用傳統**。」見余光中，〈從古典詩道現代詩〉，《掌上雨》（臺北：時報文化，1986），頁 203-204。

[81] 「到了《天狼星》，我已經暢所欲言，且生完了現代詩的麻疹，總之我已經免疫了。我再也不怕達達和超現實的細菌了。洛夫先生的批評反而予我正面的積極的信心。我看透了以存在主義（他們所認識的存在主義）為其『哲學基礎』，以超現實為其表現手法的那種惡魔，那種面目模糊，語言含混，節奏破碎的『自我虐待狂』。這種否定一切的虛無太可怕了，也太危險了。我終於向它說再見了。」見余光中，〈從古典詩到現代詩〉，《掌上雨》，頁 198-199。

[82] 余光中，〈現代詩的名與實〉，收入余光中，《望鄉的牧神》（臺北：九歌，2008），頁 149

[83] 余光中，〈談新詩的語言〉，《掌上雨》，頁 66。

[84] 余光中，〈現代詩：讀者與作者〉，同上註，頁 186。

[85] 余光中，〈古董店與委託行之間〉，同上註，頁 229。

在此，完稿於 1961 年，長詩〈天狼星〉就此成為余光中「役古」而不「復古」的詩歌證言。「天狼星」的恆久明亮，投射的正是詩人所處的西化時空裡的個人思考困頓，一個「一方面他對傳統不能全然放棄，一方面對現代又不能全心擁抱」[86] 的尷尬兩難，詩人的「自我」處在既戀舊又叛逆的辯證狀態。〈鼎湖的神話〉：

表弟們，去撞倒的不周山下
坐在化石上哭一個黃昏
把五彩石哭成繽紛的流星雨
而且哭一個夜，表弟們
把盤古的眼睛哭成月蝕

而且把頭枕在山海經上
而且把頭枕在嫘祖母的懷裡
而且續五千載的黃粱夢，在天狼星下
夢見英雄的骨灰在地下復燃
當地上踩過奴隸的行列[87]

從上觀之，在一個「反傳統」的年代，「天狼星」像是在另一個想像光年之外，為詩人「傳統」的召魂術引導、定位。余光中的「古典」，在歷經「現代」洗禮後，更加具備繁複的內涵與美學的張力。余光中將中國古代神話轉化為一系列重建「現代」生活的想像世系，能夠「把盤古的眼睛哭成月蝕」、「把頭枕在嫘祖母的懷裡」，「傳統」經過現代主義的想像式折射，使得意象的身姿顯得更具有情感的密度與人文的質量。

蟻立在複眼的摩天大樓腳趾
自崔巍的肩隙尋找藍空
斑馬線，警笛，車隊的喇叭，黃燈
不知道哪條路通向武陵
我很冷，很想搭末班的晚雲回去

---

[86] 陳芳明，〈回望《天狼星》〉，收入黃維樑編，《火浴的鳳凰》（臺北：純文學出版社，1979），頁 19。

[87] 余光中，《天狼星》（臺北：洪範書店，1987），頁 91。為求本書分析能夠吻合文本的時代語境，在此採用舊版，而不採用余光中於七〇年代修改的新版，後不再贅述。

> 焚厚厚的二十四史，取一點暖[88]

〈四方城〉為余光中旅居美國愛荷華時寫就，整首詩流露著濃厚的文化鄉愁。詩人赴美後，被高度的西方文明所圍繞，詩人將「自我」賦予古代城垣「四方」之形，「自我」也因此成為主體思緒的方寸之地，向外窺看威脅現代文明的星宿（天狼星）的方位、並向內（自我）投射鄉愁式的認同與情感。因此，「不知道哪條路通向武陵」表現出「自我」方位感的迷失，亟需「焚厚厚的二十四史」以紓解異域的冷寒，以經史煨暖鄉愁。往後的詩句，有時代的憂鬱思緒與異國歷史的交融如「靈魂的邊境有無數次南北戰爭／天狼星的瞭望臺在南方，懸著信號」[89]，也有其歷經「天狼星論戰」引發對「現代」（鋼筆）與「傳統」（毛筆）的象徵提喻：「表弟們在東方的廢墟裡，舉起烽火／在革命，在進行鋼筆與毛筆的決鬪」[90]，這首詩余光中以重層的象徵手法，架構出一個「在冷戰的年代」裡臺灣文化人的生存與心理實像。

余光中的「自我」處在「古典」與「現代」二重精神向度內「迴旋」，因此，他必須在「現代」的時空之中找到可以緩衝「現代」飆速的力道，以此支撐他的古典與現代的折衷精神。因此，詩人從其「文化中國」鄉愁情結的回溯，而回溯的方法則是必須採取一個中心意象、借古雅之物以抒鄉愁之情，余光中的「新古典主義」時期於是應蘊而生。余光中選擇「蓮」作為中心意象，「蓮」既是「在清涼的琉璃中擎一枝熾烈的紅焰，不遠不近，若即若離，宛在夢中央」[91]，也是「美，愛，和神的綜合象徵」[92]，既是「東方女孩的含蓄」、又是宗教的「憐」：「蓮經，蓮臺，蓮邦，蓮宗，何一非蓮？」[93]詩人在「蓮」所貫通的人、神、物三界之中，悟透生死：

> 蓮以一暑為一輪迴，「蓮華藏世界」，以一花為一完整的宇宙。「菡萏香銷翠葉殘」，死去的只是皎白酡紅的瓣和擎雨迎風的葉，不死的是蓮，是那種古典的自給自足和宗教的空茫靜謐，是那種不可磨滅的美底形象。[94]

〈蓮池邊〉的余光中，就此在「蓮」的中心與邊緣，孕育新古典的「自我」，在

---

[88] 同上註，頁 98-99。
[89] 同上註，頁 101。
[90] 同上註。
[91] 余光中，〈蓮戀蓮——一九六四年文星版序〉，收於同氏著，《蓮的聯想》（臺北：九歌，2007），頁 18。
[92] 同上註，頁 19。
[93] 同上註。
[94] 同上註，頁 23。

想像中蔓延：

> 醒著復寐著的，是一池紅蓮
> 一池複瓣的美
> 而十月的霏微竟淋不熄
> 自水底昇起的燭焰
>
> 人面與蓮面面面地相對
> 我再度墜入，墜入
> 墜入羞怯的非常古典的愛情
> 隔著兩扇眼睛[95]

不只〈蓮池邊〉，不論是〈蓮的聯想〉的「是以東方甚遠，東方甚近／心中有神／則蓮合為座，蓮疊如臺」[96]，寫出蓮的形上世界；還有〈等你，在雨中〉的「步雨後的紅蓮，翩翩，你走來／像一首小令／從一則愛情的典故裡你走來」描寫情人雨後的步伐與身姿；或是〈滿月下〉變奏張九齡〈望月懷遠〉寄寓相思「那就折一張闊些的荷葉／包一片月光回去／回去夾在唐詩裡／扁扁地，像壓過的相思」[97]，蓮所處的藪澤荷塘，蓮葉的碧綠亭立，蓮的神態、質地、色澤被新古典主義的「自我」轉化為東方（中國）式的詩意關照，經由熊秉明對余光中「三聯句」的「流動性」（構詞方式）、「跳級性」（情理轉換）與「音樂性」（節奏、韻律）的拆解[98]，新古典的「自我」平衡了塵世情感、佛法徹悟與物象理趣，呼應了詩人所說：「《蓮的聯想》最高的願望，是超越時空，超越神，物，我的界限。它是愛情的歷史化，神話化，玄學化，蓮化。……我願將《蓮的聯想》塑成一個純東方，純中國的存在」[99]。

然而，講究語言意象實驗的《蓮的聯想》，終究是「一卷以『新古典主義』對抗現代主義的寓言（allegory）之作，寫的是『詩情』，而非『情詩』。因此，新古典主義勢必也只是過渡」[100]。陳芳明以為：

---

[95] 同上註，頁 47。

[96] 同上註，頁 52。

[97] 同上註，頁 60。

[98] 熊秉明，〈論三聯句——關於余光中的《蓮的聯想》〉，同上註，頁 171-190。

[99] 余光中，〈超越時空——一九六九年大林版序〉，同上註，頁 37。

[100] 張錦忠，〈回到藍墨水的上游（緒論）〉，見蘇其康、王儀君、張錦忠等編，《望鄉牧神之歌：余光中作品評論與研究》（臺北：九歌，2018），頁 14。

> 余光中在一九六二年進入自稱的新古典時期，……事實上，所謂新古典是表象，新的實驗才是真相。很少有一位詩人願意以整冊詩集去試探文字的張力、想像的迴轉、音樂的升降、節奏的遲速。他放膽在詩行裡實驗句法可以層層剝開，有可聚集累積，使讀者猶似透過三稜鏡，看到繁複多變的結構與顏色。這樣的實踐，協助他抵達稍後的《敲打樂》與《在冷戰的年代》。[101]

余光中的新古典不是抱殘守缺，而是將古典做出彈性與張力的現代調適，如同艾略特在「傳統」與「個人才能」上取得平衡，如此以新古典主義的「形式思維」緩衝現代與傳統兩端，其實是一種典型的英美現代主義作風。

余光中 1969 年出版的《敲打樂》與《在冷戰的年代》，此二冊詩集寫作期間，余光中受到惠特曼《草葉集》、美國反越戰運動與垮掉的一代金斯堡（Allen Ginsberg）、費林格蒂（Lawrence Ferlinghetti）、搖滾樂手巴伯狄倫（Bob Dylan）等文化潮流的衝擊，詩句明朗、簡潔且充滿民謠色彩。在這裡，嬉皮士的反戰、反體制、精神自由和性解放，在《敲打樂》中被轉化為濃厚的家國之思：

> 在林肯解放了的雲下
> 惠特曼慶祝過的草上
> 坐下，面對鮮美的野餐
> 中國中國你哽在我喉間，難以下嚥
> 東方式的悲觀
> 懷疑自己是否年輕是否曾經年輕過
> （從未年輕過便死去是可悲的）
> 國殤日後仍然不快樂
> 仍然不快樂啊頗不快樂極其不快樂不快樂
> 這樣鬱鬱地孵下去
> 大概什麼翅膀也孵不出來
> 中國中國你令我早衰[102]

---

[101] 陳芳明，〈詩藝追求，止於至善〉，見陳芳明編選，《余光中六十年詩選》（新北市：INK 印刻文學，2008），頁 22-23。

[102] 余光中，〈敲打樂〉，《敲打樂》（臺北：九歌，1986），頁 87-88。

寫於1966年的〈敲打樂〉，是余光中關於「現代中國意識」創作實踐的代表作之一，結合了美國垮掉派個性解放的詩體與自身濃厚的文化中國意識。因此，「仍然不快樂啊……」以搖滾音樂語言的輕狂、複沓，不屈從主流意識形態的獨立解放精神，在詩末歸結在「中國中國你令我早衰」這樣陰翳的家國憂鬱。如同劉正忠所持論的：「1960年代後半葉，恐怕還是他轉化英美當代詩學最為猛切的時期，從負面體驗中開發現代性才是關鍵」[103]。余光中以「令我早衰」如此明朗而尖銳的修辭，對「中國」的國族命運進行「負面化」的詩意表述，並進一步表現內心「中國」情感的愛恨糾結、矛盾感與複雜性。更值得注意的是，詩人的主觀意志與美學形式座落在嬉皮文化的拍點上，試圖以此大膽、前衛的詩體與形式，安頓處於國族卑屈感下的「自我」心靈處境與內在節奏。自此，「中國」成為了現代放逐者「自我」於內在不斷辯詰的對象，對「中國」的思鄉情懷終究超越了政治現實的實體，而達到「意念化的返鄉」[104]。

到了〈如果遠方有戰爭〉：「如果我們在床上，／他們在戰場／在鐵絲網上播種著和平／我應該惶恐，或是該慶幸／慶幸是做愛，不是肉搏」[105]，以「性愛」與「戰爭」的雙重螺旋結構，除了指涉臺灣政治格局（體制）的苦悶與徬徨，以「性愛」抗議「戰爭」（體制），以個人（小我）諷喻戰爭（體制）的虛構與謊言，是為承襲自反戰嬉皮的精神內涵，也是詩人自陳的藝術轉捩點：「《在冷戰的年代》是我風格化的一大轉捩，不經過這一變，我就到不了《白玉苦瓜》。它是我現代中國意識的驚蟄」[106]。

最終，余光中抵達了兼具古典與現代風格臻於圓融成熟的〈白玉苦瓜〉：

> 只留下隔玻璃這奇蹟難信
> 猶帶著后土依依的祝福
> 在時光以外奇異的光中
> 熟著，一個自足的宇宙
> 飽滿而不虞腐爛，一隻仙果
> 不產在仙山，產在人間

---

[103] 劉正忠，〈余光中詩的抒情議題〉，《臺大中文學報》54期（2016.09），頁258。

[104] 簡政珍，〈余光中：放逐的現象世界〉，收於黃維樑編，《璀璨的五彩筆：余光中作品評論集（1979-1993）》，頁102。

[105] 余光中，〈如果遠方有戰爭〉，《在冷戰的年代》（臺北，九歌，2019），頁59。

[106] 同上註，頁12。

久朽了，你的前身，唉，久朽
為你換胎的那手，那巧腕
千眄萬睞巧將你引渡
笑對靈魂在白玉裡流轉
一首歌，詠生命曾經是瓜而苦
被永恆引渡，成果而甘[107]

余光中借助臺北故宮博物院館藏的玉雕「白玉苦瓜」一題而發揮，其自中國華夏中心流寓臺北的命運軌跡，隱喻詩人同代人的國族命運與時代變遷。〈白玉苦瓜〉開啟了其中國性的現代想像，大地母體在其上澆灌著乳漿、冰清玉潔背後是苦難的中國國族命運，「苦瓜」終而成為一個自給自足的奇異宇宙。這首詩彰顯著「母愛、受難和中國的意義」[108]，也「造及一種圓熟的中國性（文化傳統與近代苦難），恰恰滿足了中國意識走到極點的社會心靈」[109]。

余光中的「自我」從趨於高度現代主義的「斷裂」的時期（《武陵少年》），到與「傳統」周旋（《天狼星》、《蓮的聯想》）、轉化美國反越戰與青年次文化潮流以寄寓家國憂思（《敲打樂》、《在冷戰的年代》），以至於古典與現代的綜合與民謠取向（《白玉苦瓜》）。其「自我」呈現出高度的現代意識與傳統維度的辯證綜合，亦不斷地在現代主義的價值尺度（象徵、隱喻、內在挖掘）與時代心緒（虛無、消極）上，受容、吸納古典文學的資源與不斷地創新技巧。余光中的「自我」價值設定是從放逐走向回歸，不但是在西化、反傳統浪潮中不斷進行「自我的重新塑造」[110]，也是陳義芝所謂「傳統的回歸、歷史的觀察、現實經驗的介入、『感時憂國』的主體意識的建立，都是廣義現代主義的具現」[111]。

四、洛夫：「超現實」構圖的自我

被視為《創世紀》最具代表性的詩人洛夫，在《創世紀》附著於「反共」的政

---

[107] 余光中，〈白玉苦瓜〉，《余光中詩選（1947-1981）》（臺北：洪範書店，2006），頁 270。

[108] 黃維樑，〈詩，不朽之盛事——析余光中〈白玉苦瓜〉〉，收於黃維樑，《壯麗：余光中論》（香港：文思出版社，2014），頁 16。

[109] 唐捐，〈天狼仍在光年外嗥叫〉，《聽我胸中的烈火——余光中教授紀念文集》（臺北：九歌，2018），頁 194。

[110] 陳芳明，〈余光中的現代主義精神——從《在冷戰的年代》到《與永恆拔河》〉，收於余光中，《在冷戰的年代》，頁 178-192。

[111] 陳義芝，《聲納：臺灣現代主義詩學流變》（臺北：九歌，2006），頁 88。

治時空、並告別第一階段「新民族詩型」之後[112]，在第 12 期（1959.7）刊登了瘂弦〈深淵〉、洛夫〈石室之死亡〉九首、商禽〈長頸鹿〉等被視為超現實主義的作品，《創世紀》也正式地在六〇年代擁抱前衛實驗傾向的「超現實主義」，尤其是洛夫在《創世紀》第 21 期（1964.12）翻譯范里（Wallace Fowlie）的〈超現實主義的深淵〉與發表〈詩人之鏡〉，更被視為是催生超現實主義的重要參考文獻。[113]

我認為，六〇年代臺灣正處於接受西方「存在主義」與「精神分析」思潮的歷史階段，超現實主義詩歌在臺灣的出現，不只是如同西方是因應前兩個思潮在藝術領域的技術轉化，更重要的，臺灣威權政體早在五〇年代已繪製了「反共」的意識形態禁區，如此等於是為朝向集體解放的激進個體設立了一個肉體死亡的區間，逼迫著詩人的心靈「自我」，必須經由變造現實形體、歪曲表層意識、探勘潛意識夢幻之境的「超現實主義」，才能達到超越現實／肉身死亡的實存與處境。

因此，洛夫體現在「超現實主義」中的「自我」探勘軌跡與表現技法，則不必然如同主體位置較為明晰、與「傳統」的聯繫較為直接、語言表達趨近明朗的余光中所言：「超現實主義否定經驗的統一與連貫，也否定了經驗的分享與傳達，乃使許多超現實主義的作品關閉在未經藝術處理的個人經驗之絕緣體中，其結果只是原封不動的經驗，或是發育不全的藝術原料，而非藝術」[114]而必須向「虛無」說再見，超現實主義經過臺灣特殊的「在地時空」轉譯，即便是帶有對法國原版超現實的「誤解」[115]，也因此內蘊了臺灣在地時空經驗的原色。對洛夫而言，**超現實主義是對虛無／自我的一種既破壞又建設的表達**，因為「超現實主義者最基本的精神就是真誠，他們相信人唯有在潛意識中才能發現最純粹最真實的品質」[116]，如此一來，對生命存在性的深刻挖掘、體現藝術「純粹性」的超現實主義詩歌，其背後其實是對分裂、破碎、空洞的虛無／自我，開展修復慾望的表達媒介。

洛夫之所以強調「真誠」，是因其相信詩是存在本質的透析，對人類「虛無」境況的勘定與蠡測，必須透過超現實的語言而逐步逼顯。對洛夫來說，體現漢語現代

[112] 洛夫為回應紀弦「六大信條」、「橫的移植」的兩篇文章，以及對「中國風」與「東方味」的強調，解除身分、跨國流動、激進的藝術實踐，被矯正為身分認同根源的「民族」意識，可視為政治威權對現代詩表現機制的介入與調校。見洛夫，〈建立新民族詩型之芻議〉，《創世紀》第 5 期（1956.3），頁 3；洛夫，〈再論新民族詩型〉，《創世紀》第 6 期（1956.6），頁 3。

[113] 洪淑苓，〈現代主義與臺灣現代詩的發展〉，收於黃美娥等作，黃美娥主編，《世界中的臺灣文學（臺灣史論叢‧文學篇）》（臺北：臺灣大學出版中心，2020），頁 261-263。

[114] 余光中，〈再見，虛無！〉，《掌上雨》（臺北：文星書店，1964），頁 163-164。亦收於劉正忠編，《臺灣現當代作家研究資料彙編 33‧洛夫》（臺南：臺灣文學館，2013），頁 134。

[115] 顏元叔，〈細讀洛夫的兩首詩〉，《中外文學》1 卷 1 期（1972.6），頁 118-134。

[116] 洛夫，〈超現實主義與中國現代詩〉，《幼獅文藝》30:6（1969.6），頁 164-182。

詩發展的兩個傾向：「涉世文學——作者必須對人類真實存在（authentic being）具追尋的熱情－存在主義，與對純粹性的追求－超現實主義」[117]，不但是詩人得以辨明與拆解「虛無」實像的根源，也是創紀詩社詩觀「世界性」、「超現實性」、「獨創性」、「純粹性」等賴以成立的基礎。因此，所謂超現實主義的反邏輯、反傳統、自動寫作、揭櫫人內心潛意識與非理性的世界等，皆是洛夫欲建立「自我（真）－道德（善）－審美（美）」完整人格模型的美學手段，一種疏通「自我」內部理智、意志和情感之間阻礙的藝術形式。如同詩人如是描述《石室之死亡》的創作歷程：

> 寫「石室之死亡」時，我的整個思想（包括人生觀與藝術觀）起了急遽的轉變。……這種轉變既非受『存在主義』的影響，也不是受『超現實主義』的刺激，而是企圖為自己開闢一條新的路，創造一些表達自我的方法。[118]

以此來看，從洛夫的創作實踐來說，「存在主義」與「超現實主義」都是詩觀建構的一部分，皆是「形式」思維或「工具」思維，而非落實到形上思維的「本體論」。「超現實」其實是詩人為歸返本真「自我」另闢的蹊徑，也是詩人採集國際超現實主義思潮流動至海島的投影，而拼接出的「自我」置於時代中心或邊緣的心象。

更重要的是，超現實的藝術構圖方式，將主體話語推向了時代現實的不確定性位置，陳述也因此不斷在語言與存在之間飛躍、跳動。另一方面，超現實技法也為「自我」心象帶來了更為異質、歧義、變形的修辭，清除了被時代主流話語纏繞的「自我」，真實的「自我」也因此被闡釋、被理解、被解放。

〈石室之死亡〉：

> 1
>
> 祇偶然昂首向鄰居的甬道，我便怔住
> 在清晨，那人以裸體去背叛死
> 任一條黑色交流咆哮橫過他的脈管
> 我便怔住，我以目光掃過那座石壁
> 上面即鑿成兩道血槽
>
> 我的面容展開如一株樹，樹在火中成長

---

[117] 洛夫：〈詩人之鏡〉，《石室之死亡》（臺北：聯合文學，2016），頁 15-16。
[118] 洛夫，〈自序〉《無岸之河》（臺北：水牛，1986），頁 4。

一切靜止，唯眸子在眼瞼後面移動
移向許多人都怕談及的方向
而我確是那株被鋸斷的苦梨
在年輪上，你仍可聽清楚風聲，蟬聲[119]

從文本所反映的主題來看，〈石室之死亡〉確是戰爭的文本預演、死亡的習作。歷來研究者如龍彼德[120]、張漢良[121]、沈奇[122]等大致以「死亡」與「放逐」為之定調，如同洛夫自陳：「〈石〉詩創作的時代背景是戰亂，以及戰亂引起的人生大變局，可以說它就是那個時代的悲劇經驗和悲劇精神的反射」[123]。被戰爭流放的外省籍詩人洛夫，戰爭割斷了血脈與文化的母體，在迫近死亡的金門戰地，日日溫習著傳承自里爾克《時間之書》的「玄思與宗教情懷」[124]，在這樣由戰爭的煙硝與死亡的氣息所瀰漫的時空景框之中寫詩，確實容易催生溢出景框之外的詩思：超現實主義。主觀心象（自我）與客觀物象（世界）因為超現實的扭拉、伸縮、變形，而呈現出更為錯綜複雜的關係，也促使「自我」的感知空間展現出更為延伸且開闊的想像界域。因此，高密度的意象組織構築了一處精神聖殿，對應的正是走向戰爭廢墟的現實，不但是「對付這殘酷命運的一種報復手段」[125]，也是「表現人的存在經驗和探討人的悲劇命運的同時，也觸及到人性中的另一層面——神性」[126]。

於是，「石室」可被視為洛夫面向殘酷命運的幽禁意識，詩中隱晦的象徵隱喻處處，唯一明確可感的，是詩中整體背景的「黑」與主體情緒的「怒」。關於《石室》整體背景的「黑」，除了「任一條黑色交流咆哮橫過他的脈管」（1），「誰的靈魂中寄居著知識的女奴／誰在田畝中遍植看不見的光輝／你們原該相信，慕尼黑的太陽是黑的」、「你的子是昨夜／不管誰在顫動，一靠近即飲進了黑色」（35）、「月落婦人之目／晨色猛撲向屋角一個又黑又深的睡眠」（44）、「房中，所有的黑暗都在醞釀一次事變／不滿於一盞燈在我們體內專橫」等，如此以「黑色」作為「影射必

[119] 洛夫，〈石室之死亡〉，《石室之死亡》（臺北：聯合文學，2016），頁56。
[120] 龍彼德，〈一項空前的實驗〉《中國文化研究》8期（1995夏之卷），頁94-100。
[121] 張漢良，〈論洛夫後期風格的演變〉，收於劉正忠編，《臺灣現當代作家研究資料彙編 33・洛夫》，頁217。
[122] 沈奇，〈現代詩的美學史——重讀洛夫〉，《洛夫世紀詩選》（臺北：爾雅，2000），頁11。
[123] 洛夫，〈《石室之死亡》新版小序〉，《石室之死亡》，頁12。
[124] 洛夫，〈《石室之死亡》再探索〉，《石室之死亡》，頁126。
[125] 洛夫：〈詩人之鏡〉，《石室之死亡》，頁14。
[126] 洛夫，〈《石室之死亡》再探索〉，《石室之死亡》，頁128。

然死亡的寂滅」[127]，亦是「高度悲劇感的生命力的外射」[128]，這正是許悔之以「黑色時期」概括《石室之死亡》的詩想與形式之因。

而其報復殘酷的手段，卻是以主體情緒的「怒」，啟動了由超現實思維搭建的形而上世界。開篇的兩段以「鄰居」反諷兩岸民族同種之戰亂，「我」的「怔住」，隱喻了巨大的集體悲劇命運的不可逆，其間容可轉圜的生機，即是主體的報復意識：「那人以裸體去背叛死」、「我的面容展開如一株樹，樹在火中成長」等句，被現實掠奪的本真情感透過「裸體」、「在火中成長的樹」如此本能、無意識的構圖表現。報復意謂以超現實「背叛」殘酷的實存，因此「背叛」不只遠離生存現實之外的個體虛幻，而是更具體把握主觀意識介入現實的機制，並將之擴延到由意象思維的內在化所投射的具體生存情境之中，體現「自我」作為意志主體的抗議精神，以及洛夫自陳的：強調現代詩人「在傳統文化中擔任一個背叛，魔性的角色」。

葉維廉以為「那株被鋸斷的苦梨」：

> 這個意象所發射出來的不只是個人的「切斷」、「創傷」、「生命無以延續的威脅，而歷史的記憶與傷痕則繼續不斷」的情境，而且也是社會的、民族的，和文化的「切斷」、「創傷」、「生命（文化）無以延續的威脅」和「歷史的記憶和傷痕不斷」的迴響。[129]

洛夫的超現實意象，橫亙在時代的記憶與遺忘之間，往返於生與死的辯證之中。從「對鏡時／我以上唇咬住他的下唇／囚他於光，於白晝之深深注視於眼之暗室／在太陽底下我遍植死亡」（10）、「囚於內室，再沒有人與你在肉體上計較愛／死亡是破裂的花盆，不敲亦將粉碎」（14）、「石室倒懸，便有一些暗影沿壁走來／傾耳，穴隙中一株太陽草的呼救／哦，這光，不知為何被鞭撻，而後轢死」（43）、「一開始就把我們弄成這副等死的樣子／唯灰燼才是開始」（57）、「天啦！我還以為我的靈魂是一隻小小水櫃／裡面去躺著一把渴死的杓子」（59），洛夫詩中的「自我」在層層包裹著死亡隱喻的詞語中輾轉求索，時代的幻象消解於「自我」的啟蒙意識所策動的物理形象。死亡，在洛夫詩裡呈現微觀化的知覺，再現於每一個片段、微末的物

---

[127] 張春榮，〈洛夫詩中的色調：黑與白〉，侯吉諒編，《洛夫「石室之死亡」及相關重要評論》（臺北：漢光，1997），頁 256。

[128] 許悔之，〈石室內的賦格——初探〈石室之死亡〉兼論洛夫的「黑色時期」〉，《文訊》25 期（1986.08），頁 168。

[129] 葉維廉，〈洛夫論〉，收於劉正忠編，《臺灣現當代作家研究資料彙編 33・洛夫》，頁 321。

像爆破、形象的扭曲，皆是主體對外部幻覺的穿透與審視，都是一種個人的「自我」啟蒙在詩人內心所搬演的意象風暴。

30
如裸女般被路人雕塑著
我在推想，我的肉體如何在一隻巨掌中成形
如何被安排一份善意，使顯出嘲弄後的笑容
首次出現於此一啞然的石室
我是多麼不信任這一片燃燒後的寧靜[130]

48
房中，所有的黑暗都在醞釀一次事變
不滿於一盞燈在我們體內專橫
屬於血也就屬於鹽，我是欲哭之前的情緒
如此動心，如此我的鼻尖隨之翹起
用勁頂住且轉動上帝的座椅[131]

在〈30〉的「我的肉體如何在一隻巨掌中成形」、「我是多麼不信任這一片燃燒後的寧靜」，在〈48〉的「房中，所有的黑暗都在醞釀一次事變」，皆與戒嚴時期生命情境的內在揭示有關。因為「自我」的超現實話語技術，一種戒嚴社會的現實「情態」也被如真地顯影。因此，《石》詩的「自我」是走在精神抵抗的道路上，而「從詩的藝術來看，則是一種抗衡『禁錮』的精神的騰躍，一種死而後生，通向文化再造的隧道」[132]，在黑暗中醞釀「事變」，以「鼻尖」頂住且轉動「上帝的座椅」，在此可見如此存在主義式的意象所代表的「偶發因素」[133]，挑戰的不只是現代詩結構學的規範，而是以「自我」的悲劇性情感衝動挑戰社會話語的官方系統（三民主義文藝）的語言意識形態功能，這間接印證了李英豪認為《石室之死亡》的創造意圖在於「顯示『自我』生存潛在的悲劇與勁力……《石》詩顯然就是一個詩人悲劇性的『自我』

[130] 洛夫，《石室之死亡》，頁 85。
[131] 同上註，頁 103。
[132] 葉維廉，〈洛夫論〉，收於劉正忠編，《臺灣現當代作家研究資料彙編 33・洛夫》，頁 327。
[133] 簡政珍：「偶發性因素（chance）正是文學掙脫結構學駕馭最有力的利器。……作者創造時，藝術性的考慮如何調和內在的紋理，和文字進展時對外的關係，是對作者極大的考驗。」見簡政珍，〈洛夫作品的意象世界〉，收於劉正忠編，《臺灣現當代作家研究資料彙編 33・洛夫》，頁 282。

的一次又一次重複的塑造和展露，一種夾於生死愛慾之痛苦存在，個人情緒的溢沒和昇華」[134]。

如同貝雷特史壯（Beret E. Strong）對法國超現實詩人戴斯諾斯（Robert Desnos）〈武斷的命運〉（La destinée arbitraire）[135]一詩的觀察：

> 戴斯諾斯創造了將客體與不同世界相連結的特殊意象，……透過解放的語言（直到如今，我們將因未知的光而閃耀）而編織連綴的意象是不詳的，或許是對大屠殺歷史條件的預示（「聖戰的時刻」與「我們將輕易埋葬」）。[136]

承上，洛夫「唯灰燼才是開始」、「渴死的杓子」等意象不只是一種對生存現狀與現實加以預示的「解放語言」，個人的「自我」啟蒙不只是停留在技巧的搬演，而是對語言加諸危機預示的潛意識圖示，並對現實情境賦予更深刻的啟蒙內涵。如同洛夫說明「藝術之創造價值」在於去除傳統、舊有、固定反應的思維模式，詩人必須就自己對宇宙、人生的獨特體認，賦予新的創造意義」[137]：

> 我認為詩的唯一價值是建立在「以有限暗示無限」(時空的延展)，「以小我暗示大我」(價值的延展) 此一功能上，這也正是美學上「藉殊相以寫共相」的原則。我國純粹詩最顯著的一個特徵即在表現個人與自然的融合；但詩人首先必須通過「自我」才能進入自然之中，並與它合一。[138]

所謂「以有限暗示無限」(時空的延展)，「以小我暗示大我」(價值的延展)，呼應了《創世紀》第十三期由「民族詩型」轉向「超現實主義」的宣言〈五年之後〉：

---

[134] 李英豪，〈論洛夫「石室之死亡」〉，《批評的視覺》( )，頁 148；又收於劉正忠編，《臺灣現當代作家研究資料彙編 33・洛夫》，頁 137-138。

[135] 「聖戰的時刻已開始。／緊閉的窗外鳥類仍堅持說話／像水族館裡的魚／噢我的夢幻當我撫摩著你／明日我們將輕易埋葬／我們將不再罹病／我們交談著花朵的耳語／直到如今，我們將因未知的光而閃耀。」原文為法文，此據 Beret E. Strong 英譯："The Time of the crusade is coming. / Through the closed window the birds insist on talking./ like aquarium fish……/ o my dream when I caress you!/ Tomorrow we will bury for free/ we will no longer catch cold/ we will speak the language of flowers/ we will brighten with lights unknown up to now." in Strong, Beret E. *The poetic Avant-Garde: the Groups of Borges, Auden, and Breton* (Evanston, Illinois.: Northwestern University Press, 1997), pp.250-251.

[136] *Ibid.*, pp.251.

[137] 洛夫，〈詩人之鏡〉，《石室之死亡》，頁 14-53。

[138] 洛夫，〈超現實主義與中國現代詩〉，《幼獅文藝》30:6，頁 181。

「……詩人是一切心靈的代言者，故他『抒小我之情』亦即『抒大我之情』，我心即宇宙，『自我』始能給予萬物以生命，予藝術以光輝」[139]。也因此，洛夫的詩是「自我」啟蒙的圖像不如中國地下詩人到朦朧詩初期的發展線索，是一種趨向內省的「人性整體」的修復與回歸，而是朝向外部世界擴展，把「自我」放置在一個更大的認同政治尺度（時代—民族—世界）加以思考，展現整併主體外部異質元素的意圖。

以此來看，洛夫對「自我」圖像的蠡測與探尋，呈現出臺灣六〇年代現代主義詩歌更具備廣義的現代／前衛／先鋒精神，不但體現對字詞表現的超高敏感度、實驗性與創造力，而且朝向更為深潛的「潛意識自我」探勘。透過「超現實主義」的構圖技巧與修辭句法，洛夫不斷地往外部客體與世界做出拆解既定認知或創造性的聯繫與解釋，將「自我」處於死亡威脅與戰爭危境的「心理實像」給逼顯出來，如此一來，一個側重心理流動變化機制的「超現實」，對於主體建構而言，不但是手段亦是目的，主體依「超現實」的路徑建構「自我」的同時，主體與國族、藝術與時空的關係也因而形成。

五、鄭愁予：連接「現代—抒情」的自我

作為紀弦「現代派」的九位發起人之一，鄭愁予寫於戰後至七〇年代之間的詩，著力在將時代的沉鬱與蒼涼轉化為抒情而古典的音韻／色。同是致力於將古典意境或主題轉化為現代新意的詩人，但其與楊牧的濃墨重彩不同，鄭愁予的古典則是輕描淡寫，側重寫意。但無論如何，就「抒情傳統」（lyric tradition）的系譜看，兩者在詩歌的血緣上算是近親，其「抒情」也不是自抒胸臆，而是寫在時代具象上的心智結構。

如同陸敬思（Lupke Christopher）認為：

> 就鄭愁予而論，抒情詩的意義在於其意象難以捉摸，在於讀者無法在心中全然建立一個固定不變而確切具體的空間和地點。鄭愁予的意象令人想起疏離和流放，進而有鄉愁之思。抒情詩傳達的，就是這種離鄉背井的惆悵；國共內戰之後的政治分裂之際，敘事文學恐怕難以用來傳達中國與臺灣的現代歷史與政治情勢，抒情詩於是成了鄭愁予唯一可行的表達方式。[140]

因此，就陸敬思的看法而言，「敘事文學」的「寫實性」或「紀實性」不利於詩人在

---

[139] 本社，〈五年之後〉，《創世紀》（1956.10），頁 1。

[140] 陸敬思著，梁文華譯，〈尋找當代中國抒情詩的聲音：鄭愁予詩論〉，收入李奭學主編，《異地繁花：海外臺灣文論選譯（下）》（臺北：國立臺灣大學出版中心，2012），頁 30-31。

戒嚴時期開展個人心志與情感景觀，而抒情詩此一文類或體裁，及涉及的意象指涉、整體意境、政治表態的模糊性，成為了詩人的「自我」在這個年代唯一「安全」也「合法」的表述話語。

就鄭愁予詩歌書寫歷程與風格，歷來研究甚多，諸如陳政彥對鄭愁予前期詩作的語言分析：「一、偏好使用古語詞，很少使用外來詞。二、偏好結合兩個單字，造出「具有古風的新詞」。三、常使用歐化句式的倒裝句搭配古典詞彙，產生類似文言句式的效果」[141]；又如「愁予早期的詩，充滿了溫柔細緻的抒情風味，到了《衣缽》則一變為雄渾壯闊，到了《窗外的女奴》再變為平淡清遠」[142]，楊牧則評價為「自從現代了以後，中國也有一些外國詩人，用生疏惡劣的中國文字寫他們的『現代感覺』，但鄭愁予是中國的詩人，用良好的中國文字寫作，形象準確，聲籟華美，而且是絕對地現代的」[143]。除了其名篇〈錯誤〉「是一首融合古典於現代的閨怨詩，既有古典的意象與情境，但語言手法的表現卻是現代的」[144]，也是對「思婦」與「遊子」這類中國文學傳統主題的「詩原質」加以提升或再創造[145]，或是「浪子」意識的變奏：「〈情婦〉，〈客來小城〉，〈賦別〉，〈窗外的女奴〉，和對照的〈晨〉及〈下午〉都是這種浪子意識的變奏」[146]。

但是，鄭愁予的詩雖在抒情－現代象限之間建立了美學模式的樣板，從其整體詩學發展上看，從《夢土上》確立了其漂泊／浪遊主體的位置之後，將離散經驗推至自然或宇宙空間，寫出了更具普遍的人性之美，但在詩法上有過度倚賴情思與直覺的傾向，出國之後也只是異地主題的轉換而甚少在語言或形式上出現突破。雖參與了「現代派」，卻對詩學思潮的發展與變遷甚少著墨，使得其詩歌成為一個趨於封閉的美學載體，如劉正忠：

> 愁予的詩雖以抒情為主，卻也表現出一代流離青年的情思，側面展示了時代感與現實性。只是他過度依賴「性靈」，輕忽詩學的成長變化；既對軍中詩人的非理性詩學缺乏同情的理解，又不能像余光中、楊牧那樣充實文化知識，

---

[141] 陳政彥，〈析論鄭愁予前期詩作中的古典風格〉，《臺灣詩學學刊》22 期（2013.11），頁 95-124。

[142] 林廣，〈在否定中拓新境——鄭愁予的〈錯誤〉〉，《〈錯誤〉的驚喜：鄭愁予詩學論集》（臺北：萬卷樓，2013），頁 9。

[143] 楊牧，〈鄭愁予傳奇〉，《愁予的傳奇：鄭愁予詩學論集 3》（臺北：萬卷樓，2013），頁 1。

[144] 陳大為，〈〈錯誤〉的誤讀及其他〉，《〈錯誤〉的驚喜：鄭愁予詩學論集》，頁 87。

[145] 徐國能，〈鄭愁予〈錯誤〉、〈客來小城〉，〈情婦〉三詩中「詩原質」釋例〉，《〈錯誤〉的驚喜：鄭愁予詩學論集》，頁 79-82。

[146] 楊牧，〈鄭愁予傳奇〉，《愁予的傳奇：鄭愁予詩學論集 3》，頁 2。

取得精神的成長。在出國以後，無法持續進行大幅度的突破；雖仍有性情昂揚、機鋒迭出的精美小品，置諸臺灣詩壇名家中，終顯得較單薄。[147]

劉正忠這裡的評價足以顯見鄭愁予貫徹著浪漫主義描繪孤獨心性、追摹悲壯與哀惋、崇尚個人式反抗的藝術傾向，導致其詩歌發展路線與質地趨於單一，而缺少余光中、楊牧那樣對中西不同詩學觀念加以吸收、消化與應對。然而，我認為就語言技術面來說，鄭愁予詩中的「自我」仍是極富時間穿透意識的。其詩中的「我」時常望穿生死、須臾與永恆的界線，更重要的是，鄭對詞語特性的高度掌握與節奏的設計安排，使其對時間的詩思充滿音樂性的振動。如〈如霧起時〉：「赤道是一痕潤紅的線，你笑時不見。／子午線是一串暗藍的珍珠，／當你思念時即為時間的分隔而滴落」[148]，或是如〈清明〉，是抒情主體雖死猶生的內在音樂：

星辰成串地下垂，激起唇間的溢酒
霧凝著，冷若祈禱的眸子
許多許多眸子，在我的髮上流瞬
我要回歸，梳理滿身滿身的植物

我已回歸，我本是仰臥的青山一列[149]

亡逝者並非死寂的存在，詩人將「自我」的回歸置入自然的感官知覺中，展現抒情詩對死亡主題的唯美傾向，從「我要回歸」到「我已回歸」，此兩行呈現高度的意象凝結與轉折技巧，「自我」在此呈現一種抒情的「創造性轉化」[150]，一種介於浪漫／現代之間的死亡抒情詩。陳芳明認為「鄭愁予是臺灣抒情傳統的重要擘建者，在早年在以嚐盡歲月的荒蕪滋味。對於死，他頗具超脫的姿態。他與時代相互鑑照，鄭愁予抱持著浪漫情懷來看待死亡」[151]。

鄭愁予極為擅長將古典文學資源消融於須臾消逝的現代意識空間之中，側重將

---

[147] 劉正忠，〈伏流，重寫與轉化——試論 1950 年代的鄭愁予〉，《清華中文學報》24 期（2020.12），頁 254。

[148] 鄭愁予，〈如霧起時〉，《鄭愁予詩集 I:1951-1968》（臺北：洪範書店，2003），頁 76。

[149] 鄭愁予，〈清明〉，同上註，頁 104。

[150] 黃錦樹，〈抒情傳統與現代性——傳統之發明，或創造性的轉化〉，《中外文學》34 卷 2 期（2005），頁 157-185。

[151] 陳芳明，《美與殉美》（臺北：聯經，2015），頁 70。

詞語的擇取與落點精準配合音節、韻腳的佈局，創造出一個不停輾轉浪遊、卻由躊躇滿懷的詩人形象，一個如同「秋天的疆土，分界在同一個夕陽下／……多想跨出去，一步即成鄉愁」[152]這樣的詩句，能夠將個體生命的行旅，輻射至無遠邊界之鄉愁的「人道詩魂」[153]，一個無時不刻點染人世百般情態、卻又心繫於普遍的人類狀況——「性靈的，文化的，以及災難的——且時時引為創作的原生力」[154]的詩人。

以此來看，鄭愁予構築「自我」感覺與認同的方式，傾向剔除如超現實主義那類較為誇張的想像或對詞語的暴力扭結，而是重視「自我」處在特定時空中的不確定感，著重「自我」意識在意象結構裡「圖像性」與「音樂性」的綜合發揮，與把握「自我」在無常甚至無情的時序裡的「有情」，意圖使「離別」超越此時的感知疆界，抵達一個抽象思維的永恆。我認為，這方面〈賦別〉為其代表，鑑於〈賦別〉相關研究已有累積，這裡以寫於 1951 年的〈殘堡〉為例：

百年前英雄繫馬的地方
百年前壯士磨劍的地方
這兒我黯然地卸了鞍
歷史的鎖啊沒有鑰匙
我的行囊也沒有劍
要一個鏗鏘的夢吧
趁月色，我傳下悲戚的「將軍令」
自琴弦……[155]

楊牧以為〈殘堡〉的末尾「倒裝句的使用，造成懸宕落合的效果。愁予繼承了古典中國詩的美德，以清楚乾淨的白話為我們傳達了一個時間和空間的悲劇情調」[156]；蕭蕭認為「〈殘堡〉不是家，是蒼老的歷史，孤獨的情境」[157]，蘊含悲涼的歷史與個人情感。兩位詩評家分別從形式面與內涵面解答此詩所試圖傳達的意義，而筆者認為，此詩還有另一個同樣重要的觀察面向，即是——「自我」（陳述主體）與「詞

[152] 鄭愁予，〈邊界酒店〉，《鄭愁予詩集 I:1951-1968》，頁 198。
[153] 曾進豐、陳瑩芝，〈人道詩魂鄭愁予〉，《愁予的傳奇：鄭愁予詩學論集 4》（臺北：萬卷樓，2013），頁 57-88。
[154] 鄭愁予，〈借序〉，《鄭愁予詩集 II:1969-1982》（臺北：洪範書店，2004），頁 i。
[155] 鄭愁予，〈殘堡〉，《鄭愁予詩集 I:1951-1968》，頁 20。
[156] 楊牧，〈鄭愁予傳奇〉，《愁予的傳奇：鄭愁予詩學論集 3》，頁 9。
[157] 蕭蕭，〈孤獨美學：現代主義裡的古典文學情愫〉，《愁予的傳奇：鄭愁予詩學論集 3》，頁 291。

語」（陳述場域）的關係。這首詩是一個孤獨的詩人「自我」以詞語搭建出指涉歷史與現實的隱喻場景，歷史時間不斷的消亡，詩人想要承繼文化中國的歷史想像（要一個鏗鏘的夢吧），詩行間主體煥發的情感，再現出折衝於傳統與現代的詩思（我傳下悲戚的「將軍令」），極力阻擋時間的滅絕與崩壞的過程。

於是，〈殘堡〉裡的「自我」或置身於古代戍邊要塞全景旁觀，或自身即是戍守的兵士，一切都在無止盡地流逝與蒼老：「一切都老了／一切都抹上風沙的鏽」[158]，塞上笛聲、大漠駝鈴、號角殘月，映襯著「自我」戍防、疏離於家園的心境。引文即為本詩的下半段，「自我」轉換了敘事時空到了「現代」，昔日英雄繫馬、磨劍之地，而「自我」只能在此「黯然卸鞍」，顯然「自我」無力抵抗不可逆、無意志的時間流逝，唯有一曲「將軍令」足堪追逝／謚這難以言銓的歷史之痛。

另一首〈衣缽〉篇幅較長、展現十足的歷史敘事性，是為鄭愁予轉向「詩史」路線的重要文本。全篇分為五節，詩人詩詠孫文、清末帝國列強侵略與民族革命，頗有回應中國「紅色專制」輾壓人性的批判意味，因而有「這傳承自您的衣缽　我早就整個肩承——／因之　在我一懂得感動的年紀／在一地次翻開實業計畫的輿圖就／把淚滴在北方大港上的年紀／我便自詡為您底信徒」[159]這樣的詩句，因此，「除了以理智來抒情之外，通過敘述性來寄寓情感，亦為現代詩的表現方法；而設計局部情節以達致客觀化，正是愁予所擅長的」[160]。

又如〈春之組曲〉：

故土啊　第一次的旗聲旗落
這學堂終日馳來運書的卡車
自由典　民主輕　流放的諸子仍多風塵
而重獲誕生的孩子們　用仰羨的黑瞳繞著
那滿館滿館的真中國
耕耘在姐姐的早粥後開始
拖拉機領音久凍的歌
如盛唐的大道　重劃的田壠如髮一樣直
而盡頭處　白著車站和綠著酒肆　那兒

[158] 鄭愁予，〈殘堡〉，《鄭愁予詩集 I:1951-1968》，頁 19。
[159] 鄭愁予，〈衣缽〉，同上註，頁 306。
[160] 劉正忠，〈伏流，重寫與轉化——試論 1950 年代的鄭愁予〉，《清華中文學報》24 期，頁 237。

弟弟接過哥哥的授田證……

要到邊疆去　邊疆有明日的戰爭[161]

引文選自本詩第五節「春花」，第一節「春雷」至第四節的「春颹」，除了對「春天」情景賦予國族歷史的想像，也有傳統與現代時空的互文轉換。「自我」在這首詩裡化身為一個國族歷史的記述者，除了見證，更有詮釋。因為「寫〈衣缽〉與〈春之組曲〉，是技巧與摯情結合的極致，無非仍是向追求人道主義和民主制度的另一方位投射，說來也是諷刺，白色恐怖與紅色恐怖都是世人所難以容忍的」[162]，鄭愁予胸臆中對存在國度的理想願景，以相當現代的方式調製出來：「讓我們是水花在時間的瀑布中怒放聲音」[163]。

如同唐捐以「人道主義與浪漫精神」、「流浪語境與詩人意識」、「抒情詩的戲劇化」為進路探勘鄭愁予的詩，大致無差，並認為「愁予詩裡的『我』是靈活多姿的，這使他的抒情詩富於表演性，既有主觀情意的顯露，又有客觀投影的效果」[164]。受限於研究框架，本章不及討論尤其是《雪的可能》與《寂寞的坐著看花》裡，鄭愁予在其抒情自我層面有所拓寬的表現，其詩裡主觀、抒情的「我」，若遭遇了特定的審美意識與時空結構，亦有掙脫家國身世之感的可能。如同洪淑苓挖掘了鄭愁予浪漫抒情之外的「另一個鄭愁予」，探究其「山水詩」題材作品的美感觀照與美學風格，認為「……鄭愁予山水詩的企圖，也就是超越個人家國的感懷，而進展到對宇宙人生的思考；由『有我』之境，進入到『無我』之境」[165]。

鄭愁予抒情詩從《夢土上》確立了其漂泊／浪遊主體，一直將利用過、轉化後古典文學資源，應用在消逝的現代意識空間之中。到了〈衣缽〉與〈春之組曲〉展現了其敘事性、抗議性、歷史性的面向。從主題而言，「我的『心』，是悲憫『詩情』的緣由，而處理生命和時間是我寫詩的主要命題。時間是詩的一切重量所在……」[166]，鄭愁予的詩人「自我」觀展現出節制的美感，不是一個不斷膨脹觀念或情緒的主體，而是充滿對時間的敏感度，不斷在抵拒時間的消逝與死亡、也不斷在現代性感官意識上抓取時間向度的恆常性，其取徑既古典亦現代，既抒情又現實。

誠如劉正忠如此評價鄭愁予：「在現代派運動中，以挺拔出眾的實際創作確保

---

[161] 鄭愁予，〈春之組曲〉，《鄭愁予詩集 I:1951-1968》，頁 321。

[162] 鄭愁予，〈引言——九九九九九〉，《鄭愁予詩集 I：1951-1968》，頁 329。

[163] 鄭愁予，〈春之組曲〉，《鄭愁予詩集 I:1951-1968》，頁 322。

[164] 劉正忠，〈伏流，重寫與轉化——試論 1950 年代的鄭愁予〉，《清華中文學報》24 期，頁 252。

[165] 洪淑苓，〈論鄭愁予的山水詩〉，《孤獨與美——臺灣現代詩九家論》（臺北：秀威資訊，2016），頁 91。

[166] 鄭愁予，〈借序〉，《鄭愁予詩集 II:1969-1982》，頁 iv。

了抒情的領地，建構了『現代－抒情』的脈絡」[167]，鄭愁予的詩連接「現代－抒情」的「自我」，擅長以詞語和換行的節奏設計，搭建出指涉歷史與現實的隱喻場景，展現「自我」心象在抒情與現實的雙重視野，亦能夠在「戲劇化」特定情境時，兼顧語言與思想的平衡。

六、楊牧：「浪漫、現代、世界與本土」的自我

從《水之湄》、《花季》、《燈船》、《傳說》到《瓶中稿》，這五本詩集的寫作時序恰好橫亙著臺灣劇烈變動的五〇至七〇年代。楊牧的詩其整體風格或有轉變、語言經營方式或有轉折，但其內向／省的人文精神總是一以貫之的。[168]中國長久的歷史時間所積澱的人文傳統串接著「傳統」與「現代」之間的紐帶，彼此並非斷裂二分，而是在任何歷史時間的「此在」都能找到彼此的思維對應、精神聯繫與符號關係。楊牧的詩總是偏好迴避直白的陳述，偏好剔除外在具象現實拓印於符號中的烙痕與軌跡，並總是不倦於建構一種絕非僵滯封閉、且自給自足的精神世界，經由繁複萬端的修辭系統（一種指涉著經典、現實與歷史的感悟式語言），達到準確對應某種不受暫時性社會與現實存在條件限制的——東方人文式「心智結構」，以此完成新詩超越性既本質性的美學探求。如同詩人於《楊牧詩集》自序所言：

> 第四本『傳說』與第五本『瓶中稿』的詩大略都寫於美國，但我早已捨棄『燈船』時期的寫作方式，不在受外在地理環境的影響，甚至不受外在人文環境的影響；我堅持著我所能認知的中國世界，試圖在那世界裡建立不受干擾的藝術系統。[169]

陳黎、張芬齡〈楊牧詩藝備忘錄〉一文以「抒情功能的執著」、「愛與死，時間與記憶」、「中國古典文學的融入」、「西方世界的探觸」、「常用的詩的形式」、「楊牧詩中的自然」、「本土元素的運用」、「家鄉的召喚」、「現實的關照」[170]等九項，大致上相當清晰體現楊牧現代詩美學的經營歷程。但是，若深究兩岸現代主義新詩約略

---

[167] 劉正忠，〈伏流，重寫與轉化——試論1950年代的鄭愁予〉，《清華中文學報》24期，頁254。

[168] 譬如，楊牧〈公無渡河〉一文以亞里斯多德論悲劇的「恐懼」、「憐憫」、「情節」、「洗滌」為參照經緯，進行對樂府詩〈公無渡河〉的中國式悲劇精神的探索。見楊牧，〈公無渡河〉，《傳統的與現代的》（臺北：洪範，1979），頁3-17。

[169] 楊牧，〈序〉，《楊牧詩集I:1956-1974》（臺北：洪範，1978），頁3。

[170] 陳黎、張芬齡，〈楊牧詩藝備忘錄〉，收於須文蔚編選，《臺灣現當代作家研究資料彙編50・楊牧》（臺南：臺灣文學館，2013），頁235-258。

於中國文革結束（1976）前的比較研究角度而言，寫於八〇年代以前的楊牧早期的詩，比起中國的地下詩歌，有著更為豐沛的抒情力道、運用更為複雜多樣的語言技巧，更甚者，抒情主體對「自我」的探尋，在生命本體面向上，不只侷限於「我是誰」這樣的個體質問，而是向更為廣闊的「文化理想」的「自我」位移。

文化「自我」的追尋，早已在葉珊時期已初露端倪。「東方」此一地理方位，頻頻以象徵的感性形式，出現在葉珊時期的詩中，「東方」其實正是回應著當時社會現代化、思想西化浪潮的開展，詩人的「自我」座落在「東方」，以抒情的姿態顯現一種精神的抗拒。如〈死後書〉「星落到土地上，像我落向／東方，落向一片髮叢，一片草原／像褪色的誤解」[171]；〈山上的假期〉，「東方」作為詩人穿透生命規律的精神座標：「鯖魚，你是我的鯖魚／我來自東方／浪聲滿袖——琉璃的宮燈上寫著你的步履」；[172]〈十月感覺〉裡，「東方」作為對意中人行跡所至的思念的牽引：「猶記得東方的海聲／東方昏矇的月亮／躺下，和著寂寞／蕭蕭的第二站」[173]。又如〈招魂：給二十世紀的中國詩人〉，詩人化身為「吹簫者」發出冥界的牽引之音，而古典的詩意情境（霜花、擺渡口、墳塚、清明、長安城……）恰如招引亡魂的祭幡：

霜花滿衣，一隻孤雁冷冷地飛過
古渡的吹簫人立著——回東方來
夢裡一聲鼓，醒時一句鐘
季候的迷失者啊
你的鮮血自荒塚裡氾濫而來
讓明日的枯骨長埋雪地[174]

「二十世紀」是兩岸歷經戰爭、革命與威權統治的世紀，死於「二十世紀」的詩人亡魂，自不確定的方位而來，但「吹簫人」要他們「回東方來」，意謂理想的文化秩序在兩岸正遭到革命與西化的裂解，「東方」的人文價值與文化神髓正需要楊牧抽離「現實」的造境功夫，「現實」懸宕於古典意境與文化理想的背後，這恰恰是極為現代主義詩學程序的做法：將現實存有域做出審美經驗的轉換與提升，將超越性的價值理想寄託在象徵與轉喻程序之中。

---

[171] 楊牧，〈死後書〉，《楊牧詩集 I:1956-1974》，頁 17。
[172] 楊牧，〈山上的假期〉，同上註，頁 65。
[173] 楊牧，〈十月感覺〉，同上註，頁 79。
[174] 楊牧，〈招魂：給二十世紀的中國詩人〉，同上註，頁 194。

在楊牧赴美寫就的《傳說》（1971）以前，除了部分論者指陳的「耽美」傾向，[175]一種聯繫著個人／集體的內在「憂患意識」，隨著一種浪漫主義語彙的感悟與獨白，被轉化為一種更具有時空延展性的抒情意識，局部心境的象徵結構透過「抒情（意識）／浪漫（語言）」此一言說載體的編織、陳述與轉化之後，「自我」呈現出極具人文意識、兼容傳統與現代、富含文化道德理想的形象。因此，我不認為楊牧早期的詩純粹只是「浪漫主義」此一風格論的概括，而是此一浪漫主義的本體精神結構，被抒情意識轉化為「個體（此在）－時代（現實）」感通意識，也就是一種「抒情聲音」幽微地呈現並重組實際生活境遇裡的身體慾望、苦悶的戀愛與流逝的時間感，隱晦地展現生命與死亡、記憶與遺忘的重層辯證。

楊牧詩中抒情「自我」恰如其文化人格之化身，並作為中國古典詩歌雅教的捍衛者與中西詩學的溝通者而頻繁出現，並挾帶某種強烈的現代性歷史／時間意識，楊牧詩中「自我」的現代性感知結構，並非突兀地「移植」歐美知性詩型的抽象表達，而是趨向漢語詩歌本體的終極價值與美學關懷，具有濃厚的「繼承」意識，「自我」是其古典文化情懷的表達載體。更進一步說，楊牧早期的詩，其符號的指涉範疇中已然散發出相當成熟的現代性感知，古典／現代的張力、歷史／現實的引力、審美／想像的重力，三者屢屢在詩中呈現出多維度的綜合。

如〈給智慧〉：

> 園囿啊，讓我化做一聲嘆息
> 悄悄自花牆裡飄出來
> 與你在此相會，不要鐘聲，不要笛聲
> 讓我獨自在雨地裡行走
> 穿過烟柳，穿過拱門，穿過一切宋代的美
> 然後，我們將在橋頭相遇
> 我們都是陌生人，穿著幼時的舞鞋
> 每當過了子夜，沒有梆聲的子夜
> 我向你輕呼，聲音如泉水
> 在簷角上，在草場邊，在荷塘裡
> 啊智慧，你是否也將如一片哭泣的雲
> 沉落下來，做我的牀，做我的被？

---

[175] 須文蔚，〈楊牧詩學體系的建構與開展〉，收於許又方編，《美的辯證：楊牧文學論輯》（臺北：臺灣學生書局，2109）頁8。

> 我將擁著你，在晨霜中
> 向星辰淹沒的地方慢慢逝去[176]

〈給智慧〉表現古典（園囿、拱門、梆聲）／現代（陌生人、舞鞋）的張力；歷史（宋代）／現實（子夜）的引力；審美（在簷角上，在草場邊，在荷塘裡）／想像（啊智慧，你是否也將如一片哭泣的雲）的重力，詩人與中國古典文學「智慧」的相遇，被形象化為諸多古典意境的鎔鑄、被想像為許多自然與人造的景物與情境，「智慧」變得雍容華美、且可遇可求、可觸可感，「智慧」不只沉落於詩人的牀畔與袖沿，而是被現代性的感知重新組裝，成為引導文本敘事與抒情的張力（古典／現代）、引力（歷史／現實）與重力（審美／想像）。

更重要的是，**青年楊牧（葉珊）時期，已然將自身的愁緒賦形於更廣闊的文化向度之中，顯露出調動具體形象以組構形上抽象思維的端倪，呈現出一個超越性的個人經驗與美學世界**。因此，所謂葉珊時期詩歌浪漫主義的自傷情懷，其實不是泛浪漫風格的感傷遺緒，而是混合了更深刻的現代主義「知性」思維，並且，以這樣的抒情語言賦予的「知性」，將古代／傳統的時間性，挪移至文本的敘事空間之中，添補了「橫的移植」脈絡的臺灣六〇年代現代主義，其留下的中國詩學傳統「縱的繼承」的真空。

更何況，楊牧更不止於抒情獨白，如同詩人自陳：「在現代，閒情逸致已經不是寫詩的條件了，詩必須是沉思和默想開出的花」[177]，「沉思」與「默想」為葉珊的詩撐開了一處知性思維的空間，也是作為一種化身為古代的時間感，走索於現實與虛構之間。如同蔡明諺所言：「葉珊『向古代的生活逃逸』，這或許是他最重要的現代性特徵」[178]，因此，服膺於濟慈（John Keats）孤獨與崇高的詩人葉珊，「知性的沉默」是他橋接「現代」與「傳統」、「現實」與「虛構」的審美空間，因此「美存在於自然的沉默，存在於人間的溫暖，也存在於痛苦中」[179]。

若回溯楊牧的學思歷程對其詩歌觀念的形塑與實際創作實踐的影響，當然不能不提及其加州大學柏克萊分校的導師陳世驤，及其「抒情傳統」的論述，[180]而楊牧

---

[176] 楊牧，〈給智慧〉，《楊牧詩集 I 1956-1974》，頁 161-162。

[177] 楊牧，〈《水之湄》後記〉，同上註，頁 605。

[178] 蔡明諺，〈論葉珊的詩〉，收於陳芳明編，《練習曲的演奏與變奏：詩人楊牧》（臺北：聯經，2012），頁 186。

[179] 楊牧，〈《花季》後記〉，《楊牧詩集 I 1956-1974》，頁 608。

[180] 關於陳世驤「抒情傳統」的闡發與對《詩經》、《離騷》等中國傳統詩學諸多創造性的闡述，見陳世驤著，楊牧編，《陳世驤文存》（臺北：志文出版社，1972）；而楊牧的《奇萊後書》頻繁調動神話傳說、詩的

自身也對詩歌「抒情功能」裡的「自我」，有著表述更深廣層次宇宙的確信。[181]因此，「以字的音樂做組織和內心自白做意旨是抒情詩的兩大要素」[182]，抒情詩涉及了「言志」如何契合音律、配樂、合聲的問題，也牽涉了《詩經》裡所謂「詩」的原始意義——「興」的溯源與考辨：「『興』或可譯為 motif，且在其功用上可見有詩學上髓為『複沓』、疊覆，尤其是『反覆迴增法』的本質。……興是含融性的，又是聯想性的，具有絃外之音的性質，復有潛伏性的力量」[183]。於是，因「感物」而啟動人（心）之「文」的「興」（譬喻），也是鄭毓瑜認為「身體（個別）——宇宙（整體）」（連類）的中介：「『譬喻』本身就是『重複』與『聯結』的集合體，正是在『重複』與『聯結』中，不斷協調出合適處身的世界圖景，同時又不斷進行再理解的衍伸與對應」[184]。

確實，楊牧的詩不論從哪一個階段觀之，「抒情傳統」體現在內在思想與語言表現的方方面面上，更可見到楊牧意欲以「抒情傳統」接合現代主義「前衛」思潮的明顯思維意向。但是，我認為「抒情傳統」必然奠基在特定的「歷史－現實」感知意識之上，「自我」才有得以「抒情」的可能。若從青年楊牧（葉珊）講起，青年楊牧抒情主體的「歷史－現實」感知意識，或來自於其東海大學時期的授業師徐復觀的「憂患意識」論。對徐復觀而言，「憂患意識」中國古代封建政權轉型的重要集體心理關鍵，也是商周之際「天命觀」由「天命恆常」轉變為「天命靡常」的思想轉折：

> 周人革掉了殷人的命（政權），成為新的勝利者；但通過周初文獻所看出的，並不像一般民族戰勝後的趾高氣揚的氣象，而是《易傳》所說的「憂患」意

隱喻與形而上的知識與種種不確定的創作信念，且回返知性與抒情、傳統與現代之間、穿梭想像與現實的邊際，正是呼應了陳世驤以「抒情傳統」探問屈原《離騷》之中，關於主體因為政治頓挫的遭際與憂憤思緒，如何將外在物理、流動與客觀的時間與物象，重整為一個混合主觀意志、有機整體與結構的內在精神秩序。見楊牧，〈抽象疏離（上）、（下）〉，《奇萊後書》（臺北：洪範，2009），頁 215-241；楊牧回憶師學陳世驤的記述，見楊牧，〈柏克萊——懷念陳世驤先生〉，見陳世驤著，張暉編，《中國文學的抒情傳統：陳世驤古典文學論集》（北京：三聯書店，2015），頁 366-377；關於陳世驤「抒情傳統」與楊牧詩觀聯繫與影響的相關論述，見郝譽翔，〈抒情傳統的審思與再造〉，收於陳芳明編，《練習曲的演奏與變奏：詩人楊牧》，頁 101-123。

[181] 「我對於詩的抒情功能絕不懷疑。我對於一個人的心緒和思想之主觀的詩的宣洩——透過冷靜嚴謹的方法——是絕對擁護的。……即使書的是小我之情，因其心思極小而映現宇宙之大何嘗不可於精微中把握理解，對於這些，我絕不懷疑。」楊牧，〈後記〉，《有人》（臺北，洪範書店，1986），頁 179。

[182] 陳世驤，〈中國的抒情傳統〉，見楊牧編，《陳世驤文存》，頁 32。

[183] 陳世驤，〈原興：兼論中國文學特質〉，同上註，頁 227-230。

[184] 鄭毓瑜，《引譬連類：文學研究的關鍵詞》（臺北：聯經，2012），頁 44。

> 識。……憂患心理的形成，乃是從當事者對吉凶成敗的深思熟考而來的遠見；在這種遠見中，主要發現了吉凶成敗與當事者行為的密切關係，及當事者在行為上所應負的責任。憂患正是由這種責任感來的要以己力突破困難而尚未突破時的心理狀態。所以憂患意識，乃人類精神開始直接對事物發生責任感的表現，也即是精神上開始有了人地自覺的表現。[185]

徐復觀認為，憂患意識體現出中國先民深刻的精神自覺意識，擬似一種擺脫了古典神話蒙昧結構的行為實證主義，肯定了人作為「主體」在歷史興衰更迭過程中的能動作用，「天命」施予恩澤與禍害與否符應於不論貴族或庶民的道德反省之中，蘊含平等主義的精神。而後徐更在《學術與政治之間》、《徐復觀雜文集・論中共》，將對「憂患意識」此一貫通古典－現代儒學的思考，落實到實質政治批判之中。[186]而後，青年楊牧就在這個時期寫下〈上徐復觀先生問文學書〉[187]，以及其後在《柏克萊精神》中因為受到美國反越戰青年學潮感染的「反戰」思想，以身處「域外」的身體與心靈境遇，重新詮釋了徐的「憂患意識」。[188]

我認為，青年楊牧（葉珊）時期關於「自我」身分認同的探尋與成形，必然受到徐復觀「憂患意識」論的影響。至少，在其早期作品中，可以見到其在構築抒情聲調的同時，背後所顯露出來的沉重時代憂鬱，以及，前述提及的「知性的沉默」所支撐的審美空間。可以顯見，一種「充滿隱喻暗示的、苦悶蕩動的情詩變貌」[189]，從《傳說》以降開始揮灑。因此，不論是〈傳說〉裡詩人模擬「神話學」的聽覺，聆聽那種種被死亡的事物攪動的現實秩序，見證時間刻度蜷伏在谷壑、雲罍、苔蘚與豪雨村鎮的身姿，並在擁有神靈意志的萬物之間感受種種思緒的舞踊；還是眾詩家解讀紛紜[190]的〈十二星象練習曲〉，「性愛」延緩了戰爭與死亡對主體生命的迫近，

---

[185] 徐復觀，《中國人性論史・先秦篇》（臺北：臺灣商務印書館，1999），頁 20-21

[186] 黃俊傑，《東亞儒學視域中的徐復觀及其思想》（臺北：臺大出版中心，2018），頁 200-209。黃俊傑進一步闡釋，徐復觀「將古典儒學放在古代中國的歷史背景中，也將古典儒學放在二十世紀中國的時空條件中衡量。如果前者可以稱為『以古釋古』，後者不妨稱為『以今釋古』。這種雙重的『脈絡化』，使徐復觀可以有效地重新開發儒學傳統中潛藏的『健動精神』，使儒學經典不是形而上的概念遊戲，而是與現實互動，為苦難人民伸張正義的福音書。」引文同本註，頁 229。

[187] 楊牧對徐復觀「憂患意識」論的接受，如下段落：「生（楊牧）在東海大學主修英國文學，卻有幸追隨吾師（徐復觀）選讀古代思想史、老莊及韓柳文，生作為中國讀書人的基本條件悉來自吾師這三門課。古代思想史使生體會及周人之憂患意識，這是文明的奠基吧！」見楊牧，〈上徐復觀先生問文學書〉，《文學知識》（臺北：洪範書店，1979），頁 192。

[188] 楊牧，《柏克萊精神》（臺北：洪範，1977），頁 81-88。

[189] 丁旭暉，〈在天地性靈之間：楊牧情詩的巨大張力〉，《國文學誌》23 期（2011/12），頁 5。

[190] 「性愛」詩的讀法，如陳芳明以為：「楊牧在他生命最苦悶的階段，無以自遣，放膽地把秘戲寫入詩

丁旭暉以為「蘊含人（裸體）與天（星象）、性（性愛）與靈（心靈）的相抗，激越、寧靜的辯證，甚至不無西方強權對東方的戰爭掠奪、武力征服，以及東方面對西方強權只能發洩（性愛凱旋）、無力對抗（暴亡／僵冷在你赤裸的身體）的無奈苦悶」[191]。

不論是抒情、憂鬱還是知性，皆不是獨立在各個楊牧文本的孤立審美知覺，「憂患意識」既能將死亡的「傳說」幻化為生物的靈動，也能對孤懸於歷史的戰爭苦難做出象徵的對應，於是「憂患意識」因而是一種貫通所有生死愛慾的普遍性思考，是抒情詩人承擔歷史責任的「書寫倫理」，使得抒情、憂鬱與知性的心智機關在文本之中呈現高維度的感知綜合，成為能夠貫通「大我」與「自我」的語言表意系統。

葉珊時期確實於詩中吐露了最細微「私我」的情思，但來自徐復觀「憂患」學理的論述框架只是詩人開始寫詩、進入大學後的思想確證，而詩，更早於此，生存感悟向來先行於政教啟蒙，來自於抒情主體對時空環境的具體叩問早在詩中展開。如〈歸來〉：

> 說我流浪的往事，哎！
> 我從霧中歸來……
> 沒有晚雲悻悻然地離去，沒有叮嚀；
> 說星星湧現的日子，
> 霧更深，更重。[192]

抒情主體在〈歸來〉之中，是作為漢字文化系統裡的「移形換位」而存在的。詩人的十七歲，「移形」於枯槁的時代精神氛圍（反共），「換位」於肅殺死寂的社會時空（白色恐怖）。詩中，主體的「歸來」沒有具體的實景與心理刻畫，而是藉由形象化的變形與轉化，文化理想被「移形」而「換位」為「主體」（我）與「霧」的想像關係之中。詩人意圖訴說一個關於「流浪」的往事，試圖變造一種更為浪漫化的「自我」形象激起心中想像的捲雲，但「沒有晚雲悻悻然地離去」，一切事態的發展只是

中，性愛於焉產生了歧義與誤讀。那是對戰爭的抗議詩，是對權威的批判詩，是對愛情的頌讚詩，是對性愛的狂想詩，任何一種愛的姿態，讀來極為猥褻，有時卻又非常高貴。正反兩面的對比，既是現實的反映，也是內心的挖掘。」見陳芳明，〈楊牧現代抒情的詩藝——閱讀〈十二星象練習曲〉〉，《第六屆現代詩學研討會論文集：臺灣前行代詩家論》，頁 135；亦有以「介入現實」的讀法，如向陽認為〈十二星象練習曲〉是「寫越戰中美國青年的神傷」，見向陽，〈樹的真實——論楊牧《傳說》〉，收於陳義芝編，《臺灣文學經典研討會論文集》（臺北：聯經出版公司，1999），頁 308。

[191] 丁旭暉，〈在天地性靈之間：楊牧情詩的巨大張力〉，《國文學誌》23 期（2011/12），頁 11。

[192] 楊牧，〈歸來〉，《楊牧詩集 I：1956-1974》（臺北：洪範書店，1978），頁 3。

徒留孤獨與冷漠。抒情主體從「霧中」歸來，除了代表某種文化主體位置的缺位，主體孜孜不倦找尋一種知識與情感啟蒙的光影（星星湧現的日子），卻也只是迷霧重重，距離那個人文精神昂揚的想像世界越來越遠（霧更深，更重）。在這裡，抒情主體的時代憂患意識及其與時代主流話語之間的關係，透過「霧」而被隱約傳達出來。

如果說〈死後書〉：「記憶是碑石，在沉默裡立起」[193]與〈傳統〉：「嗳！濃重的鄉愁！／他必須有碑，唉，北斗，給他路吧！／一條通向歷史與原子能的」[194]是詩人假託「自我」的片段心象，遙指一個不確定的過去與未來，「自我」仍停留在歷史的迷霧之中，猜疑、盤桓、摸索。到了《花季》，則是指向一個更為清晰的「自我」輪廓、確立了時代的覺醒意識，「自我」或許是時代的「搜索者」，已然確切領悟「我」所為何來、該往哪去：「搜索者，啊搜索者！／在禿盡的大喬木前／你的箭傷定使你回想到／溫暖的火，美麗的黛安娜」；[195]又如〈永恆〉裡，「自我」意識因為愛情的滋養而明朗且堅定：「我永不沉淪，親親，永不覆沒／千里風沙如這世紀，冰雪皓皓／我為你而活，活在溫暖的渺茫裡。」

楊牧的「自我」意識的確證在臺灣就讀大學時期已然完成，其「自我」形構不似同時期的中國詩人，仍在疲軟的現代主義精神系譜上摸索，葉珊早已是往返古今、穿梭虛實的常客，展現十足豐沛的現代感，只是其詩裡的現代感總隱約流露著從時代投射而來的陰影，大體呈現一個心靈禁錮狀態下的「私我」生活／感覺的表述。其赴美以後，其「自我」的現代性感知，趨向了對主體的「存在」維度進行更深刻的挖掘。

譬如聞名遐邇的〈給時間〉，「時間」的毛孔與皺摺、「時間」所容納的（記憶）與遺失的（遺忘），被詩人「自我」的現代感知意識重組、陳述與鋪排：

告訴我，什麼叫遺忘
什麼叫全然的遺忘——枯木鋪著
奄奄宇宙衰老的青苔
果子熟了，蒂落冥然的大地
在夏秋之交，爛在暗暗的陰影中[196]

---

[193] 楊牧，〈死後書〉，同上註，頁 17。
[194] 楊牧，〈傳統〉，同上註，頁 24-25。
[195] 楊牧，〈搜索者〉，同上註，頁 99-100。
[196] 楊牧，〈給時間〉，同上註，頁 306。

而到了《傳說》以後，楊牧「自我」的現代性感知，現代性的抒情主體更介入了歷史特定的「時間」與「空間」結構，譬如〈延陵季子掛劍〉，典故引自《史記・吳太伯世家》吳王壽夢四子季札在徐君墓前掛劍，以示誠信之誼：

> 你我曾在烈日下枯坐——
> 一對瀕危的荷芰：那是北遊前
> 最令我悲傷的夏的脅迫
> 也是江南女子纖弱的歌聲啊
> 以針的微痛和線的縫合
> 令我寶劍出鞘
> 立下南旋贈予的承諾……
> 誰知北地胭脂，齊魯衣冠
> 誦詩三百竟使我變成
> 一介遲遲不返的儒者！[197]

此詩為楊牧在美時期的「擬古」之作，寫於美國社會反越戰浪潮之中，讓一個原本以史實敘事為主要骨架、傳達史家微言大意的段落，被填充了更為鮮活的人性色彩的戲劇片段。奚密以為：「詩人參考了季子作為一個歷史人物的種種相關資料，從中選出在其生命中似乎沒有直接關聯的兩件事（贈劍和評詩），賦予其有機聯繫和象徵意義」，[198]張松健則是以為美國深陷越戰泥淖，正是促使楊牧重溯國史、以古喻今、抒情言志的動機。[199]這首詩可以見到季札極為細緻內在心理狀態的「示現」，主體擬造一個內心情意充沛流動的季札，其言志之困頓、其仕途之掙扎。一個周旋於宮室門庭之腐儒的「自我」內省與批判，企圖匡正知識份子介入社會的角色與方式。如此，季札在詩裡的內在刻畫或外在形象的「示現」，也是楊牧在那個時空的「自我」「示現」，具有某種「自我」國族認同與文化鄉愁的對焦意義。於是，季札「自我」亦是主體「自我」認同處境的化用，如同陳義芝所言：「全詩化用季札出使北國欲贈劍給徐君的典故，疊映自己出國留學暗自立下學成歸國的許諾」。[200]

---

[197] 楊牧，〈延陵季子掛劍〉，同上註，頁 367。

[198] Yeh, Michelle. *Modern Chinese Poetry: Theory and Practice since 1917*. New Haven: Yale UP., 1991. pp.138.

[199] 張松健，〈詩史之際：楊牧的「歷史意識」與「歷史詩學」〉，《中外文學》46 卷 1 期（2017/03），頁 129-131。

[200] 陳義芝，《風格的誕生——現代詩人專題論稿》（臺北：允晨，2017），頁 149。

另一方面，在鄉土意識與現實主義思潮的七〇年代，身在海外的楊牧，也並未置身事外。〈熱蘭遮城〉寫於 1972 年關唐「現代詩論戰」之後、〈吳鳳〉則是寫於鄉土文學論戰前夕，關於後者，或有將吳鳳過度浪漫化以及偏誤於「漢族中心史觀」之嫌。不過無論如何，楊牧一系列明顯介入現實取向的詩，也與其 1975 年返臺擔任臺大外文系客座教授有關。以〈熱蘭遮城〉為例，詩人欲突顯的是殖民／性別的暴力隱喻結構（荷蘭統治者男性／平埔族女性），「自我」被以一個荷蘭殖民政權軍官的獨白而體現：

> 對方已經進入了燠熱的蟬聲
> 自石級下仰視，危危闊葉樹
> 張開便是風的床褥——
> 巨礮生銹。而我不知如何於
> 硝煙疾走的歷史中冷靜踩躪
> 她那一襲藍花的新衣服[201]

張松健認為〈熱蘭遮城〉「訴諸地景的肉身化、國族的性別化以及政治的情色化，反思殖民地臺灣的一頁歷史」，[202]卻也出現了楊牧「歷史詩學」的局限性與盲視：「〈熱蘭遮城〉不但昭告了楊牧歷史詩中的「中國性」的退場與「臺灣性」的在場，而且顯示了文學在表現歷史時的兩難：試圖還原本質主義意義上的歷史乃是不可能的；而過分的重構歷史，又面臨著走向虛無主義和空洞化的危險。」[203]最終，作為南洋重要盛產香料「薄荷」的出現，隱喻荷蘭在東亞商貿與政治勢力的退卻：「我想發現的是一組香料群島啊！誰知／迎面升起的仍然只是嗜血的有著／一種薄荷氣味的乳房」。[204]簡言之，〈熱蘭遮城〉將楊牧的「擬古」美學傾向帶向了「臺灣性」的場景，這與前述〈延陵季子掛劍〉重寫歷史的內在動機有其本質上的不同，「自我」扎根於更為臺灣本土屬性的歷史敘事與全球航海時代的連動之中。

楊牧寫於八〇年代以前的詩，從六〇年代浪漫主義、現代主義、世界主義，隨著七〇年代的鄉土意識的衝擊，一路向本／鄉土的精神區位位移，體現出臺灣歷史變動與社會變遷的軌跡。《瓶中稿》時期「自我」追尋鄉土、以「花蓮」作為精神依

---

[201] 楊牧，〈熱蘭遮城〉，《楊牧詩集 II 1974-1985》（臺北：洪範，1995），頁 92。
[202] 張松健，〈詩史之際：楊牧的「歷史意識」與「歷史詩學」〉，頁 138。
[203] 同上註，頁 139。
[204] 楊牧，〈熱蘭遮城〉，《楊牧詩集 II 1974-1985》，頁 96。

歸的思維線條，已經初步顯露，[205]那麼，《禁忌的遊戲》以後，雖仍有古意的回返（〈向遠古〉），如〈風雨渡〉、〈一九七七年之逝〉以及《海岸七疊》多數詩作，則是將對家鄉的回望，落實在較充實而具體的精神風土之中。證實了陳黎與張芬齡所言：

> 愛與死，時間與記憶，在楊牧的情詩裡歌唱嘆息，歡笑哭泣；愛的追求和遲疑，欲的渴望和焦慮，肉體的交合和形上的思索，不時地在楊牧的情詩裡對話、拉鋸、追逐。一直要到《海岸七疊》，當往昔的記憶和新生的愛情在家鄉的土地上找到方位，他飄泊的靈魂才像離弦的箭找到了落實的標的，他的情詩也才綻放出清朗的微笑。[206]

寫於六〇至七〇年代楊牧的詩，現代性的「前衛」雖難免於泛感傷情緒，但仍隱微流露著時代的「憂患意識」，「自我」透視著戀情、苦惱與青春的片段思緒，並將小我的際遇做出古典與現代的切換與縫合，其實是聯繫到中國式人文精神的危亡處境，是典型中國儒家士大夫「健動精神」的體現。

同樣屬於化用典故的詩法路徑，楊牧與上海詩人陳建華寫於文革中的詩，其表現出破碎、不連貫的古典意境不同，楊牧詩中的抒情主體，其現代性「自我」的結構方式，沒有受到「反封資修」政治運動的破壞，而具備從浪漫主義、現代主義、世界主義，隨著一路向本／鄉土的精神區位位移的清晰路徑，具備更為完整的傳承自中國古典文學的「縱的繼承」，並在傳統的「古典」結合現代性的「前衛」的語言表達方式上，做出決定性的突破。

第三節　中國：人性尊嚴的修復與回歸、向內固守、「走進來」的現代性

前言：「斷裂」的變異、衍發與重塑：中國地下詩歌與白洋澱詩群

中國八〇年代朦朧詩運動以降，其鮮明的理想主義原型、對「個體」精神價值的深掘、嚮往崇高與光明的精神傾向，以及，對詩歌形式與表達方式的突破與

---

[205] 「這時日落的方向是向西／越過眼前的柏樹。潮水／此岸。但知每一片波浪／都從花蓮開始」，見楊牧，〈瓶中稿〉，《楊牧詩集 I 1956-1974》，頁 467。

[206] 陳黎、張芬齡，〈楊牧詩藝備忘錄〉，收於須文蔚編選，《臺灣現當代作家研究資料彙編 50．楊牧》（臺南：臺灣文學館，2013），頁 239。

實驗等傾向，皆必須上溯至文革時期的「地下文學」（underground literature）的寫作。[207]「地下」之所以不見天日，是因為中國極其特殊的時代語境：文化大革命，文學寫作被納入了革命／群眾話語的範疇，亦成為了思想審查的主要標的。因此，不論是陳思和稱之的「潛在寫作」[208]、啞默的「潛流文學」[209]或是張清華所謂「人文寫作」的重建[210]，詩人審美意識的蓄積、探尋或擴延，「地下文學」本身就帶有不可化約的獨立精神品格，並具體落實在文革時期的「地下沙龍」或「讀書小組」與文革後的「民刊」之中。而中國「地下文學」的主要文學品種——「地下詩歌」（underground poetry），所表現出一系列極為濃厚的人本主義思考與還原「自我」的書寫程序，此一「前朦朧期」的詩人思想和作品中，也影響著後來者如《今天》詩群與朦朧詩世代的思維和創作。

與《今天》諸君不同的是，在集體精神意識層面「地下詩歌」尚未上升到全面廓清歷史意識、高舉獨立性與反叛性的精神構面，而從整體美學風格的概括層面而言，多數地下詩作只是停留於抒情感性的個人獨白。即便如此，從中國現代主義精神主體的構造歷程而言，作為在處於蒙昧的精神荒原向上溯源的地下詩人，其詩作中對「自我」精神輪廓的探尋、凝視現實的邊緣視角與立場、背向文革話語暴力的清晰啟蒙意識，不無疑問地具備了「先鋒」詩歌的歷史、文化與美學條件，填充了中國廣大知青群體關於生命理解的真空，也打開了後續八〇年代飆速突進的現代主義詩歌風景。

另一方面，地下詩人其實從未停止摸索特定的語言技法，尤其是採取了現代主義的表現方式，表現出對文革運動的反思徵候。這樣的反思徵候必然引發掙脫文革「集體話語」的獨立意識，拋棄極左的語彙與思維，尋索表達自由的契機。**從八〇至九〇年代日漸出土的「地下文學」時期詩歌史料的考掘、發現與詮釋的過程中，亦可以見到地下詩人意圖在有限的民間尺度[211]建立「自我話語」（self-discourses）的**

---

[207] 文革時期，「地上詩歌」與「地下詩歌」兩者在書寫場域的生成、傳播與流布，以及詩歌形式與風格的形成，並非是截然對立與隔絕的。「地上詩歌」並非全然「遵命」，而「地下詩歌」也流露出承繼自「地上」詩風的影響。如食指代表作〈相信未來〉有「十七年文學」時期賀敬之、郭小川「政治抒情詩」的傾向，而黃翔蔑視一切專制權威、「其破壞偶像式的詩風與地上詩壇的紅衛兵詩歌也有一定的相似之處」。見王家平，《文化大革命時期詩歌研究》（開封：河南大學出版社，2004），頁 296。

[208] 陳思和，〈試論當代文學史（1949-1976）的「潛在寫作」〉，《文學評論》1999 年第 6 期，頁 104-113。

[209] 啞默，〈貴州方向：中國大陸潛流文學〉，《傾向》9 期（19976.06），頁 57-63。

[210] 張清華，《中國當代先鋒文學思潮論》（北京：中國人民大學出版社，2014），頁 42。

[211] 「民間」受到主流意識形態與權威話語的影響有別，因此，楊健將之分為：（1）主流文化的民間（工農兵詩歌、批林批孔故事會）；（2）大眾的民間（口頭文學、民謠、政治舊體詩）；（3）知識份子的民間（幹校地下詩歌、沙龍文學、民間詩群）。楊健認為「主流的民間受著絕對權威意識形態的控制，

努力，早在朦朧詩浮出歷史地表以前，詩人隱蔽式的寫作，已走在時代的前沿，指向一個終極的關懷：「自我」的命名。中國先鋒詩歌的起點必須安放在這個位置上觀察，才能明瞭其後所衍伸的一系列新詩文化命題和歷史脈動所象徵的意義（朦朧詩與第三代詩歌）。因此，不論是從當代中國文學重要性詞彙如「傷痕文學」、「朦朧詩」、「潛在寫作」、「共／無名」等作為討論的開端，皆必須上溯至中國文革期間的「地下文學」景觀。

因此，若稍回顧歷史現場，文革後期的中國，可以說承續了近現代帝國主義、軍國主義與殖民主義侵略的苦厄命運，加之內部不斷承受著戰爭、饑荒與革命所施加的精神／肉身摧殘，以及，共和國建立後，一次次政治、思想與文化整肅下的集體精神創傷。在如此總體的歷史背景下，五四自由人文主義與批判寫實主義召喚下的知識份子心靈，於是化作了一條隱密亦熾熱的精神伏流，不但貫穿為詩史裡不斷被重述的審美客體，也成為了社會史與思想史裡的主要背景：

> 1972 年至 1976 年，是「文革」進入到後期的階段。中國的社會與思潮出現了遽變前夜的動盪不安，孕育著變革風暴的來臨。一方面，社會仍處於矛盾的狀態，極左勢力控制著中央和地方各級政府，收緊了意識形態包括教育、文化、醫療衛生等上層建築的轄繩，創造出一些以「文革」路線為包裝的傳統階級鬥爭的「新生事物」模式，人們的公開思想比「文革」前期的個人崇拜家無政府主義狀態更加僵硬和格式化。另一方面，人們已經厭倦了永無休止的政治鬥爭，上山下鄉的無出路，社會生活的單調困苦，對「文革」的疑惑，對中國前途的擔憂，促使各個階層特別是青年人都在潛動著洶湧的思潮暗流。有的以血探索思考，有的以頹廢抗爭，有的不問世事躲進小圈子自成一家……所有這些思潮和社會動向，都混合成了改革開放時期的種種思潮前奏。[212]

文革時期，仍然捍衛毛主席革命路線、只是反對「唯血統論」的遇羅克〈出身論〉，[213]尚且被宣判為「大毒草」。文革將共產黨的「階級鬥爭」信念擴大化與激進

它實際上成為『文革』時期的主流文學，是一種偽民間；大眾的民間是傳統文化的淵藪，在『文革』後期自發地擁護當權者；知識份子的民間，是知識階層在民間天地中開拓出的現代空間。」見楊健，《中國知青文學史》（北京：中國工人出版社，2002），頁 218。

[212] 《中華人民共和國史・第八卷：難以繼續的「繼續革命」──從批林到批鄧（1972-1976）》（香港：香港中文大學當代中國研究中心，2008），頁 429。

[213] 遇羅克，〈出身論〉，見徐曉、丁東、徐友漁編，《遇羅克著作與回憶》（北京：中國文聯出版社，

化，除了是對 1949 中共建政後社會主義各式內在性危機的反應，[214]也是共產黨例行化科層體制與毛澤東個人克里斯瑪權威的競合，因為「科層無法阻止文革，但是造反群眾和各級科層幹部卻能在文革中把毛澤東及其思想轉化為合法性符號，並對其進行挪用」[215]。「毛澤東」更成為了中國詩壇之中鏡像般存在的歷史幽靈（historical specter），成為文革後當代中國詩歌語言型態、精神構造及其涉及之歷史解釋的「缺位的在場」。而詩人在這樣滯後的時間維度之中，以語言的技藝試圖再現特定記憶場景之際，文本之內原本朝向記憶場景凝視的存有，出現了創傷症候下符號再現機制的困難或失效，形成越重述、越遺忘的不對稱心智空間。毛澤東的話語幽靈，亦是中國新詩集體精神的幽靈，每一次表露傷痕的記憶重述，也是一次次德希達（Jacques Derrida）所謂「幽靈」的降臨之時：「幽靈的**不對稱性**阻斷了所有事實的反映論，抵拒共時化，也讓人想起**時間的錯位**」[216]。

因此，當我們關注中國文革後的詩歌發展時，更應仔細鑑別時代傷痛在不同個體之間，所牽涉的複雜參差的情感反應機制，以及關於「記憶」與「再現」的話語倫理位置：在八〇年代方才被挖掘的「地下詩歌」，其發生之時，是「被當局隱藏或排除的文學」，[217]是沉默，甚至死亡的。**中國地下詩歌是毛話語以不對稱的時間性，破壞了現代派詩人精神載體的連續性，阻絕了其發生／聲的可能**。當我們進入地下詩歌的精神場域之時，更不應以詩史「線性時間觀」定義與理解其特定的形式、語言與風格，更不應該將其對時代表述與解釋的能力侷限在或「同化」或「對立」的共時性思考上，而是應注意這樣非此在時間的「毛幽靈」仍有歷時性回返於主體意識與情感的可能，與詩歌文本裡體現的歷史意識與思想彼此「纏繞」，或至少，仍徘徊在中國社會整體文化空間的無意識之中。

毛澤東的「幽靈」時時纏繞著現代中國詩歌的抒情主體，尤其是中共建政以降的五〇至七〇年代末，具無上地位、亦無限膨脹的極左思潮及毛話語的組織化、體制化、群眾化、社會化，毛澤東〈在延安文藝座談會上的講話〉一文的中心思想，一再依附各式群眾運動借屍還魂——三反、五反、反右、[218]大躍進、四清、

1999），頁 3-22。

[214] 蔡翔，《革命／敘述：中國社會主義文學–文化想像（1949-1966）》，頁 377-385。

[215] 趙鼎新、武麗麗，〈克里斯瑪權威的困境：寧夏文革的興起和發展〉，見趙鼎新，《合法性的政治：當代中國的國家與社會關係》（臺北：臺大出版中心，1997），頁 180。

[216] Derrida, Jacques. *Specters of Marx: The State of the Debt, The Work of Mourning & the New International.* Tr. Kamuf, Paggy. New York: Routledge.,1994. pp. 6.

[217] McDougall, Bonnie S. "Dissent Literature: Official and Nonofficial Literature in and about China in the Seventies", *Contemporary China.* vol. 3 #4 (Winter 1979): 57.

[218] 1957「反右」運動以前，即使有「雙百方針」關於言論控制鬆動的短暫跡象，但仍未脫共黨文化領導

文革，[219]一次次的階級清洗與思想改造，使得中國現代詩歌在「革命的年代」遠去之後，依然獨自在「傷痕」之風襲來、「反思」之火的院落中，找尋「去魅」的知覺縫隙與「自我」得以安身立命的所在。文革以後，中共領導階層雖「否定」文革、平反冤假錯案、撥亂反正，毛澤東思想仍是一處思想的禁區，仍未受到正統官方黨史的清理與批判。[220] 從毛澤東個人主觀意志的「烏托邦共產主義實踐」（農業合作化運動）到「人民民主專政」下的文化專制，從「為勞動人民服務」、「批鬥封資修」、

權所許可的範圍。1956 年 11 月 21 日到 12 月 1 日，中國作協召開的「文學期刊編輯工作會議」:「『百花齊放，百家爭鳴』，絕對不是要我們把思想鬥爭的旗幟收起來，而是要把它舉得更高。我們的刊物必須站在先進的立場、黨的立場上成為宣傳先進思想、先進事物、先進藝術的陣地。」見本刊記者，〈辦好文學期刊，促進「百花齊放，百家爭鳴」〉，《文藝報》23 期（1956），頁 20。

[219] 文革於 1966 年正式展開前，早已有大量的知識份子於 1957 年反右運動時，被打為「右派」。在知識份子被大量整肅與迫害的 1957 年反右運動之前，1956 年 4 月 28 日中共中央政治局擴大會議上，毛澤東提出「藝術問題上的『百花齊放』，學術上的『百家爭鳴』，應該成為我國發展科學、繁榮文學藝術的方針」（雙百方針），見姜華宣、張尉萍、蕭甡編，《中國共產黨重要會議紀事（1921-2011）》（北京：中央文獻出版社，2011），頁 314。毛澤東「雙百方針」的提出，是呼應蘇共官方「二十大」清算史達林個人崇拜，及隨後中國文藝界也積極響應了蘇聯作家重申人性本位、反官僚主義的「解凍文學」，此一共產世界內部關於統治權威文化領導權的鬆動，進而也在中國社會與文化界出現廣泛影響，因而被費孝通視為「知識份子的早春天氣」。然而，雖然思想審查與意識形態檢控部門對作家書寫活動的箝制似有鬆動，且五四新文化運動遺產關於「人道主義文學」與胡風「現實戰鬥文藝」等思潮亦有重新回歸的跡象，不過，若仔細爬梳時任中宣部部長陸定一向知識界發表的談話之中，雖重申「提倡在文學藝術工作和科學研究工作中有獨立思考的自由，有辯論的自由，有創作和批評的自由，有發表自己的意見、堅持自己的意見和保留自己的意見的自由。」即使如此，這裡所謂「自由」仍有其黨性、階級與革命的敵我關係限制，也就是「我們是主張不許反革命分子有自由的，我們主張對反革命分子一定要實行專政，但是在人民內部，我們主張一定要有民主自由。這是一條政治界限：政治上必須分清敵我。」見陸定一，《百花齊放，百家爭鳴——一九五六年五月二十六日在懷仁堂的講話》，《人民日報》1956.06.13，第 8 版；轉載於《天津大學學報》1956 年 2 期（1956.10），頁 3。也就是說，一旦作家個人或作品被劃為反黨、反革命，就不屬於「人民內部」，意謂共產黨領導階層早已劃定知識份子「放」與「鳴」的「安全活動區域」，和文藝工作者們關於思想與書寫「自由」的範圍。而後從 11 月 10 日至 15 日的中共八屆二中全會，毛澤東提出於 1957 年全黨展開整風運動，意欲整頓「主觀主義、宗派主義、官僚主義」（《中國共產黨重要會議紀事（1921-2011）》，頁 325），其中「主觀主義」便與「思想解凍」出現某種，在此隱約見到百花盛開下的凋謝隱憂。及至毛發表〈組織力量反擊右派份子的猖狂進攻〉一文，開啟「反右」整風運動，「雙百方針」正式走入歷史終點，見毛澤東，《毛澤東選集・第五卷》，頁 431-433。關於「百花齊放，百家爭鳴」詳盡的歷史論述，見洪子誠，《1956：百花時代》（濟南：山東教育出版社，1998）。

[220] 即便中共在改革開放後正式全面否定文革，由於歷史脈絡的錯綜複雜，以及由於涉及中共統治的正當性，目前中共官方對毛澤東在文革中所扮演之角色與歷史功過的評述，仍偏向功過相抵，或至少並非是全面性地清算。中共中央黨史研究室的《中國共產黨歷史（1949-1978）》尤其在第 28 章「對『文化大革命』十年的基本分析」:「他（毛澤東）雖然不允許從根本上糾正『文化大革命』的錯誤，但也有限度地支持過周恩來、鄧小平的整頓。他信用過江青等人，後來也對他們進行尖銳的批評與揭露，不讓他們奪取最高領導權的野心得逞。」見中共中央黨史研究室著，《中國共產黨歷史・第 2 卷（1949-1978）[下冊]》（北京：中共黨史出版社，2011），頁 971。

「階級鬥爭為綱」到「無產階級專政下繼續革命」，中國的「新詩傳統」與新詩現代化的進程，就在這樣幾乎不間斷地承受政治運動扭結、干預、阻擾，而後也在文革的文化規範之中，試圖釋放被壓抑的激情、被囚禁的思想、被馴化的語言。早在《今天》之前，一早在文革開始以前，部分詩人已在「文化革命」、「階級鬥爭」與「毛澤東思想」的偏斜稜鏡之中，試圖向中國蒼白灰暗的精神領土，伸出關於探索「自我」、「現實」、「語言」的觸鬚，重整了革命時區之下混亂破碎的精神時間，並且寄託於一處處安頓理想幻滅與書寫慾望的所在（地下沙龍）。[221]

七〇年代，除了是「遵命文學」的年代，更是「地下文學」的年代。[222]訴求階級鬥爭、充滿公眾朗誦的功能要求與口號宣言式的「紅衛兵詩歌」，[223]可以歸屬於「在文革初期的狂歡化社會生活氛圍中應運而生，並充分體現其『廣場狂歡』特性的特殊詩歌品類」。[224]但這裡必須另加說明的是，文革時期已公開傳播型態出版的詩歌，就其形式與語言來說，不可避免地成為了毛澤東個人及文革政治宣傳與意識

---

[221] 若論及文革時期的「地下沙龍」，這些沙龍的主持者與參與者，多數是黨內高階幹部子女或下鄉回城的知青，包括黎利、李堅持、牟敦白、趙一凡、徐浩淵、郭世英及其「X 小組」、張郎郎「太陽縱隊」等等。當然，沙龍遍佈全國各地，也不限於北京，譬如貴州的「野鴨沙龍」、南京「顧小虎沙龍」、上海的「朱玉琳沙龍」等等。據李零的回憶：「所謂沙龍，只是一幫如飢似渴的孩子湊一塊兒，傳閱圖書，看畫（主要是俄國繪畫），聽唱片（老戲和外國音樂，連日偽的都有），交換消息（小道消息）。高興了，大家還一塊兒做飯或下飯館，酒酣耳熱，抵掌而談。」見李零，〈七十年代：我心中的碎片〉，北島、李陀編，《七〇年代》（北京：三聯書店，2009），頁 988。其中，被視為七〇年代以來「新詩歌運動第一人」的食指（郭路生）除常出入牟敦白的沙龍之外，其與「白洋淀詩群」也都與趙一凡有深入往來。見楊健，《墓地與搖籃：文化大革命中的地下文學》（北京：朝華出版社，1993），頁 73-112；有關楊健的「紀實報告」對文革時期地下沙龍活動歷程之「歷史現場」的重建，後被當事人之一的徐浩淵反駁，見徐浩淵〈詩樣年華〉，北島、李陀編，《七〇年代》，頁 823-833。不過，如同北島〈斷章〉：「退船上岸，來到諧趣園，一個中年男人坐在遊廊吹口琴，如醉如痴，專注自己的心事。我又想起剛才的詩句。郭路生是誰？我問。不知道，聽說在山西杏花村插隊，史康成聳聳肩說。原來是我們中的一個，真不可思議。我的七十年代就是從那充滿詩意的春日開始的。當時幾乎人人寫舊體詩，陳詞濫調，而郭路生的詩別開生面，為我的生活打開一扇意外的窗戶。」見北島、李陀編，《七〇年代》，頁 114。文革期間地下沙龍的存在，對「朦朧詩」世代的出現及特定詩歌觀念的生成，具決定性的影響，蓋無疑義。關於文革時期地下文學活動的描述，亦見廖亦武編，《沉淪的聖殿：中國 20 世紀 70 年代地詩歌遺照》（烏魯木齊：新疆青少年出版社，1999），頁 4-52。

[222] 楊健認為，1971 年林彪事件之後，文革進入低谷期、上山下鄉運動也走入滑坡階段，一股全民思想解放的潛流，為「知青沙龍及知青在鄉村中的亞文化群落提供了相對寬鬆的環境，推動了知青沙龍文學和民間詩群落的發展。」見楊健，《中國知青文學史》（北京：中國工人出版社，2002），頁 211。

[223] 如吳克強寫於 1967 年 6 月武漢「七二〇事件」前夕的〈放開我，媽媽！〉：「再見了，媽媽！／我們的最高統帥毛主席，／命令我立即出發！／階級鬥爭的疆場任我馳騁，／門庭犁院怎能橫槍躍馬，／等著我們勝利的捷報吧，媽媽！／總有一天，我們會歡聚在紅旗下，／為奪取文化大革命的徹底勝利，／兒誓作千秋雄鬼不還家！」見首都大專院校紅代會《紅衛兵文藝》編輯部編，《寫在火紅的戰旗上：紅衛兵詩選》（北京：人民教育印刷廠，1968），頁 98。

[224] 王家平，《文化大革命時期詩歌研究》，頁 26。

形態傳播的工具。這類詩歌除了是對詩歌存在獨立品格的耗損與削弱，更可以說，紅衛兵詩歌的「廣場」雖然釋放了特定階級與派性群眾的政治激情（如造反派紅衛兵），但文革即便為「批鬥」、「造反」、「奪權」帶來了感性層次的歡快，但「毛話語」的理性制約條件仍在，因此紅衛兵詩歌絕非是巴赫汀（Mikhail Bakhtin）筆下的拉伯雷式的「廣場生活」：享有官方意識型態秩序之外的「治外法權」，[225]非但沒有「對一切神聖物的褻瀆和歪曲」，[226]也不是全然「民間」、「非官方」、「廢除一切道德禁令」的滑稽、怪誕、顛覆正統的語言型態。紅衛兵詩歌的「廣場」並未擁有「酒神」式的文化想像空間，而只是局限於「破四舊」、反「封、資、修」、反「文藝黑線專政」等尚未去魅的政治／革命主體及其價值實踐理性。

文革時期「地下文學」的興起，在文化社會學的場域論上，承續自「地下沙龍」讀書會以及灰皮書、黃皮書、油印刊物、手抄詩集的傳抄、朗誦與閱讀活動；[227]而從思想系譜來看，則是來自文革紅衛兵各個派系對文革的「異端思潮」[228]息息相關。前

---

[225] 巴赫金（Mikhail Mikhailovich Bakhtin）著，李兆林、夏忠憲等譯，《巴赫金全集・第六卷・拉伯雷研究》（河北省：河北教育出版社，1998），頁 174。

[226] 巴赫金（Mikhail Mikhailovich Bakhtin）著，白春仁、顧亞鈴譯，《巴赫金全集・第五卷・陀思妥耶夫斯基詩學問題》。

[227] 經由禁忌書籍與思想材料進行共時性地閱讀，文革期間各個地下沙龍與異端思潮聚落所思考的，應不只是中國的「民族國家」的集體命運而已。文革期間「想像共同體」的出路，應是「革命」對「人性」與「自我」的遮蔽與抹除，而這也是七〇年代地下詩歌與接續八〇年代朦朧詩人開始「質疑」規範、「反思」權威與重建「自我」的起源。譬如蕭蕭寫到：「比『灰皮書』『黃皮書』更廣泛地流傳於這一代人的讀書圈中的，是『文革』前出版的數百種西方和俄國的古典文學作品。如果說前者影響了他們開始擺脫『革命』價值體系的桎梏，後者幫助他們重建人生、人道情感的世界。在公開發表的數百種關於紅衛兵知青生活的回憶錄中，這一些古典名著和人物形象被值得注意地不時提及：車爾尼雪夫斯基《怎麼辦？》裡的拉赫美托夫；屠格涅夫《羅亭》裡的羅亭，《貴族之家》裡的拉夫列斯基，《前夜》裡的英沙羅夫；托爾斯泰《戰爭與和平》裡的安德烈・保爾康斯基；狄更斯《雙城記》中的卡爾登；羅曼・羅蘭《約翰・克里斯朵夫》中的主角……這些作品對革命的陰暗面、殘酷性都有相當的揭露。在另一方面，又對這一顆顆永遠騷動不安的理想主義的靈魂、人道主義的情懷及他們的悲劇命運進行了歌頌。」見蕭蕭，〈書的軌道：一部精神閱讀史〉，見廖亦武編，《沉淪的聖殿：中國 20 世紀 70 年代地詩歌遺照》（烏魯木齊：新疆青少年出版社，1999），頁 14-16；文革時期地下閱讀運動、空間的私密性與主體建構之間的互動關係，見楊露，《革命路上：翻譯現代性、閱讀運動與主體性重建（1949-1979）》（北京：中央編譯，2015），頁 257-287。

[228] 由於毛澤東指導文革路線的指令常依循當時情勢而定，鬥爭的對象、語言，有時模糊不清，有時甚至自相矛盾。於是，不論是遇羅克反對黨內紅衛兵「聯動」派「血統論」的〈出身論〉、李一哲「關於社會主義的民主與法治」大字報，或是傾向公社主義的武漢「北、決、揚」等，均是超出「中共中央文革小組」預期與掌控之外的各類「異端思潮」或「新思潮」的派生之物，指向了毛澤東所號召的「造反派」對文革指令，自行繁衍出自身對文革的理解與詮釋。而在 1968 年紅衛兵運動退潮後，卸下紅衛兵身分的城市知青，下鄉插隊落戶期間，勞動與壓迫雖然仍持續不斷，但文革紅衛兵運動的高峰期（1966-1968）組織結社的橫向聯繫被截斷，加之地下讀書圈子的盛行，知青內心自身關於革命信仰的懷疑與個體的思想啟蒙，在此出現了接觸點，在中央還未全面否定文革之前，六〇年代末期到七〇

者，諸如《今天》諸君及八〇年代後「第三代詩人」的回憶，《今天》以集團姿態現身詩壇的時刻，也往往無法忽略文革期間林林總總的個人閱讀接受與讀書會網絡，對個體革命信仰所造成的衝擊；[229]而後者，所謂文革「異端思潮」，泛指一切對文革的路線和理論（毛澤東「無產階級專政條件下繼續革命的理論」）的自發性闡釋，其思想性質與行動綱領，或保守、或極左、或成為毛思想的變種，最終溢出了官方的控制，而被官方所壓制。

更可以說，作為文革時期地下文學書寫主體的知青，正承受著各式異端思潮的衝擊，產生了思想上誠如徐友漁：

> 所謂異端，在某種意義上是誇張的說法，因為當時最大膽的思潮也不過是用純正的馬克思主義批判文革中已經走火入魔的官方意識形態，而相當一部分異端思潮不過是要使毛澤東的文革理論更為澈底和自洽。馬克思主義的立場並不能使異端思潮免遭撲滅，歷史表明，越是接近原始教義，對官方意識形態的威脅越大。對思想專制而言，關鍵問題是不要思想，而不在於想的是甚麼，殊途同歸也是不允許的。[230]

在「殊途同歸」亦不允許的文化專制下，正統馬克思主義、毛澤東思想與兩者在文革期間的激進化變種，以及隨著「老紅衛兵」與「造反派」派系鬥爭的傾軋，劃分左中右價值座標基準的混亂，[231]如此一來，個體被迫在社會動盪的過程中調節與適

年代中期的下鄉知青，早已開始由懷疑而研究、反思文革。因此，「一九六八年後的中國青年運動的走向已由狂熱的革命造反轉換成冷靜的『地下讀書』和自覺半自覺的『社會調查』。」見宋永毅，《文化大革命和它的異端思潮》（香港：田園書屋，1997），頁 56。

[229] 根據《今天》同仁的詩人嚴力的回憶：「1969 年夏天，百萬莊的朋友給我看了一份手抄的詩稿，一張皺皺巴巴的紙，歪歪扭扭的文體，是郭路生的《相信未來》，這首詩讓我感到很新奇，是我識字以來第一次看到中國人自己寫出這樣的文字，儘管無人能回答未來在哪兒。」見嚴力，〈陽光與暴風雨的回憶〉，見北島、李陀編《七〇年代》，頁 837。又詩人柏樺〈始於 1979：比冰和鐵更刺人心腸的歡樂〉：「我還記得 1984 年夏天的一個上午我去拜訪陳敬容時的情形，當她拿出令我心跳的她於 60 年代所譯的波德萊爾一組詩歌給我看時，我讀到了《烏雲密布的天空》中的這句詩：『比冰和鐵更刺人心腸的歡樂』。這些詩發表在《世界文學》雜誌上（當時好像不叫《世界文學》，而叫《譯叢》或《譯文》），她還對我說，這組譯詩對朦朧詩有過影響，北島以前也讀過。」見北島、李陀編，《七〇年代》，頁 681。

[230] 徐友漁，〈異端思潮和紅衛兵的思想轉向〉，《二十一世紀》37 期（1996.10），頁 53。

[231] 印紅標，《失蹤者的足跡：文化大革命期間的青年思潮》（香港：中文大學出版社，2009），頁 182-196。美國學界研究毛澤東與文革的學者如魏昂德（Andrew G. Walder）也持此看法。見 Walder, Andrew G. *Fractured Rebellion: The Beijing Red Guard Movement.* (Cambridge, Mass.: Harvard University Press, 2009.) pp12-15.

應，在這樣瀕臨想像力死亡、精神邊緣狀態下的寫作，卻成為了一種廣義的「救贖詩學」（redemptive poetics），促使個體生產了各式心理連結與組合、生產著內在世界的詩意醒覺（poetic sobriety），以及創造出「多變的自我過程」（protean self-process），以應對生存危境與精神暴力：「如果自我是一個有機體的象徵，那麼一種多變的自我過程，就是該象徵的持續心理再創造」[232]。

在無數紅衛兵「小將們」響應社會主義革命隊伍的召喚、積極參與革命而後被發配置農村生產隊、邊疆地區生產建設兵團、五七幹校之後，取而代之的，是對於「無產階級司令部」與中央文革小組的普遍心理疏離，以及基於對「正統馬克思主義」思想溯源的知識渴求，造成文革期間無數「沙龍」、「研究會」與「讀書小組」等「民間思想村落」[233]的興起。

因此，在紅衛兵運動歸於沉寂之後，廣大紅衛兵到了鄉村或邊疆從事勞動與生產，「上山下鄉」促使紅衛兵之輕原有被文革賦予的「政治－道德」優越社會位置遭到移轉，中國自此出現了一次逆現代化的城鄉人文景觀：大規模青壯人口反向地由城市往鄉村遷移的過程。另外，不同於二〇至三〇年代左翼左翼知識份子挾帶「啟蒙立場」的「到民間去」，由文革帶起的、作為塑造歷史主體「中心」位置的各式紅衛兵群體，於各地農村與邊疆地區「插隊落戶」之後，也隨之降格為須要「向農民學習」的「次要」位置，是「真正成為『草民』，成為民間的一部分」。[234]「革命」為民族與個人帶來的，是除卻身體的地理遷移之外，更為大規模的心靈移置過程（the process of spiritual displacement），在世界社會主義革命史來看是前所未有的。

「白洋澱詩歌群落」詩人們，就屬於這樣混合著中央指令與個人意志的社會身體形式，並處在巨大地理範疇的精神型態調動過程中，隨著個體覺醒與知識啟蒙的步調，找尋一種被「革命」遮蔽的文化境遇、思想地帶與精神空間。於是，就在「上山下鄉」運動在成知青社會身分出現質性轉變的同時，在知青一代下放農村時的廣大集體心靈裡，「毛澤東思想」騰出了不論毛澤東個人或是中央文革小組，皆無法使之遮蔽的偌大「空白」，這有待於無數知青群體內部的「思想村落」加以填補，也直接造成「地下／民間」社會與「地上／官方」社會之間持續存在的高度張力關係，以上恰好成為催生文革期間現代主義詩歌生成的重要歷史側面，更可以說是七〇年代末以降現代主義「新詩潮」的起源：

---

[232] Lifton, Robert Jay. *The Protean Self: Human Resilience in an Age of Fragmentation*. (New York: Basic Books, 1993), pp. 5.

[233] 朱學勤，《思想史上的失蹤者》（廣州：百花出版社，1999），頁 184-193。

[234] 楊健，《中國知青文學史》，頁 218。

> 由於對各級黨組織的衝擊，文革在某種意義上又是中國歷史上最嚴重的中央集權失控階段。大批判的盛行，掃蕩了封、資、修留下的一大片心理空間，單靠「毛澤東思想」是填不滿的。而十七年正規教育的戛然停頓更騰出了成年累月的自學時間。文化大革命並沒有燒掉所有的圖書館，由於抄家，父母被囚禁，紅衛兵掌管了圖書館等種種原因，不少文革前非正式出版的專供高級幹部閱讀的「灰皮書」和「黃皮書」——其內容大都是介紹種種西方現代政治思潮的——開始流落到他們子女及一般青年學生手裡。文革前公開出版的許多西方著名哲學、文學、經濟學著作也同樣成為流行讀物。加上出版手段(從油印刊物到鉛印小報)在文革中的民間化，不少資料還可以翻印出版，這樣就更擴大了流傳的外延。伴隨著「革命者」在文革中不斷地被「革命」，毛澤東思想在一代青年人中一次次失去宗教的權威，而心中的問號迅劇地疊列，幻滅成一次次地加深——「誰之錯？」——無論是老紅衛兵，還是極「左」派學生，都帶著這樣的疑惑始而向馬列主義，繼而向人類所有認識世界的思想武庫中尋找答案。[235]

由此可知，毛話語價值體系及其意識形態美學指令，早已在文革期間於廣大知青群體之中出現了質變與解體，原先遭到毛話語與革命框架敘事所削弱的個體想像力、所阻斷的審美自覺，在這個時候，「革命／自我」出現了指涉系統的裂隙，一個更為貼近自我理解的「外部現實」，成為詩人反省革命、探索內在、接觸社會、重探「自我」的開始。而這群「六八年人」的思想歷程，正是處在社會主義文化專制場域之中，不斷承受著毛話語符號指令的暴力寫入，而尋求另一種具有「自我」啟蒙色彩的內在「革命」的可能。

更可以說，地下詩歌的出現，是毛話語走向了自身「反面」的文化結果。詩人的抒情主體意欲在橫掃一切牛鬼蛇神、打倒反動學術權威，走向烏托邦幻夢破滅後，對真實而具體的「自我」的重建慾望。這背後顯現出重要的精神史意義：自我的啟蒙（self-enlightenment）。因為「革命」孕育而生的「白洋淀詩群」或「貴州詩群」，如同在整齊劃一的口號戰鬥的時代節奏中發出了一聲格格不入的咳嗽，將外傾式的集體情感狂熱，扭轉為主體經驗的抽象冷靜。中國地下詩人讓寫詩自此成為了一種「異端」的發明，這不僅是彼德蓋伊（Peter Gay）稱之的「現代異教徒」（modern

---

[235] 宋永毅，《文化大革命和它的異端思潮》，頁 168。

pagans），[236]更展現出此一「同代人」精神生命與藝術氣場的「根」，是「比來自西方的『符號根』更有泥土氣息」[237]。地下詩歌的另一個精神史意義，即是操演某種趨向現代意識的自然模擬：對文化專制政體的踰越／愉悅感，為反抗文化「權威性」的藝術自主性與現代意識被激發出來，而這一點就是中國在文革文化專制體系摧殘下的中國詩壇，還能夠催生出具現代主義傾向詩歌的原因。

中國地下詩歌更可以說是一種「人道主義」的詩歌，一種不斷地抗拒被毛話語收編的私我語言程式，試圖再現某種被革命抹除的、斷裂的、關乎個體心靈景觀的異質性。相較於當時「公開的詩界」，[238]在個插隊落戶農村與城市地下沙龍創作的「地下詩歌」，是一種試圖還原個體知覺、主觀經驗與普遍生存境況的詩歌，在「反右」、「階級鬥爭」、「無產階級專政下繼續革命」的文化專制場域中，找尋個體精神「自由」的孔洞，使得遭受革命而中斷的戰前現代主義新詩傳統得以賡續。

從游離於時代之外，到七〇年代尋找精神的停泊之地，[239]地下詩歌時期的歌寫作「據守了這個時代理性精神的高度，展示了他們對暴力、迷信、愚昧與專制的決絕和批判，以及他們對人生對世界的自由理解和獨立思考」，[240]而更為彌足珍貴的是，「自我」原本作為紅潮時代暴力革命的獻祭之物，異質的「自我」必須被取消而投身到更為宏大、均質的革命精神格局之中，地下詩人找回了「自我」背向革命歷史與現實的感知基點與發聲位置，展現出尋回「自我」異質性的努力，及其以詩歌修復主體獨立性的過程。

這些在 1978 年十一屆三中全會正式否定「文革」以及《今天》創刊後始得「重見天日」的詩歌，最終告別了其不透光的歷史身分與美學暗影，展現出「自我」精神型態變異、衍發與重塑的「人道主義」詩歌程序。「地下詩歌」形成了文革時期現代主義詩歌「缺席」的「在場」，一種心靈深處的感覺質變：側重個體化抒情、啟蒙意識與人道主義的書寫。最終，依賴著抒情、啟蒙與人道主義三者的感知調和，地

---

[236] Gay, Peter. *The Enlightenment: The Rise of Modern Paganism* (New York: Knopf, 1966)., pp.8.；中譯本見彼德・蓋伊著，劉森堯、梁永安譯，《啟蒙運動（上）：現代異教精神的崛起》（新北市：立緒文化，2019），頁 30。

[237] 朱學勤，《思想史上的失蹤者》，頁 191。

[238] 所謂「公開的詩界」，係文革期間各地紅衛兵與造反派組織的小報，以及文革中期（1970）以後，部分文藝刊物得以復刊所刊載的詩歌作品，以上兩者不外乎是鼓動革命激情、呼應特定政治運動的宣傳性詩歌。另外，就是部分在六〇年代前已獲得正統政治身分、或即使曾在文革期間遭批鬥整肅而仍獲准發表作品的詩人，如賀敬之、李瑛、臧克家、嚴陣、張永枚、王致遠、仇學寶等。見洪子誠、劉登翰著，《中國當代新詩史（修訂版）》，頁 108-109。

[239] 張清華，〈黑夜深處的火光：六七十年代地下詩歌的啟蒙主題〉，《當代作家評論》2000 年 3 期，頁 48-54。

[240] 同上註，頁 52-53。

下詩歌完成了某種異質性「自我」所延伸出的時代思考與想像，亦完成了遭受文革而中斷的新詩先鋒精神。

在正式進入整體下下詩歌景觀的研究之前，仍有幾位前／潛行者必須略微談及，他們的書寫更早於白洋淀詩群之前，但仍不減其作為啟蒙朦朧詩「一代人」的重要性。首先，是郭沫若之子、「X 小組」的靈魂人物郭世英。[241]早在文革以前，郭世英的詩就標榜了對身為「人」主體性獨立的渴求，對人性本質恆受社會主義文化體制宰制的反叛。而這樣的反叛姿態，卻超越了「大躍進民歌」以降「革命浪漫主義」的美學疆界，而進入了現代主義深掘「自我」的感知程序。誠如詩評家陳超所言：「現代主義詩歌與浪漫主義詩歌主要的不同點之一在於，後者是單維地表達自我「情感」和情緒，而前者則將自我對象化，主要表達生存和生命「經驗」（當然包括情感，但把情感變為「情感命題」），帶有較濃重的自我對話的反思、分析乃至「命名」色彩。」[242]

郭世英的詩，在文本內核之中，有一種回歸「五四」意義上的對「個性解放」的精神追求，只是這樣的精神追求在轉化為「人道主義」的詩歌程序時，因為受到毛話語文化專制體制更為縝密的浸透與附著，而無力如同「五四世代」那樣有著特定的歷史機遇與言論開放性，以「集體」的姿態張舞起「啟蒙」與「救亡」的命題（反帝、反封建；民主、科學），並屢屢涉足政治認同與文化傳統的深水區。不過，地下詩歌在逃避思想審查的同時，仍觸及了生活世界更廣闊的外延面，其表現手法卻是趨近現代主義的再現方式：生活片段的託寓（具客觀對應的隱喻）、字／詞與時代的張力（講究藝術媒材的速度與力量，對舊體制的憎惡），以及致力呈現情感／理性交會的瞬間（再現於實在世界的具象性）。

如〈一星期三天一天，兩天，三天」〉：

　　一星期過完

[241] 牟敦白曾至郭世英於北京西四大院胡同五號的「深宅大院」，據其回憶：「『像你這樣處境的人在中國是天之驕子，為什麼要自尋煩惱？』——『人並非全部追求物質。』他大概回了我這麼一句，『俄國的貴族多了，有的人為了追求理想，追求個性解放（郭世英強調「個性解放」這個詞先後不下數十次），追求社會進步，拋棄財富、家庭、地位，甚至生命，有多少十二月黨人、民粹黨人是貴族，是公爵、伯爵、男爵。他們流放到西伯利亞，受鞭笞，做苦役，拋棄舞場、宮廷、情人、白窗簾和紅玫瑰，他們為了什麼？我不是讓你看了安德萊耶夫的《消失在黯淡的夜霧中》了嗎？想想那些人生活的目的是什麼？』」見牟敦白〈X 詩社與郭世英之死〉，廖亦武編，《沉淪的聖殿：中國 20 世紀 70 年代地詩歌遺照》，頁 24。

[242] 陳超，〈「X 小組」和「太陽縱隊」：三位前驅詩人〉，見同氏著，《精神重力與個人詞源：中國先鋒詩歌論》（臺北：秀威文創，2013），頁 118。

7 天？7 天！
3 天？3 天！
7 天等於 3 天

柵欄
木頭
　一根根
綠的漆
長隊
人
　一個個
藍的布
背著書包
莫名其妙
　挎著書包心發慌
挾著書
　一絲乾笑
頹傷地
　空著手
沙漠的
眼睛[243]

〈一星期三天一天，兩天，三天」〉寫在文革以前，片段、碎裂的客觀物（柵欄、木頭、藍布、書包、沙漠）隨著主體視野的移動而呈現無力、癱軟的姿態。此番碎散、畸零、無以支撐完整句式的塊狀詞組，是一種殘酷生存世界下詩人主觀意志的「託寓」，表達了抒情主體指認與描述「自我」整體性的分裂與矛盾。這些處於破碎狀態的「客觀物」，就是陳超所謂的「自我意識的對象化」：「即詩人不僅僅是在表現自我，他同時還將自我「準客體化」，以構成被我的意識所關照的對象。」[244]詩人將景物作為一個託寓化的「自我」處理，客觀化的景物成為了自我意識的延伸，指涉著

[243] 郭世英，〈一星期三天一天，兩天，三天」〉，《詩歌月刊》2006 年 1 期，頁 85。
[244] 陳超，〈「X 小組」和「太陽縱隊」：三位前驅詩人〉，見同氏著，《精神重力與個人詞源：中國先鋒詩歌論》，頁 117。

抒情主體面對現實的扭曲、荒誕與暴力的作用力與反作用力（字／詞與時代的張力），不乏知性色彩的詩行也在某程度上印證了抒情主體嘗試在情感／理性交會的瞬間找尋世界的具象（真實），揭示「自我」啟蒙視角的努力。郭世英在 1968 年 4 月遭到紅衛兵造反派凌虐致死，[245]時代的悲劇倒映在破碎的句式中。

另一位在文革前就為詩歌樹立了「自我」反思與現代主義樣式的詩人，是「太陽縱隊」的張郎郎。「地下詩歌」本來就在極左年代貧瘠荒枯的文化土壤中，經由「內部讀物」與「地下沙龍」聚會網絡，汲取精神世界有限的空氣、陽光、雨水。詩歌內部空間的「獨白」與「留白」，語言氛圍上的「孤獨」與「內省」，與外部世界關係上的「疏離」與「分裂」，皆是這個時期詩歌寫作的共同品格。

這是一位信仰馬雅可夫斯基（Vladimir Mayakovsky）「詩人是天生的革命者」的詩人，[246]張郎郎的詩同樣有著「人道主義」的傾向、對人性復歸的原始衝動，只是祕密結社的限制與思想禁錮，使得其詩歌只能停留在「獨抒性靈」的隱晦階段，而未能有更大的開展。[247]張郎郎的詩雖未能跳脫歷史語境對「個體」壓制的力道，部分意象與句法稍顯扁平、缺少戲劇性的開闔、共振與修飾，雖據詩人回憶指稱「沒想到用詩來反對『現政』，對抗當局」，但就中共建政後的文化意識形態，尤其進入文革後的「批判資產階級和一切剝削階級的意識形態」[248]，其詩風極其容易有被視為「資產階級反動路線」的危險。從歷史證明，「太陽縱隊」最後遭到查抄、成員被逮補與拘禁，即便不是「反革命」，但「不革命」就是歷史的原罪、無產階級的敵人。

相較於〈恍惚〉:「我回頭看著腳印／小得奇怪／望望前面／亮得像探照燈／我喜歡一個人走要有影子跟在後頭」，[249]充滿時代底色的歷史諷喻，另一首〈鴿子〉的節奏與韻律有著「現代格律」派的味道，且仍展現一定的「文化政治」維度，揭示抒情主體在毛話語規訓下，詩人抒情意識裡的批判感性（critical sensibility）:「它沉靜地酣睡著，／像是窗外的白雪／可這是團溫暖的雪……／我對它說過，／是的，是在那火爐旁的冬日，／那漫長與安靜的冬日。／我說過，這不是你的家／在瑰麗的陽

---

[245] 楊健，《墓地與搖籃：文化大革命中的地下文學》（北京：朝華出版社，1993），頁 90-92。

[246] 張郎郎，〈「太陽縱隊」傳說及其他〉，見廖亦武編，《沉淪的聖殿：中國 20 世紀 70 年代地詩歌遺照》，頁 47。

[247] 張郎郎：「那時候我們『太陽縱隊』不是一個政治組織。祕密寫詩，只是怕別人破壞我們的遊戲。但我們也沒想到用詩來反對『現政』，對抗當局。我們既不是革命，也不是反革命，只是不革命而已。」引文出處同上註。

[248] 見《中國共產黨中央委員會關於無產階級文化大革命的決定》（簡稱《十六條》）。

[249] 張郎郎，〈恍惚〉，《詩選刊》2009 年 10 期（2009.10），頁 7。

光下，／在濃綠的草地上，／空氣是透明的，／像酒一樣濃郁的花香，／是一縷有顏色的芬芳的液流，／在空氣中浸潤著、蔓延著。／於是，它甦醒了，／站在我伸向未來的手心，／站在燦爛的自然的光芒中。／扇動了一下翅膀，／開始了飛翔。」[250]

最後，鴿子振翅飛翔，「家」雖路遙，卻在咫尺：

這次，
我什麼也沒說，
它也什麼沒回答，
緩緩地一高一低地飛著，
投入了藍天的巨大懷抱，
像一朵迅速消逝的白雲。
它永遠飛去了
彷彿我的心，也隨它飛去了，
永遠地，
我早就知道，這是它的家，
我告訴過它，
在我失去的希望裡，
在我含淚的微笑中。

這不是它的家。
「小鴿子啊，它弄錯了」[251]

這首詩以「鴿子」隱喻「自我」，「家」隱喻「社會主義中國」。「鴿子」的停留與離去，就在詩人不斷地在「這是它的家」和「這不是它的家」之間，出現與消逝。詩人的潛意識中無法抹除「這是它的家」，期待「自我」與「家國」和諧同一，但事與願違，「自我」原本期望整合於階級革命的集體意志之中，最終，卻被革命的集體意志所否定。「這不是它的家」以上意識的否定句法表述，表達紅色革命年代下「自我」與「家國」的劇烈心理衝突。

中國七〇年代「地下詩歌」的抒情主體，就是在這樣「個體」與「集體」、「自

[250] 同上註，頁 6-7。
[251] 同上註。

我」與「大我」之間，不休止地辯證與尋索。文革時期地下詩歌的「自我」話語與「個體」抒情，於是也在「集體」與「大我」的壓迫下，力圖更清晰地刮除時代迷霧下的階級偏見與領袖崇拜，並再現出一種面貌模糊難辨、但些微音聲可感的「啟蒙意識」。這樣發軔自「個體」的「啟蒙」，在革命年代的社會力制約下，並無法擴展為面向體制的「集體」抵抗，而是一種力圖從寄生於時代主流話語的清癯、枯瘦、夭折狀態中，緩慢修復的「自我」形象。但本書仍要強調的是，這樣的「自我」尚未廓清人的生命與時代原象之間的界限，也仍在符號與指涉自成體系的「象徵森林」之外徘徊。這是赤色烈日下詩人內在情感與思維的異樣氣旋，文本隱微再現出遭受文革意識形態話語暴力複寫的心靈紋理，深沉的靈魂皺紋盛開在日常細節之中。

如方含〈在路上〉：

> 從北京到白色的大理
> 我帶回一捧孔雀石
> 它是我的憂傷
> 猩紅的、碧綠的
> 沾滿了血和淚
>
> 從北京到大理
> 憂傷拋到了路上[252]

從北京到大理，地理色澤的調動，隱喻文革時代背景的單調與灰白，直指知青「上山下鄉」[253]的時代傷痕。方含為那個時代底下壓抑而蒼白的青春上色，逝去的歲月

---

[252] 方含，〈在路上〉，見洪子誠、程光煒編，《朦朧詩新編》（武漢：長江文藝出版社，2004），頁 137。

[253] 「上山下鄉」一詞首先明示於中共官方文件的，是 1957 年 10 月 25 日〈一九五六年到一九六七年全國農業發展綱要（修正草案）〉第 38 條：「城市中的中、小學畢業的青年，除了能夠在城市升學、就業的以外，應當積極響應國家的號召，上山下鄉去參加農業生產，參加社會主義農業建設的偉大事業。」見。又於 1965 年 12 月 18 日〈國務院批轉 1966 年城市青年下鄉安置計畫〉：「各省、自治區、直轄市明年應結合動員城市知識青年下鄉上山。」在文革「復課鬧革命」後，各省動亂、武鬥仍未見歇止，毛澤東為解決城市青年因為激進革命動員而無法回到生產崗位所衍生的社會經濟問題，1968 年 12 月 22 日，《人民日報》文章引述了毛澤東指示：「知識青年到農村去，接受貧下中農的再教育，很有必要。」全國範圍大規模的知識青年「上山下鄉」活動，就此開始。關於知青上山下鄉的概念、起始與分期，以及文革期間知青上山下鄉的歷史，見杜鴻林，《風潮盪落（1955-1979）：中國知識青年上山下鄉運動史》（深圳：海天出版社，1993），頁 7-85；至於歸屬於「知青文學」脈絡的新詩創作史概述，見王力堅，《回眸青春：中國知青文學》（新北市：華藝學術出版，2013），頁 85-120。

何止憂傷，眼淚、青春、愛情，一切生命的情感元素，皆被殘酷的時代「拋在了路上」。詩的末尾，詩人的心靈視野更延伸到了雲南傣族自治州「西雙版納」：「從北京到綠色的西雙版納／我帶回一隻蝴蝶／它是我的歲月／美麗的、乾枯的／夾進了時代的書頁／／呵，從北京到西雙版納／歲月消失在路上」。[254]蝴蝶表徵詩人心境的敏感、瑰麗且飄忽不定的狀態，最終消逝在路上的，是那不可挽回的青春歲月。〈在路上〉展現中國下鄉知青巨幅的心智移動圖像，不但是詩人播撒在文革畸零、荒蕪的土地上一聲清晰的哀嘆，也是文革知青世代破碎精神史的時代寓言。

又如依群〈巴黎公社〉，從其語法與修辭的特性來看，與中共建政以後胡風、賀敬之、郭小川等以「集體」之名召喚群眾投入社會主義建設的詩雷同，屬於人民共和國「政治抒情詩」傳統的一脈，但卻沒有採取十七年詩歌的「頌歌」體或「樓梯」體，或採取神話毛澤東、呼應群眾革命激情的用語。這首地下詩歌仍可以見到「個人」情感與心智狀態投射於外在世界的描繪，也對後續朦朧詩人的政治詩寫作，如北島〈回答〉、舒婷〈祖國啊，我親愛的祖國〉、江河〈祖國呵，祖國〉與〈紀念碑〉等，產生不同程度的影響：

奴隸的歌聲嵌進仇恨的子彈
一個世紀落在棺蓋上
像紛紛落下的泥土
呵　巴黎　我的聖巴黎
你像血滴　像花瓣
貼在地球藍色的額頭

黎明死了
在血泊中留下早霞
你不是為了明天的麵包
而是為了常青的無花果樹
為了永存的愛情
向戴金冠的騎士，舉起孤獨的劍[255]

[254] 方含，〈在路上〉，見洪子誠、程光煒編，《朦朧詩新編》，頁137。
[255] 依群，〈巴黎公社〉，見謝冕、唐曉渡編，《在黎明的銅鏡中——朦朧詩卷》（北京：北京師範大學出版社，1993），頁263。

另一首根子（岳重）的〈三月與末日〉，無疑是具有強烈現代主義色彩的文本。這首詩構設了無數悖論式的修辭、掩蔽的語意、不明確的所指，意圖打破慣性思維牢籠中的日常生活，且刻意在漆黑黝暗的自我意識中深掘出啟蒙光影的礦脈。於是，為了打破思維的「慣性」、顛覆思想專制的牢籠，這樣的心理動機自然地在文本中形成了一種思維圖示「倒轉」，早春生機的「三月」成了「末日」，思維的「倒轉」取義於被毛話語「倒轉」的「自我」鏡像：

> 三月是末日。
>
> 這個時辰
> 世襲的大地的妖冶的嫁娘
> ——春天，裹捲著滾燙的粉色的灰沙
> 第無數次地狡黠而來，躲閃著
> 沒有聲響，我
> 看見過足足十九個一模一樣的春天
> 一樣血腥假笑，一樣的
> 都在三月來臨。這一次
> 是她第二十次把大地——我僅有的同胞
> 從我的腳下輕易地擄去，想要
> 讓我第二十次領略失敗和嫉妒
> 而且恫嚇我：「原則
> 你飛吧，像雲那樣。」[256]

「世襲的大地的妖冶的嫁娘」、春天「裹捲著滾燙的粉色的灰沙」且「血腥假笑」，並讓抒情主體「第二十次領略失敗和嫉妒」，以上悖論式的修辭設計，再現出主體感知－外部現實的不連續性，恰恰反映出時代精神秩序的荒謬錯亂。而後，「我是人，沒有翅膀，卻／使春天第一次失敗了」[257]，於此昭示了主體的基本輪廓，「自我」回歸到「人」的本位，終至挫敗了「春天」（集體勞動改造的日常生活）。如下詩行：

> 今天，三月，第二十個

[256] 根子（岳重），〈三月與末日〉，見同上註，頁 123。
[257] 同上註，頁 124。

> 春天放肆的口哨，剛忽東忽西地響起
> 我的腳，就已經感到，大地又在
> 固執地蠕動，他的河湖的眼睛
> 又混濁迷離，流淌著感激的淚
> 也猴急地搖曳[258]

〈三月與末日〉裡，「春天」是「蛇毒的蕩婦、冷酷的販子、輕佻的叛徒」，抒情主體污名化「春天」的審美意義，即是在極左年代下對純樸美善之人性的終極嚮往。而「大地」作為一個無意志的界域，承受著「春天」無情地蹂躪與欺辱，象徵著中國國族的集體命運。最後，文本在「大地」蠕動著不安思緒的文字裡結束，預示著更巨大的人為災厄將要來臨。〈三月與末日〉構築了一處繁複的語言象徵體系，展現出無法被革命吞噬的「自我」戲劇，試圖反抗文革指令文藝對「自我」的暴力去除，以美學的悖論張力，傲然指向時代－自我同一均質的幻象。亦如張清華認為：「一反『三月』——春天這一詞語的希望與歡樂主題的習慣能指，以駭人的冷酷賦予它以虛假性、欺騙性的內涵，從而拆除了一代人關於青春、現實、未來和理想的歡樂理念，拆除了人們對所謂時代的虛妄的頌歌，它宣告了一種喜劇式人生幻像在一代青年人心中的坍塌崩潰」[259]。

回顧整個文革時期地下詩歌的發展軌跡，大體可以從六〇年代後期「X 社」、「太陽縱隊」、食指〈相信未來〉的傳抄與傳播活動，到了 1971 年「九一三事件」林彪墜機身亡，政治管控漸趨緩和、部分文藝雜誌副刊、地下沙龍進入高潮期。若以此為劃分，後期則主要是白洋澱詩群落的興起。[260]為求「時間」上的平衡，除前文已論述的郭世英、張郎郎、依群等，以下本書的主要分析對象，在前期以影響深遠、不能被略過的食指為主，後期的白洋澱詩群，則挑出作品較豐碩的多多與芒克；而為求地下詩歌時期整體美學樣貌的「地域」平衡考量，本書挑選出在上海的陳建華與貴州詩人黃翔，期許能拼湊出中國地下詩歌較為完整的美學樣貌，[261]探討「自我」的話語於「新詩潮」前夜的生成原因、建構方式與轉化機制。

---

[258] 同上註，頁 126-127。

[259] 張清華，〈黑夜深處的火光：六七十年代地下詩歌的啟蒙主題〉，《當代作家評論》2000 年 3 期，頁 54。

[260] 貝嶺，〈文化大革命中的地下詩歌〉，《傾向：文學人文季刊》9 期（1997.06），頁 1-17。

[261] 當然，除了「男性」詩人與北京／白洋澱此一核心地帶，地下詩歌時期更為完整的美學樣貌勢必更推及女性知青詩人寫作、非在白洋澱插隊但有交誼與來往的個體（如北島），以及各個非北京／外省（如四川成都）的詩人。見王力堅，《回眸青春：中國知青文學》，頁 99-120。

一、食指的「獨白」自我：現代意識的拓荒者、「個體」言說的詩

於是，作為「朦朧詩」的真正先驅、「新詩潮」詩歌的第一人食指（郭路生），歷來新詩史的研究成果早已將其指認為「朦朧詩」崛起前重要的「前史」、「趨向成熟的『進化』過程」，[262]或是將食指的詩歌視為中國當代詩歌在「普遍的凋敝下保全了一簇得以燎原的星星火種。」[263]確實，食指的詩抗拒中共中央文革指令文藝的動員，也迥異於紅衛兵派性意識形態的宣言詩歌，而體現出時代與心靈的劇烈折衝，形塑出人性本質的一隅與詩歌藝術的追求：「郭路生表現了一種罕見的忠直——對詩歌的忠直。在任何情況下，他從來不敢忘懷詩歌形式的要求，始終不逾出詩歌作為一門藝術所允許的限度」[264]。

又如傅元峰：

> 在朦朧詩當中有兩個成分，一個是北島，包括在早期白洋淀時期的根子，還有多多這樣一些人，他們在政治和歷史的沉重注意力之下，所開掘的一種詩歌的象徵，對於責任、精神、承擔等等的關注，另一脈我覺得是個體情緒的這樣一種表達，就像食指在60年代末詩中所寫的那樣：愛情，友情，親情，對於家鄉母親的眷戀等等。[265]

如上，論者將「前朦朧詩」（文革時期地下詩歌）視作兩條脈絡：一脈是精神覺醒與歷史承擔的詩歌，而將另一個脈絡（食指）視為「個體情緒的一種表達」加以區分。我以為，食指的詩確實距離一種「時代精神」、「歷史責任」或「民族承擔」，仍相去甚遠。如同陳大為以「詩史典律」建構的角度反思、還原食指的寫作，認為食指的「先驅」或「經典」地位，得力於白洋澱世代的林莽在《詩探索》的挖掘、翻案，與部分學者如崔衛平、李潤霞的造神式的推崇與正典化，其目的在削弱北島並「重構」朦朧詩的譜系。陳大為檢視了與〈這是四點零八分的北京〉同期的〈在你出發的時候〉、〈送北大荒的戰友〉、〈冬夜月臺送別〉以及食指下鄉插隊時的作品，認為「（食指）他的社會人格深陷在十七年時期頌戰歌體所象徵的思想毒害當中，導致

---

[262] 洪子誠、劉登翰著，《中國當代新詩史（修訂版）》，頁 180-183。

[263] 張桃洲，《中國大陸先鋒詩歌簡史（1968-2003）》（臺北：秀威經典，2019），頁 23。

[264] 崔衛平，《積極生活》（北京：中國人民大學出版社，2003），頁 52。

[265] 引自 2009 年 10 月 24 日傅元峰在南京理工大學詩學研究中心主辦之「食指詩歌研討會」上的發言。見傅元峰，〈寫給人類的詩——食指詩歌研討會發言紀要〉，《太湖》2010 年 1 期（2010.02），頁 67。

大部分詩作的主題和形式，都沒有能力擺脫這個從小『教育』他的陰影。我們相信他是『真誠』的，可是真誠非但不足以構成天才詩人的要素，反而侷限了食指的思考深度和廣度」[266]。

回到本章重點「自我」圖像的探究，確實，若從「主流詩歌」（呼應紅衛兵運動）與「地下詩歌」（自我情感表達）對立的角度，食指的詩仍在兩極之間游移不定，其多數詩作思想性仍顯貧乏，也不見得那麼「地下」或「獨立」。但在「朦朧詩」以集體抗議的姿態躍上漢語詩歌地表之前，文革時期地下詩歌的寫作，應不只是「個體情緒的一種表達」，而是一種「集體覺醒意識」所轉化而出的「個體」表述機制，也是詩人從階級鬥爭的社會氛圍下所劃分的「自我」，意圖從自我意識挖掘開始，進一步恢復「人性」本來面目的深層慾望，至少，是一種走向「個體性」的詩歌，由派性階級鬥爭轉而為人性尊嚴而鬥爭的詩歌。如同亦為白洋澱詩群一員的宋海泉的評價：「是他（食指）使詩歌開始了一個回歸：一個以階級性、黨性為主體的詩歌開始轉變為一個以個體性為主的詩歌，恢復了個體的人的尊嚴，恢復了詩的尊嚴」[267]。

以食指寫於 1967 年的〈魚兒三部曲〉為例，一個出身革命幹部家庭、卻疏離於紅衛兵運動的詩人，卻「以形象的藝術的語言再現了紅衛兵的起落沉浮並預示了紅衛兵的未來結局」[268]：

魚兒臨死前在冰塊上拼命地掙扎著
太陽急忙在雲層後收起了光芒——
是她不忍心看到她的孩子，
年輕的魚兒竟是如此下場。

魚兒卻充滿獻身的慾望：
「太陽，我是你的兒子，
快快抽出你的利劍啊，
我願和冰塊一同消亡！」[269]

---

[266] 陳大為，〈回到「四點零八分」——食指詩歌的典律化與再詮釋〉，《中國當代詩史的典律生成與裂變》（臺北：萬卷樓，2009），頁 174。

[267] 宋海泉，〈白洋澱瑣憶〉，《沉淪的聖殿：中國 20 世紀 70 年代地詩歌遺照》，頁 237。

[268] 李恆久，〈郭路生和他的早期詩〉，《黃河》1997 年 1 期（1997.02），頁 179。

[269] 食指，〈魚兒三部曲〉，收於謝冕、唐曉渡編，《在黎明的銅鏡中——朦朧詩卷》，頁 39。

若將文革語境套入文本中的意象指涉結構，讀者可以很輕易的就將「太陽」、「冰塊」、「魚兒」指涉為「毛澤東」、「資產階級敵人」與「紅衛兵」，而「利劍」亦可等同於文革對目標份子腥風批鬥的象徵詞語。正如有論者指出，紅衛兵詩歌的創作定式對食指產生了一定影響，[270]寫過〈獻給紅衛兵戰友〉的食指自然不能例外。不過，紅衛兵詩歌創作模式卻在這首詩裡出現了初步的溶解與變形，這首詩已不再是單向度「垂直視角」（人民群眾－革命導師）的歌頌，而是以「魚兒」作為「自我」的寓言，以「平行視角」（我－同代人）反省個體在極端歷史境遇中的命運。食指的精神「自我」在本詩中作為一個客觀超然的旁觀者，目睹了紅潮的起落，引導整個文本指向了「紅衛兵」生命的殞逝與終極意義的消亡，指向了「自我」必須醒覺的思想啟蒙。

〈命運〉

我的一生是輾轉飄零的枯葉，
我的未來　　是抽不出鋒芒的青稞；
如果命運真是這樣的話，
我願為野生的荊棘高歌。[271]

食指的詩歌一向充滿著「預示」色彩，但這樣的「預示」傾向卻不是孤立隔絕在自身的精神世界裡，而是被置入更廣闊而不確定的時間軸上，產生與時代連動的動態對話效果。〈命運〉是在中國晦暗不明的精神稜線上，一首隱密擲向自身「命運」的日記體文本。在詩行的意象轉換間，關於時代帶給抒情主體內在世界的痛感，時隱時現。前兩句以鮮活的比喻描述生活世界破敗凋零的現況，以及個體自身被時代排除的身世；而後兩句，則是面對現況的「反應模式」：為現況做出「肯定式」的高歌。「肯定」並非在意志上屈服，而是認可當下的沉淪與殘破，確證「自我」仍保有不被閹割的精神自由。「野生的荊棘」象徵詩人內在的「精神自由」仍在貧瘠、粗礪的大地上野性地生長，如此便意謂個體覺醒與集體創傷出現了感覺結構的錯位，抒情主體獨立性的重建自此起始於詩歌裡的「自我」表述。

又如〈這是四點零八分的北京〉：

---

[270] 王芳玲，〈食指早期詩歌意象的借用與轉化——以〈海洋三部曲〉和〈魚兒三部曲〉為例〉，《語文學刊》2010 年 9 期（2010.05），頁 6-8。

[271] 食指，〈命運〉，收於謝冕、唐曉渡編，《在黎明的銅鏡中——朦朧詩卷》，頁 31。

這是四點零八分的北京，
一片手的海洋翻動；
這是四點零八分的北京，
一聲雄偉的汽笛長鳴。

（中略）
我的心驟然一陣疼痛，一定是
媽媽綴鈕子的針線穿透了心胸。
這時，我的心變成了一隻風箏，
風箏的線繩就在媽媽手中。[272]

文革時期若以毛澤東作為「父權」向「自我」襲奪主體性的隱喻，而「北京」就成為詩人橋接中華文明巨大母體的關鍵能指。〈這是四點零八分的北京〉是一首拒絕時代大我為「自我」代言的抒情詩，「自我」與革命所指的牢籠脫鉤，並輾轉停留在「個體疼痛」與「歷史縫隙」之間，進行時代經驗（上山下鄉）與場景記憶（成長的北京）的隱喻轉換，借助某個時代流變的縫隙／瞬間（我的心驟然一陣疼痛），使得「個體身陷具體歷史情境的茫然心態，歷史變遷給個體帶來的強烈疼痛感，借助一個特定瞬間一一呈現出來」。[273]

因此，列車離去前的北京、胸臆驟響的疼痛、母親手中穿梭的針線，共時化地疊合、拼湊出時代大話語的幽黯背景與詩人自身心靈一隅的聚光作用，明亮且純淨。多多曾言：「就郭路生早期抒情詩的純淨程度來看，至今尚無他人能與之相比。」[274]食指抒情詩的「純淨」，來自一種對於時代下那「不透光」的「自我」的真誠解剖。知青的地下寫作，是知青個體瞬時間脫離了革命「群眾」集體制約的時刻。下鄉插隊知青所歷經的革命偉大理想的幻滅感，帶動了他們出現了一次次對既存革命「道德／審美」框架的內在踰越衝動，詩歌書寫也據此發生。

當知青群體發現革命的彼岸竟是烏托邦幻影、人性美善的壙場，集體造反的感

---

[272] 食指，〈這是四點零八分的北京〉，見郝海彥編，《中國知青詩抄》（北京：中國文學出版社，1998），頁 3-4。

[273] 易彬，〈『命運』之書：食指詩歌論稿——兼及當代詩歌史寫作的相關問題〉，《揚子江評論》2018 年 6 期（no. 73），頁 64。

[274] 多多，〈被埋葬的中國詩人（1972-1978）〉，見廖亦武編，《沉淪的聖殿：中國 20 世紀 70 年代地詩歌遺照》，頁 195。

知模式已然失去了對自身所處世界的解釋效力。因此，即使嶄新的價值體系仍是初生且稚嫩如「孩子」，詩人探知，瀕臨自我認同崩潰邊緣的知青必須覺醒，以個體覺醒式的抒情方式言說「現實」：

> 我要用手指那湧向天邊的排浪
> 我要用手掌那托住太陽的大海
> 搖曳著曙光那枝溫暖漂亮的筆桿
> 用孩子的筆體寫下：相信未來[275]

在這首被廣泛徵引並研究的詩篇之中，文革帶給知青的不只是垂亡的文化母體，也有深刻的知識／感覺的反思與啟蒙。因為「相信未來」，食指以預示的語言、探照燈般的意識，並將之投影在看似毫無希望的未來光景之中。〈相信未來〉再現出詩人內心活動的純粹線條，最難能可貴的是，在文革期間那個遭受文藝教條遮蔽的「我」，卻在自身內在世界努力調製一抹光影，光影之中所映現的，是詩人侷促而崇高的孤獨，照亮了死寂沉睡的時代黑幕：「希望的破碎、愛情的失敗、生活的無望構成了60年代末期的社會病。〈相信未來〉像迷霧中的閃電，撕裂了沉鬱的幕布，為人們心中投下了一線光明」[276]。

因為「這是死亡與重生的時代，個體深刻的內在焦慮與矛盾，賦予了時代悲劇般的力量」[277]。食指的詩，「自我」一直扮演著「個體」言說的發端、現代意識的拓荒者，或「持燈的使者」[278]這一類「先鋒」的角色。〈相信未來〉以大自然湧動的景象（排浪、大海），表現出一幅巨大的、搖搖欲墜的詩意靜謐。這樣詩意般的靜謐卻出現了某種「不確定」的情緒，在極端政治的時代縫隙裡，在尋常的日常生活（曙光）之中閃現，直指文革的殘酷與虛幻是否還會捲土重來的疑慮。然而，詩人努力從外部世界侵擾中走出，找尋某種亦不明確、穩定永恆的事物或心緒，那就是「相信」。「相信」不是詩人單向度的純真樂觀與詩意，而是一種面向時代殘酷的清醒與確信，一種經歷過「自我」反思的「啟蒙」。食指以「孩子的筆體」寫下的，不只是樂觀、純淨的「未來」，亦還有對生存「現實」加以反省與理解的把握。

---

[275] 食指，〈相信未來〉，見郝海彥編，《中國知青詩抄》，頁 3-4。

[276] 林莽，〈食指論〉，《詩探索》1998 年 1 期，頁 59。

[277] Guobin, Yang. *The Red Guard Generation and Political Activism in China* (New York: Columbia University Press, 2016)., pp. 139.

[278] 借用自劉禾編，《持燈的使者》（桂林：廣西師範大學出版社，2009）之書名。

雖然，食指在文革後期的詩如〈瘋狗〉[279]等詩轉向了再現精神分裂病徵以及個體生存和時代之間的不和諧感，所謂「瘋狗」的形象，涉及了「自我」構面存在於文革體制之中的精神變異。我認為，從食指詩歌在文革語境的整體表現而言，最難能可貴之處在於，食指在一個被巨大的權威與迷信吞噬思想的年代，在一個謊言與暴力撕裂感覺的時空，仍努力在文本中展現出一種「感性的平衡」，適度地將外在侵入的意識形態幻覺與語言規訓加以淡化與調和，試圖縫合「時代」與「自我」之間的錯位與衝突。

食指以運作「自我」的抒情話語，構築了一處維繫個體存在的啟蒙理性空間，「重建起一個抒情寫作的『傳統』」[280]。因此，誠如張清華的觀察：

> ……回首歷史，食指反而成了一個重要的「傳統」，他固守了情感、意緒、未經觀念化處理的生命體驗等這些屬於生命本體的東西，而排拒著知識、哲學、觀念等智性的認識論的因素，他頑固地堅持了簡化的寫作原則，但卻最終在歷史的自然整合中獲得了複雜與深刻。[281]

我認為這裡所謂寫作原則的「簡化」不只是「有效的、富有詩性色彩和悲劇美感的，被證明有著豐富的歷史潛臺詞的『簡化』」[282]，也包含著前述我曾言食指的詩向來具備的——「淡化與調和外在意識形態幻覺與語言規訓」的能力。

地下詩歌時期食指的精神抵抗即使缺少鮮明的現代主義語言技術，但卻以抒情語體賦予了語言某種純淨的精神空間，為「自我」的精神啟蒙找尋到一處語言的居所。從現代主義話語主體的「內在」層面來說，食指的詩確實存在一條將「二元對立」加以縫合的心靈縫線：仇恨與寬恕、醜惡與光明、迷信與相信，這樣的思維圖示存在著某種前提：詩人總是抱持著某種獨立性與探索精神，以及，必須要有把握瞬間的災變狀態中「自我」指向的能力。於是，食指的詩其實蘊含著現代主義的內在性：一種文化的現代性，從前述的文本分析之中，可以看到文革為詩人所帶來的絕望與痛苦，並未直接且具象地在文本中呈現，而是經過詩人個人化思維的篩漏與「簡化」，讓「抒情」呼喚著「自我」的現身，「自我」又消解了時代，最終成為現代意識的拓荒者、「個體」言說的詩。

---

[279] 〈瘋狗〉：「我還不是一條瘋狗，／不必為飢寒去冒風險，／為此我希望成條瘋狗，／更深刻地體驗生存的艱難。」收於謝冕、唐曉渡編，《在黎明的銅鏡中——朦朧詩卷》，頁 32。

[280] 張清華：〈從精神分裂的方向看——食指論〉，《當代作家評論》2001 年 4 期（2001.07），頁 93。

[281] 同上註，頁 92。

[282] 同上註，頁 91。

二、多多的「知性」自我：強悍的知性，打開所指多義性的詩

若說文革話語主導了主流詩歌走向「程式化」與「教條化」，遭到革命話語擠壓與遮蔽的「個體」話語、寫作態度與詩歌觀念的養成、「個體」精神樣態的多樣性與複雜性，就不斷找尋著歷史時間的「縫隙」，等待破繭而出。比起食指早期詩歌「詩史」意義的取向較強，偏向感性直陳、意象缺少象徵與隱喻的結構，**若是論及形象思維的技術、語言造型的設計、審美意識的深廣等面向上，多多的詩則更明確地為「前朦朧詩」的新詩美學，確立了一種具普遍性的「現代」尺度，也建立了具備初期規模的精神自治。**

如同柯雷（Maghiel van Crevel）對多多的詩「政治性」（politicity）與「中國性」（chineseness）的強調，指涉現實世界的「政治性」與文化傳統的「中國性」，並陳於多多寫於文革期間的早期詩作中。[283]柯雷並強調，多多這個時期是「非個人」（impersonal）的，詩歌具有一定的時代色彩：「他們的語言即使擁有鮮明的聲音特質，但其存在目的卻是具備現實性，而非再現。」[284]延伸柯雷的觀點，我認為多多的詩，恰恰好是「政治性」與「中國性」密不可分，在傾向「政治性」的意象中，不斷變異「中國性」的文化想像，而在傾向「中國性」的意象中，又出現不少裂解穩固「政治性」的感覺結構。後文會再以實例舉證，多多的詩如何在「政治性」與「中國性」的錯綜光譜之中，以「自我」認識為起點，縫合政治（現實）與傳統（新詩）之間的精神斷裂。

兩位詩史專家洪子誠、程光煒亦指陳：

> 多多的詩，對於處境的怨恨與銳利的突入，對生命痛苦的感知，想像、語言上的激烈、桀驁不馴，都留給讀者深刻的印象。但也不乏以機智的反諷來控制這些感情和語詞的「風暴」。詩中隨處可見的「超現實」的「現代感性」，不完全出於技巧上令人目眩的考慮，而有更深層的對於「詩歌真實」的理解。想像和表達上的怪異和難以捉摸，讓一些讀者望而生畏，也得到另一些讀者的激賞。[285]

---

[283] Crevel, Maghiel van. *Language Shattered: Contemporary Chinese Poetry and Duoduo*. (Leiden: Research School CNWS., 1996.) pp. 121-124.

[284] *Ibid*. 120.

[285] 洪子誠、程光煒編，《朦朧詩新編》，頁 137。

如上，「對於處境的怨恨與銳利的突入」、「對生命痛苦的感知」」、「想像、語言上的激烈、桀驁不馴」等，是指詩人如何以意象語言再現特定生命境況，並且如何消化、轉化特定生活局部視野的問題；另外，「不乏以機智的反諷來控制這些感情和語詞的『風暴』」意謂多多的修辭佈局與技巧，呈現一種知性的調控能力，制約著情感的流動與強度。

在此顯見多多的詩，擁有更鮮明的「純詩」傾向。若要論述多多詩歌「現代主義」風格的生成、與時代深刻且扭結的關係，及詩中屢屢閃現獨具匠心的意象營造。首先，必論及〈蜜周〉組詩：

> 第四天
>
> 我需要遺忘
> 遺忘！車夫的腳氣，無賴的口水
> 遺忘！大言不慚的鬍子，沒有罪過的人民
> 你沒有來，而我聽到你的聲音：
> 「我們畫的人從來不穿衣服
> 我們畫的樹都長著眼睛
> 我們看到了自由，像一頭水牛
> 我們看到了理想，像一個早晨
> 我們全體都會被寫成傳說
> 我們的腿像槍一樣長
> 我們紅紅的雙手，可以穩穩地捉住太陽
> 從我身上學會了一切
> 你，去征服世界吧！」[286]

1969年，多多正於河北省白洋淀插隊，插隊期間，與根子、芒克等詩人有頻繁地詩歌交流。〈蜜周〉的「七日」，正是一幅知青下鄉插隊的生活畫卷。「第一日」寫知情男女「性事」的禁忌與糾纏；「第三日」寫虛應鄉村幹部的「謊言」與親炙小腿令人發痛的「野草刺」，兩者之間虛實交混的模糊曖昧，展現詩人內心片刻的衝突感；到了「第四日」，原有「第一日」到「第三日」以第一人稱刻鏤下鄉生活情態的敘事語

[286] 多多，《多多詩選》（廣州：花城出版社，2005），頁6。

調，在這一天卻陡然轉向反思式的語言表達，知青與農民們都是「沒有罪過的人民」，因為「無罪」，所以詩人的「遺忘」顯得如此迫切，對「人」的憐憫與理解藏在「遺忘」此一反語之中。

第四日是〈蜜周〉從外延面的客觀記述，轉向內延面主觀反思的重要轉折，反諷句法的使用（我們全體都會被寫成傳說、我們的腿像槍一樣長），使主體的話語開始生長出某種現代感知的觸覺。於是，在詩人「自我」的回聲裡，人從未著衣、樹亦長眼，這是詩人的「自我」意識朝向返歸人性「真實」的微末願景。而「我們全體都會被寫成傳說／我們的腿像槍一樣長」此一語意上的諷諭的使用，「傳說」被賦予了社會主義的文化想像，最終只是空中樓閣的空無泡影，腿如槍、立起了身軀，彷彿肢體是政權暴力下的義肢。

時間推移到了第七日：

第七天

重畫了一個信仰，我們走進了星期天
走過工廠的大門
走過農民的土地
走過警察的崗亭
面對著打著旗子經過的隊伍
我們是寫在一起的示威標語
我們在爭論：世界上誰最混帳
第一名：詩人
第二名：女人
結果令人滿意
不錯，我們是混帳的兒女
面對著沒有太陽升起的東方
我們做起了早操——[287]

〈蜜周〉的「第七日」則是一首「反托邦」的詩歌，對文革主流意識形態做出反諷的支點，更微妙地利用了主體的文化身分：詩人。毛澤東巨大暗影下的詩人「重畫

[287] 同上註，頁 8。

了一個信仰」，走進了文革下鄉生活的「第七日」，撞見紅衛兵隊伍的聲嘶與轟隆（面對著打著旗子經過的隊伍），「我們」卻是在爭論最混帳的是「詩人」還是「女人」。在這裡，「自我」以「我們」此一複數人稱代名詞出現，隱喻覺醒的「群體」，早已存在於革命號令的時代氛圍之中。詩人譏誚諷刺的語言拒絕了文革巨型話語的收編與改造，也建構了一處與極左意識形態不呼應亦不衝突的緩衝地帶：「面對著沒有太陽升起的東方／我們做起了早操」，在機械化的日常勞動裡，詩人陽奉陰違地「勞動」，內心卻有著不可被時代整合的崎嶇心智。〈蜜周〉頻頻以諷喻句法重整破碎的理性思維與人倫秩序，以諷喻逼近時代悲劇的「真相」，某程度上，「人性」也以如此諷喻的語言表現得以伸張。

多多的詩向來以時代性、普遍性的語彙包容最陌生、也最衝突的思考。詩人對大寫話語的操作趨近陌生化的處理，目的或許在於以語言悖論與反諷的構設，突出其對詩歌文體與形式現代性的感知神經，以化解文革詩歌語言的程式化、一元化、極權化。例如，〈回憶與思考〉組詩裡的〈當人民從乾酪上站起〉，就佈置了不少悖論式的修辭，「抵拒了對嚴酷現實的美化」[288]：

> 歌聲，省略了革命的血腥
> 八月像一張殘忍的弓
> 惡毒的兒子走出農舍
> 攜帶著煙草和乾燥的喉嚨
> 牲口被蒙上野蠻的眼罩
> 屁股上掛著發黑的屍體像腫大的鼓
> 直到籬笆後面的犧牲也漸漸模糊
> 遠遠地，又開來冒煙的隊伍[289]

除了部分略為可以辨認的文革人文景觀（革命的血腥、惡毒的兒子、冒煙的隊伍），多多更著重在經由詩人審美意識篩濾之後，沉澱出的硬派冷風景的質地：殘忍的弓、野蠻的眼罩、發黑的屍體，這就是前述所謂多多對現代性詩歌文體與形式的感知神經，透過硬式、冷卻的知性視角，溶解革命年代語言慣常的火熱。

〈回憶與思考〉組詩系列的〈祝福〉，則是將「現實」視域加以諷喻轉化後，轉向自由的思想與情感尚未塌陷的「他方」：一個被「放逐」的中國性，以反面的姿態

[288] Crevel, Maghiel van. *Language Shattered: Contemporary Chinese Poetry and Duoduo*. pp. 125.

[289] 多多，《多多詩選》，頁 1。

指稱現實／世的不義，「生存」本身不再屬於災難現實／世的敘寫，而是充滿超現實詩講究直覺與潛意識的詩境：

> 當社會難產的時候
> 那黑瘦的寡婦，曾把詛咒綁到竹竿上
> 向著月亮升起的方向招搖
> 一條浸血的飄帶散發不窮的腥氣
> 吸引四面八方的惡狗狂吠通宵
>
> 從那個迷信的時辰起
> 祖國，就被另一個父親領走
> 在倫敦的公園和密支安的街頭流浪
> 用孤兒的眼神注視來往匆匆的腳步
> 還口吃地重複著先前的侮辱和期望[290]

這首詩以鮮明的「政治性」修辭開頭：「當社會難產的時候」，以下就是一個超現實的巫術世界，一個詭祕、晦暗、陰氣森森的非理性化場景，「寡婦」的動作：把詛咒綁到竹竿上，適時承接了社會主義階級革命新社會「難產」的空茫、死寂與絕望，萬物似乎毫無生氣與生命，有的只是被咒詛般的陰寒地獄。「寡婦」意謂守寡守貞，隱喻「中國性」的「亡夫」，留下了能指的偌大空白，是對應於文革現實的缺位，卻也是缺位的在場。在這裡，經過「中國性」投射後的文革現實，是多多以現代性的視域侵入「政治性」的嘗試，提示出「自我」的個人知識的生成，此一「自我」知識適度解開了「政治性」與「現實」之間過於單向度的關係。

除了詩人透過「中國性」缺位的在場，引導「自我」知識生成以裂解單向度的「政治性」，逼迫「政治性」擺脫「毛–自我」的思維圖示，讓「自我」從而產生變革時代理解的「能動性」，翻轉為「自我–毛」的符號顛覆關係。除此之外，另一個值得關注的焦點是，「祖國」此一大他者的陽符，卻不再與毛文體產生指涉關係，而是「被另一個父親領走」。重點在於，「另一個父親」所指為何？是被毛話語遮蔽的中國人文傳統與歷史記憶？還是文革期間所謂「黃皮書」、「灰皮書」引進的西方思潮？我的解讀傾向後者，因為「倫敦的公園」、「密支安的街頭」早已用「別處」（他

---

[290] 同上註，頁 1-2。

方）為詩人心中「中國性」的崩塌移形換位，「別處」的「實」指對應的正是主體內在「政治性」的「虛」設：

> 對「別處」的尋找從來就是文學寫作的基本動因之一，與那種虛幻的烏托邦想像不同，在多多這類詩中，「別處」大都有著地理學上的明確所指。也許，這個「別處」越是可落實的，就越能折射出詩人身處封閉社會的那種心靈的焦慮；從寫作策略看，如果考慮到時代的限制，這樣的選擇允許詩人比較自由地展開思路；此外，它也使詩在相對「實」的現實所指與「虛」的詩歌空間的拓展之間構成一種平衡。[291]

在〈祝福〉中，這類具有明確所指的精神地理學想像，在多多早期詩歌之中，如〈在秋天〉、〈瑪格麗和我的旅行〉、〈日瓦格醫生〉等詩裡亦頻繁出現，也是多多「與當下社會生活和現實空間拉開距離的心理上和文學上的超離意願」[292]。

我亦認為，多多早期詩歌就擺脫了抒情式的「自我」表述，而致力於將個人生活與悲劇經驗，賦予情境化的隱喻，修辭密度極具時代的穿透力，異地、他方、別處代表詩人徹底地與現實命運決裂的內在意識，展現「自我」與「時代」之間的辯證思索，思索文革豔紅塗裝下的「中國」，其破敗凋零的文化面目。因此，「在多多的寫作中，〈祝福〉大概具有某種『原型』意義，從意象、語彙和敘事等形式層面，到對歷史與個人之間多重價值衝突的持久思考等等，都在這裡有初步的展示」[293]。

另一首〈無題〉則是顯現出多多將「中國指稱為一個古老而又難以忘懷的夢想，表明一種被認為既龐大又過時的傳統的重要性」[294]。多多寫於文革時期的詩，常常跳脫具體存在的生存現實，也很少使用指控或的語調，而是以多重的象徵、暗示、聯想等手法，突顯敘事主體對外部世界的具體感受與體驗，近一步組裝「自我」的完整意識。如〈無題〉兩首：

> 〈無題〉
>
> 浮腫憔悴的民族哦

[291] 賈鑒，〈多多：張望，又一次提高了圍牆……〉，《華文文學》2006 年 1 期（no. 72），頁 29。
[292] 同上註。
[293] 同上註。
[294] Crevel, Maghiel van. *Language Shattered: Contemporary Chinese Poetry and Duoduo*. pp. 123.

已經硬化彌留的軀體
幾個世紀的鞭落到你背上
你默默忍受，像西洋貴婦
用手帕擦掉的一聲嘆息：
哦，你在低矮的屋簷下過夜
哦，雨一滴一滴……

多多這首詩再現出詩人的語言正處於革命洪流的浪潮中，絲毫未陷入革命激情的引誘與控制，展現出獨特且冷僻的知性思維，至此，詩人對世界的感覺方式，成為以「詞語」為單位的測量與探勘。更重要的是，多多將遭受文革摧殘的「民族」文化精神，視作「硬化彌留的軀體」。自此，抽象的「政治」理念，就以這樣具體而鮮明的形象技術，隱藏在感性形象與個人體驗彼此緊密交纏的意象之中，藉此向中國現代詩受到文革阻斷的「消逝傳統」致敬。

〈無題〉

醉醺醺的土地上
人民那粗糙的臉和呻吟的手
人民的前面，是一望無際的苦難

馬燈在風中搖曳
是熟睡的夜和醒著的眼睛
聽得見牙齒鬆動的君王那有力的鼾聲[295]

「浮腫憔悴的民族哦／已經硬化彌留的軀體」一語，意謂革命的幽靈纏縛著詩人當下的寫作，象徵中國詩歌傳統因為革命而斷裂，「傳統」成為了只堪追逝的「民族」。而「自我」目睹了錯誤嗜血的意識形態人造物（幾個世紀的鞭落到你背上），

[295] 2005 年花城出版《多多詩選》裡的〈無題〉，相較於《里程：多多詩選 1973-1988》的版本，內容已有改動，原版本為：「一個階級的血流盡了／一個階級的箭手仍在發射／那空漠的沒有靈感的天空／那陰魂縈繞的古舊的中國的夢／／當那枚灰色的變質的月亮／從荒漠的歷史邊際升起／在這座漆黑的天空的城市中／又傳來紅色恐怖急促的敲擊聲……」見多多，《里程：多多詩選 1973-1988》（北京：今天編輯部，1989），頁 1-2。

一次次凌遲了公眾的理性（你默默忍受）的同時而思想的異端終於出現（像西洋貴婦），時代處在漆黑、迷茫的文化空間之中（哦，你在低矮的屋簷下過夜）。「自我」在這首詩裡，彷彿是一個目擊者，他心懷異端、卻無法阻止殘酷的悲劇發生，只能靜觀「紅色恐怖」吞噬人性的一幕搬演與終結。「自我」是時代的見證者，「坐視」使得「自我」成為了一種詩歌的倫理承擔，「自我」在災難毀劫的餘生中重述與回憶，是「自我」唯一能做的事，也是僅存能夠捍衛人性尊嚴的場域。

我更要強調的是，〈無題〉裡出場的是一個個面貌模糊的「人民」，「自我」並未被刻意突顯。在文本的表面，「自我」看似「缺場」，其實是作為一個「匿名者」對於歷史／現實全景的深度注視，時代加諸於個體的苦難，經由現代主義式的藝術程序加以轉化，形成一種「見證者」的「在場」，看似冷卻靜默的語言中卻滿懷憂憤，見證「醉醺醺的土地」與「一望無際的苦難」。「馬燈在風中搖曳」一段，多多將對中國文化傳統的想像糊焦處理（模糊遠景）做出反諷式的處理（牙齒鬆動的君王），投射出朦朧憂鬱的自我心象（清晰近景）。

文革時期，在凶險、侷促、耗損的勞動生活中寫作已屬不易，更何況，若要在詩中展露現代的感知觸角，捍衛無法被毛話語徵用的「詩意」，就更屬不易了。多多〈手藝——瑪琳娜・茨維塔耶娃〉不僅是向白銀時代女詩人瑪琳娜・茨維塔耶娃（Marina Tsvetaeva）致敬，亦是多多對詩歌本質思考的表徵，革命的年代裡詩歌「手工藝」的尋回，需要的是生活質地的堅韌與書寫的沉思品質，也寄寓了某種文化語境還原的強烈盼望。這首詩呼應著茨維塔耶娃〈手藝〉：「從——我出生直到停止呼吸——，只是整個神性的一個階梯」，外在世界對人性尊嚴的暴力與凌辱，最終收束在超越此時此刻的神性光暈之中，這是一種以手工的詩意疏離於時代主流話語的明證，也是奚密「詩歌既超越又疏離於世界——這構成多多詩學的核心」[296]：

我寫青春淪落的詩
（寫不貞的詩）
寫在窄長的房間中
被詩人姦污
被咖啡館辭退街頭的詩
我那冷漠的

[296] 奚密，〈狂風狂暴靈魂的獨白：多多早期的詩與詩學〉，《文藝爭鳴》10 期（2014.10），頁 65。

再無怨恨的詩
（本身就是一個故事）
我那沒有人讀的詩
正如一個故事的歷史
我那失去驕傲
失去愛情的
（我那貴族的詩）
她，終會被農民娶走
她，就是我荒廢的時日[297]

詩人在情感與思緒停止流動的精神凍土層，多多接住的是從「黃皮書」中消逝墜落的星辰，那來自遙遠國度的詩思。更重要的，多多的「自我」表述更具與有紮實的現代感，具備更為激進的內省意識，娓娓傾訴移植自茨維塔耶娃的生命重荷與苦難，藉此讓失去了歷史、沒有人讀的詩，獲得一種跨語／域際的精神秩序。楊小濱：「從茨維塔耶娃那裡移譯過來的不僅是詩歌文本，也是她的生活、精神和氣息。不過，這樣的移譯也是一次漢化的過程，其中多多自身的生活起著形塑的功能」[298]。又如張桃洲：「〈手藝〉並非簡單的對茨維塔耶娃詩歌方式和觀念的移入、摹仿及應和，而是也力圖表達他關於詩歌功用、詩歌與時代、詩歌與自我等命題的特殊理解」[299]。

因此，多多的「手藝」來自於通過對詩歌語言特性的把握而重新揉塑而成的歷史記憶，以語言陳述歷史如捏塑陶胚的實作過程，「手藝」成為了遺忘與記憶的關鍵中介：「多多〈手藝〉一詩中的『手藝』所承續的茨維塔耶娃筆下的『手藝』，指向的正是對詩歌寫作本身的思考。當一個詩人堅定地將詩歌寫作的特性指認為『手藝』，表明他在很大程度上認同了『手藝』所蘊含的原始力量：一方面，它與生存的土地緊密相連，因而具有結實、堅韌、渾沉的品質；另一方面，它保持與『手』有關的各種古老勞作的質樸屬性，所以顯得隱晦、超然、深邃」[300]。詩人將詩歌語言之「手藝」，引入了自身對時代的思考之中，顯然與當時作為知青的多多其下鄉勞動生活有關。詩的末尾，「她，就是我荒廢的時日」以反諷的語法陳述荒廢的知青歲

[297] 多多，〈手藝——瑪琳娜・茨維塔耶娃〉，《多多詩選》，頁 25。
[298] 楊小濱，〈中國當代詩中的文化轉譯與心理轉移〉，《慾望與絕爽：拉岡視野下的當代華語文學與文化》（臺北：麥田，2013），頁 57-58。
[299] 張桃洲，〈詩人的「手藝」——一個當代詩學觀念的譜系〉，《文學評論》2019 年 3 期，頁 179。
[300] 同上註。

月，詩人寧願將思緒連個到域外茨維塔耶娃的詩歌生命，遍嚐時代的殘酷下錘鍊「手藝」的艱辛，也不願與現實的文化權威妥協。

〈教誨——頹廢的紀念〉則是對文革青春的悼詞，一首時代災難的輓歌：

誰說他們早期生活的主題
是明朗的，至今他們仍以為
那是一句有害的名言
在那毫無藝術情節的夜晚
那燈光來源於錯覺
他們所看到的永遠是
一條單調的出現在冬天墜雪的繩
他們只好不倦地遊戲下去
和逃走的東西搏鬥，並和
無從記憶的東西生活在一起
即使恢復了最初的憧憬
空虛，已成為他們一生的污點

他們不幸，來自理想的不幸
但他們的痛苦卻是自取的
自覺，讓他們的思想變得尖銳
並由於自覺而失血
但他們不能與傳統和解
雖然在他們誕生之前
世界早已不潔地存在很久了
他們卻仍要找到
第一個發現「真理」的罪犯
以及拆毀世界
所需要等待的時間

一個創痛、無奈而又充滿自我解嘲的表述：「他們只好不倦地遊戲下去／和逃走的東西搏鬥，並和／無從記憶的東西生活在一起」，道盡了是非顛倒、人道淪喪的時代旋律下，感覺神經敏感的詩人，其乖違、孤獨的存在境況。生命的活力與豐盛，過早地在文革時間區間中塌陷、甚至死亡，而廢墟後的重建與等待，則是與「傳統」和解無望的痛苦。於是如下詩句「空虛，已成為他們一生的污點」、「他們不幸，來自理想的不幸」、「雖然在他們誕生之前／世界早已不潔地存在很久了」，以及發現「真理」的罪犯等，除了是回歸一代知青命運總結式的隱喻，也寄寓了一種無以預期的「時間」，一種宿命「能否在未來與未知中開展」的道德期望。詩的末段：

> 但最終，他們將在思想的課室中祈禱
> 並在看清自己筆跡的時候昏迷：
> 他們沒有在主安排的時間內生活
> 他們是誤生的人，在誤解人生的地點停留
> 他們所經歷的——僅僅是出生的悲劇

思想的課室裡，目視自身的筆跡而暈眩，這正是文革話語的悖謬之處，它意圖抹去「自我」的獨立性與殊異性，而收納為無產階級革命集體群眾的一部分。〈教誨〉一詩，是多多難得以證詞／人的姿態，理性地陳述時代下芸芸眾生的共同遭遇。在這裡，「自我」（敘事者）以證人身分出現：「他們所經歷的——僅僅是出生的悲劇」，這不但是一代知青命運的縮影，更是一代人頹廢青春的證詞。

多多的詩表述的「自我」，是一種懷疑權威的極端／異端心理樣態。「自我」在多多的詩中，自此也以此極端／異端的方式，表達語言的現代性及其感官、質地。多多的詩思就體現在這樣現代性的語言感官與質地之中，經過多多近乎冷峻、清澈的啟蒙理性的切削，詩的內在迴路打開了時代加諸在詞語指涉域的封閉性，而呈現出「能指的多義性」。又如同李潤霞對多多的總體評價：

> 在運思方式上，與芒克偏向於靈感的頓悟和瞬間感覺的把握不同的是，多多的感覺與經驗分明都經過了沉澱、結晶與提煉。在語言的運用上，多多詩歌的語言乾脆、直接、硬朗，他不用語言的皮毛掩蓋或曰裝飾其思想的質地，相反，他常常是以『下定義』的發言直奔主題。在他的語法規則中，詞與物之間構成了合謀的關係，二者不是分離的，而是對應的，其語言充分體現了詞語本身的命名性，這種命名實際是個人在歷史空洞化之後的自我指認與自我命名。如果說芒克隨心所欲，是自然詩人，多多則字斟句酌，更像苦吟詩

> 人。多多對語言的打磨與北島有相似之處，在政治性的詩歌美學中，冷峻的懷疑主義思想底色的調度，有時多多甚至超過了北島。[301]

多多的詩始於詞語，且終於詞語，從前述對多多詩的分析中，可以看得到詩人承接時代方式已跳脫抒情獨白的層次，而是以知性思維打磨感受世界與現實的痕跡。因此，詩對多多來說，是一種感觸世界、重新組裝現實感知的「手藝」。即使，「手藝」在擺脫革命大我的群眾，而進入私我的內在空間之後，。因此，「對多多來說，詩歌首先是一種感覺世界的方式，每一個意像都是對這種感覺方式的一次測量。這種測量在某種意義上是無所謂先後的，部分也就是整體，而結束也就是開始」[302]。

比如在〈蜜周〉一詩中，多多以諷喻的語言建構了一處與毛話語無法收編的精神緩衝地帶，詩人陽奉陰違地奉行革命教條，內在卻是極盡叛逆，逼近了時代悲劇的「真相」，也表現出恢復「人性」的感知觸鬚，並進一步在語言技術面時時展露詞語的現代性量尺。多多的詩建立的是一種**現代主義詩學普遍尺度，進一步以這樣的現代主義尺度與表達技巧，建立了詩人自身自外於文革話語的精神自治**。因此，多多的詩總是以知性的精神樣態顯現，這樣的知性無比強悍，展現對詞語質地如何穿透世界實相的關照，也展現出詩人的精神「自我」，別立於正統世界的「異端」現代性。多多的語言不只在「白洋澱」世代中獨樹一幟，比起正統「朦朧派」啟蒙－抒情模式，也差異甚大。

正如楊小濱對多多詩歌內在特質的論斷：

> 多多是少數幾位能歸為「今天派」而不能歸為「朦朧派」的詩人。如果說「朦朧」還暗示了一種半透明（translucency）的狀態，多多的詩從一開始就由於缺乏那種對光明的遐想而顯出絕對的晦暗（opacity）。[303]

在「文革」時期的「地下詩歌」在總體精神面上，本來就具備對於政治革命文化的現實洞察力，多多則是超越了「反／文革」此一政治文化的界域，書寫異質於中國本土日常經驗和審美習慣的藝術個性；因此，多多的知性語言打開了一種更屬於詩

---

[301] 李潤霞，〈頹廢的紀念與青春的薄奠——論多多在「文化大革命」時期的詩歌創作〉，《江漢論壇》2008卷12期（2008.12），頁105。

[302] 湯擁華，〈詞語之內的航行——多多詩論〉，《華文文學》2006年1期（2006.02），頁23。

[303] 楊小濱，〈今天的「今天派」詩歌〉，見蕭開愚、臧棣、孫文波編，《中國詩歌評論：從最小的可能性開始》（北京：人民文學出版社，2000），頁354。

歌本身的經驗空間，使得其為時代留下的悼念，也顯得更具穿透性與逆光性，誠如李潤霞所言：「他以一種「政治解剖學」的手法為文革的歷史書寫了一段頹廢的紀念，同時也以革命創傷記憶的見證為一代人獻祭了一份青春的『薄奠』」。[304]

三、芒克的「原始」自我：野性的孤獨，肉感的詩

作為與岳重和多多同是北京三中的同班同學、白洋澱詩歌群落最重要的代表詩人之一的芒克，其重要性更是不言而喻。相較於岳重詩才的早夭，多多在朦朧詩時期以降大體走的是個體戶的路數，芒克則是親身與北島主導了《今天》的創刊，等於是銜接「地下詩歌」與「新詩潮」兩個時期，最重要也是最具實質詩史意義的角色。多多曾言：「他（芒克）詩中的『我』是從不穿衣服的、肉感的、野性的，他所要表達的不是結論，而是迷茫。」[305]唐曉渡也說：「從詩歌行為還是語言文本上，都始終體現了一種可以恰當地稱之為『自然』的風格」[306]。

在這裡，於是我不得不追問，芒克詩中多多稱之的「肉感」與「野性」的「我」為何？又如何體現為唐曉渡所說的「自然」的風格？這必須落實到具體的文本去談。白洋澱詩人的意象技藝，以及其形式或內涵賴以存在與建立的精神資源，大體上來自插隊生活的具體實像。更重要的是，比起根子現代主義式「倒轉」自毛話語的「自我」鏡像；食指大多是在現實的情境條件下，做出「自我」情感的深掘；多多的面對現實更張揚抽象、揮灑知性的想像力，展現「自我」的異端現代性；我認為，芒克寫於文革時期的詩，則是從時代的整體性與生活的具體性開啟觀察與寫作，如同列維史特勞斯（Claude Levi-Strauss）的「野性思維」，原始人運用的是感覺性詞彙來表達對周圍世界的認知，其特徵是「『無時間性』（timelessness），目的是將世界理解為共時的和歷時的整體，從中汲取的知識就像一個房間，內部有著固定在對立的牆壁上的鏡子」[307]。

若從列維史特勞斯「野性思維」稍加引申，芒克的詩最大的特色，就是將列維史特勞斯所言的「兩面鏡子」：共時性的生活空間（感受／在場）與歷時性的心智時間（反抗／缺場），做出相當原始、野性的感覺融合。芒克的詩，其「自我」表述的

---

[304] 李潤霞，〈頹廢的紀念與青春的薄奠——論多多在「文化大革命」時期的詩歌創作〉，頁 103。

[305] 多多，〈被埋葬的中國詩人（1972-1978）〉，見《沉淪的聖殿：中國 20 世紀 70 年代地詩歌遺照》，頁 199；又見多多，〈北京地下詩歌（1970-1978）〉，收錄於多多，《多多詩選》（廣州：花城出版社，2005），頁 246。

[306] 唐曉渡，〈芒克：一個人和他的詩〉，見《詩探索》1995 年 3 期（1995.08），頁 113。

[307] Strauss, Claude Levi-. *The Savage Mind.* trans. Weidenfeld, George. and Nicolson Ltd. (Chicago: University of Chicago Press, 1966), pp. 263.

方式與詞語質地，展現出相當野性的時代孤獨氛圍與個體感覺的肉感，因此我稱之為「野性的孤獨，肉感的詩」。

例如〈城市〉

7

啊！城市

你這東方的孩子

你在母親乾癟的胸脯上

尋找著糧食[308]

10

黑夜

總不願意把我放過

它露著綠色的一隻眼睛

可是

你什麼也不對我說

夜深了

這天空似乎傾斜

我便安慰我

歡樂吧

歡樂是人人都會有的[309]

「飢餓」與「歡樂」，個人的生理感覺被轉化為詮釋整體時代特徵的能指，而「城市」作為詩人的觀念模型與思考場域，乘載著抒情主體生活空間與心智時間的交錯與綜合。譬如，「天空似乎傾斜」極具共時性生活空間（感受／在場）的暗示意涵，而「歡樂是人人都會有的」則是歷時性的心智時間（反抗／缺場），既然「歡樂」是人人皆有的天性與稟賦，那麼守住「飢餓」與「歡樂」這最後一絲生理感覺，構成了面向毛話語的諷刺詩，也是對時代革命大我最深刻的批判。

另一首被不少評論家關注與研究的〈天空〉，表現出更為肉質的感官與野性的孤獨，另外〈回家〉、〈心事〉等詩，也同樣涉及對「天空」的描寫。「天空」是芒克

[308] 芒克，《重量：芒克集 1971~2010》（北京：作家出版社，2017），頁 10。

[309] 同上註，頁 11。

抵抗時代憂鬱的精神原型、裝填主觀意志與感性修辭的載體，也是詩人延伸生活想像的美學空間，所有詩人對世界的理解也都從「天空」開始。「天空」是詩人靈魂的複眼，「自我」的形貌也經由「天空」重新組裝：

〈天空〉

1
太陽升起來
天空血淋淋的
猶如一塊盾牌[310]

〈回家〉

天空像一隻眼睛的大灰貓
低垂的雲
這貓的軟綿綿大尾巴
軟弱無力地抖下了上面的雪花[311]

如同〈獻詩：1972-1973〉裡的「給詩人」：「你是飛向墓地的老鷹」、「給詩」：「那冷酷而又偉大的想像／是你在改造著／我們生活的荒涼」，以及「給我的二十三歲生日」：「漂亮／健康／會思想」等詩句，表徵詩人的藝術行為與思想，與時代主流意識形態之間的關係。〈天空〉同樣是表徵自我與時代的關係，毛澤東常在紅衛兵詩歌裡被予以正面地形象化為「太陽」，那麼「太陽」升起時，「天空」卻血淋淋的如「盾牌」，具象化地展露文革的思想、語言、文化暴力進入人具體生活的血腥災難。〈回家〉裡的「天空」，則是「一隻眼睛的大灰貓」，獨眼的貓如是靜謐與軟弱地目睹大地上的人間慘劇。〈回家〉是篇幅較長的敘事詩，「我」回到家鄉，昔日的戀人已嫁為人婦，面對景物破敗與人事變化而感到無力、茫然，「他默默地站立著，／面對著破樓／像一尊沒有雕刻好的石像」。[312]〈天空〉大致上以短句的形式，以肉質感官的形象鋪排被凌遲的心理狀態，這也讓詩評家唐曉渡不禁喟嘆：「1973 年就寫出《天

[310] 同上註，頁 20。
[311] 同上註，頁 29。
[312] 同上註，頁 32-33。

空》那種詩的人真是不可思議：它的冷竣，它的激憤，它深沉的慨嘆和成熟的憂思，尤其是它空谷足音般的獨白語氣」[313]。

〈十月的獻詩〉亦是短句，但每個句子都閃爍著那格時代肉質的感性：

〈莊稼〉

秋天悄悄的來到我臉上
我成熟了[314]

〈河流〉

疲勞的人兒
你可願意讓我握住那隻蒼白的小手[315]

〈青春〉

在這裡
在有著繁殖和生息的地方
我便被拋棄了[316]

「悄悄的」、「蒼白的」、「繁殖和生息」等字眼，是詩人將自身豐滿的情思加以打磨的修辭樣態，這些字眼看似平凡、質樸，但是若連結上下文，確實呈現出肉感且野性的韻味，詞語背後有股野生的底氣與肉質的感受，深深地掐進抒情主體對時代的獨白之中。這或許與當時座位插隊知情的詩人其「青春」狀態有關，也或許與白洋澱此一封閉自足、離京僻遠的水鄉景致有關，因為「白洋澱那連綿的湖泊都作為一個重要的生存場景和文化氛圍深深感染和激發這些年輕人」，[317]此地的景物與人情為詩人打造了一處天然的詩歌精神場景與地方感知迴路，致使「芒克的詩確實具有

---

[313] 唐曉渡，〈芒克：一個人和他的詩〉，見《詩探索》1995 年 3 期（1995.08），頁 114。
[314] 芒克，《重量：芒克集 1971~2010》，頁 35。
[315] 同上註，頁 37。
[316] 同上註，頁 43。
[317] 霍俊明，《先鋒詩歌與地方性知識》（濟南：山東文藝出版社，2017），頁 52。

某種無可替代，亦無法效仿的自足性。這種自足性來自生命體驗、個人才能和語言之間罕見的協調一致」[318]。

地下詩歌時期的芒克，雖與多多時有「詩歌決鬥」，但在探索「自我」的同時，雖不像多多那麼大幅度展現現代主義的修辭技藝，但也在某程度上裸露著「異端」的現代感。與其說芒克詩裡的「我」原始而野性、裸露而一絲不掛，不如說是**芒克詩的原始、野性是詩人經營文本的風格與思維方法**：轉化自白洋澱更為質樸無文的自然景觀，如同陳超：「白洋澱明媚獷悍的景色正好對應了他（芒克）自由的心靈」[319]。因此，芒克的詩是外在景物與人情，經過詩人野性思維壓縮後的感性線條，對應著詩人對自由的心理嚮往。於是，芒克的「自然」風格就成為了「想像、詩意上與大自然的接近和融入，也可能是一種較少掩飾的『野性』」[320]。

從〈城市〉、〈天空〉到〈十月獻詩〉，白洋淀此一地理空間裡發生的饑貧、戀愛、青春、湖澤共同構成了共時性生活空間（感受／在場），詩人在此生成一種粗獷、原始的感官知覺，面對文革話語既隔絕又介入的精神向度，歷時性地疏離於文革的心智時間（反抗／缺場），也「野性」地介入了芒克詩歌的過程與完成。

以上，「自我」與「時代」交會於白洋澱的池澤與荒野，就是芒克寫於文革時期的詩出現野性與肉感特徵的關鍵，有著整體的視野與裸露的姿態，主導著「自我」對時代情境的把握與理解。芒克的詩是一首首對自由意志最誠摯、粗獷的表述，肉質的詞語再現了主體心智力圖超越生存現實的慾望，也撐開了時代座落於精神世界的寂寥、肅殺與緊張。讀芒克的詩，像是那個時代赤裸地走來。

四、陳建華的「破碎」自我：纖細的痛苦，被毛話語撕碎的詩

陳建華寫於文革時期的詩，其詩中的「自我」展現出極其羸弱、感傷、耽溺甚至是絕望的抒情傾向，文革的精神荒蕪，在陳建華詩中有著更為直覺式的體現。陳建華的詩，像極了在血腥喧囂的城市中自闢一破陋的居室，隱身於時代奔襲而至的革命大潮，孤獨地與「自我」對話。確實，陳建華和食指的「自我」表述方式，同屬於抒情／獨白的一脈。

但是，同食指在抑鬱的時代氛圍中優雅突進的「自我」不同，陳建華詩中的「自我」更具備豐沛、纖細的情感迴路，修辭更為破碎化，卻同時呈現出更為繁複細緻的感知紋理，蘊含獨特且厚實的歷史話語質量，深刻反映出詩人對革命年代政治局

---

[318] 唐曉渡，〈芒克：一個人和他的詩〉，見《詩探索》1995 年 3 期（1995.08），頁 118-119。

[319] 陳超，《打開詩的漂流瓶——現代詩研究論集》（河北：河北教育出版社，2003），頁 257。

[320] 洪子誠、劉登翰著，《中國當代新詩史（修訂版）》，頁 184。

勢及生活空間驟變的適應與調節，故我稱之為「纖細的痛苦」：是一種如野生藤蔓般纏繞在主流結集鬥爭語境中的個人心智，也是一種攀附在思想威權體制之上的微觀知覺，是「一首首被毛話語撕碎的詩」。

如同林賢治在《陳建華詩選》裡的〈序〉：

> 那時的詩，脫不掉「工農兵」題材，充斥著語言暴力。建華君的詩，寫的卻是殘夢、落花、少女、秋怨、孤舟、廢園之類，純粹是個人的感覺與幻想。其中的美與頹廢，一半是「家傳」，帶有士大夫的古典情調，一半是波特萊爾式的詩風。這種古典主義與浪漫主義、現代主義的揉合，在中國新詩的譜牒裡，顯然承續了二三十年代新月派徐志摩、聞一多、朱湘，以及現代派戴望舒等人的詩藝，而又有著個人的創造。這種創造，完全跳過了 1949 年以後的整個「階級鬥爭為綱」的階段，跳過了新詩發展的斷裂帶。與其說這是一種非政治化傾向，毋寧說是反政治的。[321]

地下詩歌時期的陳建華，其寫作的主題與風格如是極其容易被當局辨識為「封資修」的資產階級文學，在專制話語解凍的年代重見天日後，連詩人自身也不禁自問：「那些語言迷宮是怎麼構成的？那是怎樣的一種極端沉醉和迷狂？在彤紅彤紅的『大革命』年代裡，那種『唯美主義』、那種『頹廢』意味著什麼？」[322]所謂陳建華「唯美」與「頹廢」的詩風構成了文革紅衛兵詩歌的深刻悖反，推估是階級鬥爭無限上綱至把個體所有自主思索堵死，加之時代對「自我」主觀想像的馴服與統御，知青內在精神的幻滅感與時時刻刻必須帶著「面具」向幹部表態，落實到了感覺結構裡的，盡是空間與時間意識的邊緣與死亡。尤其是後者，如詩人自述：「『死亡』成了『唯美』的寓言、一種種語言『面具』的遊戲，它根植於現實，卻棄絕現實的反映，在新奇的想像中尋求新的刺激，無形中開拓自我的空間。」[323]

楊小濱曾言：「從 60 年代的歷史語境下來看，我們才能意識到，陳建華從這個符號化的風景中看到的，恰恰是一種頹敗，一種偉大歷史騷動的終極荒涼」[324]。又，陳建華詩裡主客體的頹敗、缺乏積極戰鬥意志、俯拾即是的荒涼蕭索氛圍，恰好就是革

---

[321] 林賢治，〈序〉，《陳建華詩選》（廣州：花城出版社，2006），頁 2。

[322] 陳建華，〈《紅墳草》迷思〉，《陳建華詩選》，頁 63。

[323] 陳建華，〈死亡遊戲〉，《陳建華詩選》，頁 97。

[324] 楊小濱，〈眾皆革命，我獨恍惚——論陳建華六十年代詩作〉，《上海文化・新批評》2009 年第 1 期（2009.01），頁 35。

命樣板詩界眼中最不具「革命」、「人民」、「進步」的資產階級抒情。因此，這意謂陳建華的詩處於一種人身凶險、無法進入群眾視野的閉鎖狀態之中，只能在隱密的角落刻畫著廢墟般的精神遺址：「一種歷史廢墟的寓言，體現出總體化象徵的破碎」[325]。

如寫於 1967 年的〈夢後的痛苦〉：

無數條蛇盤纏著，含毒的
舌尖耳語著可怕的情景；
它們啃蝕我沃腴的心田，
我感到鵪食屍肉般的痛苦。

夢中的美景如曇花一現，
隨之於流水倏忽的消逝；
萎殘的花瓣散落著餘馨，
與腐土發出鬱熱的氣息。[326]

〈夢後的痛苦〉，詩人為每個詞語的基本單位，包括聲音、意象、節奏等，詩人注入了強烈的內在激情，每個詩行羅列的，皆是豐富的痛苦。陳建華的詩或有過度隱去現實痕跡之嫌，但文本與世界並非全無接壤，比如開頭描寫群蛇啃食抒情主體的心田，這是知青世代的精神寓言，也構成了繁複織密的情意網絡，每一行都存在著時代精神的暫留，濃縮在稠密的心靈景緻之中。在總體精神單向度的年代，詩人卻專注並固執於青春亡逝的心情，以及萬物每一幕多變的姿態、世間每一刻傷逝的情狀，這本身就已偏離了文革樣板文藝「革命化、民族化和群眾化」的主流基調，抒情的「自我」早已被詩人標立在時代奔往啟蒙的路向之中。

陳建華的詩，既然是一首首被毛話語撕碎的詩，詩人的倫裡職責就是要重新連綴被撕碎的知覺、情感與技術，也就是被撕碎的時代感知以及外延的一切詩意想像。陳建華經由一系列「片段化的知覺」，表述毛澤東時代的抒情詩人，處在一個意圖把握時代卻無從把握的破碎語境之中，面對「傳統」的迷惘，面對「自我」的艱難。如〈荒庭〉：

當我獨自一人默默而語的時候，

[325] 同上註。

[326] 陳建華，《陳建華詩選》，頁 3。

一隻猛獅從靈魂的地獄裡逃出，
帶著腳鐐亂舞，發出震裂的怒吼，
暴突的眼睛把燃燒的光焰噴吐。

它要掙脫，回到自由的森林！
那裡有成群的野狼向它屈膝。
但來了猙獰的獄卒，將它死命
鞭笞，它終於倒下，昏在暗角裡。

啊！我精神的庭院已一片荒涼，
斷垣頹牆被無情的風雨摧殘，
從此不再有花紅葉綠的繁榮。[327]

陳建華的詩有強烈的自傳式抒情的色彩，詩裡的「小我」卻不是侷促在角落的困獸，而是能夠投射到時代環境之中，生產獨特的「自我」詩意。一個在文革期間嗜讀波特萊爾、穆夫天、李金髮等中西象徵派詩人作品的詩人，其象徵的運用也以超越了修辭技巧的移植，而是將時代的感知提煉到寓言的層次。〈荒庭〉起首試圖表達時代語境下個體的孤獨，猛獸的意象，應可歸諸統治的話語暴力之下，基於個體的精神反叛，將極端年代的世界諸象，做出寓言化的形象模擬。這類詩在陳建華其他的詩中所在多有，如同〈致命的創口〉亦出現「狼」：

像一隻狼來到野火蔓燃的森林，
辨認、俯嗅祖先留下的腳印；
這是我致命的創口在流膿，
如今又聽見它發起衝鋒的號令。[328]

面對嗜血狼群的革命隊伍，在〈致命的創口〉的末段，「自我」被模擬為一條禁錮於陰牢的「蛇」，卻能夠「糾集所有幫兇——本能、惰性和情感／發出放縱的狂笑，把鐵窗震撼！」[329]文革期間身體與靈魂皆遭到徵用的時光之中，抒情主體開掘出本能、

[327] 同上註，頁 51。
[328] 同上註，頁 56。
[329] 同上註。

惰性和情感的內在能量，擾動著毛澤東投射在個人心靈的巨大影子。革命群眾能夠暴力地廢棄直抒性靈的詩，但卻永遠無法廢棄「自我」的理性對「自我」情感的運用，因為「鐵窗」能禁錮身體，卻無法禁錮魯迅式的靈魂吶喊。

將「自我」擬物為野蠻的野獸，表現出一個凶性而不能被圈禁、馴服的意識本體。這顯示在陳建華的「非人」視野，被時代抹去存在根基的「人」，終於化身為獸，開始反噬權力話語。在總體象徵破碎的年代，陳建華展現重新賦予時代形貌的努力，也表現出把粗略閱讀到的西方象徵派詩含蓄、暗示、通感等技巧，轉化為現實語境的解釋能力。〈致命的創口〉是一個肯定「自我」的詩學過程，因為「個人經驗被作為一種樣本，而潛入到人的深處，『狼』與『蛇』成為主角，與我的『非個人』的視角形成一種不確定的距離。」[330]

又如〈瘦驢人之哀吟〉，詩人的「自我」發聲被毛話語撕碎為片段，無法表述一個完整的句式結構：

> 騎著　羸弱的瘦驢　獨自　紆緩地前行　欷歔　哀吟
> 獨自地欷歔　哀吟在　　暮秋　冥冥的　黄昏長程
> 冷冷的陰風　飄卷　飄卷著　霪雨的蒙蒙
> ……
>
> 聽　一聲　追逼著一生　狂迎　黑暗的踐臨
> 一聲　摧殘著一聲　瘦驢兒　鬃毛　凜凜
> 摧殘了　瘦驢的枯蹄　頹萎　戰慄的神經
> 摧殘了　我的憧憬　夢心　神魂兒　昏懵　忡怔
> 冥冥的暮秋　黄昏　唯有　飄零的殘葉　知明
> 羸弱的瘦驢　載行著　我的　破碎的夢心　哀吟[331]

嫻熟於古典詩學典故的陳建華，此詩或有向李賀〈出城〉：「關水乘驢影，秦風帽帶垂」致敬的意味。在這首詩中，知覺呈現「片段化」的狀態。驢的羸弱、頹萎，大地的陰冷、飄零，指涉「自我」的生存與知覺狀態。經由一連串感知符號的連結，可以見到詩人致力於破碎的狀態裡重建「自我」，致力於否定「自我」的政治向度裡，經由書寫找尋「自我」表述的有效性。

---

[330] 同上註，頁 160。

[331] 陳建華，〈瘦驢人之哀吟〉，《陳建華詩選》，頁 21-22。

以下，〈空虛〉、〈無題〉、〈嗜煙者〉的抒情主體，皆閃爍著波特萊爾式的「漫遊者」姿態，以及對外部現實的窟窿發起尖銳的知覺，將巴黎資本主義的城市幻景代換為革命上海的反托邦：

〈空虛〉

這城市的面容像一個肺病患者
徘徊在街上，從一端到另一端
晴天被陽光浸成萎靡的黃色，
陰雲下泣悼一般蒼白而淒慘。

〈無題〉

而我卻像一隻失群的孤雁，
在這荒地上感到死滅的沉寂；
眼前常閃現鷹爪的黑影，
使受傷的翅膀震顫，不能一動。[332]

〈嗜煙者〉

他像沉醉於一個旖旎的夢，
看見一切願意看見的東西。
靜默地觀賞吧，別把手伸，
它只像雲霧一樣空虛而美麗。[333]

受益於朱育琳與陳敬容等對波特萊爾的譯介，青年陳建華早已展現了將歷史苦難寓言化的本領。〈空虛〉裡徘徊在街上的肺病患者周邊，盡是沉悶空虛的矯飾，寄寓對文革歪曲人性的批判；〈無題〉的「你」（朱育琳）「像一隻螻蟻，／垃圾上艱難地爬行」，而「我」卻是「像一隻失群的孤雁，在這荒地上感到死滅的沉寂」，疫病、蒼白、衰敗、頹廢；以及〈嗜煙者〉裡，時代悲劇化為一縷輕盈的煙霧，似輕若重。

---

[332] 頁 53。
[333] 陳建華，〈嗜煙者〉，《陳建華詩選》，頁 54。

如同詩人自況：「或許也是一種借托，借以表達一個被壓抑的理想主義的形象」，[334] 也是「波特萊爾成了我的引導，但那種精神壓抑與愁苦在我的具體語境裡，更多地與壓迫和牢籠的意象相聯繫」[335]。如同波特萊爾詩歌所開啟的現代性，詩人必將走入常民化且暫時性的時代風尚、情慾與道德，去尋找藝術美的永恆不變。陳建華移植的只是波特萊爾的寫作觀念，但其筆下文本場景的上海，卻那麼有革命年代的具體性、形象感，其「自我」顯然承襲了波特萊爾的漫遊者主體，在革命對「自我」施以語言暴力之時，詩人仍吞吐著偶然、瞬時裡的寓言細節之美，「悄悄進行著另一番私人空間的『革命』」。[336]

詩集裡有這麼一段詩人自陳詩作風格的轉換，或可定調陳建華在文革期間的寫作：

> 「文革」開始後我仍在構築我的「小我」，躲進詩的堡壘，但愈覺環境的險惡，愈覺生命和詩的脆弱，且不得不和殘酷的現實遭遇。在寫了〈夢後的痛苦〉之後，逐漸走出亭臺樓閣、綺詞麗藻的古典想像，於是有〈荒庭〉、〈鐘聲〉、〈無題〉等。語歸平實，試圖探索自己和人生的內在真實，且伴隨著某種普世的語境。某種意義上仍在逃避現實，但竭力抵抗的是那種直接評論或咒罵的語言的誘惑。[337]

確實，接續楊小濱的論斷，時代正朝著總體化的象徵而去，其下的「破碎」亦表示「自我」象徵符號系統的「破碎」，也唯有歷史廢墟化的寓言，能夠承擔將歷史暴力符號化的責任。陳建華不同於食指、多多與芒克之處，陳建華的詩正是一首首被毛話語撕碎的詩、亟待抒情主體縫合的詩，體現在陳建華詩中的表徵形式，是一系列負面精神的修辭樣態：漆黑的天幕、迷濛的思緒、死亡的氛圍、青春的凋零、孤寂的靈魂。「破碎」的感知符號指涉的是個體精神的反叛，並不意謂「自我」表述的「失效」，而是抒情主體被分裂感知器官的重建表述。

因此，不論是楊小濱在推薦語中所說的「在紅色口號詩鋪天蓋地的年代裡，陳建華以訴諸內心晦暗的象徵主義寫作開創了當代中國現代主義詩的先河。這些埋沒了數十年的詩作的問世，讓讀者看到了一個滾滾洪流中的文化獨行者形象」；或是

---

[334] 陳建華，〈走向世界〉，《陳建華詩選》，頁 160。

[335] 同上註。

[336] 同上註，頁 162。

[337] 劉燕子，〈訪談陳建華博士〉，同上註，頁 205。

如李振聲：

> 家國政治與個人精神歷程暗中糾葛在一起，聚合為意義和情緒的迷團。一方面是隱喻中的現實世界的災難與壓抑，一方面是這個世界中有敏銳感受和洞察力的少年，在訴諸內心晦暗的象徵主義抒寫中，徘徊尋覓於靈與肉、真與偽、善與惡之間，試圖從中求取人性的成長，找到人性的真諦和個人安身立命的基石。[338]

相較於文革由外力對人的精神進行裁決、評價，陳建華詩中呈現的種種負面修辭，卻是表徵詩人內在「自我」的顛覆性與叛逆性，形成文革文藝體制裡極佳的感覺隔離效果。

五、黃翔的「獸性」自我：狂歌不醉的獸形，人格者的詩

若說「先鋒詩歌」的「先鋒性」，最重要的特徵是體現在詩人精神的「獨立性」與作品美學的「實驗性」兩個向度，那麼，地下詩歌時期中國最具「獨立性」與「實驗性」的詩人，就是作為永恆的精神叛逆者、「詩歌界的顧準」、[339]「在精神荒原上咆哮不休的詩獸」、[340]「狂飲不醉的獸形」、「中國摩羅詩人」[341]的黃翔。其曾經向詩壇領袖艾青叫陣的傲骨，其直面批判文革、權威與極權政治的大無畏勇氣，其詩集屢屢遭到查抄、身體屢屢承受迫害與監禁的苦難生命，黃翔的精神創造活動顯然不只是文本的，更是行動的；也不只是審美的，更是政治的；也不只是文化的，而是道德的。

黃翔命運的悲壯與崇高，來自於他是一個決絕於世俗權威與偽善詩壇的「殉詩者」，一個因父親是國民黨將領而被打為「黑五類」的年輕生命，因而終身不論是人格或是作品，恆常遭受體制與公眾否定的宿命。[342]自此，「詩」對詩人說，成為了一種維繫個人生存意義的，更可以是近乎宗教的崇高與莊嚴，詩歌世界對應著宗教世界，詩人必須也不得不等同於宗教史裡的殉道者。故詩人曾言：「對我來說詩歌永遠是而且只能是人類偉大的夢想和良知，不管它以何種形式去表達。我終生逆轉於不可逆轉的命運，注定成為一個殉詩者」[343]。

---

[338] 李振聲，〈徘徊在時代的邊緣〉，《二十一世紀》110 期（2008.12），頁 138。

[339] 摩羅，〈詩歌界的顧準——黃翔〉，收於黃翔，《我在黑暗中搖滾喧嘩》（臺北：唐山，2002），頁 43-46。

[340] 鄭義，〈在精神荒原上咆哮不休的詩獸——在黃翔詩文集首發式上的致詞〉，同上註，頁 47-54。

[341] 張嘉諺，〈中國摩羅詩人——黃翔〉，同上註，頁 1-42。

[342] 關於黃翔的生命及作品的坎坷歷程，見北明，〈一個中國自由詩人的故事〉。

[343] 黃翔，〈殉詩者說〉，《我在黑暗中搖滾喧嘩》（臺北：唐山，2002），頁 85。

1978 年 10 月 10 日，黃翔與路茫、莫建剛等詩友從貴州抵達北京，早在六〇年代就已寫下〈獨唱〉、〈野獸〉等驚世駭俗、勇于直面批判文革極權體制的黃翔，其生命潛質裡某種宿命的悲劇性，而觸發個體情緒上的爆烈、狂熱與野性，終至引爆了中國文化界一次盛大空前的「詩－行動」，開始「獨立升起自己的旗幟」：

> ……次日在王府井大街原《人民日報》門口張貼第一份《啟蒙》大字報，並散發第一份民刊《啟蒙》。11 月 24 日在天安門廣場，黃翔宣佈成立解放後第一個民主社團「啟蒙社」，並親自在天安門廣場懸掛出兩條大型標語：「毛澤東必須三七開」、「文化大革命必須重新評估」，為中國當代民主牆運動掀開序幕。這其間，他將創作於文革中的長篇〈火神交響詩〉全稿以大字報形式張貼在王府井大街，首度公開反對偶像崇拜和個人迷信，第一次響亮地提出人的尊嚴和精神自由的命題。[344]

北京西單民主牆被視為是中國民主運動的開端，民間社團、知識份子開始集結、串連、發表言論，對抗威權專制、平反歷史冤案、爭取言論自由。[345]北京民主牆運動裡詩歌身影的出現，或與自 1976 四五天安門運動後，政治抒情詩的特質從「歌頌」（eulogy）轉向了「抗議」（protest）與「批判」（critisism）有關。[346]黃翔在那個中共中央尚未定調文革與毛澤東歷史功過的時間點，如此「公然地」碰觸政治禁忌並向公眾投擲反威權崇拜、審判／反思文革的精神信號，這是作為「殉詩者」黃翔以飛蛾之輕，撲向政治烈火的殉詩之舉。

另一方面，黃翔張貼在民主牆上的〈火神交響詩〉，其意象的展示更具有穿透歷史迷霧、伸張人類思考與表達權利的雄渾力道，皆來自詩人內心對「精神自由」的精神疆域寸毫不讓的意志。〈火神交響詩〉因此是詩人涉險言論禁區、展現獨立人格與精神自由的「行為主義」書寫，也是詩人在那個集體話語暴力、價值虛無的年代，演繹「自我」心象的重要文本：

> 有別於分門別類的文學分類意義上的「詩」的定格，「啟蒙」是我此生首次

---

344 黃粱，《百年新詩》「第四章　中國先鋒詩歌歷史脈動與精神歷程」，見黃粱部落格「野鶴原」，連結 http://huangliangpoem.blogspot.com/2020/08/blog-post_33.html。

345 Goodman., David S. *Beijing Street Voices: The Poetry and Politics of China's Democracy Movement*. New York: Marion Boyars Publishers, 1984.

346 Yu, Shiao-ling. "Voice of Protest: Political Poetry in the Post-Mao Era". *The China Quarterly*. No. 96 (Dec., 1983), pp. 703.

> 「綜合文體、立體藝術」的「大詩」。也有別於沾沾自喜、步人後塵的時髦混混愛玩的稍縱即逝的各式「主義」和「流派」，我玩的是「腦袋吊在褲腰帶上」的「行為主義書寫」。首次上北京張貼以〈火炬之歌〉開篇的〈火神交響詩〉，我最初準備單幹，懷的是「刀尖上跳舞」、「壯士一去不回頭」、敢為自由書寫赴死的絕意和心境。為什麼？因為我 58 年開始發表作品並加入作協，59 年就因詩、因夢而送入監獄，以後作品被人禁止發表與出版至今。你不發表、剝奪我的公民權利，那我自覺行使一個人與生俱來的表達自由！我要把我的詩寫滿整個天空，讓全世界都看見！這就是我為什麼跑到北京，率先壘築一道輻射「精神自由」的人文民主牆的初衷！[347]

從〈獨唱〉：「我是誰／我是瀑布的孤魂／一首永久離群索居的／詩」[348]開始，黃翔詩歌裡的「自我」，隨著時代文化專制力量的緊縮，進入到詩歌的文化介面時，便出現了一系列形象演繹上的變化。〈獨唱〉裡的「我」是孤魂，是一首離群索居、無人聞問的「詩」。在〈野獸〉中，「自我」化作被時代踐踏的「野獸」，但桀敖不馴的「獸性」原始、純真、充滿力量之美，映照著時代大話語所謂「革命進步神話」的虛偽、空洞、盲從：

> 我是一隻被追捕的野獸
> 我是一隻剛捕獲的野獸
> 我是被野獸踐踏的野獸
> 我是踐踏野獸的野獸[349]

「獸性」其實是「人性」的變異精神型態，在一個人倫秩序逆轉、「荒原」式的社會時空，也只有讓「獸性」更堅決、甚至野蠻地捍衛「自我」的精神領域，唯有守住這最後一塊僅存的精神疆域，而後才有返歸「人性」的可能。更重要的，文本中以「獸性」通達「人性」的辯證性思維，這樣深刻的存在主義悖論式的命題，充滿著現代主義的美學傾向。陳思和認為〈野獸〉「顯示出強的探索精神與濃厚的現代主

---

[347] 見孫守紅專訪黃翔的文字〈探秘《啟蒙》的背後——答中國大陸青年學者、文學評論家孫守紅問〉，見「地方文革史交流網」，連結網址：http://difangwenge.org/read.php?tid=12967。

[348] 黃翔，〈獨唱〉，《我在黑暗中搖滾喧嘩》，頁 87。

[349] 黃翔，〈野獸〉，同上註。

義色彩，與那個時代乾枯的語言迥然不同」[350]，因此，詩人在詩的末段，寫出「即使我祇僅僅剩下一根骨頭／我也要哽住一個可憎時代的咽喉」[351]這樣的詩句，這背後有著某種與時代的詩性決裂意識，這樣的意識再加以變異為一頭令人野蠻驚駭的「野獸」，再現出無法被時代整合代言的「個體」或「自我」，地下詩人的現代性的語言探索，自此隱含著極為鮮明的啟蒙思維。

到了〈白骨〉，「自我」的形象演繹轉而成為一具沉默的「白骨」，它「曾經有過一張扭歪痛苦的臉／曾經有過一雙無聲地詛咒的眼睛」[352]，「白骨」試圖呈現的訊息是恐怖年代裡的寧靜冀望，歷史的遺忘從未、也無法奪去「白骨」曾經與命運與時代相拼搏的痕跡：「這是因抗爭而錚錚繃響過的白骨／這是看見天空中雷火碰擊傾聽過／大地上萬物生長的聲音的白骨」[353]。

> 這是一個人的白骨
> 億萬年以後
> 億萬年的地層裡
> 當未來的人類學家
> 地質學家
> 考古學家
> 發掘出我的屍骨的時候
> 請在同一個燃燒的太陽下
> 高舉起這水和空氣的殘骸
> 把「人」求索[354]

「白骨」橫亙在挖掘者的當下與遙遠的歷史之間，代表著一個「遙遠的地質年代」、一種「因遙遠而迷茫的歷史」。一具骨骸在與時代抗爭的形體消散、死滅之前，必然經歷了無數天地風雲變幻、世事無常滄桑，只留待在未來出者之時，地質學家、考古學家的俯首憑弔，能夠聽到「白骨」上留駐的歷史回聲。

〈火神交響詩〉之一〈火炬之歌〉，「自我」以全知敘事者的姿態，導演了一幕

[350] 陳思和，《當代大陸文學史教程：1949-1999》（臺北：聯合文學，2001），頁 163。
[351] 黃翔，〈野獸〉，《我在黑暗中搖滾喧嘩》，頁 89。
[352] 黃翔，〈白骨〉，同上註，頁 137。
[353] 同上註，頁 138。
[354] 同上註。

「火炬」向時代的蒙昧與專制的黑暗進軍的心靈影像。因為「火炬」的存在，「火炬」成為了詩人逆反紅色喧囂、開展「啟蒙」意識的形象思維，人際之間被階級鬥爭形塑的感情關係，以及個體對現實的認知與理解，皆產生了「質」的變化：

啊火炬　你用光明的手指
叩開了每間心靈的暗室

讓陌生的互相能夠了解
彼此疏遠的變得熟悉

讓仇恨的成為親近
讓猜忌的不再懷疑

讓可憎的傾聽良善的聲音
讓醜惡的看見美

讓骯髒的變得純潔
讓黑的變白[355]

「火」與人類「文明」的原始象徵關係，故不待言。黃翔發現的是「啟蒙」之「火」，照亮的是中國大地一具具專制暴力掌控下萎靡、沉睡的靈魂。〈火炬之歌〉的「火」自此超越了屬於人類／世界屬於器物層面的關係性，而上升到了精神層面的象徵性。「火炬」更具有極為濃厚的「先鋒」意境及其所輻射出的文化視野，造就了一系列反差式的意象：讓「仇恨」成為「親近」、讓「骯髒」變為「純潔」等等，塑造出黃翔精神創造活動過程中，試圖剝除被文革意識形態掩蓋的詞／物的意指關係。而在重新恢復「詞」與「物」的本真關係之後，詩人的「火炬」於是來到了「帝王」面前：

千萬支火炬的隊伍流動著
像倒翻的熔爐　像燃燒的海

[355] 黃翔，〈火神交響詩——火炬之歌〉，同上註，頁93-94。

火光照亮了一個龐然大物
那是主宰的主宰　帝王的帝王

那是一座偶像　權力的象徵
一切災難的結果和原因

於是　在通天透亮的火光照耀中
人第一次發出了人的疑問

為什麼一個人能駕馭千萬人的意志
為什麼一個人能支配普遍的生亡

為什麼我們要對偶像頂禮膜拜
被迷信囚禁我們活的意念　情愫和思想[356]

在中國地下詩歌的系譜中，甚少如同〈火神交響詩——火炬之歌〉，如此直接與極權體制衝撞、直接質疑與批判文革專制偶像、如此具有異端思想的抗議性與顛覆性。在詩裡，「自我」作為反文革敘事的抒情主體，經由「火炬」的把持與前行，打通了通往科學、真理與自由的時代想像，「承擔」了匡正歷史語境的先知角色、也承擔了「自己時代的詩化啟蒙的角色，把中國大地封藏已久的『抽屜文學』推向社會、展示於陽光下」[357]。「自我」不斷質疑權威、反思災難、思辨歷史，展現出極為清醒的啟蒙理性思維，「我」並未隱身於社會邊緣化的抒情位置，而是丟出連續的「為什麼……」、突出「自我」的啟蒙視角，在個體啟蒙與時代蒙昧之間，畫出了一條猛烈而清晰的心靈界線。

〈火神交響詩〉之二〈火神〉，則是呼告「火神」降臨，「啟蒙」不在只是遙遠的「神諭」，而是將「自我」融化為「啟蒙」意識推進歷史進程的一部分，成為了一種承受「啟蒙」引導的剎那生命經驗。因此，若說「火炬」只是追求「真理」的「裝置」，「火神」則是「真理」的「內核」。「火神」的到來，意謂時代的精神廢墟將重新立起自由的祭壇，詩人在漆黑的太空下凝神傾聽「火神」來自宇宙深處的步伐，「身體」狂喜且驚奇：

---

[356] 同上註，頁 94-95。

[357] 啞默，〈荊棘桂冠——詩人黃翔及其作品〉，同上註，頁 70。

從那些迷失了的無盡的年代的後面
從那些萬古悠悠的無窮的時間的盡頭
你揭開太空久久不肯揭去的黑色的披紗
在我眼前微露出光明的腳趾
你緩緩地移動著　微微地搖晃著
毫不羞澀地向我披露赤裸的身子[358]

黃翔寫於文革的詩，不只向現實生命的不公不義敞開，也向某種「人體宇宙情緒」[359]敞開：「這種隨處可觸地與大自然相融與大宇宙相通的『情緒』，不僅充溢和滲透黃翔的全部書寫文本，而且似乎也浸染著他的日常生命狀態，貫通他個體生命文本，使他時而沉入冥思，時而又躁動不寧」[360]。朝向宇宙生存本源、無限流動的「情緒」，也就是張嘉諺稱之的「『詩』與『思』的『冥態』、『夢態』或『醉態』」[361]，表現的是「精神生命的全息感應和心靈智慧的全息瀰漫」[362]。「火神」赤裸「身體」，正是黃翔「宇宙情緒」的體現，除了容納了自身「反－政治」的身體意識，也促使「自我」成為一種源源不斷、衝決政治專制的感官塑造機制，這呼應了黃翔在八〇年代「裸體」與「隱體」的命題：「自我本體的精神的宇宙」。[363]

於是，「裸體」（雕塑、岩石、浩瀚的力和運動）與「隱體」（闊。黑。空）的碰撞，展示著一種「永遠處於流變狀態的無定形『宇宙情緒』」[364]，經由「身體」（歌唱）召喚「火神」的到來，為「自我」的「啟蒙」打開了通往宇宙精神空間。而在「裸體」與「隱體」之間，必須仰賴詩人的「人體宇宙情緒」，也就是「多維多層多稜多面的混沌詩化人生與自由生命的情緒幻象」[365]加以貫穿：

啊　火神　你這為人所知的不可知者
在你降臨的地方漫漫的人群為你歡呼

---

[358] 黃翔，〈火神〉，同上註，頁106。
[359] 張嘉諺，〈中國摩羅詩人——黃翔〉，同上註，頁34。
[360] 同上註。
[361] 同上註，頁36。
[362] 同上註，頁37。
[363] 黃翔，〈世界：你的裸體和你的隱體〉，《裸隱體與大動脈》，頁4。
[364] 張嘉諺，〈中國摩羅詩人——黃翔〉，《我在黑暗中搖滾喧嘩》，頁35。
[365] 同上註，頁38。

無數的心杯滿斟你湧動的乳汁般的光輝
你捲起那些層層封閉的心的簾幕
不停地走向人類心靈的深處和遠處
動搖那些迷信的內殿　謬誤的深宮
打掃那些傾塌了的信仰的斷垣殘壁[366]

因此，從這個段落可見黃翔「人體宇宙情緒」的內涵，是絕對的「精神自由」。「精神自由」的伸張如同「火神」降臨，坍塌的信仰與美善也得以清理、重建，「火神」就是黃翔心智與人格的形象化身。黃翔對「精神自由」近乎宗教般的擁抱與篤信，也得以在詩人內在建構反思文革與生命的基礎，逐步地調動「身體」與「宇宙」二維進入文本。如同賴賢宗從「身體詩」、「自由詩」與「宇宙詩」概括為黃翔詩藝術的三種基本類型：[367]

1. 用身體寫詩——黃翔是用身體寫詩的行動主義者。
2. 詩就是生命自由的見證——從生命的表現到表現的生命。
3. 黃翔的詩是宇宙宗教的詩本體學的印證。[368]

到了〈火神〉的末尾：

啊　火神　你這時間的王　你這空間的主
你是宇宙法則的化身　你是公正的意志
你自身就是真與假的準則　是與非的尺度
……
你是時間的贈禮　你是世界的驕傲
從你的名字
人類懷疑那些已知的包含
獲得那些未知的解釋[369]

---

[366] 黃翔，〈火神交響詩——火神〉，同上註，頁 101。
[367] 賴賢宗，〈黃翔的詩藝探本——狂飲不醉的獸形與身體自由宇宙的交融共舞〉，同上註，頁 55-68。
[368] 同上註，頁 58。
[369] 黃翔，〈火神交響詩——火神〉，同上註，頁 104。

「火神」最終成為審判罪惡的主宰，成為宇宙法則的化身。從「火神」的「身體」、中段「打掃那些傾塌了的信仰的斷垣殘壁」的精神「自由」體現，直到「你是宇宙法則的化身　你是公正的意志」返歸「宇宙」本體，從經驗的觸探到本體的追尋，「自我」就是「火神」的寓言化轉喻，〈火神〉既是探尋「自我」的文本，也是錘鍊「啟蒙」的技藝。

另一首〈我〉，寫於 1978 年，時值文革以後、《光明日報》、《人民日報》等也已先後刊登〈實踐是檢驗真理的唯一標準〉一文，在嚴格時間區間與話語氛圍意義上，不屬於地下詩歌的範疇，但這一首詩主體的「感覺結構」與話語模式仍承襲自文革，也是黃翔地下詩歌時期最能夠闡明「自我」形象與思維的文本：

1
我是一次呼喊
從堆在我周圍的狂怒歲月中傳來

2
我是被粉碎的鑽石
每一顆碎粒中都有一個太陽

3
我是我　我是我的死亡的訃告
我將從死中贖回我自己[370]

在〈我〉中，「我」呼喊、「我」是「鑽石碎粒裡的太陽」、「我」是「我的死亡的訃告」，黃翔的詩體現出一切精神的純粹與狂熱，這與前述其思想活動與人生經歷的悲壯感有關。在這裡，「自我」展現出肯定生命的意識、超越死亡的意識，洞穿身體衰朽與死亡背後的永恆，「我」最終也在「死亡」中重生。奚密以為：「最後一節用了五個『我』字，相當突出。它們表達詩人對自我的肯定（『我是我』），對他被摧殘得如『死亡的訃告』的軀體的超越（『贖回』）」[371]。

黃翔詩裡「自我」的悲壯感，來自其太過直面地接住文化專制主義的傷害，因

[370] 同上註，頁 140。
[371] 奚密，〈序：另一種遼闊——讀黃翔的詩〉，見黃翔，《黃翔詩歌總集（上卷）》（香港：世界華語出版社，2017），頁 31。

此，以詩歌追尋「人」的尊嚴與自由：

> 我們對「自我」是這樣理解的：
> 它是個多棱面的「自我運動體」。
>
> 它包含了每個人對社會、自然和自身的認識。
> 它是充滿矛盾的，它本身就是個矛盾體。
> 它標志著人的自由意識的覺醒，人的價值的新的崛起。
>
> 我們提出的「自我」是個整體，我們反對把它人為地割裂開來，機械地劃分為所謂「大我」和「小我」。
>
> 自我與世界處於敵對狀態是當代人類生活中的普遍現象。人類社會文明越是向前發展，科學技術程度越高，它與「自我」的矛盾越尖銳。回避、掩蓋、隱瞞這一事實，都是無濟於事的。
> 當代中國詩歌不僅要提出「人在哪裡？」尋找追求的目標；同時也要思索「人是什麼？」探索人的本質。[372]

黃翔詩裡的「自我」，不只充滿激進民主思想，更有一種不被馴服的原始激情，叩問著「人」存在的尊嚴與自由。陳大為：「黃翔刻劃了整個大時代最缺乏的一種自我覺醒，有點像魯迅那座『鐵屋子』裡獨自面對昏睡庸眾的『獨異個人』，獨醒是痛苦的，宛如瀑布死去後遺下的孤魂，生前巨大的喧囂成了大規模的沉寂」[373]，又如作家北明稱「不是含蓄溫柔的炎黃子孫，卻是蚩尤的後代，他的血液中寄存著這中國上古時期，與儒學道統的現實入世精神相反的道家自在自為，高蹈浪漫的原始衝動」[374]，黃翔的詩有著蚩尤那樣非正統的叛逆、有著與威權體制直面的決裂意識，字行裡帶著雄奇、強烈、吞吐中華大地文化靈氣與象形文字宇宙的決絕與氣魄，但也因為他的詩不見容於官方詩界，甚至連朦朧詩群與支持新詩潮的評論家也對其冷漠以對。

---

[372] 黃翔，〈致中國當代詩壇的公開信：從艾青、周良沛的文章談起〉，見連結：http://cn.epochtimes.com/b5/4/1/16/n450054.htm。

[373] 陳大為，〈1960 年代前期的中國地下詩歌（1962-1967）〉，《中國現代文學》36 期（2019.12），頁 123。

[374] 北明，〈一個中國自由詩人的故事〉，見連結：https://sites.google.com/site/chenyuanliang/home/yigeshirendegushi。

但正如其篤信的「我相信自由不會停止呼吸／真理不會閉上嘴唇」[375]，黃翔詩裡的「自我」總帶著獸性的癲狂與暴虐，是狂歌不醉的獸形，人格者的詩。其詩比較像是生命的「證言」、時代的靈魂文告，較少見對現代主義以隱晦的語言表現虛無。毫無疑問，黃翔的詩比較座落在啟蒙主義這一邊。黃翔的詩是表現出中國當代詩人中關於主體獨立意識的難得高度，亦代表著此一「貴州潛流」相較於北京中央詩壇的意義，如同傅正明「中國當代詩人，沒有任何人的作品像黃翔的詩歌那樣充滿對自由的追求」[376]，亦如鄭義：「在整個中國詩歌歷史上，這是一頭珍奇的『詩獸』。牠直接繼承屈原上下求索的宇宙精神和殉詩蹈水的偉大人格，但牠無君、無臣、無父、無子，牠是一個裸體的自由的靈魂」[377]。

第四節　結語：兩種現代主義版本

兩岸在戰後至七〇年代之間的現代主義詩學，其對「自我」的「探索」到「確證」的路徑與方式，出現了重大的差異。文革結束以前，中國詩人承接的是整體精神秩序的碎片，是革命的程式化邏輯的暴力寫入，也因為極左專制與文革暴力深入了意識形態光譜的「左」「右」與「階級」、更為無孔不入地壓制著文化場域自主性的生成，導致中國新詩現代化的進程受到重挫，也使得作為時代表述主體的「個體」，只能朝著「啟蒙」的路徑，將「自我」與「現實」拉開距離、進行形象、關係與內涵的變異與衍發，並以相當隱微的方式，進行現代主義的精神探索。

如作為朦朧詩先行者的食指，其運作「自我」的抒情話語對大寫話語的操作趨近陌生化的處理，目的或許在於以語言悖論與反諷的構設，突出其對詩歌文體與形式現代性的感知神經，以化解文革詩歌語言的程式化、一元化、極權化。中國新詩的現代化進程受到革命話語無孔不入的侵擾，因為「『邊緣』是不見容於中共政權的，因為文學必須為工農兵服務，屬於中心論述的一部分」[378]，「自我」意識的生成被迫受到一元話語收編與規範，因而在「人性」主題上，無法開展出如臺灣那樣的懷疑主義話語，雖然仍有依託現代性展現主體精神抵抗的文化向度的案例（多多），但整體上「回歸」「人性」才是更終極的價值追求。

臺灣現代主義向來側重向內在挖掘與探索的心理活動，但是由於政治性質與影

---

[375] 黃翔，〈不　你沒有死去——獻給英雄的 1976 年 4 月 5 日〉，《我在黑暗中搖滾喧嘩》，頁 116。
[376] 傅正明，《黑暗詩人：黃翔研究文集》（崑崙出版社．世界華語出版社，2019），頁 177。
[377] 鄭義，〈在精神荒原上咆哮不休的詩獸〉，同上註，頁 49。
[378] 奚密，〈從邊緣出發——《現代漢詩選》導言〉，《現當代詩文錄》（臺北：聯合文學，1998），頁 30。

響路徑的不同，「自我」相對於「傳統」的位置，出現了更為繁複的話語類型。也就是如此「自我」與「傳統」之間種種辯證性的精神樣態，造就了臺灣六〇至七〇年代現代主義在世界華文新詩領域的獨特美學座標。現代主義不只與現實決裂，也與僵化的「傳統」決裂，以確證「自我」意識建構在文化領域的合法性。如同陳義芝所言：

> （現代主義）它主要的創作目的，在引起衝撞，呈現出不銜接感、危機感，強調美學上的自我意識的完成與非具象的表現，……它是世故的、有特定姿態的、內省的、重視技巧表現的、自我懷疑的、與過往精神文化決裂的，對傳統神話、價值觀、秩序結構，產生了懷疑而加以否定。[379]

因此，在威權右翼的臺灣，「自我」或鍛接日治時期知性詩潮而發展出知性（林亨泰）與新即物性（陳千武）、或割裂傳統（洛夫）、或鍛接傳統（鄭愁予、余光中、楊牧）；在革命左翼的中國，即使出現了「抒情自我」（食指）、知性自我（多多）、人格自我（黃翔）等主體輪廓的差異，「自我」的紛繁心象往往被「革命」強迫折射與扭曲，「自我」的話語總是啟蒙的話語，「自我」的美學是表述主體精神創傷的美學。

以下，就兩岸戰後八〇年代以前的兩種現代主義版本，分述之：

一、臺灣：「自我」技術面版本的現代主義

兩岸在戰後同樣面對了受到政治力量壓抑的「異化」問題，所有的書寫也離不開「自我」經驗的描寫與刻畫、時代的疏離感與精神向度的超越性。基於兩岸歷史語境的差異，二戰後至八〇年代以前的這個時間區間，兩岸現代詩分別走在「自我」意識的探索與確證的道路上，也分別受到不同程度的西方現代主義的影響，也都基於威權專制政體的形似生存處境，兩岸詩人皆無法正式開展「批判」與「寫實」的新詩路線。不過，不同的是，臺灣得益於親美反共意識形態的外部有利形勢，以及大部分現代主義的開創者（現代：紀弦、藍星：覃子豪、創世紀：洛夫等）與參與者，大多皆是非本省籍的省籍屬性，於是，在以上種種主客觀有利條件下，臺灣的現代主義詩歌形塑了較同時期的中國，出現了藝術層次更為複雜、思維更為豐盛、技術更為多樣的現代性。

---

[379] 陳義芝，《聲納：臺灣現代主義詩學流變》，頁 16。

因此，臺灣戰後現代主義新詩在侷促的伸展出相當獨特的在地化景觀，一種在政治意識形態上被馴化、符合反共國策、卻致力於表現技術的「純詩」。這吻合陸敬思（Christopher Lupke）所說「默默地畫地為限，在窄門內伸展其創作羽翼，開闢出一條『純』文學的康莊大道」[380]，表現出個人－國族－現代主義的異質同構體：

> 詩，連同一切文學，一切藝術，首先必須是「個人的」。唯其是個人的，所以是民族的；唯其是民族的，所以是世界的。唯其是個人的，所以是時代的，唯其是時代的，所以是永恆的。[381]

相較於中國，臺灣六〇年代現代主義至少在「技術面」上是豐盛且壯觀的，由於「前衛形象乃在中國本位的政治前提下發展。當值時的臺灣現代詩，以流亡、放逐、幻滅來透射思想與精神，體現現代主義的手法」[382]，即使如《笠》，其「創社的早期詩人在早期出發時都是以現代主義為依據……《笠》是隨著時代的演變，漸漸偏向本土精神的強調。……必須要等到八〇年代之後，《笠》的本土意識才在時代的激盪之下鮮明起來」[383]。但即使如此，在整體的詩潮演進史上，臺灣 1972 年的現代詩論戰與 1977 年的鄉土文學論戰，兩次論戰啟迪了大量臺灣戰後嬰兒潮世代詩人關懷視野的轉向，促成了新詩「典範」朝向「現實」轉移，這樣從現代到現實的「本土」轉向，與中國在八〇年代才轉向熱烈擁抱現代主義，有其歷史語境的差異。

因此，依據陳千武「兩個球根」，除了紀弦－中國大陸一脈，臺灣現代主義的「自我」不但呈現出多樣的技術面，「自我」通向「現代」及掌握「現代」的路徑與方式，更受到日本現代派「知性」詩觀的影響，顯現出一定程度的「知性」思維結構與審美精神。如桓夫曾在《笠》第三期「笠下影」專欄裡，自剖其詩觀：

> 認識自我，探求人存在的意義，將現存的生命連續於未來，為具備持久性的真、善、美而努力；就必須發揮知性的主觀精神，不斷地以新的理念批判自

[380] 陸敬思著，梁文華譯，〈尋找當代中國抒情詩的聲音：鄭愁予詩論〉，收入李奭學主編，《異地繁花:海外臺灣文論選譯（下）》，頁 27。

[381] 青空律（紀弦），〈詩論三題〉，《詩誌》第 1 號（臺北：暴風雨出版社，1952），頁 3。

[382] 陳芳明，《臺灣新文學史》，頁 346-360。

[383] 同上註，頁 504。

> 己；並注重及淨化自然流露的情緒，但不惑溺於日常普遍性的感情，而追求高度的精神結晶。[384]

如此一來，傳承自日治時期主之詩潮傳統的林亨泰與陳千武，豐富了臺灣戰後至八〇年代以前的詩史風景，呈現出更為多元的現代性光譜。雖說「藍星」對「現代」亦有「是否需全盤排拒抒情」的異議，「創世紀」甚至認為部分現代派詩人不夠「現代」，而《笠》也是直到八〇以後才真正以創作實踐進入本土意識的開展，不過，大體上都是呈現的是二元對立的格局：現代／反共（1960-）與鄉土／現代（1970-）。

七〇年代末「朦朧詩」出現前的中國現代主義（地下詩歌）傾向「人性」的修復，雖有極為少數現代前衛的極端／異端「自我」心理樣態，表達語言的現代性及其感官、質地的案例（如多多），但從整體的時代面上，中國地下詩人的「自我」心象呈現無力且蒼白的主調，而無力在詩觀或詩潮上開展「對立」的格局，而臺灣的現代詩的表裡則是迂迴曲折且層次複雜，其在六〇年代開展出極為繁茂的現代主義詩學，尤其在技術表現面，或象徵、或超現實、或新即物，在思想含量面，在衝鋒式的「現代」狂飆之餘，亦兼顧了個性特徵與民族精神，不論是擷取西方或化用古典，都是對「文化中國」此一「國族」歸屬、時空觀念、想像世界的省思與重構，到七〇年代「現代詩」與「鄉土文學」論戰，亦發展出「本土臺灣」此一歷史文化語境的導正式詩潮。

不若同時期彼岸的中國，臺灣戰後現代主義的「自我」意識的形構，只在「寫實」、「左翼」面向受到壓抑，而在「時代」與「自我」之間的錯位與衝突上，呈現或新即物、或超現實、或融古典於現代，表現出高度的技術發展。戰後臺灣在「現代」側面並未受到太多實質政治阻力、現代詩也因為「邊緣」而被賦予更為精神抵抗的文化向度，有的只是無根與放逐的心靈位址與表現方式的不同，對「人性」的命題，則是充滿各式懷疑主義論調與批判色彩，詩人以自身所在的歷史條件與場域位置來重組現代性的「主體」。

在右翼威權的臺灣，雖也是言論自由遭受彈壓的戒嚴時期，但卻沒有左翼激進革命以「階級」、「派性」對「人性」加以壓制，反而在冷戰反共的意識形態光譜上，一個現代性的「自我」恰好生逢其時。在現代性的「自我」趨於否定「反共」與教條文藝，亦不涉及顛覆政權的意識形態前提下，臺灣現代主義詩人的「自我」轉向藝術表現的苛求，雖有超現實詩人斷裂傳統、對現實的變異、改造，與部分現代主

---

[384] 本社，〈笠下影 3：桓夫作品介紹〉，《笠》3 期（1964.10），頁 4。

義詩人（楊牧、余光中）銜接傳統、對古典意境的追索之間的差異，但在創作意識上總是有著面向「傳統」出現了或斷裂、或移植、或繼承、或轉化的美學徵狀。臺灣現代主義「如何現代」出現了更多元的光譜，適度地填補了時代主體內心的空洞與虛無，是著重個人主體的追求與定位、向外拓殖、「走出去」的現代性。

二、中國：「自我」啟蒙面版本的現代主義

從戰前的李金髮、王獨清到馮至，從上海《現代》的戴望舒、卞之琳到九葉詩派的穆旦、杜運燮、辛笛、陳敬容、鄭敏、王佐良、唐祈、唐湜、袁可嘉等，戰前盛開綻放的現代主義詩歌於文革而沉寂。地下詩歌從「自我」的啟蒙出發，探索個體的生存困境（陳建華、食指），直到白洋澱詩群開展出與時代主流話語搏鬥中的現代主義部位（多多、芒克），再加上極盡異端、狂烈、顛覆意味的黃翔，地下詩歌不只接續了因為文革中斷的戰前中國現代主義詩學傳統，[385]更是一次分散於中國各個地方、卻具有某整程度「共時性」的精神質變過程。各個地方性質不同的精神空間與不時言論審查、查抄書籍、身體拘禁的陰影，介入了「自我」意識的生成、技術與表達。

從中國地下詩歌諸多青澀、尚未成熟的文本形貌之中，我們可以見到地下詩人或隱（陳建華）或顯（黃翔）的姿態，陳建華趨於孤絕狀態下的抒情，或黃翔作為殉詩者的英雄身影，不管如何，皆是亟欲掙脫大時代極左思維定式藝術指令的努力。從多多與芒克的詩歌案例分析中，出現了諸多粗具現代派詩歌雛形的意象調度，也宣告了文革詩歌「程序化」激情的遠去，對世界與他人的關注方式也蒙上了一層個人化的直覺與感悟的色彩，也可以從中看見詩人剝除被文革教條操弄的思維定勢，轉化為感性直觀與某種程度的隱蔽知性意識，進而為處在邊緣位置的「自我」，尋求時代縫隙裡的詩意居所。

在主體輪廓面，除少數詩人（如黃翔）顯露強烈的主體反抗意志，以及部分詩人（如多多）努力地在語言或形式上進行現代主義的種種表達方式的探索，再現出主體的異質面與荒謬境遇。然而，地下詩歌大多數文本中的「自我」表述，主體輪廓大致上仍呈現出蒼白、模糊的面容，並在個體的境遇上掙扎與探索，缺少如歐美現代主義賴以顛覆傳統的文化烏托邦願景，亦無法如同臺灣六〇年代現代主義詩歌那樣在主體輪廓鮮明的文化基礎之上，對「鄉愁」與「記憶」做出豐沛的「技藝」轉化，以抵抗的姿態帶出對「自我」更具深度的考掘（存在、死亡、虛無等命題），

---

[385] 同上註，頁 99。

並進一步形塑「風格」的誕生。[386]

本書分析的多多與芒克皆屬於白洋淀詩群的代表。關於白洋淀詩群的美學特色，王力雄有一概括性的闡釋：

> 白洋澱詩人共同的寫作特徵是：對現實主義創作原則的不滿，刻意疏離革命話語體系，追求個體價值與自由，關懷人性、人本身的價值，著重人的直覺，個人的感受以及反應自然的東西。他們的詩一反社會主流官方知青文學／詩歌的激情、昂揚，以顛覆性的語言體現了知青們的率真而又不無叛逆的精神；高舉反叛的旗幟，以犀利的冷漠傲視世人；用荒誕的詩句表達對錯位現實的控訴與抗爭。他們在詩中表達了一種人存在的荒謬狀態以及由此產生的迷惘、焦慮與孤獨感，並在奇譎瑰麗、光怪陸離的詩風中，凸顯鮮明的個性、細膩的感覺以及具有強悍的生命力。[387]

約略可以等同於「地下詩歌」活絡時期的「前朦朧」時期詩歌，是「人本主義」的詩歌，也是「自我」意識的詩歌，是後續「朦朧詩」美學巨變的預兆，也是顛覆引信。自〈延安文藝座談會上的講話〉以降，政權將「文藝」納入了人民民主主義建設與階級鬥爭路線的一翼，「革命現實主義」與「革命浪漫主義」成為了詮釋人類社會與歷史演化的文化法則。

然而，歷史早已證明，文化專制主義總會走向它自身的反面，反右、大躍進與文革所導致的主體異化及精神創傷，塑造了迷惘而反叛的知青世代，以及他們意圖利用稍嫌粗拙的現代主義技巧，表現時代的文化無意識：社會主義文藝美學訴諸的「人民」與「階級」，在詩人的思維構圖之中，受到裂解與轉化的過程。

中國「前朦朧」時期的地下詩歌，雖未曾如改革開放以降、文化專制思想解凍以後的「朦朧詩」，那樣基於承擔歷史與考掘記憶的啟蒙意義、朝向「集體啟蒙」的文化行動，也不同於「第三代詩歌」那樣執迷於反現實、反敘述、反形象，並質疑一切語言對事物／件再現機制。「前朦朧」時期的地下詩歌尚未在詩人身分認同上，建構一種明確的文化主體位置，也未曾在語言模式上，建構完備現代主義特徵的表述系統。但是，我們仍然可以從這個時期詩歌意象呈示的慣性之中，找

[386] 「風格的誕生」係借用陳義芝《風格的誕生》之書名，藉此體現向西方「拿來主義」的現代主義思潮，臺灣現代詩得已在更為親美、反共的時代氛圍下，琢磨「風格」的生成與體現。見陳義芝，《風格的誕生——現代詩人專題論稿》（臺北：允晨，2017）。

[387] 王力堅，《回眸青春：中國知青文學》（新北市：華藝學術出版，2013），頁 98。

到了詩人構築獨立的精神「自我」，呈現出從毛話語體制下的「客體化」（回應革命與領袖號召）被動向度，轉喻為「主觀化」（獨白、內心考掘）主動向度的關鍵轉變。

另一方面，文革時期革命頌歌語體雖阻斷了五四文化傳統「個人」與「時代」的對話機制，而地下詩歌所生產的最珍貴的文化意涵，在於其官方宣言體詩歌之外的「自我」表述：對一個真誠、正義與人性世界的嚮往。在八〇年代「朦朧詩」引發詩壇關於創作觀念的重大變革之前，地下詩歌早已在探索「自我」方面確立了基本的先鋒屬性：在歷史傳統與文化根性被革命語體架空的時代，「自我」是唯一指認與理解現實的精神載體，「自我」不只是還原時代扭曲下的「個體」形貌，更開啟了朦朧詩的美學感官，其承接了地下詩歌構築的「自我」基座，而得以穩固表述與再現「現實」的主體構造，大規模朝向「語言」做進一步的深度變革。中國地下詩歌時期的「自我」，除了因應思想檢查而初步建立了現代主義的反應模式，也夾帶著面向五四文化傳統溯源探勘的先覺意識，使得五四「感時憂國」的文化傳統，經由「自我」的鏡像而得到某種程度的恢復。

中國詩歌的「先鋒」性格，往往從政治場域的話語鬥爭與解放意識之中，提取象徵與隱喻的資源，同時意謂著對於毀敗的現實，有著必須加以超克的強烈慾望。「地下詩歌」作為中國先鋒詩歌的源流，其最珍貴之處，就是試圖理解「自我」，發現「自我」在歷史上的獨特性。

從本節對中國改革開放以前地下詩歌的分析中，可以看見一種發軔於個體自覺的、「非程序化」的現代主義，早已在「朦朧詩」登場前，隱隱潛伏在中國詩壇。地下詩歌是一種包裹著人道主義、理想主義與民間文化的現代主義，詩人在顫抖的筆鋒裡召喚出「自我」寄託在茫然歷史中的影子，並從中挖掘出文革知青世代精神蛻變的根源：權力網絡、紅衛兵詩歌與政治現實制約下，「個體」的叛逆與覺醒。儘管，這個階段的多數作品仍未上升到「朦朧詩」的「反思」階段，語言佈局仍稍嫌流於感傷、迷惘的情緒、缺少結構或思想的錘鍊，且無力充分開展個體意識與時代、民族、歷史、現實等外緣層面的介入或對話關係。

從前述的食指、多多、芒克、陳建華與黃翔，基於毛文體無孔不入的侵害、動員個體的身體與思想，地下詩人總體上都有一種「反政治」的取向，只是個別承接、應對時代的表述方式有所差異。文革時期「反政治」的詩，不論各自的表述方式是偏抒情還是知性，是浪漫還是現代，其實總還是脫離不了「現實」的時空環境，一種時代總體命運下的「個體」表達或「自我」心象，進而做出不同的藝術對應方式。

總體來說，戰後至七〇年代中國地下詩歌的「自我」，是一個由被文革抹除與否定的虛級化存在，在部分詩人努力以啟蒙思路有意識地運用理性、廓清時代原貌與真相，以及在有限的對西方現代派詩潮的接受上，逐步在文本（或至少在文本）中具象化、實體化的過程。作為朦朧詩起源的地下詩歌，蘊含著回歸浪漫主義關於個體想像力的發端，通過個人情感傾向的修辭再現了對外部世界的種種直覺、想像力和綜合感覺，呈現出孤獨、悲壯、個人式的文化反抗，展現對宏大革命歷史虛幻整體性的拒絕。

本書對中國當代詩歌裡具備初步現代性特徵的「地下詩歌」的研究之中，雖未能如朦朧詩群向「現代主義」大步邁開，但是仍可見到中國地下時期詩人現代性的「自我」趨於否定「革命」與毛話語的內在傾向，以及面臨到即使表述無根、放逐、離散的心境，亦有可能被打為「封資修」的現實危境。於是，詩歌寫作不得不轉往「地下」，在「革命無罪，早反有理」等文革口號響徹街頭時，中國地下詩人唯一能做得即是以詩「固守」內在隱密的「啟蒙」感知。即使充滿對俗世理想的幻滅感，但詩人仍努力拼湊碎片化的感覺，以重組完整的「我」的美學，體現出著重人性尊嚴的修復與回歸、向內固守、「走進來」的現代性，是現代主義深潛版本、強調「自我」啟蒙面的現代主義。

第三章　時間之書：
兩岸現代主義新詩的歷史／時間

「只有在一種特定的時間意識，即線性不可逆、
無法阻止地流逝的歷史性時間意識的框架之中，
現代性這個概念才能被構想起來。」[1]

「總之，那是一個浪漫的世代，我們把感情或感性當作很重大的事情來經營擘劃。我們花了很多心思、很長的時間來體驗或感受發生在內心當中那些看不見、
摸不著的神奇刺激，並賦予它無比重要的意義。」[2]

「我們這一代人詩人和新世代的重要區別在於：我們經歷了那段特定的歷史時期，因而表現為更多歷史感、使命感、責任感，我們是沉重的，
帶有更多社會批判意識、群體意識和人道主義色彩。」[3]

第一節　前言：兩岸現代主義新詩的續航與斷裂

一、續航：臺灣八〇年代以降現代主義新詩

一九八〇年代對臺灣的「現代主義」新詩來說，正好是其「腹」（內涵）「背」（形式）受敵、努力尋找新的方向的時期。七〇年代轉向「民族」、「社會」與「鄉土」的語境，加上中壢事件、美麗島事件的發生，民主運動、農運、工運、同志與原住民運動的蓬勃，臺灣社會在政治、經濟與文化面皆出現了重要的質變。連帶的，

---

1 Calinescu, Matei. *Five Faces of Modernity: Modernism, Avant-Garde, Decadence, Kitsch and Postmodernism* (Durham: Duke University Press,1996), pp. 13. 中譯見馬泰・卡林內斯庫（Matei Calinescu）著，顧愛彬、李瑞華譯，《現代性的五副面孔》（北京：商務印書館，2002），頁 18。

2 羅智成，〈最美的一種無奈〉，收於陳義芝，《不安的居住》（臺北：九歌，1998），頁 19。

3 舒婷，〈不要玩熟我們手中的島〉，《心煙》（上海：上海文藝出版社，1988），頁 172。

「現代詩論戰」與「鄉土文學論戰」的發生，也代表原先在六〇年代由外省籍文人主導、建立的現代主義詩學「典律」，在主題上不得不開始轉向關懷「現實」、正視「本土」，在文化身分上，也面臨了出生、成長於戰後的詩人世代的挑戰。

如同林燿德以為，八〇年代成長起來的詩人，涉及重要的美學典範轉移：

> 和七〇年代的世代衝突比較起來，八〇年代的「世代交替」很明顯地涉及到詩學和思考方式的重大改革，而非僅僅是盤桓在文學／現實、菁英化／大眾化、橫的移植／縱的繼承這些過份簡化的邊緣性議題上。[4]

而林燿德提及的詩學和思考方式上的「世代交替」現象，其實在七〇年代早已開始。向陽在〈七十年代現代詩風潮試論〉一文中，認為《龍族》、《主流》、《大地》、《草根》、《陽光小集》等新興詩刊的崛起，是「新世代詩人的覺醒，無妨視之為來自現代詩壇內部的反省，他們謹慎地、象徵地表達出身為詩壇後進對於現代詩的期望」[5]，向陽並統整出七〇年代的詩風潮是「反身傳統，重建民族詩風」、「回饋社會，關懷現實生活」、「擁抱大地，肯認本土意識」、「尊重世俗，反映大眾心聲」與「崇尚自由，鼓勵多元思想」[6]。

向陽此文爬梳各個於七〇年代興起的詩社之「成立宣言」，確實不失為一個有效檢視詩史風潮的方式，而本書以為可以進一步辨析的是，從實際的創作圖像去檢驗，許多詩壇在八〇年代以降發揮巨大影響力的「個體戶」，如楊澤《薔薇學派的誕生》、羅智成《畫冊》、陳義芝《落日長煙》等等，皆成書於七〇年代末期。這些詩人在精神意識與創作態度上體現「縱的繼承」的傳承或轉化，堅持著某種「抒情傳統」（lyrical tradition）的語言與風格，其「抒情」非但未曾遠離社會與現實，反而能夠符應向陽提出的「民族」、「現實」、「本土」、「多元」的詩潮景觀，至多在「大眾」此一面向上因堅持詩的「純粹性」有所疏離。因此，筆者稱這群詩人為「抒情傳統」在當代臺灣華語詩壇的播散。

因此，林燿德〈不安海域：八〇年代前葉現代詩風潮試論〉一文，認為向陽「忽略若干詩社、詩人曾在古典形式、質材和現代文體之間做進一步的融合、衍異地經

---

[4] 林燿德，〈八〇年代現代詩世代交替現象〉，收於文訊雜誌社編，《臺灣現代詩史論：臺灣現代詩史研討會實錄》（臺北：文訊，1996），頁426。

[5] 向陽，〈七十年代現代詩風潮試論〉，《文訊》12期（1984.06），頁51。

[6] 同上註，頁63-65。

營」[7]，以及「抒情路線的發展不容抹煞，仍然應佔一席之地」[8]，林燿德更提出「兩點」，以補充向陽的「五點」，此兩點為：「訴求古典質材」、「延續抒情文體」[9]，這兩點如何拓寬了八〇年代臺灣詩壇的「現代主義」詩學，就頗值得探究。

因此，目前前行研究對八〇年代的描述之中，多數以「詩潮」或「主題」（「政治詩」、「女性詩」、「情慾詩」、「方言詩」、「都市詩」）作為主要觀察指標的論述，除了有因為文學史敘述以十年為「時間斷代」所產生的認知偏誤，疏忽了某些風格或潮流其實早已在七〇年代就已在醞釀、潛伏或出現。

另一方面，則是偏重「潮流」或「主題」，而導致真正不附和「潮流」或不從屬於以上分類的優秀作品被詩史與論者「犧牲」。鄭慧如的《臺灣現代詩史》認為「潮流」最終還是需要優秀作品支撐：「潮流不等於經典。最多人書寫的題材不等於名垂青史的作品」[10]，鄭慧如以「詩人」與「詩作」檢視詩史，指陳一九八〇至一九九九年之間，各詩選的選詩、或詩選未及注意的傑出作品，皆不屬於以上詩潮的分類。

以上，一般而言，目前的文學史與詩史將「後現代」與「後殖民」作為八〇年代以降敘事及詮釋的主旋律。但從實質的出版狀況來看，**許多承受過六〇年代「現代主義」洗禮的戰後世代詩人，其實在八〇年代亦有精彩演出**。因此，「後現代」與「後殖民」確實是八〇年代以降新詩風潮值得被討論的一部分，但不能就概括性地將這個時間區間用「後現代」與「後殖民」作為新詩景觀的全部，不可否認的是，**歸屬「現代主義」的新詩創作仍在持續存在與進化之中**。因此，目前詩史忽略了一個重要的詩史側面：「延續性」的八〇年代以降的現代主義新詩，也就是**「再次」現代的現代主義——臺灣八〇年代現代主義新詩的「續航」**。

作為「後現代」理論健將與創作能手的林燿德，在論述八〇年代新詩風潮時曾言：

> 第四代詩人的創作實踐，就質就量，均有急起直追之勢，在未來五至十年，必然成為當代詩壇之主力。他們在取向方面，可概略分為『古典婉約派』、

---

[7] 林燿德，〈不安海域：八〇年代前葉現代詩風潮試論〉，《不安海域》（臺北：師大書苑，1988），頁3。其實，向陽〈七十年代現代詩風潮試論〉一文，對林燿德所指稱之忽略部分詩人「古典形式、質材和現代文體之間做進一步的融合、衍異地經營」，向陽已在文中第四節針對「反身傳統，重建民族詩風」此項的整理，已有提及戰後世代詩人對「抒情傳統」的發揚與對「縱的繼承」的肯定，只是未明確指稱是楊澤、羅智成等人。而向陽自身的創作如《銀杏的仰望》、《十行集》、《歲月》與《四季》等，皆有一定的轉化「古典」意象與「抒情」傾向，故不殆言。

[8] 同上註，頁4。

[9] 同上註。

[10] 鄭慧如，《臺灣現代詩史》，頁664。

> 『鄉土—寫實主義派』與『掌握都市精神的世代』三項主要類型，尤以後者因迴異於前行代風格而備受爭議與矚目。[11]

按林燿德此文觀點加以延伸，若將「鄉土－寫實主義派」視為《笠》集團詩人、「掌握都市精神的世代」則是「後現代」傾向的詩人，那麼「古典婉約派」的指稱則是繼承「楊牧風」遺緒、具「抒情傳統」色彩的楊澤、羅智成、陳義芝等等。而後者如何以「抒情傳統」溝通、融合現代、古典、鄉土與現實四端，是本章在論證中意圖著力之處。

因此，時序進入七〇年代末，戰後鵲起的臺灣現代主義新詩傳統，並未因為「鄉土文學」而斷裂或中輟，而是吸納後者的本土性、民族性與現實性的內核，並進一步對六〇年代現代主義新詩出現了「創造性」的繼承。1979 年，美麗島事件的發生，中華國族主義意識型態仍持續地以政治力打壓本土作家的生存與言論空間，但臺美斷交後，此時遷佔殖民式「政治體制」必須有所改革、文學必須呼應更為具體化的本土生存場域，早已具備廣泛的社會基礎，也**促使具有現代主義傾向的戰後世代詩人，在融合「本土」（思維）與「前衛」（技巧）上，做出不同程度的努力。**

陳義芝指出：

> 現代主義運動不等於現代主義詩學影響。運動會隨著領導人的意志、社群的聚散消長，主義詩學卻不可能截然終止於某一時刻。1950、1960 年代的現代主義詩風，並未訖止於 1970 年代鄉土文學論戰寫實主義高漲的年代，反而得到新的生養挹注，重新融入了歷史文化的想像、土地國家的意識，成就了 1970、1980 年代「本土現代主義」的風采。[12]

因此，「現代主義的信仰無礙本土精神的發揚」[13]，陳義芝更指出 1980 年代臺灣現代主義詩學新生狀態的四個主要特徵標記：（1）新語言符號的藝術開拓：融入日常語言的臺語詩；（2）向內挖掘與向外觀察的交會：現代主義藝術技巧與主體自覺意識的結合，是個人的真實與社會的真實對話；……是現實主義的內在化，也是現代主義的外在化；（3）建構新關係激盪新思維：塑造出巨大（歷史）陰影中的理想形象；（4）在居住的城市中找尋自我：1980 年代經濟帶動的都會消費文化快速形

[11] 林燿德，〈不安海域：八〇年代前葉現代詩風潮試論〉，收於林燿德，《重組的星空：林燿德論評選》（臺北：業強，1991），頁 42。

[12] 陳義芝，《聲納：臺灣現代主義詩學流變》（臺北：九歌，2006），頁 141-142。

[13] 同上註，頁 144。

成，……在繁忙的現實中找尋存在的意義。[14]

奚密也指出：

> 雖然 70 年代以來的詩壇有重大的轉變，但是臺灣現代詩始終延續著一個傳統，那就是詩人對人與自然的普遍關懷，致力於個人創造力的表現，以及最重要的，對詩的媒介——語言——的不懈實驗，無論是象徵主義、現代主義、超現實主義、寫實主義，還是後現代主義。就是經過這樣一個從 20 年代至今，從未間斷的創造、互動、蛻變的過程，臺灣現代詩才得以其獨特面貌出現於世界文學間。否定這段歷史就等於否定了臺灣現代詩的主體性。[15]

承上述奚密的看法，筆者試圖在本章指出，在七〇年代末期，至八〇年代臺語詩、政治詩、都市詩、女性詩、生態詩、多媒體詩等多元紛呈的創作景觀之中，臺灣「戰後的一代」詩人並未全然投向特定意識形態認同構圖或後現代的書寫。他們往往以極為強烈的主觀情感，在臺北這座現代都會裡忙亂於「不在此世」的愛情、梳理著自身外露於遙遠時間的思想，以一種「抒情傳統」的集體美學無意識，承擔了歷史、經典與傳統。這樣充滿「主觀情感」色彩的抒情詩，其實指向的是原有典範（現代主義）諸般遺跡的哀惋，與對崛起的新典範（寫實／本土主義）的疑慮，加上臺灣正處於內憂（國民黨文藝體制受到挑戰）與外患（臺美斷交、退出聯合國），以及資本主義的功利性與世俗性在生存領域的擴張，深重的家國之思與存在憂鬱激發出這一代詩人「有情」的書寫，時局的變動促使他們以主觀情感與意志貫通文史傳統，將審美經驗連結一個遙遠、又能呼應此在的過去。

以上創作傾向，直指七〇年代末期以降，「抒情傳統」在當代臺灣華語詩壇的播散。陳世驤說「中國文學傳統從整體而言就是一個抒情傳統」[16]，「中國古代對文學創作的批評和對美學的關注完全拿抒情詩為主要對象。他們注意的是詩的音質，情感的流露，以及私下或公眾場合中的自我傾吐」[17]。高友工則是從結構功能論的角度將「抒情傳統」推升到「抒情美典」的層次，認為「……在中國文化的價值論中，外在的目的當然永遠和內在的經驗爭衡。至少在涉及藝術的領域時，外在的客

---

[14] 同上註，頁 148-161。

[15] 奚密，〈臺灣新疆域：《20 世紀臺灣詩選》導論〉，《臺灣現代詩論》（香港：天地圖書有限公司，2009），頁 255-256。

[16] 陳世驤，〈論中國抒情傳統〉，《陳世驤文存》（臺北：志文出版社，1972），頁 31-37。

[17] 同上註，頁 35。

觀目的往往臣服於內在的主觀經驗。也可以說『境界』似乎常君臨『實存』」[18]，這類突出主體主觀經驗的傾向，也是普實克（Jaroslav Průšek）指出的現代中國文學的發展路線——「主觀成分的突出是文學革命以後最顯著的特徵」[19]。

亦誠如王德威所指陳，在李澤厚揭櫫中國近代史裡「啟蒙」與「救亡」為主軸的雙重變奏之外，「抒情」代表「中國文學現代性——尤其是現代主體建構——的又一面向」[20]。而「抒情」「不只標示一種文類風格而已，更指向一組政教論述、知識方法、感官符號、生存情境的編碼形式」[21]。**王德威圖指出當代「抒情傳統」的文化調適能力，「抒情」不是固化在特定歷史階段的文類或文化表徵，「抒情」更具備了一種貫通「言志」的普遍性、一種承擔當世政治、現實與文化語境的能力**。詩人在死去的歷史中捕捉些微的光影，結合瞬間即逝的個體經驗，迫使「傳統」成為一個可以被現代語境更新的歷史實體，不斷地與當代正在生成變動的文學語境對話與調適，成為一個擁有時間跨度的感官／知覺與符號體系。

因此，本章將八〇年代之交臺灣現代主義系譜裡的「抒情」，標誌為一個重要的「現代性」美學向度，以之與同一個時期，正在中國蓬勃發生的「朦朧詩」，做出比較式的探索。臺灣創作場域並沒有受到如中國一般倍受革命教條主義的衝擊，而能夠維持某種藝術自主。其一主要是強調內在主觀意識的「抒情」一脈，由楊澤與羅智成帶起的「抒情」語言風格，其語言的指涉對象與思想宏旨皆極具孤獨、耽美與密教的色彩。而陳義芝亦偏向主觀，並在傳統與現代、古典與鄉土之間，以「抒情詩」傳達自身內在視野的關照，並進一步將情感衝擊（經驗／意識）提升為恆久意義（思想／境界）。另一脈則是朝向知性角度位移的「抒情」，如簡政珍的「後現代的雙重視野」，介入了抒情主體的建構與話語方式，以及對物象／客體進行「格物」而「致知」的凝神與思考過程，使得他的「抒情」擁有對物象更為透徹的關照。這樣朝向客觀、知性的美學，與蘇紹連藉由「驚心」以創造魔幻、驚悚的閱讀效果一樣，皆是「抒情傳統」的現代變體。

就楊澤與羅智成的部分，楊宗翰亦有如下看法：

> ……楊牧、楊澤、羅智成三人的作品，提供與喚醒了閱讀中文抒情詩的美好

---

[18] 高友工，〈中國文化史的抒情傳統〉，《中國美典與文學研究論文集》（臺北：臺大出版中心，2016），頁 104。

[19] Průšek, Jaroslav. ed. Lee, Ou-fan. *The Lyrical and the Epic: Studies of Modern Chinese Literature*. Bloomington: Indiana University Press. 1980.

[20] 王德威，《現代抒情傳統四論》（臺北：臺灣大學出版中心，2011），頁 2。

[21] 同上註，頁 5。

> 經驗——儘管「瓶中稿」、「薔薇學派」、「鬼雨書院」都帶有一定密教性質及遍佈個人化語碼。詩史「回歸期」（1972~1983）時年方二、三十歲的楊牧、楊澤與羅智成，三人詩作中既有現代的抒情性，亦富抒情的現代感。他們仨的抒情詩作在寄意託古與刺入現實間游離擺盪，聲音與節奏至為迷人。三位詩人輕易躍過現實主義路線與現代主義路線的傾軋鬥爭，一新彼時臺灣現代詩的抒情風貌。[22]

這樣「有意識」的抒情，並大舉在詩裡援引文史經典、進行傳統的「縱的移植」，以為自身處於當下的身體與情感經驗做註解的詩風潮，其實蘊含著一種與「資本主義」與「都市化」在社會領域的不斷擴張有關，也是針對資本與都市對人類的恆久性價值體系（美、善、愛情）持續侵蝕的疑懼。因此，這樣的「抒情傳統」，與其說是中國文化傳統的延續性，不如說是一種當代人類生存問題的「調適」，是一種取道「古典」的時代的精神／文化抵抗。誠如張漢良：

> 田園模式的追求，其立足點是現世的，詩人的觀點是世故的。他身處被科技文明籠罩的現實社會，懷念被城市文化與成年生活取代的田園文化與童年生活，於是藉回憶與想像的交互作用，透過文字媒介在詩中再現一個田園式的往昔，其本質是反科學的、反歷史進化的……與現實時空衝突，希望追尋昔日田園瑰麗的另一種方式是回歸文化傳統。[23]

不論偏向主觀／感性（楊澤、羅智成、陳義芝），還是客觀／知性（簡政珍、蘇紹連），臺灣戰後世代開始寫起反現代性達爾文進化論的抒情詩，皆不約而同勾勒出精神世界「田園牧歌」的烏托邦，道出個體經驗在愛情的種種、在詩裡的棲居、在島嶼的鄉愁。詳究其內涵，其實並非長沮、桀溺的「避世」，而是比較傾向儒家式的「尚古」與「淑世」，一種以詩抵抗虛無的「信仰」。因此，張漢良所謂「田園模式的追求，其立足點是現世的，詩人的觀點是世故的」，如同簡政珍在〈八〇年代詩美學——詩和現實的辯證〉指出，不同於五、六〇年代「詩從真實世界中放逐……是自我的嬉戲」，亦不同於七〇年代「詩的介入現實，卻變成現實對詩的干預」，八〇年代是「詩人的意象看世界，經由意象思維使詩體現了『現實詩學』的深度和廣度。

---

[22] 楊宗翰，〈楊牧、楊澤與羅智成詩中的現代抒情風貌〉，《文史臺灣學報》11 期（2017.12），頁 157。

[23] 張漢良，〈現代詩的田園模式——「八十年代詩選」序〉，《現代詩論衡》（臺北：幼獅，1977），頁 161。

這是文本和社會的辨證，美學和哲學的辨證」[24]。在八〇年代的時間交界，一個深受現代主義洗禮與鄉土文學衝擊的世代，有著追求或擬造田園意境、對生存現實既世故又超越的表現，詩裡顯現的主要特徵——朝向文化傳統回歸的「內向性」與「主觀性」，於是有了更為開放、積極的入世意義。

二、斷裂：中國八〇年代以降現代主義新詩

1976 年 9 月，毛澤東逝世，中共官方隨即展開清查、批判「四人幫」的政治鬥爭。[25]在作為中國改革開放與思想解放開端的 1978 年 12 月「中共十一屆三中全會」之後，中國的政治局勢與思想潮流出現了巨大變化，從意識形態的「紅色專制」轉向務實發展的「改革開放」，從教條的「以階級鬥爭為綱」到解放的「實踐是檢驗真理的唯一標準」，否定「兩個凡是」、否定文革與四五天安門事件，彭德懷、陶鑄等案的平反等等。政治解凍帶來了詩壇生態的質變，除了五〇年代被劃為「右派」的「歸來的一代」詩人（艾青、公劉、流沙河等）[26]復活了五四知識份子「介入現實」的傳統，另一個重要的詩史側面，就是「新的美學原則崛起」[27]的「朦朧詩」。

若說文革地下詩歌時期，由於文革詩體「宏大敘事」的頻繁動員與巨大壓抑，抒情主體相對於「毛話語」的文化位置，趨向於解開時代大他者（毛文體）遮蔽下恢復主體感知結構的努力，屬於低沉式的自我、封閉的私我主體。然而，進入到朦

---

[24] 簡政珍，〈八〇年代詩美學——詩和現實的辨證〉，收入封德屏編，《臺灣現代詩史論》（臺北：文訊雜誌社，1996），頁 475-476。

[25] 在此指的是毛澤東死後留下的權力真空，促使中南海黨內老幹部派與文革造反派展開的權力鬥爭，時任中共中央第一副主席、國務院總理華國鋒，聯合中共中央副主席葉劍英和中共中央辦公廳主任汪東興等人發動「懷仁堂事變」，一舉「粉碎四人幫」，正式終結了毛澤東「無產階級文化大革命」的歷史階段。這場攸關中國「後毛澤東時代」政治格局的權力鬥爭直到 1977 年 7 月，中國共產黨十屆三中全會通過《關於王洪文、張春橋、江青、姚文元反黨集團的決議》，決議開除王、張、江、姚 4 人之黨籍，並撤銷四人在黨內外的一切職務，始正式結束。「批判四人幫」相關史料見四川人民出版社編，《結幫・篡黨・滅亡——揭發批判「四人幫」反黨集團雜文集》（成都：四川人民出版社，1977）；湖南人民出版社編，《徹底揭發批判王張江姚反黨集團》（長沙：湖南人民出版社，1976）。

[26] 若以 1979 年上海藝文初社出版《重放的鮮花》為觀察坐標，列名其中的作家多為出生三〇年代、部分具有「革命資歷」並於五〇年代躍上文壇者，如劉賓雁、王蒙、宗璞等，這批作家在「反右」運動中受到批判的作品最終得以再出版。見上海文藝出版社編，《重放的鮮花》（上海：上海譯文出版社，1979）；對於「歸來的一代」詩群較廣義的定義，應包含於 1978 年 12 月「十一屆三中全會」確立「改革開放」路線後，所出版活躍於四〇年代詩人，如「七月詩派」詩歌選本《白色花——二十人集》，見綠原、牛漢編，《白色花——二十人集》（北京：人民文學出版社，1981）；與「中國新詩派」（或稱「九葉詩派」）的《九葉集：四十年代九人詩選》，見辛笛等著，《九葉集：四十年代九人詩選》（南京：江蘇人民出版社，1981）。

[27] 引自孫紹振〈新的美學則在崛起〉一文之標題，見璧華、楊零編，《崛起的詩群：中國當代朦朧詩與詩論選集》（香港：當代文學研究社，1984），頁 93-96。

朧詩時期，尤其是北島與芒克等在 1978 年 12 月於北京創辦詩歌民刊《今天》，[28]以及，1979 年 3 月號親官方的正統文藝媒體《詩刊》刊登了原發表於《今天》的北島〈回答〉、舒婷〈致橡樹〉及〈祖國啊，我親愛的祖國〉、梁小斌〈中國，我的鑰匙丟了〉等詩發表以後，地下詩歌終於揮別了其晦暗咒詛的身世，以「集團」的姿態正式浮出詩史地表。這時候，具備獨立思考特徵的「個體」經驗，挾其時代語感，有意識地向公共介面突圍，成為了具備強烈歷史反思、文化縱深、批判現實與民族記憶情懷的「地上詩歌」。

承前章「自我之書：兩岸現代主義新詩的自我與世界」大意所述，臺灣與中國在「變動的年代」（臺灣：退出聯合國；中國：文革）的新詩寫作，大體上體現出抒情主體對於時代的焦慮情緒。**兩岸詩人面對了不同性質的具體政治變化、應對時代的情感結構也有所不同。因此，兩岸儘管出現了「如何現代」各自表述的現代主義新詩美學模式，但意圖在劇變的現實情境中看清「自我」、重建「自我」的內在慾望，卻是共通的。**

但就中國大陸而言，更進一步說，《北京之春》等民刊、1976 年的「天安門」與西單民主牆，以及黃翔的「啟蒙叢刊」等等，早已先在「朦朧詩」之前，預先演繹了一幅精神覺醒的「啟蒙」景觀。朦朧詩崛起前，其抒情主體早已被一波波民主運動與民間思潮，賦予了高度的政治性。因此，有論者認為相較於政治極端化的文革時期，文革以後躍出歷史地表的朦朧詩，其「詩中的『自我』，被剝離了作為抒情主體存在的主、客體關係的存在範疇，而被賦予了許多特定的政治內涵和道德化的理解。『自我』於是變成了資產階級個人主義、自私自利的道德品質乃至主觀唯心主義的代名詞」[29]。

於可訓將朦朧詩的主體圖像理解為政治的或政治化的道德主體，但我認為這無可厚非。朦朧詩人內在精神創傷的生成，來自於毛話語政治一元化的象徵暴力，朦朧詩人將自身的主體意向從地下詩歌「個體」意義的負隅頑抗，轉向修復政治創傷為導向的「集體修辭」與重建屬於「新時代」的「道德」倫理學，是一種從「個人」政治認同到「集體」價值體系上的意識形態關鍵跨度，也是歷史與人性的必然規律。

---

[28] 作為「民刊」的《今天》得以在 1978 年底創刊，應是特定歷史境遇下時機的成熟有關。據《今天》創辦人芒克回憶，「在我們的《今天》雜誌問世之時，這期間中國共產黨正在召開第十屆三中全會，正式在此次會議上黨中央決定了中國的『改革開放』。鄧小平也是從此次會議開始成了共產黨的實際最高權力者。回想起我們能順利地張貼出《今天》第一期，與中共上層正忙於他們的會議顧不下這些事有點兒關係，給了我們機會。」見芒克，《往事與《今天》》（新北市：INK 印科文學，2018），頁 107-108。

[29] 於可訓，《中國大陸當代詩學》（臺北：秀威資訊科技，2013），頁 216。

至此，主、客體（革命－我）的政治階序關係被倒轉為「我－時代」象徵關係，因此，主、客體的存在範疇，其實不必與政治範疇硬性劃開，因為「存在」落實到主體的具體時空來說，本來就是過去政治時空與當下生存感知交錯的「此在」。

若說地下詩歌時期的「自我」是人性尊嚴的找尋與修復，詩人趨於個體式的自覺啟蒙。那麼朦朧詩的「自我」，則是以詩歌對人性尊嚴的確認與鞏固，詩人趨於集體式的對話啟蒙，對詩歌守衛人性尊嚴職責的宣示。顧城如是說：

> 我們過去的文藝、詩，一直在宣傳另一種非我的「我」，即自我取消、自我毀滅的「我」。
>
> ……**新的「自我」正式在這一片瓦礫上誕生**的。他打碎了迫使他異化的模殼，在並沒有多少花香的風中山站著自己的軀體。他相信自己的傷疤，相信自己對大腦和神經，相信自己應做自己的主人走來走去。[30]

「新的「自我」正式在這一片瓦礫上誕生」，詩人主體的啟蒙意識不再是封閉於個體心靈，而是一個超拔的藝術「自我」，正欲拯救瓦礫廢墟的現實世界。因此，指令詩歌「自我」的「功能性」被朦朧詩「自我」的「主體性」所替代，主體性意謂一個精神世界自足性與獨立性的生成，詩歌與詩人終能擺脫自身相對於主流話語的附庸地位，呼應了唐曉渡認為朦朧詩運動「『講真話』成為詩壇的普遍號召，控訴封建法西斯專制、反思現實和歷史成為詩的共同主題，而恢復詩的抒情傳統則成為詩人們致力達成的目標」[31]。

另一方面，進入到話語開放的「後文革」、「新詩潮」時期，個體的情感與思想獲致了官方意向的「合法性」，詩歌抒情主體的文化位置得到確立，「自我」話語得到更為巨幅的擴張，因為「社會的、個人的時代侷限（或時代的賦予、哺育）決定了我們的『自我』必然帶有較強烈的歷史感、民族感與普遍人性」[32]，一個「重視『人』的自身心理內容，同時又重視『人』與外界關聯的差異」的「我」[33]，一個走向藝術自律命題、主動呼應與參與社會改造的「我」，自此通向了「祖國」與「紀

---

[30] 顧城，〈請聽我們的聲音〉，見呂周聚編，《朦朧詩歷史檔案——新時期朦朧詩論爭文獻史料輯》（北京：人民出版社，2016），頁 3。

[31] 唐曉渡，〈心的變換：「朦朧詩」的使命〉，見唐曉渡編，《在黎明的銅鏡中——「朦朧詩」卷》（北京：北京師範大學出版社，1993），頁 6。

[32] 徐敬亞，〈崛起的詩群——評我國詩歌的現代傾向〉，見呂周聚編，《朦朧詩歷史檔案——新時期朦朧詩論爭文獻史料輯》，頁 117。

[33] 同上註。

念碑」，個體的詩歌與廣闊的「人民」出現了緊密的闡釋關係，朦朧詩群詩人們「十分重視自己的創作與人民、與民族、與現實和時代的血肉聯繫」[34]。因此，所有朦朧詩中「我」的背後都有一個大寫的「人」，藉由大寫的「人」指向人道主義與普遍性，再經由現代主義的移情、象徵、通感的技巧進一步「個人化」，藉以形塑歷史經驗與現實情境裡的文化主體性，抵抗由政治鬥爭綱領統轄的抒情詩，以及由社會主義意識形態指導的寫實詩。

朦朧詩人面對前個世代詩人關於「不是含蓄而是含混；費解也不等於深刻」[35]、「詩歌創作的一股不正之風……脫離了人民的要求」[36]、使用「資產階級形式主義方法，出現了違反歷史唯物主義、澈底否定革命傳統」[37]等批判，以及來自官方詩壇呼應鄧小平「清除精神污染運動」而批判朦朧詩是「否定現實主義詩歌傳統」、「忘卻社會主義文藝方向」、「資產階級自由主義唯心論」[38]，又或者是比較溫和路線的「引導」論[39]，與受到外來詩潮影響下的「現代傾向」造成時代精神表達的破碎[40]等等。支持的一方，如謝冕則是將眼光在「崛起詩群」如何消化中國民族詩歌傳統與融會外來現代主義思潮[41]，孫紹振澤以為朦朧詩此一「新的美學原則」以新的審美意識粉所了舊時代藝術「習慣」的阻力，而「把重新感知自我和世界當成革新者的任務並且痛快淋漓地宣告要與藝術的習慣勢力做鬥爭，這還是第一次，因而它啟發我們的思考的功績是不可低估的」[42]。

而徐敬亞〈崛起的詩群——評我國詩歌的現代傾向〉則是更為全面且總體地評價了朦朧詩起源、內部（思想）與外部（表現）的諸多特徵。徐文首先將審美眼光投射在「十年動亂中幾乎被異化到娼妓的藝術生命」[43]之上，認為其一，整體美學特徵上，北島〈回答〉以降的朦朧詩潮流出現了「對詩歌掌握世界方式的認知的根

---

[34] 於可訓，《中國大陸當代詩學》，頁 220。

[35] 章明，〈令人氣悶的朦朧〉，見李建立編，《朦朧詩研究資料》（南昌：百花洲文藝出版社，2017），頁 89。

[36] 臧客家，〈關於朦朧詩〉，同上註，頁 121-123。

[37] 柯岩，〈關於詩的對話——在西南師範學院的講話（節選）〉，同上註，頁 300。

[38] 見徐敬亞的「自我修正」的文章：〈時刻牢記社會主義文藝的文藝方向——關於《崛起的詩群》的自我批評〉，同上註，頁 317-320；相關批判文章的整理，向川，〈一場意義重大的文藝爭論——關於《崛起的詩群》批評綜述〉，同上註，頁 321-323。

[39] 公劉，〈新的課題——從顧城同志的幾首詩談起〉，同上註，頁 16-21。

[40] 周良沛，〈殊途同歸——讀舒婷的幾首詩有感〉，收於姚家華編，《朦朧詩論爭集》（北京：學苑出版社，1989），頁 286-306。

[41] 謝冕，〈在新的崛起面前〉，見李建立編，《朦朧詩研究資料》，頁 43-45。

[42] 孫紹振，〈新的美學原則在崛起〉，同上註，頁 149。

[43] 徐敬亞，〈崛起的詩群——評我國詩歌的現代傾向〉，見呂周聚編，《朦朧詩歷史檔案——新時期朦朧詩論爭文獻史料輯》，頁 109。

本轉移」，[44]脫離了程式化的革命套語、浪漫主義的直抒胸臆以及古典主義的模仿性描寫，詩人的主觀想像強勢地介入了原有世界的物我秩序，想像、直覺、音色等情感元素大力「向人的內心世界進軍」，強調了「人類思維對自然形象再支配的主觀權利」；[45]其二，「注重詩的整體情緒」，而不刻意重視話語的明朗效果，致使詩產生了「整體朦朧」的美學現象。關於主體結構的面向，徐敬亞則是認為朦朧詩人的「自我」帶有強烈的「歷史感、民族感與普遍人性」，他們的「自我」急遽向社會擴張，「有著強烈的社會感染力度」[46]；在表現手法的運用上，則是「象徵」的普遍運用、跳躍性情緒節奏及多層次空間結構、新詩建築上自由化的新嘗試等。[47]

可以這麼說，新詩潮時期的「朦朧詩」的抒情主體，已「正式」去除了地下詩歌時期「自我」的認同與表達是否能夠融合於時代主流話語的焦慮，而進一步生產著一種基於聯繫「集體」時代／民族與「個體」思想／情感的不諧和音（dissonance）。當不和諧的內在精神世界（先鋒性）與體制裡遺留舊時代的餘音（主流話語）相遇，成為「作為體制的啟蒙」勢在必行，但是其朝向「集體」（啟蒙）與「個體」（先鋒）的雙軌運行，卻也也因此造就了一種「手段」與「目的」之間頗為尷尬的矛盾：

> 朦朧詩人主觀上具有的社會啟蒙和反思批判的社會責任感和精英意識，和他們的藝術手法之間是存在裂隙的：前者需要採用一種群體的視角，詩歌要從群體的價值判斷和普遍的情感出發，又要以群體的閱讀期待為指歸。而在藝術手法上，他們又力圖求新求變，進行個人的探索。這種矛盾的狀態，從朦朧詩的崛起那時起，同時也將它置入了一種困境。達到一致的辦法有兩種：要麼放棄先鋒性的探索，重回主流文化的懷抱；要麼放棄「啟蒙」的主觀願望。在當時的歷史時期，朦朧詩即便不去解決這樣的矛盾仍然不會失去先鋒性，也仍然能起到一定的啟蒙作用。但是隨著時代語境的變化：如果「作為體制的啟蒙」又被新體制給揚棄了，或者朦朧詩的形式已經培養出它的閱讀習慣與審美習慣，它的那一套已經被接受而且體制化了的時候，朦朧詩的這種先天的不足就會完全的暴露出來，結果只有一個：不需要它來啟蒙，同時它也失去了先鋒性。[48]

---

[44] 同上註，頁 114。

[45] 同上註。

[46] 同上註，頁 117。

[47] 同上註，頁 119-128。

[48] 程波，《先鋒及其語境：中國當代先鋒文學思潮研究》（上海：復旦大學中文系博士論文，2002），頁 14。

程波這裡論述的是，當朦朧詩人正式地面對歷史創傷與集體遺忘，承擔闡釋現實、國族敘事與詩歌倫理的文化責任，呼應了文化現代化總體歷史趨勢，而當文化「啟蒙」以然成為新時代的「體制」的同時，朦朧詩人又如何解決與體制完全站在對立面的「先鋒性」的問題。也就是說，當我們閱讀政治指喻風格濃厚的如北島〈回答〉、〈宣告〉、舒婷〈祖國啊！我親愛的祖國〉、顧城〈一代人〉等政治抒情文本，一種在政治範疇之外建立精神體制的強烈願望呼之欲出，朦朧詩只是擔負「啟蒙」任務，但卻沒有為其慣用美學手段（現代主義－先鋒性）打造一個不倚賴任何體制就能自為存續的思想基礎。程波點出了朦朧詩內部的美學「思維」（目的）與「技巧」（手段）之間的盲點，也造就了其在市場經濟大潮成為下一個階段的主流話語之後，迅速墜落的原因。

於是，朦朧詩人的「自我」表述行為在後文革的歷史階段，取得了衝撞舊時代文革文藝體制的「默許權力」，取得了一種符合官方「撥亂反正」意識形態的話語正當性與合法性。當然，在這樣獲得主流政治體制授權的合法語境下，更為多元廣角的話語場域隨之出現，於是「朦朧詩」論爭的出現涉及了與舊有文化秩序的爭鬥，也不可避免的也衍生了一系列朦朧詩在「新詩史」敘事與如何「經典化」的問題，直至「朦朧詩」的巔峰時期，陣營內部也衍生出意象重複、原創性削弱、缺乏語言反思等等的美學危機。[49]

但筆者認為，不論從程波論證的「先鋒」與「體制」的美學矛盾，或是霍俊明從詩史建構的角度看待其「經典化」後原創性削弱的問題。然而筆者以為，朦朧詩歌裡「自我」與「集體」的界線不像文革時期有一種清晰的精神界線，這樣的精神界線在文革結束之後卻被有意識地消弭，「自我」合法的進入了民族、歷史、社會的「集體」，「個體」必須承擔「集體」在文革以降的敘事匱乏，以及在審美層面展現形式和語言的創造性。因此，從朦朧詩人「自我」與「集體」的構成方式來說，恰好是其「風格」賴以支撐的「時間意識」得以展開的原因。至少，朦朧詩人是有意識地在操作與運作如何「現代」，也一直在思考怎麼重建「現在」與重置「自我」的感覺結構。

人既然是時空維度的產物，為了重新建構「現在」與「自我」，一個嶄新未知的空間向自我迎面而來，為求其語言向未知的社會空間進發，必然仰賴對過去／時間意識的贖回與闡述。因此，相較於西方「現代性」講求與歷史／過去「斷裂」的談法，朦朧詩人因為承襲著文革的記憶傷痛，在時間意識上反而是趨向「銜接」的，

---

[49] 霍俊明，〈新詩史敘事中的朦朧詩〉，《變動、修辭與想像：中國當代新詩史寫作問題研究》（臺北：新銳文創，2013），頁 193-239。

但卻又要在「現代」的思考上，做出一種美學上的「斷裂」。於是，朦朧詩人就是在這樣既「銜接」（時間意識）與「斷裂」（美學手段）寫下屬於個人的詩，它屬於「啟蒙」，也屬於「現代」。所以，這是朦朧詩人的「自我」成為時代精神「先鋒」的根源，這樣的「先鋒性」體現在內在結構與技術層面上，就是一種承擔集體啟蒙任務的「現代主義」。

在進入前期朦朧詩之前，首先必須《今天》的發刊詞〈致讀者〉：

> 歷史終於給了我們機會，使我們這代人能夠把埋藏在心中十年之久的歌放聲唱出來，而不致再遭到雷霆的處罰。我們不能再等待了，等待就是倒退，因為歷史已經前進了。
>
> 過去，老一代作家們曾以血和筆寫下了不少優秀的作品，在我國「五・四」以來的文學史上立下了功勳。但是，在今天，作為一代人來講，他們落伍了。而反映新時代精神的艱鉅任務，已經落在我們這代人的肩上。
>
> 「四・五」運動標誌著一個新時代的開始。這一時代必將確立每個人生存的意義，並進一步加深人們對自由精神的理解；我們文明古國的現代更新，也必將重新確立中華民族在世界民族中的地位。我們的文學藝術，則必須反映出這一深刻的本質來。
>
> 今天，當人們重新抬起眼睛的時候，不再僅僅用一種縱的眼光停留在幾千年的文化遺產上，而開始用一種橫的眼光來環視周圍的地平線了。
>
> ……我們的今天，根植於過去古老的沃土裡，根植於為之而生，為之而死的信念中。過去的已經過去，未來尚且遙遠，對於我們這代人來說講，今天，只有今天！[50]

黃粱認為這份開啟中國新詩潮歷史篇章的宣言突出了「四個命題」，第一個是「自覺地把握推動歷史的契機」；第二個命題是「自我意識的抬頭」；第三個是「精神自由」的命題，但是爭取「精神自由」的原初命題卻在心靈意識自我設限下模糊掉立場，導致意志自由無以貫徹。第四個命題是「植根傳統、對照世界，從而確立現代性的位置」[51]。

補充黃粱的觀點，關於「自我意識」抬頭、標舉「精神自由」兩個命題，如本

---

[50] 《今天》編輯部，《今天》創刊號發刊詞〈致讀者〉。另收於北島，《古老的敵意》（香港：牛津大學出版社，2012）頁 105-106。

[51] 摘要引自黃粱，《百年新詩》「第四章　中國先鋒詩歌歷史脈動與精神歷程」，見黃粱部落格「野鶴原」，（來源：http://huangliangpoem.blogspot.com/2020/08/blog-post_33.html，查詢日期：2020.12.01）。

書前述對食指、多多、芒克等詩人的研究，在文革地下詩歌時期不少詩人已然摸索出一條「自我」的感知結構嵌合新詩現代性的道路，也就是在文革地下詩歌時期，不少詩人已出現「現代性自我」的顯性美學特徵，朦朧詩人只是接棒地下詩人表述「自我」與「自由」的精神共相，文化身分的檯面化也促使詩人的語言表徵行動進一步「內在化」與「歷史化」。至於「自覺地推動歷史」、「確立現代性的位置」兩個命題，更有一個清楚的歷史前提，那就是〈致讀者〉是在思想解凍的政治社會氛圍已然形成氣候的歷史情境下出現的，較自由的社會話語空間也賦予朦朧詩人有了不同以往的話語權力，可以在詩歌的觀念與形式的探索上，邁開較具詩史意義的步伐。〈致讀者〉除了承襲四五天安門運動的自由主義精神，更從「橫的眼光」審視、吸納、轉化「地球」上其他國度、民族的詩歌成果，這樣一種趨向「世界文學」的先鋒品格，更是美學「現代化」與背後的國族意識形態同構，回到了五四文學革命的價值總命題：如何以「文學」促進「民族」或「國體」的更新。

我認為，而「今天」試圖去把握「當下」本身、試圖用「當下」的存在去整合「過去」（破碎歷史心像）與「未來」（探測詩歌語言表現的可能性與極限），這份嘗試鍛接「過去」與「未來」的宣言，其實是一種「時間性救贖」（salvation of temporality）的心理情結。如同波特萊爾認知的經典現代性格言：「過渡、短暫、偶然，就是藝術的一半，另一半是永恆與不變」[52]，從文本外向面，朦朧詩人試圖以「今天」生存空間的有限性（過渡、短暫、偶然），去超越既有歷史創傷所固化的文化結構。從文本內向面，以「今天」短暫、瞬間性的現代主義觀念與技巧，去把握詩歌語言本體論的「永恆」與「不變」，以阻擋來自文化保守陣營的挑戰。

這時候，**所謂「現代主義」如何以超越「傳統」（被文化專制中斷的現代主義詩歌傳統）與「時間」（被革命時間中斷的現代感性時間），成為朦朧詩人共同的價值核心**。因此，所有於中國各地因為文革而噤聲的「文化自我」，只待一類集結式的公開陳述或模式化的語言定式，朦朧詩群所抱持的拔高式的抒情自我、開放的英雄主體，就此生成。

從地下詩歌時期失散於時代與集體的「個體」，進入朦朧詩的「新詩潮」階段，個體逐漸掌握了更趨明確的書寫位置（文革後的思想解凍）與更趨成熟的表現方法（更為繁複的現代主義），詩人在中國那個新時代的多重變奏下，持續某種歷史／時間的深層礦脈探勘，找尋一種「個人」話語承擔集體記憶與論述的方式。李歐梵認為：

---

[52] 波特萊爾著，郭宏安譯，《1846年的沙龍》（桂林：廣西師範大學出版社，2002），頁424。

> 北島詩的基調是抒情的，他是一個抒情詩人，和波特萊爾一樣；波特萊爾的抒情詩所對抗的是資本主義影響下的都市文化，而北島的背景則是社會主義影響下的革命文化。他似乎對這個大環境有所眷顧，但又想掙脫它而發現自我的聲音。個人和集體可以說是北島這一代詩人的兩大重擔，也是一種兩難處境，如何衝出這個兩難之境，則成了北島中期詩作的一個主題和技術上的挑戰。[53]

我認為李歐梵對北島詩歌的命題：「個人和集體可以說是北島這一代詩人的兩大重擔」，恰如其分地掌握到朦朧詩與地下詩歌的精神交界：從「個人」到「集體」的過渡。而為了達成「個人」（內向）到「集體」（外向）的跨度，詩話語必須倚賴某種內在意識的支撐，方才得已完成「表達」，而這個內在意識就是超越性的「時間意識」。

第二節　抒情臺灣：「再次」現代的現代主義

一、抒情傳統的沒落貴族：楊澤

楊澤的詩，座落於臺灣七〇年代末期，是舊有的國族認同（釣魚臺事件、退出聯合國、中日斷交、中美斷交）與社經結構（都市化、資本主義社會成形）面臨巨大挑戰與轉型的十年，當然，也座落於鄉土文學的十年，批判、質疑舊有文學典律（現代主義）的「惡性西化」、「逃避現實」、「晦澀」、「虛無」等時代語境之中。七〇年代的詩風潮既然是「重建民族詩風」、「關懷現實生活」、「肯認本土意識」、「反映大眾心聲」、「鼓勵多元思想」，[54]楊澤置身其中，必然不可免的，觸及了國族、現實、本土語境，但卻不是，其詩出現了現代主義（追求詩的純粹性）與現實主義（淑世精神）感知的綜合。

多數論者以「浪漫」、「古典」與「抒情」等特徵看楊澤。陳義芝認為楊澤的詩屬於七〇年代「回歸傳統」裡的「古典的文理結構與意象」（〈拔劍〉、〈東門行〉）與「古典的人格認同與精神召喚」（〈彷彿在君父的城邦〉）[55]；簡政珍認為楊澤「享有十九世紀浪漫詩人的餘溫」[56]。楊照以為，耽溺於「浪漫」與「孤獨」的烏托邦，

---

[53] 李歐梵，《午夜歌手——北島詩選 1972-1994》，頁 7。

[54] 向陽，〈七十年代現代詩風潮試論〉，《文訊》12 期（1984.06），頁 63-65。

[55] 陳義芝，〈1970 年代臺灣詩學的轉向〉，《聲納：臺灣現代主義詩學流變》（臺北：九歌，2006），頁 134-140。

[56] 簡政珍，〈楊澤論〉，收入簡政珍、林燿德編，《臺灣新世代詩人大系（上）》（臺北：書林，1990），

皆是自我想像國度的繁衍，很難作為實際的社會實踐。而「浪漫」精神正因無法被現實統合，因而具有一定的抵抗性。因此，楊澤承繼的正是臺灣現代詩的「個人浪漫傳統」：「……利用詩作本身，將詩與詩人塑造成為對抗滔滔世俗的救贖力量」[57]。

讀楊澤的詩，如同置身在栽植著詩、愛與君父城邦的「空中花園」，眼前絢爛繁花變幻莫測，但腳底的「懸空」（虛無）卻無時不刻侵入了主體的感官與心智，導致其詩時常有著對個人－集體價值鏈（傳統、文明、詩與美的信仰），及其衍生的情感體系與存在空間即將崩解的敏感與捍衛。楊澤的詩語言往往懸浮在特定場景與時間區間裡的情節，抒情主體在裡頭躁動或憂鬱，並時常將思考圍繞在「結論」之上，但卻無法細究「結論」的內涵，只是提出「結論」的概括性：「為什麼沒有／一種／終極的／愛的結論／在夜的詭譎身影後……」[58]。楊澤雖時常面向「永恆」，但他的詩較缺乏具體的思想實踐，只是執意地在某個時間區間中，堅持著一種人性／思考的姿勢，困苦而卑微。因此，「讓我們搭帳生火／今晚就露宿在逝去的年代中間」[59]，對「時間」維度的強烈感知，使得楊澤的詩面對「當下」不得不帶有異常敏感的精神特質。

於是，為了解答生命裡種種關於「永恆」的疑問，楊澤開始求助／乞靈於「瑪麗安」：

> 在畢加島，瑪麗安，我在酒店的陽臺邂逅了
> 安塞斯卡來的一位政治流亡者，溫和的種族主義
> 激烈的愛國者。「為了
> 祖國與和平……」他向我舉杯
> 「為了愛，……」我囁嚅的
> 回答，感覺自己有如一位昏庸懦弱的越戰逃兵
> （瑪麗安，我仍然依戀
> 依戀月亮以及你美麗的，無政府主義的肉體……）[60]

頁 359。

[57] 楊照，〈夢與灰燼——序《人生不值得活的——楊澤詩選》〉，《夢與灰燼——戰後文學史散論二集》（臺北：聯合文學，1998），頁 153。

[58] 楊澤，〈一九七六夜想〉，《薔薇學派的誕生》（新北市：INK 印刻文學，2017），頁 62-63。

[59] 楊澤，〈荒煙〉，同上註，頁 48-49。

[60] 楊澤，〈在畢加島〉，同上註，頁 43。

乞靈於「瑪麗安」，向詩裡的繆思女神求取莊嚴且愉悅的情感，古老且神聖。作為雙人旅行的虛擬終點——畢加島，楊澤開始思索著「人類歷史的鬼雨」，思考著「我的詩如何將無意義的苦難化為有意義的犧牲」[61]，詩與瑪麗安，就此成為楊澤思考與想像現實與存在意義的起點。這呼應了楊牧「詩與愛是楊澤作品中的重要主題。詩是唯一的宗教，愛也有近乎宗教的力量，而且是超乎宗教的永恆博大。詩可以征服死亡，愛也可以征服死亡」[62]。

駱以軍以為「瑪麗安不但是楊澤內裡詩化人格的分身投影，且這個陰性分身，在重疊融化於詩人較龐大而架構並不十分清晰的思維領域時，常會內縮凝擠成一個集詩人反智性、情緒化，甚至與整個富使命性質（歷史或文化的反省）的詩的進化相抗拒的化身」[63]，瑪麗安此一陰性分身，在楊澤詩裡，不斷中介著國族與愛情之間的訊息傳遞，是楊澤虛擬的、以對抗時代閉塞氛圍的親密同志，也是是楊澤「對中國情懷的反芻姿勢和告白」[64]。

七〇年代臺灣發生一連串外交、經濟危機的衝擊，國體危機、戒嚴體制持續壓抑著楊澤的意識與思考，楊澤對瑪麗安的溫情傾訴，也是一種經由私我愛情的符碼，建個一個具備對抗性的、自給自足的個人感知空間的努力。

戒嚴時期思想管制的社會時空，不斷將楊澤推向一個不存在的異域（畢加島）：

在畢加島，在一種斷續的昏厥狀態裡
我激烈、孤獨的病疾與古代
偉大的詩人取得一種神聖的聯繫……
我聽見，有人在發光的黃昏天空彈琴
聲音荒涼而動人
我看見發光的旋轉，旋轉的是
我夢中溺水的雙手，緊緊抓住的
發光的詩行
啊，發光的愛……[65]

---

[61] 同上註，頁 44。
[62] 楊牧，〈我們只有一個地球——楊澤著《薔薇學派的誕生》序〉，同上註，頁 14。
[63] 駱以軍，〈飄移在小城街道裏的囈語——試評楊澤〈1976 記事 1〉〉，《現代詩》，復刊第 15 期（1990.06），頁 27。
[64] 同上註。
[65] 楊澤，〈在畢加島〉，《彷彿在君父的城邦》（新北市：INK 印刻文學，2017），頁 43。

在不知名的異域，楊澤不斷的對抗整座島帶給他的孤獨、顢頇昏庸的官僚與「斷續的昏厥狀態」。其對抗之法是與古代「取得一種神聖的聯繫」。因此，「他們（抒情詩人）擁有克服自身孱弱的種種方法，例如：逡巡真幻、挪用文類、創造情境、扮演角色……。楊澤的詩，具有敏感尖銳的「個體」，又能融入一種「共體」，既抒情，且扮演」[66]。楊澤「個體」種種文化想像上的「扮演」，其實對特定古典情境（共體）的思索與追摹，因為抒情文體是最沉默的雄辯，唯有面向傳統的抒情才能抵抗時代氛圍帶給自身的虛無。

征服死亡，征服時間，是七〇年代末期一個都會青年的生死愛慾。〈薔薇學派的誕生〉，是一次激進且神祕的宣示，「誕生」的是一種征服時間的思維，漸漸構成一個隱密的「學派」：

> 黃昏的一半。
> 一朵朵薔薇的幻影在空氣中漂著
> 「為了向人們肯定一朵薔薇幻影的存在，
> 我們必要援引古代、援引象徵
> 甚至辯論一朵薔薇的存在？」
>
> 黃昏無限延長。
> 一朵朵薔薇的幻影在空氣中燃著
> 很多人走進來，說：「薔薇
> 開了，薔薇……」[67]

「學派」的建立，有賴於知識與信念的積累，亦有賴於情感官能的開闔到識別與認同。「薔薇學派」裡只有楊澤自身與呼之以求應的「瑪麗安」，借助瑪麗安，〈在畢加島〉裡從愛國主義者敬「祖國與和平」的舉杯中撤退的楊澤，得以重新依戀在其無政府主義的肉體旁。但這首詩楊澤的情感意欲擴大，欲圖抵抗「逝去的時間」（青春），死去的時間就是「薔薇的幻影」，意圖抵抗它就亟須「援引古代、援引象徵」，自此，楊澤抵抗青春夭亡的種種念想，成為了「學派」的基礎結構。

而「學派」後來的「動向」亦受矚目：

---

66 唐捐，〈蕩子夢中殉國考〉，同上註，無頁數。

67 楊澤，〈薔薇學派的誕生〉，同上註，頁 83。

如果她像黎明一樣從鎖著的門中進來
為我帶來一朵朵園中的薔薇
如果她們——
她們是黎明為我帶來的
一朵朵初生的薔薇

我將聽見，遙遠
遙遠的城市
偽幣與塵埃一起嘩落在市場上的聲音
我將聽見，旋風中
聖人凝重的聲音：
「吾非斯人之徒與
而誰與……」[68]

從「學派」的「誕生」到「動向」，從「薔薇的幻影」到來自黎明的「一朵朵初生的薔薇」，「學派」裡出現了一種更為「入世」的抒情精神。因為，即使「初生的薔薇」仍是「幻影」的延續，但卻能聽見「偽幣與塵埃一起嘩落在市場上的聲音」，而「吾非斯人之徒與／而誰與…」更是昭然若揭的以夫子自道，以介入人群的信念，面對虛無的襲來。

於是，回溯一九七六年，楊澤與瑪麗安共同「陷落在一樁美麗的陰謀裡」[69]，了解到「幻滅——幻滅是跟死亡／跟春天同樣流行的一種頹廢」[70]，生之歡慶與死之悼亡，是為世間「美麗的陰謀」。楊澤也領悟到自身「……我是一個歷經變遷，歷經死／美文華服，耽樂頹廢的末世詩人」[71]，理解到「我們的年代，我們的愛情——我敢說／我們的年代純屬虛構／我們的愛情，無上，啊，無上的虛構」[72]，楊澤知道，在詩裡，他只有更為深刻的銘刻自身與瑪麗安的對話，讓瑪麗安這個「詩人心中尚未明朗化的文化母體」[73]，持續以「私語」方式進一步介入國體／傳統／社會

[68] 楊澤，〈薔薇學派的動向〉，《彷彿在君父的城邦》，頁 178-179。
[69] 楊澤，〈一九七六斷想〉，《薔薇學派的誕生》，頁 73。
[70] 同上註。
[71] 楊澤，〈拜月〉，同上註，頁 75。
[72] 同上註，頁 76。
[73] 林燿德，《一九四九以後》（臺北：爾雅，1986），頁 64。

等距觀話語場域，才能抵抗虛構年代落實於心中的違章建築（虛無）。

於是，沿著瑪麗安熟睡裡吐席的聲線，楊澤再度覆述「一九七六」此一虛構的年代：

這次我們的悵惘確已成形，瑪麗安
無人的長長的沙灘，天空
窗外，一縷斷煙遠方。
這是一九七六的初春，瑪麗安
世界還很年輕，我們
我們為什麼枯坐在此？
（你偏頭靠坐房間的暗角，長髮垂落，後來我發覺
你已疲倦睡去）[74]

〈一九七六記事〉刻畫著楊澤祕藏於那個時代的青春與挫折、自由與抑鬱、苦悶與理想。楊澤時常將書寫的鏡頭從時代的背景適度拉遠（遠景化），而將自身對瑪麗安傾訴的語言加以高密度的畫素聚焦。這樣的手法，使得楊澤得以在抒情語調裡，時常偷渡著某種隱晦的社會批判意識。當世界還很年輕的時候，詩人早已意識／預示到自己與瑪麗安的「枯坐」，其實是一種充滿預示意涵、積極入世的靜觀與等待。詩人終究發現了「在我的時代，人們愁苦互望／他們的眼裡出現了柵欄的意象，靈魂／在柵欄後不安的窺望著。一隻飛鳥／——一隻遠方來的飛鳥／迅速的發現了他們的被困」[75]，等待露宿在石南花荒野裡的「成長與智慧」（〈青鳥〉），等待我與瑪麗安的坐困愁城，看見了時代的出路。

而〈彷彿在君父的城邦〉，才會是楊澤「學派」的隱密形上構圖，是楊澤的抒情意識內裡，擘劃美好時代的精神輿圖。因此，「城邦」即使虛擬、在地理上不具完整涵義，但在文化上，卻充滿了今昔（歷史時間）與此岸／彼岸（地理、文化）的辯證感。基於七〇年代「重建民族詩風」的風潮，楊澤也不自外於此，選擇召喚那個遙遠而模糊朦朧的文化中國，訴諸古典／傳統的典章文物與意象材質：

宗廟相繼傾頹，朝代陸續誕生
我坐在被遺忘的河邊，目睹

[74] 楊澤，〈一九七六記事（之一）〉，《薔薇學派的誕生》，頁161-162。
[75] 楊澤，〈一九七六記事（之四）〉，同上註，頁174。

另一個自己在長夜裡牽馬徘徊；
我背坐水涯，夢想河的
上游有不朽的智慧與愛
（那是，啊，我們長久失去了的君父的城邦）
我背坐水涯，觀望猶疑：
沉痛感慨的詩行啊，莫非你就是我在詩人額頭上見證到的
一種顛沛困頓的愛……[76]

世事殘陽外，我也曾啊也曾
描繪商鼎的繁文美采
印證先民之志若存若滅
歷千朝百代而耿耿長存
頹牆敗垣，玉碎瓦全
他們熊熊的火獄中
挖出了古代的君父城邦[77]

誠如唐捐視楊澤為愛情遺民、緬懷舊日時光的浪蕩子，這位來自「君父城邦」虛擬血脈的亡國餘孽、紈褲遺少，展示了其精神內在的「時間復辟」意識，展示了一種「文化上的鄉愁」。楊澤，城邦的亡國遺少、抒情的沒落貴族，「『復辟』其實是一種逆向的革命（不等於反革命），雖然深陷『現在』卻願意隸屬且忠於『過去』的情懷」[78]，唐捐亦指稱「1970年代末的臺灣」才是這首詩的血氣所在，「先秦圖像」只是符徵衣冠。又如同陳允元：「『臺灣』是中國在經歷近代現代一連串戰／動亂後的結果：位處邊陲（遠離中國的地理、文化核心），傳統（愛、詩、君父城邦）流失，受資本主義文明侵擾。我們可以說：楊澤的詩是一種如何在苦難中、變動中的『近代中國』安置自身的努力」[79]，欺近「近代中國」的虛擬想像，以對抗邊陲位置（臺灣）、古典傳統（文化消逝）與資本主義（當代都會）的三重壓迫，不只是這首詩的核心命題，也是楊澤詩歌的總體命題。

楊澤是「抒情傳統」裡的沒落貴族，置身在臺北，在一個沒有革命的時代，努

[76] 楊澤，〈彷彿在君父的城邦（之一）〉，《彷彿在君父的城邦》，頁226。
[77] 楊澤，〈彷彿在君父的城邦（之三）〉，同上註，頁238-239。
[78] 唐捐，〈蕩子夢中殉國考〉，《彷彿在君父的城邦》，無頁數。
[79] 陳允元，〈徬徨者與信仰者——論七、八〇年代之交的楊澤詩及其時代意義〉，《臺灣詩學學刊》13期（2009.08），頁67。

力探索靈魂憂鬱的出口，努力在已然動盪的「時間」（七〇年代），找尋一個想像、超驗的「時間」（先秦），以感性與抒情突圍。楊澤雖然偶有面向虛無「拔劍」之姿，但卻有些佯裝與取巧，其「學派」亦沒有如羅智成一般，將「抒情」擴展至某種思想格局的成形。因此，楊澤「抒情」的擬古傾向與感時悼亡，只是某種風格化的氣質與暫時性的姿態，其慣性內縮、私語的語言風格，使得其承擔歷史／時間的能力，受到此一先天情感收放方式的限縮。

如同陳允元以為：

> 楊澤的詩既不能直指君父之邦淪喪的癥結，也無法提出建議；換言之，他的抒情架構是缺乏「知性」與「實踐」的，只能一再地質疑，一再地信仰那逝去的（或根本不存在的）烏托邦世界。詩人雖敏感，卻不夠銳利。他詩中的指涉對象多半不具體，而是一種概括性極強的文化價值。他察覺了世局混亂，卻無法提出擊破關節的洞見。[80]

由此可見，楊澤承擔歷史／時間的私語性，與文化價值修辭的概括性，反而限制了他的思想格局的生成，以及阻礙了其對當世社會人情的闡釋能力。

二、感知生存學的抒情：羅智成

羅智成的詩總是滿溢著孤獨、耽美的情感與思緒，將詩的寫作與閱讀視為極其私我的密教信仰，其詩時常從在「個人的抒情記事」與「宏觀的時代背景」之間做出隱密而感悟的思考，表現方式縈繞著玄想、神祕的氛圍營造，獨特而內省的語法，一直以來，使得羅智成的許多詩句不斷被傳誦、轉載、抄錄，至今其「羅派詩學」或「羅記風格」仍在詩壇影響著無數後起的詩人。羅智成於 17 歲時在《中外文學》發表詩作〈異教徒之歌〉以來，及至二十歲時集結少時作品、自印的詩集《畫冊》，已然奠定了「鬼雨書院」作為貫穿其寫作理念與總體象徵的基礎，而後在《光之書》、《傾斜之書》與《擲地無聲書》等詩集，則大致確立了他的美學取向與風格屬性。

作為「鬼雨書院」創始者，羅智成首先訴說著自我思辨的話語，「書院」即是詩人謀劃抒情與孵化想像的密室之所。書頁之中，此間「書院」的精神與氣質的格局，微微顯露：

> 因為這一項祕密，我的愛情和教育使命合而為一。

[80] 同上註，頁 77。

我的舉止承受太多企圖
以致於我不能慵懶地去闡釋一片雨雲
因為我總是想理妳風吹的亂髮
妳看，我的眼正忙碌地調動那些雲彩

我說這個櫥窗般的斗室，一整面無從容納、記誦的視野
古樓
及萬里長的甬道。虹也許已在雲的上端了

她會的。[81]

在這裡，還未成年的羅智成展現出超齡的成熟詩思，透過「鬼雨書院」張闔不定的窗口，向宇宙窺望著祕密，揣測著人情世故可能的離別與衰敗，也隨時收納著詩人語言表達的挫敗。以兩岸同一個世代／歷史階段相對照，羅智成沒有北島英雄式承擔歷史詮釋責任的「我－不－相－信」，也沒有顧城筆下擬似童話情境的自然秩序，羅智成以極盡透明、純粹的意象思考穿透整座城市、整個文明的喧鬧與浮華，詩裡總是隱約透露著闡釋的困境，以及直指更為普遍性的、更為巨大且蒼涼的生存憂鬱。在此，「鬼雨書院」裡每一次詩人的「調動雲彩」，不只是對「Dear R」或「寶寶」傾訴生活的昂揚與脆弱，也是對這個世界投放亟待破譯的密教的暗語。

可以說，如何收納與吞吐這個世界閃爍在天光雲影、山風海雨裡的片段，呈現一種融合直覺與哲理的語言秩序，一直是羅智成核心的詩學命題。如楊牧：「他（羅智成）的思想和周遭萬物密切地接觸，更時時企圖去凌越大自然，去指揮駕馭。羅智成曾經以詩和美術為自己設計了一個小型的宇宙，在那宇宙中，他是全能全知無所不在的主宰，神祕智慧的自滿的哲學之王」[82]，這位林燿德稱之喜直覺、善隱喻的「微宇宙的教皇」，其自我心智是一種「非邏輯與超理智的內在迴聲之塔」[83]，羅智成「近乎純粹的神祕主義，使得他在文字中坦露無摭的陰森個性，以及他牢牢掌握的形式，同時成為他詩思的本質。是的，個性和形式不僅是羅智成思想的部分，也是他詩思的本身」[84]。

---

[81] 羅智成，〈鬼雨書院〉，《畫冊》（臺北：作者自印，1975），頁 114。
[82] 楊牧，〈走向洛陽的路：羅智成詩集序〉，收於羅智成，《傾斜之書》（臺北：時報文化，1982），頁 2-3。
[83] 林燿德，〈微宇宙中的教皇：初窺羅智成〉，《一九四九以後》（臺北：爾雅，1986），頁 114。
[84] 同上註。

《光之書》裡，羅智成成長過程之中所有的迷惘與痛楚，皆被小心地安放在沉思與憂鬱的煉金術所煉成的詩句中。《光之書》也許是最具「羅氏風格」的詩集，除了〈Dear R 的白日夢〉、〈長夜為冠〉、〈點絳脣〉、〈繾綣之書〉、〈寶寶之書〉等屬於傾訴式的語調、呈現戀人絮語處於喧雜世界裡的動靜，或是如〈青鳥〉、〈僻處自說〉、〈賦別〉與〈傳說〉等與「妳」言談孤寂。我認為《光之書》整冊詩集的主題，是由「愛情」所策劃的「感知生存學」，表現的是詩人因愛而催生的、思索慣性與勞作上的「精神困境」，以及，這樣的「精神困境」本身所導致的，也就是對於「時間」如何在生命必將凋零死亡的必然宿命中，加以被留存與把握的表達問題。

〈光之書〉

11
時間，是一條無際的大河
他還要流進更大的海的。

I
我們把自己放逐在胸次裡
我們是如此匱乏，除了風景只有滿袋子沿路各餐館的火柴。

II
一連串日子以奇異的感性蠕行。以冷面。那些冷漠的面孔訝異著彼此雷同的面孔。在日子的行列裡，我東張西望，因為一件不可駕御的事，呵，我神祕的希冀，像雪花般呼喊。……
大凡美麗的女子才剔透了時間的意義而值得一個顯著的凋落。[85]

〈光之書〉分為二十五首組詩合，開篇由「火」的變形，窺看宇宙的「光源」所在，那裡是羅智成心心念念的「美」與「妳」的棲息之所，也因為這樣具穿透力的詩思，往後各篇折返於具象與幻象、肯定與臆想之間，使得一切圍繞在「妳」「我」之間的事物，都瀰漫著一股趨光性。「光」的啟示性無所不在，自然也穿透著虛無色調的生活。因為，「它（詩）不只在丈量那些已存在的事物。它在呈現、創造、彰顯某種生活。在那樣的生活裡，困厄的、不滿足的靈魂力圖夠過想像、憧憬、反省等

[85] 羅智成，〈光之書〉，《光之書》（臺北：天下文化，2000），頁 40-41。

心智活動，來超越自己的平凡、脆弱、短暫與渺小」[86]，羅智成對文字極具反身性的敏感與覺察，致使「希冀」與「雪花」同義，「日子」（時間）也變得疑難重重，橫亙在「妳」「我」之間的，不只是亟待闡釋的城池與荒漠，還有某種不斷流變、幻化、覆蓋在彼此愛情小屋之上的「時間」。

因此，《光之書》既不呼應夾帶特定國族認同的「社會寫實」，也不接續對詞語橫徵暴斂的臺版超現實主義，而是還原到最原始的人性，最透明的沉思之中，讓自我、愛情、詞語、理解得到溫情且妥善地安放。在〈光之書〉以啟示的「光」拂照在文字裡被異化的自我，召喚著由愛情所驅策的隱喻、修辭與句法，目的就是要還原被「時間」消解的所有事物的細節。

而後，詩人自陳：「寫詩之所以令人著迷，是在工具的有限與生活的無限之間，我們創造了屬於自己的，某種恆久的暗示或關聯，並讓它們彼此『存在』、『顯現』」[87]。上古的情歌絕唱〈上邪〉，也藉由現代臺北都會一個欲說還休的青年詩人之筆，呈現出折射在詩人心中「恆久的暗示或關聯」，呈現抒情主體在愛情裡探索心智與經驗的深度：

冬雷震震夏雨雪　我驀然記起光的臉孔
像我不流暢的言論
被說服以前的抗拒
那是妳的手嗎？只一堆雲泥
塗我的口
封我的心
封凍最信守的諾言

天地合　愛我之後，就註定不再有妳的故事了
可是有沒有我的呢？
我是這麼的少。
可是四周更荒涼
在最黑暗的時刻，萬物接二連三的碎裂
這時候為什麼我們不喜極而泣呢？

---

[86] 羅智成，〈二〇〇〇年修訂版序：詩，是生命的刻度〉，《光之書》，頁4。

[87] 同上註，頁3。

乃敢與君絕[88]

與〈上邪〉的心靈對弈／譯，體現出羅智成以「文化／時間」意識，意圖對自身愛情世界反覆錘鍊著創造性的感通意識。羅智成在這首詩裡恢復了張淑香所謂「中國抒情傳統是源自本身文化中一種強固的集體共同存在的感通意識」[89]，也使「抒情」的感通意識指向了更具時間與現代向度的編碼方法。詩人意圖走入戀人永恆眉目的方向，但路途似乎道阻且長。羅智成不斷藉由「上邪」蠡測彼此的沉默、誤解與距離，但經由意象約略顯露的涵義可以窺知，〈上邪〉無悔無怨的盟誓之愛，與詩人實際的愛情之間，出現了註解般的對應關係。「冬雷震震夏雨雪」對應的是承諾被封存、詩人的欲言又止，而「天地合」對應著相愛而不能再擁有彼此「故事」的缺憾，而「乃敢與君絕」則是對應的是詩人不置一字的空白與遺忘。上古戀侶盟誓裡自然界的變異現象，在羅智成筆下被「文化／時間」的感通意識重新改寫。

一九七九年的羅智成，處在服役生活的隔絕與未來生命方向的徬徨中，而怔忡、醒覺於都會文明廢墟的預言。詩人「心有所愛」，在都會物質文明的幻境中，目睹著「虛無」無處不在的舞蹈。或在盆地的邊緣與戀人的一場爭吵，或在：「一九七九年，稍早。／我寫信告訴吳／我想探索文明的象群／神祕的死所」[90]，看來詩人的思索並未廢弛而不曾操作，詩句顯見青年羅智成的心智已然測知到時代的重量、殘酷與自身意念的輕盈、無力：

我徬徨在鬧市
左手握著銅板
小孩向我兜售口香糖
老婦人要我買花
車輛亂成一團，喇叭震天價響
走在德行的泥濘上
我記得我似乎說過
似乎寫信告訴過吳
我心有所愛，不忍讓世界傾敗
那似乎在一九七九

---

[88] 羅智成，〈上邪曲〉，同上註，頁 78-79。

[89] 張淑香，〈抒情傳統的本體意識——從理論的「演出」解讀〈蘭亭集序〉〉，《抒情傳統的省思與探索》（臺北：大安出版社，1992），頁 41-62。

[90] 羅智成，〈一九七九〉，《傾斜之書》（臺北：時報文化，1982），頁 67。

似乎也沒有[91]

〈一九七九〉長出了不少屬於「一九七九」年臺灣社會與現實時空的血肉，顯示羅智成試圖承接歷史／時間的意向，注入了對當下生存現實的全景觀察，相當明確。這首詩偏重敘事，但又適度發揮其熱衷哲思與懸想的所長，語言很精準又細微地記述了詩人在那個時空下的精神憂患。這時候，走出了自給自足的「鬼雨書院」，外在世界險峻、凶惡的面容稜角，擠壓著詩人內在毫無設防的感性。因為「我心有所愛，不忍讓世界傾敗」，隨著現實的價值理想逐漸危殆，詩人也情不自禁「入世」了起來。

因此，到了《傾斜之書》的〈問聃〉與〈離騷〉，楊牧講述了羅智成這個時期的詩風轉變，堪為借鏡：「擺脫過去所有的驕傲和憤懣，擺脫早期輕度的唯美傾向，甚至擺脫了『純粹』，只保留他一貫的神祕色彩，乃在那神祕的氛圍裡注入知識性和歷史意識，應用交疊的意象和事件，折衝的聲調和色度，提升了詩的高度，探討文化、智慧、儀式、使命，以及死亡的問題」[92]。羅智成的寫作，從《畫冊》、《光之書》圍繞在個人想像世界的神祕與深邃，到了《傾斜之書》，「借重歷史」與「化用古典」成為這冊詩集的主要寫作動機。另一方面，也使得他的詩借道歷史典故，而完成了一次大規模的新詩「現代感」的翻新。

〈問聃〉適度地將《史記》「孔子世家」與「老子韓非列傳」裡「孔夫子適周問禮於老聃」的典故，以出色的想像力重鑄此一中國文化史的重要事件，做出現代語境的重寫。孔子走在「走向洛陽的路」，經過「傾頹的櫟木」、「苔侵的舞雩」與「年久失修的彩虹」，孔夫子額頭上深思的皺紋，「……像夏至的黃河／像神祕的書契／在回風中辯駁……」[93]，禮樂崩毀、井田荒蕪、人倫失序，夫子憂心忡忡、不斷悽惻與哀悼，及至面會老聃：

「每個時期
在有心人的眼裡
都是亂世
都是末世。」
室內由於驟增的螢蟲而轉亮
他深奧的面孔

[91] 同上註，頁 74-75。
[92] 同上註，頁 3。
[93] 羅智成，〈問聃〉，同上註，頁 84。

因牽動而百感俱發
似寐而醒
似言未言
似悲憫似嘲諷
似關切似盲目
我置身甬道出口
一片漆黑，望見山下的燈火
想不出接下句話[94]

道家的「道法自然」與儒家「禮樂秩序」正式遭遇，夫子頻繁在「盛世」、「真理」、「法則」等憂慮與疑惑，老子則是以「道」統攝一切人事運行之現象，雙方對於「盛世」、「亂世」的價值辯證，無分高下，只是涉及兩種不同的處世哲學。〈問聃〉不只在「吾今日見老子，其猶龍邪！」的典故，對老子現身出場做出魔幻寫實的處理，極具官能想像色彩，也經由重新「借重歷史」與「化用古典」，羅智成提取前述兩者，對當時臺灣社會的現實，做出文化經典上的再詮釋。因此，楊牧以為：

當他（羅智成）創造出「問聃」的時候，他已經超越了自我，他的思考孕生了文化的憂慮，設想古代的苦悶和希望，對準一偉大的歷史事件，大規模地提出他的詮釋。羅智成一貫的神秘色彩仍在，但到了「問聃」階段，他已不再是神祕而神祕了，而是為了超越現實的詮釋，為了禮讚介入的精神，雖然介入令人憂鬱、哀傷、沮喪，甚至難免永遠帶著宿命的悲觀。[95]

而羅智成在美國（威斯康辛大學麥迪遜分校）異地攻讀學位的生命經驗，「身體」（現代／西方社會）與「精神」（傳統／東方社會）之間，出現了整理與對話的強烈需求。《擲地無聲書》裡的「諸子」諸篇，承襲自〈問聃〉與〈離騷〉時的「擬古」題材，但不同於〈問聃〉的老子與孔子、〈離騷〉的屈原，皆是「文化典型」的人物，而「諸子」裡雖然仍有墨翟、荀子與莊子，但卻有〈說書人柳敬亭〉從平民視角，對時局興衰做出再詮解的詩。

當刺目的陽光迎面而來

94　同上註，頁 96-97。
95　楊牧，〈走向洛陽的路：羅智成詩集序〉，同上註，頁 12-13。

我們又繳出中國——
我們曾不自量力把她扛上肩頭——
那幾千年來被帝王將相禁臠的
被天災人禍踐踏的
我竟然也曾扶她、摸她一把
一如其他的人：
平凡的，不凡的，善、惡、忠、奸……
分享了她
在她垂危的時候……
刺目的陽光迎面而來
天命找到新的代理
磕頭的老百姓蹲回路旁下棋
磕頭的老百姓仍著迷於
聽我說書
他們崇拜那些名字
卻不知無名的他們
才是柳敬亭一生無以訴說
唯一
偉大的故事[96]

「柳敬亭」原為市井無賴，余懷《板橋雜記》、吳偉業與黃宗羲各有《柳敬亭傳》、張岱《陶庵夢憶》等皆有相關記載，柳於明末清初流徙於江南戲樓酒坊說書，其「神入」歷史細節與人物心理的能力，致使聽書觀眾從明朝遺老到市井小民，莫不義憤激昂、垂首低吟或愴然流淚。然而，更重要的是羅智成不斷對既成的歷史／史事施予種種「人性化」的加壓，在對明末的國破家亡、頹唐腐敗的政局背景之中，細細鑲嵌著柳敬亭的人性氣息。按此詩寫於 1985 年，羅智成在異國的「擬古」，不直面「鄉土」，亦沒有跳耀地取道「後現代」，而是採取重述歷史人物的感官，豐厚了古典框架中的「現代」血肉。

從樂府民歌〈上邪〉為自身的愛情作註解，到〈問聃〉、〈離騷〉到〈說書人柳敬亭〉，羅智成承擔歷史／時間的方式，是突出「人格類型」的寫法，這樣的寫法使其重構歷史的書寫不流於泛論，而是從「人格類型」突出筆下人物與時代之間的感

[96] 羅智成，〈說書人柳敬亭〉，《擲地無聲書》（臺北：天下遠見，2000）。

之張力，並帶出某國時代情境的精神狀態與人文意義。由此可見，羅智成的詩不停留於協同「寶寶」的私語與自戀自溺的感傷之中，而是借重歷史典故與文化經典，尋求思想格局上的超越與突破。

到了九〇年代末出版的《黑色鑲金》，羅智成則遁入了對於「詩歌語言」及其衍生的關於詩的本質與表達方式的後設思考之中。當寫作必然與外來的「文明」遭遇或對撞，作為整冊詩集「序詩」的〈－3〉，開始劃定精神的界線：

我們
是隱隱然和這個或任一個文明相抗衡的。

我們每個人都
畏懼、堤防著不屬於自己的龐大事物

我們創作、創造（自己小小的文明）
以抵擋外界的進逼——除非我們讓步或答應

但是創作的國境是無法割讓的
「觀察」正是我們遂行主權的方式[97]

〈序言〉可以說是《黑色鑲金》的方法論演示，充滿對「創作」行為與本質的後設式思考。既然「創作的國境是無法割讓的」，因此「觀察」正是詩歌無以讓渡的主權。對羅智成來說，一直以來，詩歌過度承擔國族與社會問題的文化使命，而九〇年代臺灣已然進入了更為資本化的時空，此時他的詩隱然與任何既成的闡釋或信念相違背。一直以來詩歌過度承擔國族與社會問題的文化使命，另一方面，資本市場、資訊化與大眾化的影響下，造成詩歌內在「詩意」與審美質素的空虛，羅智成相信，唯有回歸到創作的本質去思考，才能真正尋回詩歌精神的本質。

循憂鬱以求瑰麗甜蜜的智慧
我祕密供奉黑色鑲金的美學。
像營造一座對發掘者施咒的
陵墓

[97] 羅智成，〈序言〉，《黑色鑲金》（臺北：聯合文學，1999），頁3。

以堅固的文字為槨
深埋了易腐的感覺與思想
杜撰或遺傳著祖先，或，至少，我父親
那半衰期太長的稀有金屬的憂傷的光澤

我在憂傷的時辰杜撰
在杜撰的同時隱藏

除非為了點亮妳漆黑的眼眸
從不輕示於人[98]

因為《黑色鑲金》，羅智成感覺到「一個具體的讀者意識才開始成形。……我開始會清晰地考慮到較普遍的對象：評論者、一般讀者、他們的反應與限制。我的寫作更趨成熟、確定、自信；我的寫作有了真實的對象，內心裡不再那麼孤單、絕望、純粹」[99]。這時候的羅智成，由於受到資本主義一種新的美學型態的生成（網際網路），選擇斷開與 Dear R 與寶寶的「寂寞聯盟」，獨自建構「黑色鑲金的美學」，面對一群身分不確定、審美喜好駁雜的「公眾」，這時候羅智成不再擬古、以抒情承擔歷史／時間，而選擇回到創作本身，以容納更為複雜的人際網絡與社會變遷。

總體來說，從〈光之書〉不斷召喚著由愛情所驅策的隱喻、修辭與句法，是私我感知時間的還原，是抵抗當時社會庸俗的集體氛圍。到了〈一九七九〉，出現了與當時臺灣社會背景呼應的態勢。而到〈問聃〉、〈離騷〉到〈說書人柳敬亭〉，羅智成以突出文明史裡「人格類型」的方式，承擔一種文化意義上的歷史／時間。最後，《黑色鑲金》回歸到創作的本質去思考，承擔歷史／時間的情結大為淡去，因為還原到《黑色鑲金》成書的時空，資本主義持續蛀蝕著詩人感性的文明，這才是詩人力圖去呈現的問題思路。

如同羅智成曾自言「在詩作的國度裡，我適合做個島嶼的發現者，不是佔領或經營的人，我了解我自己比那些排斥浪漫與溫和的人更不易於耽溺」。不論私我傾吐還是召喚歷史，羅智成的詩是一種「感知生存學」的「抒情」，其「抒情」詩在特定創作階段，確實展示著特定的歷史／時間的承擔能力，但卻更著重孤獨、神祕的氛圍營造，卻不讓感傷與浪漫過度浮濫，其詩最具魅力之處，還是其慣於內省與思

[98] 羅智成，〈0〉，同上註，頁 0。
[99] 羅智成，〈致讀者——「羅智成作品集」聯文版總跋〉，同上註，無頁數。

想的方式。「他（羅智成）思想的超越性，本非天生妙悟而來，而是透過週而復始的自省而逼露顯形的」[100]，羅智成總在「個人的抒情記事」與「宏觀的時代背景」之間排演感知的細節，抵抗著時間的流逝與死亡的迫近。

三、鄉土與古典的抒情：陳義芝

出身中文系的陳義芝，其詩風有著內蘊深厚的古典遺風與傳統新鑄的傾向，其語言總是以其淑世的「抒情」精神，以相當內斂的方式宏觀調控著詩句的長短縮放。楊牧以為陳義芝的作品「總透露出嘗試宣說卻又敦厚地或羞澀地想『不如少說』的蘊藉，一種堅實純粹的抒情主義，尤其植根於傳統中國詩的理想」[101]；余光中以為「陳義芝詩藝的兩大支柱，是鄉土與古典」[102]，認為其詩運用古典文學的辭藻與句法，處理其心中地理、歷史、文化的鄉愁（中國四川），以及具切身生活經驗的臺灣（彰化、花蓮、臺北）。

柯慶明〈根之茂者其實遂——論陳義芝的詩〉一文認為：

> 陳義芝作為「新世代」詩人的最大特質，正在於他的跨越「現代」的表象，而要向更遠的根源尋索，……尤其只要使用中國特殊的語言文字，其詩意與精神的傳達表現，就無法不乘載著漫長歷史記憶的積累，而充滿了與傳統的對話或聯想。陳義芝，於是不再遮遮掩掩，如某些自詡「現代」的人，只以無知自欺而否定這種關連，而是正面的對傳統迎上前去，汲取火種，而自燃新火。[103]

柯慶明這裡強調的是新詩在「傳統」與「現代」的相容性與調適性的問題，而陳義芝正好做出了相當自覺的實踐。又如同李元洛：「作為現代詩人的陳義芝，他力求傳統與現代的交融，其引人矚目的表現之一，就是繼承與弘揚中國詩歌傳統的力求創造的藝術精神，不斷開拓現代詩的題材領域，努力作出一位現代詩人應該作出的詩的藝術發現與藝術表現」[104]，而阿盛則直接稱陳義芝的詩為「溫柔敦厚」與「抒

---

[100] 林燿德，〈微宇宙中的教皇：初窺羅智成〉，《一九四九以後》，頁 123。

[101] 楊牧，〈雪滿前川——讀陳義芝的詩集〉，收於陳幸蕙編，《七十三年文學批評選》（臺北：爾雅，1985），頁；又見〈參與歷史的長河〉，收於陳義芝，《不安的居住》（成都：四川人民出版社，2017），頁 2。

[102] 余光中，〈從嫘祖到媽祖——序陳義芝的《新婚別》〉，見余光中編，《中華現代文學大系（貳）——臺灣一九八九～二〇〇三——評論卷（一）》（臺北：九歌，2003），頁 42；又見余光中，〈有賴非凡的藝術真誠〉，收於陳義芝，《不安的居住》，頁 3。

[103] 柯慶明，〈根之茂者其實遂——論陳義芝的詩〉，《臺灣詩學季刊》第 35 期（2001.06），頁 146-160。

[104] 李元洛，〈傳統與現代的交融——略論陳義芝的詩〉，《文訊》104 期（1994.06），頁 9。

情傳統」，「要為溫柔敦厚、新穎高華的抒情傳統，提出更有創發性的見證」[105]。

因此，「抒情」對陳義芝來說，並非西方浪漫主義文學的東方話語，或無關宏旨的純粹個人主觀行緒的耽溺。陳義芝的「抒情」，是承擔歷史／時間之重的「抒情」，是試圖重整、釐定紛亂時局的「抒情」。陳義芝也在其詩歌精選總集《陳義芝詩精選集》的自序〈一隻或許的手：寫詩自述（1972-2002）〉中，提及：

> 不論是編年度詩選或編自己的詩集，我多次提過「抒情傳統」、「抒情精神」。**抒情，是詩的本質，不僅有感性的滿足、結構的要求，還是一種能提煉出意義的經驗衝擊**。……所謂悟感的藝術，就是抒情詩。……寫詩要求以意象表達意念，意象之獲取在於內心想像，是內在視野的顯示，是意境，而非外在題材、外在活動。**能呈現內在視野的，就能超越特定時空、特定人事物的局限，這是象徵的威力，也正是抒情的精神**。[106]

陳義芝強調的，正是「抒情詩」映照作者內在視野、超越特定時代侷限，並進一步將情感衝擊（經驗／意識）提升為恆久意義（思想／境界）的特質。如同張淑香對〈離騷〉抒情本質與結構的考究，相較於敘事文學重視外在事象的連續性，而戲劇文學側重於將融合主觀情感與客觀敘事的融合，投注在戲劇衝突或矛盾的解決，抒情詩則是「自我表達」，是「一種非連續性的內在經驗（interior experience），一種心理的真實，一種隱密的心靈狀態，思想與感情的活動過程」[107]，而陳義芝的詩雖然「現代」，但其內裡充滿，亦實踐了抒情詩從屈騷以降的本質表現。

在 1977 年出版的《落日長煙》裡，出現了〈蓮〉、〈思〉、〈念〉、〈別〉、〈離〉等具古典意蘊的短詩，而更為有意識地面對「傳統」以承擔歷史／時間，則在〈焚寄 1949〉尤其有結構性的表現：

> 樹把棲著的鳥搖醒
> 風正以十指激射的嘯聲
> 掠過墳場
> 馬蹄踐踏在龜裂的土地上

---

[105] 阿盛，〈溫柔敦厚．抒情傳統——陳義芝〉，《自由時報》，1999.02.12，第 41 版。

[106] 陳義芝，〈一隻或許的手：寫詩自述（1972-2002）〉，《陳義芝詩精選集》（臺北：新地文化藝術，2010），頁 2。

[107] 張淑香，〈抒情自我的原型——屈原與〈離騷〉〉，收於柯慶明、蕭馳編，《中國抒情傳統的再發現》（臺北：臺大出版中心，2009），頁 284。

煙硝噬吮血痕

倚著人斜斜的身影
望過去
河扭曲的脖頸
淌滿了淚[108]

〈焚寄 1949〉明顯地以象徵語彙與情境，寫下「1949」的戰亂與流離。人的身影歪斜、河流呈現著「扭曲的脖頸」之狀，正是戰爭的創痛帶給兩岸山川與心靈的支離破碎。詩人的「焚寄」，是深入體察一個戰亂時代的情感重量，並以詩的語言去承擔。

〈蒹葭〉

秋水潺湲地走進相望的瞳仁深處
玉臂已覺清寒的時節
我突然想起圈點過的詩經
恰恰攤開在最美的蒹葭那頁
且心痛地想著萋萋的蒹葭
是長在懷思的水湄啊

這般情懷遠從溱水洧水流向南
紛歧的水路錯落的澤鄉
再南，如候鳥南飛
渡過山原及海峽
如今駐停
島上心怯的急流邊[109]

《詩經・秦風・蒹葭》利用「蒹葭」、「白露」作為「興」法，詩人逆流而上追尋著意中人的所在。陳義芝以古典意象轉喻自身情愛的困頓與追索，其情思座落的地理

[108] 陳義芝，〈焚寄 1949〉，《陳義芝詩精選集》，頁 12。
[109] 陳義芝，〈蒹葭〉，《陳義芝詩精選集》，頁 40。

位置，也從舊秦地的陝西及甘肅東部，一路向南，最終棲身在「島上心怯的急流邊」。洪淑苓：「翻開詩集第一頁『蒹葭』一首便在濃濃的秋水中奏響，古典溫腕的情懷、詩人敏慧卓越的才思織就了這一襲往來天地的『青衫』」[110]，詩的最後以「白蓮清芬／萬種的風華」作結，以「蓮」的清麗芬芳滌盡了「蒹葭」之愁緒。〈蒹葭〉代表陳義芝抒情「骨架」的搭建方式：**不生硬套用原生古典詞彙，而是以自身的個經驗出發（現代），翻新情境（古典）**。如同陳義芝自陳的「以古典的現代詠嘆最赤裸的白話」，陳義芝承擔歷史／時間的方式出入於經典，但超越經典。

〈出川前紀〉大抵寫的是陳義芝父親渡海來臺後向其重述的鄉愁記憶，也是寫其心中「想像的中國」：

我不會忘記吹吹打打的喪樂
雖然記憶已隔得久遠
雖然那時我還不到十歲
然而我經常做噩夢
夢見彈三弦的瞎子穿黑衣來到門口
煙熏的黃牙似笑非笑強把
父親的八字帶走
叮叮琮琮，每一根弦絞緊在我心上

……

六歲的我任由大人抱著磕頭行儀
劉關張在上，陰鬱的桃園
肅立穿對襟衫紮褲腰帶的漢子
生氣精猛使
一室之色彩莊穆又詭異
彷如壇神會上一齣戲
或者是一場疑真的幻境了

多少年來
當陌生與不陌生的臉孔臨近又退遠
當江湖隨潮汐起落

[110] 洪淑苓，〈詩的鈕扣，情的瘡痂——讀陳義芝《青衫》詩集〉，《文訊》18 期（1985.06），頁 141。

人間冷暖，我兩頭分嘗[111]

「四川」不只是一個標誌著詩人血緣世系、卻缺乏生活實踐意義的原鄉，而是在一個迫近解嚴的時間點（1986）寫下這首詩，認同歸屬的問題仍然是詩人內在世界血緣／現下、彼岸／此時的衝突辯證之所在。更重要的，鄉愁直指一種消逝的時間性，綿延至詩人無法經驗的父輩記憶及其生活場景。主要以戰後來臺詩人、及其第二代為創作主體，作為臺灣戰後現代詩主要母題——鄉愁，在這裡顯然表現出苦澀處處、冷暖自知的原鄉情愫。這樣的原鄉情愫對陳義芝而言是一種積澱於下意識的「時空綿延」，晦澀而模糊，卻又真切且可感，陳義芝生於臺灣花蓮，並未生於四川，但是這首詩意欲以其父親個人的童年回憶為軸線，突出主觀經驗與感情的活動過程，撐起整個外省遷臺世代的流徙歷史。

除了遙遠而抽象的中國「故土」，延續自八〇年代中期《新婚別》中的〈雨水臺灣〉，陳義芝開始寫下棲身而具體的「鄉土」臺灣。九〇年代是臺灣本土運動開始勃興、新的政治版塊開始挪移的時空，這個時空下的「抒情」，陳義芝的策略是從「傳統」的象限轉為「本土」：

遲遲不褪的閃電，那場火
使花崗山也曝了光
四十歲的我帶著一具
四十年前的老相機，二月的下午
孤零零走回重慶街

走回門前鋪了蓋的河面
聽火車空隆隆響，火舌在鏡頭深處
隨鋸木場的電鋸聲
突突向高空衝
隱約有壓低的人語著慌地問
六號，是六號嗎？

其實四周安安靜靜
什麼聲音也沒有

[111] 陳義芝，〈出川前紀〉，《陳義芝詩精選集》，頁 67-68。

下午的陽光斜照馬路右側
一家按摩院[112]

「重慶街六號」，一個不復存在的地址，詩人生於斯。火燒厝後原址的荒淒、曾經被霧掀動的屋瓦、不存在的家人形影與聲音，整首詩刻畫著舊日的生活「時間」，「傳統」似乎被蓬勃發展的政治運動與資本的生活方式所遮蔽，詩人面向的因而是一幅巨變中的社會圖景。〈重慶街六號〉是陳義芝「本土」鄉愁的主要景緻，一樣有著對歷史／時間的承擔意識，只是改為以「生於斯土」的感覺結構承擔，仍是一種具有「時間」情結的「抒情」，期望以自身主觀經驗的美學，去匡正外在世界的激情變革有餘、而失去自省的社會語境。

如同詩人的「詩觀」：「讓詩活在中國傳統的倫理文化、現代的日用生活中，這是現代詩展現在我面前的長路」，傳統與現代、古典與鄉土，兩種異質的文化象限，不斷地在陳義芝的詩中頻繁切換。亦如來自鄭樹森的重要評價，此評價大致可為其至九〇年代為止的寫作定調：

> 陳義芝的詩作，早年得力於中國古典詩詞的意象意境，對當年前衛派的「聲音與憤怒」應是相當自覺的一種回應。……中原普通話與臺灣閩南語的揉混……文化中國與鄉土臺灣之間的張力，核心思維與邊陲反省之間的擺盪，都能維持一種微妙、緊張的平衡，甚見功力。[113]

雖然陳義芝在《不安的居住》裡有〈陸上交通〉、〈肉體符號七帖〉等張揚身體官能、情慾、性愛或〈我是你病人〉諧擬醫／病（社會）關係的描寫，以及〈住在衣服裡的女人〉、〈自畫像〉等著重於女體與情慾的「陰性書寫」，[114]「遊戲」與「解構」的「後現代」意味濃厚，目的應是尋求自我一貫風格以及呼應九〇年代多元紛呈的文化景觀之故。但收在集子裡的〈春之祭〉，呼應著史特拉汶斯基芭蕾舞舞劇《春之祭》，由少女異教舞蹈的原始與狂亂，迫近遠古文明的原型想像，諷喻現代社會裡的人性貪婪與偽裝，才是文明墮落與衰敗的根源。

---

[112] 陳義芝，〈重慶街六號〉，同上註，144。

[113] 鄭樹森，〈評陳義芝《遙遠之歌》〉，《中國時報》，1993.10.02，第 22 版。亦見鄭樹森，〈談陳義芝的詩〉，收於陳義芝，《不安的居住》（臺北：九歌，1998），頁 201。

[114] 關於陳義芝出現所謂「後現代轉向」，相關詳實研究見洪淑苓，〈陳義芝詩作語言與風格的新變及其意義〉，《孤獨與美——臺灣現代詩九家論》，頁 241-269。

沉沉的敲擊是粗暴的雨
高高的鑼鈸是男是女

枯樹為羊角豐饒而扭絞
陶瓶為蛇調笑而折腰

胸乳為聖禱拉出新的土胚來
鼠與鼠蹊間的捕鼠器在戰鬥中
媾和了[115]

因此，〈春之祭〉雖然寫了原始祭典裡舞動的交媾，仍有「遠遠的，終於傳來宏闊的激爆聲／像不隨意肌吹響的號音／當春光擦亮一片天」[116]這樣具「隱喻」結構與「現代感」的詩句，顯示其後現代思惟只是落實於「形式」與「主題」的革新，其內在仍是相當審慎的「古典」與「抒情」。

陳義芝持「古典」之重，守「抒情」之節，期望「真正的詩人能矜持嚴謹地在燈下守節、吐自己的絲，為這個時代留下可貴的精神象徵」。面對新興的後現代大潮，陳義芝對「古典」與「抒情」的堅定信仰遏止了創作主體完全走向「後現代」解構的可能，是融合「鄉土」與「古典」的「抒情」。這也是洪淑苓所稱的陳義芝詩裡「自我形象與故國鄉土這部分作品，為何沒有被後現代解構掉」[117]的原因。

四、對客觀世界變形的抒情：蘇紹連

作為蘇紹連「所有詩創作的原型或母體」的《茫茫集》（1978），仍可以看到踵繼六〇年代現代主義新詩的痕跡，尤其是對「超現實主義」的接續與傳承。承襲本書第二章對於洛夫的研究，洛夫的超現實主義詩歌，是**對虛無／自我的一種既破壞又建設的表達**。蘇紹連的詩，同樣充滿著對新詩此一藝術載體的破壞與重建。蘇紹連除了在形式上做出突破，出現了「散文詩」此類形式的突圍，在對「傳統」的應對上，也採取了解構古典詩的形式、詞句與意象，對之進行現代化的改作。如同蕭蕭也認為：

---

[115] 陳義芝，〈春之祭〉，《不安的居住》，頁 171。
[116] 同上註。
[117] 洪淑苓，〈陳義芝詩作語言與風格的新變及其意義〉，《孤獨與美——臺灣現代詩九家論》，頁 268。

> 蘇紹連雖不是一個形式主義者，但卻是一個形式堅持者。《茫茫集》是他最早的一部詩集，收集的也是他最早的作品，早已預示他未來詩創作的趨勢。第一輯「茫顧」，見證了散文詩是他的原愛，《驚心散文詩》、《隱形或者變形》的發行自在預料中；其後的〈廢詩拾遺〉、〈茫的微粒〉、〈魂與床〉，顯露他以詩紀錄臺灣現實的雄心，預示《童話遊行》的出版；第四輯「春望」，改造古典詩（就蘇紹連而言，古典詩也是一種可以變形轉位的客體，可以顛覆、解構、重組、再塑），直探驚悚的生命本質，少少十一首不足以宣洩，因此而有《河悲》六十首的設計。從《茫茫集》的寫作方式，後續的詩集出版，可以看出蘇紹連「形式堅持」的寫作策略。[118]

蘇紹連寫於六、七〇年代的詩，同樣在虛無／自我之上，乖張、違和地重組事物原本的形狀，伸出超現實意象手勢：「從物本質裡的悚懼、人本質裡的荒謬去窺撥」[119]。如〈茫顧〉：「迴繞著的血啊，請噴出我的太陽穴，噴且凝。髮以下儘是回頭的茫顧，儘是鄉糧，一田一田地送進我的眼睛」[120]；〈秋之樹〉：「樹們咳嗽咳嗽而肺葉凋落了／一口濃痰；一口血絲隱現的秋」[121]；或是〈秋的夢土〉：「一個人只剩下一口等待冷藏的呼吸，／還向低垂的天空吐去」[122]等詩句，皆是透過對物象的變形，探究生命存在原像的話語策略。

以上詩句，顯現蘇紹連以如此主觀心象（自我）與客觀物象（世界）之間的扭結、變形與轉換，將「抒情」意識透過超現實的「景框」構設詞語與意象，再現出一個死寂、冷硬、透明的潛意識世界。蘇紹連在《茫茫集》執著於內心裡的超現實獨白，這樣的「超現實／抒情」的創作傾向，〈廢詩拾遺〉堪為代表作：

> 肥的槍聲
> 在天的一邊瘦去[123]
>
> 戰鬥的歌在每個人的口中
> 轟成白色的牙齒

---

[118] 蕭蕭，〈蘇紹連：超現實主義的轉位性美學〉，《臺灣現代詩美學》（臺北：爾雅，2004），頁 438-439。
[119] 同上註，頁 413。
[120] 蘇紹連，〈茫顧〉，《茫茫集》（彰化：大昇，1978），頁 8。
[121] 蘇紹連，〈秋之樹〉，同上註，頁 9。
[122] 蘇紹連，〈秋的夢土〉，同上註，頁 11。
[123] 蘇紹連，〈廢詩拾遺〉，同上註，頁 22。

唱出的
是血肉的聲音[124]

握電晶體收音機的那隻手
因好聽越南戰聞而萎縮成耳朵
另隻手
則隨筆順
在肩下垂出一個「刀」字[125]

垂死的母鳥
以淚滴破巢裡的鳥蛋
戰後
整片天空
被雛鳥撞得一片陰濕[126]

寫〈廢詩拾遺〉時的蘇紹連正值入伍服役，可以看得出來，戰事、軍聞、兵器的意象充塞詩行間。顯然這時候的蘇紹連，正在試驗超現實主義裡特定字詞的「屬性」與「特質」，能夠牽連與帶動多少感官經驗、能夠拼湊出怎樣的生活與世界圖像。從「垂死的母鳥／以淚滴破巢裡的鳥蛋」一句，抒情主體的「有情」仍可見到些許端倪，而後天空被「被雛鳥撞得一片陰濕」，隱喻被母鳥的死之悲痛所哺育的生命，其新生、躁動、鋒利的力量，更是詩人心中賦予萬物「有情」的證明。顯然，蘇紹連並未一意孤行於超現實的意象實驗，並未到六〇年代超現實詩歌冷僻、晦澀的老路，而是將「抒情」適度斂藏在超現實主義的構圖之中。

《茫茫集》裡主要乘載著蘇紹連兩種不同的美學意識，一個是超現實主義的創作觀，同時對生存世界進行「抒情」式地回望；一個是「抒情傳統」的現代變體：形式與內容的激進實驗。前者，以〈茫的微粒〉做為代表，而後者，以下暫以〈歸途〉為例做說明。在一個鄉土意識崛起的年代，蘇紹連展現獨特的審美思維，其詩很難納入特定「反共－現代－鄉土－後現代／後殖民」此一詩史的「詩風潮」線性脈絡作為觀察標準，他的詩是時代與自我之間，毫不疲倦的探索，並其承擔歷史／

---

[124] 同上註，頁 22-23。
[125] 同上註，頁 30。
[126] 同上註，頁 35。

時間的方式，是從對詩歌語言如何穿透、想像「現實」的洞悉著手，蘇紹連因而是想像現實的苦行僧。

〈茫的微粒 9〉

我們遠遠地站著，與帝王的石像之間是一顆子彈的距離
一隻腰際上的短槍的後面是長長的下午
亂石在腳下發亮，我們莊嚴的地帶啊
在亂石下白骨流出我們民族黏黏的體味

我們要問——為何我們會停留在這古蹟裡
沒句話可表白我們曾是石像陰影下的孩子
我們要問——為何我們長大了
還看見我們的父親用槍聲在石堆中雕刻著可憐的藝術
我們遠遠地站著。為何下午是一條空的子彈帶
竟能在透明的陽光中繫住所有的槍聲[127]

長詩〈茫的微粒〉系列，詩人置身不知名的古蹟遺址，看見「與帝王的石像之間是一顆子彈的距離」、「一隻腰際上的短槍的後面是長長的下午」，而下午「竟能在透明的陽光中繫住所有的槍聲」，超現實詩風無庸置疑。「我們要問——」的轉承句，顯示蘇紹連的「抒情」被壓縮在超現實的潛意識構圖之中，亟欲想望見「父親」、想釐清自身「所為何來」的歸屬感。蘇紹連寫下如此具備充分超現實技法與構圖的詩，直指心中的時間創傷：國族（集體）的創傷、親情（個體）的創傷。種種異質、歧義、變形的修辭，除了是對「物－我關係」的重構或發現，試圖釐清個體對生命的困惑、欺近生命的本質，也是一種徘徊在國族與私我之間的歷史／時間的承擔意識。

〈歸途〉

白　　　黑樹
日　　　黑樹
依　　　黑樹

[127] 蘇紹連，〈茫的微粒 9〉，同上註，頁 64-65。

並排在歸途上

山盡··天色中[128]

屬於「春望」一輯的〈歸途〉，在直行「天／色／中」之後，又是一字一行的「一／架／飛／機／無／聲／／直／逼／東／去・西／天／黑」，誠如蕭蕭前述「第四輯「春望」，改造古典詩（就蘇紹連而言，古典詩也是一種可以變形轉位的客體，可以顛覆、解構、重組、再塑），直探驚悚的生命本質」，古典詩的句構、天色、飛機變編排在上半部，下半部是黑樹與「並／排／在／歸／途／上」，體現出對既有詩歌形式的解構思維，使用了初步的「圖像詩」技法。

如此對「形式」既破壞又創造的野心，取道、重鑄「古典」以創造另一番新詩的「現代」風貌，亦體現在《河悲》之中。《河悲》裡全部作品皆採用「四言體」，這樣的形式確實有著「反動」的外觀，要以「四言」乘載詩人內心巨量的情感與思想訊息，並做出意象的迴旋，更屬不易之事。如同張默在序文〈見林見樹探《河悲》〉所言：「坦白來說，用白話文來寫四言體，是相當艱困的，作者在這一組詩中，的確使出渾身本領，儘量作多方面的嘗試、實驗、尋找自己的路，且永遠不固執某一種形式，力求自我風格的抬頭」[129]。

如同張默指出〈守夜〉取道《詩經・國風・伯兮》，[130]而〈夫渡河去〉則是取道古詩〈箜篌引〉。〈千點萬點寒鴉〉，則取道秦觀〈滿庭芳〉的「斜陽外，寒鴉萬點，流水繞孤村」，進行「古典」的「現代變奏」：

寒鴉在樹
枝間落日
停棲一排
一排水聲

---

[128] 蘇紹連，〈歸途〉，同上註，頁 93。

[129] 張默，〈見林見樹探《河悲》〉，收於蘇紹連，《河悲》（臺中：臺中縣立文化中心，1990），頁 14。

[130] 同上註，頁 16-17。

……

老樹龐大
吐著苦水
寒鴉黑暗
千點萬點

千點萬點的黑開成梅[131]

這首詩，寒鴉的黑、老樹的苦，一幅黑暗蕭瑟的景象最後在詩人的心靈視野中開成「梅」，畫面極富矛盾的張力，或許這首詩是要描繪詩人心中落寞的苦澀。蘇紹連自陳「雖然四言體的形式是《河悲》的一大特色，也是一般讀者初見《河悲》時的印象，但以我來看，我更重視的是處心積慮挖掘題材，題材才是《河悲》的特色」[132]。因此，《河悲》的實驗難度在於「表達」，也就是如何以「四言體」的形式，去容納寬廣多元題材的能力。另外，就是超現實語言與形式之間的協調問題。誠如林燿德的評論：

> 在自我對詩質的要求以及商禽式超現實主義雙重的觸發下，蘇紹連的詩語言系統在字詞間與詩句間的連結均十分稠密凝鍊，同為古典變奏引申出來的《河悲》系列用字尤其精省，充滿被壓抑的語言暴力，語言的串連如同一幕幕非理性的夢魘鏡頭，在乾澀的客觀描述下進行幻象演繹和事物變形。[133]

林燿德所說的「被壓抑的語言暴力」，其來源並非只是「四言體」的形式，顯然「另有所指」。古典詩詞直指某種總體而抽象歷史／時間的微縮化與具象化，而蘇紹連在《河悲》的古典變奏及其「幻象演繹」與「事物變形」，意謂著蘇紹連對歷史／時間的承擔方式是對既有新詩「形式」的破壞與創造，也是超現實藝術構圖的延伸。

林燿德認為，在一個「專業詩人」被漠視、詩壇／社結構變遷的混亂、藝術自主與政治教條的膠著時期，蘇紹連「以大河式的敘述體裁驗證『現實』究為何物，也以之向存在無止盡地趨近。《童話遊行》收錄長詩九首，……這九首詩貫穿了他的創造生命，呈現出一個隱藏作者發展的軌跡，他同時呈現了一個詩人的藝術自主

[131] 蘇紹連，〈千點萬點寒鴉〉，同上註，頁 117-118。
[132] 蘇紹連，〈後記：一條大河在靜靜的流〉，同上註，頁 123。
[133] 林燿德，〈附錄二：詩評家評論《河悲》選錄〉，同上註，頁 130。

與政治自覺」[134]。林燿德在《童話遊行》的序文中抨擊了詩壇以聲名／權力樹立權威的墮落怪象，以及視「現實」為「寫實」的落後沉淪，認為蘇紹連對「現實」的考究，充滿著藝術與政治的感知張力。

蘇紹連在《童話遊行》中諸多「大河式」的長詩，仍不直接描述「現實」的動態風景，而是經由「虛構」的彎折，找出通往理解「現實」的進路。如同詩人自陳幼年時目睹了節日歡慶的「遊行」，「當我看到街頭遊行內心思緒澎湃不止時，我想到了藉用安徒生的童話來寫〈童話遊行〉一詩，以象徵現實生活中許多微妙而可不斷衍生的意義」[135]。蘇紹連選擇了「童話式」的虛構以試探「現實」，「變形」現實，成為「童話」擬真。

試以〈童話的遊行〉為例：

◉ 下午五時九分，一個故事被捕了
被拘留在陽光照不到的方
故事未中斷，有人在另一個地方續寫

十一隻雪白的天鵝，帶著王冠
緩緩的拂過海面飛來
從黃昏那端飛來黑夜這端
這端有他們的出生地
　　有父親所住的宮殿
　　有母親埋葬的教堂尖塔
　　有妹妹所跪禱的柔軟蘚苔
這端是他們自己的國家，要探望啊
只是，已經淪落在黑夜裡了
像一個枝葉織在一起的森林[136]

這首詩寫於解嚴後不久的1988年，顯然與當時「開放兩岸探親」的背景有關。「這端」（臺灣）有「有父親所住的宮殿」（隱喻遷佔來臺國民政府）、「有母親埋葬的教堂尖塔」（隱喻平埔族母親）、「有妹妹所跪禱的柔軟蘚苔」（隱喻現代文明社會與物

[134] 林燿德，〈誰在寫詩——序蘇紹連《童話遊行》〉，收於蘇紹連，《童話遊行》（臺北：釀出版，2012），頁9-10。

[135] 蘇紹連，〈本事：九隻鞋子〉，同上註，頁170。

[136] 蘇紹連，〈童話的遊行〉，同上註，頁126。

質生活），但「這端」卻「淪落在黑夜」，顯示詩人心中對國家社會的未來憂心忡忡。「童話」遊行在一個重層的象徵森林之中，整首詩可以視為對「臺灣」（這端）歷史命運的隱喻。誠如張錯：

> 「童話的遊行」就是揉合了在今天分秒進行中的爆炸性現實和永恆性的童話現實，以雙線進行作呼應式的結構，現實的無奈與變化，配合著童話「過渡式」的情節（因為無論如何悲慘或幸福，結局我們早已知曉）‧更突出了對社會現實的某種「反諷」及徬徨。[137]

「童話」被刻意安排在一幅臺灣複雜、多族群的歷史圖像之中，透過「虛構」的「童話」，蘇紹連企圖梳理島國的歷史／時間秩序，以呼應內心的存在之思。

而後，《驚心散文詩》中共有六十首「散文詩」，蘇紹連刻意「精心」營造的種種「驚心」——主體與客體、身體與心靈的「移形」與「變位」，不斷挑戰著社會常規的人情事態、主流價值與道德秩序。如洛夫：「『驚心』諸作的主題，大多都在表現一種自我的審視和內在關照的辯證過程，他所採取的方式大概有二：一是變形，一是物我交感」[138]。或如蕭蕭：「……人與物的變形，物與我的轉位，因而形成慄悚驚心，正是蘇紹連六十首詩的寫作方法」[139]。而從「散文詩」此一文本形式來看，孟樊從則從韋勒克（René Wellek）及華倫（Austin Warren）「文類批評」（genre criticism）角度，認為蘇紹連從《茫茫集》中四首半散文詩作：〈茫顧〉、〈秋的夢土〉、〈月升〉與〈地上霜〉，到《驚心散文詩》，直到《隱形或者變形》的〈布景〉、〈地下道〉、〈我在電腦裡養了一隻貓〉、〈比目魚〉諸詩，已可見他不斷在「散文詩」此一文類上做出「內在形式」破格的嘗試，是文類發展上「再野蠻化」（re-barbarization）的過程。[140]

在《驚心散文詩》中，每一首詩街分為兩段。從結構上看，如同張漢良的觀察，大體是一個「戲劇創造過程」：「第一段點出戲劇情節，必要的意象相互關聯，第二段來個突然的逆轉，這個逆轉往往是變形作用」[141]：

〈鬍子〉

---

[137] 張錯，〈第十一屆中國時報文學獎新詩決審會議評語〉，同上註，頁 131。

[138] 洛夫，〈序 1：蘇紹連散文詩中的驚心效果〉，收於蘇紹連，《驚心散文詩》（臺北：爾雅，1990），頁 4。

[139] 蕭蕭，〈序 2：「驚心散文詩」的形式驚心〉，同上註，頁 24。

[140] 孟樊，〈蘇紹連的散文詩〉，《臺灣詩學學刊》15 期（2010.07），頁 7-30。

[141] 見蕭蕭紀錄，〈刀的歌聲吞遙遠——剖析蘇紹連作品〉，收於蘇紹連，《驚心散文詩》，頁 135。

> 逆光的裸體在窗口伸手，摟抱我陷入黑暗裡。我的下巴在男人的鬍子裡飄浮，日落的樣子陷入；我的上唇在男人的鬍子裡彎曲，鈎著陷入的下唇，像月亮，在呼痛的雲層裡，他的肉體中有不斷生長的企圖，長出，是蔓延的體毛，從腹部開始，往上經過肚臍，延伸到胸部，又到臉頰，成為鬍子的沼中亂草，圍住我一張陷入的臉，陷入，愈陷越深，直到一齊和他呼痛。
> 在他的鬍子裡擁吻。
> 我在亂草中奔竄。
> ……我的臉久久地落在鬍子裡。男人突然推開我，兩眼裡有憤怒的火，他誘惑的鬍子竟然蔓延在我的面頰，我完了，我成為一個有鬍子的女人。我看見他的下巴，光滑滑的，在逆光中，有一種白嫩的悲哀。[142]

這首詩或諧擬「性侵」或「性暴力」的過程，還是代擬某種女性視角，側寫性愛過程裡對性／別權力的反思，見仁見智。但詩末構設了一幕性／別倒錯的場景，女人有了鬍子，而男人的下巴卻是「光滑滑的，在逆光中，有一種白嫩的悲哀」，確實達到了蕭蕭稱之的「悚懼」的效果。不只〈鬍子〉，包括詩集裡〈水桶〉、〈七尺布〉、〈蜂巢〉、〈白羊山坡〉、〈孤坐〉、〈瓶〉等詩，皆表現出蘇紹連藉由「散文詩」的形式、既「及物」又「變形」的話語策略，凝結了某種情感遭遇或人際關係中的傷痛與疑惑，讓以上流動的生命際遇停格、轉化為字面上審美的「驚悚」，每一刻「驚悚」都可等同於一個特定的「感知時間」，進而擴大為對整體人類生存境遇的把握。

而〈走馬燈〉：

> 我用手推車載了一群時間的舞者，趕著，趕著，走入一個蒼白的燈籠裡。掛在路邊的燈籠轉著，轉著，我此生推車的形影映在燈籠紙上不斷反覆旋轉著。時間的舞者在手推車裡引燃了時間，把自己燒死。
>
> 火勢熊熊的手推車在旋轉中掉出了一滴一滴的燈光，愈掉愈多，滴滴燈光竟是另一群舞者，乃在地上反覆旋轉著，開了一場舞會。[143]

〈走馬燈〉，蘇紹連在這裡對歷史／時間的承擔，仍是延續超現實化的戲劇手法，「我」象徵趨向「死亡」而不可逆的生命實體，載著一群「時間的舞者」，奔赴「死

---

[142] 蘇紹連，〈鬍子〉，同上註，頁 5-6。
[143] 蘇紹連，〈走馬燈〉，同上註，頁 30。

亡」（蒼白的燈籠）。沒想到，這群「時間的舞者」群起反叛主體奔赴「死亡」的宿命認知，而在地上跳起了挑釁死神之舞。在《驚心散文詩》中藉由「即物」、「虛實交錯」、「物我換位」、「常態變形」等「魔幻寫實」手法的使用，其實目的對人的普遍生存處境與存在意義的探究。因此，即是在非理性、甚至潛意識、夢境中不斷地「即物」，利用「變形的」現象世界與物我關係，展開對個人「感知時間」的把握，顯然與其對「存在主義」思潮輸入臺灣的時空有關。

從《茫茫集》、《河悲》到《驚心散文詩》，李癸雲認為蘇紹連的詩表現了日常生活中的悲劇意識，她借用了《爾雅》作為「辭典」解釋萬物的涵義與功能，認為蘇紹連的詩是「黑色的《爾雅》」，且「連接了現實與超現實的世界，使詩行的意義渲染、暈開，揭示兩個世界的相通之處。蘇紹連是以戲劇式的結構、不合理的邏輯和製造悚慄效果的方式處理這種揭示……」[144]，其對生命「荒謬情境」的揭示，瓦解了讀者慣常地對詞語與世界之間關係的認知。從利用超現實主義「變形」人事物的舊有關係設定、揭示人的普遍本質，《驚心散文詩》的「變形」常態為「驚愕」，到《童話遊行》「變形」現實轉為童話式的虛構，皆可以見到其藉由對客觀世界的「變形」，以成就其「知性」意涵的「抒情」話語策略。

就「散文詩」此一典律的形塑過程來看，蘇紹連承先（商禽），而啟後（劉克襄、王宗仁）[145]。但蘇紹連仍不滿於此，至今仍持續在進行「實驗性」的寫作[146]。林燿德說：「蘇紹連不僅是一個重要的詩人，更是一個重要的典型，從他詩作中的風格與世界觀的變遷，得以偵測出第三代詩人和臺灣地區整個文化環境、政治環境之間的互涉關係」[147]，洛夫也說明了蘇紹連詩中對周遭事物的敏感、具備悲劇感與批判的特質，認為「蘇紹連不是一位象牙之塔只講心靈的抒情詩人，而是富於知性的現代詩人」[148]。

我認為，既然「抒情傳統」本是承襲古典文學資源、尊重「傳統」，而「現代主義」意義上的現代詩，則是在「斷裂」的歷史語境中找尋，蘇紹連正是站這一點上，在「關懷現實」、「回歸傳統」的七〇年代創作風潮之中，蘇紹連疏通了「抒情傳統」（內在精神）、「超現實主義」（表現技巧）與「存在主義」（現實意識）三者的阻隔，

---

[144] 李癸雲，〈蘇紹連詩中的存在悲劇感〉，《臺灣詩學季刊》27 期（1999.06），頁 183。

[145] 陳巍仁則反思蘇紹連、渡也等的「驚心」詩法，一旦形成「典律」霸權之後，是對「散文詩」的後繼創作出現了不小弊害。見陳巍仁，〈「驚心」設計下的典律？——臺灣當代散文詩美學特徵再檢視〉，《中國現代文學》17 期（2010.06），頁 61-78。

[146] 鑑於研究架構的限制，無法討論其在新世紀之後，進行一系列「無意象詩」的實驗寫作。見蘇紹連，《無意象之城》（臺北：秀威資訊科技，2017）。

[147] 林燿德，〈黑色自白書〉，《文藝月刊》208 期（1986），頁 58。

[148] 蕭蕭紀錄，〈刀的歌聲吞遙遠——剖析蘇紹連作品〉，見蘇紹連，《驚心散文詩》，頁 137。

而成就其「知性的抒情」。

五、作為意象沉思的抒情：簡政珍

簡政珍作為臺灣「學院詩人」的代表之一，其「創作」與「論述」皆具豐碩成果。就創作而言，不同於楊澤、羅智成、陳義芝與蘇紹連，簡政珍於詩壇的起步不算早，就其第一本詩集《季節過後》（1988）的時間落點，等於是三十八歲時才出版了第一本詩集。但出道先後與美學成就的高低並無直接關係，在出生、成長於五〇年代的「戰後世代」詩人來說，簡政珍的詩主觀「抒情」的成分較稀薄，他的「抒情」顯現出強烈的客觀精神與知性神采，總是帶著對客觀人事物的凝視觀照與極具存在精神的「思維」張力，以此引導、構築「意象」的生成。

因此，作為客觀人事物的總體概念：「現實」，就成為了簡政珍展開「意象思維」的辯證起點。因為「沒有現實就沒有詩人，但寫詩又要從現實跳脫，詩因此是現實和超現實間的辯證」[149]，因此「詩可能是人本和格物的交融。以人的詩眼看穿現實的本貌，以意象呈顯形象的本質」[150]。簡政珍自身也在其《臺灣現代詩美學》中寫到「現實不能脫離想像，想像立足於現實，兩者的辯證持衡，建構了詩的美學空間」[151]，簡亦引述了美國詩人麥可理希（Archibald MacLeish）與詩學家安亭（David Antin），認為絕佳的隱喻來自「意象的牽連」，而非憑空創造；而「現實」建立在詩人對客觀物象的「發現」之上，是「詩人意識的流動狀態，『發現』了物象在流轉中碰撞的火花。意象是『發現』與『建構』的結果」[152]。

以此來看，簡政珍的詩觀具有明顯的「現象學」（phenomenology）色彩，亦即胡賽爾（Edmond Husserl）「將整個世界納入括弧」的「懸置」[153]，將一切客觀事物「還原」為先驗的純粹意識。於是，有學者稱其詩學視野為「現象學詩學」[154]。

而簡政珍的「意象思維」，除了是詩與現實的辯證，其實也參與了臺灣「後現代」論述場域的辯論與對話，進一步轉化為自身的寫作養分。在八〇年代寫作的簡政珍，經歷了一切以符徵再現事物本質、以表象連通真實都變得「可疑」的後現代語境中，簡政珍反而揭櫫「後現代的雙重視野」，對琳達哈琴、詹明信、麥克哈爾等人的後現代論述做出概括性梳理，因為後現代論述是「一面批判，一面自我反

---

[149] 簡政珍，〈詩和現實〉，《詩的瞬間狂喜》（臺北：時報文化，1991），頁 37。
[150] 簡政珍，〈詩和現實的辯證〉，同上註，頁 40。
[151] 簡政珍，《臺灣現代詩美學》（臺北：揚智文化，2004），頁 115。
[152] 同上註，頁 132。
[153] 胡賽爾（Edmond Husserl）著，李幼蒸譯，《純粹現象學通論》（北京：商務印書館，1992），頁 96-97。
[154] 陳俊榮，〈簡政珍的現象學詩學〉，《臺灣文學學報》30 期（2017.06），頁 1-25。

思」[155]，因而在美學上，「雙重視野所展現的是諧擬的功能。一方面模仿，一方面揶揄」[156]，在「批判」、「反思」與「模仿」、「揶揄」交互作用下的後現代論述，使得其作品並沒有朝顛覆性的形式改造或大規模解構語體中心的路向去走，而能夠讓自身一直抱持的現代／抒情精神，與後現代去客觀／知性的後現代精神，在凝視「現實」的框架中做出成功的融合。

從實際的創作實績來看，簡政珍提出「後現代的雙重視野」是其創作實踐與當時的批評場域互動激盪的產物，但並不阻擾其詩歌寫作以「抒情」的感覺結構，去乘載對世界與生活的經驗感受。就其第一本詩集《季節過後》（1988）來說，簡政珍顯然對自身的生活中一切現象疑慮重重，因而持續反思著自我心靈的紋路，將對世界的把握凝聚在一個不易被察覺的「瞬間」，試圖用「抒情的瞬間」將不斷流動消逝的時間定格。

如〈季節過後〉，簡政珍一開始就洞穿了教育制度所灌輸知識的堂皇與虛妄：「地理名詞比自己的容顏清晰／反覆檢視山川的形勢後／我們自覺已竊取／杜鵑花城的祕密」[157]。詩人觀望教科書裡的「孔子佩劍」，亦儒亦俠的年代雖已遠，簡政珍揣摩著孔子以一家之言乘載天下的道德與情感力量，並以相當簡練的語言呈現了臺灣經濟起飛年代的集體精神沉痾：

> 經濟起飛如
> 廢五金焚燒上揚的黑煙
> 濃煙為文化中心提供經費
> 也防止海鳥覬覦
> 瀕臨滅族的貝類
> 據說這是
> 臉孔，表情，名詞，數據
> 匯集成的文化結晶
> 濤聲已成囈語
> 我們在海晶剔透的淚水中
> 看到孔老夫子
> 佩劍[158]

[155] 簡政珍，《臺灣現代詩美學》，頁 149。
[156] 同上註。
[157] 簡政珍，〈季節過後〉，《季節過後》（臺北：漢光文化，1988），頁 8-9。
[158] 同上註，頁 11-12。

外在世界種種紛亂現象，在詩中得到了一種「現時感」與「瞬間」的理解與把握，這是典型的抒情傳統過渡到現代詩的藝術精神。因為「『現時感』是抒情詩的另一主要特徵。……抒情詩的時間是一種在流光中所捕捉的瞬間（arrested moment）。這個瞬間，是詩人遁入內在心理活動的一種神入狀態。它是一個暫時打斷時間之流的遁脫，一個停頓，一個靜止」[159]，〈季節過後〉可以見到抽繹自龐雜社會現實的「現時感」，再透過把握此一經過內在心理活動篩選過的「現時感」的「瞬間」，轉喻、組構為有機的「意象風景」，成為閱讀時的一個詩意的「停頓」與「靜止」。

簡政珍的「抒情」並不只是個人主觀言志的封閉私語，而總是在變動的事象與內心的沉思之間駐足、往返，往往由特定的人、事件或景物點點蘊染詩思的開展，試圖以意象的錯落形成某種思考的景緻。如〈老兵〉寫兩岸人情隔斷的苦澀；〈中秋夜〉寫個人成長的抽痛；〈一杯濃茶〉寫生命成熟後即要步入衰老的感悟；而〈解嚴〉一詩，則是解嚴時空下的愛情：

> 麥克風的聲音已遠去
> 我們要為明日的別離
> 說一席話
> 總不外乎重述一些
> 動人的場景，加上
> 幾滴歎息
> 今晚已太勞累，不再
> 叨擾微風吹乾
> 妳濕潤的雙頰
> 伸手握妳，觸摸的是
> 石柱上蛋的汁液
> 一切滑溜溜的
> 乘此寧靜之際
> 我們的雙唇要
> 解嚴[160]

[159] 張淑香，〈抒情自我的原型——屈原與〈離騷〉〉，收於柯慶明、蕭馳編，《中國抒情傳統的再發現》，頁 284。

[160] 簡政珍，〈解嚴〉，《季節過後》，頁 126-127。

讀〈解嚴〉，每一行都是一個主觀動作與客觀物象共同參與的感知「瞬間」。〈解嚴〉把愛情的互動寫進解嚴奔忙的街頭運動之中，在情意纏綿之間，湧動的其實是當時臺灣社會立體的脈動。因為「文字的詩人進一步想把瞬間展延成永恆，以文字的『形』取代言語的『聲』。……詩人想把某一瞬間凝結在文字裡」[161]，「瞬間」的背後即是生命常態的消逝與殘酷，簡政珍的「抒情」倚賴知性思維，試圖重建特定的歷史與感知交錯的時空，在知性的「抒情」中詩人以語言肯定自身的存有。

也就是因為簡政珍的「抒情」姿態，有著對物象／客體進行「格物」而「致知」的凝神與思考過程，使得他的「抒情」擁有對物象更為透徹的關照，使得其語言免於主觀情感過於霸道、或流於控訴與激情的缺陷，而將想像力作用於穿透現實不被發現的「縫隙」，讓詩人所要藉由詩語言表達的意境，形成顛覆一般慣性常理的「不相稱」的美學。而簡政珍追求詩美學的「不相稱」，除了是「將我們習以為常的視覺形象拆解後，形成『非常理』的組合。……也可能是一種由『不搭調』所顯現的諧擬」[162]。

「不相稱」的美學，導致以「轉喻」作為主要符徵結構運行方式的「後現代」，在簡政珍的新詩書寫中，被改造為一種挖掘內在視野（現代主義）、諷喻（後現代主義）與現實思維（寫實主義）三者的融合模式。其中，《爆竹翻臉》詩集中，簡政珍將自身對臺灣這塊島嶼歷史／時間的承擔意識，以美學「不相稱」的言說策略加以突顯。除了造就讓讀者驚訝與反思的「諷喻」效果，且主體並未從「現實」抽離，語法上的「諷喻」反而填補了「現實」未能到達的「真實」。如寫白色恐怖的〈槍決〉：

> 槍聲在那個人身上
> 寫一些象形文字
> 那個日輪為了財務
> 掉了幾撇光芒
> 那個月牙為了愛
> 口辭不清
> 那些淅瀝的雨點
> 原來是綠島小夜曲

---

[161] 簡政珍，〈寫詩和瞬間（代序）〉，同上註，頁4。

[162] 簡政珍，《臺灣現代詩美學》，頁261-263。

之後，他在地上癱一個
曖昧的姿勢
有一個朦朧的字跡
似乎在喊冤[163]

這一首〈槍決〉印證了簡政珍一貫認知的「後現代」不必然與「現實」分道揚鑣的詩觀，諸多意象看似突兀，其目的在勾引讀者感覺到「不合常理」的意象背後，能夠進一步聯想到一幕國家暴力屠戮生命的悲劇。起首「槍聲在那個人身上／寫一些象形文字」就是一個深具現實批判精神的後現代「諧擬」。槍決理所當然會在受刑者身上留下「彈孔」，但簡政珍沒這麼寫，反而以「象形文字」轉喻一個受刑人試圖向未及告別的家人寫下的「家書」或「遺言」。在這裡，「象形文字」同倒數第二行的「朦朧的字跡」，共同對臺灣這場悲情的集體記憶，以「諧擬」技法在語言裡銘刻了此一莊嚴又深刻的歷史現實。

從技巧使用層面來看，林燿德認為：

> 他（簡政珍）詩法的核心在於意象與視角運作的靈光閃爍，越過結構的邊界而顯現聲音的心理軌跡，舉凡隱喻、換喻、並置、類比、對照等方法自意識輻射而出，支撐詩的正文如同輪輻支持輪邊。……簡政珍進行意象編碼之際，事實上也進行著不同思想轉換系統的啣接，擴大到結構的層面看，並置、拼貼的處理尤為詩人所擅場。[164]

林燿德所稱簡政珍擅場的「並置、拼貼的處理」，〈火〉一詩是絕佳範例。此詩在並置、拼貼的技巧使用，使得文本中亟欲再現的客體——社會生存現實，及都市生活實景中人際之間的荒誕與疏離，獲得了極為精確的揭露：

午夜，當人的脈搏
隨著霓虹燈起動
一把火寂寞得想
一覽人世風景

[163] 簡政珍，〈槍決〉，《爆竹翻臉》（臺北：尚書文化，1990），頁 153-153。
[164] 林燿德，〈以書寫肯定存有〉，同上註，頁 194-195。

一樓，甫剛睡眠的國四學生
揉眼皮，找眼鏡
不知怎麼一回事，直到
所有的升學參考書
在火中變成升騰的舞者
還不知道
怎麼安排心得

二樓，誤以為火焰敲門是
警察臨檢，一對男女
慌亂中以衣服
包裹相互褻瀆的語音
然後爭相
赤裸奪取燃燒中的窄門

三樓，一個年輕的母親
抱著嬰兒，背對
進逼的火影，茫然
看著閉鎖的鐵窗
和街上撿拾生活的小貓

四樓沒有人跡
眼見日曆一張張成灰
牆上的掛鐘停下來默哀

火焰興緻地躍上
五樓時，單身的老人
正翻個身，夢著
戰火和晚霞
一個小偷
及時剪斷通往頂樓的鐵柵後

從容投入
清冷的夜色[165]

簡政珍持論的「後現代的雙重思維」，使其詩風不致於成為掏空意義深度的表象文字戲耍、遊戲，而能融合知性的抒情與客觀的物象視野，使得主觀的「抒情」，也成為了能夠兼顧社會現實與群體的「他者」之思。〈火〉再現出一幕現代都市的冷酷異境，讓一場火災，成為諸般社會現象與生命境遇的透析儀，正準備升學考試的國四班學生、偷情中的男女、單親媽媽、獨居老人、竊盜犯等不同著與身分，因為一場火災，共同面對著突如其來的死亡。

而《歷史的騷味》，是簡政珍以「長詩」為形式、以「諷喻」為主要意象與語言的構成方式，從當時的社會生活空間出發，主體自身的歷史／時間意識纏結於不斷變動的社會氛圍與舊時空遺留的殘餘。這首詩展開那一個黨國威權秩序解體、新的價值典範尚未確立、經濟發展與民間社會蓬勃的改革力量交迭的年代：

人們隔著
桌上各種鳥獸的屍首
互望對方油膩的唇舌
自從離開大興安嶺
就掉了名姓的小鳥
使口齒生津
蜀地嬌小的貓熊
擋不住竹筷
人們看到今日的豐收
累積成明日
而明日的老國代
將在這城市唯一殘存的空地
埋葬日影
然後將進補後的元氣
升騰成
報紙醒目的版面[166]

---

[165] 簡政珍，〈火〉，《紙上風雲》（臺北：書林，1988），頁 15-17。

[166] 簡政珍，〈歷史的騷味〉，《歷史的騷味》（臺北：尚書文化，1990），頁 106-107。

這首詩裡，從主題層面，面對代表舊體制、在臺灣本土沒有任何民意基礎的「老國代」，簡政珍寫下了其如何在體制內享受既得利益的批判。從修辭技巧層面，林亨泰以為這首詩隨處可見「『具象經驗』與『抽離經驗』交錯的『咬痕』」[167]，頻繁地在詩集中出現。陳建民注意到了《歷史的騷味》詩集中對特定形容詞使用方式「變成了他對事物評論、以及心靈思索領域之材料方面的呈現媒介，而不是趨向五官經驗上的描寫。換言之，他詩中的形容詞，大都成了他呈現理性的、智識領域性內容的媒介」[168]。

因此，「掉了名姓的」小鳥、「唯一殘存的」的空地、「進補後的」的元氣，都成為了簡政珍運作歷史理性與批判思維的修辭。如同詩集前的〈自序〉：「我們在瀰漫的黑煙中追憶五官，在四處的政治垃圾和工廠的廢水中聞到歷史的騷味」[169]，從「五官」的感官經驗到「歷史騷味」來向與去處的辨析與拆解，老國代們在政治餐桌上食用「奇珍異獸」，是一場毫無人道情懷的口腹宴饗。〈歷史的騷味〉展現了簡政珍對於歷史／時間的承擔意識，是生發自現實時空的的意象思維，凝縮了一幅政治體制的荒謬景象，以詩的語言寄予現實深刻的諷刺與批判。

以上，可以知道簡政珍雖然提出「後現代的雙重思維」，他的詩仍傾向關注形式與內在情感的探求，他的詩在語法、形式的設計上沒有明確的指意，卻仍在「不對稱」美學上重視意象的精準與結構的要求，以上皆與其對內在真實的探索意向有關。總之，簡政珍對於「現實」有著不同於「寫實」主義的單面視野，相信「……詩所處理的現實，只有進入哲思的層次，才能再不定的時空迴響。把詩作一種特定事件的訴求或吶喊無異將詩貶抑成陳情書。只有透過意象沉默的語言，詩才能引起震撼和冥想」[170]。

如同陳建民所言：

> 簡政珍以存有的正面意涵，將後現代矛盾的雙重性結合在意象、毗鄰換喻、哲思、生命境界，使詩語言的形貌大為更新，突起於一般現代詩。根本上，他有率真性情，有詩心為主的生命現象，與後現代特質容易呼應，呼應的結果，不但不損及他對生命存在的詩觀照，還從黯淡人世點出一些存在的價值與意義，……總之，他的詩作展現了後現代精神，但與當代許多後現代詩過

---

[167] 林亨泰，〈抽離的咬痕——論簡政珍的詩集《歷史的騷味》〉，《林亨泰全集‧文學論述卷 3》（彰化：彰化縣立文化中心，1998），頁 174-180。
[168] 陳建民，〈詩的心相導向——論簡政珍的《歷史的騷味》〉，《中外文學》21 卷 10 期（1993.03），頁 71。
[169] 簡政珍，〈自序：歷史的騷味〉，《歷史的騷味》，頁 9。
[170] 簡政珍，〈詩的哲學內涵（代序）〉，《意象風景》（臺中：臺中市立文化中心，1998），頁 13。

度偏向文字戲耍、玩弄文字遊戲的寫作方式，迥然不同，這正是他的作品最直得注意的地方。[171]

簡政珍是一個在詩語言的經營上能夠有效整合內在視野（現代主義）、諷喻（後現代主義）與現實思維（寫實主義）的詩人。白靈：「簡政珍是介入現實極深的詩人，但他又試圖不為現實所粘，亟欲藉穿透現實表象而能彈跳抽離至某一高度而適切地予以表現」[172]，鄭慧如也以為：「多數著眼於現實的男性詩人之作，引導讀者注視大環境中的斷垣敗柱，而簡政珍關注現實的作品卻引導讀者欣賞許多邊緣人一般的『他者』心境的離奇和蕪雜」[173]。而鄭明娳如此評價簡政珍：

我們很難在他的篇章中找到貌似前衛的圖像設計或是扭曲詞性的惡性拼貼，也不見濫情感傷的無謂喟嘆和矯揉造作的「文以載道」。我們能夠讀到的隱藏作者，是一個感知交融，以語言的深層意義面對存在荒謬的思索者。著重於生命剎那間如臨生死的感動，繼而以凝鍊的語言傳遞訊息。[174]

另外，除了對現實加以意象化的面向，簡政珍的意象思維本身「帶有濃厚的『思』的色彩，它是區別於其他詩人的重要標示。『思』即智性，它隱含著『感覺的智能』或『智能的狂喜』，同時兼具『看見』與『看穿』的雙重視力」[175]。因為簡政珍詩裡的意象運作不只是想像的演出，而是帶有沉思的重量與智性的過濾，如其自陳：「詩人在創作的瞬間，所有外在世界的喧囂歸於靜謐，所有景物在心中升騰轉形。詩人以心靈的時間取代客體時間」[176]。

我認為簡政珍以「瞬間」的意象思維美學，試圖縫合歷史／時間與現實／物象之間的拉鋸與錯位，如前所述，也成功整合了內在視野（現代主義）、諷喻（後現代主義）與現實思維（寫實主義）三者在詩學實踐上的鴻溝。簡政珍的詩是「作為意象沉思的抒情」，簡政珍的「抒情」，融合知性的抒情與客觀的物象視野，使得主觀的「抒情」，也成為了能夠兼顧社會現實與群體的「他者」之思。簡政珍的「抒情」，

---

[171] 陳建民，〈簡政珍詩中後現代精神的正面導向〉，《興大人文學報》39 期（2007.09），頁 248-249。

[172] 白靈，〈介入與抽離——從簡政珍的詩看中生代詩人的說與不說〉，《臺灣詩學學刊》9 期（2007.06），頁 6。

[173] 鄭慧如，〈現實與想像——以簡政珍為主，兼論臺灣中生代詩人之作〉，《詩探索（理論卷）》2008 卷 2 期（2008/12），頁 109。

[174] 鄭明娳，〈簡政珍論〉，見蘇紹連等著，簡政珍編，《新世代詩人精選集》（臺北：書林，1998），頁 97。

[175] 陳仲義，〈詩說與詩寫互為辯證——簡政珍詩歌論〉，《臺灣詩學學刊》9 期（2007.06），頁 139。

[176] 簡政珍，〈為何寫詩〉，《詩的瞬間狂喜》，頁 21。

充滿著對客觀世界與事物進行「格物」與「致知」的沉思，將抒情話語從個人主觀言志的封閉私語，轉為一種洞穿事物表象的沉思方式，其抒情意識總是在變動的事象與內心的沉思之間駐足、往返，往往由特定的人、事件或景物點點蘊染詩思的開展，試圖以「意象思維」的錯落與設計，形成某種思考世界與他者的心智景觀。

第三節　朦朧中國：「啟蒙」的現代主義

一、北島：「現代－啟蒙」的中國模式

在朦朧詩論爭「三個崛起」論以後，引起詩評家廣泛議論的其實是北島寫於七〇年代地下詩歌時期的〈回答〉、〈太陽城扎記〉、〈結局或開始〉等詩。不少新詩史將「朦朧詩」此一美學範疇涵蓋北島移居海外以前（1970-1989）的作品，不無疑義，[177]亦無法說明北島格言性質濃厚、帶有些許道德說教意味[178]的〈回答〉等「政治詩」絲毫一點都不朦朧的特質。就北島詩歌創作的時間分界而言，大致《今天》創刊的 1978 年底為分界，除其流亡海外時期（1989-），詩評家一平將北島離國前的詩歌創作分期，分為：地下時期（1980 年之前）與獲得文壇承認時期（1980-1989）[179]，另一位北島研究者亞思明也是採取如此分期方式。[180]

更重要的是，若以一平的分期來看，方能避免以「朦朧」對北島做出標籤式的評價，而體現出北島的詩歌風格轉變與時代變動之間的聯繫。1978 年末政治氣氛的鬆動、《今天》的創刊，在集體烏托邦理想主義幻滅後，一個嶄新的想像秩序即將展開，詩意英雄（poetic hero）開始了他向集體意識與民族記憶進軍的表述行動：

> 正是在與官方話語含混不清的框架下，北島第一階段創作了許多「非官方」的詩歌，在幻滅的年輕讀者中（主要是大學生和高中生）找到了聽眾。對於這些讀者而言，北島詩歌的魅力在於，一反原有受到政令宣傳機制而飽和的社會主義英雄（socialist heroes），它為中國提供了詩意英雄此一迫切

---

[177] 楊嵐伊，《語境的還原：北島詩歌研究》（臺北：秀威資訊，2010），頁 11-16。

[178] 北島接受《南方人物週刊》專訪時自陳：「其實〈回答〉也還是有道德說教的影子，只不過在反抗的姿態中似乎被掩蓋了。」見北島，《古老的敵意》（香港：牛津大學出版社，2012）頁 8。

[179] 一平，〈孤立之境——讀北島的詩〉，《詩探索》2003 年 3-4 輯（2003.11.15），頁 144-163。

[180] 亞思明，《大海深處放飛的翅膀：北島與《今天》的文學流變》（臺北：秀威資訊科技，2020），頁 145-147。

的替代方案。[181]

相較於貴州詩群的激情直面的表達，《今天》派的詩歌在「反對正統和偏離中心的思想找到了一種較為溫和的美學框架」[182]，而北島畢竟「展現了一代人從懷疑、決裂到抗爭的心路歷程」[183]。作為以詩歌為載體塑造的英雄「自我」，面對被去勢的「真實」，北島的詩是亦是處於「理想」與「現實」、「集體」與「個體」之間一個充滿矛盾與辯證的所在，一個從容調度，揭示著存在於「自我」內在的雙重虛幻：一個應該存在而不存在的愛慾、透明與常態的理想世界，另一個是不該存在卻存在的殘酷、恐怖、仇恨的夢魘世界。[184]

地下詩歌時期的北島，已然出現了反叛主流話語的現代性特徵。若說〈你好，百花山〉還帶有一絲絲對革命教條齧咬、甚至吞噬人性的夢魘回返：「我收集過四季的遺產，／山谷裡，沒有人煙。／採摘下的野花繼續生長／開放，那是死亡的時間」，[185]那麼，文革時期主體－時代之間那類疲憊、機械化的「自我」映射模式，北島卻使之反轉，主體構設的「自我」不再是紅色鏡像的反應／映，萬物出現了自外於抒情主體的獨立聲音，主體呼應了時代不可逆的現代性召喚：

沿著原始森林的小路，
綠色的陽光在縫隙裡流竄。
一隻紅褐色的蒼鷹，
用鳥語翻譯這山中恐怖的謠傳。

我猛地喊了一聲：
「你好，百---花---山---」
「你好，孩---子---」
回音來自遙遠的瀑澗

---

[181] Dian, Li. "Ideology and Conflicts in Bei Dao's Poetry", *Modern Chinese Literature*, Vol. 9, No. 2 (Fall 1996), pp. 373.

[182] 林賢治，〈北島與《今天》——詩人論之一〉，《當代文壇》2007 卷 2 期（2007/03），頁 23。

[183] 同上註。

[184] McDougall, Bonnie S. "Bei Dao's Poetry: Revelation & Communication". *Modern Chinese Literature*, Vol. 1, No. 2 (Spring 1985), pp. 226.

[185] 北島，〈你好，百花山〉，《午夜歌手——北島詩選 1972-1994》（臺北：九歌，1995），頁 24。

那是風中之風，
使萬物應和，騷動不安。
我喃喃低語，
手中的雪花飄進深淵。[186]

「使萬物應和，騷動不安」正是新時代的隱喻：時代終將走出一元話語格局，走向多元、眾聲、平等的話語想像。但是更耐人尋味的是：「我」與「百花山」的「對話」結構，顯示出大他者「父之名」（百花山、瀑濺）對主體進行「符號域」的閹割，而「萬物應和」與「騷動不安」並陳，意謂主體對文革意識形態的除魅未竟全功。楊小濱以為，〈你好，百花山〉裡「我」始終得不到中國古典詩學世界中那類內在與外在同一化、「鏡象化的完整自我」，是「在『父』的權威面前喪失了菲勒斯想像的分裂主體」[187]。因此，從「自信的『猛地喊』（自認為代表了陽具符號）變異為『喃喃低語』的卑微形象（遭到了大他者的符號性閹割之後），標誌著分裂主體的形成」[188]，以此來看，北島在「想像層」的挫敗（瀑澗的回音），來自於文革記憶此一無法被企及、亦無法被整合進文本象徵秩序的「真實層」（深淵），表現出——象徵主義的宏大話語系統顯現自身的話語失能（我喃喃低語）。

北島寫於 1978 年以前的詩，繼承了地下詩歌時期的調性，總是將超越現實格局的思辨、對歷史反思的理性意識，置入現代主義神祕且跳躍的象徵、暗示、聯想的詞語技術之中。例如〈真的〉：「春天是沒有國籍的，白雲是世界的公民」，[189]又如〈冷酷的希望〉：「鴿子匆匆飛去了，飄下一根潔白的羽毛」、[190]「希望／這大地的遺贈／顯得入此沉重」[191]等等，「現實」相對於人的意識與情感，不再具有決定性的作用，主體性的確立透過想像力，穿透了「現實」通往「理想」的縫隙。

膾炙人口的〈回答〉發表於 1976 年，則是北島開啟其「英雄之旅」的重要里程碑[192]，在知青世代集體心智長期受制於紅色革命及其語言系統的尾聲，文革意識形態建築的崩毀，讓北島詩歌的個體啟蒙、懷疑精神順勢取得了立足與表態的空間，於是，北島的「〈回答〉取得天時、地利、人和的條件，順勢完成一次重要的思想啟

---

[186] 同上註，頁 24-25。
[187] 楊小濱，《慾望與絕爽：拉岡視野下的當代華語文學與文化》（臺北：麥田，2013），頁 26。
[188] 同上註。
[189] 北島，《北島詩選》（廣州：新世紀出版社，1986），頁 7。
[190] 同上註，頁 15。
[191] 同上註，頁 16-17。
[192] 陳大為，〈英雄之旅：重返天安門的北島詩歌〉，《中國現代文學》41 期（2022.06），頁 181。

蒙」[193]。〈回答〉讓想像力化為更明確的主體意志、一個明確的反政治異化的宣示，足以說明「自我」已然停駐在死硬的現實上：「卑鄙是卑鄙者的通行證，／高尚是高尚者的墓誌銘，／看吧，在那鍍金的天空中，／飄滿了死者彎曲的倒影」，[194]這首詩傳達了一種雄辯的風格，作為「抗爭訊息的突出標誌，對抗普遍的實證主義和偶像崇拜」[195]。因此，作為「第一千零一名挑戰者」的北島，既對抗「革命」的毛、亦不呼應「改革」的鄧，就此走上「自我」啟蒙的現代性詩學道路。

告別了〈走吧〉：「走吧，眼睛望著同一片天空，心敲擊著暮色的鼓」、〈一切〉：「一切爆發都有片刻的寧靜／一切死亡都有冗長的回聲」等等，主體仍難免背負著沉重的時代憂鬱，「自我」散發出無以遏抑的悲劇意識。而發表於新時代（1978~）的〈雨夜〉與〈無題〉，雖可歸屬於情詩範疇，但卻賦予了「愛情」更為寬闊的時間指涉意向。

以〈雨夜〉為例：

即使明天早上
槍口和血淋淋的太陽
讓我交出青春、自由和筆
我也決不會交出這個夜晚
我決不會交出你
讓牆壁堵住我的嘴唇吧
讓鐵條分割我的天空吧
只要心在跳動，就有血的潮汐
而你的微笑將印在紅色的月亮上
每夜升起在我的小窗前
喚醒記憶[196]

槍口與血淋淋的太陽，象徵廢墟般的文革歷史。那麼，「讓我交出青春、自由和筆／我也決不會交出這個夜晚」兩句，試圖為私我的愛情「王國」劃下一條主體意志的界線。這是一首愛（私我）與異議（大我）彼此互文的詩，標誌著詩人寫作的新階

---

[193] 同上註。

[194] 同上註，頁25。

[195] Dian, Li. “Ideology and Conflicts in Bei Dao’s Poetry”, pp. 374.

[196] 北島，《北島詩選》，頁58。

段。[197]如同另一首〈無題〉:「把手伸給我／讓我那肩頭擋住的世界／不再打擾你」,[198]抒情主體承擔「愛」也承擔「時代」,展現詩人面對積極的樂觀精神、以現代主義意象輸出個體情感並轉化時代苦難，充分體現先鋒詩歌美學的現代性。

〈宣告——獻給遇羅克〉

也許最後的時刻到了
我沒有留下遺囑
只留下筆，給我的母親
我並不是英雄
在沒有英雄的年代裡
我只想做一個人

寧靜的地平線
分開了生者和死者的行列
我只能選擇天空
決不跪在地上
以顯出劊子手們的高大
好阻擋自由的風

從星星的彈孔裡
將流出血紅的黎明[199]

〈宣告〉一詩，不只是體現出「傷痕」的總體內涵，回憶與覆述不再是推進時代進步的有效作為，而是將詩歌作為一次性的歷史意識的展演，無疑地再現出主體清理文革負面遺產的精神世界。凝固的時間（文革）劃開了「生者」與「死者」，但主體仍執意地選擇「天空」，仰望「天空」是主體意識現代性的表徵。〈宣告〉可以說北島先鋒詩歌的「實驗」精神朝向傷痕「歷史」做出貫通與接合，遇羅克的死並未成為一個凝結在過去時空的歷史客體，而是重新成為賦予當下生存情境的審美主體，

---

197 McDougall, Bonnie S. “Bei Dao’s Poetry: Revelation & Communication”., pp. 236.

198 北島，《北島詩選》，頁 59。

199 北島，〈宣告——獻給遇羅克〉，《午夜歌手——北島詩選 1972-1994》，頁 41。

讓歷史從統治者的話語牢籠中解脫出來。

與另一首姐妹作〈結局或開始——獻給遇羅克〉[200]相同，〈宣告〉裡「血紅的黎明」鮮明地再現「自我」與「當下」的意識交會範疇。遇羅克的鮮血沒有白流，透過現代主義語言技術變位其留存在歷史時間裡凝固不變的所在，詩能夠使遇羅克的遭遇重生，並增添某種意義闡釋的動態感。〈宣告〉在歷史想像的空間性（從星星的彈孔裡）之中，賦予語言一種時間性與對話性，主體向禁忌幽暗的歷史時間探勘，向沒有意象只有死亡的歷史時間投注主體意識的話語，向社會主流意識展現詩歌再現歷史意義的可能性，體現一種深沉的歷史反思能力與思考向度。

如果說〈宣告〉以詩歌語言再現歷史意義的方式，是以象徵與感悟的語言面向政治創傷（文革），重組「個人話語」與「歷史經驗」的倫理關係，而〈古寺〉則是「對準民族心理建構、傳統、歷史的因襲及國民性」[201]：

荒草一年一度
生長，那麼漠然
不在乎它們屈從的主人
是僧侶的布鞋，還是風
石碑殘缺，上面的文字已經磨損
彷彿只有在一場大火之中
才能辨認，也許
會隨著一道生者的目光
烏龜在泥土中復活
馱著沉重的祕密，爬出門檻[202]

陳仲義認為〈古寺〉「被隱蔽的時間、傳說、文字、歷史含納著某種麻木、古老、封閉的心理結構，乃至社會模式、民族惰性。它的思想價值和力度並不亞於前期那種吶喊式抗爭」[203]，歷史想像的象徵化與隱喻化，將原本處在政治倫理向度的北島，帶向了更為宏闊與縱深的文化記憶之中。殘缺的石碑文字，也似乎指向了新詩潮這一場「大火」，才足以辨認。

[200] 北島，〈結局或開始——獻給遇羅克〉：「我，站在這裡／代替另一個被殺害的人／沒有別的選擇／在我倒下的地方／將會有另一個人站起／我的肩上是風／風上是閃爍的星群」，同上註，頁 28。
[201] 陳仲義，《中國朦朧詩人論》，頁 27。
[202] 北島，〈古寺〉，《午夜歌手——北島詩選 1972-1994》，頁 50-51。
[203] 陳仲義，《中國朦朧詩人論》，頁 27。

如果說「象徵」是北島索驥歷史真相、反思記憶傷痕的重要手法，「象徵」技巧是詩人重層歷史想像疊合後的過濾器，我們從〈港口的夢〉:「是的，我不是水手／生來就不是水手／但我把心掛在船舷／像錨一樣／和夥伴們出航」、〈迷途〉:「在微微搖晃的倒影中／我找到了你／那深不可測的眼睛」、〈界限〉:「我要到對岸去／／對岸的樹叢中／掠過一隻孤獨的野鴿／向我飛來」等文本中，看到經由象徵藝術圖示「過濾後」的道德「激情」，那麼，〈履歷〉則轉趨「超現實」藝術圖示——瞬間時態的錯覺、非理性的事物排列、本能／潛意識色彩的構圖：

萬歲！我只他媽喊了一聲
鬍子就長出來
糾纏著，像無數個世紀
我不得不和歷史作戰
並用刀子與偶像們
結成親眷，倒不是為了應付
那從繩眼中分裂的世界
在爭吵不休的書堆裡
我們安然平分了
倒賣每一顆星星的小錢
一夜之間，我賭輸了
腰帶，又赤條條的回到世上
點著無聲的烟捲
是給這午夜致命的一槍
當天地翻轉過來
我被倒掛在
一棵墩布似的老樹上
眺望[204]

〈履歷〉寫出了詩人於文革時期的成長記憶[205]，語言上也顯示出悖逆於莊嚴崇高的

---

[204] 北島，〈履歷〉，《午夜歌手——北島詩選 1972-1994》，頁 64-65。

[205] 「一九六八年夏秋之交，北京出現了一個署名為『紅衛兵 6514 部隊』的祕密組織，神出鬼沒，到處張貼大標語，諸如『揪出鎮壓北京中學文革的小爬蟲李鍾奇！』、『鎮壓學生運動的人沒有好下場！』、『公社的原則永存！』，同時張貼的還有油印小報《原則》。其實這是我們班五六個同學幹的。那番號有虛張聲勢之嫌，要破譯並不難：四中高一五班六齋，反之『6514 部隊』。……《原則》總共辦了三

反諷語調與「人－世界」的倒錯關係。「人－世界」的倒錯展示著生存情境的悖謬感，也呈現出與早期〈回答〉、〈宣告〉等「二元圖示」（傷痕－象徵）過渡機制的結束，是其出國後展開「詞語的流亡」的一次預演。[206]〈履歷〉一詩中，抒情主體在革命紅潮時期所呼喊的「萬歲」，「鬍子就長出來」就此出現了一處歷史的諷喻效果，意指紅衛兵的心智倚賴革命而生長。這也是陳仲義認為北島從「象徵」到「超現實」表現手法的跨度，所凸顯的幾項特色：「理念意念滲透著有節制的潛意識；隱喻暗示依然流露發達的智性哲思；近距離的對應揉入精選的超現實成分；隨意性增強的意象開始添加反諷；怪誕荒謬中亦增大斷裂倒錯的時空跨度」[207]。

超現實手法的引入讓北島「想像」介入「歷史」的方式，不再按照著一定程度的從詞語象徵或隱喻深入的理性圖解，而是轉向了一種由啟蒙理性作為總體涵蓋的超現實情境。當世界倒轉，當抒情主體的「正視」視角被權力所顛倒，也只有做出相應的「倒掛」，主體才能完成深入的「眺望」，這一切的超現實運作都有賴應對於世界的「理性」。

而在〈在黎明的銅鏡中〉裡，詩人仍是以超現實想像作為主導機制，但卻未一味將主體對世界的感受做出極度歪曲、誇張的變形，而是適度將「超現實」的想像置入一種被「現實」逼顯出的須臾感知之中，將「黎明」與「銅鏡」做出對稱／錯位的處理：

在黎明的銅鏡中
呈現的是黎明
屋頂上的帆沒有升起
木紋展開了大海的形態
我們隔著桌子相望
而最終要失去
我們之間這唯一的黎明[208]

端整衣冠、除病祛邪的銅鏡，自此成為「黎明」的一種裝置，一個穿梭時間的裝置。在文本中我們可以見到詩人極力「保存時間」的強烈慾望，保存災難來臨前多數失

期，無疾而終，幾乎沒在世上留下什麼痕跡，除了在我們心中——我們一夜之間長大了，敢於挑戰任何權威。」見北島，《城門開》（香港：牛津大學出版社，2010），頁 425-429。

[206] 亞思明，《大海深處放飛的翅膀：北島與《今天》的文學流變》，頁 163。

[207] 陳仲義，《中國朦朧詩人論》，頁 51。

[208] 北島，《守夜：詩歌自選集，1972-2008》（香港：牛津大學出版社，2009），頁 48。

去聲息的靈魂其短暫吐息的時間，保存黎明的銅鏡之中，一切被遺忘搬演的時間。為了贖回青春期種種被奪去與抹去的記憶與尊嚴，「在黎明的銅鏡中／呈現的是黎明」意謂主體不再視「黎明」為一種肉眼親緣性的視覺，而是深藏在「銅鏡」之中。以此來看，銅鏡所再現的「黎明」，才具有本真性與倫理性。除此之外，這首詩為求賦予詩人自身承擔歷史反思的責任，「我們」更製造了一種想像與現實之間彼此「對稱」與「錯位」的效果，生者（抒情主體）像是在與亡靈（文革逝者）對話，「對稱」的是「我們隔著桌子相望」，不可觸及但卻精神相繫；而「錯位」的則是生者與亡者的終將擦身而過，意謂社會啟蒙意識生成的時機點不再是舉目所及，而是轉瞬即逝。

從〈古寺〉以降，北島詩歌的深度隱喻性自此告別了早期寫作過度著重宣告式與格言化的傾向，詩人似乎看見了比起用詩歌藝術以平反文革創傷而言更為本質性與實踐性的問題，那就是「詩」的語言如何在藝術性向度擴充自身，以取得更為穩固的社會發言權。這時候北島的「朦朧」不再是工具論那般圍繞著一定的歷史傷痕主題而明朗式的控訴，隨著時空的與時俱進，北島轉向了詩歌內部關於「朦朧」或「詩意」的構成法則與方式，去思考語言自身如何以更為獨立、自足的姿勢承擔揭露生存現實、闡釋歷史記憶的倫理責任。

如此一來，承擔的主體不只有詩人的意志自我，更在詩歌語言本身。詩人屢屢冀望自由，但官方的招安舉措顯然謊言歷歷，自由不是來自官方的「默許」，而是個體將反思歷史與啟蒙意識進一步延伸為倫理化的立場。〈白日夢〉組詩即為詩人將「語言」進一步歷史倫理化的代表作。「白日夢」週而復始，北島的「白日夢」顯然不是隨興亂做或是譫妄、囈語雜揉的蒙太奇拼接，而是矗立著啟蒙理性精神的骨架，一個承擔社會倫理責任詩人其入世／介入精神的梳理：

> 終於有一天
> 謊言般無畏的人們
> 從巨型收音機裡走出來
> 讚美著災難
> 醫生舉起白色的床單
> 站在病樹上疾呼：
> 是自由，沒有免疫的自由
> 毒害了你們
>
> 存在的僅僅是聲音

一些簡單而細弱的聲音
就像單性繁殖的生物一樣
它們是古鐘上銘文的
合法繼承者
英雄、丑角、政治家
和腳踝纖細的女人
紛紛隱身於這聲音之中[209]

「沒有免疫的自由」顯然針對著當時的政治時空：由官方發起的「清除精神污染運動」及其帶起文藝界批判文藝自由化的浪潮。於是，作為獨立的言論與創作空間所倚仗的全然的、不受限的精神自由，在當時的社會時空已然不可能，存在的僅僅是「一些簡單而細弱的聲音」，詩人只能化身為古器物銘文上的「繼承者」，持著微弱的音頻與「英雄、丑角、政治家／和腳踝纖細的女人」共同演繹時代的旋律。因為詩人追隨的，一直是「思想的流彈中／那逃竄著的自由的獸皮」[210]，以詩歌表達對自由空氣的真誠嚮往，卻帶來了傷害的如影隨形：「詩，就像陽臺一樣／無情地折磨我」[211]，趨光、聚光的陽臺，對詩人而言卻是一種「折磨」。

〈白日夢〉展示的是詩人的創作與時代的張力關係。「我」置身「當下」，期待一個成長時期的「你」歸來。組詩第 23 首：

在晝與夜之間出現了裂縫

語言突然變得陳舊
像第一場雪
那些用黑布蒙面的證人
緊緊包圍了你
你把一根根松枝插在地上
默默點燃它們

那是一種祭奠的儀式
從死亡的山岡上

---

[209] 同上註，頁 55-56。
[210] 同上註，頁 57。
[211] 同上註。

我居高臨下
你是誰
要和我交換什麼
白鶴展開一張飄動的紙
上面寫著你的回答
而我一無所知

你沒有如期歸來[212]

這個「你」象徵一個革命紅潮年代的亡者，或一個沒有被時代大話語編碼的「我」，「我」假想了此一對話或傾訴的對象。白鶴乘載著過去與現下的交通信息，詩人無物可交換、亦無語可傾吐、對過去「一無所知」，而過去的「你」卻「回答」了來自「我」的時代的沉重疑問。詩人把歷史記憶「全知」的權力給予了「過去」，而現存的「我」卻遭到遺忘所遮蔽、用語言表述存在的能力也缺乏，也因此晝與夜之間才會「出現了裂縫」，而語言才會「突然變得陳舊」。最終「你沒有如期歸來」，北島向來清晰的啟蒙聲音預示著時代的集體悲劇，這樣的悲劇不是文革時的具象的血腥，而是一種佯裝和平的沉默與遺忘。

從北島中國時期（1972-1986）的詩來看，確實充滿著一種時間感的焦慮，這樣的焦慮，與當時的政治時空有關。李歐梵認為「北島早期詩作的政治性是和當時的政治境遇密切相關的，這種政治的大環境無形中變成了他詩中的語境」[213]，政治境遇為北島於書寫之中的抒情主體帶來了政治性的成分，而北島的政治性並非只是單向由主體外溢的批判，而就是因為政治性的逼仄，北島於是將抒情主體放在「人」與「世界」此一更廣闊的人文視野之上。正如同陳超以為「對具體歷史語境中個體主體性的關注，是北島早期詩歌的基點。『個體主體性』不是簡單的『表現自我』。……這個概念，既強調了詩人個體獨特的生命經驗和創造才能，又涉及了對『人是世界主體』這一廣義的人文精神的承續和包容」[214]。

為求取「人」在「世界」之中提取更為普遍的人文精神，北島的方式是採取了與大環境彼此深刻又疏離的關係，導致了北島的詩歌語言呈現出凝練且堅硬的質地：「北島詩的質地是堅硬的，是黑色的……他的詩表現了強烈的否定意識，強烈

---

[212] 同上註，頁 61。
[213] 李歐梵，〈既親又疏的距離感——序《午夜歌手》〉，《午夜歌手——北島詩選 1972-1994》，頁 12。
[214] 陳超，〈北島論〉，《文藝爭鳴》2007 年 8 期（2007.09.15），頁 91。

的懷疑、批判精神。這種懷疑和批判，不只是針對所處的環境，而且也涉及人自身的分裂狀況；這是北島『深刻』的地方」[215]，北島的「深刻」正是其否定、批判意識而不斷在詩中訴諸一種語言與現實的分裂，在語言之中，被顛倒的歷史經驗被轉化為一種生存境遇的轉瞬把握：

> 面對語言與現實之間的分裂，不是企求反映現實和歷史，而是逼近與敞亮存在；詩人不是「改變世界」，而是改變言說方式和語言中權力結構；不是在個人或民族的經驗內流連，而是探索語言所支配的整個感覺領域，把一代人的經驗感受，建構為超越個人時空和歷史時空的詩歌話語空間。[216]

北島的詩從政治傷痕到人生存境遇的捕捉，這個轉化的過程，體現在一個與現實世界秩序有所「敵對」的象徵經驗世界的建構之上，如此與時代之間的對立情結，早在其流亡時期（1989-）之前就已發生。如同演繹自里爾克關於作品與生活之間的「古老敵意」關係，北島的詩與時代之間，總是敵意處處：「就社會層面而言『古老的敵意』是指作家和他所處的時代的緊張關係。無論生活在什麼樣的社會制度中，作家都應遠離主流對所有的權力及其話語持懷疑和批判立場」[217]。因此，詩意的湧動，並非單純的紙上文本遊戲，而是一個重建自我、重建記憶、重建時間感的過程。林賢治認為：

> 20 世紀 70 年代中後期的青年詩人，在一個特殊環境中，開拓出新詩史上前所未有的個體反抗的主題。作為代表者之一的北島，熱情而冷峻，懷疑而執著，激憤而沉鬱，他的詩歌始終保持著一種內在的張力，在藝術上，則明顯地偏於冷凝的形式。他不習慣於或可能不擅長於展示歷史的場景，往往直抵事物的本質，而剝開其內核；同樣地，也很少敘說個人的生活經驗，而是憑著經驗感覺努力探尋其中的意義。他特別看重意義的表達，因此，他的詩總是帶有一種形而上的意味。在他的詩中，意象不是直接來自詩性思維本身，隨著思緒湧動而自然浮現，乃是經由理性的選擇，成為安放意義的對應物。[218]

---

[215] 洪子誠，〈北島早期的詩〉，《海南師範學院學報（社會科學版）》第 18 卷總 75 期（2005.01.30），頁 7。

[216] 王光明，〈論「朦朧詩」與北島、多多等人的詩〉，《江漢大學學報（人文科學版）》第 25 卷 3 期（2006.3），頁 7。

[217] 北島，《古老的敵意》（香港：牛津大學出版社，2012），頁 195。

[218] 林賢治，〈北島與《今天——詩人論之一》〉，《當代文壇》2007 年 2 期（2007.03.15），頁 24。

可以說，北島詩歌抗衡外在世界的方式，不是英雄式的悲壯激情、直面相抗，而是透過一定的理智調控，有所迂迴地開展更為寬闊的詩意世界。北島詩語言的魅力就在其詩歌語言對個人瞬間境遇式的把握，以及在語言中安放個人情感意識（個體）昇華為對人類存在意識（集體）的過程。因此，北島的詩就是處在個體心志與時代語境之間，不斷找尋著自由發話立場可能性的過程。

北島沒有像楊煉與江河走向宏大抒情、文化史詩的道路，也並未如顧城那樣在澈底地在虛幻之上試圖建立一個微弱且搖晃的透明世界，北島「並未從縱深的歷史長度落筆，而是切取一角表象，經過感情的煮沸以後，在現實的圖景中輻射歷史的陰影泛示出一種深刻的歷史意識」[219]，北島「保持了與閱讀的距離，在早年的風格中盡力加人『現代』的成分：選用生僻意象，非和諧拼合，增加陌生感、衝突性和緊張性……體現了作者對『陳舊語言』自覺的蛻變，對西方現代語言方式的積極汲取」[220]，北島修辭慣性的生僻、陌生、衝突感正是其源自於意圖矯正文革話語的啟蒙理性意識的再發明，「現代」對北島而言，是啟蒙理性意識的載體，而非靈魂與心理考掘的遊戲。

北島「中國時期」的詩，一別於地下時期較呈現高度的政治性與宣告式語言，從〈古寺〉、〈回聲〉、〈峭壁上的窗戶〉、〈雨中紀事〉、〈八月的夢遊者〉、〈黎明的銅鏡中〉以降，北島的詩在特定歷史意識與個體啟蒙立場基礎之上，承受了歐美現代主義的養分，很自然地走向了挖掘內在心理與生存情境揭露的現代主義詩學道路。但北島選擇的是與現實決裂，而非與傳統決裂，而是透過現代主義的表達方式，抵抗文革專制主義的文化殘餘並喚醒國族集體的失憶。

如同其〈關於傳統〉：「長夜默默地進入石頭／搬動石頭的願望是／山，在歷史課本中起伏」[221]，長夜以其形上的時間性，意圖搬起石頭而牽動、起伏民族集體的隱喻（山），一個趨近於存在本質的心靈世界隱然浮現。北島對現代主義的參與方式，成功地建立了詩學上「現代－啟蒙」的中國模式。無論如何，北島最終試圖夠過現代主義語言而試圖傳達的，終究是對建立一個自由、平等、美好世界的素樸信念。如其曾言「詩人應該通過作品建立自己的世界，這是一個真誠獨特的世界，正直的世界，正義和人性的世界」，這應是貫穿期整個詩學生命的核心要旨。

---

[219] 王幹，〈歷史‧瞬間‧人——論北島的詩〉，《文學評論》1986 年 3 期（1986.06.30），頁 55。

[220] 一平，〈孤立之境——讀北島的詩〉，《詩探索》2003 年 3-4 輯（2003.11.15），頁 151。

[221] 北島，〈關於傳統〉，《履歷：詩選 1972-1988》（北京：三聯書店，2015），頁 104。

二、顧城：決絕於現實、崇尚自然的「啟蒙」

鑑於顧城的生命歷程，如同北島，可以將顧城詩歌創作歸於三個時期：地下時期（1962-1978），地上時期（1979-1987），旅外時期（1988-1993）。或是顧城接受漢學家顧彬（Wolfgang Kubin）夫婦專訪時，為自身的寫作歷程分為四個時期：（1）自然的我（1969-1974）；（2）文化的我（1977-1982）；（3）反文化的我（1982-1986）；（4）無我（1986-）。[222]遷就研究範疇的界定，以下文本分析會略為提及部分「地下時期」作品，整體論述上會以「地上時期」，也就是新詩潮開展之後，旅外時期以前的創作為主，也就是「文化的我」、「反文化的我」與部分 1987 年之前創作的「無我」時期的作品。

顧城寫詩的歷程始於六〇年代末期，文革時期文學場域的禁閉狀態，當時仍是青年的朦朧詩人顧城或受到地下詩人世代的啟發，如繼承自芒克「天空」圖示的〈星月的來由〉[223]，或是延續食指的「黑暗－光明」的啟蒙圖示[224]，或「童話」世界的追尋。[225]總結來說，顧城早期詩作中偏愛自然狀態的萬物生命之傾向，與其主體心智受到巨大的毛話語遮蔽有關，所以顧城不得不詠嘆生死之週期、[226]或生存之困頓與追尋、[227]或擁抱純粹的幻想，[228]即使連四季節氣都蒙上了一層不透光的障蔽

---

[222] 顧城著，顧工編，《顧城詩全編》（上海：三聯書店，1995），頁 1-6。

[223] 如〈星月的來由〉：「樹枝想去撕裂天空，／但卻只戳了幾個微小的窟窿，／它透出了天外的光亮，／人們把它叫作月亮和星星」。見顧城，《顧城詩全集（上卷）：1962~1982》（南京：江蘇文藝出版社，2010），頁 12。

[224] 此類詩作包括〈夜行〉：「汽車射出兩道燈光，／把黑暗的公路，／變成光明的走廊。／兩排楊樹撐著夜空，／枝葉伸展開來，／又像隧洞一樣」；以及〈我是黃昏的兒子〉：「我是黃昏的兒子／愛上了東方黎明的女兒／但只有凝望，不能傾訴／中間是黑夜巨大的屍床」；和著名的〈一代人〉：「黑夜給了我黑色的眼睛／我卻用它尋找光明」。書同上註，頁 18-19；頁 117；頁 283。

[225] 顧城「童話詩人」之封號，來自舒婷同名詩作的賦予，見舒婷，〈童話詩人——給 G. C.〉，《中國當代名詩人選集：舒婷》（北京：人民文學出版社，2007），頁 205-206。相關研究見張捷鴻，〈童話的天真——論顧城的詩歌創作〉，《當代作家評論》1999 年 01 期（1999.01.25），頁 68-81；王建永，〈從「童心」到「童話」——論顧城詩歌創作的童心視角〉，《當代文壇》2009 年 04 期（2009.07.01），頁 111-115；戈雪，〈一個純真脆弱的童話世界：論顧城的詩〉，《江漢大學學報》17.4（2000），頁 69-72；解昆樺，〈藏鋒的童話：顧城寓言故事詩手稿中尾段結構的遮蔽修辭〉，《中山人文學報》37 期（2014.07），頁 99-131。

[226] 〈老樹〉：「青春的花朵已經凋謝；／向蒼天伸著朽壞的臂膀，／向太陽索取最後的溫暖。」見顧城，《顧城詩全集》，頁 48。

[227] 〈找〉：「我在一堆稿紙中亂翻，／尋找往日歡樂的詩篇。／誰知歡樂並不是永遠閃光的金箔，／早已長滿了遺憾的鏽斑。」同上註，頁 93。

[228] 〈蘇州〉：「自然把一切無償地贈與，／時間將一切無情地埋葬；／一切都在無奈地改變，／幻想才是永恆的春光」。同上註，頁 45。

物，[229]卻也光亮處處、希望可待。[230]

詩人的生命終結於紐西蘭激流島殺妻後的自戕，顧城那些憂鬱、純粹而又纖細的詩句，對照著其生命死亡狀態的殘酷與荒誕，一直以來，都是無數「詩人傳記」所關注的題材。[231]批評家唐曉渡從顧城〈松塔〉[232]一詩對其進行心理評估，唐曉渡說明了顧城詩思裡的「純美天國」，其實來自一種對人情世態極其武斷而偏執的「結構性生命缺陷」：

> 當他把那株塔松上掛滿的晶亮雨滴中游動的無數彩虹和精美的藍天視為他的天國啟示時，他顯然對眼前景象的有機性嚴重估計不足；尤其沒有想到，如果沒有塔松那在地下痛苦地盤曲、伸展著根，所有這一切都將無所憑附。他只憑善良的願望或天性中某一部分的衝動就齊腰截斷了這株塔松。結果他充其量只是帶回了一件聖誕禮物，而沒有真正收穫詩的種子。[233]

唐曉渡意圖指陳的是，顧城過度「單向度」地將一切人情世故轉化為凝視與幻想後的純粹之美，而失去了對客觀事態的包容反省，長久以來，造成了其內在思維的「美感專制」。顧城這樣的「美感專制」個性傾向若只是存在於詩中，倒也無傷大雅，但是若在實際生活面也如此唐吉軻德式的務求純美，勢必會遭遇極其微末之人際事件所動輒掀起的巨大精神海嘯。顧城將內在崇尚純美的形上思維，過度地被其指認為實際的生活世界，然而，顧城對現實的指認無一不是建立在虛幻的想像之上，這樣內在的崇美與外在的生活挫敗所構築的認知及心理衝突，造就了其瘋狂的根源。

這印證了顧城自陳「我是個偏執的人，喜歡絕對。朋友在給我做過心理測驗後警告我：要小心發瘋，朋友說我有種唐吉軻德式的意念，老向著一個莫名其妙的地方高喊前進。我想他是有道理的。我一直走在各種極端，一直在裁判自己」[234]，為

---

[229] 〈春分〉：「凹面鏡般的天宇，／緊扣著大地／——這塊不透明的玻璃。」同上註，頁 27。

[230] 〈懷念〉：「從懷念的書籍上，／剪下一頁頁生活的片斷；／／收集起希望的光澤，／鎔鑄一個燦爛的明天」同上註，頁 44。

[231] 陳子善編，《詩人顧城之死》（上海：人民出版社，1993）；黃黎方編，《朦朧詩人顧城之死》（廣州，花城出版社，1994）；麥子，《顧城詩傳：我用黑色的眼睛尋找光明》（北京：時事，2014）；李清秋，《黑夜給了我黑色的眼睛：顧城詩傳》（北京市：石油工業出版社，2015）；陳春秋水，《一場盛世的狂歡：從顧城到海子》（北京：現代，2016）等。

[232] 〈松塔〉：「松枝上，／露滴晶光閃亮，／好像綠漆的寶塔，／掛滿銀鈴鐺。」見顧城著，顧鄉編，《顧城詩全集》，頁 5。

[233] 唐曉渡，〈顧城之死〉，《當代作家評論》2005 年 6 期，頁 18；亦見唐曉渡，《唐曉渡詩學論集》（北京：中國社會科學出版社，2001），頁 196。

[234] 顧城，〈詩話錄〉（代後記），《黑眼睛》（北京：人民文學出版社，1986），頁 203。

了逃避或阻絕生活上因為經濟困頓而造成其純美王國的陷落，顧城只能盡其所能將其純粹與唯美推向「極端」。相較於北島，顧城的詩比較具有濃厚的各式純粹、自然感官經驗的流動，也沒有試圖將「現代」朝向「啟蒙」運作的精神意圖。**顧城的詩是其內心強烈、過剩的唯美／浪漫精神的釋放，對時間意識的經營與介入方式，也有純詩傾向，而無一種擁抱特定價值信念的形而上特徵。**

因此，朦朧詩的啟蒙／理性的概念圖示，其實與顧城孤絕、封閉、追求內在／詞語純粹性的風格，彼此是相互對立與衝突的，正如舒婷致顧城的詩句「世界也許很小很小，心的領域很大很大」[235]。或許朦朧詩人向外在世界擴展「心象」的方向是一致的，但顧城追求純粹內在世界的傾向，導致他的語言與風格在朦朧詩群裡有著極高的辨識度。因此，顧城詩作中，確實較少見到明顯社會性或政治性意涵的意象修辭，雖然其抒情主體仍然顯露強烈的精神溯源慾望，顧城精神溯源的意識沒有北島有著建立詩學上「現代－啟蒙」的內在構圖，亦沒有如楊煉、江河等在文化尋根的路線上探索，顧城的「起點（蒙昧）－終點（啟蒙）」的圖示充滿各式情境化的隱喻，其喻旨確實仍指向文革記憶，[236]卻也建構了一個抵擋文革專制的自由想像世界。

比較明顯的表態，還是寫於文革後 1978 年、思想解凍時期的〈鐵面具〉：

「四人幫」製造的
精神枷鎖，
不就是
鐵面具的模擬——

它遮住了
變換的天地，
它束縛了
社會的肌體；

讓人的頭腦，
在禁錮中萎縮，

---

[235] 舒婷，〈童話詩人——給 G. C.〉，《中國當代名詩人選集：舒婷》，頁 206。

[236] 如〈社會〉：「滿載著三十億人類，／飛馳在晝夜的軌道；／穿過季度的城鎮，／馳過節日的橋樑，／噴撒著雲霧的蒸汽，／燃燒著耀眼的陽光。／它曾穿過冰川世紀的雪原，／它曾馳過原始社會的泥漿，／它還要通過無數險阻，／但終要到達最美好的地方」；〈河（一）〉：「在那溶凝無隙的黑暗裡，／它似乎是停止了，／但時光和水花匯成的歌，／卻無止息地在傳播……」等詩。

讓人的心靈
在窒息中死去。[237]

這首詩算是少數顧城比較沒有經過內在思維折射、且傾向直陳式的文本，作為一種「傷痕」文本，其詩史意義大於藝術成就，不過，也展現出其作為《今天》－朦朧的一代，對文革創傷之歷史／時間的承擔。顧城選擇了法國封建專制時期的殘酷刑罰「鐵面具」，視作文革時期對人進行精神箝制的象徵物，此詩描繪了「鐵面具」的冷硬、血腥與其禁錮自由的無情，可以窺見顧城對文革陰暗本質的意象界定方式。

對歷史創傷進行書面控訴或形而上的反思並非顧城所長，很快地，顧城又回到了如同文革前〈雨夢〉的基本模式：「從雨中，／飛入夢境。／／微微蜷曲的感覺裡，／有一小湖，／飄滿花纓。／／我背著自製的弓箭，／穿著涼鞋，／在兩極滑行」[238]，一種潔淨、純粹的畫面又摻雜著些許變亂的錯動感。或是如〈在夢海邊〉，「我」穿梭在「夢海邊」，在既真實又虛幻的想像地理之中，是一處由種種異想與幻覺所形構的精神世界：

在夢海邊
有許多熟悉的同伴
他們沉默不語
預感著什麼危險

一個陌生的孩子
在微風中行進
跳過不懷好意的岩石
走向沙灘

那裡有一隻小船
被愛的水聲誘惑
變換一千種姿勢
想要解開纜繩[239]

---

[237] 顧城，〈鐵面具〉，《顧城詩全集（上卷）：1962~1982》，頁 212。
[238] 顧城，〈鐵面具〉，《顧城詩全集（上卷）：1962~1982》，頁 489。
[239] 顧城，〈在夢海邊〉，同上註，頁 545。

顧城這裡致力於意識流在語言空間的解放，「在夢海邊」與末段「那裡有一隻小船」的景物描述為「虛構」，連接下一段「一個陌生的孩子」為詩人自況的「具體生活」，岩石的「不懷好意」，更是象徵主體話語備受國家箝制的生存實境。虛實之間交互融合、輝映，藉由意識流的馳騁，生活裡的孤獨，被一種強大的想像力所闡釋。

〈布林的檔案〉，則一直被視為顧城在反文化的「我」時期的代表作：

布林遇見了強盜
真正的強盜！

他是河溪裡，大腳怪的
子孫，一手拿著鬍子
一手拿著刀

他和布林
在褐煤地裂縫中間
砍來砍去，生生砍壞了
八個小時和一塊手錶[240]

顧城〈布林的檔案〉後記：「從形式講，它很像現代童話；從內容講，它非常現實，不過不是我們所習慣的現實，他是拉丁美洲式的魔幻現實。總之，它展現的是人間，不是在願望中浮動的理想天國」[241]，在這首詩裡顧城嘗試以「魔幻寫實」叩問生命與現實的存在問題。「反文化」意謂對對既有語言規則的反抗，〈布林檔案〉意象處理的跳耀性、線性敘事邏輯的顛覆，以及隨處可見的荒誕話語：強盜的子孫，「一手拿著鬍子／一手拿著刀」，正是「反文化」主體的修辭術。但作為新詩潮的一員，顧城「反文化」不代表反「深度意象」，作為性徵的「鬍子」，與作為削減功用的「刀」並置，顯見「強盜」應是「時間」的隱喻。而「強盜」和「布林」砍壞了「八個小時和一塊手錶」，作為「時間」載體的「手錶」也被「時間」砍壞，可見「時間」吞噬他者生命、也吞噬自身，顧城要表現的是人置於時間向度的「荒誕」，以及「荒誕」本身的終極指向：虛無。

從前述顧城對自身詩歌創作歷程的分類得知，一九八六年以後的顧城，揮別了

[240] 顧城，〈布林的檔案〉，《顧城詩全集（上卷）：1962~1982》，頁 717。
[241] 顧城，〈組詩〈布林的檔案〉（16 首）目錄及後記〉，《顧城詩全集（上卷）：1962~1982》，頁 941。

對主體內在世界（「自我」）之中「文化」與「反文化」兩個維度的探求，而正式進入了「無我」時期。但若以組詩〈頌歌世界〉來考察，其「文化」與「反文化」的分水嶺應是在 1984 年。如同陳仲義：「1984 年，詩人掌握世界的方式發生了重大變化，他開始削弱自我主觀色彩，開始把『我』從自身中抽離出來，讓它與客觀世界處於平行游離狀態」[242]。

組詩〈頌歌世界〉共 48 首，中前期的〈提示〉[243]、〈懂事年齡〉[244]、〈來源〉[245]等，還比較偏向朦朧詩系譜的美學慣性——由主體意志與感覺出發，對外部世界進行編碼與拓展。以〈來源〉為例：

> 我的火焰
> 大海的青顏色
> 晴空中最強的兵
>
> 我所有的夢，都是從水裡來的
>
> 一節又一節陽光的鐵鍊
> 小木盒帶來的空氣
> 魚和鳥的姿勢
> 我低聲說了聲你的名字[246]

到了〈敘事〉、〈黑電視〉、〈債權〉等作品，很明顯地受到了第三代詩「反文化」、「反崇高」的詩潮影響，趨近了客觀事物狀態的描摹，而較為迴避崇高主體。以〈敘事〉為例：

> 三個人從戰場上逃跑
> 他們用樹葉調酒，把子彈晚上送人
> 他們走過綢布飄飄的集鎮
> 後來，就來了憲兵

---

[242] 陳仲義，《中國朦朧詩人論》，頁 134。
[243] 顧城，〈提示〉，《顧城詩全集（下卷）：1983~1993》，頁 87。
[244] 顧城，〈懂事年齡〉，同上註，頁 115。
[245] 顧城，〈來源〉，同上註，頁 126-127。
[246] 同上註。

他最後一個被拖過廣場[247]

對照〈來源〉，可以見到〈敘事〉全用客觀視角記述，主體並未對外部世界進行規模化的拓殖、沒有對自然萬物進行想像的調度徵用，只是「記述」三個戰場裡的逃兵，其面對戰爭最終失去自由的生命處境。但是，全然客觀的真實並非可能，客觀記述本身仍帶著一定的主觀向度。若說，一個「反文化」的「我」，是主體「刻意」隱身或泯滅的「我」。然而，到了〈與〉、〈其〉、〈離〉等詩，才是真正趨近「無目的」的「我」。

組詩〈頌歌世界〉的最後一首〈其〉，顯示顧城後期的詩「有意瓦解受理性潛在制約的邏輯框架，不表現或轉換，或遞進，或承接的『過程』，而僅僅顯示某種『關係』而已。……主觀的、評判的、價值的色彩幾近絕跡」[248]。抒情主體主觀情感與意志被全數剔除，每一個符徵的指意都成為了無限遞延的「蹤跡」：

把手拿好
把玉拿好
梳子放好

十月
盒子小了[249]

若真要扣合傳記式的背景，「其」或許是指「她的」（謝燁？）梳妝盒，「盒子小了」是否意謂玉墜首飾增多，間接證實夫妻生活稍微寬裕？然而，但單就文本來看，這首詩雖然還是可以窺見主體在發言，但幾乎觸及不著任何主體心智過度在文本運作的痕跡，主體心智的廣闊被簡約化為幾筆陳述句式的句子，一種「無目的」的「我」、試圖接通世界本體而沒有明確指謂修辭的「我」，成為詩人探詢更為幽微精神世界的嶄新方式。

翁文嫻認為「〈頌歌世界〉語言，相較於前三期，是突然邁進一大步，自此，顧城再不適用一般論朦朧詩人特色的那些規則，他蛻變成一名獨立出來的個體」[250]，黃

---

[247] 顧城，〈敘事〉，同上註，頁 132。
[248] 陳仲義，《中國朦朧詩人論》，頁 135。
[249] 顧城，〈其〉，《顧城詩全集（下卷）：1983~1993》，頁 212。
[250] 翁文嫻，〈「賦」體美學探討之二——顧城詩「呈現」界域的存在深度〉，《間距詩學：遙遠異質的美感體驗探索》（臺北：開學文化，2020），頁 291-292。

梁以為「〈頌歌世界〉體現出一種無以名狀的精神啟示，是顧城對世界本體也是對心靈奧祕的兩面撫摸，他完全沉浸在裡面，完整呈現出顧城對「詩」的理解，這就是〈頌歌世界〉的意義」[251]，亦如同詩人自言「我用兩年的時間，把自己重讀一遍，舊日的激情變成了物品——信仰、筆架、本能混在一起，終於現出小小的光芒，我很奇怪地看著，我的手在樹枝上移動，移過左邊。拿著葉子」，〈頌歌世界〉是顧城對自我與外在世界存在維度的展示，展示其對「純美」世界的信仰、語言作為筆架、想像作為本能。

寫於 1985 年至 1988 年之間的〈水銀〉組詩，幾乎等同於「自動寫作」：

> 桑樹想做一條裙子
>
> 說好了結婚時得住桑樹
>
> 五十面旗子飄了又飄
>
> 一天比一天起得早　要
> 勤勞的生活
>
> 　　用鐵掀挖鏡子挖到樹頂[252]

「到了〈水銀〉，每個字都有了自己的生活」[253]，中文字體本身靈動生氣的屬性，也為詩人帶了了不同的表意方式：

> ……因為我感到了每個字自身的靈性，所以到了〈水銀〉的時候，我就不再強制地組合它們，我讓它們自己組合；在我心動的時候，字就會像萬粒水銀受到一個震動一樣，出現它們的排列，這個排列簡直就像我的心電圖一樣，我相信它是完全因應我的心跳的。[254]

---

[251] 黃粱，《百年新詩》第三十二章：顧城（1956-）顧城詩四講，「http://huangliangpoem.blogspot.com/2020/09/1956.html，查詢日期：2021/02/24」

[252] 顧城，〈水銀〉，《顧城詩全集（下卷）：1983~1993》，頁 259-260。

[253] 顧城、Simon Patton，〈附錄三：唯一能給我啟示的是我的夢〉，收於張寶云、林婉瑜編，《回家：顧城精選詩集》（新北市：木馬文化，2016），頁 328。

[254] 同上註，頁 330。

然而，從「童話世界」到「無我世界」的感覺跳躍，或是嘗試賦予文字自覺的生命的「自動寫作」，其藝術生命始終不足以支撐現實生活的磨難與宿命。顧城向來認為一個「可能的天國」永存人心，並且視詩為解開天國奧祕的鑰匙，但是這樣的「天國」若一味走向極端的幻境，而失去了現存的世俗迴旋的可能，其內在世界的崩塌，也極可能帶起其生活上的崩潰：

> 他沒有說出的另一條互補的原理是：人人心中都有一個可能的地獄；他心中也有一個可能的地獄；地獄之門無需任何鑰匙便可能在不意中開啟，從裡面會鑽出既吞噬他人，也吞噬自己的惡魔。
>
> 他或許一直在小心翼翼地看守著那個惡魔；但那一直在暗中積累的狂暴的力量最終還是在一瞬間佔有了他。那一瞬是顧城精神徹底崩潰的一瞬；然而任何崩潰都有一個極限內的、漫長的內部坍塌過程。[255]

然而，顧城一意追求純粹詩境，刻意營造的原始、真誠的美學圖景，以及其寄託於「自然」與「萬物」等意象風景的決絕姿態，使得他的詩似乎呈現了某種美學的「封閉性」，而失去了一種適度與醜惡、世俗相折衷的可能。因此，一旦現實生活某個境遇再無法以詩的精神空間做為代償，其面對現實的應對方式，也就更為激進，而造致無法挽回的人倫悲劇。

總結顧城詩歌的美學特徵，中前期創作主體受到外在人為世界的壓迫，而執著於「童話」與「純粹」，藉由構築藝術的自然美，達到對不完美的人造世界（現世）的深刻否定。這樣的創作傾向，顯然呼應了阿多諾（Theodor Adorno）對藝術作品內在原生力量——「自然美」（Natural Beauty）的分析：

> 自然形象之所以能夠倖存，是因為它對人造世界的全然否定——包含對後者能夠拯救自然形象的否定——因為人造世界必然對資產階級社會、勞動和商品之外存在的東西視而不見。自然美仍然屬於超越（現世）的寓言，儘管它通過社會內在性進行調解。[256]

而到後期的顧城，開始剔除主觀情感對語言的操弄、呈現詩人對自我與外在世界存在維度的展示，其實不外乎試圖梳理「自然」此一混沌整體生成與變化機制，

---

[255] 唐曉渡，〈顧城之死〉，《當代作家評論》2005 年 6 期，頁 24。

[256] Adorno, Theodor., *Aesthetic Theory*. eds. Adorno, Gretel., and Tiedemann, Rolf. trans. Hullot-Kentor, Robert. (Minneapolis: University of Minnesota Press. 1984)., pp. 186.

及其與主體生命之間關係的把握。當然，顧城一切極端想像力的展示，極可能是其抽繹自「大他者」(政治／社會／民族語境)挫折情緒後的鏡像語言。如同西敏(Simon Patton)對顧城早期詩歌「對稱性結構」(symmetrical structure)的研究，我們不能忽略顧城「貌似」童貞的想像力，其背後的「政治寓言」(political parables)。[257]

無論如何，顧城創作的「自我」終歸是從文革「一代人」的衍生精神類型：

> 新的「自我」，正是在這一片瓦礫上誕生的。他打碎了迫使他異化的模殼，在並沒有多少花香的風中伸展著自己的軀體。他相信自己的傷疤，相信自己的大腦和神經，相信自己應作自己的主人走來走去。[258]

顧城的詩語言生長自文革「一代人」的自覺／啟蒙的話語語境，以其不闇世事的天真，開始構築由幻覺與想像建構起來的「童話世界」，中後期顧城隨著自身創作經驗的深化，出現了「反文化」與去主體／「無」的傾向，其寫作形式與風格的推演與轉化，其實皆有「朦朧詩」一脈抵抗主流藝術陳規、世俗價值的美學軌跡。顧城的詩相較其他朦朧詩人對人為世界的「疏離」，顧城在自然、柔美的修辭表象下，則是顯現出與人為現世的深刻決裂。顧城的詩是決絕於現實、崇尚自然的「啟蒙」，試圖在文革後的精神廢墟中尋找屬於自己的藝術生命，顯示作為朦朧詩群一員的「主體自覺」與啟蒙美學。

三、舒婷：折返在個體愛情與集體命運之間的「啟蒙」

舒婷在朦朧詩群中向來被歸類於個體抒情的一脈，在唐曉渡以為朦朧詩的「『講真話』成為詩壇的普遍號召，控訴封建法西斯專制、反思現實和歷史成為詩的共同主題，而恢復詩的抒情傳統則成為詩人們致力達成的目標」，以此來看，「宏大敘事」與「個體抒情」就成為朦朧詩學內在結構辯證的兩端。「宏大」既是從主體知覺向外擴張的歷史整體，又必須回應在文革以來一直被壓抑的「抒情」，當舒婷以其「女性」性別身分言說「朦朧」之時，新詩潮最終在舒婷的詩中所體現的是——走向「宏大抒情」的路向，而從中又可以區分為「宏大裡的抒情」與「抒情裡的宏大」。

我認為舒婷在朦朧詩群之中，更為偏向後者「抒情裡的宏大」」。即使也有諸如〈祖國啊〉、〈風暴過去以後〉、〈獻給我的同代人〉、〈土地情詩〉等政治社會意識較強的作

---

[257] Patton, Simon. "The Forces of Production: Symmetry and the Imagination in the Early Poetry of Gu Cheng". *Modern Chinese Literature and Culture*, Vol. 13, No. 2 (FALL, 2001), pp. 140-154.

[258] 顧城，〈請聽聽我們的聲音——青年詩人筆談〉，收於璧華、楊零編，《崛起的詩群——中國當代朦朧詩與詩論選集》，頁 143。

品，但是，舒婷的詩**原則上拋棄了單線陳述民族歷史意識的「宏大」修辭，而專注以「抒情」語彙經營女性「獨立」的思想與情思，顯示出其作為女性的詩歌藝術構圖。**

如聞名遐邇的〈致橡樹〉：

> 我必須是你近旁的一株木棉，
> 做為樹的形象和你站在一起。
> 根，緊握在地下，
> 葉，相觸在雲里。
> 每一陣風過，
> 我們都互相致意，
> 但沒有人
> 聽懂我們的言語。[259]

不少詩評家已將〈致橡樹〉視為新時代女性的獨立宣言，原先女性作為男性依附的地位，抒情主體作為近旁的「木棉」，與「橡樹」是比肩而立的。我認為更重要的是這首詩作為「新詩潮」重要文本的政治、社會與文化意義：「但沒有人／聽懂我們的言語」一句，主體與橡樹之間的情愛迴路，與外界形成一種封閉式的對抗關係，詩人藉此表彰女性不只要從性／別的舊結構裡獨立，也必須從時代社會所給予的角色裡掙脫。

如同另一作品〈神女峰〉：「金光菊和女貞子的洪流／正煽動新的背叛／伴隨在懸崖上展覽千年／不如在愛人肩頭痛哭一晚」[260]藉由座落於巫峽的「神女峰」，批判男性對女性身體與心靈施以物化與偶像化的封建意識，或如〈雙桅船〉：「不怕天涯海角／豈在朝朝夕夕／你在我的航程上／我在你的視線里」[261]，以及〈這也是一切〉：

> 不是一切火焰，
> 都只燃燒自己
> 而不把別人照亮；

---

[259] 舒婷，〈致橡樹〉，收於非馬編，《朦朧詩選》（臺北：新地出版社，1988），頁 3。
[260] 舒婷，〈神女峰〉，同上註，頁 41。
[261] 舒婷，〈神女峰〉，同上註，頁 41。

不是一切星星，
都僅指示黑夜
而不報告曙光；

將較於北島的〈一切〉:「一切爆發都有片刻的寧靜，一切死亡都有冗長的回聲」[262] 那樣拔高式的英雄主體與肯定式的話語操作，舒婷的「一切」顯然在重述文革「傷痕」與如何尋求救贖的想像方式上，與北島趨向總體話語的作法不同，體現了作為女性的思維特徵。舒婷〈這也是一切〉容納了更多獨立於時代的「個人」色彩，且為客觀事物與主觀意志之間，留存了更多思考辯證的空間。

舒婷的詩「不掩飾自我的沉迷的一面，也不美化自我覺醒的一面，她遵循著特殊的抒情個性對自我，同時也是對生活的現象和本質進行著誠實的探索。有時在她筆下客觀社會環境和主觀的心靈感觸很少是分離的，生活的圖畫和自我的形象是融洽在一起的」[263]，因此，相較於北島「生活圖畫」和「自我形象」的決裂狀態，舒婷意圖用一種「現代的抒情」的語言縫合兩者，其情感面的抒情色彩較突出，也較易從中觀察到中諸多理智與情感的矛盾在其中。這也是洪子誠稱之的、北島所缺少的「情感漩渦」:「『旋渦』就是有點糾纏矛盾；譬如，理智和情感之間的矛盾，社會責任與個體生活需求的矛盾，還有就是需要依靠的女性與獨立自主的女性之間選擇上的困擾」[264]。

舒婷的詩受益於某種官方主流意識形態下容許的自由意志範疇，因為「舒婷之所以被較早地獲得承認，是因為她的作品中有與 80 年代初社會的主流價值相對接的部分，比如〈祖國啊，我親愛的祖國〉、〈致橡樹〉、〈雙桅船〉、〈這也是一切——答一位青年朋友的〈一切〉〉等諸篇所表現出的那些主流情愫，無論是卑微處境中的愛國情感，還是愛情因為事業心而合法的價值觀，還是懷疑主義中正面價值的倡導，都同這個時代一般詩歌的主流價值觀之間沒有差別，這也是舒婷的詩作為『朦朧詩』在傳播中被『網開一面』迅速承認的原因」[265]，張清華這裡的「80 年代初社會的主流價值」，說明了舒婷聯繫集體與個體的方式，得益於其所處的時代語境與社會氛圍。但若仔細爬梳其創作，除了〈祖國啊〉這類以「國族」為對象，也有往「世代」拓展的思考，也就是以「一代人」為對象：

---

[262] 北島，《守夜——詩歌自選集 1972-2008》，頁 13。

[263] 孫紹振，〈恢復新詩根本的藝術傳統——舒婷的創作給我們的啟示〉，收於姚家華編，《朦朧詩論爭集》（北京：學苑出版社，1989），頁 23。

[264] 洪子誠，〈北島早期的詩〉，《海南師範學院學報（社會科學版）》第 18 卷總 75 期（2005.01.30），頁 7。

[265] 張清華，〈朦朧詩：重新認知的必要和理由〉，《當代文壇》2008 年 5 期（2008.09），頁 38。

我推翻了一道道定義；
我打碎了一層層枷鎖；
　　心中只剩下
一片觸目的廢墟……
但是，我站起來了，
站在廣闊的地平線上，
再也沒有人，沒有任何手段
能把我重新推下去。[266]

但我認為，舒婷仍在「主流」的時代集體心緒之中，仰仗其女性特質與視角，觀察到了「祖國」裡承受那悲劇命運的「一代人」，其創傷的歷史經驗與個體承擔的方式。舒婷在詩末呼告「為了祖國的這份空白，／為了民族的這段崎嶇，／為了天空的純潔／和道路的正直／我要求真理」[267]，舒婷承擔歷史記憶與承擔言說責任的方式，相較於男性，絲毫不遜色。不只為了祖國與民族，更是為了「天空的純潔」與「道路的正直」，這樣偏向溫婉色彩之象徵技巧的使用，淡化了雄強、陽剛的民族－象徵界域，更開展出某種直覺（主觀／感性）與懷疑（客觀／理性）之間的平衡感，使得舒婷的詩相較於同輩男性詩人而言，在詩歌在佔據社會話語形塑的過程中，獲得了更多與政治力至周旋的話語空間。

舒婷的寫作是作為女性獨立意識的文本，面對文革遺留的記憶與作為話語承擔者的當下，除了體現不同於男性權力話語的表述方式，更有一種**將個人經驗置入當代思想與生活空間的取向**。例如，〈會唱歌的鳶尾花〉：

向
將要做出最高裁決的天空
我揚起臉
風啊，你可以把我帶去
但我還有為自己的心
承認不當幸福者的權利[268]

---

[266] 舒婷，〈一代人的呼聲〉，《中國當代名詩人選集：舒婷》（北京：人民文學出版社，2007），頁 41。
[267] 同上註，頁 42。
[268] 舒婷，〈會唱歌的鳶尾花〉，同上註，頁 79。

因為「承認不當幸福者的權利」，舒婷的抒情詩展示的不是一個「女英雄」如何向記憶創傷深處或社會話語空間核心做出高拔的突進，舒婷的女性特質呈現出一種反抗時代主流價值思考的知性，其冷靜的姿態緩衝了感性部位的潰決，主體不斷在尋找與確立「自我」的聲音。舒婷的詩是一個在個體愛情與集體命運之間，在暫時慾望與終極信仰之間，不斷思索與往返的抒情話語。如同吳思敬：

> 到了〈會唱歌的鳶尾花〉，我們明顯地看到舒婷一方面在詩歌中強化了個人經驗，另一方面還在努力把個人經驗提升到一代人的人生追求上來。詩人在詩歌中展示了愛情與事業、慾望與信念、個人與環境的矛盾以及由此引起的憂傷與痛苦。正是舒婷詩歌中的這種深刻的自我矛盾，以及散點透視的結構和幻夢的引入，使這首詩顯示出詩人由浪漫主義向現代主義轉化的某種趨向。[269]

詩的末節「和鴿子一起來找我吧／在早晨來找我／你會從人們的情理／找到我／找到你的／會唱歌的鳶尾花」[270]，舒婷獨立地、痛苦地展示她對時代的理解，展示抒情主體凝視的時代信念，而她所理解的一切最終不須其傾訴對象往逝去的時間找尋，女詩人做後揭示「會唱歌的鳶尾花」，不在雙方記憶的再現世界裡，而在不斷流動的當下，在主體感知最終融化的所在：在萬物的律動之中。

由上可知，舒婷固然有受益於時代語境的開放性，但仍不可忽略的是，舒婷的詩正是從一個情感宣洩的浪漫主義，向比較嚴謹的現代主義表達的痛苦轉化過程。若是只從抒情的面向指認舒婷的寫作，舒婷的「先鋒性」也於是被掩蓋，因此張清華認為舒婷的詩：

> 有效地彌合了先鋒詩歌與流行詩歌之間的裂痕和縫隙，也使她成了兩邊都樂於接受的一位詩人，成為了支持者解釋朦朧詩之合法性的有力證據。但從當代詩歌長遠的歷史看，這實際上是張大了舒婷的局限，將她變成了一個『沒有先鋒性的先鋒詩人』，實際上舒婷也寫有大量的按照當時觀點看是晦澀和情緒陰暗的作品，《牆》、《船》、《四月的黃昏》、《流水線》都是明證，這些作品曾同樣受到批判，但它們卻證明著一個更有價值的舒婷，使她因此而經得起時代變遷和『語境轉換之後的解讀』」[271]

---

[269] 吳思敬，〈舒婷：呼喚女性詩歌的春天〉，《文藝爭鳴》2000 年 1 期（2000.01），頁 67。
[270] 舒婷，〈會唱歌的鳶尾花〉，《中國當代名詩人選集：舒婷》，頁 82。
[271] 張清華，〈朦朧詩：重新認知的必要和理由〉，《當代文壇》2008 年 5 期（2008.09），頁 38。

因此，若從比較「先鋒性」的角度，舒婷的〈牆〉堪稱代表作：

> 我無法反抗牆，
> 只有反抗的願望。
>
> 我是什麼？它是什麼？
> 很可能
> 它是我漸漸老化的皮膚
> 既感不到雨冷風寒
> 也接受不了米蘭的芬芳
> 或者我只是株牛前草
> 裝飾性地
> 寄生在它的泥縫裡
> 我的偶然決定了它的必然[272]

「牆」來自文革時期之後，來自統治階層意圖復辟文化專制的種種作為，「牆」可以等同於舒婷對這類文革權力話語借試圖屍還魂的象徵塑造。「牆」一開始被視為詩人「漸漸老化的皮膚」，顯示文革的記憶及其帶給詩人內心的恐懼雖老化但揮之不去，「牆」亦冰冷、粗暴地隔絕「我」對時代、社會的理解與交流，使得「我」感受不到任何生存世界中的雨冷風寒。「我的偶然決定了它的必然」代表舒婷對時代的理解又更推進了一層，因為「我終於明白了／我首先必須反抗的是／我對牆的妥協，和／對這個世界的不安全感」，詩人尋思的反抗之道，就是不向內心的恐懼妥協，重新找回人與人、人與世界的美善關係。

我以為，作為朦朧詩一員的舒婷，其詩為了應和朦朧詩群體的號召，或試圖在當時的社會空間之中取得文化身分的「標示」，而必然呈現出一種以現代主義語言表述國族集體命運——此一集體文化「信仰」的傾向，但仍可以在其八〇年代的創作中觀察到一種出身南方、重視地方風土「姿態」的傾向，這樣的「南方」感覺並非有意識地描繪南方風物，與其表述的集體「信仰」之間，在其創作脈絡中呈現出如此辯證的綜合。

關於「南方」風土顏色進入主體以象徵語言表述對時代的承擔，此一路徑除了〈惠安女子〉：「你把頭巾一角輕輕咬在嘴裡／這樣優美地站在海天之間／令人忽略

---

[272] 舒婷，〈牆〉，《中國當代名詩人選集：舒婷》，頁 195。

了：你的裸足／所踩過的鹼灘和礁石／於是，在封面和插圖中／你成為風景，成為傳奇」，就屬〈白柯〉：

有力地傾訴熱情
四周迴響著沉默
形體在靜止之中
生命卻旋舞著——
知道落日的腳燈
將滿樹紅色的飛燕照徹

似乎再沒有一種更明了的語言
像蠻荒所選擇的這兩株白柯[273]

以及〈水杉〉：

直到我的腳又觸到涼涼的
水意
暖和的小南風　穿扦
　　白蝴蝶
你把我叫做梔子花　且
不知道
　　你曾有一個水杉的名字
　　和一個逆光隱去的季節[274]

關於舒婷與「今天－朦朧詩群」的差異，我們亦可其置入「南方」的生存場域來思考。「白柯」是殼斗科柯屬植物、生長於雲、貴、川的山林，〈白柯〉是象徵思維包裹的「南方」。而〈水杉〉，則是寫出主體綻放在水杉姿態裡的飄忽心緒，一種對萬物生長秩序的理解，一種在瞬息萬變的時空裡如何把握「時間」的理解。我認為從〈惠安女子〉直到〈白柯〉〈水杉〉，舒婷在《今天》詩群之中樹立了一種別異於北方詩人的「南方」美學樣式。

---

[273] 舒婷，〈白柯〉，同上註，頁 218-219。
[274] 舒婷，〈水杉〉，同上註，頁 221。

歐陽江河〈受控的成長〉一文認為，「南方」遠離政治軸心、缺乏北方理性傳統的集體無意識，舒婷處於《今天》－朦朧詩群在「道義」抬升、轉化為「美學」的過程中，出現了關於「南方」感覺結構的殊異性。南方詩人不若北方詩人（北島、江河）將「整體」而非「個人」作為反思歷史苦難與承擔社會責任的基本單位，南方詩人更為看重的是「個人的歷史」：「故意忽略個人經歷所包孕的社會內涵，而注重破譯隱含於個人經歷中的精神語碼。對他們來說，個人的歷史不僅僅是社會和民族的歷史的含糊投影，而是歷史的全部」[275]。

舒婷的詩為朦朧詩增添了「女性」與「南方」的美學側面，促使從迷信到覺醒、從苦悶壓抑到覺醒追尋的過程中，那個陽剛、北方的「人」的詩歌，出現了一種「惠安女子」般的異質聲音。舒婷把「人」介入時代、社會、集體的思維方式，微調到關於自身內心情感觸動的具體性，也試圖呈現極其敏感的、對流逝時間的感受等等，正因為「女人不需要哲理／女人可以捧落月的色斑，如／狗抖去水」[276]，這就是舒婷的感性直觀之中，帶有知性的色調，還有將朦朧詩的象徵話語，從男性與過去決裂的承擔方式，改寫為表現「理智和情感之間矛盾」的美學特徵。因為「不僅以人的內心世界作為自己主要的描寫對象，而且以展示自己的內心世界作為自己主要的抒情方式，這是舒婷藝術個性的特點，幾乎也是許多同代詩人共同的追求」[277]，舒婷在八〇年代的寫作雖然仍屬於時代話語承擔的範疇，但更為注重內心情緒波動的再現，更為注重直覺（主觀／感性）與懷疑（客觀／理性）之間的平衡感，是折返在個體愛情與集體命運之間的「啟蒙」。

四、建構智力空間的「啟蒙」：楊煉

一九八九「天安門事件」帶給中國自由主義與理想主義社群的巨大毀滅性，連帶的將整個文化場域與精神視閾，帶向了九〇年代所謂「金錢時代的詩歌」[278]。如同北島，因為「一九八九」造成中國文化界理想主義之火的中斷，促使詩人為自身寫作歷程分期：七十年代末到八十年代初的「政治反抗」時期；貫穿八十年代的「文化反抗」時期；和九十年代中期迄今的「詩意反抗」時期。[279]鑑於論文研究架構，

---

[275] 歐陽江河，〈受控的成長——略論南方詩歌的發展，兼論幾位四川詩人的創作〉，《大拇指》218 期（1986.7.15），第 2-4 版。

[276] 舒婷，〈鏡〉，《中國當代名詩人選集：舒婷》，頁 232。

[277] 劉登翰，〈一股不可遏制的新詩潮——從舒婷的創作和爭論談起〉，收於姚家華編，《朦朧詩論爭集》，頁 65。

[278] 這裡借用柯雷（Maghiel van Crevel）《精神與金錢時代的中國詩歌》一書的標題。

[279] 楊煉，〈追尋更徹底的困境——我的「中國文化」省思〉，收於楊煉，《發出自己的天問：楊煉詩與文論》（臺北：釀出版，2015），頁 205。

楊煉九十年代中期迄今的「詩意反抗」時期，楊煉已然離開中國，涉及了身體與精神的「流亡」帶給「中文」語言「質」的轉變，此詩學議題因此未及列入本書研究範疇，此節將論證的是楊煉的貫穿八十年代的「文化反抗」時期的詩歌作品。

一直以來，楊煉都被視為中國八〇年代朦朧詩陣營裡建構「文化史詩」的代表，與在山地荒野、歷史神話、民間話語深層結構裡探尋文化原始面貌的「尋根」文學一樣，致力解決「傷痕」文學無法乘載的文化抵抗向度，是一場「由現實提問層層遞進的文化反思」[280]，因此「從質疑政治到反思歷史，再到探尋傳統思維方式，直至重新解讀文化之根——中文的語言學特性。這不是群體運動，而是一個作家內在的思想深化」[281]，楊煉自此走向更為內在性的「文化詩學」的道路。

楊煉早期的詩，時常背負著極其悲鬱、沉重的歷史意識。作為朦朧詩的健將，如同北島的「我－不－相－信」，其背後為了拯救文革創傷記憶、提振作為「個人」主體價值的啟蒙圖示，相當明顯。為了突出自身的主體心智別立於時代的茫然混亂，楊煉寫下了「我在傾聽自己的聲音」。〈聲音（四樂章交響詩）〉：

只要土地仍然飽含汗水
歌聲的種子就將萌發
只要光明與黑暗還在搏鬥
我就不會沉默地生存
讓太陽和歡樂一同上升吧
讓風暴和痛苦永遠消失吧
這是我自己的聲音
任何別的聲音都絕不能代替
我要把它高高揚起
向天空、向未來
宣布自己選擇的命運

我終於聽到了自己的聲音[282]

楊煉〈聲音〉承襲朦朧詩的個人啟蒙話語，將深陷於革命時間的「自我」，拯救

---

[280] 同上註，頁 206。

[281] 同上註。

[282] 楊煉，《楊煉創作總集：1978~2015（第一卷　海邊的孩子：早期詩及編外詩）》（上海：華東師範大學出版社，2015），頁 49。

出來。但是，如同本章前言所述，相較於地下詩歌停留在在「時代」與「自我」之間的辯證、在主體受縛／自由的兩極掙扎，且未全面思考表達模式的困境問題。朦朧詩群則是更進一步在時間消逝的瞬間把握「現實」，是一種試圖超越「當下」生存條件與「革新」原有語言表達模式的現代主義。順著這樣的思路，楊煉嘗試向纏繞著無數的幽靈「歷史」遺址進軍，寫下〈自白——給圓明園廢墟〉：

讓這片默默無言的石頭
為我的出生作證
這這隻歌
響起
動盪的霧中
尋找我的眼睛

在灰色的陽光碎裂的地方
拱門、石柱投下陰影
投下比燒焦的土地更加黑暗的回憶
彷彿垂死的掙扎被固定
手臂痙攣地伸向天空
彷彿最後一次
給歲月留下遺言
這遺言
變成對我誕生的詛咒[283]

詩人站立的腳下，斷垣殘壁的現狀、帝國主義侵略的恥辱印記，土地內裡深處正在散發出的逝者苦痛與低吟，楊煉除了追悼，更有轉化、提煉靜止亡逝的事物為現存生存意義的詩意。拱門、石柱投影的是比土地更為黑暗的回憶，詛咒與新生不再截然二分且彼此纏繞，楊煉預示了苦難的土地上，還有更為深刻的苦難。這時候，只有締造新的語言，讓每一個字都煥發「創造」的光芒：

我的愛情的黑色寂寞
走進我的詩句

[283] 同上註，頁 71-72。

在青翠的樹和枯黃的瓦礫之間
在鳥巢和沉睡的碑文之間
在瞳孔中的月亮和沙丘之間
我創造自己的語言
每一個字中飛出了鴿子
給我的悲哀帶來安慰
彷彿少女的雙手輕輕觸摸
一剎那，在心上
凝霜的岩石上，湧起花朵[284]

楊煉的早期詩在意象／詞組的設計與規劃上，不但呼應了《今天》－朦朧詩群「尊嚴」（人性人格）與「承擔」（歷史時間），更在特定的意象景深之中，蓄意放緩向集體話語突進的熱烈激情，讓私我的情感得以棲身其中。因此，在「凝霜的岩石上，湧起花朵」之後，語言的刷新與創造，重組了抒情主體的世界觀、時間感與現實感受，語言的創造促使「詩人」介入時代的身分生成：

我是詩人
我要讓玫瑰開放，玫瑰就會開放
自由會回來，帶著它的小貝殼
裡面一陣風暴發出迴響
黎明會回來，曙光的鑰匙
在林莽間旋轉，成熟的果子投射出火焰
我也會回來，重新挖掘痛苦的命運
在白雪隱沒的地方開始耕耘[285]

楊煉的詩承擔著「世紀」的蒼老與傷痛，以「詩」為「祭奠」之物、「重新挖掘痛苦的命運」，在詩裡開展一種新的時間意識，一種更為體現主體意志景觀的時間性。「詩的祭奠」作為〈自白〉組詩的最一個「子題」，體現出楊煉早期詩「意向性」的轉移，也就是從「詩人－時代」朝向「詩人－語言」的向度位移，兩者倒不是全然取代的關係，而是在其前期詩的內在思維裡，呈現辯證式的綜合。

[284] 同上註，頁 73。
[285] 同上註，頁 78。

我以為，〈自白〉應可以視為楊煉開啟「文化史詩」書寫的前奏。楊煉曾在1973年的「批林批孔」中驚怵於「中華文明道統」的「孔學」的崩解、亦深受毛澤東與社會主義國家機器「歷史唯物論」的思想清洗，目睹因為帝國主義侵略戰爭而成為廢墟的皇家園林，像是「一片預設進我們生命起點的荒涼，一種從開始就擺在燒焦的土地上的處境」[286]，因為國體的創傷與文明的死亡，致使具備反思能力的個體發出「我們的誕生，直接是死者遺言的最恐怖、最殘忍的形式」[287]，也使得〈自白〉一詩的詩意空間，是建立在斷垣殘壁的文明焦土之上，也形成楊煉「對今天『中國文化』認識的起點」[288]。

楊煉早期詩另有一個「空間」主題，但這個空間是文化的，也是時間的。是一處處由時間意識搬演的建築「空間」：大雁塔、長城、故宮，遺址標示著抵抗時間向度的存在，無非是要抵抗文革帶來的的精神創傷。於是，某種來自時間且落實於「傳統」的自覺意識，成為了詩人救贖文革精神創傷的解方：「當我們肯定有一個『中文文學傳統』在，那其實是在談論一個到來太晚的、對自己語言和思維的『自覺』」[289]，「自覺」來自否定過往的時間向度，也積極介入了一種新的時間向度的重建。

楊煉在《今天》－朦朧詩群中，在介入新的時間向度的重建意識方面，更為偏向大篇幅的結構取向。〈大雁塔〉分為「位置」、「遙遠的童話」、「痛苦」、「民族的悲劇」與「思想者」五節，是楊煉「文化史詩」大篇幅巨構的開端，在楊煉創作系譜之中至為重要：

> 漫長的歲了裡
> 我像一個人那樣站立著
> 象成千上萬被鞭子驅使的農民中的一個
> 畜牧似的，被牽到這北方來的士卒中的一個
> 寒冷的風撕裂了我的皮膚
> 夜晚窒息著我的呼吸
> 我被迫站在這裡
> 守衛天空、守衛大地

---

[286] 楊煉，〈追尋更澈底的困境——我的「中國文化」省思〉，收於楊煉，《發出自己的天問：楊煉詩與文論》，頁193。

[287] 同上註。

[288] 同上註。

[289] 楊煉，〈追尋更澈底的困境——我的「中國文化」省思〉，收於楊煉，《發出自己的天問：楊煉詩與文論》，頁199。

守衛著自己被踐踏、被凌辱的命運[290]

曾是唐代科舉制度下進士題名以顯尊貴榮華的場所：「大雁塔」，其厚重、莊嚴的建築形象，容納著市場觀光、商品經濟與孩子的走跳，也容納著數不盡的歷史蒼涼：「勤勞的手、華貴的牡丹和窈窕的飛簷環繞著我／儀仗、匾額、榮華者的名字環繞著我／許許多多廟堂、輝煌的鐘聲在我耳畔長鳴」[291]，「大雁塔」作為中國文化本位的象徵，與民族歷史的聲息同步，亦投射出詩人隨著承擔「歷史時間」而起伏不定的心智與情感。

最終，「大雁塔」像「一個人那樣站在這裡」：

我像一個人那樣站在這裡，一個
經歷過無數痛苦、死亡而依然倔強挺立的人
粗壯的肩膀、昂起的頭顱
就讓我最終把這鑄造惡夢的牢籠摧毀吧
把歷史的陰影，戰鬥者的姿態
象夜晚和黎明那樣連接在一起
像一分鐘一分鐘增長的樹木、綠蔭、森林
我的青春將這樣重新發芽[292]

從〈自白〉到〈大雁塔〉，從主題揭示到意象構成法則，楊煉早期詩作大體是由「政治抒情詩」轉化而來，有著濃厚的「聶魯達風」，大體承繼自聶魯達〈馬楚・比楚高峰〉（Machu Picchu）一詩中，透過歷史遺產喚醒民族歷史記憶的思路。王穎慧認為：

在聶魯達政治抒情詩書寫時期，「暴政」、「階級」、「壓迫、毀滅、阻礙」、「人與大地」幾個思／詩想關鍵詞，也適用於文革時期中國詩人的需求，楊煉受到鼓動。當聶魯達從印加遺址中望見歷史，楊煉也選擇以圓明園的廢墟、聳立的大雁塔作為感懷的地標。在楊煉的早期詩作裡，處處都可以發現頗鮮明的聶魯達影子，以至於中後期的詩風轉向，猶存聶魯達式的風韻，很顯然地，

---

290 楊煉，〈大雁塔〉，《楊煉創作總集：1978~2015（第一卷　海邊的孩子：早期詩及編外詩）》，頁 84。

291 同上註，頁 81。

292 同上註，頁 91。

> 楊煉是完全接受了「聶魯達」的洗禮。[293]

這樣將聶魯達的政治抒情語彙嫁接到自身東方民族文明系統的詞庫中，此一路線到了「中國手稿」的《禮魂》時期，更為濃密、厚重，巨量、繁複的歷史文化修辭進入了楊煉的詩中。〈禮魂〉為屈原《九歌》之末篇，原為祭祀時送神儀式中，巫者誦念的禱詞。楊煉的「禮魂」，禮敬的是消逝的中國詩歌傳統之「魂」，深埋在各式亟待解密的表意「圖騰」之中。如作為〈半坡〉組詩之三的〈陶罐〉，陶罐上「黃土」、「水」、「魚」、「火」、「太陽」的紋路圖樣，於詩人的再現世界中，物質原型代表著「神話」至「文明」的進程：

> 哦，火，你的樂隊，你擊打岩層之夢的鼓槌
> 同樣的憂鬱無情摧毀著我的靈魂
> 時間滴滴答答，在星星周圍剝奪我的質樸、我的褐色
> 而成熟的谷穗又一次忍受烏鴉啄空的心
> 我們瞭望著，也永遠失去著，粗砂懷抱一切燃燒
> 火，你的泉水，你的酒，你的自由秩序，你凶險信仰的使者
> 一隻為世界呼喊死亡的天鵝，猝然發現蘊藏於雷電熱吻中的光明——
> 太晚了！狂歡已註定創造這個脆弱的孩子
> 在漫長的折磨之後，帶著血，赤裸誕生[294]

我認為楊煉「貫穿八十年代的「文化反抗」時期」的詩，相較於北島超克歷史時間的激情與悲憤，相較於舒婷在私我表述與歷史敘事之間的隱密低吟，楊煉的詩是一種「刻意停留在歷史時間」裡的詩意心智結構，對應於波瀾壯闊的歷史神話，鑄造巨製想像篇幅的心智圖像。如同謝冕認為朦朧詩群「從艾略特、奧登、聶魯達、埃利蒂斯那裡得到了豐富啟示，如今他們自覺地對此做了調整，他們開始縱向探尋東方古大陸的歷史奧祕。他們對從彩陶至青銅器，從莫高窟到《道德經》產生了濃厚興趣」[295]，也是「在〈陶罐〉詩中，由於詩人打亂了時間的秩序，把現實與歷史揉在一起，結果，煙茫的古文化在詩中突然變得像現實一樣可以體驗和感知，同

---

[293] 王穎慧，〈「中國手稿」裡的美洲血統——論楊煉早期詩歌美學的譜系繼承問題〉，《臺灣詩學學刊》14期（2009.12），頁132。

[294] 楊煉，〈陶罐〉，《楊煉創作總集：1978~2015（第二卷　禮魂及其他：中國手稿）》（上海，華東師範大學出版社，2015），頁14。

[295] 謝冕，〈新詩潮詩集序〉，見老木編，《新詩潮詩集》（北京：北京大學五四文學社，1985），頁IV。

時使現實變得遙遠如夢境，悲哀和憤怒剛產生，隨即成為幽深的回憶。這樣，讀者便可能從詩中獲得一種超越感」[296]。

〈陶罐〉一詩可以見到遙遠、混沌的史前文明，如何經由詩人象徵書寫過濾後，找到自身處在當下世界的美學秩序。這也是向以鮮稱之的「陶罐成了典型的象徵意象，超越了自身甚至時空的限制，而凝結著中國歷史文化心理的豐富內涵……陶罐不僅是歷史，也成為一種哲學的諭示：古老的花紋，演變著人們的生活，把質樸留給世界」[297]，陶罐器物紋飾之美，本身就是生命意識翻騰湧動的文明史，是無數先民與自然災厄生死搏鬥的象徵符號。楊煉的象徵世界，就是要恢復人、文明與自然之間和諧的倫理關係。

楊煉曾言：

> 自一九八二年起，我就在想像一部長詩……它是全新的——因為他基於一個現代詩人獨特的感受，又因為這種感受的深度，而與中國傳統的精髓相連。就是說，這部詩本身，將成為在一個詩人身上復活的中國文化傳統。[298]

在楊煉的作品中，長詩〈諾日朗〉代表著以史詩格局企圖復活中國文化／傳統的代表作。〈諾日朗〉甫發表就受到親官方詩歌批評界的批判，如齊望認為楊煉的「我們在〈諾日朗〉這組詩裡，聽到的不是民族的吶喊，時代的呼嘯，而是一個凌駕於民族和時代之上的個人的聲音」[299]，魯揚以為「正面表現和歌頌的卻是一種荒唐絕倫的對某種神物的圖騰崇拜，……表達的思想感情又過於陰暗腐朽，為了把這樣的作品公之於眾，作者不得不乞靈於抽象、變形等現代派慣用的手法，儘量把詩的形象弄的真真假假、撲朔迷離，為之塗上一層神祕色彩，藉以炫人耳目，得售其私」[300]，又如〈諾日朗〉裡『男神』的形象「把現實生活中那些流氓、淫棍、『性解放論』者以及『種馬』、『種牛』們的醜惡行為大大美化了」[301]，共產黨保守派的「清除精神神污染運動」無疑是文革教條主義的借屍還魂，逆行十一屆三中全會後「解放思想」和「實事求是」的指導思想，為中國作家的精神獨立與寫作自由帶來重大傷害。

---

[296] 殷小苓，〈千年孤獨之後——對楊煉《禮魂》的探討〉，《讀書》1986 年 8 期（1986.02），頁 76。

[297] 向以鮮，〈神祕的陶罐——當代詩歌意象的歷史文化詮釋之一〉，《當代文壇》2007 年 6 期（2007.11.05），頁 150-151。

[298] 楊煉，《[illegible]》（臺北：現代詩社，1994），頁 187。

[299] 齊望，〈評「諾日朗」〉，《文藝報》11 期（1983），頁 72。

[300] 魯揚，〈莫把腐朽當神奇——組詩〈諾日朗〉剖析〉，《詩刊》1 期（1984.01），頁 53。

[301] 同上註，頁 55。

從整體思想而言，〈諾日朗〉以神話史詩的格局與篇幅，為「諾日朗」（藏語「男神」）灌注象徵化的語言血肉，雖然走的還是「朦朧詩」的文革創傷救贖此一路線，但楊煉意圖經由「歷史－文化」空間的鋪張展示，表現對文革記憶與當代生存意識的對應性與超越性。〈諾日朗〉分為〈日潮〉、〈黃金樹〉、〈血祭〉、〈偈子〉、〈午夜的慶典〉五部曲。

〈日潮〉

高原如猛虎，焚燒於激流暴跳的萬物的海濱
喔，只有光，落日渾圓地向你們泛濫，大地懸掛在空中

強盜的帆向手臂張開，岩石向胸脯，蒼鷹向心……
牧羊人的孤獨被無邊起伏的灌木所吞噬
經幡飛揚，那悽厲的信仰，悠悠凌駕於蔚藍之上[302]

作為開篇的〈日潮〉，「高原如猛虎」、「落日泛濫」、「蒼鷹向心」、「經幡飛揚」等意象，揭示了文革動亂帶給個體心靈的巨大摧折。石天河從詩的意象組成、語言變革、批判精神與複雜經驗的整合等面向解讀〈諾日朗〉：

這組詩的內容，主要是把藏族地區祭祀「男神」（藏語：諾日朗）的迷信活動，作為「文化大革命」中造神迷信的象徵，來表現作者對「文化大革命」的批判性認識。其中，〈日潮〉是整個「文化大革命」的象徵；〈黃金樹〉是那一時期盛行的權力祟拜的象徵；〈血祭〉是運動中期「武鬥」的象徵；〈偈子〉是運動終結後遺留的「信仰危機」的象徵；〈午夜的慶典〉則是以「喪歌」的形式，表現這一段歷史終結後的社會現象、及其在作者心靈中留下的烙印。[303]

楊煉極盡搬弄自然萬物，營造出蒼茫、壯闊、冷酷的史前世界，背後反映的是一個極具歷史景深的神話空間，一切能指的動態圖像，意圖再現的是文革歲月的動盪與死傷。楊煉撫今追昔的姿勢是傾向「大敘述」的抒情，以更具有文化向度的姿

---

302 楊煉，〈諾日朗〉，《楊煉創作總集：1978~2015（第二卷　禮魂及其他：中國手稿）》，頁 56。
303 石天河，〈重評「諾日朗」〉，《當代文壇》9 期（1984.09.27），頁 15。

勢承擔歷史／時間。當所有的期待與絕望，化為佛語的「偈」裡的「寂靜」：「期待不一定開始／絕望也未必結束／或許召喚只有一聲——最嘹亮的，恰恰是寂靜」[304]，朦朧詩群的「啟蒙」圖示再度出現：

> 我的光，即使隕落著你們時也照亮著你們
> 那個金黃的召喚，把苦澀交給海，海永不平靜
> 在黑夜之上，在遺忘之上，在夢囈的呢喃和微微呼喊之上
> 此刻，在世界中央。我說：活下去——人們
> 天地開創了。鳥兒啼叫著。一切，僅僅是啟示[305]

到了「中國手稿」的後期作品《 》，楊煉以「《易經》為結構」，擬／再造八卦、卦象、象意，是楊煉演練「入世」關注與「在世」抒情的文本。《易經》原為上古巫祝用以卜筮吉凶，以特定的符號體系描述宇宙秩序與萬物運行的變化法則，本就具備一定「人文主義」科學邏輯。而詩，在楊煉看來，就是現代語境的對《易經》的重寫，就是《易經》揭示的生衰興滅、週而復始的「同心圓」。同心圓是創造與毀滅循環往復的，「一個同心圓層層深入，層層蕩開，我的鬼魂在四面八方活著，成為每個字——這裡是遍地災難的中心」[306]：

> 《易》不是一部死的經典，它活在自然和人類不斷分裂又重新達成的「變化中的統一」這一現實裡。「天人合一」就其本義而言，從未過時。還《易》以原始的自由特徵，人類其實一直在「重寫」這個古老的啟示……萬物皆語言，詩人在語言中與萬物合一，建立起詩的同心圓。[307]

《 》再度呈現史詩巨構的形式，歷時三年完成，分為〈自在者說〉、〈與死亡對稱〉、〈幽居〉、〈降臨節〉組成。其中，〈與死亡對稱〉展現了楊煉的歷史／時間觸覺，「〈與死亡對稱〉的『特定內涵是：人與歷史。中心意象：土。卦象：地與山」[308]。〈地・第二〉：

---

[304] 楊煉，〈諾日朗〉，《楊煉創作總集：1978~2015（第二卷　禮魂及其他：中國手稿）》，頁 62。
[305] 同上註，頁 65。
[306] 楊煉，《 》，頁 181。
[307] 楊煉，〈總注〉，《楊煉創作總集：1978~2015（第二卷　禮魂及其他：中國手稿）》，頁 69-70。
[308] 楊煉，《 》，頁 193。

多年了，他憂心忡忡地撥開沙棗和紅柳
劍氣如虹腰斬大漠，飄飄一頂陽光的傘蓋
他夢見高聳箭樓上無常的食肉鳥
棉絮抖動，勤勤懇懇的蝨子
那小小刺客一群群瘋了毀了英雄的一生
又遠又可憎：秦王掃六合
　　　　　　虎視何雄哉
石頭是冠冕　而眾星為低
連綿的景緻
正午太陽殺人的祕密
一條紫紅色的河垂直落下
使目光一觸即潰[309]

〈與死亡對稱〉是楊煉提出中文當代詩「傳統與現代」、「語言與現實」、「詩與詩人」三重對稱前的發明：「一九八六年，我完成了組詩〈與死亡對稱〉。中國的神話與歷史，還原成詞，被一個詩人重新組合。……一首詩、一個詩人和語言、語言和語言內外疊映、互相發現的對稱世界」[310]，秦王嬴政橫掃六合的歷史功業，是如何建立在無數無名者的死亡之上，而黃土文明沉穩持重的特徵，是收納了無數躍動的逝者鮮血而成。楊煉的「詠史」其實是「諷史」，華麗、宏偉的典章制度背後，指向的是「人的存在」此一命題：我／們如何在當代立身處世的問題。

第三部〈幽居〉的〈澤・第八〉：

聲援時間與生命為敵並不是罪惡
就像一根枯枝斜斜橫過秋天
或一張嘴唇　吻成茉莉時才結冰
我在子宮裡熟悉了黑暗
蜷伏的遲鈍母貓　哺乳黃昏之外咫尺之內
兇猛的同類　轉眼
床腳那隻老鼠咬一個牙印已孜孜千年[311]

---

[309] 楊煉，〈地・第二〉，《楊煉創作總集：1978~2015（第二卷　禮魂及其他：中國手稿）》，頁 110-111。
[310] 楊煉，〈磨境——中文當代詩的三重對稱〉，收於楊煉，《鬼話・智力的空間（散文・文論卷）1982-1997》（上海：上海文藝出版社，1998），頁 187。
[311] 楊煉，〈澤・第八〉，《楊煉創作總集：1978~2015（第二卷　禮魂及其他：中國手稿）》，頁 179。

相較於的古今參照，誠如楊煉所言，〈幽居〉確實寫的是人如何面對自我的問題：「每個在自己內部幽居，如水曲折」[312]。「寫到〈幽居〉，雖然換了一個介面（表現方式），卻依然是針對『死亡』闡發感觸」[313]，透過向歷史取材的「死亡」，到了〈幽居〉，呈現的是一幅存在主義者的精神圖景。〈澤・第八〉聲援的是「倖存者」的時間，與死去的生命為敵，「倖存者」是床腳下貓亟欲攫抓的鼠，是詩連通《易》卦象所預示的存在顯影。

楊煉提煉「死亡」作為其追述歷史／時間的基礎意境，寓意從文革的「廢墟」中重生。《 》的書寫，又大幅拓寬了被文革阻斷的傳統－現代的想像空間。因為「《 》根植於《易經》象徵體系，又敞開於當代中國經驗，以七種不同形式的詩、三種不同形式的散文，完成了一場大規模的語言實驗。詩歌一如詩人自己，『以死亡的形式誕生才真的誕生』」[314]。因此，「通過《易》，把詩的最深背景，開向孕育出整個黃河流域文明文化的那片自然」[315]。

楊煉的詩慣用繁複、厚重、高密度的意象作為結構特點，在主題的選擇上，偏重文化歷史的宏大主題，以及在形式上，以巨製篇幅的文化史詩為主，展現了新詩潮時期詩人，為詩歌的現代化做出貢獻。從楊煉對傳統的態度：

> 傳統，一個永遠的現在時，忽視它等同於忽視我們自己；發覺其『內在因素』並使之融合於我們的詩，以我們的創造來豐富傳統，從而讓詩本身體現出詩的感情和威力；這應該成為我們創作和批評的出發點。[316]

以及，其意圖在詩裡建立一個「智力空間」的努力：

> 一首成熟的詩，一個智力的空間，是通過人為努力建立起來的一個自足的實體。……這個自足的實體，兼具物質與精神的雙重特性，永遠運動而又靜止。它正注視著世界詩壇的中心緩慢而堅定地返回自己古老的源頭。[317]

---

312 楊煉，《 》，頁 195。

313 王穎慧，〈楊煉「同心圓」的構成與實踐：正典《易》的接受與《符號略》理念模式〉，《中國現代文學》17 期（2010），頁 49。

314 楊煉，〈家風——《敘事詩》序〉，收於楊煉，《發出自己的天問：楊煉詩與文論》，頁 274。

315 楊煉，《 》，頁 191。

316 楊煉，〈傳統與我們〉，《鬼話・智力的空間（散文・文論卷）1982-1997》（上海：上海文藝出版社，1998），頁 155。

317 楊煉，〈智力的空間〉，同上註，頁 157。

以上，皆可以窺見文革斷絕歷史文化傳承座落於楊煉寫作態勢的影響，激發楊煉的詩執著於文化傳統進行在發明與再創造的動力。

當然，亦不是沒有學者對楊煉進行批評。特別是在楊煉的詩語言時常出現巨幅字陣的鋪排、晦澀玄想的堆疊，和刻意、甚至有些浮濫的主觀想像方面。例如李振聲：

> 人們完全有理由對步入〈自在者說〉時期的楊煉表示不滿或加以抱怨，因為他似乎越來越沉溺在那種幾乎無人可以弄懂的、類似於原始的泛神論，並且因為抽象、神祕而顯得冗長乏味的空談之中，他似乎只顧自己滿足於近於放縱無度的玄思衝動，以及造物主式的傲慢的預言慾望，到處擺出一種拯救和垂憐凡世的腔調和姿態。[318]

以及，陳大為從考古學與文化史的知識考掘觀點，指出楊煉詩裡「知識結構」的缺陷：

> 基於主體性格和創作風格使然，當楊煉站在古代歷史文化素材面前，他沒有耐心去研讀、吸收其中較深刻的知識，反而是胸臆中一股澎湃起伏的「文化再造意識」，和「以詩歌創造世界」的意圖，讓他跟古老的文化元素／氛圍之間，產生巨大的激盪。主觀的文化使命感，完全凌駕在客觀的知識採集和轉化運用之上，在歷史文化遺址的上空，如天馬，行空而過，筆下所有的歷史物件和文化景觀，都是低解析度的。適合瀏覽，不宜細讀。[319]

但無論如何，作為《今天》的一員健將，楊煉承擔歷史／時間的姿勢是明確的，從文革反思進一步到文化反思，走上了「文化尋根」的道路，而且為詩的形式與內涵注入了更為寬闊且具深度的文化空間，這一點在詩史上確實是一個重要的跨步。楊煉豎立於歷史空間的「紀念碑」走得更深也更遠，更集中、也更有意識地在語言「創造」方面，找尋書寫和時代的深刻關係。《禮魂》時期以降，楊煉告別了「自我」反思的寫作，而走向民族歷史／文化與生命本質的探索與創造，顯現出一種強烈的「歷史／時間」救贖意識，轉化為一種「非時間性」感官與經驗體系的建構，

---

[318] 李振聲，《季節輪換：「第三代」詩敘論》（上海：學林出版社，1996），頁 7。

[319] 陳大為，〈知識迷宮的考掘與破譯——對楊煉「民族文化組詩」的問題探討〉，《中國當代詩史的典律生成與裂變》，頁 255。

試圖在不斷自然消逝與暴力的時空之中，找到「詩人」與「語言」在當下現實時空（八〇年代中國）之中的定位。

五、江河：象徵主義與歷史主義融合的「啟蒙」

在《今天》－朦朧詩群之中，與楊煉同為「尋根詩」與「文化史詩」開創者的江河，唐曉渡認為楊煉與江河「他們共同致力於從傳統精脈中發現和汲取詩的永恆活力，然而前者看到更多的是精神構成和語言方式的原型，後者更多看的卻是精神氣質和境界的原型」[320]。從唐曉渡的評論加以引申，我認為江河詩歌的「精神氣質和境界」在於其對「傳統」的創造性認識：「過去的傳統會不斷地擠壓我們，這就更需要百折不撓地全新地創造。不但會沖掉那些腐朽的東西，而且會重新發現歷史上忽略的東西。使傳統的秩序不斷得到調整……」[321]，於是，江河對「傳統」的思考，就導向了一條河流的動態結構，不斷變動與調適的有機整體：「如果以河流來比喻，傳統是河流的自身或整體……那麼傳統是運動的整體」[322]。

莊柔玉將江河的詩歌寫作分為三個階段：

> 第一階段（1977-1981），詩人以民族戰士的姿態，追求一種浪漫的理想主義，傾吐出深沉憂鬱的愛國情緒，這風格在《從這裡開始》中清晰可見。第二階段（1982-1984），江河一反第一階段推崇英雄主義、人民主義，強調集體意識的作風，以反英雄的神話和幽默諷刺的詩風，重新建立文化意識和塑造民族精神的內涵，〈太陽和他的反光〉組詩正是代表作。第三階段（1985以降），詩人褪盡了第一階段的英雄色彩，拋棄了第二階段的遠古神話，不談祖國，不談文化，以反思和批判的精神，透過普通人的日常生活，來揭開生存的真諦，〈接觸〉等詩就是這個時期的標誌。[323]

詩人對歷史／時間的承擔，來自「今天」與「昨日」的斷裂意識，來自江河的詩慣有的、對歷史進行系譜學與考古學的思考。因為「想要思考我們自身，想對我們自身的現代性、對於『今日』從事一種批判存有論，就意謂著想從事一種考古學與系譜

[320] 唐曉渡，〈心的變換：「朦朧詩」的使命〉，見唐曉渡編，《在黎明的銅鏡中——「朦朧詩」卷》，頁14。

[321] 璧華、楊零編，《崛起的詩群——中國當代朦朧詩與詩論選集》（香港：當代文學研究社，1984），頁149。

[322] 江河，〈「太陽和他的反光」小序〉，見老木編，《青年詩人談詩》（北京：北京大學五四文學社，1985），頁25。

[323] 莊柔玉，《中國當代朦朧詩研究：從困境到求索》（臺北：大安，1993），頁121-122。

學思考，而這種思考離不開對時間形式的確認」[324]，因此，〈紀念碑〉劃開了詩人歷史意識的兩端，「一邊／是昨天的教訓／另一邊／是今天，是魄力和未來」：

紀念碑默默地站在那裡
像勝利者那樣站著
像經歷過許多次失敗的英雄
在沉思
整個民族的骨骼是他的結構
人民巨大的犧牲給了他生命
他從東方古老的黑暗中醒來
把不能忘記的一切都刻在身上
從此
他的眼睛關注著世界和革命
他的名字叫人民[325]

相較於楊煉習慣於反映一個極具歷史景深、巨幅的神話空間，一切能指的動態圖像趨向抽象晦澀、形象詞組也極盡偏離於歷史現實的景框，而走向純粹的超現實喻象或潛意識的冥想，江河的「文化史詩」則較充滿實體具象的線條。歷史記憶的回聲不斷擾動著江河，詩人凝視著「紀念碑」，上面刻印著人民的犧牲、民族的苦難、歷史的判決。

如〈葬禮〉，江河筆下的英雄超越了某時某刻的死亡，其死亡（個體）被深深嵌進祖國（集體）的歷時性存在之中，展現其對歷史／時間的承擔意識：

無數戰死了靈魂在頭上縈繞
吶喊真理號角槍聲從歷史中傳來
如果血不能在身體裡自由地流動
就讓它流出
流遍祖國
為了黎明的誕生

[324] 楊凱麟，〈思考今日，今日思考——波特萊爾與現代性〉，收於波特萊爾著，陳太乙譯，《現代生活的畫家：波特萊爾文集》（臺北：麥田，2016），頁26。
[325] 江河，〈紀念碑〉，《從這裡開始》（廣州：花城出版社，1986），頁3。

又一個英雄死在夜裡
把生命留給戰鬥的歲月
把看著未來的眼睛獻給了旗幟上的星星[326]

又如〈祖國啊，祖國〉，江河同樣以象徵的手法，承擔歷史／時間裡所有亟待被揭示的傷痛與想，追尋著「民族精神」的深層結構：

在我民族溫厚的性格裡
在淳樸、釀造以及酒後的痛苦之間
我看到大片大片的羊群和馬
越過柵欄，向草原移動
出汗的牛皮、犁耙
和我老樹一樣粗糙的手掌之間
土地變得柔軟，感情也變人堅硬

只要有群山平原海洋
我的身體就永遠雄壯，優美
像一棵又一棵樹一片又一片濤聲
從血管似的道路上河流中
滾滾而來——我的隊伍遼闊無邊
只要有深淵、黑暗和天空
我的思想就會痛苦地升起，飄揚在山巔
只要有蘊藏，有太陽
我的心怎能
跳出，走遍祖國[327]

〈祖國啊，祖國〉裡，江河對著祖國山川，進行象徵式的閱讀。江河把自身的五臟六腑都鑲嵌在「祖國」此一文化整體裡：「只要有群山平原海洋／我的身體就永遠雄壯，優美」、「只要有深淵、黑暗和天空／我的思想就會痛苦地升起，飄揚在山巔」，「我」的「身體」與「思想」與「祖國」同步搏動，「祖國」被轉化為詩人追尋文化

[326] 江河，〈葬禮〉，同上註，頁 8。
[327] 江河，〈祖國啊，祖國〉，同上註，頁 19-20。

根源路程上的心靈地景。雖說這個時期江河屬於莊柔玉描述其創作第一階段（1977-1981）「推崇英雄主義、人民主義，強調集體意識的作風」，但是可以補充的是，江河碰觸國族歷史記憶的方式，除了是鍛造全新的個體經驗以承擔國族歷史／時間，更是象徵主義與歷史主義的融合，再以象徵烘托情境的同時，同時展現了深刻的歷史洞見。

既然「傳統」是建構民族精神與文化典型的重要資源，問題是如何親近、擷取「傳統」，並以現代主義的技法重新「發明」「傳統」。就此點來看，在《太陽和他的反光》一系列對中國遠古「神話」的重寫，江河取道中國古代神話、書寫「神話史詩」的用意，在於重新反省「傳統」投射在現當代思想裡的意義，至為明顯。

〈追日〉

傳說他渴得喝乾了渭水黃河
其實他把自己斟滿了遞給太陽
其實他和太陽彼此早有醉意
他把自己在陽光中洗過又曬乾
他把自己坎坎坷坷鋪在地上
有道路有皺紋有乾枯的湖

太陽安頓在他心裡的時候
他發覺太陽很軟，軟得發疼
可以摸一下了，他老了
手指抖得和陽光一樣
可以離開了，隨意把手杖扔向天邊
有人在春天的草上拾到一根柴禾
抬起頭來，漫山遍野滾動著桃子[328]

吳思敬認為，這首詩中夸父扔開手杖，而將普通人在春天的草上拾到的「一根禾柴」視為「夸父」此一神話英雄的「挫敗」，是「流露出一種『反英雄』的情緒」[329]，陳

[328] 江河，〈追日〉，《太陽和他的反光》（北京：人民文學出版社，1987），頁9-10。
[329] 吳思敬，〈超越現實、超越自我——江河創作心理的一個側面〉，《走向哲學的詩》（北京：學苑出版社，2002），頁270。

大為則不同意吳的看法，認為這是北島、江河從崇高的英雄姿態為「一代人」代言的立場，轉而以低調、內斂的話語方式「重新尋找一個足以對應時局變遷的制高點」[330]的過程。因此，〈追日〉一詩應是「英雄轉化」：「江河選擇了逆向操作，深入神話的腹地進行故事人物和自我主體的「英雄轉化」，卻在這十二首詩組成的《太陽和他的反光》在氣勢和結構上，處處顯露出現代史詩的實驗性意圖」[331]。

其實，撇開「反英雄」還是「轉化英雄」的爭論，筆者認為〈追日〉應該著重在「夸父」與「太陽」的「和解」上。確實，原版神話裡那種激進的「逐日」與「對大自然抗爭」的悲劇結局，在這首詩裡得到了「創造性」的轉化，因為「太陽安頓在他心裡的時候／他發覺太陽很軟，軟得發疼」，在此，人與自然正式地和解。〈追日〉應是江河對朦朧詩人過於激進變革現狀，而走入對「現代主義」產生盲目信仰的反省。既然「江河所謂的「傳統」指的是一個具有傳承性結構的「文學譜系」，擁有輝煌的過去，和充滿創造性的未來，江河期許自己的神話史詩能夠「繼承大統」，延續這個偉大的譜系」[332]，因此，詩人一方面「追尋」傳統，但一方面又必須在神話裡「修正」傳統，既又憧憬又反思，這就是江河詩學的歷史主義。

而在江河後期（1985-）的寫作中，如〈接觸〉、〈話語〉、〈散記〉、〈交談〉等詩，解除了其一向抱持的文化承擔意向，「祖國」與「神話」的身影不復存在。這時期的寫作慣用代稱「你」，語言使用上由於受到「第三代詩歌」平民化的訴求影響而轉趨明朗、樸實，詩人轉而至個體的形而上思索，轉而從「日常語境」找到生命的安頓。試以〈交談〉為例：

這個世界多大呵
這時候有的地方在打仗
有的人喝酒
人們想著去野餐
可森林倒了不少
世界大的有些小動物
已不得生存
你心裡不舒服你得想點辦法

---

[330] 陳大為，〈現代神話史詩的先鋒實驗──江河詩歌的「英雄轉化」與敘事思維〉，《中國現代文學》14期（2008.12），頁15。

[331] 同上註，頁16。

[332] 同上註，頁11。

你苦苦地想過很多，你寫詩
耽誤了不少事
你還得寫下去
你的時間不會很多
你慢慢地變成文字
也算多少做了點事
你走的時候留下這些
不安地寫了一遍又一遍的條子
想你的人見了
好去找你[333]

〈交談〉裡，「詩人不再追求把過去、現在、未來連貫起來的歷史意識，只是強調當下的處境、即時的感受，讓人的意識停留在分隔的時空裡」[334]。江河從朦朧詩一貫的詩學認知：「個體」介入時代、社會、集體的外向詩學，轉而主觀情感與思想的內向詩學，開始從「現實生活」之中尋找詩意的起點。

江河的詩是象徵主義與歷史主義有效融合的「啟蒙」，有著為歷史立像、為生民立傳的「文化尋根」取向，除了對「傳統」既孺慕又創造，江河亦有現實思維。其曾言：「藝術家按照自己的意圖和渴望造型，自成一個世界，與現實世界發生抗衡，又遙相呼應」，江河在現實情境裡致力於發現傳統的衰敗與死亡，表達對傳統文化的矛盾情結。但其八〇年代中期以後的寫作，出現了明顯的「內向」與「現實」思考，其感官知覺不再被「祖國」與「紀念碑」所籠罩，這時期的詩再現了一個冷靜、內斂、不斷向自我存在境況探問的思索者形象。

第四節　結語：「抒情傳統」的現代主義與「啟蒙主義」構圖的現代主義

一、臺灣：「抒情傳統」的現代主義

本章第一節論述楊澤、羅智成、陳義芝、蘇紹連、簡政珍等五位臺灣戰後世代詩人，五位詩人紛紛在七〇年代開始寫作、出版詩集、嘗試釐清語言與情感的纏結、

---

[333] 江河，〈交談〉，《太陽和他的反光》，頁 109。
[334] 莊柔玉，《中國當代朦朧詩研究：從困境到求索》，頁 138。

探索文字界域與生存情境的關係，到了八〇年代各自在風格上穩固確立的同時，又必須不斷地與新生的文學思潮與美學典範（鄉土、後現代、後殖民）調適與對話。閱讀、理解這五位詩人的詩作，不難觀察到五位詩人恪守意象思維、展現歷史／時間的承擔意識，除了有意識地採取私語、抵抗的話語術，以「抒情」劃定自身的存在位置（楊澤、羅智成），也出現了「折衷」於「鄉土」與「後現代」的話語策略（陳義芝、蘇紹連、簡政珍），除了努力延續前一個世代開創的「現代主義」疆土，也作出了奠基於個人風格上的融合與創新。

八〇年代之交主要由楊澤與羅智成帶起的「抒情」語言風格，他們在詩裡習於呼告與傾訴、穿梭個人愛情與現實的隱喻轉換、耽溺自我想像，就此成為了一個不得不研究的詩課題。相較於同一個時空的中國，朦朧五君（北島、楊煉、江河、舒婷、顧城）主要是以恢復「人的詩歌」為主，也因為恢復「人」的主體性成為寫詩的首要目的，而造成抒情主體的「啟蒙」圖示過於巨大、膨脹。而臺灣詩人的「抒情傳統」，則是以戰後的楊牧為起始，在華語圈確立了「抒情」如何再現於語言的基本格局。臺灣生發於八〇年代之交的「抒情傳統」，不只是特定意象、修辭、語法規律的顯現，而是有某種「文化意識」介入當代國族、社會與歷史構成的深沉動機，是有意識、有意圖地以「抒情」的感知結構與修辭句法，呈現局部情境與現實環境下的「自我」情感問題，而轉向詩的孤獨、耽美與密教。

臺灣五位詩人皆深刻感知到「時間」帶給主體的巨大「影響焦慮」，其「抒情」的同時，試圖欺進生活場景、並營構某種知性與思想的傾向，試圖用知性搭建起某種自給自足的想像世界，以抵抗不斷消逝的「時間」，相當明顯。或許，五位詩人對「時間」的感傷、迷戀，對特定文化經典或歷史人物的想像與改寫，並非起源於個人生命經驗，而是對「現代主義新詩」作為一個時代主導性美學風格的追摹與悼念。

然而，更重要的是，五位詩人將六〇年代被批評為「晦澀」、「疏離」、「逃避現實」的現代主義新詩版本，改寫為具有一定淑世精神的「抒情」版本。他們皆在六〇年代現代主義新詩美學幾個重要的美學側面——對人類存在根源與本質的探索，形式與內容的實驗精神、潛意識與夢境的探勘、與象徵與隱喻修辭的運用，做出極大程度的改作。因為對於這些詩人來說，其「存在困境」的感覺結構是新的，是不斷在變動的生存「現實」，他們發明了一種圍繞著日常生活的詩歌感受與表達方式。對於「社會現實」，他們或吟詠古典風情、或回歸個人生活情境，以承擔來自歷史／時間的重力，來應對來自「現實社會」變遷加諸於自身情感心志的衝擊。他們仍相信「語言」具有模擬與再現事物本質的能力，且致力於表現具備時代感知稜角的抒情／知性語言。

比如楊澤，其詩在「畢加島」、在「格拉那達」、或在「西門町」，看似不斷流轉的地域，其實有一種經過詩人梳理的現實感知與情感鬱結在其中。從〈在畢加島〉、〈一九七六記事〉的個體生命思索，到「薔薇學派」與「君父城邦」擘劃抒情紋理，楊澤顯現出對抗邊陲位置（臺灣）、古典傳統（文化消逝）與資本主義（當代都會）的三重壓迫，成就其詩歌的總體命題；又如羅智成在〈問聃〉、〈離騷〉到〈說書人柳敬亭〉，展現出承擔歷史／時間的方式，是突出「人格類型」的寫法，從刻畫孔子、老子、屈原等「人格類型」，突出筆下人物與時代之間的感之張力，並帶出自身對當代臺灣社會的人文反思。由此可見，羅智成的詩不停留於協同「寶寶」的私語與自戀自溺的感傷之中，而是借重歷史典故與文化經典，尋求思想格局上的超越與突破。

又如陳義芝持續地在「抒情傳統」的路向上探索原鄉、古典與現實的種種想像方式的可能，陳義芝謹守著的「抒情傳統」並非只是特定歷史時期的古典知識，而是一種新詩面向當代生活與現實、不斷自我調適與對話的文化實踐。陳義芝以「抒情」話語在詩中協調著「古典」與「鄉土」，遏止了創作主體完全走向「後現代」解構的可能，也使得其融合著「鄉土」與「古典」的「抒情傳統」風格，為臺灣戰後新詩領域立下了絕佳的語言表現範本；簡政珍與蘇紹連則可歸屬於「抒情傳統的現代變體」，是「知性」、形式思維濃厚的「抒情」，其抒情意識並非透過強烈的主觀心象而再現，而是被打散至客觀。蘇紹連自《茫茫集》以降，持有兩種不同的美學意識，一個是超現實主義的創作觀，同時對生存世界進行「抒情」式地回望；一個是「抒情傳統」的現代變體：形式與內容的激進實驗，如其對「散文詩」的形式追求背後，仍是人的普遍生存處境與存在意義的探究，仍是對當代臺灣社會情境進行人文介入的抒情視野。而簡政珍的「抒情」，抱持對世界物象／客體進行「格物」的思考過程，使得他的「抒情」成為一種存在主義的語言過程，擁有對物象與他者更為透徹的反省與關照。簡政珍或以「意象思維」參與了詩與現實之間的辯證過程，或適度融合「後現代的雙重視野」或生產著「不相稱」的美學，所謂「現代主義」在簡政珍的新詩書寫中，被改造為一種挖掘內在視野（現代主義）、諷喻（後現代主義）與現實思維（寫實主義）三者的融合模式。

臺灣方面，鑑於楊牧屬於戰前就以出生的世代，其「抒情」風格已然確立於上一章「自我之書：兩岸現代主義新詩的自我與世界」的時間範疇：戰後至七〇年代。而本章所欲論述臺灣戰後出生世代詩人五家（楊澤、羅智成、陳義芝、簡政珍、蘇紹連），各個在擁抱文學夢的成長期與探索期，承接了六〇年代的現代主義處於高峰的經典遺緒，從瘂弦、鄭愁予、余光中、楊牧、周夢蝶、商禽等人的詩作中汲取自身亟欲獲取的養分，他們對前行代詩人與現代主義傳統比較少有如後現代的破壞與解構姿態、也跟本土／寫實陣營主張的反映時代、回歸現實、重建民族詩風保持距離。倒不是說這些詩人沒有「淑世精神」，而是**他們的「淑世精神」建立在個人情感的座標（非社會大眾）之上，用一種內向、感傷且悲觀的抒情去承擔歷史／時間，**重新創造了一種別立於那個危機時代裡的「抒情傳統」話語。

這五位臺灣戰後第一代詩人，在鄉土文學論戰時期，不是處於摸索風格的成長期（楊澤、羅智成、陳義芝、蘇紹連）就是直到八〇年代以後才於詩壇崛起（簡政珍），因此也不那麼趨近「寫實」與「本土」，也與語言明朗化及大眾化的路數截然不同。而八〇年代以降，他們的詩形成某種極具個人化與風格化的修辭，逐漸被討論、閱讀、受到詩壇認可。

若以「文化史詩」為詩的類型學加以比較，一樣寫的是「文化史詩」，兩岸詩人雖都展現出歷史／時間的承擔意識。但楊澤主要是擷取古典意象作為釐清主體在當時社會時空的位置；在文化史詩的經營上較有篇幅的羅智成，其〈問聃〉適度地將《史記》「孔子世家」與「老子韓非列傳」裡「孔夫子適周問禮於老聃」的典故，以出色的想像力重鑄此一中國文化史的重要事件，做出現代語境的重寫，不論是楊澤還是羅智成，都歸屬於「抒情傳統」的現代性轉譯。

而中國詩人楊煉的〈諾日朗〉、〈禮魂〉、〈與死亡對稱〉等作品，慣用繁複、厚重、高密度的意象作為結構特點，在主題的選擇上，偏重文化歷史的宏大主題，以及在形式上，以巨製篇幅的文化史詩為主，以更具有文化向度的姿勢承擔歷史／時間。又如，江河《太陽和他的反光》裡一系列對中國遠古「神話」的重寫，取道中國古代神話、書寫「神話史詩」的用意，在於重新反省「傳統」投射在現當代思想裡的意義，至為明顯。

二、中國：「啟蒙構圖」的現代主義

承前章「自我之書：兩岸現代主義新詩的自我與世界」大意所述，臺灣與中國在「變動的年代」（臺灣：退出聯合國；中國：文革）的新詩寫作，大體上體現出抒情主體對於時代的焦慮情緒，因此，兩岸詩人面對了不同性質的具體政治變化、應對時代的情感結構也有所不同，因此，兩岸儘管出現了「如何現代」各自表述的現代主義新詩美學模式，但意圖在劇變的現實情境中看清「自我」、重建「自我」的內在慾望，卻是共通的。

本章「第三節、朦朧中國：『啟蒙』的現代主義」對五位中國朦朧詩人的研究已經論證，中國朦朧詩群雖然彼此之間如何承擔歷史／時間的方式有所差異，但從其詩歌的整體意旨與終極關懷來看，多數前期詩作不是宏大抒情、文化史詩（楊煉、江河），就是在個體經驗與現代主義上，找尋詮釋傷痕記憶與時代知覺的契機（北島、顧城、舒婷），反映的多是對「文革」期間的傷痕控訴、對回歸人性的渴望，以及對個人經驗世界的重建。到了「新詩潮」的後期，受「第三代」詩歌美學主張的擠壓，部分詩人（如顧城）回到了「純詩」的本位，詩歌成了純粹由語言結構的精神空間，抵拒任何現實反映論與特定意識形態的參與。但無論如何，中國朦朧詩展現現代主義技巧的背後，有著極為強烈的「啟蒙構圖」，一種將政治的詩歌轉變為「人的詩歌」的強烈慾望。

（一）朦朧詩群內部的美學差異

首先，論及朦朧詩內部的差異性。朦朧詩群並非一個一致性的美學群體，內部也不是沒有美學路數上的差異。譬如江河趨向「類政治抒情詩」，對一系列時代事件作出形象思維的展現，注重「理性內蘊與悲憤激情的結合」。[335]而顧城的童心與深淵並存，「超出了『童話』的範疇而具有了『預言』的性質，也使他具有了成為『精神現象學意義上詩人』的可能」[336]，而北島和舒婷「二人分別代表了朦朧詩嚴峻的和抒情的、堅硬的和柔婉的、反叛的和傳統的、現代的和浪漫的一面……」[337]。

或如劉春以為「北島的詩歌氣勢昂揚，有殉道者的悲壯；楊煉的詩歌渾厚磅礴，文化感濃郁；顧城的詩歌所專注的都是自然界中纖弱而明媚的事物，再輔以豐富奇崛的想像，創造了一個讓人神往的藝術空間」[338]。或是如唐曉渡所言「北島那嚴峻到陰沉、充滿懷疑精神的『我』；舒婷那執著到痴迷、追求美善的『我』；還是顧城那輕靈透明、捉摸不定的幻想的『我』；江河、楊煉那橫越古今、燭照生死的歷史的『我』」[339]等等，從主體結構圖示到主題發展、題材選擇、表現手法皆呈現朦朧詩內部的差異性。

唐曉渡最後提出五人的概括風格：

1. 北島：在歷史、現實、自我三個層面上強烈的懷疑和批判精神。源於理性而超越理性。他的詩因此具有一種深邃、警覺、鋒利的戰鬥人格力量。

---

[335] 張清華，《中國當代先鋒文學思潮論》，頁 51。
[336] 同上註，頁 53。
[337] 同上註。
[338] 劉春，《一個人的詩歌史》（臺北：龍圖騰文化，2014），頁 39-40。
[339] 唐曉渡，〈心的變換：「朦朧詩」的使命〉，見唐曉渡編，《在黎明的銅鏡中——「朦朧詩」卷》，頁 9。

2. 楊煉：他的詩生長於與浪漫主義決裂的瘡口上。野性、凌厲的原始生命湧流與文化意識的覺悟彼此制約和平衡。他把這兩極之間的張力變成了一座巨大的語言試驗場，一座智力和狂想的精神迷宮。
3. 江河：一直在詩歌中尋找「綜合」之道，並致力將其提升到「靜靜萌動」的古典美學境界……他試圖把文化和語言的修養作為一副黏合劑，並至少成功地在文本中造成了這一神話般的幻象。
4. 舒婷：以細膩的女性筆觸企及傳統人文主義的理想核心，具有一種無可替代的心靈撫慰功效。她的詩本質上是感傷的，但表達的單純和明快提高了其美學品格。
5. 顧城：他的詩顯示了，在浪漫的童話和黑洞般的神祕之間知有一步之遙。他不易令人察覺地、躡手躡腳地抵近並滑過了這一界限。[340]

但無論彼此之間的詩歌技藝的差異為何，《今天》－朦朧詩群的總體詩學進路，則是一致的。朦朧詩群是在地下詩歌時期對「自我」探索的遺產上，持續以更具規模的象徵／隱喻思維，闡述「自我」的話語地位在詩學上的確立與鞏固。朦朧詩人承接了地下詩歌時期所孕育的共同美學無意識：「啟蒙」，只是把「啟蒙」的內涵從地下詩歌時期的「自我啟蒙」轉向「歷史／時間啟蒙」，再對「歷史／時間」的承擔意識轉化為語言美學。朦朧詩承擔了那個時代的理想主義萌芽時期，民間社會期待個體抒情被治療、被恢復的話語需求，也持續地破除極權歷史情境的「遮蔽」，在現代性變幻不定的精神思維裡把握消逝的事物，確立了其被革命話語斷絕、屬於戰前以降於中國本土的現代主義血統。

（二）朦朧詩——從自我到啟蒙

我以為，若按照目前詩史的常規理解，朦朧詩展現出「個人主義對文化單一與平均化現象的反思」、「以現實意識思考人的本質」、「肯定人的自我價值和尊嚴」、注重「創作主體內心情感的抒發、以清朗明稀的抽象語言反撥文革時期迷惘、痛苦與絕望的精神狀態，以及運用大量運用隱喻、暗示、通感等現代主義手法以營造朦朧、神祕的意境等等，[341]或是「對傳統詩歌藝術規範的反叛和變革，為詩歌創作提供了新鮮的審美經驗。意象化、象徵化和立體化，是朦朧詩藝術表現上的重要

---

[340] 同上註，頁 14-15。
[341] 徐瑞岳、徐榮街編，《中國現代文學辭典》（徐州：中國礦業大學出版社，1988）。

特徵」[342]以及「浪漫主義與象徵主義的奇妙混合不僅成為食指和朦朧詩人群複雜、矛盾的心靈色調，實際也養成了兩種不同的寫作手法」[343]等等。

但無論如何，上述詩史對朦朧詩美學特徵的描述之中，可以見到「現實意識」、「肯定人的自我價值和尊嚴」等內在構圖，與「隱喻、暗示、通感等現代主義手法」等表現手法之間的微妙關係與聯繫。這層微妙關係與聯繫的關鍵，就是朦朧詩人共有的精神資產，也就是——五四以降的「啟蒙」意識：反對任何形式的權威、崇尚精神自由、人道精神與民主。如同程光煒指稱「重返八〇年代」的兩種思考途徑：「反思歷史」與「走向世界」。前者，雖可以稱之為「回到」、「重返」，但「它回到的不是『十七年』，而是重返了以晚清和五四為代表的思考『現代化』起點」，包括李澤厚的「三論」與劉再復「文學主體性」的論述；後者，指的是「以甘陽等國內外現代哲學界年輕學者所代表的以翻譯為中心的『現代西方知識譜系』」[344]，因此，既然如何「回到現代」是朦朧詩人的美學總目標，而要回到「現代」，就必須隔代地掌握五四的「啟蒙」遺產，並將啟蒙信條轉化為現代化的漢語，這樣轉化的過程具體顯現在朦朧詩的外部特徵上——隱喻、暗示、通感等現代主義手法的使用。

另外，傅元峰認為「朦朧詩」其「語源」來自歷史的遮蔽，與燕卜蓀（William Empson）「朦朧」詩學這類西方形式主義美學思維，並無直接關係：「朦朧詩的『朦朧』基本建立於歷史語境造成的閱讀障礙之上，是一種極權情境下的閱讀徵候，並非基於任何類型的歧義和多義造成的『朦朧』」[345]。因此，「說到底，『朦朧詩』是一次文學事故，本質是閱讀機制的失效」[346]。

我認為更為重要的是，從迷信到覺醒，從苦悶壓抑到覺醒追尋，朦朧詩是屬於「人」的詩歌、屬於個性解放的詩歌，把「人」介入時代、社會、集體的思維與方法，重新回到「人」情感的具體性去把握；把外向的、作為黨國歷史敘事附庸的「人民抒情詩」，轉化為描繪主觀意志與內心情感的「個體抒情詩」。歐陽江河曾言道：「新詩潮最初所換發出來的反叛鋒芒無一不是直指社會的和政治的，並且就一直在那裡，向光停留在陰影之中——這是一種道義的而非美學的鋒芒」[347]，朦朧詩運動

---

[342] 朱楝霖、丁帆、龍泉明主編，《中國現代文學史：1917-2000（下）》（北京：北京大學出版社，2007），頁 139。

[343] 程光煒，《中國當代詩歌史》（北京：中國人民大學出版社，2003），頁 247。

[344] 程光煒，《文學講稿：「八十年代」作為方法》（北京：北京大學出版社，2009），頁 119。

[345] 傅元峰，〈孱弱的抒情者——對「朦朧詩」抒情骨架與肌質的考察〉，《文藝爭鳴》2013 年 2 期（2013.02.15），頁 76。

[346] 同上註。

[347] 歐陽江河，〈受控的成長——略論南方詩歌的發展，兼論幾位四川詩人的創作〉，《大拇指》218 期（1986.7.15），第 2-4 版。

就是一場將「道義」抬升、轉化為「美學」的文化運動與思想運動。

因此，將「道義」抬升轉化為「美學」的過程，必須仰賴一定程度的「啟蒙理性」構圖。朦朧詩人作為已然覺醒的紅衛兵與插隊知青，既是在康德（Imanual Kant）所謂「啟蒙就是人從他咎由自取（self-incurred）的不成熟狀態中解脫出來」[348]，朦朧詩將「自我」的感知部位，以決絕的姿態進入歷史黑洞的探勘過程，展現出對制約精神自由的一切歷史與現實條件的「政治性」的敏感與否定式的批判，這也符合傅柯（Michel Foucault）延伸為康德關於個體使用理性的自由性與公共性的界線時，所做出的思考：「啟蒙絕不能簡單地視作是影響全人類的一般過程，也不能僅僅將其視為對規範個人的義務：它現在已然顯示為一個政治問題」[349]。

朦朧詩人的時代意識纏結於文革，但承繼了地下詩歌「個體言志」的傳統，對於反撥「社會主義現實主義」詩學調性的方法，朦朧詩即使恢復了現代主義重視隱密玄想、挖掘內在經驗的特質，在表現技巧上也試圖恢復象徵、暗示、隱喻等技法，顯然不是嚴格意義下的「現代主義」，而是「作為先鋒詩歌的初級形態，從精神內核上介於現代主義與浪漫主義之間」[350]，因為「對現代主義修辭技法的借鑑，並不等於『朦朧詩』精神內核完成了根本遷徙」，[351]而是霍俊明進一步補充說明，朦朧詩是「後來被中斷了的五四運動以來，民主主義、啟蒙主義、浪漫主義的一種變革形式」[352]。

以上歸諸朦朧詩的美學特徵，尤其是對「自我價值」、「人性復歸」、「人道主義」、「心靈自由」等內在啟蒙意識的精神／思想面向，其實在前述食指、多多、芒克等人的地下詩歌，已有如是表現。也就是說，從「地下」到「朦朧」，朦朧詩群不同於地下詩歌時期的「自我」，地下詩人的「自我」是透過鏡像（文革）裡的「他者」才到認識到「自我」的存在，鏡像裡的「自我」在嘗試表述以前，其實就是分裂式的主體。但朦朧詩時期，由於官方某逞度上的默許與話語的開放，朦朧詩時期「自我」表述與認同過程，其實是一個個歷史鏡像化的理想「自我」，其實仍隱含著鏡像（文革）的誤認與錯覺。拜文革極左文藝教條的神話破產之賜，朦朧詩得以在思想管制鬆動的政治背景下，產生此一決定性的詩歌美學運動，加速了中國現代主義詩歌的

---

[348] Kant, Imanual. “What is enlightenment?” in *Kant: Political Writings*. ed. Reiss Hans. tr. Nisbet., H.B. (New York: Cambridge University Press., 1991), pp. 54.

[349] Foucault, Michel. “What is Enlightenment?” in *The Foucault Reader*. ed. Rabinow, Paul. (NewYork: Pantheon Books., 1984), pp. 37.

[350] 陳超，《打開詩的漂流瓶——現代詩研究論集》（河北：河北教育出版社，2003），頁 288。

[351] 陳超，〈編選者序〉，見陳超編選，《以夢為馬‧新生代詩卷》（北京：北京師範大學出版社，1993），頁 1。

[352] 霍俊明，《變動、修辭與想像：中國當代新詩史寫作問題研究》，頁 234。

美學進程，面向時代的主體意識輪廓更為清晰，但表現技巧也更為繁複。

詩人過度膨脹的現代意識與表現技巧，使詩人誤以為詩歌本體已經超克了文革傷痕、承載了新時代的現代意識，「自我」也因此從破碎主體（被文革肢解的個體）向想像的主體（一種有時代「共感」的個體）過渡，但也由此產生一種建立在時代幻覺之上的自戀症。於是，朦朧詩出現了張清華所謂「啟蒙主義」（目的）與「現代主義」（方法）之間無可迴避的矛盾與局限：

> 它（朦朧詩）啟蒙主義的思想性質和現代主義的藝術選擇之間的分裂和悖論，由啟蒙意識所決定的主題的社會性、公眾性，同由現代主義追求所決定的藝術上的個人化和邊緣化的風格，反理性、反正統的極端主義與悲觀主義色彩之間，很難在事實上產生和諧的統一。一方面，它們的現代主義藝術追求在推動當代文化語境中的個人人本主義價值觀念的確立上，起到了不可忽視的作用，這種作用是傳統現實主義和浪漫主義文學所不可能真正起到的；但同時，這些帶有反社會理性話語傾向的個人化、隱喻化的藝術表達，又常常阻遏和抵銷了它們的思想本身，使之無法起到燭照和影響大眾的作用，從而真正實現其啟蒙的使命。[353]

即便詩人承繼了地下詩歌時期「啟蒙」的火種，但經由詩歌的語言載體，朦朧詩人過度樂觀地以為完整的「自我」掙脫了極權話語的鐐銬，而並未察覺「自我」是建立在「文革」此一歷史鏡像之上的幻覺。因此，此一歷史幻象重整了「自我」，卻也是「分裂」的「自我」這個事實終將被揭露的時刻。於是，一方面是由於代際的話語權力因素，但也是因為不少詩人為擺脫朦朧詩世代此一過於自戀式的「主體」幻覺，而導向更前衛、更語言本體化的探索，「第三代詩歌」的出現也是勢在必行。

朦朧詩群的「自我」不再是「私我」的個體寓意，而是試圖在對歷史進行深刻反思與主體覺醒的心理基礎上，轉向一種更為有意識地對特定意象擇取與使用的方式，目的是「要人們看到民族的面孔在異化的社會中曾怎樣痛苦地抽蓄」[354]，朦朧詩人的「自我」以集體的方式、道德的姿態、崇高的語調，介入了被文革意識形態異化的現實，重新為歷史、生命與生存代言，並且「從探求人的世界最深處著手，將內外現實看作處於同一變化中的兩個潛在成分，並且能用一種整體上的邏輯與與

---

[353] 張清華，《中國當代先鋒文學思潮論》，頁 64。

[354] 陳超，《打開詩的漂流瓶——現代詩研究論集》，頁 271。

理智來控制詩思」[355]。

（三）朦朧詩—時間的政治

朦朧詩除了是對文革教條文學語境的校正，除了延續地下詩歌時期對於「人性」修復的命題，以及達成「詩」所以為「詩」此一藝術自律法則的捍衛與堅持。更重要的是，面對文革黑洞化的歷史虛無、革命的集體無意識，為了向死去的時間贖回情感與思考的「活體」，朦朧詩也因此有了一種時間意識上的現代性向度。也在這樣的時間意識之中，北島的詩呈現出的「自我」是一種浪漫主義化的抒情主體，夾帶啟蒙主義「價值重估」訴求的美學現代性，強調精神自由的絕對性與道德性，而體現出一類「理想主義」式的象徵主義。

因此，其現代主義手法的使用，其實體現出主體的「時間的政治」（the politics of time），一種馴服文革歷史時間的幽靈再度復活的慾望，製造「新／現代」技巧其實是對「舊／文革」記憶加以回溯與克服的時間邏輯：

> 現代性是歷史時間的一種形式，它賦予「新異」（the new）成為一個不斷自我否定的時間動態機制的產物。然而，現代性其抽象的時間形式，仍然對各種相互衝突的闡釋開放。特別是透過與生產「新」相同、無條件地生產「舊」，現代性激發了各式各樣的傳統主義形式，其時間邏輯與向來的傳統時間邏輯大不相同。傳統主義和反動都是現代性的不同形式。[356]

以此來看，現代主義「求新」與「務舊」乃是不斷在內部相互衝突又辯證的感覺結構，朦朧詩在文字技術上越「新」的同時，感知意向上也有越傾向「舊」時光的現象，因為「（現代性）需要恢復歷史時間的整體概念，並在其中運動，以使歷史時間具有實踐的意義」[357]，因此，這是一種承接自地下詩歌破碎的歷史時間，為了加以修復、拼湊而將歷史「總體化」的實踐運動。

朦朧詩是一種與歷史建立新的關係的一種美學形式，完成了中國現代詩歌先鋒／前衛的美學階段。詩人經由告別傳統現實主義與革命浪漫主義而朝向現代主義的創造性美學轉換，展現巨大且豐沛的生存經驗與歷史反思的綜合能力，成為批評家陳超對先鋒詩歌美學的原旨性命題：「先鋒詩歌要創造和發現當代話語的全部複雜

---

[355] 同上註，頁 272。

[356] Osborne, Peter., *The Politics of Time: Modernity & Avant-Garde* (London; New York: Verso, 1995)., pp. xii.

[357] *ibid*, pp. 29.

性，要擴大而不是縮小母語語型，要更廣泛地占有語詞的命名權而不是向權力主義者和附庸退讓妥協！」[358]

從七〇年代末期開始，與臺灣詩人經由「抒情傳統」與「知性思維」向遙遠的歷史或個人生存的現實提取資源，拓展「此在」的時間性不同，中國八〇年代現代主義詩歌是一個「時間壓縮」的美學版本，始終被「啟蒙」意識所圍繞。被「文革」所耽擱的美學時光，必須重新回到個人受到歷史召喚的當下，重新在孕育民族集體記憶的抒情歷程之中，贖回文革傷痕底下被「階級」與「革命」遮蔽的原真「自我」。於是，種種被「文革」阻斷的生命記憶與經驗，亟待朦朧詩人為「自我」開拓了一條美學自主的道路，確立了在「自我」的尺度上「承擔」歷史／時間的責任與角色。

總結來說，「今天－朦朧詩群」從帶有強烈歷史烙印的社會性言志，進一步剝除外在的政治與社會的功利屬性，而朝向詩的本體屬性位移，完成了中國新詩從語言、形式到內容的全面現代化，這也是陳仲義認為的朦朧詩對詩壇決定性貢獻在於：

> 承接了二三十年代發端並開始生長的現代主義，在新的層次上把自由體白話詩全面推進到廣義現代詩軌道。它一方面修復五四以來經歷時間檢驗留下的優質，一方面去除已經退化老化（主要是近三十年）的劣質，並在接收西方現代營養的同時發展富有朝氣的新質；為飽和浪漫主義某些優越「品性」和開掘現代主義某些突出「個性」作出了歷史性努力。[359]

無論如何，朦朧詩內部即便有關懷側重、表現技巧與風格上的差異，而脫胎於地下詩歌時期的「自我」啟蒙意識卻是共通的。到了八〇年代，因為極左權威話語的解體，朦朧詩人對於理性的使用漸趨向公共化，也就是將「個人」的自覺，進一步在詩歌中擴展為「集體」的自覺。而這樣「個人」對「公共領域」的近一步拓殖，就必須要針對廣大群眾共同承受過的歷史記憶／經驗——極左意識形態歷史的「時間性」，做出文化上的拆解與克服。於是，朦朧詩人的個人「啟蒙」就是對文革時間的反思論述與超克意識，不只是對「傷痕」的直陳控訴，而是對「傷痕」記憶結構裡的「時間性」加以主觀化、象徵化、隱喻化或情感化，對不停流逝歷史性時間意識的捕捉與透過書寫灌注在「今天」（此在），才是朦朧詩人共同的價值追求。

---

[358] 陳超，〈求真意志：先鋒詩的困境和可能前景〉，見陳超編選，《最新先鋒詩論選》（石家莊：河北教育出版社，2003），頁3。

[359] 陳仲義，《中國朦朧詩人論》，頁9。

第四章　叛逆之書：兩岸的後現代詩

「閒置得夠久的／這張太師椅／還一直巴巴的等待／當年的正直和威望／／園子裡的雞翅木／落過不知多少次葉／耍酷的後現代兒孫們見了／總覺得／一輩子得這麼端正的坐著／要多彆扭就有多彆扭／要有多荒唐就有多荒唐」[1]

「一群斯文的暴徒　在詞語的專政之下／孤立得太久　終於在這一年揭桿而起／佔據不利的位置　往溫柔敦厚的詩人臉上／撒一泡尿　使分行排列的中國／陷入持久的混亂　這便是第三代詩人」[2]

第一節　前言：從「邊緣」到「喧嘩」——後現代臺灣與後朦朧中國

臺灣與中國的後現代詩，不只是單純面臨西方後現代浪潮輸入的被動符應，兩岸的後現代詩也不只是形式與語言實驗的文本遊戲，而是座落在自身特殊的社會及文化語境中，以後現代抗拒主流話語或新詩典律，或繁衍、重塑自身的美學意識與文化認同，在對「現代」主義詩學進行大規模解構、破壞、顛覆之餘，仍介有一定的文化「建構」傾向。在進入臺灣與中國各自的後現代語境與新詩文本的實質分析之前，首先就「後現代主義」（postmodernism）的起源地：高度資本主義發達的歐美工業國家（主要是英、美、法、德）的「後現代」理論談起。

丹尼爾・貝爾（Daniel Bell）認為，在進步、理性、科學的烏托邦取代了宗教的宇宙秩序之後，世俗與科學取得了絕對優勢的現代社會，終極價值的匱乏，導致虛無主義的生成，會是後現代主義得以出線的社會心理背景。因此，「現代主義作為一種文化模式——尋找文學和藝術中的和意義以替代宗教的努力，然而，現代主義已然枯竭無力，各種後現代主義抹除的個體自我（在各式擴大意識邊界的虛幻努力），僅僅是自我的解體而已」[3]。在此，丹尼爾・貝爾從文化意識形態面向談論現代主義「自我」賦權面向世界的失效，在後現代性的社會空間裡，「解構」自我成為主要的美學意識

1　向明，〈太師椅〉，《向明・世紀詩選》（臺北：爾雅，2000），頁 136-137。

2　周倫佑，〈第三代詩人〉，《在刀鋒上完成的句法轉換》（臺北：唐山，1999），頁 93。

3　Bell, Daniel. *The Cultural Contradiction of Capitalism.* (New York: Basic Books, 1976), pp. 29.

與文化取向。

在文化形態層面的討論，李歐塔認為後現代主義指向「大敘事」的崩潰，信息技術個體感知的退化與歷史深度的消逝：「敘事功能正失去使其作用的效用要件，包含如偉大英雄、浩劫磨難、史詩遠航、遠大彼岸等，現在正被一一驅散入敘事語言的迷霧之中」[4]，文學的敘事與抒情法則形構社會、文化與歷史的合法性失效以後，正是主體與語言展開「自我指涉」的開始。因此，「『後現代』就是在『現代』之中，在再現本身中呈現無法再現的事物」[5]，再現機制的失效與錯亂導致主體內在意識與邏輯秩序的顛倒，也就是「未來」與「先在」的辯證感：「後現代必須依據『未來（後）的先在（前）』此一悖論來理解」[6]。

伊哈布・哈山（Ihab Hassan）則認為，後現代主義是「一個自悟的行動」[7]，尤其是其對後現代主義的「不確定性內在性（Indetermanence）」狀態，指向某種符號確定性與表意機制的喪失（loss of determinacy and signification）[8]。哈山指的是一種總體歷史的啟蒙／崇高／英雄的文體，降格為稗官野史的反啟蒙／反崇高／平民的文體，從龐雜歷史／文化意象的結構設計，轉變為直覺式訊息、想像的隨機遇合，以上哈山所揭櫫後現代的文化徵候，皆能夠在八〇年代以降兩岸新詩文本中看到類似例證。

詹明信（Fredric Jameson）則是將個體在後現代性／主義諸多社會、政治與思想層面的表徵與再現，置入資本主義文化生產模式的分析之中，認為「後現代尋思斷裂，尋思事件而非新世界……是尋思事物及其變化方式的再現之中種種轉變與不可消解的變化」[9]，詹明信的後現代論總是片段、機遇與「過程」且充滿對啟蒙／理性總體秩序的懷疑，而非現代主義那樣有一種終極的價值訴求與「關懷」、總是訴求崇高感與情感昇華。

琳達・哈琴（Linda Hutcheon）則提出「後現代的雙重視野」，後現代的諧擬／戲仿（parody）是一次對現代主義本體論與再現理論的破壞：「戲仿或許已經成為後現代主義形式上的自我指涉性所特有的表達方式，因為它自相矛盾地將過去融入自己的

---

[4] Lyotard, Jean-Francois. tr. Bennington., Geoff. and Massumi., Brian. *The Postmodern Condition: A Report on Knowledge* (Minneapolis: University of Minnesota Press, 1984), pp. xxiv.

[5] *Ibid.* pp.81.

[6] *Ibid.*

[7] 伊哈布・哈山（Ihab Hassan）著，劉象愚譯，《後現代轉向——後現代理論與文化論文集》（臺北：時報文化，1993），頁 9。

[8] 同上註，頁 145-159。

[9] Jameson., Fredric. *Postmodernism,Or the Cultural Logic of Late Capitalism* (Durham, NC: Duke University Press, 1991), pp.ix.

結構，經常比其他形式更加明顯、更言傳身教地顯示了這些意識型態語境」[10]，因為諧擬／戲仿的「自我指涉」此一美學效用，促使其常使用的自我矛盾或話語「悖論」（paradox），被霸權話語核心「觀看」的同時，又能不作出任何價值與道德判斷的「狡猾」，也因為諧擬／戲仿與「悖論」讓現代派的「兩極對立」的抵抗模式失去效力，其「價值」設定的「不定性」也造成霸權話語無法收編之的窘境，也讓後者暴露在後現代的話語操作之中。

而德勒茲（Gilles Deleuze）與瓜達里（Felix Guattari）的後現代理論則是從哲學上的「後結構主義」出發。德勒茲的「一本書沒有客體，也沒有主體；它是由多樣既成的材料和極為殊異的日期與速度所構成。……在一本書內，如同在所有事物之中，存在著連接、切斷性、階層與界域的路線；也存在著逃逸路線（lines of flight）、解轄域化與去階層化的運動（movements of deterritorialization and destratification）」[11]，如此一來，若將德勒茲的「書」理解為「文本」，那麼所有的文本都是「生成中」（becomming）的而非朝向本體或目的而「建構」的。但符合德勒茲如此完全消解歷史與文化的符號作用、抽離政治社會脈絡的兩岸後現代詩畢竟極少，但是仍可以見到部分詩作符合逃逸路線、解轄域化與去階層化運動的操作性定義。

以上，建立在西方資本主義物質條件與社會形態上的「後現代主義」，經過亞洲國家關於理論與思潮的傳播、移植與受容的過程，西方的「後現代」主義思潮勢必、也不得不面對臺灣與中國特殊歷史、文化結構與社會環境的「適應」過程。

兩岸的後現代詩皆是基於對前代詩人美學典律的反叛，既然是「叛逆」，就必須提出自身的美學議程。因此兩岸的後現代詩，整體上仍具備了一定的「建構」意義。例如，在陳黎的《島嶼邊緣》及向陽的《亂》中，「本土」意識適度人融和了「後現代」技巧，展現了後現代主義「建構性」與「積極性」的一面。

臺灣方面，對後現代詩研究用力極深的學者如孟樊，指稱：

> 臺灣後現代時期的主要詩作，也不純然一味的只在「反」、只在「破」，雖然詩人（尤其是新世代詩人）本著符號政治或文本政治的立場出發，在反經典、反傳統、反主流、反權威、反體制之餘，也未必沒有「建」或「立」的企圖，這當中存在有「積極性」、「肯定性」的一面。[12]

---

[10] 琳達・哈琴（Linda Hutcheon）著，李楊、李鋒譯，《後現代主義詩學：歷史・理論・小說》（南京：南京大學出版社，2009），頁 49。

[11] Deleuze, Gilles. and Guattari. Felix. tr. Massumi, Brian. *A Thousand Plateaus: Capitalism and Schizophrenia.* (Minneapolis: University of Minnesota Press, 1987)., pp. 3.

[12] 孟樊，《臺灣後現代詩的理論與實際》（臺北：揚智文化，2003），頁 87。

在中國學者方面，陳仲義也說明臺灣的後現代詩較中國起步為早，而中國現代主義沒有像臺灣一樣經過「鄉土文學」的扭轉，而促使臺灣的「後現代」詩體現「隔代遺傳」的特質，因此：

> 正是臺島「鄉土」勢力強大，才於 70 年代初有效阻止「現代」的步伐，致其行進速度放慢，順勢亦拖延了後現代的來臨，並最終折中成三鼎「割據」。而大陸在全球一體化影響下，借助外部環境漸趨寬鬆，內部積蓄的能量漲至臨界（包括影響焦慮、躁動心態、反抗衝動、藝術追求等），導致「人為」提速，在現代尚未成型的情勢下，出現超前搶先的「後」註冊景觀，頗有後來居上的勢頭，也因此，大大縮短了兩岸的「時間差」，形成相對平行的路況。[13]

以我來看，從孟樊的角度延伸，兩岸後現代詩的生成，除少數個別詩人（如夏宇），皆因為世代交替的意識，而有「建構」新世代美學的野心。而陳仲義的部分，基於兩岸歷史發展的殊異性，中國的鄉土寫作只是個別「地方」風土的延伸，沒有臺灣的「鄉土」具有強烈的集體意識與國族主義的情感驅力。而臺灣後現代詩是否因為「鄉土」而拖延發展進程，仍有深入舉證的必要，但「鄉土」文學確實為臺灣詩壇帶來一種「正視現實」的歷史語境校正的力量。

正因如此，筆者以為，鄉土派的「正視現實」與政治時空背景的「解嚴」，為臺灣的後現代詩帶來了「世代／語言」類型到「主體／理念」類型的位移，此一後現代詩從觀念到方法的位移，是基於臺灣的歷史語境與文化場域的特殊性，與中國後現代詩大致朝向語言面深掘、內心面探索的「口語化、反權威、反崇高」的現象，有所不同。

第二節　兩岸後現代詩的發展與特徵

1987 年的解嚴、言論與出版的解禁，大量西方理論思潮的譯介輸入，而各族群、認同與思想開始了既競爭又協商的格局，都市性、世代性濃厚的「後現代」文化語境也開始出現，不但在「文學本土論與第三世界論，分別拉出統獨的兩條路線」[14]，也使得陳芳明「後殖民史觀」得以觸發：「所謂後殖民史觀，是一種開放的

---

[13] 陳仲義，〈海峽兩岸：後現代詩考察與比較〉，《文藝評論》2004 年 3 期（2004.05），頁 37。

[14] 陳芳明，《臺灣新文學史》（臺北：聯經，2011），頁 605。

歷史態度。它一方面檢討在權力支配下，社會文化所受到的傷害，一方面也在於反省如何批判性地接受文化遺產的果實」[15]。

論及八〇年代整體新詩景觀，其實是現代／抒情、批判寫實、後殖民、後現代並陳。林淇瀁以「政治詩」（詩的政治參與與社會實踐）、「都市詩」（詩的都市書寫與媒介實驗）、「臺語詩」（詩的語言革命與主體重建）、「後現代詩」（詩的文本策略與質疑再現）與「大眾詩」（詩的讀者取向與市場消費）[16]等五個版圖互文、交錯。

但也因為七〇年代兩場論戰促使臺灣詩壇「潮流」轉向回歸（傳統與本土），也促使更年輕世代的詩人尋求新的表達形式與內涵作為反應與「開拓」。孟楊版詩史因此標舉八〇年代臺灣詩壇是新興、實驗精神詩社（《四度空間》、《地平線》、《象群》）成立、大眾詩與方言詩（臺語詩）的並立，並以夏宇《備忘錄》的出版時間（1984）作為標誌性的詩史事件。[17]

因此，八〇年代也是一個「後現代主義／詩」的接受、傳播與逐步「正典化」的過程，八〇年代以後，「後現代詩」更成為詩論家最重要的分析對象之一，這是不容爭議的客觀事實。但是，所謂「後現代理論」或「後現代詩書寫實踐」不必然與解嚴以後的政治力放鬆言論與思想管制有關，解嚴以前，早灣早已出現「後現代詩」[18]。

臺灣後現代主義論述與創作的流行，主要還是與全球文化資本的流動，以及與詩人對城市現代性的反思有關。關於「後現代主義」在臺灣「正典化」的歷程，如羅青《什麼是後現代主義》首開先河，提出臺灣後現代主義的社會物質條件與邏輯關係：「資訊化後工業社會→電腦資訊→後現代主義」[19]；孟樊〈後現代詩的理論與實際〉甫一發表就引起學界矚目，此文將臺灣後現代詩的特徵分為「文類界線的泯滅」、「後設語言的嵌入」、「博議的拼貼與混合」、「意符的遊戲」、「事件般的即興演出」、「更新的圖像詩與字體的形式實驗」、「諧擬大量的被引用」[20]，大致為臺灣後現代詩美學的基本特徵「定調」。孟樊的《臺灣後現代詩的理論與實際》（2003）據

---

15 同上註，頁 602。

16 林淇瀁，〈八〇年代臺灣現代詩風潮試論〉，《臺灣史料研究》9 期（1997.05），頁 114。

17 孟樊、楊宗翰，《台灣新詩史》，頁 437-444。

18 若以文類區分，第一篇後現代「小說」是黃凡〈如何測量水溝的寬度〉（1985），稍晚於新詩夏宇《備忘錄》（1984）。因此，鍛接自西方既成思潮的臺灣後現代主義，若說以「後現代詩」為前導，應無疑義。從時間點來看，臺灣後現代「理論」在時間上不必然「前行」於詩的「文本」，比如羅青〈吃西瓜的方法〉（1972）；夏宇〈連連看〉、〈說話課〉（1979）；〈歹徒丙〉、〈社會版〉（1982）等皆早於羅青發表〈七〇年代新詩與後現代主義的關係〉、〈詩與後工業社會：「後現代狀況」出現了〉（1986），以及林燿德的〈不安海域〉（1988）。

19 羅青，《什麼是後現代主義》（臺北：五四書店，1989），頁 311-323。

20 孟樊，〈後現代詩的理論與實際〉，收於孟樊編，《當代臺灣評論大系（4）：新詩批評卷》（臺北：正中書局，1993），頁 259-279。

前文改寫而成，結合大量創作實例作為印證，則是目前臺灣完成度最高、對後現代詩的檢視最全面的理論著作，從勾勒臺灣後現代詩的發展輪廓、試圖定義其基本美學特徵，與援引美國語言詩作品作為臺灣後現代詩的旁證等等，留待後文論述時徵引、對話。

而另一位論者簡政珍，則是提出「後現代的雙重視野」，認為所謂「後現代」並不能等同於「無意義」的文字遊戲，即使文本內在語義的再現機制上失去了可以被解讀的意象組合與聯繫，後現代詩仍有思想的深度與與內在情感的探求。因此，他認為後現代「嬉戲」與「遊戲」不同，「嬉戲可能是遮掩後現代主義嚴肅性的面具。表現的諧擬潛在有其嚴肅的人生命題」。簡政珍持論的「後現代」仍抱持著符徵對意義建構的有效性，相信嬉戲、解構與蹤跡並非只是無足輕重的文字遊戲，並反對單面化地以極端的形式或粗暴的解構認知與接受歐美輸入的「後現代」思潮，並批評孟樊的後現代詩論述「純然在文字的圖像性、跨界的書寫上，以標籤找產品對號入座」[21]，簡政珍認為：

> 當我們體會到後現代的雙重視野時，所有的符徵以及文字事件就不是純然的偶發的事件，或是沒有輕重的遊戲。在一個自我瀕臨消散的時代，如何在文字裡的空隙與斷層裡看到播散的自我，也就很可能在嬉戲中感受到嚴肅，在表現的無意義中體現意義。[22]

因此，簡政珍持論的後現代，對符徵表意功能仍持有一定的確信、時間與深度等感覺結構也並未被取消，其實比較類似擷取後現代的形式思維而形成折衷版本的現代主義。

一、八〇年代：作為「世代」反叛、「語言」的後現代詩

就「結社型態」而言，臺灣於八〇年代後現代詩的生成與發展，相較於中國「第三代詩」的大張旗鼓、互通聲息、開派結社、說詩立論，臺灣後現代詩人往往是詩壇的「個體戶」，未集結詩社、無固定發表的陣地（詩刊）、也缺乏多人合體的選集出版，因此，孟樊認為「在臺灣並無所謂『後現代派』，而只有後現代詩人及其詩作」[23]。

---

[21] 簡政珍，《臺灣現代詩美學》，頁155。

[22] 同上註。

[23] 孟樊，《臺灣後現代詩的理論與實際》（臺北：揚智文化，2003），頁4。

但這也並不代表臺灣後現代詩及其理論傳播的力道薄弱。就臺灣新詩史的脈絡來看，後現代論述在臺灣的生成背景，其實與某種「世代文化話語權」的爭奪有關，是一種文化場域的世代政治，連帶的，向明筆下所謂「太師椅」[24]上的「正典」詩人們不再聞風不動，及其「現代主義」美學所代表的新詩典範地位，也成為八〇年代成長起來的詩人（耍酷的後現代兒孫們），亟欲推倒的對象。換言之，「後現代詩」這個文類範疇的成立，帶有一種理論後設的性質：「是為了催生、合理化「臺灣後現代狀況」的存在，而由羅青、林燿德、孟樊等人透過論述逐步「建構」而成的一個『新文類』」[25]。

因此，在臺灣倡議後現代詩的詩人群體內部之中，向來帶有強烈的「世代焦慮」。陳芳明認為，既然「一九四九」作為兩岸隔離開始永久化的起點，進入八〇年代以後，戰後出生的臺灣詩人應屬而立之年，「對他們而言，歷史包袱不再那麼沉重，而文學世界也更為豐饒繁複。再加上資訊文化的發達，詩人與社會以及全球的連接，變得非常密切。這些客觀的條件，對於後現代詩而言，無疑是提供了一個溫床」[26]。鄭慧如的《臺灣現代詩史》也表示：

> 一九五〇年左右出生的文學創作者，雖然相對他們的子女，仍是生於顛沛之際、長於廢墟之中，然而他們也直接承繼上一代的亂離記憶與墾拓精神。這批成熟於一九八〇年代的詩人，進入學院或媒體之後，對臺灣現代詩的教育與推廣、詩選的勃興、詩論的發展、文學獎的評審，多所貢獻。臺灣現代詩的多種題材與各種形式實驗，在一九八〇年代以後，大量破繭而出。他們或者成立詩社，當作行俠仗義的江湖，藉以對抗並涵泳共同的「父」：那曾經為他們拓展筋骨、滋潤血脈的「前現代」。[27]

於是，臺灣後現代詩在羅青、林燿德等人的推波助瀾下，[28]以及承襲自七〇年代

---

[24] 見本章引言處所引。

[25] 陳允元，〈問題化「後現代」：以八〇年代中期臺灣「後現代詩」的想像建構為觀察中心〉，《中外文學》42卷3期（2013.09），頁113。

[26] 陳芳明，《臺灣新文學史》，頁654。

[27] 鄭慧如，《臺灣現代詩史》，頁399。

[28] 譬如，林燿德曾將羅青〈一封關於訣別的訣別書〉（《自立晚報》，1985）視為「後現代主義的宣言詩」：「純就創作生命而言，這首詩可視為羅青文完成處女詩集《吃西瓜的方法》一書後，再度開拓新局的契機；就思潮發展而言，〈一〉詩則可視為臺灣『後現代主義』的宣言詩……。」見林燿德，〈不安海域：八〇年代前葉現代詩風潮試論〉，收於林燿德，《重組的星空：林燿德論評選》（臺北：業強，1991），頁38。

鄉土文學思潮的《臺灣詩》季刊、《春風》、《陽光小集》的改版，還有比較有後現代傾向的新興詩刊／社如「草根」的復刊、「四度空間」[29]，以及「象群」、「地平線」、「曼陀羅」等新興詩刊的創立，這也是林燿德稱之在八〇年代崛起的「第四代詩人」，一方面揚棄七〇年代的鄉土「寫實」、一方面又抵拒正典系統的「現代」：「八〇年代新世代絕非屬於『知性虛無』的一代，其創作的知性賦格與懷疑精神，實是針對『鄉愁』與『鄉疇』兩者所共有的『感性虛無』而提出的反動」[30]，後現代詩的出現其實就是為了抵抗現代主義世代（鄉愁）與鄉土文學世代（鄉疇）的感覺結構。

林燿德進一步總結八〇年代前期詩風潮的重要徵候：

> （1）在意識形態方面：政治取向的勃興
> （2）在主題意旨方面：多元思考的實踐
> （3）在資訊管道方面：傳播手法的更張
> （4）在內涵本質方面：都市精神的覺醒
> （5）在文化生態方面：第四世代的崛起[31]

廖咸浩也以為臺灣的後現代理論與創作除了承襲西方影響，也融入了自身特殊的社會條件，歸納臺灣八〇年代詩潮為「本土」與「後現代」兩大流脈，[32]並總結前者特色為（1）寫實取向成為主導，（2）「本土」的意涵更加明確，但也開始窄化，（3）微觀政治的勃興，（4）鄉村取向，（5）懷舊取向，（6）「臺語詩」領域擴大（「臺灣詩」的範圍縮小），（7）議題單一化[33]；而後者為：（1）反寫實主義，（2）國際取向，（3）宏觀政治取向，（4）都市取向，（5）未知／未來取向，（6）多語混雜，（7）多元議題[34]。

---

[29] 1986年，「四度空間」詩社的柯順隆（1960-）、陳克華（1961-）、林燿德、也駝（張嘉驊，1963-）、以及赫胥氏（林宏田，1964-）聯合出版《日出金色：四度空間五人集》，羅青的序文〈後現代狀況出現了〉，開篇即以社會驟變、世代遞嬗的方式正式宣告「第六代」詩人的來臨，預示了後現代主義與身分政治（文壇話語權與世代權力）的密切關係。

[30] 林燿德，〈不安海域：八〇年代前葉現代詩風潮試論〉，收於林燿德，《重組的星空：林燿德論評選》，頁43。

[31] 同上註，頁45。

[32] 林淇瀁（向陽）以為八〇年代本土詩與後現代詩兩條路線之爭，「簡單言之，就是糾結在主體性與認同課題之中得批判性對話。」見林淇瀁，〈長廊與地圖：臺灣新詩風潮的溯源與鳥瞰〉，《中外文學》28卷1期（1999.06），頁96。

[33] 廖咸浩，〈離散與聚焦之間——八十年代後現代詩與本土詩〉，收於文訊雜誌社編，《臺灣現代詩史論：臺灣現代詩史研討會實錄》（臺北：文訊，1996），頁438。

[34] 同上註，頁443。

林淇瀁（向陽）則是更為側重八〇年代黨外運動、政治體制轉型國族意識糾葛落實於新詩發展的影響。相較於廖咸浩突出「本土」與「後現代」，林淇瀁則以「政治詩」、「都市詩」、「臺語詩」、「後現代詩」與「大眾詩」[35]作為八〇年代詩風潮的主要特徵。林淇瀁更認為從〈草根宣言第二號〉強調的「心懷鄉土、獻身中國、放眼世界應為中國詩人共同的抱負」[36]來看，不能以出現「都市精神」倡議就聲稱八〇年代詩壇的「多元」，至少在解嚴前，異議的政治主張仍受到壓抑，因此，就八〇年代此一歷史時間的區間而言，「後現代主義的聲稱並沒有為詩、為文學帶來春天，『多元』而離散的議題以及『多元』而離散的書寫，終究只是書寫與議論罷了」[37]。

除林燿德、廖咸浩與林淇瀁，其他重要論者如孟樊認為後現代詩與八、九〇年代益趨多元化的社會形態相對應：「除了後現代詩、寫實詩，以及各式各樣的政治詩、社會詩、生態詩、都市詩……甚至是臺語詩，均一一擅場於詩壇，真可謂百家爭鳴、眾聲喧嘩」[38]。而張錯認為，八〇年代臺灣詩壇呈現出「中心解體：向心與離心的熱鬧喧嘩」以及「中心重整：現代與鄉土的溶匯組合」兩項特徵，並認為解嚴前得詩壇「不論個人或群體，鄉土或現代，解嚴前種種思潮爭論雖然在意識形態方面暗潮洶湧，表面上仍未碰觸到臺灣鄉土對抗大中國意識的敏感地帶」[39]等等。

二、「1987」以後：作為主體思考、「理念」的後現代詩

1987 年的解嚴，帶給臺灣社會種種過往被壓抑的話語，正式地得到釋放。話語／語境的相對開放，促使九〇年代的後現代詩呈現出「理念」傾向（conceptual tendency）的後現代性。與 1987 年解嚴以前作為「世代」反叛、「語言」的後現代詩不同，1987 年的解嚴，社會空間呈現的是「被壓抑的回返」，同志、情慾、本土、後殖民的「理念」，進入了臺灣後現代詩的意象操作之中。以兩本後現代詩的出版為代表範例：分別是陳克華《欠砍頭詩》與陳黎《島嶼邊緣》。前者，碰觸到情慾道德禁忌，後者則是涉及政治／本土的禁忌。

另外一個重要的社會物質條件的出現，即為資訊社會（information society）下的網際網路與「電子報告欄」（BBS），出現了為數不可勝數的文學網站、部落格、

---

[35] 林淇瀁，〈八〇年代臺灣現代詩風潮試論〉，《臺灣史料研究》9 期（1997.05），頁 114。

[36] 〈草根宣言第二號〉，《草根》復刊號（臺北：草根社，1985）。

[37] 林淇瀁，〈八〇年代臺灣現代詩風潮試論〉，《臺灣史料研究》9 期，頁 115。

[38] 孟樊，《當代臺灣新詩理論》（臺北：揚智，1995），頁 284。

[39] 張錯，〈抒情繼承：八十年代詩歌的延續與丕變〉，收於文訊雜誌社編，《臺灣現代詩史論：臺灣現代詩史研討會實錄》（臺北：文訊，1996），頁 411。

個人新聞臺，開啟了網路書寫的時代。既然「超連結」此以巨大、非歷史的超文本的後現狀況，需直到 1998（網際網路使用者突破 200 萬人）才發生，這以前標榜的後現代詩，只是「符號的遊戲」，而缺乏實際的社會、政治、經濟、文化條件作為基礎，[40] BBS、WWW 的普及，促成了臺灣網路文學的兩條發展主軸：「一是新文本（新文類）的出現；二是網路文學社群的重整」[41]。

蕭蕭也以為「……二十世紀的最後二十年，『電腦詩』出現，書寫習慣改變；『電子布告欄系統』流行，傳播習慣改變；『數位詩』風靡，思考模式、創作技巧改變；因此，二十世紀末期，詩社社刊已經不是詩學風潮的推湧者」[42]。因此，文學社群、詩人、傳播媒介與方式的重組與重構，造成「新生的文學社群利用網路去中心的影響力，挑戰以副刊為文化主導權（hegemony），吸納文學副刊守門人企劃編輯所排擠的作品，開設許多表空間，也和副刊形成一股較勁的現象，開展新興的文學傳播形態」[43]。

更值得關注的是，雖然本書未及處理數位詩、網路詩的興起與發展，但九〇年代不只是政治條件轉變（解嚴），連創作賴以存在與流通的「物質條件」（紙筆），也被「螢幕」與「鍵盤」所取代。以網路傳播為主要流通方式的九〇年代後現代詩，不能不注意個人化、文壇權力的去中心、結合動態影像與文字的多媒體（multimedia）與超連結（hyperlink）文本的出現導致表現機制的數位化（digitalization）等文學傳播現象，因此，分析九〇年代出現的臺灣後現代詩美學，及其話語形構與美學生產的機制，就不得不考慮上述新形態傳播方式介入了「書面」的後現代新詩文本，或是說，「書面」的後現代新詩文本，在某程度上，也反應或參與了新詩數位化建構的過程。

雖然，「後現代主義文學（postmodern literature）一詞的使用，並不是從臺灣社會內部醞釀出來，而是純粹從西方——特別是美國——輸進的舶來品」[44]，但臺灣後現代詩與理論的傳播，顯然是解嚴後的話語開放風氣與全球性資訊與身分流動的過程中，都會青年與中產知識份子「在地化」的認同政治。

如同陳允元：

---

[40] 林淇瀁，《書寫與拼圖：臺灣文學傳播現象研究》（臺北：麥田，2001），頁 204。

[41] 林淇瀁，《場域與景觀：臺灣文學傳播現象再探》（臺北：印刻，2014），頁 264。

[42] 蕭蕭，〈臺灣詩刊概述〉，《文訊》（文訊二十週年臺灣文學雜誌專號）213 期（2003.07），頁 73。

[43] 須文蔚，《臺灣文學傳播論》（臺北：二魚文化，2009），頁 106。

[44] 陳芳明，〈後現代或後殖民：戰後臺灣文學史的一個解釋〉，《後殖民臺灣：文學史論及其周邊》（臺北：麥田，2002），頁 24。

> 臺灣『後現代』的引介，與臺灣戰後世代在文壇的崛起有著密不可分的共生關係……當「後現代」的內涵為「新世代」稀釋、代換，它形成一種以「前衛」為名的「世代建構運動」、或「文體解放運動」。……理論的譯介與出版、學院的接受與再生產、以及後現代理論家來臺講學造成的話題性與周邊效應……等等。尤其理論的譯介與出版、以及學院的接受與再生產，更是促進後現代主義的理解與應用『深化』的主要推動力量。[45]

以此來看，以世代反叛為出發點的臺灣後現代詩，不見得是形成後現代「詩風潮」的絕對而唯一的要素。「後現代詩」得以形成「風潮」，並進一步形成顛覆前行代新詩典律的力量，除了得益於資本主義化、市場化、都市化與解嚴，在實質的詩集出版之外，也不能忽略學院的「加工」過程——理論的引入、譯介與出版，也有推波助瀾之功。

綜合上述，解嚴以降的九〇年代，是一個政治認同、族群身分、弱勢階層、邊緣／性別論述、文化語言展開「復權」的時代。其後現代詩除了充滿新世代詩人文化反叛的意味，也開始朝向一直引以為政治禁忌的「本土」碰觸。九〇年代則是解嚴後的黨禁、報禁解除與網際網路的快速發展，這個時期的詩人，全球化時代與言論解禁，導致話語空間瞬間被撐開到極大，為了處理自身的身分認同焦慮，開始以「本土」作為主導思維，結合前衛（現代、後現代）技巧，如此本土／前衛的碰撞與融合，在陳黎《島嶼邊緣》與向陽《亂》中，皆有充分的展演。

因此，臺灣八〇年代後現代詩的「本土」雖仍有「世代」的文化反叛立場，但仍是作為「世代」反叛、「語言」的後現代詩，其中展現出「形式」或「語言」遊戲的性質，亦在所難免，但這並非其真正、最終極的價值訴求。後文所論述的陳黎與向陽，作為主體思考、本土「理念」的後現代詩已然浮現，代表後現代的思維／技巧進一步「在地化」，最終與臺灣社會語境相互融合。

三、中國：對「再現理性」顛覆與瓦解的後現代

朦朧詩以後，多數於戰後出生、卻未及於加入朦朧詩潮流的中國第三代詩人，其本身崛起的過程喊出了「PASS 北島」的同時，已然顯露了鮮明的世代造反意識。「世代」不意謂生理年齡，而是一種突出自身文化殊異性的標誌，想當然爾，他們為尋求「造反」，必然也必須提出文化議程，也就是——新的詩觀與理論。而「第三

[45] 陳允元，〈問題化「後現代」：以八〇年代中期臺灣「後現代詩」的想像建構為觀察中心〉，《中外文學》42 卷 3 期（2013.09），頁 113-114。

代」詩人之所以「PASS 北島」，其背後深層的集體心理因素，就是對朦朧詩在現代主義或先鋒詩歌領域的「體制化」存在著個人式反叛。

這樣「個人式」的反叛，起源於對朦朧詩將自身形塑為一種「文化霸權」或「詩歌典律」的質疑。臧棣認為：

> 1983 年前後，儘管朦朧詩受到不公平的批評，但在為它辯護的批評中，它已被總結成一種關於中國現代詩歌的寫作範式。這意味著我們時代的寫作的可能性將要遭到一種源於朦朧詩的批評標準的檢驗。這是新一代詩人所難以容忍的。在他們的寫作意識深處，中國現代詩歌所面臨的寫作的可能性，遠遠未被充分地涉獵。[46]

而關於先鋒詩歌後現代性的起源，必須將中國特定的國族歷史與社會型態，及其衍生的文化心理考量進來。文革是中國面向人類文明進程所做的一次社會主義現代性的革命飛躍，弔詭之處在其極端化現代性話語與政治美學的運作（宏大革命社會圖像）之中，混雜著「非理性」的群眾精神、烏托邦式的公社狂想與對毛澤東的造神崇拜。既然朦朧詩是對於文革詩歌「非理性」精神過程的歷史理性話語，以及建立在此種歷史理性話語之上的個人「啟蒙」，因此，第三代詩人多數在文革期間雖仍是童年或青少年，但我們更不能忽略文革作為巨大的話語暴力，是如何鑲嵌在官方對「現代性」的意識形態藍圖之中，及其對第三代詩人集體心理的影響。

就是因為第三代詩人的文化心理，帶有對文革時期那類以社會主義「理性」外觀而帶來種種極端化話語暴力與人倫慘劇深自警惕，因此，他們不再如同朦朧詩人試圖在社會話語的總體面上執著於歷史理性的改造，而將寫作轉向「再現理性」（表述方式）的顛覆與瓦解，以一種來自語言本體（自身）的自覺，轉向以種種無法辨明意旨的言說方式，展現生存情境（現代性社會生活）的恐怖與荒誕。

多數第三代詩人認為語言的再現機制，早已無法負荷主體應對的當代生存情境的探勘與挖掘工作，因此第三代詩人的出現，起源於對「朦朧詩」關於「語言／再現－歷史／理性」此一內在心理機制的不信任甚至棄絕。如同楊小濱對中國先鋒文學之中「現代性」與「後現代性」之間關係的描述：

> 先鋒文學的「後現代性」正是那種「事後性」的體現：它是對從現代性那裡

---

[46] 臧棣，〈後朦朧詩：作為一種寫作的詩歌〉，《文藝爭鳴》1996 年 1 期（1996.01），頁 51。

> 獲得的精神創傷的延遲的激發，同時也是對現代性的話語壓抑的袪除。那麼，先鋒文學的「後現代」傾向並不表現在對現實災難的直接控訴，而是表現在對作為社會根基和文化形態的話語系統的揭示和顛覆。
>
> 在這樣的情形下，先鋒文學對再現理性的瓦解是必然的：正是無意識中的創傷的事實決定了直接再現這種創傷的不可能。事後性的觀念否決了主體的完整和自足，強調了再現的困境。因此，先鋒文學對現代性的穿透是通過對現代性話語即再現理性的變形的顯現來展示它的恐怖和荒誕的。[47]

楊小濱具體描述了第三代詩人的美學反動機制，也就是表現「再現的困境」或是「再現理性的變形」（美學後現代性），以穿透「朦朧詩」自以為「完整與自足」的美學現代性。因此，若落實到實際的歷史背景而言，對第三代詩人來說，朦朧詩雖說是告別「文革」、試圖在詩歌裡清除任何反革命的政治毒素，但進一步說，其也成了鄧小平「撥亂反正」、走向市場經濟體制的「共謀」。朦朧詩人那類宏大抒情、殉道者的崇高感（泛浪漫主義與理想主義的混合），蘊藏著特定政治倫理的內在要求與再現理性（泛啟蒙主義），這都是「第三代」詩人標舉「反崇高」、「反英雄」、「口語化」的藝術動機。因此，「具體地說，再現理性既不是被接受也不是被簡單地拋棄了，而是被徵引、誤用或戲擬（parody）了，現代性的功能卻由此失效」[48]。他們試圖掙脫《今天》－朦朧詩群的「啟蒙」意識形態構圖，轉向以「語感」建立的「內部倫理」，走向了後現代的道路。

另外，要論及「第三代」詩人及其社群的源起，及其文化「造反」行動，詩人徐敬亞於 1986 年組織、安徽《詩歌報》與《深圳青年報》合作推出的「中國詩壇 1986'現代詩群體大展」，六十餘個詩社與流派參與了這次的集結活動，被視為中國「第三代詩人」的正式現身詩壇的開始，徐敬亞與孟浪、曹長青、呂貴品共同編輯並出版的《中國現代主義詩群大觀：1986－1988》則被視為此一指標性詩歌事件的歷程紀錄與成果展演。「大展」以極其集體爆破的姿態，讓「第三代」正式成為公眾視野的焦點，在社會公共論域產生了廣泛的影響力。

陳旭光認為「這種『博覽會』式的『大展』方式及其表現出來的詩歌發展姿態，本身就是一幅典型的『後現代』拼貼場景，表現出的正是代表著現代主義在中國的恢復和發展到頂峰的『朦朧詩・北京』中心崩潰以後零散化、平面化的『後現代』

---

47 楊小濱，《歷史與修辭》（蘭州：敦煌文藝出版社，1999），頁 13。

48 同上註，頁 14。

景觀」[49]。而徐敬亞以為：

> 語言這套『強制的牌』——在八十年代中期文化探索高潮的熏風中，被詩人們第一次自覺地亮出來。貴族和英雄氣息漸次消褪，代替它的是冷態的生命體驗。這使朦朧詩中疙疙瘩瘩的、飽含深刻的意象群紛紛融化。語言被詩人高度親近、高度敵對。『反意象』的結果，是詩又一次打破了纏足——在藝術上，現代詩突破了朦朧詩僅達到過的後期象徵主義疆界，進入了二十世紀中下葉世界藝術的戰後水準；對於新詩自身來說更是進一步靠近並發展了現代漢語。[50]

「現代漢語」的開展，自此由「第三代詩人」接棒。從詩史與流派史的觀點而言，李騫推估第三代詩人的「世代集體感覺結構」的生成：「朦朧詩人的懷疑是建立在傷痕累累的人生之上，而『新生代』詩人絕大部分沒有這種痛苦的『歷史』可以反抗」[51]。敬文東有這樣的觀察：「自 20 世紀 80 年代以來，漢語詩歌所構造的諸多語境，都有某種掙脫事境引力以求失重飛升的欲望」[52]，所謂「掙脫事境引力以求失重飛升」，意謂朦朧詩為承擔歷史的重力，導致「語言」淪為啟蒙意識的「工具」，因此，必須「放逐」深刻狹持語言的「啟蒙」，才能掙脫講究意象深度與思想展示的語言慣性與事境引力。或如霍俊明，指稱第三代詩超越了「後期象徵主義」階段，與世界詩潮同步：「『反意象』的結果，是詩又一次打破了纏足——在藝術上，現代詩突破了朦朧詩僅達到過的後期象徵主義疆界，進入了二十世紀中下葉世界藝術的戰後水準，對於新詩自身來說是更進一步靠近並發展了現代漢語」[53]。

在社群結構方面，第三代詩流派紛呈、「團伙」主義盛行，詩學主張更是進入「群雄割據」的歷史時期。在詩歌版圖的「地緣政治」上，抒情／啟蒙的朦朧詩在「北京」之後，詩歌重心轉移到了「南方」的上海（「撒嬌」）與南京（「他們」）之外，更重要的是「四川」。光是在「四川」一省，就誕生了融會中西詩學傳統的「整體主義」（石光華、宋渠、宋煒等）、「漢詩」傾向的「新傳統主義」（廖亦武、歐陽

---

[49] 陳旭光，〈「第三代詩歌」與「後現代主義」〉，收於張濤編，《第三代詩歌研究資料》（南昌：百花洲文藝出版社，2017），頁 2。

[50] 徐敬亞、孟浪、曹長青、呂貴品編，《中國現代主義詩群體大觀：1986-1988》（上海：同濟大學出版社，1988），頁 2。

[51] 李騫，《20 世紀中國新詩流派研究》（北京：中國社會科學出版社，2012），頁 315。

[52] 敬文東，《詩歌在解構的日子裡》（北京：北京大學出版社，2008），頁 27。

[53] 霍俊明，〈詩歌語言：特殊話語的頓挫與飛揚〉，《詩刊》2005 年 5 期，頁 61。

江河等)，以及具備「後現代主義」傾向的「非非」(周倫佑、藍馬、楊黎等)、「莽漢」(李亞偉、萬夏、馬松、胡冬等) 等新興詩歌流派。

徐敬亞更論及「這是一個繼五四、朦朧詩兩大破壞過程的繼續，它終於使現代詩與中國語言在總體上達到了同構、一致與融合，造成了幾十年來詩的最舒展時期。這一時期，詩的重心自北向南轉移。詩在內在精氣，由北方的理性轉換成南方的感性乃至悟性」[54]。「南方」得以在遠離「北京」此一政治軸心的文化圈、鬆脫了國族集體意志之文化表達意念的逼迫，詩歌得以進入了更為本質、身體、各類語言「可能性」的探索，這或許是第三代詩人崛起的「精神地緣」。因此，「相對於『首善之區』在朦朧詩時期形成的對政治、大事物的關注，南方的『日常生活』，特別是巴蜀『滲透了神祕巫術的地貌』……，以及它的敏感、潮濕、細節、陰影、內向性、頹廢……，提供了推動這場『運動』續『飛行』的新的（當然並非唯一的）想像力」[55]。

陳超認為僅從「修辭效果」與「文本結構」認第三代詩有失精確，認為必須從「詩人的生命方式以及支配著這種方式的對生存實在的理解」[56]來把握，比較能抓住要旨。陳超於是詳列了一系列「關鍵詞」的表解：

北島們
傳統道德人格教育、整體性
貝多芬、魯迅、批判現實主義小說、象徵派詩、存在主義
介入的、熱態的、憤怒的
易感的、警句式的、內凝的、自律式、隱喻－象徵
以上總體表現為民族生存憂患感
宏偉敘述的、英雄主義的、歷史感
集團意識、思考的深刻
自我戲劇化、崇高感
菁英主義的遠大精神目的
理性背景下的懷疑、相對，「普渡眾生」
結論：承認生存的異化的前提下尋求改變它的可能

第三代

[54] 徐敬亞、孟浪、曹長青、呂貴品編，《中國現代主義詩群體大觀：1986-1988》，頁 3。
[55] 洪子誠、劉登翰，《中國當代新詩史》，頁 211-212。
[56] 陳超，《打開詩的漂流瓶——現代詩研究論集》（河北：河北教育出版社，2003），頁 276。

不完整現代人格教育、個體性、非文化
搖滾音樂、垮掉文學、後現代主義、迪斯科、時裝文化、廣告文化
局外的、冷態的、嘲謔的、慾望化、口語化書寫
以上總體表現為人共同的處境
稗史敘述的、尷尬而自嘲的、平面感
個體意識、生命的深刻、非崇高
自我祛魅、自我毀滅
反對精神等級制、差異性的自我心理結構
清醒實用的個人主義、自我拯救
結論：承認生存的異化的前提下如何反諷地對待它[57]

以上，大體可以體現「朦朧詩」到「第三代詩」的審美轉向與過渡，及兩者之間在美學特質上的差異。無庸置疑，朦朧詩是一種在「知識－權力」框架裡的寫作，其抒情語言的背後仍帶有意識形態幻覺與宏大敘事的意圖。朦朧詩基於對主體性與語言再現機制的肯定與確信，依循傳統象徵主義的意象深掘技巧。到了第三代詩，基於對自身「存在之整體狀態」感受的崩塌、個人感性的破碎，不信任以象徵秩序撐起整體世界的法則、不信任主體感知與歷史，如此體現出班雅明（Walter Benjamin）據以作為「廢墟」（ruin）表徵的巴洛克「寓言」（allegory）：「寓言之於思想領域，猶如廢墟之於事物領域」[58]，體現出一種對目的論的、總體化傾向的宏大抒情詩體的拒絕，這樣可以歸屬於後期象徵主義——充滿對語言的後設思考的「反抒情」，背後總是充滿對歷史與現實災難的預示、清醒地知覺到如何以精神分裂的語言，為詩歌語言界域內部總體化的迷戀意識祛魅。如此，也正是楊小濱將八〇年代中後期的「後朦朧詩」，命名為「劫難的寓言」的原因：

（後朦朧詩）反抒情不是對個體性的回歸，而是對個體性消失或解體的自我意識。這就是當代詩歌的寓言的起源：對象徵美學的偏離體現了抒情與現實的不和諧（而不是意象與情感的絕對契合），並以此指向了歷史暴力對個體感性的侵蝕。因此，後朦朧詩對未來災難的寓言式呈現首先是對詩歌中象徵體系的瓦解。[59]

---

[57] 同上註，頁 276-277。

[58] Benjamin, Walter. tr. by Osborne, John. *The Origin of German Tragic Drama* (Lodon. NewYork: Verso, 1997)., pp. 178.

[59] 楊小濱，〈劫難的寓言：八十年代後期的後朦朧詩〉，《傾向：文學人文季刊》12 期（1999.01），頁 374。

於是，相較於朦朧詩的「崇高」美學（向上運動），楊小濱宣稱第三代詩「語言」的「崩潰」美學（向下運動）：

> 在先鋒詩歌中，語言崩潰了。異化的語言、反語言，是先鋒詩歌最顯著的外在標誌。先鋒詩歌使日常語言失敗，也使傳統意義上的詩的語言失敗。「崩潰」意味著語言通過它的廢墟的形式同時也使他所指涉的對象世界成為廢墟。這是對客體世界的非烏托邦和偽烏托邦性質的最淒厲的控訴。……通過主動的、形式化的毀滅性語言說出並滌蕩了腐朽、罪惡和荒誕等等，一次勇敢的向下的沉淪蘊蓄著向上的解放的最大可能。[60]

楊小濱〈崩潰的詩群〉一文指出「後朦朧詩」範疇內的先鋒詩歌，其從人造的抒情／啟蒙／理性話語中「崩潰」，由於語言指涉功能的失效，使得堂皇的象徵宮殿淪為「廢墟」，此「勇敢的向下的沉淪」不但是九〇年代以後身體詩（下半身）的開端，「蘊蓄著向上的解放的最大可能」也指向個體解放構圖不在意識，而指向從「語言」的本體深處釋放。

第三代詩人站在朦朧詩人所確立了文化基礎：「個體主體性的逐漸豎立」、「對詩歌肌質的進一步強調」、「對跨文化語境西方現代詩的傾心關注」之上，[61]在一個一元化價值訴求遭到朦朧詩解構後的年代，開展出茂盛的詩歌雙翼：「趨向個人自由、感性動力、精神超越」與「趨向現代理性、終極關懷、承擔、神性」，[62]陳超更認為，兩者在在意識背景上，個體生命體驗高於任何形式的集體精神順役體制，語言態度上……完成了語言在詩歌中目的性的轉換。語言不在是單純的意義容器，而是詩人生命體驗中唯一的事實。[63]陳超揭示的是，第三代詩雖說是對朦朧詩的顛覆與超越，但也不可忽略的是，在「個人自由」與「現代理性」兩個價值趨向，朦朧詩為「後朦朧」（第三代詩）打下了集體文化心理基礎。

因此，朦朧詩奠定的集體文化心理基調，成為了第三代詩人主要的影響焦慮。如同張桃洲對中國當代詩歌的「手藝／技術」系譜的分析：「倘若說朦朧詩恢復和拓展了象徵、比喻、通感等修辭手法的運用，同時在美學上肯定了技藝、形式的合法性——誠然，其形式探索不是為了抵達一種純粹的詩學，而是試圖以形式勾聯歷

---

[60] 楊小濱，〈崩潰的詩群——當今先鋒詩歌的語言與姿態〉，《語言的放逐：楊小濱詩學短論與對話》（臺北：釀出版，2012），頁 70-71。

[61] 陳超，〈編選者序〉，《以夢為馬・新生代詩卷》，頁 2。

[62] 同上註。

[63] 同上註。

史、現實主題；那麼在『後朦朧詩』或『第三代詩』那裡，詩歌的技藝、形式則獲得了本體性地位，而且漸漸走向了孤立，因為第三代詩人開始將寫作的主題從歷史、現實的領地收束，回到感性生命和寫作本身，並急劇地凸顯了語言的功能」[64]。

在此，第三代詩人急欲表明，當讀者閱讀一首詩時，驚覺其語言的呈示不再「異常」，當歷史不再傷痕而時間不再具有重量，當意象與隱喻不再有驚詫與歧義，當我們對文本的理解不需要再追逐與撿拾符號的「蹤跡」（trace）、而蹤跡可以不需依賴語義結構而自行生產時，一種新的美學轉向就此生成了。詩語言的形式、功能、技巧、表達方式等「致用」命題，參與了詩本體論的當代建構：詩應該往何處去、詩的觀念該如何革新、語言該怎麼表現等等關於詩的本質與內涵的應然與必然。第三代詩人為詩歌與現實之間，畫出了一道「藝術倫理」的界線，屏棄現實的羈絆，回歸「語言」自身。

第三節　臺灣：從世代／語言的後現代到主體／理念的後現代

臺灣的後現代詩向來「都市性」（urbanity）濃厚。「都市」此一資本、人際與訊息快速流動的生存空間，及其文化場域裡亦強調高速流通特性如物質、影像、聲音等運作上的「媒介」特質，往往難以被特定的政治力量或意識形態定性。因此，即使八〇年代的臺灣尚未進入多媒體與大數據的全球化，但是阿帕度萊（Arjun Appadurai）所謂「各種全球流動（「景觀」：族群、媒體、科技、財經、意識形態）間的極端裂散，以及因這裂散或從這裂散中創造出來的不確定地景」[65]早已展開，再加作為臺灣重要政治與社會轉型上 1987 年解嚴與各種形式的社會運動、環保運動、學生運動，政治威權的解體、社會階層的重組與民間社會力的蓬勃，是臺灣「後現代詩」得以迅速發展的外部社會條件。

「都市詩」此一文類的開山祖羅門在〈都市與都市詩〉中認為，都市高度的物質、機械文明與資訊、人員往來流動性的迅速，為「都市詩」帶來「『實在性』、『實知性』與『設造性』的間架式空間型態」（空間性），以及「迫使語言運作的『速度感』與『行動性』的加強」[66]。在人面對都市時空之中「空間擴張、時間收縮」的存在特性，羅門更認為，如此的時空劇烈變幻生存情境導致「都市詩」出現了表現材質與方式的「多元化」、生活事件與經驗的「現場感」，以及語言上不得不偏向「生

---

[64] 張桃洲，〈詩人的「手藝」——一個當代詩學觀念的譜系〉，《文學評論》2019 年 3 期，頁 180-181。

[65] 阿君‧阿帕度萊（Arjun Appadurai）著，鄭義愷譯，《消失的現代性：全球化的文化向度》（臺北：群學，2009），頁 60。

[66] 羅門，〈都市與都市詩〉，收於羅門，《羅門創作大系‧卷二》（臺北：文史哲，1995），頁 44-45。

活化」與「行動性」。

因此，「『都市詩』顯然較其他類型的詩更有利去強調創作的『前衛性』與『新創性』」。[67]張漢良以為「臺灣的都市詩，與其說是『正文裡的都市／都市裡的正文』（the city in the text/the text in the city）的辯證，毋寧說是『正文作為都市／都市作為正文』（the text as city/the city as text）的辯證。使這種辯證關係成立的，主要的是都市符號與詩符號的符碼轉移（transcoding）」[68]，從張漢良的見解來看，「都市」不再是「文本」的再現意義而已，「都市」無疑是臺灣詩人重要甚至是唯一的主體意識空間與感覺結構，是其開啟文化表徵行為的精神載體。

八、九〇年代的臺灣後現代詩，作為創作思維，後現代詩是去中心、抵抗主流話語與文化霸權的文化載體。而作為表現手法，後現代詩則是提供了激進、前衛的形式實驗等資源，以達到破壞前行美學典律的目的。這樣來看，除了前言提及的後現代主義與身分政治（文壇話語權與世代權力）的密切關係，後現代詩其實是在空間（都市、本土）／文體（語言、情色、科幻）／世代（戰後新世代）之間，不斷折衝與協商的美學。

以下，將從（一）「羅青：『錄影鏡頭的後現代』」、（二）夏宇：即興式語言表演的後現代」、（三）「林燿德：『世代』為思想、『都市』為媒介的後現代」、（四）「陳克華：官能／身體／情色的後現代」、（五）「陳黎：本土／前衛融合的後現代」，以及（六）「向陽：演繹『複數本土」觀念的後現代」，依序論述：

一、羅青：「錄影鏡頭」的後現代

論及羅青的後現代詩，首先必須提及其於 1980 年代的《錄影詩學》。其「錄影詩學」的提出，除了在〈天淨沙〉、〈野渡無人舟自橫〉等「對古典下手」的文本之外，也在書中「卷六」的〈一首有關格律觀念的格律詩〉、〈一封關於訣別的訣別書〉、〈多次觀滄海後再觀滄海〉等較具有後現代意味的作品。如同林燿德，羅青的《錄影詩學》〈錄影詩學宣言〉和後記〈錄影詩學之理論基礎〉理論／創作並行，企圖在現代詩的文類中，開拓、建構新的形式與內涵的野心。

除了孟樊為後現代「正名」之鴻文〈臺灣後現代詩的理論與實際〉，作為羅青後現代詩重要的理論後援〈詩與後工業社會：「後現代狀況」出現了〉一文，標誌其作為對抗現代主義典律的後現代詩，其外在物質與文化基礎是「資訊化後工業社會」，也就是「後工業社會的『重組複製及傳播』能力，使得現代主義封閉系統中的各種

[67] 同上註，頁 45-47。
[68] 張漢良，〈都市詩言談——臺灣的例子〉，《當代》32 期（1982.12），頁 43。

密碼，完全遭到破解，迅速地被其他系統吸收轉化，並加以再傳播再利用。因此，現代主義的整體歷史感，被瓦解成個別的並時系統，空間透視感完全被平面化了，文化相互混雜、並置、分割又重組，歸類之後，又重新混同」[69]，於是後現代詩的演出，就是「詩」此一文類的語言與形式，與「資訊符碼」的互動與融合，因此「『後現代主義』最大的特色，在於將所有的藝術類型，都分解成最小的『資訊單位』，可以無限制的相互流通重組」[70]。

從理論面來看，所謂「錄影詩學」就是中國傳統詩畫裡將時空經驗的錯置與對位，就是「手卷思考」與「散點透視」[71]。「錄影詩」就是「可以動用所有與錄影相關的機器語言技巧及思考模式；但同時，也可以保存相當地傳統語言手法」[72]，以及「如何使機器思考的方式加入中國語言，豐富其思考模式的內涵，是錄影詩學的重要目的」[73]。

林燿德認為：

> 所謂的錄影詩學，並不僅僅放置在將現代詩製作成錄影帶的考慮上，羅青的真正意旨，在於將電影的技巧、構成和美學觀點有機地溶入詩的形式和結構中，使得語言的抽象記號和影像的具體記號建立聯盟的關係，在如許前提下，所謂「錄影詩」不但能成夠成為一種獨立運作的文類，還可以適時結合大眾化的錄影文化，為現代詩攻伐下一塊新的殖民地。[74]

林燿德強調的是電影的鏡頭語言，若能有效融入主觀人為的新詩形式與結構之中，將能夠達到新詩形式的革新，突破「現代詩的三大類型（分行詩、分段詩與圖像詩），呈露現代詩形式上的新風貌」[75]，而前衛的「新詩」與大眾的「錄影」之間，也就是「高度藝術性及通俗大眾性的兩難命題，闢一有折衷可能的路徑」[76]。

而孟樊則是將《錄影詩學》視為「臺灣後現代詩重鎮的表徵」，認為《錄影詩學》「解放了錄影詩（如〈天淨沙〉）、科幻詩（如〈野渡無人舟自橫〉，亦為錄影詩）、打油詩（如〈石榴・石榴〉）、魔幻寫實詩（如〈畢業〉）、生態詩（如〈紅尾伯勞〉）、

---

[69] 羅青，〈詩與後工業社會：「後現代狀況」出現了〉，《詩人之燈》（臺北：三民，1988），頁 241。

[70] 羅青，〈詩與資訊時代：後現代式的演出〉，同上註，頁 254。

[71] 羅青，〈後記：錄影詩學之理論基礎〉，《錄影詩學》（臺北：書林，1988），頁 266-273。

[72] 同上註，頁 274。

[73] 同上註。

[74] 林燿德，〈前衛海域的旗艦——有關羅青及其「錄影詩學」〉，《一九四九以後》，頁 4。

[75] 同上註，頁 4-5。

[76] 同上註，頁 5。

圖像詩（如〈葫蘆歌〉）、後設詩（如〈多次觀滄海之後再觀滄海〉）等具後現代精神的類型詩」[77]，孟樊更為在意的是經由錄影「鏡頭」調度的新詩「語言」，如何在形式與內容上，真正與後現代的核心精神相聯繫。

〈天淨沙〉

小　橋：鏡頭由昏鴨的骨架
移到工程的鷹架
再移到結構複雜的鋼架
鏡頭拉開
一組四通八達的人行路橋
赫然在目
特寫「保密防諜，人人有責」
特寫「蜂蜜香皂，彩蝶褲襪」
特寫「服兵役是國民最光榮的義務」
特寫「新版出國移民辦法大全發售」
特寫「團結奮鬥，謹防分化」
特寫「亂鳴喇叭，罰九佰元」
橋上人擠人（有扒手在活動）
路標一「總統府方向」
路標二「中興橋方向」
路標三「大中華戲院方向」
路標四「大世界劇場方向」
遠處（不良少年在相互鬥毆）
電動字幕上出現
板橋方面嚴重塞車堵車
士林方向交通號誌失靈
往三峽方向的臺灣汽車客運
在建國南北高架橋上拋錨[78]

---

[77] 孟樊，《臺灣後現代詩的理論與實際》，頁 51。
[78] 羅青，〈天淨沙〉，《錄影詩學》，頁 19-20。

這首諧擬馬致遠經典文本的〈天淨沙〉，如同中國的「他們」詩群，在「解崇高」的面向上，「口語化」與「平視」鏡頭當然是必要的話語及觀看策略。但這首詩裡，仍可以見到臺灣詩人羅青獨有的後現代詩法：「大量以客觀的、技術性的鏡頭語言，將現代人文現象加以選景、剪接、組合、排列，而表達出詩人所企圖傳遞出來的訊息」[79]。經過客觀視角揀選、裁切後的「鏡頭」，顯現在錄影鏡頭的調度方式（微觀視角）上，以此對總體話語、政治威權與社會現況（巨觀現實）進行尖刻的諷刺。

很明顯的，詩裡有宏觀的遠景（鏡頭拉開／一組四通八達的人行路橋），也有微觀的近景（特寫「保密防諜，人人有責」），整座臺北城在政治威權的籠罩下，商業消費、社會治安、交通壅塞等「現象」並陳，這是一種以客觀攝影鏡頭對時代社會做出諷喻的手法。

〈野渡無人舟自橫〉則是將唐代韋應物的〈滁州西澗〉帶向科幻空間的想像：

太空船與太空船之間
相互感應著各種電訊
發射自
各種不同型號的
電腦（特寫）「方舟一號控制中心」
機器人（特寫）「方舟二號船長室」
特寫所有的哺乳動物靈長類在零下一
〇〇〇度的冷藏中安眠（淡出）
「無夢睡眠自動實驗檢驗器」裝置在
冷凍庫鋼門的右側　螢光幕上顯示出
「一千年後醒來」的指示
鋼門左側「實驗結果欄」中　一片空白[80]

林燿德認為「科幻詩可以脫離敘事格式的局限，而如〈野〉詩一般，僅僅以不做任何主觀詮釋的觀眼，冷靜地掃描這些非敘事性的道具和佈景」[81]。我認為〈野渡〉將主觀情感與意象修辭法全數驅除，此極端的「客觀」視角與「科幻」佈景，恰好構成了〈野渡〉作為一首後現代詩的重要特徵。羅青將「野渡」的文人隨緣自然的

---

[79] 林燿德，〈前衛海域的旗艦——有關羅青及其「錄影詩學」〉，《一九四九以後》，頁 8。

[80] 羅青，〈野渡無人舟自橫〉，《錄影詩學》，頁 31。

[81] 林燿德，〈前衛海域的旗艦——有關羅青及其「錄影詩學」〉，《一九四九以後》，頁 11。

書畫美學意境，架設在一個未知、冰冷、充滿控制指令與實驗儀器的太空艙中。「野渡」溢出了中國書畫傳統的意境，也溢出了現代主義切入古典與歷史的想像界域，標誌著「另類」、「異質」的科幻空間，除了是其「錄影詩學」的操作性空間展演，也是標誌其「新世代」新詩美學特質的「刻意取材」傾向。

〈一封關於訣別的訣別書〉

卿卿如晤：
提起筆
就想給你寫信
抓起一張紙
三行兩行的
一寫就寫到了
這裡
既然寫到了這裡
也只有寫到
這裡了
就此打住
敬祝
平安愉快[82]

被林燿德視之為臺灣後現代主義「宣言詩」的〈一封關於訣別的訣別書〉，具備了鮮明的解構與後設的特徵。林燿德進一步解釋：「所謂『訣別』實係朝向『現代主義』訣別，而題目中強調『關於訣別』，看似取巧、無聊的贅言，但配合內文中『後設陳述』及『後後設陳述』的層疊設計，點出作者意在嘲弄傳統創作方法論以及詩評的俳諧文體」[83]。我認為，不論是個人還是集體的「訣別」，「訣別」是古典詩學以至現代主義寫手們重要的「抒情」客體，也不論是在實境還是想像上的「訣別」，回盼、瞻望與凝視「客體」都是必須的，而「客體」總是在主體的極權化的想像界域之中，「客體」的感知受到了主體「抒情」話語單向度的壓迫。因此，這首詩在「就

[82] 羅青，〈一封關於訣別的訣別書〉，《錄影詩學》，頁 254。
[83] 林燿德，〈不安海域：八〇年代前葉現代詩風潮試論〉，收於林燿德，《重組的星空：林燿德論評選》，頁 38。

此打住」以後，刻意以「敬祝／平安愉快」作結，主體自行截斷了作為。

其後，被余光中譽為「新現代詩的起點」[84]，也是林燿德稱之「開拓了全新的語言思考模式，一種知性與多元化觀測角度的表現手法誕生了」[85]的《吃西瓜的方法》。其中，〈吃西瓜的六種方法〉，實際上並非一般常態認知的只寫了五種，第六種其實蘊藏在第一種之中：

第二種　西瓜的版圖

如果我們敲破了一個西瓜
那純粹是為了，嫉妒
敲破西瓜就等於敲碎一個圓圓的夜
就等於敲落了所有的，星，星
敲爛了一個完整的宇宙

而其結果，卻總使我們更加
嫉妒，因為這樣一來
隕石和瓜子的關係，瓜子和宇宙的交情
又將會更清楚，更尖銳的
重新撞入我們的，版圖

第一種　吃了再說[86]

詩人自言「……那未說明的一種，便是留給讀者去自己體會補充」[87]，若將第一種「吃了再說」履行，當然亦可以轉化出更多可能的「方法」，作為一首後現代詩，納入了「讀者參與」的要素。另外，第二種的「隕石和瓜子」、「瓜子和宇宙」，亦同其他各類「方法」，皆充滿共時性、轉喻式的聯想，而非現代主義歷時性、隱喻式的考古。

從「錄影詩學」的客觀攝影鏡頭，展現對時代社會做出諷喻的手法，到《吃西

[84] 余光中，〈新現代詩的起點——羅青的「吃西瓜的方法」讀後〉，收於張漢良、孟樊編，《現代詩導讀·批評篇》（臺北：故鄉出版社，1979），頁 409。

[85] 林燿德，〈前衛海域的旗艦——有關羅青及其「錄影詩學」〉，《一九四九以後》，頁 2。

[86] 羅青，〈吃西瓜的六種方法〉，《吃西瓜的方法》（臺北：麥田，2002），頁 188-189。

[87] 羅青，〈三十週年紀念版後記〉，同上註，頁 268。

瓜的方法》的開放文本、刻意與現代主義美學典律保持距離，皆可以見到羅青試圖掙脫現存創作範式——現代與寫實的痕跡。從詩史上看，羅青的後現代詩雖沒有像林燿德、夏宇、陳黎等在技巧上大開大闔，但卻是臺灣新詩走向「後現代」的開端。如同蕭蕭評其詩作的「嬉戲的本質與特性」[88]，羅青的詩經由錄影鏡頭開創了新的書寫方式，以及其嬉戲、不可定位與歸類的特質，是一個世代的先行者。

二、夏宇：即興式語言表演的後現代

在臺灣八〇年代的詩壇，夏宇對語言的「邏各斯中心主義（logocentrism）進行極端激烈的本體解構與後設實驗，堪為異數。「能指（signifier）」與「所指（signified）」的穩固結構，早已在德希達拆解意義／形式、靈魂／肉體、言語／文字的過程中，業已解體。因為「延異是起源的，這同時抹去了現今起源的神話」[89]，於是所謂「……延異，是一個經濟概念，它指向了差異／遞延（differing/ deferring）的生產」[90]。

以此來看，「文本」就是在意義和詞語在不斷的「延異」作用中，不斷差異、散播、延宕的「蹤跡」（trace）。夏宇〈失蹤的象〉、〈降靈會III〉等詩，或肢解詩的分行形式，或肢解漢字形體，透過對於新詩形式與理解模式的破壞，不穩定甚至破碎的表意鍊（signifying chain），指向語言／言語「在場」及其背後文化歷史意識的絕對顛覆，而其無意識拼貼、諧擬、反諷與嬉戲，其對古典、結構、現代的深度嘲諷的背後，是有強烈的美學自覺的。

現代主義界域裡，兩岸詩人對透過啟蒙（中國）與抒情（臺灣）的感覺結構，或透過非理性、潛意識、精神分裂的語言，尋找自身的文化身分，對於消逝的時間性（傳統、文明、歷史），具有強烈的追索與反芻的情結。但到了後現代界域裡林燿德的都市詩、陳克華的情色詩、羅青的錄影詩，除了以局部性與世俗性的感知（身體、科幻、都市）取代了對深層文化／歷史結構的執著與迷戀，我認為夏宇相較於前三者更為重要的美學特徵在於——對於自我表達與語言邏輯不斷質疑的後設思維。因此，若說「確證自我」的方式，林燿德的標榜「都市」與「世代」，陳克華的標榜「身體」與「情色」，亦相較於中國「非非」的反文化、「莽漢」的玩世不恭、「他們」的語言還原，皆標榜「去中心」的同時，卻辯證性地陷入對歷史先驗意識上本質／根源的誤區，而夏宇，她的文本每每警覺於漢字所再現的「形而上」世界的壓抑，而能夠不陷入以「拒絕」、「抵抗」的二元對立姿態「言說」，可以說，夏宇

[88] 蕭蕭，〈後現代主義的臺灣論述——羅青論〉，《國文學報》10 期（2005.06），頁 127。

[89] Derrida, Jacques. tr. Bass., Alan. *Writing and difference* (London: Routledge, 2001)., pp.255.

[90] Derrida, Jacques. tr. Spivak, Gayatri. *Of Grammatology* (Baltimore: Johns Hopkins University Press, 2016)., pp.379.

才是真正履行德希達解構藍圖的後現代詩人。

夏宇的後現代詩，向來不是「反」政治，而是「非」政治的。這與美國詩人艾許貝瑞（John Ashbery）及語言詩（language poetry）有異曲同工之妙。在兩者美學的承繼、呼應與比較研究上，孟樊著力甚身。[91]孟樊認為「美國語言詩之具有超前衛的後現代特質，臺灣的語言詩亦可說是——後現代詩中的後現代，換言之，它是最狹義的後現代詩，最能凸顯後現代詩中那種種顛覆、瓦解及革命的味道」[92]。

論述夏宇「狹義」後現代詩的開端以前，不得不先回顧〈連連看〉：

信封　　圖釘
自由　　磁鐵
人行道　　五樓
手電筒　　鼓
方法　　笑
鉛字　　□□
著　　無邪的
寶藍　　挖[93]

孟樊更認為〈連連看〉「上下欄之間難以找出完全可以契合或對應的組合，致使參與遊戲的讀者最終尋繹不出確切的答案，是一種完全開放的形式」[94]，「連連看」的文字嬉戲及參與式建構，導向「能指－所指－文本」連續性與系統性的解放與發散，作為創作主體不再恪守文字意象的「肌肉鍛鍊」，也不乞靈於古典、傳統、歷史去尋找存在本質被揭示的資源與靈感，只是讓讀者在物件選項的聯繫中，讓物件回歸自身的屬性。相較於韓東、于堅的「解構崇高」、「回歸日常」、「拒絕隱喻」，夏宇顯然也是拒絕隱喻，但想像即興、無意義的遊戲意味更為濃厚。

許多現代主義詩歌的宏大主題，比如戰爭、死亡、愛情，在夏宇的詩裡，時常被降格為瑣碎的日常。如同中國後現代詩人普遍的口語化傾向，這樣的瑣碎，卻不代表「無意義」與「平庸」，尋常的「口語」的使用，目的在消解文化、歷史、民族帶給寫作的精神負荷，而在日常中提煉不同感覺向度的詩意。因此，如同〈愛情〉：「為蛀牙寫的／一首詩，很／短／唸給你聽：／「拔掉了還／疼　一種／空／洞的

91　孟樊，〈夏宇的後現代語言詩〉，《中外文學》38 卷 2 期（2009.06），頁 197-227。

92　孟樊，《臺灣後現代詩的理論與實際》，頁 228。

93　夏宇，〈連連看〉，《備忘錄》，（臺北：作者自印，1986），頁 27。

94　孟樊，《臺灣後現代詩的理論與實際》，頁 58。

疼。」／就是／只是／這樣，很／短／／彷彿／愛情」[95]。「愛情」的分合聚散如同「拔牙」後「空洞」的「疼」，巨大的歷史與文化布幕不再，夏宇的後現代詩是對微觀世界裡的生命，進行精準的詞語調度。

又如同〈神祕經驗〉：

舊毛衣擺在椅背上
眼鏡摘下來
低頭
跟我一樣
安靜沉默
吃著一顆煮熟的蛋

不同的
你加了鹽
我沒有

一顆煮熟的蛋
如你我
安靜沉默
如果
孵了一隻鴕鳥出來

很難講
這中間
充滿疑惑[96]

既然是「神祕經驗」，那就是必須要經驗某種溢出生命實體能夠被觸及範疇之外的神啟或靈示。但顯然，這首詩與宗教的「神祕經驗」無關，而是將之放置在「我」與「你」的相對位置上。「你」吃著煮熟的蛋，兩人靜默無語的氛圍中，能夠生產出怎樣的「神祕經驗」？我們容易為「人際關係」設定一個端點或狀態的描述，彷彿

[95] 夏宇，〈愛情〉，《備忘錄》，頁 22-23。

[96] 夏宇，〈神祕經驗〉，《備忘錄》，頁 43-45。

所有的感情敘事都得朝向這個端點或狀態去作用，而夏宇的情感敘事姿態向來不抱有任何對端點或狀態的陳述，而是經由「神祕經驗」的隨興語法，阻擋了「我」與「你」之間任何朝向特定端點或狀態的再現式陳述，是德希達的能指差異／遞延（differing/deferring）運動的呈現。

「神祕經驗」因為「未知」而「崇高」的位格被消解後，《備忘錄》裡，一切「崇高」文體的消解，成為夏宇的後現代詩最重要的價值性與操作性定義。包括〈疲於抒情後的抒情方式〉，創作主體「疲於抒情」而專注於「4 月 4 日天氣晴一顆痘痘在鼻子上」[97]；亦如同〈考古學〉，「考古」被取消了國族歷史／時間向度，轉為個人化的對「一個男人」的「考古」：

> 我研究他的脊椎骨
> 探尋他的下顎
> 牙床，愛上他：
> 「難以置信的
> 完美的演化。」
> 「真是，」他說
> 「造物一時失察。」[98]

如楊小濱的觀察：

> 這首詩（〈考古學〉）可以說用極輕盈的語調對極沉重的歷史性的一次自我審視，所發現的自我形象卻是空洞的（脊椎骨、下顎、牙床）、老朽的（坐在暗處戴著眼鏡）、精神變異的（因為悲傷／所以驕傲）。於是這裡的歷史「考古」的情感向度以一種自我漫畫的方式表現出對傳統的既傷感又嘲諷的雙重意味。[99]

楊小濱指陳「考古學」的歷史／時間的重量被消解，夏宇用既傷感與嘲諷的語調遂行之。「感傷」與「嘲諷」並陳，顯見後現代詩人的難以被革命、啟蒙或抒情等總體話語歸類的「反諷」，帶有內在悖論的張力。類似這個路數的文本還有〈押韻〉，

---

[97] 夏宇，〈疲於抒情後的抒情方式〉，同上註，頁 47。
[98] 夏宇，〈考古學〉，同上註，頁 93。
[99] 楊小濱，〈飄零在傳統與後現代之間：臺灣近年文學管窺〉，《歷史與修辭》，頁 224。

把「押韻」假借為生活中種種喜樂與失落的韻腳；〈象徵派〉，顛倒了真實與象徵的文化設定，吸菸的生理需求與香菸品牌 TRUE，反而是「象徵」的：「TRUE 是真實／一種香煙的牌子／不免是／象徵的」[100]，此類去「崇高」為「日常」、解「深度」為「平面」，亦可歸因於夏宇為了去除國族文化歷史結構與總體化意識形態對詩歌語言上的重量，如同「非非」詩群亟欲扭開歷史文化在漢語的板結，夏宇雖沒有明確的「反文化」，這類從歷史的總體性與連續性滑向個體零碎但又富洞察力的經驗呈示，也展現了一定程度上的「反文化」情結。

到了《腹語術》，出現了兩種後現代美學版本。一個是後現代－「陰性」書寫版本，以下將以〈某些雙人舞〉為例證。如同廖咸浩：「她的詩作既有「陰性」對理語中心論的一般性反叛，也有「女性」對父權的反叛」[101]，亦如唐捐指陳「她的詩裡飽含著陰性特質、抒情性與批判性，並非僅止於文字遊戲而已。……就此而言，在符號狂歡之餘，並非全無所指而是別有所指」[102]。另一個是後現代－「語言詩」版本，夏宇正式進入了狹義的後現代詩界域，試圖恢復語言的物質性，讓詩的文字質地（形象、音節）從「定式化」的語意、語法、語式（文法）的牢籠中，解脫出來。如夏宇自陳「雖然我那麼喜歡字，喜歡音節，喜歡字與字的自行碰撞後產生的一些新的聲音。音響的極端快樂」[103]。

首先，先以〈某些雙人舞〉為例：

當她這樣彈著鋼琴的時候恰恰恰
他已經到了遠方的城市了恰恰
那個籠罩在霧裡的港灣恰恰恰
是如此意外地
見證了德性的極限恰恰
承諾和誓言如花瓶破裂
的那一天恰恰恰
目光斜斜

在黃昏的窗口

---

[100] 夏宇，〈象徵派〉，同上註，頁 113。

[101] 廖咸浩，〈物質主義的叛變：從文學史、女性化、後現代之脈絡解讀夏宇的「陰性詩」〉，《愛與解構：當代臺灣文學評論與文化觀察》（臺北：聯合文學，1995），頁 132-168。

[102] 劉正忠（唐捐），〈漢字詩學與當代漢詩：從葉維廉到夏宇〉，《中山人文學報》46 期（2019.01），頁 43。

[103] 萬胥亭、夏宇，〈筆談〉，收於夏宇，《腹語術》（臺北：夏宇出版，2014），頁 107。

遊蕩的心彼此窺探恰恰
他在上面冷淡的擺動恰恰恰
以延長所謂「時間」恰恰
我的震盪教徒
她甜蜜地說　她喜歡這個遊戲恰恰恰
她喜歡極了恰恰[104]

關於〈某些雙人舞〉，李癸雲提出夏宇是以「戲仿」對李清照〈鳳凰臺上憶吹簫〉做出現代情詩與女性情慾主體的「變奏」：「……專情痴心而含蓄典雅的『思良人』情詩，被補入了現代情愛的註腳，兩人各自背叛，雙雙尋肉體之樂。此詩不只是女人的情愛化被動為主動，其中更暗示了女人情慾的偽裝，以及男人對『時間』與『主動權』之執著，反成女人掌控男性情慾的方式」[105]。

以此來看，夏宇作為女性的情慾流動特質（她喜歡這個遊戲恰恰恰），與後現代的諧擬／戲仿、能指的即興演出出現了遇合，並作為一種情慾的自動生成機制（我的震盪教徒），成為符號域裡男性／陽符無法描述的「蹤跡」。

〈降靈會III〉則是後現代解構漢字的恐怖主義文本，充滿「前文化」色彩[106]：

美國語言詩派代表人物伯恩斯坦（Charles Bernstein）曾言「聲音處在表演之中，使書寫從它的形上學與象徵的功能中回歸它的居所」[107]，作為拼音文字的英文，其語

---

[104] 夏宇，〈某些雙人舞〉，《腹語術》（臺北：夏宇出版，2014），頁 8-9。
[105] 李癸雲，〈參差對照的愛情變奏——析論夏宇的互文情詩〉，《國文學誌》23 期（2011.12），頁 79。
[106] 夏宇，〈降靈會III〉，《腹語術》，頁 45。
[107] Bernstein, Charles. ed., *Close Listenings: Poetry and the Performed Word*. (New York: Oxford University Press, 1998)., pp.21.

言的肉身部位當然是「聲音」。而作為象形文字演化而來的現代漢語，其語言的肉身部分則是「部首－偏旁」的表意結構，這也是夏宇亟欲拆散的理體中心。

孟樊認為「〈降〉詩以殘缺不全及雜湊的字形組合而成，字音及字義都不復可『見』，只留下字形的符徵唱獨角戲」[108]，由此可見，〈降靈會III〉拆散了漢字部首與字體的同一性結構，漢字被炸裂成不可辨認的碎片，可謂是後現代解構漢字的恐怖主義文本。又如唐捐：「夏宇的動機係出於對文字的『著迷』，做法卻像是在解消文字的原有的功能。實際上，她仍在推衍漢字的構造，跳脫字典的限制，創造新的符碼。〈降靈會 III〉一詩運用了大量自創的奇怪符碼，與其說是「非文字」，毋寧說是『擬文字』」[109]。夏宇的「新象形」字充滿「前文化」的色彩，意圖廢除表意文字所乘載的歷史／文化連續性，但是偏向從「漢字」的局部著手，與中國周倫佑致力將現代漢詩中被「文化」強勢驅除出去的感覺、意識與語言加以「還原」、從「語境」整體著手的作法，有所不同。

到了《摩擦・無以名狀》，隨性剪貼《腹語術》的文字入詩，夏宇將文字的達達主義實驗推向極端，是「一個心理狀態下的實驗」[110]。孟樊也指出：

> 「夏宇風」之所以會風靡一時，主要係由其所開創的隨性式（random）寫法有以致之。隨性式語法有點類似超現實主義慣用的自動寫作（automatic writing），……似乎和後現代即興式表演（happening performance）如出一轍。但超現實是夢囈式的，由潛意識所驅使；後現代主義的隨興式寫作則是詩人有意識地任意為之。[111]

以上觀之，夏宇的「有意識地」即興、拼貼、後設、戲仿等技巧的使用，反意象、反抒情、反現代等思維的呈示，其實有深層的心理動機——那就是為了應對歷史總體話語對個體感性及語言表達的壓制，以及，又能利用語言詩凸顯語言的肉質（物質性）、反叛語言常規（convention），使得其「解構」得以深入漢語語言符號系統的內部，而不是只停留在形上學、主體意識或話語霸權層次的「概念」對抗。

三、林燿德：「世代」為思想、以「都市」為媒介的後現代

關於「都市詩」此一後現代視域的品類，就創作量而言，除了羅門，就屬林燿

[108] 陳俊榮（孟樊），〈夏宇的後現代語言詩〉，《中外文學》38 卷 2 期（2009.06），頁 206。

[109] 劉正忠（唐捐），〈漢字詩學與當代漢詩：從葉維廉到夏宇〉，《中山人文學報》46 期（2019.01），頁 42。

[110] 陳義芝，《聲納：臺灣現代主義詩學流變》，頁 202。

[111] 孟樊，《臺灣後現代詩的理論與實際》，頁 63。

德為為大宗。林燿德在八〇年代提出了「都市文學」此一概念，都市書寫是「作家非僅止於對定義為某一行政區的都市外觀進行表面的報導、描述，他也得進入詮釋整個社會發展中的衝突與矛盾的層面，甚至瓦解都市意象而釋放出隱埋其深層的，沉默的集體潛意識」[112]，因此，林燿德「概念」裡的「都市詩」有意擱置當時臺灣日漸上升的族群意識壁壘（本省／外省；鄉土／現代）與特定地域書寫刻意塑造城／鄉對立的情感動員，而訴求一種普遍性的集體心理基礎：「不形成割據與派別的黨團，因為它的訊息與訴求存在於這個時代普遍的人類心理基礎與生活領域之中，是在關切詩人所站立的土地外，又具備著包容性、宇宙精神的一種創作主題」[113]。

在林燿德來看，其對「都市」的界定，從來不是地域性的，而是與其對「八〇年代臺灣文學」的總體觀察有關。而能夠有效乘載「普遍的人類心理基礎與生活領域」、又「具備著包容性、宇宙精神」的取材對象，就是都會空間——「流動不居的變遷社會」，指向「『都市文學』是一種觀察的、經驗的角度，而非一種先驗的理論框架或者具體的文學運動」[114]。人處於都市生活空間之上仍有架構著一處形而上的表徵秩序，人的精神內涵與都市的時空形態之間，其實蘊含著思維、想像與言說的辯證關係：「我的關切面是都會生活型態與人文世界的辨證性」[115]，都會生活與個體心智之間，是一種感知與思維的張力，是集體潛意識的遮蔽與揭示的心智抗衡。

從「世代論」到「都市論」，從「創作」到「理論」，林燿德自有一套「後現代計畫」。劉紀蕙以為「林燿德配合羅青而使用『後現代』，其實正是為了完成他自己的斷裂野心。他在一九八五年之前備受冷落忽視，也導致他對於詩社壟斷詩壇的現象深惡痛絕，他日後所使用的『後現代』或是『新世代』、『當代』，對他來說，都是要與前行代詩壇傳統宣稱斷裂的手段」[116]。以此來看，林燿德的「後現代」的「後」，是一種世代焦慮所驅動的「後」，建立在詩史上的「世代交替」系譜上的斷裂與延續，具有臺灣「在地」化美學典律的顛覆意圖，而非西方後現代理論視域裡，關於後工業社會與資本主義「現代性」文化徵狀的「後」。

其實除了「都市詩」的面向，林燿德亦在語言詩、科幻詩、政治詩等品類，亦屢創佳績。而林燿德的詩，就是在空間／文體／世代此「多軌」的界域之間，力圖

[112] 林燿德，〈都市：文學變遷的新座標〉，《重組的星空》，頁 200。

[113] 林燿德，《重組的星空——林燿德論評選》，頁 33。

[114] 林燿德，〈八〇年代臺灣都市文學〉，收於孟樊、林燿德編，《世紀末偏航——八〇年代臺灣文學論》（臺北：時報文化，1990），頁 395。

[115] 林燿德，〈(跋）城市・迷宮・沉默〉，《鋼鐵蝴蝶》（臺北：聯合文學，1997），頁 291。

[116] 劉紀蕙，〈林燿德與臺灣文學的後現代轉向〉，《孤兒・女神・負面書寫——文化符號的徵狀式閱讀》（臺北：立緒文化，2000），頁 379。

建構屬於「他的世代」的後現代詩，他總是在白靈稱之的四大主題：「……曰星球、曰戰爭、曰都市、曰性，……（四個主題）彼此競相隱喻互援，以大喻小，以小喻大，虛虛實實，乃能造成其獨具的廣度和深度」[117]。

雖然「林燿德描寫都市景觀與生存心態的都市詩，大多表現後現代性的情感」[118]，但更重要的是，**林燿德筆下的「後現代性」如何與「都市性」形成「共伴效應」，或是說其「後現代性」如何有效發揮「都市性」的材質與空間，而「都市性」又如何因為「後現代性」的形式或思維而擴充自身的內涵，我認為這才是「林燿德詩研究」更應該進一步發揮的問題意識。**

我認為，要進一步探處林燿德「後現代」與「都市」的涵構，必先得訴諸其「世代」焦慮所驅動的美學行動。眾所周知，「六〇年代」是現代主義的高峰期，〈六〇年代〉也是林燿德高舉後現代「世代性」的文本：

> 讓古墓碑如骨牌疾速倒下
> 讓自走砲插入她萎縮的腟
> 未讀秒便粉碎曾經多產的子宮
> 　　　　　　　　　　蝗蝗蝗蝗
> 　　　　　　　　　　蝗　蝗蝗蝗
> 　　　　　　　　　　　　蝗蝗蝗蝗
> 　　　　　　　　　　　　蝗蝗蝗蝗
> 　　　　　　　　　　　　　蝗蝗蝗蝗
> 　　　　　　　　　　　　　　蝗蝗蝗蝗蝗
> 　　　　　　　　　　　　　　　　蝗蝗蝗
> 　　　　　　　　　　　　　　　　　蝗
>
> 。古典，妳仍然多笑容嗎[119]

「古墓碑」或許暗指「現代主義」英雄們的歸屬，下接「讓自走砲插入她萎縮的腟」頗具閱讀感受上的反差，林燿德這裡以裸露的「性暴力」，轉喻詩壇的話語暴力。而其自身的書寫如「自走砲」，不斷攻擊「萎縮的腟」（隱喻前行代詩人聲道）「多產的

[117] 白靈，〈停駐在地上的星星——林燿德詩路新探〉，收於林燿德，《都市終端機》（臺北：書林，1988），頁 17-18。

[118] 羅秀美，《文明・廢墟・後現代：臺灣都市文學簡史》（臺南：國立臺灣文學館，2013），頁 126。

[119] 林燿德，〈六〇年代〉，《都市終端機》，頁 93。

子宮」（隱喻現代主義的詩思母體），並以「圖像」並排的「蝗」，具象地以自身為詩壇的「蝗蟲」，吞噬一切、也毀滅一切前行代美學的「豐收」，最後，以嘲諷「古典」作結。

而寫於 1985 年的〈終端機〉，在八〇年代個人電腦作為尚未具備完整圖像辨識與運算能力的機器，只能以特定按鍵輸入指令與儲存檔案資料。但林燿德似乎有意將後現代詩帶向當代文化生產機制的批判，預示了「人」（生產知識）與「機」（儲存知識）之間的界線，漸趨模糊：

……我
迷失在數字的海洋裡
顯示器上
排排浮現
　　　　降落中的符號
像是整個世界的幕落
終端機前
我的心神散落成顯示器上的顆粒
終端機內
　　精密的迴路恰似隱藏智能的聖櫃[120]

林燿德試圖表達作為資料編碼基礎的位元（bit）及其程式運算過程，漸漸取代了人類的智能與情感的運作。「我的心神散落成顯示器上的顆粒」，人的精氣與情意承受著「終端機」程式語言的化約編碼。其後，「那些程式仍然狠狠的焊插在下意識裡／拔也拔不去／開始懷疑自已體內裝盛的不是血肉／而是一排排的積體電路」，「積體電路」掩飾了一種新的科技權力機制，人必須透過它交換訊息與表達思想。如果說啟蒙主義以人為自發的「理性」，作為主體與世界的規約，那麼，後現代時空裡，訊息媒介成為社會體系裡全新的物質基礎。因此，訊息科技不只是帶來傳統馬克思主義生產力與生產關係的轉變，新興電子媒介也重構了人的主體及世界之間的界線。

《都市終端機》（1988）與《都市之甍》（1989），是林燿德針對都市感知空間（知識、情感、想像），進行消解行動的重要詩集。終端機、電路板、科幻、異次元、擬真，皆是林燿德亟欲透析都市生存表象、解構的「超越式」主題，達成別立

[120] 林燿德，〈都市終端機〉，同上註，頁 166-167。

於羅門現代／都市詩學的「後現代／後都市」詩學。王文仁認為：

> （林燿德）正是要以解構的姿態，電腦思維的美學來面對來面對歷史、權力架構以及都市的集體潛意識。他要爬梳的也正是在都市的表象之下那些深埋的、洪荒的、陰暗甚至是負面的景象。如此，「都市」便不再僅是物理空間，亦不屬於某個文類。「都市」不僅是作為那些存在與不存在於都市表面的象徵，也深闊的包含了歷史、政治、戰爭、性愛、宇宙等等人類共同的課題。[121]

因此；〈資訊紀元——《後現代狀況》說明〉，於是展現後都市的資訊剪影、政治／社會題材與後現代「解構」、「後設」、「拼貼」、「影像複製」等表現手法的交錯：

> 刊物名稱／《後現代狀況》磁碟雜誌
> 發行人／羅青
> 總編輯／林燿德
> 編輯委員／白靈
> 　　　　　黃智溶
> ……
> 發行對象：生存後工業社會中的人類
> 宗　旨：探索〈世界－臺灣〉之後現代狀況
> 編撰方向：從解構哲學出發，理論、報導及創
> 　　　　　作並行推出，揭露政治解構、經濟
> 　　　　　解構、文化解構的現象；以開放的
> 　　　　　胸襟、相對主義的態度倡導後現代
> 　　　　　藝術觀念、都市文學與資訊思考，
> 　　　　　正視當代〈世界－臺灣〉思潮的走
> 　　　　　向與流變，開拓嶄新的思想領域。[122]

〈資訊紀元——《後現代狀況》說明〉將出版物的封面內容直接貼上，後設、解構、混淆文類界線的意味濃厚。這首詩的寫作時間（1987）已進入「解嚴」的威權解體

---

[121] 王文仁，《現代與後現代的游移者：林燿德詩論》（臺北：秀威資訊，2010），頁 191。
[122] 林燿德，〈資訊紀元——《後現代狀況》說明〉，《都市終端機》，頁 203-204。

時期，林燿德並未將發行對象設定在亟需「復權」的政治權利主體（白色恐怖受難者遺族）之上，而是「生存後工業社會中的人類」，這涉及了羅青引入的「後現代」版本——後工業與資訊社會的文化符徵，與其「都市視域」出現了初步的融合。

而林燿德的後現代都市詩學，也指向異質性都會空間的想像演繹。〈公園〉裡，「案子」的內容、主體意識的流動（情慾）與「公園裡」塗鴉的少年、矗立的銅像、鐵灰色的地面共時性地疊合在一起，表現出林燿德都市精神的「多重視域」，也就是「多棱鏡意象」手法：「一切歷史的、曾經被時間界定的事物在這奇異的、遠遠脫離牧歌田園模式的多重空間中再現、變形、隱匿、互相結合或者撞擊」[123]：

兩年前設計的那個案子。
步行在深夜的公園，我問妳
：「還記得那個案子嗎？」
妳點點頭，但是我知道
妳根本不記得絲毫沒有概念
因為今夜的髮型，我原諒妳
妳真適合短髮，不需要燙捲

那個案子：《C女中垃圾分類資源回收實施辦法》

壹〈目的〉

一、為使學校教職員工生瞭解垃圾分類能化腐朽為神奇、化垃圾為資源，點石成金，提高垃圾效能，同時將垃圾分類之觀念推廣至家庭、社會以及神聖的議會，達成垃圾減產之目的，共同創造更美好的新環境。

二、為溝通全校師生對垃圾分類，資源回收之觀念與作法，積極擴大推展。

貳〈垃圾分類〉

一、可燃垃圾——
木竹類、布類、橡膠、枝葉、雜草、廚餘，以此類推。

二、不可燃垃圾——
玻璃、金屬、隊瓷、貝殼、乾電池、龜殼，以此類推。

三、巨大垃圾——

[123] 林燿德，《重組的星空——林燿德論評選》，頁222。

沙發、課桌椅、黑板、銅像、警用直升機，以此類推。

四、資源垃圾——

1.新課本、參考書、其他報刊雜誌、紙箱，以此類推。

2.鐵、鋁罐、塑膠瓶、啤酒瓶、林家花園，以此類推。[124]

孟樊認為：

《都市之薨》卷一「符徵」的〈路牌〉、〈銅像〉、〈廣場〉、〈公園〉等都市詩，詩中所展現的對應於都市真實地點的所謂差異地點，真正吸引人的並不在題材上——因為我們於其中找不到真正的後現代都市地景，而是林燿德擬欲打破文類形式限制的嘗試（尤其是〈路牌〉與〈公園〉二詩），而都市作為書寫符號的文本，在此已被林燿德予以重新編碼了。最後，我們可以說，重新編碼正是林燿德擬欲以後現代都市詩學重啟的臺灣「都市詩言談」（urban discourse）。[125]

不過，可以補充的是，孟樊指出林燿德「都市論述」裡將傅柯的「異質地點」（heterotopias），解讀為「幻設的真實空間」，其背後是有一定程度上的「晚期資本主義」心理徵候的，也就是——其後現代多元、解構的思維，亟欲衝破資本主義文明／理性所擘劃的空間秩序。這個空間秩序也代表著一種空間意符的「權力」，不只是落實在「公園」中，也延伸到一切都市的零件（銅像、路牌）裡。林燿德沒有如中國第三代詩人，時常將後現代解構思維安置在反文化的「身體」感官上，而顯現出文本整體意旨的不穩定性，以抵拒文化霸權的編碼。林燿德的後現代詩可以說是將「都市」作為一個「文本」或「媒介」，「主動性」地在公園、路牌等空間或物件上「反編碼」，其意旨仍有一定的形而上藍圖。

而以「都市」作為媒介的後現代詩，必不能沒有身體官能的演繹。在〈上邪注〉裡，林燿德則是對古典的「情愛盟誓」意境做出注／拆解，除了注入部分硬質科幻元素，性愛、核爆、末日等場景也在「都市」空間裡增殖與爆破：

山無陵江水為竭

[124] 林燿德，〈公園〉，《都市之薨》（臺北：漢光，1989），頁 43-45。

[125] 陳俊榮，〈為現代都市勾繪新畫像——林燿德的都市詩學〉，《人文中國學報》20 期（2014.09），頁 335。

在無數人類同時努力做愛的子夜
　　　　　　再度　祂悄悄降臨
今年的第一枚核彈
　　也是我們所知道的最後一枚
　　　　是時　我們正坐望滿月
　　　　　　卻等待到一顆太陽
　　　　　　　在憤怒的大地上
　　　　　　　霎時日盲的妳我
　　　　　　　　　　依舊知覺
　　　　　　　　　　山脈　淪陷
　　　　　　　　　　江水　逸散
　　　　　　　　猶如我們做愛後
　　　　　　　　一片空白的滿足

冬雷震震夏雨雪

我們相擁融成地球的縮型
北半球的妳寂寂領受死灰如雨降臨的夏夜
南半球的我默默冥想毀滅雷鳴的冬日[126]

〈上邪注〉裡「我們」的互動全然被末日與性愛意象所填滿，只有性愛能夠在末日時空中榨出隱微的生命光澤，除此之外盡是頹圮、荒蕪、剛硬的死寂地景，最終走向「愛和永恆／都共同滅絕」，異域／抑鬱的表裡結構在林燿德的都市／科幻詩中，始終佔據重要角色。但林燿德過度演示性愛與末日的文本，卻也為其新詩語言帶來了某種程度的話語危機，如同陳大為指陳：

> 整體而言，林燿德並沒有突破「陳克華障礙」，只是以雷霆萬鈞的「噸位」與「陣仗」，壯大了都市詩在八〇年代中、晚期的聲勢，並強化了末日意象／意識。在次數不多的創意背面，比詩作本身更為突出的，恐怕是林燿德成就「都市詩霸業」的野心，以及無所不在的「影響的焦慮」。[127]

---

[126] 林燿德，〈上邪注〉，《銀碗盛雪》（臺北：洪範，1987），頁 34。
[127] 陳大為，《亞洲閱讀：都市文學與文化（1950-2004）》（臺北：萬卷樓，2004），頁 44。

以陳大為此意見來看，確實後現代「概念」與「影響焦慮」過度盤據著林燿德筆下意象與主題的自然生成，不少文本失去了對詩語言的控制，以及適度提供讀者某種對世界的詮釋能力，許多語言意象絢麗卻又虛浮卻又是一次耗損性的揮發，導致對性愛與都市的描寫除了想像的過度堆疊、諸多詞彙有橫徵暴斂的消耗之感，也缺少可以深入反思的內容或再三咀嚼的餘裕。

但無論如何，林燿德的後現代詩即使因為過度「概念先行」而在語言的操作上有失之準確之處，但若回到八〇年代的社會條件與文化景觀上審視，其後現代文本並未走到西方後現代那樣極端的話語游牧，而仍是一種能夠與「現實」有效對話的「文化生存學」，以異次元、末日、性愛不斷演示著持續變動的「都會」與「生存」，許多抽空現實意涵的語言表象之下，仍保存著強烈可感的人文情操與普世關懷。

林燿德寫作的時空（八、九〇年代），其實尚未有網際網路的物質條件，「網際網路」的後現代及其社會想像，還來不及與之相遇，就英年早逝，而無以見到其對後現代詩的經營能夠走到何處。林燿德的書寫高峰期，面對的仍是紙上的鬥爭——也就是既存的文化霸權型態（詩刊、三代報副刊）宰制文壇的客觀現實。林燿德的後現代都市是其標誌自身文化位置的一種話語方式，因為「八〇年代的文學主流是後現代主義嗎？……然而，後現代主義的出現並未蔚成這段文學史上真正的主流，它的意義在提供另一種『文學創作方法』及『如何看待文學』的選擇」[128]，因此：

> 所謂「後現代」一詞指的是現代主義之後，無以名之的階段，匿名的、未來的主流正潛隱在糾結、多元、破碎的面貌之下；換言之，「後現代」只是一個期待新天新地的過渡性指稱詞，「後現代」本身期待著「後現代」的幻逝。[129]

林燿德的後現代詩以「世代」為思想，以「都市」為媒介，以「後現代」為方法。不論其主體在資訊符碼裡的迷失（〈終端機〉），跨文類「拼貼」的〈資訊紀元——《後現代狀況》說明〉與〈公園〉等「表象」文本，或是演繹末日與性愛（〈上邪注〉），其主體「存在」與「歷史」、「現實」的同一性思維，仍有一定程度上的關聯，也仍有對於「價值」歸屬與「總體」表徵的設定與表現，而非朝文化本體解構或自體生殖的游牧，仍是屬於「現代性」的感知操作，可以隱約感覺得到「後現代」只是操作性的意義，作為與前行代美學典律決裂的話語工具。

---

[128] 林燿德，〈總序：以當代視野書寫八〇年代臺灣文學史〉，《世紀末偏航》，頁10

[129] 林燿德，〈環繞現代臺灣詩史的若干意見〉，同上註，頁26。

四、陳克華：官能／身體／情色的後現代

若從波特萊爾、普魯斯特以降的現代主義詩學來看，起因於文明現代性進程之中，「時間」之整體性、同一性結構的崩毀，於是現代派詩人總是在破碎的時間感知中，向某種「整體」的歷史意志潛行或窺望，向民族文化的根源或本質的方向探索，將自身心靈放置在意圖「恢復」過去、對「傳統」的迷戀之中。因此，哈伯馬斯（Jürgen Habermas）以為，美學的現代性是試圖與過去或過去的事物重新恢復連結的「想像關係」，並認為「美學現代性的特徵，是一種將共通的焦點凝聚在一轉變的時間意識之上。這樣的時間意識透過先驅者和前衛派的隱喻表現自身」[130]。

從這一點上看，臺灣現代主義與中國朦朧詩也是屬於現代性美學系譜的「在地化」文本。但基於文明現代性之中，現代派詩人的「時間」迷戀情結，而甚少對由歷史理性所佔據的生產體制、秩序與知識的「空間」，提出反思。後現代詩人則是對現代性階段備受壓抑的「空間」做出語言上的代償行為，他們深深敏感於資本主義現代化的「空間」場所之中，種種資本、官僚、權力的銘記／再現機制，因此，**提出一個「反文明」的詩歌寫作、構設一個資本主義、啟蒙理性與現代化搆不著的「科幻」空間就勢在必行。**

陳克華的長篇史詩〈星球紀事〉，雖然看不到後現代的語言遊戲與狂歡場景、看不到圖像與字體的形式實驗、也沒有諧擬或解構的使用，但這首詩仍可以見到部分「後現代詩」的特質。這首詩因為科幻空間的背景，而使一切場景與事物即便仍遵守物理運行法則，但都有了「超自然」的特質，科幻背景使得文本必須揚棄現代主義對文化典範的建構、並依照科幻想像使生命體拆解與變形，唯一「可感的」只是純粹的生命模組（我對 WS 的追尋）。

〈星球紀事〉中，背景的設定是地球毀滅，我與 WS 的方位陷入紊亂的磁場、傾斜的地軸與核輻射爆炸後一切生命歸零的空間中。在這樣的「異質空間」中，原有道德、文明、人性的尺度都必須「重設」：「（宇宙正自行摺疊他的距離／時光走入隧道，電子脫軌／冰冷的熵質卻趨於極大。WS／我於零時出發向你……）」[131]，地球既然已經毀滅，生命「起源」的「知識」也就必須重新設定，文本中唯一遺留自「地球」的心智結構，就是我對 WS 的追尋：

混沌。

---

[130] Habermas, Jürgen. "*Modernity versus Postmodernity*" in *New German Critique No.*22 (Winter, 1981), pp. 4.

[131] 陳克華，〈星球紀事〉，《星球紀事》（臺北：時報文化，1987），頁 19。

稍嫌單薄的金屬外衣
嘩噪不休的呼救頻道
因過度驚嚇而失靈的自動導航儀
瘖啞的天線。我疲憊地
拈熄了閃爍刺眼的警戒系統
兩側枯瘦的機翼自我亂髮糾結的思維裡
徐徐垂出著陸的角度
些許彈痕和集中營的烙印仍盤旋在機腹，艙外
四處飄浮的記憶碎片正成群朝重力場外逸失
WS。WS。WS。WS。WS。WS。WS。
（聽得見呼叫嗎？請回答）
此時
所有電腦正忙碌清洗有關你的記憶
（我們永遠的課題是遺忘）
而我曾經耗盡能量思索著
你的存在
你嘲弄的文明和陷你入困境的夢魘——
那在左臂纏繞詛咒了整個世紀的
代表榮耀勝利的徽幟
終於我撕下了，停泊下來[132]

在後現代的時期，時間感知被空間的快感所取代。簡政珍認為〈星球紀事〉裡「地球的現實與科幻的現實是主要的互植的文本。……互植所編織敘述主要來自於空間」[133]，文本互植的手法與後現代的即興拼貼有關，但又沒有到後者那麼極端，科幻空間只是將地球的現實做出「解體」與「闡釋」。而「科幻空間」讓啟蒙理性的價值設定失效，使得敘事的行進必須仰賴地球毀滅後的創世想像，對世界的認知、政體的建立、愛情與慾望等都與先前的地球文明出現了不連續（discontinuity）與斷裂（disintegration）。如同詹明信：

---

[132] 同上註，頁 21-22。
[133] 簡政珍，《臺灣現代詩美學》（臺北：揚智文化，2004），頁 347。

> 我們現在所擁有的是共時性（synchronic）的事物，而非歷時性（diachronic）的。我認為至少在經驗上還留待爭論的是，包括我們的日常生活、心理經驗和文化語言，在今日皆被空間範疇所宰制，而並非像先前高度現代主義時期那樣，是時間範疇宰制一切。[134]

因此，《星球紀事》可以說是陳克華全面走向後現代語境的「熱身」，雖然《星球紀事》中諸篇為了求取自身的存在確證，而難免仰賴著「宏觀」科幻的視角與對「起源」的考掘與執迷，但仍可以後現代空間（科幻或都市）賦予主體某種超越現實空間的意識、某種解放／破壞的內在動能，解放／破壞人在「地球」的生存模式、解放／破壞人類原有的價值理念，並將這樣的解放／破壞動能置入繁複的身體、感覺與想像之中。這樣的解放／破壞動能造成繁衍、生殖方式及人體構造的改寫，也為新詩的品類與美學走向帶來了審美變革，連帶的出現了唐捐指稱的「後人類」視閾：「藉由科幻敘事詩，他找到了一種介乎『人類／後人類』之間的徬徨主體，不準備符合傳統『人類』或『詩人』的標準。這既是倫理的反思，同時也帶動了審美的變革」[135]。

因此，不論是〈星球紀事〉後續科幻空間的感覺演繹，出現了文明初啟的象徵形構：「我沿著古老而直接的記載，水洗過的象形文字／逐頁辨認陸沉的因果／——／一富庶且盛傳愛情詩歌的城邦如何／興起、沒落，終至戰爭、瘟疫／毀於一場天火的故事」[136]，還是在太空銀河此一科幻空間內量測、感知愛情的「神話性」：「（杯裡刻著文字：愛情／誕生於遙遠的上古，那時／沒有砂礫亦無海水／更無冰冷的浪花……／在愛之前，沒有大地／也沒有頭頂的蒼穹／所有的只是／張開口吞噬一切的絕望的深淵……）」[137]；或是望向都市冷硬的「建築」體，開始營造對自身存在困境的理解：「而我總是有太多探路的疑慮／如蟻，之於遙遠的蟻丘／我也必須依附一個巨大的信心／從前崇拜陽具／現在崇拜建築」[138]等等，皆可以見到現代資本與都會文明帶給主體巨大的「時間」幻覺，而陳克華尋找某種新型態的「實體性」空間（都市）或「超空間」（hyperspace）（科幻），來抵禦現代主義主體「時間」幻覺的攪擾。

---

[134] Jameson, Fredric. *Postmodernism, or the Cultural Logic of Late Capitalism* (Durham, NC:Duke University Press,1991)., pp.15.

[135] 劉正忠，〈朝向「後人類詩」——陳克華詩的科幻視域〉，《臺大文史哲學報》78 期（2013.05），頁 100。

[136] 陳克華，〈星球紀事〉，《星球紀事》，頁 36-37。

[137] 陳克華，〈愛情・神話紀錄〉，同上註，頁 86-87。

[138] 陳克華，〈建築〉，同上註，頁 154。

在《星球紀事》繁複的科幻視域操練後，《欠砍頭詩》則迴向「身體」、「性愛」與「性器」的淫猥表達，一種極具顛覆主流情慾模式的感官探索，展現對崇高美學、啟蒙理性壓制「同志」身體與情慾的全面抗拒。如蕭蕭：「陳克華自《現代詩》復刊十九期登載〈欠砍頭詩〉之後，臺灣現代詩壇性愛描繪的方式恐怕已有了重大的變革，陽具、精液、屄之類的器官、名詞，直接裸裎在詩中，不再遮掩」[139]，如〈肌肉頌〉：

腹直肌。愛國、愛民、愛黨。
擴背肌。告訴你一個民族英雄的真實故事。
皺眉肌。微笑，微笑是人際關係的潤滑劑。
豎毛肌。一、二、三，到臺灣。
大臀肌。流行使您健康。
上額肌。讓我們永遠追隨神的腳步。
提睪肌。勝利第一。情勢一片大好。
橈側伸肌。服從，服從，還是服從。
咀嚼肌。拳頭，枕頭，奶頭。
吻肌。你從未感受過虛無嗎？
肱三頭肌。真他媽的虛無。[140]

在此詩中，原有現代主義的田園、故國、鄉愁與傳統等「時間」向度的感知結構，被全面去除，剩下的只是「局部」的肌肉部位與「解構」巨型話語的瑣碎言詞。這首詩除了是表徵「同志」的身分／身體認同，也是後現代詩人不再留戀精神世界裡的劇烈抽象／提喻，而轉向一種「退化」至「局部」身體空間的官能模式。

又如〈肛交之必要〉：

讓我們呈上自己全裸的良知和肛門供作檢驗
並在一枚聚光的放大鏡下
觀察自己如何像鼠類一般抽搐
感受狂喜疼痛
毛髮被血浸濕像打翻一瓶顏料一呵，我們
我們是否能在有生之年有幸證實肛交之必要性……

---

[139] 蕭蕭，〈現代詩的情色美學與性愛描寫〉，《臺灣詩學學刊》9期（1994.12），頁20。
[140] 陳克華，〈肌肉頌〉，《欠砍頭詩》（臺北：九歌，1995），頁40。

勢必我們要在肛門上鎖前回家
床將直接埋入墓地
背德者又結束了他們欺瞞的榮耀一日
沒有人知道縫隙間的傷口包藏著什麼腐爛的理由
我們何不就此失血死去？

（那個說要去敗壞道德的人首先脫離了隊伍
在花朵稠密處舞弄頭頂得光環
至少他，他不曾證實肛交之不必要性……）[141]

〈肛交之必要〉歷來研究者的解讀甚多。王浩威指出「肛交不再是單純的肛門性愛，不再只是自然動作的做愛；……否定了性愛的繁殖功能，甚至是否定了動物與同一品種之動物的必然連接——人類不再只能和人類做愛……」[142]；廖咸浩[143]與焦桐則是朝向「性政治」（sexual politics）的方向解讀。如焦桐認為：「使用肉體直接去挑戰道德的禁區……另類情慾基本上是話語策略——邊緣話語對主流話語的抗拒」[144]；而孟樊則認為「陳克華如此具性政治意涵的猥褻美學，主要和他耽溺於肉慾的想像有關，而這或許又與其醫生身分有關」[145]。而詩中不只一次強調「肛門只是虛掩」，異性戀性愛姿勢的操作已然窮盡，肛門「虛掩」的後頭顯然有更大的、未被開發的情慾。

而鄭慧如與楊小濱兩位論者將詩中肉慾感官的指向主體生命的「匱乏」，或是指向拉岡精神分析裡抗拒符號層語言表義作用之「真實域」的呈示。鄭慧如認為陳克華的情色描寫「越是恣肆猥褻，越是反寫生命的匱乏缺憾」[146]，楊小濱則不認為陳克華筆下的情色僅僅是一種顛覆主流話語（異性戀）的表達，而是觸及了更為普遍性的「人性」：

---

[141] 陳克華，〈肛交之必要〉，《欠砍頭詩》（臺北：九歌，1995），頁 69-71。

[142] 同上註，頁 4。

[143] 廖咸浩，〈悲喜世紀末——九〇年代的臺灣後現代詩〉，收於林水福編，《兩岸後現代文學研討會論文集》（臺北：輔仁大學外語學院，1998），頁 33-52。

[144] 焦桐，〈身體爭霸戰——試論情色詩的話語策略〉，收於林水福、林燿德編，《蕾絲與鞭子的交歡——當代臺灣情色文學論》（臺北：時報，1997），頁 223-224。

[145] 孟樊，《後現代詩的理論與實際》，頁 67。

[146] 鄭慧如，〈一九九〇年代的臺灣身體詩的空間層次〉，收於李豐楙、劉苑如編，《空間、地域與文化——中國文化空國的書寫與闡釋》（臺北：中央研究院中國文哲研究所，2002），頁 490。

> 陳克華詩的色情策略往往是一把雙刃劍，一方面表達了性（包括另類的性行動）的不妥協和僭越性，另一方面也展現了性的武斷、粗暴、鄙俗，甚至病態。……陳克華直接出示了未經裝飾的、原生態的零散器官及其運動，以此探詢真實域中無法觸及的人性深淵。[147]

我認為〈肛交之必要〉除了表彰同志身體情慾，也是後現代導向的一種肉體空間的感性實踐，更是是陳克華的隱密的話語藍圖。因為，相較於瘂弦〈如歌的行板〉裡的「溫柔之必要」，〈肛交之必要〉是為了解決一個長久以來的「詩學問題」——座落在宏大抒情／敘事象限內的現代主義詩學內部，主體內在的「時間性」，已然失去了抗拒體制的精神而淪為主流體制工具理性的一環。「肛交」作為性行為的異質性與邊緣性，正好戳中了異性戀性行為建立在根源／本質／生殖的迷思之上。

《欠砍頭詩》的性政治，一直延伸到《美麗深邃的亞細亞》裡頭的「肏，肏，肏肏，肏／我的國，我的家／我的人民萬萬肏」[148]，家國憂思與保險套、種族問題與肛交，成為了平行「換喻」的語義學。現代主義那類以嚴謹的深度意象操作，以達到對整體生存世界抽象、宏觀俯瞰的美學，不復存在，取而代之的，是「刻意操作」的局部割裂的性慾快感與官能激情。嚴格來說，這首詩並未「明確」描寫肛交過程，而是關於肛交處在存在意識裡的「議論」。也因為這樣的「議論」性質，被重層道德、倫理、法律所壓制的「身體」書寫，才能夠展現對性器官（肛門）的本質理解，而不是只有肉慾橫流的感官宣洩。

陳克華的後現代詩，不是在語言的介面上——諧擬、嬉戲、偶然的機遇、語義的不確定，而是表現在思考層面上——透過「器官」，達到對主流話語進行「反身性」（reflexivity）的拆解。這樣往生命實體「形而下」的揭露方式，突出「身體」景觀的異質面，消解了一元化的歷史話語，銘記在「意識－身體」此一文化實體，及其連續性話語的建構之上。

如〈我撿到一顆頭顱〉：

> 之後我撿到一副陽具。那般突兀
> 龐然堅挺於地平線
> 荒荒的中央——

---

[147] 楊小濱，〈絕爽及其不滿——當代詩中的身體與色情書寫〉，《臺灣文學研究集刊》14 期（2013.08），頁 85-86。

[148] 陳克華，〈不要戴套子，好嗎？〉，《美麗深邃的亞細亞》（臺北：書林，1997），頁 114。

> 在人類所曾努力豎立過的一切柱狀物
> 皆已頹倒之後——呵，那不正強烈暗示著
> 遠處業已張開的鼠蹊正迎向我
> 將整個世紀的戰慄與激動
> 用力夾緊：
> 一如我仰望洗濯鯨軀的噴泉
> 我深深覺察那盤結地球小腹的
> 慾的蠱惑[149]

〈我撿到一顆頭顱〉涉及「身體」整體化一元敘事的崩解，主體走在一個未明指的空間中，一路撿拾自身的器官，展開「自我－世界」的關係重組。陳克華讓臺灣的後現代詩不只是單向的「拒絕隱喻」，而是把「隱喻」拿來對主流話語進行「反身性」的操作，「遠處業已張開的鼠蹊正迎向我」、「洗濯鯨軀的噴泉」等等，關於「性」的隱喻處處，「我」與「世界」的關係正擺脫了倚賴文化／時間的溯源與描述，而以身體／空間進行想像的交媾：「我深深覺察那盤結地球小腹的／慾的蠱惑」，此為陳克華為臺灣後現代詩「介入現實」的建構性意義，提出一個身體官能取向的話語示範。

陳克華的後現代書寫，先以溢出資本主義文明轄制的「科幻空間」開始，而後在《我撿到一顆頭顱》中，〈南京街誌異〉、〈吳興街誌異〉、〈我在城市中戀愛〉、〈神祕分屍案〉、〈車禍〉、〈施工中〉等作品，則是試圖穿透都會生活表象的書寫，但以上不論在形式與內涵上絕非嚴格意義上的「後現代詩」，而是同林燿德不少作品一樣，是偏屬於晚期資本主義精神徵候的「都市詩」。如同羅秀美：「陳克華的都市詩，由雜揉科幻敘事的都市詩開始，逐漸走向貼近都市生活的現實面向，以深度思考取代批判性」[150]。

我認為真正標舉陳克華作為一位後現代詩人的重要特質，仍是其「性別政治」（同志）所驅動的情色書寫。華人社會的情慾表達趨向隱蔽，性器與情色進入書寫操作時常常被崇高主體與雅文化去除與削弱，陳克華的後現代詩張揚大膽、裸露的官能情色視野，不但是一種文化話語的性／別政治，也達到對主流話語進行「反身性」的解構功效。

---

[149] 陳克華，〈我撿到一顆頭顱〉，《我撿到一顆頭顱》（臺北：麥田，2002），頁 18-19。
[150] 羅秀美，《文明・廢墟・後現代：臺灣都市文學簡史》，頁 135。

五、陳黎：本土／前衛融合的後現代

陳黎的後現代詩座落在九〇年代，已然是一個意識形態上的臺灣國族主義與文化論述上的本土論，開始取得正當性與合法性的時間區間。臺灣早在七〇年代「鄉土文學論戰以後」的語境校正以後，已然從疏離、晦澀的「現代」，進入了回歸傳統、正視現實的「鄉土」。「本土」雖是一個族群主體建構的思維，但也是一種文化主體性的建構。

於是，從「本土詩學」來看，「本土」也不只是歷史的、現實的感覺結構，也是情感的、想像的、美學的話語空間。而在九〇年代以降，「後現代」成為一股不容遏抑的風潮之後，在複雜多元的時代景觀之中，如何以「本土」認同的書寫打開被政治與歷史遮蔽的身分，以及「後現代」的話語技術，如何參與、拓寬「本土」的美學內涵，成為戰後世代詩人陳黎重要的美學課題。

陳黎的後現代構圖，如同本章「前言」所闡述的，由世代／語言的後現代，往主體／理念的後現代詩位移的最佳範例。陳黎的後現代詩多數集中在《島嶼邊緣》、《貓對鏡》與《苦惱與自由的平均率》三冊詩集之中。更值得注意的是，陳黎的後現代詩為何被廖咸浩的評語「最豐滿的後現代風」[151]？我認為，陳黎相當成功的將「本土」（思維內涵）與「前衛」（藝術表現）在「邊緣」意識上做出成功的融合，如同奚密認為陳黎：

> 就思維內涵而言，雖然詩人標榜本土性，但是他對本土的理解並不侷限於某種特定的、短期的政治訴求，而試圖從長遠歷史的、文化的角度來表現對臺灣的關懷。在這個前提下，詩人強調尋根漢多元。[152]

也因為陳黎追索島嶼生活樣貌與文化圖像的方式，能夠不陷入單一族群（或漢族）狹隘的族群中心主義，而是能夠讓不同族群的語言、文化與音樂進入到創作視野之中，間雜其對世界詩壇重要詩人（Pablo Neruda, Czeslaw Milosz, Wislawa Szymborska, Seamus Heaney, Tomas Tranströmer 等等）的譯介，使其創作能夠具有多元的美學參照系而迴向深化自身的島嶼美學，進一步成就了其後現代詩「豐滿」的羽翼。

在《家庭之旅》的〈為懷舊的虛無主義者而設的販賣機〉，整首詩從形式上看，

---

[151] 廖咸浩，〈玫瑰騎士的空中花園——讀陳黎新詩集《島嶼邊緣》〉，見陳黎，《島嶼邊緣》（臺北：九歌，2003），頁 10。

[152] 奚密，〈本土詩學的建立——讀陳黎《島嶼邊緣》〉，收於陳黎，《陳黎詩集 II：1993~2006》（臺北：書林，2014），頁 373。

確實是一臺「販賣機」，但其販售的物品，卻透露出值得探究的構思。張芬齡以為「現代人生命裡失落了某些自然的質素，諸如母奶，浮雲，蟲鳴，鳥叫。但另一方面，他提供了好幾種烏托邦讓讀者選擇。……一個理想主義者才能發明出這種給懷舊的虛無主義者的販賣機」[153]：

請選擇按鍵			
母奶	●冷	●熱	
浮雲	●大包	●中包	●小包
棉花糖	●即溶型	●持久型	●纏綿型
白日夢	●罐裝	●瓶裝	●鋁箔裝
炭燒咖啡	●加鄉愁	●加激情	●加死亡
明星花露水	●附蟲鳴	●附鳥叫	●原味
安眠藥	●素食	●非素食	
朦朧詩	●兩片裝	●三片裝	●噴氣式
大麻	●自由牌	●和平牌	●鴉片戰爭牌
保險套	●商業用	●非商業用	
陰影面紙	●超薄型	●透明型	●防水型
月光原子筆	●灰色	●黑色	●白色[154]

圖像詩又稱為「具象詩」（concrete poetry），如丁旭暉的定義「利用漢字的圖像特性與建築特性，將文字加以排列，以達到圖形寫貌的具體作用，或藉此進行暗示、象徵的詩學活動的詩」[155]，這首詩當然可以從「圖像詩」的角度去解讀，但「圖像」只能止於形式上的闡述，而無法深究其文本內涵。很明顯地，每一項販售物並非嚴格對應同行旁邊的「按鍵選項」，而是必須仰仗讀者自身找尋符合販售物特性的按鍵文字，當然，從解構的意義上，譬如「白日夢」配上「●罐裝　●瓶裝　●鋁箔裝」已可以引導到多重創造性意義生成的可能。更何況，販售物中出現了「白日夢」與「朦朧詩」，此兩者當然是實體販賣機不可能販售之物，陳黎是想藉由這兩個諧擬／戲仿修辭批判商業文明對精神產物的壓抑？還是點出生命存在樣態的多元性早已超出販賣機所販售的「需求」列表？無論如何，這首詩解構了販賣機的實體表象，

[153] 張芬齡，〈導言〉，見陳黎，《親密書：英譯陳黎詩選 1974-1995》（臺北：書林，1997），頁 29。

[154] 陳黎，〈為懷舊的虛無主義者而設的販賣機〉，收於陳黎，《陳黎詩集 I：1973~1993》（臺北：書林，1998），頁 274。

[155] 丁旭輝，《臺灣現代圖象詩技巧研究》（高雄，春暉出版社，2000），頁 1。

且戲仿商業文明機制，達到了琳達哈琴所謂「戲仿為藝術家和觀眾在參與和保持距離之間建立了一種對話關係。像布萊希特的間離效果，戲仿既拉開了藝術家與觀眾和劇中詮釋性、參與性活動的距離，與此同時又使其參與其中」[156]。

於是，在後現代文本中，作者避開了現代主義主觀意味濃厚的創造性，而是利用的方式，對原典援引、仿作、借用或客體既模仿又反諷（irony），戲仿利用與原典的高度互文性、利用模仿與反諷的猶疑／游移地帶，將「反諷」運作為「相關性」（relational）、「包容性」（inclusive）與「區別性」（differential）三種語意特徵。[157] 林達哈琴認為，「包容性」讓反諷的語意概念「重新思考成為一種簡單的反短語成為可能」，「區別性」則是「解釋了反諷與其他比喻和形式（隱喻和寓言）之間帶有問題性的親屬關係」，但前兩者都是依賴「相關性」特徵，也就是——將所說（said）和未說（unsaid）結合（甚至是磨擦）的結果，而「『未說』挑戰『所說』，這是反諷定義的語義條件」。[158]

後現代的反諷是如同「相較於現代主義藝術，後現代顯然是由自我指涉、反諷、模棱兩可與戲仿所構成，以及對語言的探索和挑戰傳統寫實主義的再現，而得以實現」[159]，陳黎對社會總體話語的「反諷」，深化了其後現代介入當代話語的彈性與張力，更為深入地趨近社會總體話語內部而能保持「自省」，促使「後現代主義與當代大眾文化不僅有牽連關係，而還有評判關係」[160]。

陳黎後現代詩致力於「圖像」演練，不只於表層無意義的嬉遊，而是有思想的深度展示。〈獨輪車時代的回憶〉戲仿黨國獨裁體制對人性的壓抑；〈新康德學派的誕生〉藉由醫藥廣告戲仿現代社會的集體文明「病」徵；〈戰爭交響曲〉戲仿戰爭與死亡；〈取材自《詠嘆調》的四格漫畫〉裁下音樂散文《詠嘆調》的段落與字謎即興拼貼，以輕鬆幽默的方式拼湊古典樂史與生活之間的感覺聯繫；〈消防隊長夢中的埃及風景照〉由「火」字堆疊出金字塔的形狀，傳達社會結構對生命視野的穿透。

陳黎《島嶼邊緣》裡的〈腹語課〉，抵抗語言文法為漢字強加的外部功能，而強調文字本身的「物質性（materiality）」，形成了美國語言詩派最重要的特徵之一，在國內也獲致許多理論家的關注。孟樊認為：「語言詩人之所以強調語言之物質性，是因為不滿於之前資本主義美學太過信任文字（語言）的指涉功能，尤其是寫實主義崛起之後，文字之拜物教化（the fetishization of word）清楚可見，而這正是語

---

[156] 琳達・哈琴（Linda Hutcheon）著，李楊、李鋒譯，《後現代主義詩學：歷史・理論・小說》，頁 49。
[157] Hutcheon, Linda. *Irony's Edge: The Theory and Politics of Irony* (London: Routledge, 1994)., pp. 56.
[158] *ibid.* pp. 56-57.
[159] Hutcheon, Linda. *The Politics of Postmodernism* (London: Routledge, 2002)., pp.14.
[160] 琳達哈琴著，李楊、李鋒譯，《後現代主義詩學：歷史・理論・小說》，頁 57。

言詩人所要撻伐的。……一言以蔽之，語言文字的物質性及其非指涉性其實是一體的兩面」[161]：

> 惡勿物務誤悟鎢塢騖蓩噁岉蘁甒痦逜埡芴
> 軏杌婺騖堊沕迕遻鋈矹粅阢靰焐卼煟扤屼
> （我是溫柔的……）
> 屼扤煟卼焐靰阢粅矹鋈遻迕沕堊騖婺杌軏
> 芴埡逜痦甒蘁岉噁蓩騖塢鎢悟誤務物勿惡
> （我是溫柔的……）
>
> 惡餓俄鄂厄遏鍔扼鱷蘁餩辥蝁搹圔軶豟豟
> 顎呃愕噩軛阨鶚堊諤蚅砨砐櫮鑩岋堮枙齶
> 蕚咢啞崿搤詻閼頞堨堨頞閼詻搤崿啞咢蕚
> 齶枙堮岋鑩櫮砐砨蚅諤堊鶚阨軛噩愕呃顎
> 豟軶圔搹蝁辥餩蘁鱷扼鍔遏厄鄂俄餓（
> 而且善良……）[162]

陳黎〈腹語課〉幾乎與夏宇〈降靈會III〉在後現代「語言詩」一脈絡上等量齊觀，只是夏宇「肢解漢字」意在大他者「空缺」，而陳黎「繁衍漢字」意在「增補」、「綿延」。兩者都試圖都在測試漢字的「質地」（texture），讓語言表意與再現機制陷入狂亂、迷醉、原始本能的酒神狀態。除了括弧內是語義連貫的表述語外，其餘全由漢語辭典檢字表「ㄨˋ」索引至詩行中，無法辨認的、各式「ㄨˋ」與「ㄜˋ」單音的漢字變體，阻卻了現代主義詩學主體思考深度、講究「成文」文法、張揚文字的再現功能，「腹語」的單音、原始、去脈絡的混濁，使讓無數受到文化感壓制的「ㄨˋ」、「ㄜˋ」的音（聲）與形（體），不再是表達主體含義的文字「隨從」，而是自成一個能夠發話、自成含義的音／形迴路。

這類對文字「聲音」的嬉戲式表意，若與特定歷史語境裡的「語種」嫁接，則造成了一定程度上的文化政治意義。如同《貓對鏡》中，陳黎頻繁地在文字符徵的特性如聲音、歷史能指、雙關之間，或拆換或假借，對歷史結構與社會總體話語進行的概念拆解。奚密以四種修辭策略「拆詞換字以造新意」、「字與詞的聯想」、「雙

---

[161] 孟樊，《臺灣後現代詩的理論與實際》，頁 255。
[162] 陳黎，〈腹語課〉，《陳黎詩集 II：1993~2006》，頁 59。

關語的使用」與「詞類的轉換」，認為《貓對鏡》「當現代詩人仍不時需要為自己的文化身分自我辯解，或當評者動輒以現代漢詩脫離了中國文學傳統為由而加以貶斥的時候，《貓對鏡》用「龐大而繁複的語字建築」(〈子音〉) 向我們展示，在藝術的「跨國旅行」裡，護照上唯一的印戳不是來自某個國家，某個民族，而是來自詩的光華」[163]：

ほんど？

當然是真的。這與那人
修習過半年日文無關（雖然
她常常蹺課去看電影並且在
播放國歌時大嚼紅豆）

紅豆紅豆紅豆
紅豆本當紅豆
紅豆紅豆紅豆
吾黨所宗紅豆[164]

如同前述琳達哈琴的看法，後現代詩挖苦、戲仿、諷刺的背後，其實對社會總體話語具有「評判」的傾向。從「紅豆」諧音日文的「ほんど」、到溢出公共道德規的「紅豆」(在電影院播放國歌時大嚼紅豆)，到「無黨所宗」的「紅豆」，諷刺、戲仿了歷史與社會總體話語，呼應了奚密：「詩尾的『吾黨所宗紅豆』字面上呼應前文「她常常蹺課去看電影並且在／播放國歌時大嚼紅豆」，其實自有深意：個人與國家，私己與公眾，遊戲與政治的並列，隱含對『意底牢結』(「意識形態」之音譯) 的諷刺和戲擬，這也是陳黎作品的特色之一」[165]。

又如〈一首因愛睏在輸入時按錯鍵的情詩〉，將後現代詩對社會總體話語的「評判」帶向了「愛情」的盟誓：

親礙的，我發誓對你終貞

---

[163] 奚密，〈世紀末的滑翔練習——陳黎的《貓對鏡》〉，收於陳黎，《陳黎詩集 II：1993~2006》，頁 398。
[164] 陳黎，〈紅豆物語〉，《陳黎詩集 II：1993~2006》，頁 166-167。
[165] 奚密，〈世紀末的滑翔練習——陳黎的《貓對鏡》〉，收於陳黎，《陳黎詩集 II：1993~2006》，頁 392。

我想念我們一起肚過的那些夜碗
那些充瞞喜悅、歡勒、揉情祕意的
牲華之夜
我想念我們一起淫詠過的那些濕歌
那些生雞勃勃的意象
在每一個蔓腸如今夜的夜裡
帶給我飢渴又充食的感覺

侵愛的，我對你的愛永遠不便
任肉水三千，我只取一嫖飲
我不響要離開你
不響要你獸性搔擾
我們的愛是純啐的，是捷淨的
如綠色直物，行光合作用
在日光月光下不眠不羞地交合

我們的愛是神剩的[166]

這首詩明顯地利用諧音的錯別字，塑造語義解讀的不連貫，而若將這些錯別字獨立審視，顯然別有用意。林巾力以為「因諧音誤字所造成的與『原意』（或尋常意義）的背離，正是構成這首詩的反諷來源」[167]，陳黎意欲翻轉愛情忠貞盟誓的「神聖」為「神剩」，以刻意的錯字如「揉情祕意」、「牲華」、「淫詠」、「濕歌」、「生雞勃勃」等等張狂的性意象，尤其是對《紅樓夢》名句「任憑弱水三千，我只取一瓢飲」的仿作與改寫，消解了新教資本主義社會對婚姻與愛情施以崇高、神聖的價值設定，而直指其背後潛藏著本能、肉體慾望的人性真實面。

如同前述奚密的論證，《島嶼邊緣》是陳黎演示其本土／前衛詩學的主要話語場域。「邊緣」，首先是「地理」、「族群」與「文化身分」上的三重「邊緣」位置：

島嶼邊緣首先是花蓮。花蓮除了地理的邊陲，還有混血的非主流環境。陳黎自己的閩、客與外省兼容的家庭背景，則是另一種邊緣。而且，在歷史的這

[166] 陳黎，〈一首因愛睏在輸入時按錯鍵的情詩〉，《陳黎詩集 II：1993~2006》，頁 68。
[167] 林巾力，〈「反諷」詩學的探討——兼以陳黎的詩作為例〉，《文史臺灣學報》11 期（2017.12），頁 196。

> 個時刻，做一個詩人、尤其是不民粹媚俗、不陷溺激情的詩人，恐怕更屬邊緣族群。這些邊緣的際遇，使他特別能感受多元駁雜、變易衍生的意涵，也促成了他與眾不同的視野。於是，陳黎從島嶼邊緣出發，並且更深入島嶼的邊緣。[168]

而廖咸浩將這樣的「地理」、「族群」與「文化身分」的「邊緣」位置，與後現代從「邊緣」去中心的特質扣合：

> 「後現代」就是對邊緣的肯定以及開發。但與現代主義不同的是，後現代對邊緣的肯定是純粹的肯定，不是基於對超越性大敘述的鄉愁。因此，沒有什麼深重的焦慮。同時，後現代也不似現代主義只圖據守邊緣，更強調從邊緣繼續往更邊緣處擴張開拓，因而充滿對於變異多樣的歡欣與喜悅。[169]

由本土意識所驅動的後現代詩，陳黎往島嶼的地方／「空間」拓殖：

> 我聽到他們齊聲對我呼叫
> 「珂珂爾寶，趕快下來
> 你遲到了！」
> 那些站著、坐著、蹲著
> 差一點叫不出他們名字的
> 童年友伴
>
> 他們在那裡集合
> 聚合在我相機的視窗裡
> 如一張袖珍地圖：
>
> 馬比杉山　　卡那崗山　　基寧堡山
> 基南山　　塔烏賽山　　比林山
> 羅篤浮山　　蘇華沙魯山　　鍛鍊山
> 西拉克山　　哇赫魯山　　錐麓山

---

[168] 廖咸浩，〈玫瑰騎士的空中花園——讀陳黎新詩集《島嶼邊緣》〉，收於陳黎，《島嶼邊緣》，頁 9-10。
[169] 同上註，頁 10。

魯翁山　　可巴洋山　　托莫灣山
黑岩山　　卡拉寶山　　科蘭山
……[170]

每一個孩子代表一座山，不被記名的山名，意味集體對土地的失憶。廖咸浩指陳：「『大量表列』（cataloguing）是現代主義與後現代主義都會使用的技巧。前者用以凸顯表列物件背後的「豐饒存在」（presence）。後者主要在突出物件本身的物質性。在此詩中，則可謂二者兼而有之：既是各個山名本身的存在，也是山名背後的本土的存在」[171]，可謂切中這首詩的美學核心。但我不同意廖在後文所說，這群孩子與山名是「一群被空洞的『本土』囚禁多時、此刻爭著要復活的精靈」，被囚禁的主客關係不是「本土」與山的「名字」，而是大中華主義史地教育，及其長期以來宰制著「本土」內涵裡亟待復活的精靈（山）。

如同陳黎自身所言：

> 就整個臺灣的圖像而言，戒嚴時期，在比較狹隘的教條化、道德化、泛政治化的威權統治下，我們對什麼叫臺灣，什麼是臺灣人的概念，和現在有很大的差距。解嚴以後，你可以發現對臺灣的研究，對臺灣本土的渴望與興趣，已經成為這個島上的「顯學」。我自己做為這臺灣島上的創作者之一，也跟其他不同領域的創作者一樣，不約而同地藉著回顧、反視這塊土地過去的歷史，來追索在島嶼居住的意義。[172]

因此，陳黎在《島嶼邊緣》的跋文〈在島嶼邊緣〉，可謂其詩觀的總陳述：「我的詩嘗試融合不同的元素和源頭。融合本土與前衛，島嶼與世界」[173]，亦如同陳芳明對陳黎的解讀：「陳黎是後現代詩人，更是後殖民書寫者。讀他的作品，不能完全從作品來切入，而必須與浩浩蕩蕩的島嶼歷史聯繫起來，才能感受他洶湧而來的聲音」[174]，在這裡，後現代的邊緣意識、去中心思維，與重構「本土」知識的創作意念，兩者並行不悖。

---

[170] 陳黎，〈島嶼飛行〉，《陳黎詩集 II：1993~2006》，頁 116。

[171] 廖咸浩，〈玫瑰騎士的空中花園——讀陳黎新詩集《島嶼邊緣》〉，收於陳黎，《島嶼邊緣》，頁 26-27。

[172] 陳黎，〈尋求歷史的聲音〉，《東海岸評論》85 期、86 期（1995.08-09）；亦收於王威智編，《在想像與現實間走索》（臺北：書林，1999），頁 121-122。

[173] 陳黎，〈在島嶼邊緣〉，《島嶼邊緣》，頁 192。

[174] 陳芳明，〈後現代與後殖民的詩藝〉，《美與殉美》（臺北：聯經，2015），頁 162。

陳黎的詩向來市井氣與民間氣濃厚，其市井與民間氣息來自於微觀世界（多族群聚居的花蓮）的視線與宏觀世界（世界思潮）的交互映照與對話，使其「本土詩學」不致流於僵化且一元的語言／國族中心主義，而能關照到原住民與島上的尋常生命。陳黎的後現代詩示範出對後現代的操作無礙於「本土」的建構，而其「本土」的建構也與後現代拆散文字與聲音的同一性、「反線性敘事」的傾向有效融合，將文化主體的重構（後殖民）與對總體話語中心的解構（後現代），在「本土／前衛」此一思維構圖上做出具象／圖像的表達。

六、向陽：演繹「複數本土」觀念的後現代

前文論述陳黎「本土／前衛融合的後現代」一節已經提及，進入到解嚴以後，隨著政治解禁、被威權壓抑與遮蔽聲音的出現、基層社會力量的反彈，後殖民理論與臺灣主體性的本土論，已然開始取得文化場域上的發言權與合法性。與此同時，臺灣的現代詩在走過七〇年代「鄉土文學論戰以後」，採取現代主義立場的詩人也不得不正視現實、關懷鄉土，而後現代詩則是呈現由世代／語言的後現代，往主體／理念的後現代詩位移，其中，陳黎《島嶼邊緣》與向陽《亂》是臺灣九〇年代「本土詩學」參與後現代新詩景觀最為重要的兩冊詩集，皆是將「後現代」的拼貼、隨機、諧擬、反諷等「技巧」，融入自身對於臺灣「本土」的人文關懷與創作理念之中。

臺灣的後現代詩，當然有如同夏宇，質疑一切「深度」、不信任語言的再現機制、過程重於意義、將文字的歧義性玩耍到極致的路數。然而，隨著本土意識的崛起，本土的文化建構意識主／引導了後現代詩的表現模式，陳黎與向陽則是傾向另一種路數：後殖民／本土的理念為「體」，後現代的形式或技巧為「用」。一般而言，在臺灣文學史上，政治批判與社會關懷等外顯意識受到「寫實」詩或鄉土詩較多地徵用，但兩人以後現代的形式或技巧，表現創作主體的後殖民／本土意識，使得臺灣後現代詩獨具辨識度，也讓臺灣的後現代詩不流於掏空深度、意象扁平之弊，而更有容納多元聲音、重述記憶、主體重構的建設性意涵。

因此，當代中國後現代詩「反文化」的周倫佑，以釜底抽薪的方式將詩歌語言「還原」到「前文化」階段，以及「反體制」的李亞偉，揭露民間的「醜學」以反抗官方體制對個人精神的收編，兩者創作背景皆有某種「威權」的暗影，無所不在。然而，部分後現代詩在臺灣，主要用於體現一個「缺位」的主體性，走向與後殖民／本土意識的，沒有走向如歐美後現代詩掏空主體與意義，或是裂解一切能指與所指之間關係鈕帶的激進解構思維，亦沒有如同中國後現代詩人對文化「崇高」型態的深刻懷疑。論及臺灣後現代詩參與後殖民國族重構與本土意識的路線，向陽的

《亂》堪稱此中翹楚。

關於向陽的《亂》，筆者曾在拙文〈複數的本土：向陽的詩藝歷程與展演〉中提及「複數的本土」（multiple nativism）此一核心概念，與「後現代」表現技巧之間的內在聯繫：

> 向陽整體創作歷程其實就是「複數的本土」此一思維內涵的具象展演，向陽很早就自覺地以母語寫詩，亦曾長於期任職黨外媒體《自立晚報》，對社會脈動體察深厚、反體制與民間性格鮮明，其「本土」意識自不待言。更重要的是，向陽的「本土」思維建立在對臺灣這塊土地的歷史、現實與情感的基礎之上，能夠輻射出更為多元、寬闊的認同光譜（底層、生態、原住民），亦能夠參照前衛（現代、後現代）表現技巧，使得其「本土」（認同）在「前衛」（技巧）的拉扯下，免於狹隘、單一的福佬民族主義文化意識形態，呈現「複數」（寫實本土／現代本土／後殖民本土／後現代本土）的動態美學景觀與文化圖像。[175]

從《十行集》的〈立場〉結尾：「人類雙腳所踏，都是故鄉」[176]一句，足以顯明向陽的本土認同並非是封閉、狹隘的，而是能夠容納異質、擁抱多元。在此，拙文主要指出向陽的後現代詩不是橫空出世般的偶然，亦非全然承受歐美後現代思潮引進後的單向全盤接收，而是「有意識」的以之為「用」，結合其一直以來的本土／鄉土的關懷與視野（「體」），形成一種能夠容納本土認同與社會批判的後現代詩。

筆者更認為，向陽的後現代詩除了立足於本土精神，更來自其在《土地的歌》所涵養的母語元素，本土（創作意念）、母語（語言表現）、後現代（形式），自此為臺灣的後現代詩改造為能夠乘載主體認同與批判意識的後現代詩。

以〈咬舌詩〉為例：

> **快快樂樂。做牛就愛拖，啊，做人就愛磨。**
> 平凡的我們**不知欲變啥麼蛯，創啥麼碗粿**？
> 城市在星星還沒出現前已經**目睭花花，匏仔看做菜瓜**，
> 黃昏在昏黃的陽光下**無代誌罔掠目蝨相咬**，
> **這是啥麼款的一個世界？一個啥麼款的世界？**

[175] 涂書瑋，〈複數的本土：向陽的詩藝歷程與展演〉，《文史臺灣學報》15 期（2021.10），頁 15-16。
[176] 向陽，〈立場〉，《向陽詩選（1974～1996）》（臺北：洪範，1999），頁 108。

這是一個怎麼樣的年代？怎麼樣的一個年代？[177]

〈咬舌詩〉寫於 1996 年，文本整體上所要表達的，是臺灣九〇年代政治民主化、但價值錯亂失序的社會側面，閩南語漢字的出現，帶出了庶民的感受與觀點。另一方面，「混語」的使用與表現，向來是後殖民理論的主要論點，詩中修辭的「咬舌」（繞舌打結），讓華文的表達過程受到閩南語的「阻斷」，讀者若不懂閩南語，並無法清楚理解詩行與串接意義。華語、閩南語漢字的交替使用，尤其是「城市在星星還沒出現前」對應「目睭花花，匏仔看做菜瓜」，以及「黃昏在昏黃的陽光下」對應「無代誌罔掠目蝨相咬」，並置文／言、雅／俗而形塑一種語言位階上的差異性與諷刺感，蘊含對「華語」一直以來作為主導語言的反抗與嘲諷。

另外，向陽「□□」系列詩句，亦是不少評論家與詩史家關注的焦點。「□□」是後現代主義參與式文本、多元建構的產物，然而，向陽的「□□」並非反意義、反主體建構的文字遊戲，而是更為深入島嶼的集體創傷記憶：

夜空把□□□□□□
黑是此際□□□□□
星星也□□□□□
由著風□□□□□□□
黎明□□□

□夕陽□□□□
□□唯一□□□
□遮住了□□
□雨敲打□□□□
的大□

□帶上床了
□□的聲音
□□眼睛
□□尚未到來

[177] 原文臺語部分以楷體顯示。基於論文引文必須以標楷體顯示，在此引文中的臺語，以粗體顯示。見向陽，〈咬舌詩〉，《亂》（新北市：INK 印刻，2005），頁 102-04。

門

一九四七年響遍臺灣的槍聲
直到一九八九年春
還做著噩夢[178]

讀者可以從「□□」中，選填自己屬意的詞句。從主體的認同構面來說，這樣不直陳自身族群的歷史創痛，而邀請讀者共同參與文本建構的手法，其實也隱含尊重臺灣其他族群（如外省、原住民等）歷史經驗的謙卑。整首詩既能表現二二八事件與白色恐怖帶給人心的顫慄，而從藝術效果而言，「□□」的空白亦有勾起讀者反思歷史、再造自我認同的功效。

向陽〈一首被撕裂的詩〉、〈一封遭查扣的信〉、〈發現□□〉等詩以後現代的拼貼手法，試圖呈現島嶼歷史記憶被遮蔽的空白，並成功再現了重述記憶、重構認同的內在企求。如同岩上認為向陽的後現代詩：

> 所表現的也不離臺灣現實性的素材：政治、歷史、社會事件。是以向陽以操作後現代主義的技巧表現了臺灣現實的經驗，即使是被稱為後現代詩作，也非全盤照收他們的支離破碎，而是經吸收選擇改造變體的，這是向陽處理後現代主義的面對現代性睿智之所在。[179]

與筆者所持論的「複數的本土」觀點相似，岩上的觀點也認為向陽的後現代詩，是對西方得後現代進行吸收後加以改造的「變體」，「後現代」的話語技術，參與了「本土」美學內涵的開拓。向陽後現代詩蘊含本土、鄉土、母語的內在動力，對後現代主義思潮的理解偏向形式與表現手法的接受，而非基進的文化解構思維。

向陽的後現代詩對後現代主義「去中心」的挪用，是基於一定程度的本土理念與後殖民立場的，其「去中心」往往有清晰、具體的意識形態構圖，而非全然的詞語游牧或「無意義的嬉遊」。因此，向陽的後現代詩是「演繹『複數本土』觀念的後現代」，相較於陳黎，向陽的後現代詩蘊藏著更為具體而深刻的歷史社會維度，是具備主體與歷史「建構」意義的後現代詩，偏向哈山（Ihab Hassan）所言「一種文化力圖理解自己，發現自己在歷史上的獨特性」[180]的後現代詩。

---

[178] 向陽，《向陽詩選（1974～1996）》，頁 264-265。
[179] 岩上，〈亂中的秩序——析論向陽詩集《亂》〉，《當代詩學》8 期（2013.2），頁 232-233。
[180] 伊哈布・哈山著，劉象愚譯，《後現代轉向－後現代理論與文化論文集》，（臺北：時報文化，1993），

第四節　口語化、反權威、反崇高——中國第三代詩人的後現代性

朦朧詩為中國詩壇所開闢的道路，呈現出一種思想運動的軌跡：從「集體」到「個人」，從「政治」到「抒情」，從「啟蒙」到「承擔」。朦朧詩大體是被「集體／革命」壓抑後的「個人／抒情」釋放，仍是現代主義精神圖示的「向內心世界的鑽探」。而「第三代詩歌」[181]的登場，則是轉向對日常生活面的關注，試圖從平淡、瑣碎的日常生活景觀之之中，找到語言與存在的深刻性與真實性。在柯雷（Maghiel van Crevel）看來，中國七〇年代末期以降得中國先鋒詩歌，可以說是由「崇高」（elevated）與「世俗」（earthly）「兩個差異極大的廣義上的美學觀念共同構造起來的一種話語譜系」[182]，也直接影響了九〇年代「知識份子寫作」與「民間寫作」兩大立場鮮明的詩歌陣營的生成。

周倫佑指稱第三代詩「為當代詩注入了新的因素，使其獲得了主體性的意義」，並表現在（1）自覺的文化態度（超文化的意識和努力）；（2）自為的價值系統（內部價值—歷史功利—自我實現）；（3）自主的流派意識。[183]周倫佑提及第三代詩在「文化態度」、「價值系統」、「流派意識」全面、自覺地與朦朧詩劃開了清晰的界線。而這樣的「決裂意識」，深刻地體現在自然美與藝術美、技術與藝術、技藝與生命、詩歌的形與質、語言本體與社會功能、寫作與現實等之間關係的諸多命題之中。

中國第三代詩人的後現代詩，確實符合西方學者在定義「後現代」時提出的多向、非線性、流動、跨／解域、異質、去中心的美學傾向，其背後是對朦朧詩建立的美學典律逐漸與官方話語同步（政治化、教條化、公式化）前景（如同文革詩歌對人民共和國的「解放」、「鬥爭」、「造反」話語同構）的預見與憂慮，基於從「中國五四以來的新詩，到北島們可以看成一個連續的時代，以吶喊為基調，經歷了建

頁 9。

[181] 本書對「第三代」的理解，採取的是文學史的區分方式：第一代指稱承受五四新文學運動洗禮的詩人，如郭沫若、李金髮、戴望舒、艾青等；第二代指稱下鄉知青的「朦朧詩人」，如北島、楊煉、多多、舒婷、顧城、芒克、梁小斌、江河、黃翔等；第三代以徐敬亞於 1986 年組織的「中國詩壇 1986'現代詩群體大展」作為集體現身的標誌，指稱叛離「朦朧」、意圖走出新的美學路線的一代，如于堅、韓東、翟永明、李亞偉、周倫佑、楊黎、柏樺、張棗、伊蕾、陳東東等。關於「第三代」命名源流的詳細考證，見劉波，《「第三代」詩歌研究》（保定：河北大學出版社，2012），頁 1-12。

[182] 柯雷（Maghiel van Crevel）著，張曉紅譯，《精神與金錢時代的中國詩歌：從 1980 年代到 21 世紀初》（北京：北京大學出版社，2017），頁 24。

[183] 周倫佑，〈「第三浪潮」與第三代詩人〉，收於謝冕主編、吳思敬分冊主編，《中國新詩總系・第 9 卷（理論）・1917~2000》（北京：人民文學出版社，2009），頁 655。

立－肯定－衰竭－否定的過程」[184]，因此，于堅「一代人」的詩歌，致力於建立在生命體驗、內心狀態與表達方式之上的「詩歌精神的重建」。

若從現代主義系譜觀之，中國從朦朧詩到第三代詩的美學典範的位移，比較沒有如同臺灣新詩受到國族認同意識到糾結與困惑而發生「寫實」與「鄉土」的轉折，而是呈現從啟蒙式的現代（《今天》－朦朧詩）到反啟蒙的現代（第三代詩），詩歌不再是某種歷史傷痕與文化啟蒙的承擔者，而是致力於詩歌語言所製造的精神景觀的實驗者、探索者，也就是說，第三代詩人認為朦朧詩的「一代人」雖然恢復了詩歌語言的情感維度，但顯然與真實的社會現實越來越遙遠而失真，且認為朦朧詩那類「菁英話語」漸漸無法適應一個迅速轉型的社會、一場更為躁動的時代話語風景。如果說朦朧詩是從「今天」看向「過去」，那麼第三代詩就是「今天」看向「未來」。

羅振亞認為第三代詩人：

> 不約而同地踏上了否定朦朧詩以心靈滲入客體但又切近現實的英雄理想主義傾向的道路，實現了詩向生命本體的內向化的戰略轉移，再也不去關注外部世界的意義與深度，一心營構起以往詩人們祕而不宣的內宇宙天地來……除了平凡、平淡、平常的自己，世界上別無他有。[185]

由菁英意識轉移到平民意識，詩歌不再是面向民族命運與歷史重層反覆的精神憂患、不是對形上抽象思維的投注，而是面對現存生活進行心理與生理的描述與探勘。

羅振亞更認為「生命感性革命從自我的戲謔反諷、弱點拉開序幕。崇高感坍塌後的凡人意識覺悟，使第三代主動卸下典雅華美的面具，裸露出心靈與真實生活的本真狀態」[186]，這也是羅振亞稱之的「黑色幽默似的荒誕行旅」：「再也沒有憤世嫉俗的慷慨悲歌，而完全以放浪形骸、玩世不恭的姿態去面對虛偽與神祕，痛苦與嘻嘻哈哈的攪拌使源於古希臘戲劇角色類型的反諷——嘲謔與幽默再現風采，使第三代踏上了迢遙的存在本體層次的荒誕之旅」[187]，更是第三代詩人「超越死亡」的方式：「第三代詩人從形而上學層面思考死亡。這是自瀆意識的邏輯結局、對痛苦的超越」[188]。

---

[184] 于堅，〈詩歌精神的重建——一份題綱〉，收於同上註，頁 671。

[185] 羅振亞，《中國現代主義詩歌史論》（北京：社會科學文獻出版社，2002），頁 232。

[186] 羅振亞，《中國現代主義詩歌史論》，頁 233。

[187] 羅振亞，《中國現代主義詩歌史論》，頁 234。

[188] 羅振亞，《中國現代主義詩歌史論》，頁 236。

部分第三代詩人的情慾、猥褻、魯莽、反文化，彷彿「醜學」的心靈展覽。因此，「如果說朦朧詩代表著人的社會屬性，那麼，第三代詩則體現著對人本質的另兩種屬性——心理和生理屬性的回歸」[189]，第三代以原始的本能與感官詩衝擊理想主義、集體主義、禁慾主義所支撐的抽象價值觀念，主體與情感撤出了意象世界，削弱主觀意志引導的語言、以「平行／客觀」或「反文化」的語言重構外在的時空秩序，將沉悶、瑣碎與無聊的生活樣態，重量，賦予一定的重量。

抒情言說策略上，第三代詩人從「意象藝術」進行到「事態結構」的轉移，體現在「動作（生理與心理動作）的強化與凸現」（詩的小說戲劇化、述實大於抒志的敘事態勢成形）、「『反詩』的冷抒情」（楊黎〈冷風景〉、與意象詩抗衡：非非「還原語言」、他們「回到事物中去」、強化詩的敘述性效應、指向深邃靜觀的智性情感空間）與「自覺的口語化」[190]。其中，口語化導致現代漢語「語感」的重新配置，語言「自動化」呈現出流動的生命情態，語感形成生命的肉身，在文本的優先性壓過了語義，成為一種「主體—生存—語言」的詩歌型態。

第三代詩雖然「後現代」取向鮮明，但也不意味「後現代」就是解構一切主體發話，或是取消話語再現事物本質的有效性，也不是「後現代」就等同於擁抱無意義的虛無。例如「非非」的周倫佑指陳，後現代詩在專注於解構元敘事、去中心、致力形式實驗的同時，也必須「更敏感地切入人類及個人的生存核心，從對人類生存現狀得關注中產生出它的社會抗議主題；從殘酷的世紀性暴力及持續不斷的損失中產生出它的絕望主題」[191]。他批評不少第三代詩人「以一貫的謹慎，小心翼翼地避開『後現代』詩歌的嚴肅主體（社會抗議和絕望主題），有選擇的認同與他們弱力人格相適應的和解主題」[192]，詩歌成為一種「逃避和和解的藝術」[193]。顯見，後現代帶給中國詩人的感受向度並不一致，至少對周倫佑而言，「後現代」並非拒絕現實，更不可以逃避現實，而是帶有海德格意義的以語言的「存有」介入「現實」。

以此來看，若說朦朧詩人在危亡的生存境遇中「求生」，第三代詩歌的文本則是在太平盛世中「求死」。從佛羅斯特、艾略特到艾倫・金斯堡、畢曉普，到歐陽江河、翟永明、韓東、西川、顧城、海子、戈麥，第三代詩歌觸及了大量西方現代詩歌中的存在與死亡的議題，並做出語言上的應對、反思與對話。本書揭示五位中國第三代詩人，韓東、于堅（他們）、周倫佑（非非）、李亞偉（莽漢）與陳東東（海

---

[189] 羅振亞，《中國現代主義詩歌史論》，頁 239。

[190] 羅振亞，《中國現代主義詩歌史論》，頁 240-247。

[191] 周倫佑選編，《打開肉體之門——非非主義：從理論到作品》（蘭州：敦煌文藝出版社，1994），頁 203。

[192] 同上註。

[193] 同上註，頁 205。

上），皆是當代中國詩壇最具後現代色彩的詩群（他們、非非、莽漢、海上）的詩人。他們關注主題的轉換意味一個深刻的詩歌語境的變化，他們急於告別地下詩歌與朦朧詩人的共通語彙：啟蒙式的浪漫主義，而轉向詩人與詩歌自身的「生存」問題與「方法」問題。前者屬於「為何」寫詩，後者則是涉及詩的「表達」。

一、韓東：主體意向懸置、物像零度敘述的後現代

作為「他們」代表詩人之一的韓東，由其執筆的〈藝術自釋〉，揭示出兩點：其一，「我們關心的是詩歌本身，是詩歌成其為詩歌，是這種由語言和語言的運動所產生美感的生命形式。我們關心的是**作為個人深入到這個世界中去的感受、體會和經驗**，是流淌在他（詩人）血液中的命運的力量」[194]，強調的是詩人與詩歌對「世界」的「直覺」式把握；其二，「世界就在我們的前面，伸手可及。我們**不會因為某種理論的認可而自信起來**，認為這個世界就是真實的世界」[195]，此點承接上述的「直覺」，點明觸及生命各個層面的「真實」，不須倚賴「知識」或「觀念」。

以上，若論及「他們」文學社群的整體特質，「與『非非』、『莽漢』那種不無誇張的反姿態相比，『他們』彷彿是一群甘於平庸的『都市的老鼠』。當然，『他們』對『朦朧詩』話語系統的反叛仍然是與『非非』、『莽漢』異曲同工的……『他們』詩人有一種特有的懶散、瑣屑和饒舌，更多一份平民智者的機智和幽默」[196]，「他們」看似漫不經心、慵懶閒散，但正是其對世界與人群採取的「平視」的視角，更印證了其瑣碎、懶散、漫不經心的文本外貌底下，其實蘊含對朦朧詩「宏大抒情」的菁英視角與美學盲點的抗拒。

所謂「詩到語言為止」，語言不只作為詩的載具，更作為詩的本身。其餘一切思想、觀念、信仰等等賦予語言的任何形態或性質，都不是詩應該追求的。詩，生成於語言，也終止於語言。然而，即使詩到語言為止，但語言究竟為何物，又以何等策略表現，才是值得深究的問題。

中國的後現代詩除了出自對朦朧詩啟蒙／抒情此一詩歌典律的反叛，更多的美學趨向，其實是表達對社會生活快速資本化與市場化的深沉憂慮。因此，中國後現代詩的「反敘事」，並非詩人「不能」敘事，而是第三代詩人不願意在「體制」內或按著「體制」的「預期」敘事。第三代詩人面向整併至全球經濟格局與美學秩序的話語抵抗，抱持著對新自由主義炮製的種種市場神話的深刻懷疑，只有斬斷詩歌－

---

[194] 徐敬亞、孟浪、曹長青、呂貴品編，《中國現代主義詩群體大觀：1986-1988》，頁 52。

[195] 同上註。

[196] 陳旭光，〈「第三代詩歌」與「後現代主義」〉，收於張濤編，《第三代詩歌研究資料》，頁 4。

社會的關係臍帶，讓詩歌語言不再為「表述」自我或他者而存在，此等「釜底抽薪」的話語策略，才能讓詩歌「到語言為止」。

因此，**韓東的詩，除了「解構」一切經典文本，更向瑣碎卑微的日常生活延伸。方法，則是主體意向的懸置，與物像的零度敘述**。韓東認為「自外部建立秩序的努力都有違現代詩的根本，因此，教條主義、形式主義和『寫作法』之類都是飲鴆止渴」[197]。解除「語言」的人工建築（修辭法、隱／轉喻結構、結構性深度的呈現），成為「他們」詩人通往「詩到語言為止」的重要手段，首要作法就是先讓崇高的物／客體去深度、去神聖化：

> 有關大雁塔
> 我們又能知道些什麼？
> 我們爬上去
> 看看四周的風景
> 然後再下來[198]

韓東選擇的話語策略卻是「平面化」：反意象、反抒情、反宏大敘事，現代主義詩學講究意象的提煉與變化，在韓車的詩裡，退化為扁平的「形象」。〈有關大雁塔〉是韓東破除朦朧詩「審美－啟蒙」意識的重要文本，剝除了楊煉「大雁塔」的文化象徵與歷史想像，不但大雁塔作為全國重點文物與世界文化遺產的文明／歷史縱深消失，「大雁塔」也成為了一處尋常人家的後院、一處人人可欺近、百無聊賴的「遊戲」場所。

從這首詩中，我們不難見到一種時間性的匱乏，歷史／時間被解除了想像深度之後，取而代之的，是一個被現代主義藝術律則壓迫的主體，經由最為本質／口語化的語言，寫出一處被「平民」的日常經驗所佔據的尋常空間，空間（大雁塔）也被取消了被歷史敘述與想像所賦予的莊嚴與崇高。

如同詹明信：

> 我們現在所擁有的是共時性（synchronic）的事物，而非歷時性（diachronic）的。我認為至少在經驗上還留待爭論的是，包括我們的日常生活、心理經驗

[197] 韓東，〈關於文學、詩歌、小說、寫作……〉，《你見過大海：韓東集（1982~2014）》（北京：作家出版社，2015），頁 355。

[198] 韓東，〈有關大雁塔〉，同上註，頁 9-10。

和文化語言，在今日皆被空間範疇所宰制，而並非像先前高度現代主義時期那樣，是時間範疇宰制一切。[199]

〈有關大雁塔〉崇高歷史與文化意義的坍塌，讓現代主義的「時間範疇」崩解，被一種日常、嬉戲、無思想深度的空間所替代。孩子們在其上遊戲、追逐，歷史時間被轉化為平面的日常遊戲空間，印證了詹明信「所擁有的是共時性的事物」，歷時性的時間被共時性的空間所吞噬。

類似意象深度的解除與口語化的語言，在〈你見過大海〉、〈常見的夜晚〉、〈寫作〉、〈回家〉、〈哥哥的一生必然天真爛漫〉等等，但韓東的詩在解除現代主義繁複的意象程序之後，一種智趣與知性的神采，卻能夠從詩行中不時閃現。如〈下棋的男人〉：

兩個下棋的男人
在電燈下
這情景我經常見著
他們專心下棋
從不吵嘴
任憑那燈泡而輕輕搖晃[200]

〈下棋的男人〉裡，陳述／抒情主體的位置不復存在，韓東以極盡「客觀」的平視角度，懸置不屬於詩人當下瞬間、臨即性視野的文化與知識表徵，很像是一般人在「不經意思索」下的發言，以這樣的「直覺」式陳述、瞬間「語感」的表達，呈現特定的生存情境與生命體驗。如同陳仲義對第三代詩「語感」兩大構成類型的梳理，除了楊黎「以聲音為主要體現的音流語感」[201]，另一個就是韓東的「以客觀語義或超語義為主要體現的語境語感」[202]。

另以〈常見的夜晚〉為例：

這個夜晚很常見

---

[199] Jameson, Fredric. *Postmodernism, or the Cultural Logic of Late Capitalism*, pp.15.

[200] 韓東，〈下棋的男人〉，《韓東的詩》（南京：江蘇鳳凰文藝，2015），頁 15。

[201] 陳仲義，〈抵達本真幾近自動的言說——「第三代詩歌」的語感詩學〉，收於張濤編，《第三代詩歌研究資料》，頁 23。

[202] 同上註。

你來敲我的門
我把門打開一條縫
燈光首先出去
在不遠的地方停住
你的臉朝著它
看見了房間裡的一切
可我對你還不大了解
因此沒有把房門全部打開
你進來帶進一陣冷風
屋裡的熱浪也使你的眼鏡模糊
看來我們還需要彼此熟悉
在這個過程中
小心不要損傷了對方[203]

這首詩裡所有的詩句都極盡口語化、也都呈現出與事物「平視」、「客觀陳述」的狀態，卻絲毫不傷損這首詩極富知性辯證感的內在詩意。耐人尋味的是，當「燈光」出了房門，按常理此時「房間」內應該漆黑一片，但是「你」的臉望著出了房門的「燈光」之後，卻能夠隔著沒有完全打開的房門「看見了房間裡的一切」。若將這首詩理解為中國詩人具體的生存情境——一個縝密而監控的統治體制而言，「你」可解讀為「專制政權」或某種社會主流話語體制，而「房門」解讀為「詩的意象」的話，那麼「看來我們還需要彼此熟悉」、「小心不要損傷了對方」無疑是後現代最為顯著的諧擬／戲仿，模擬一場「你」來訪的戲劇，嘲諷了那個不容質疑的政治／話語權威。

韓東的「平視」詩學，以通常諧擬／戲仿的語言方式傳達，使得文本通常有深度諷喻的效果。如同琳達・哈琴：「諧擬／戲仿似乎為審視現在與過去提供了一個視點，使藝術家能夠從話語內部和話語對話，卻不至於完全被其同化。正是由於這個原因，戲仿似乎成了我所說的『中心之外』的群體和被主流意識型態邊緣化的群體的表達模式」[204]，韓東時常以一個弱勢者抵抗強權的自述姿態，但消除了控訴的激情，將寫作主體對社會現實的批判，帶向客觀情境的存有思考之中。諧擬／戲仿的語調使得韓東得以保有一種永不被強勢話語編碼的發話位置，呈現一種「體制」

---

[203] 韓東，〈常見的夜晚〉，《你見過大海：韓東集（1982~2014）》，頁 19。

[204] 琳達哈琴著，李楊、李鋒譯，《後現代主義詩學：歷史・理論・小說》（南京：南京大學出版社，2009），頁 49。

無法有效收編的話語立場。

韓東的「平視」詩學，更將詩歌語言推向了「刻意為之的表面性」（willed superficiality）[205]。柯雷以為「表面性遮蔽了傳統套路中的推理和聯繫機制，從而構成簡明直接的陌生化效果」[206]。「表面性」既然是「刻意為之」、是高度的客觀化思維，但為了讓「物件」極致客觀化所帶起的「語感」，能夠撐起某種自我與世界之間的「陳述」，並進一步創造柯雷稱之的「陌生化效果」，那麼不可免地韓東仍是必須適度讓「主觀」介入。但這樣的「主觀」並不是主導片面詞語與整體寓意的動態構成，而是「主觀」「參與」了對物件的「陳述」，主體並未以崇高姿態操弄客體物象，而是同樣以相當「平視」的方式，介入了主觀（我）與客觀（物）的闡釋過程。

如〈我聽見杯子〉：

這時，我聽見杯子
一連串美妙的聲音
單調而獨立
最清醒的時刻
強大或微弱
城市，在它光明的核心
需要這樣一些光芒
安放在桌上
需要一些投影
醫好他們的創傷
水的波動，煙的飄散
他們習慣於夜晚的姿勢
清新可愛，依然
是他們的本錢
依然有百分之一的希望
使他們度過純潔的一生
真正的黑暗在遠方吼叫

---

[205] Deborah S. Davis et al. ed. *Urban spaces in contemporary China: the Potential for Autonomy and Community in post-Mao China*. (Washington, D.C.: Woodrow Wilson Center Press; Cambridge; New York: Cambridge University Press, 1995), pp. 55.

[206] 柯雷（Maghiel van Crevel）著，張曉紅譯，《精神與金錢時代的中國詩歌：從 1980 年代到 21 世紀初》，頁 78。

> 可杯子依然響起
> 清脆，激越
> 被握在手中[207]

在詩人的主觀世界中，「杯子」單調且獨立，而「城市」在「杯子」的「光明的核心」之中。這樣來看，「杯子」及其盛水的物理現象與感知空間，凌駕了「城市」此一集體的生活與居住量體，顯示韓東急欲從朦朧詩潮「承擔」集體意識中撤離的寫作態度。而「杯子」中水的波動，卻是「清新可愛」，「杯子」所導引的一切「陳述」，都鮮少人工後天的意象鑿痕。主觀知覺極盡片面化、適度淡出文本空間，對客體物象也趨近客觀化的模擬，以此對自我的存在進行探問——不向社會空間投放駭人的「杯子」意象、「陳述」杯子可以再現多少維度的世界，而僅僅只是在握住手中的杯子時，而感知自己的存在。

因此，同樣是面對既成話語體制的「懷疑」，朦朧詩是對「文革」語境的深刻拒絕。而韓東等第三代詩人的後現代詩，其實比朦朧詩更為內省。柯雷認為，相較於北島「人文主義」式的懷疑精神，韓東「存在主義式的懷疑自始至終貫穿他的創作之中」[208]，但本書需要補充的是，韓東的存在主義式的「懷疑」精神，雖然疏遠了主觀意志與道德判斷，但並未走向相對虛無主義，而是填充具體的生活情境，讓片段的生活情境去碰觸生命本質的「荒誕」或「悲哀」。

〈甲乙〉一詩的前半部，「甲」與「乙」分別下床「繫鞋帶」，然後大篇幅的段落，充滿「甲」欲圖向窗外窺看被牆遮擋的樹枝——此一舉動的「客觀描寫」。敘事者寫到「甲」不斷勘測自身與「樹枝」的間距，再帶出「甲」為何熟悉「綁鞋帶」的生命歷程：

> 他（甲）以這樣的差距再看街景
> 閉上左眼，然後閉上右眼睜開左眼
> 然後再閉上左眼。到目前為止兩隻眼睛
> 都已閉上。甲什麼也不看。甲繫鞋帶的時候
> 不用看，不用看自己的腳，先左後右
> 兩隻都已繫好了。四歲時就已學會

---

[207] 韓東，〈我聽見杯子〉，《你見過大海：韓東集（1982~2014）》，頁 35。

[208] 柯雷（Maghiel van Crevel）著，張曉紅譯，《精神與金錢時代的中國詩歌：從 1980 年代到 21 世紀初》，頁 91。

五歲受到表揚，六歲已很熟練
這是甲七歲以後的某一天，三十歲的某一天或
六十歲的某一天，他仍能彎腰繫自己的鞋帶
只是把乙忽略得太久了。這是我們
（首先是作者）與甲一起犯下的錯誤
她（乙）從另一邊下床，面對一隻碗櫃
隔著玻璃或紗窗看見了甲所沒有看見的餐具
為敘述的完整起見還必須指出
當乙繫好鞋帶起立，流下了本屬於甲的精液[209]

我們都然可以用抒情主體的「去人格化」（剩下甲、乙）、對人類認知心理的「後設」觀點、日常生活的「客觀紀實與模擬」等概念切入這個文本，但韓東的「客觀」與「後設」並非玩弄敘事觀點與語言技巧而已。這個文本其實充滿「現實感」的血肉，也不是沒有深度「隱喻」。因為，明顯「甲」在操作自身的視線與「樹枝」的差距的時候，「乙」卻「隔著玻璃或紗窗看見了甲所沒有看見的餐具」（柴米油鹽？），或許，「樹枝」是社會群際關係的「隱喻」，「甲」的「向外望」（試圖在群際社會中得到自身的歸屬）與「乙」的「向內看」（承受家務勞動），甲、乙若是「夫妻」，可見生命視野的分歧與情感的貌合神離，而「當乙繫好鞋帶起立，流下了本屬於甲的精液」一句，沒有情感交集的夫妻在繫鞋帶後留下適才「性交」的「證據」，這個「證據」體現出「關係」存續的荒誕本質。

韓東的「平視」詩學，〈牆〉也是代表：

我像一面毫無動作的牆
而且具有反彈的特性
只接受那些水平的方向
飄落的東西

有人準備用巨大的馬力撞擊我
有人準備與我保持永恆的距離
有人化作斜落的雨，貼上我
有人如蹦躂的小球，不斷從眼前跳開

[209] 韓東，〈甲乙〉，《你見過大海：韓東集（1982~2014）》，頁 97-98。

只有陽光的方式與此不同
它發現了實的牆和虛的影
它使我成為一塊馴服的平地
光明的響尾蛇嘶嘶滑過[210]

〈牆〉像是詩人自我與社會之間互動關係的寓言。韓東從「牆」的物理特性延伸自身對人際互動的思索，「牆」確實「只接受那些水平的方向／飄落的東西」。歷經種種「關係」的試煉，「牆」卻發現「陽光」能以不透過實質物理接觸的方式穿透自身：「發現了實的牆和虛的影」，「實的牆」是為自身的外貌，「需的影」則是自身不欲為外人道的意識。在「陽光」此一自然普遍規律的照射下，「人性」的陰暗面不但被逼顯出來，「響尾蛇」可謂「時間」的隱喻，亦是從「水平方向」而來，「牆」亦無法阻擋。〈牆〉表現初韓東以「平視」角度傳達對人際關係與人性本質的思考。

當然，亦有學者對韓東提出反思，如霍俊明：

> 如果說《他們》的代表韓東的「詩到語言為止」和「我們關心的是詩歌本身，是這種由語言和語言的運動所產生的美感的生命形式」旨在祛除詩歌語言的政治、文化和歷史等他者性話語的牢籠的話，那麼第三代詩歌的危險是用一種語言觀念取代另一種語言觀念，這種二元對立你死我活的拒絕任何中間狀態的思維方式，大大消解了第三代詩文本實驗和語言轉向的歷史價值和詩學意義。[211]

霍俊明看見韓東詩歌觀念與實踐的局限性，過度限縮在「到語言為止」，反而限制住語言的多維歷史與社會參與，而變得乾癟、枯竭，當後現代詩學觀念一旦失去彈性之後，其被闡釋的空間也大為縮減。

總體而言，後現代性就是對現代性「啟蒙」、「普遍」、「總體」等精神徵候的反抗，其話語位置與倫理基礎，座落在不同的社會條件下，而會有不同的感受向度與文化表徵。然而，在面對「總體與秩序的絕對懷疑論」此一面向上，中國的後現代詩表現出對威權話語與主流體制的拒絕，則是與歐美的後現代詩相通的。後現代在韓東的詩裡所體現的表徵——平民修辭、回歸日常與口語化，尤其是最後者，韓東

---

[210] 韓東，〈牆〉，《你見過大海：韓東集（1982~2014）》，頁 171。
[211] 霍俊明，〈詩歌語言：特殊話語的頓挫與飛揚〉，《詩刊》2005 年 5 期，頁 61。

的「口語」並非表現瑣碎、無聊、粗俗的質感，而經由平視、客觀的視角設定與敘述方式，表現出思想內涵上深沉的知性，促使中國現代詩歌出現了屬於後現代的轉向，一次審美體驗的內在革命。

韓東的詩，是「平視」的詩學，**採取的話語策略是主體意向的懸置，與物像的零度敘述**。從客觀模擬與到主觀陳述，幾乎看不到崇高的抒情主體，過度調動象徵與隱喻以賦予筆下世界某種抽離於現實的精神境界，或扭轉句法、詞語性質與關係以找到對事物本質障蔽的透視法，或是傳達某種純藝術界域與大眾視野的隔絕。以上種種，韓東亟欲將主體與物象的維度，轉化為「客觀」世界的活動，探問自我存在的本質。

二、于堅：拒絕／超越隱喻、回歸「物性自然」的後現代

對朦朧詩群啟蒙／理性構圖及其派生的詩歌「知識」的深刻懷疑，第三代總相信經驗的日常實踐、對客觀事件與物體的直覺感受才是真正的「知識」。作為「他們」的一員，「拒絕隱喻」向來是于堅最廣為人知的詩歌主張，其「拒絕隱喻」是建立在自身對「漢語」內在性的危機上，這個危機體現在「漢字」將語言的聲音、情態等生命力都牢牢深陷於「所指」（言）的牢籠，于堅認為他的詩是要恢復「隱喻之前」的神話世界（無文），因為文明以前的隱喻是「元隱喻」，是「創造」而非「闡釋」。[212]

因此，「隱喻是歷史的。能指與所指是垂直關係。文的活力在於總是一種從隱喻回到神話。從垂直回到平行世界的努力。象徵是語言的宿命。但是最初的象徵，與世界是平行的而不是解釋」[213]。於是，于堅認為透過「拒絕隱喻」，可以讓詩歌找回「對人生的日常經驗世界中被知識遮蔽著的詩性澄明」[214]，但我以為，于堅雖然致力於「拒絕隱喻」，但其排除隱喻或拒絕語義深度的背後，有其「超越隱喻」的文化意識——排除知識暴力，還原事物本質。如此一來，「拒絕隱喻」的話語策略與其「排除知識」的文化構圖，就形成于堅詩歌的內在張力。

以此觀之，第三代詩人將朦朧／現代派新詩賴以維繫自身話語合法性的「象徵」與「隱喻」視為「知識」的一環，揭示被過度加工的「知識」、「文化」遮蔽的原始裸裎的生命狀態，以此建立一種在語言平面觀察世界的維度與姿勢。這類拒絕深度意象與結構、拒絕崇高與悲壯對「美」的壟斷，與「非非」的還原主義異曲同工，拒絕現代主

---

[212] 于堅，〈拒絕隱喻〉，見吳思敬編選，《磁場與魔方》（北京：北京師範大學出版社，1993），頁308-311。
[213] 于堅，〈棕皮手記〉，《還鄉的可能性》（北京：商務印書館，2013），頁79。
[214] 于堅，〈後記〉，《于堅的詩》（北京：人民文學出版社，2000），頁401。

義對語言再現意識與思想的確信，是為中國第三代詩的「後現代性」。

于堅指出中國文化傳統對個體與人性的倫理壓抑，使得個體的心智與情感不得不與「集體意志」或「公共價值」同構，朦朧詩顯然已抒情表述某種政治話語，顯然沒有達成其心目中的目標。因此，第三代詩人「……意識到，詩歌精神已經不再那些英雄式的傳奇冒險、史詩般的人生閱歷、流血鬥爭之中。詩歌已經到達那片隱藏在普通人平淡無奇的日常生活底下的個人心靈的大海。……這些詩使詩再次回到語言本身。它不是某種無意義的載體。它是一種流動的語感。使得者可以像體驗生命一樣體驗它的存在，這些詩歌是整體的，組合的，生命式的統一成流動的語感」[215]。

于堅在〈好多年〉、〈遠方的朋友〉、〈羅家生〉、〈作品第 52 號〉等詩中，體現瞬時、開放、具象的流動語感，是其生命經驗的直覺展示。于堅蓄意排除暗示、排除象徵與隱喻、拒絕語義的懸宕與模糊、排除主觀情感與文化意識的滲透，以此寫出了不少表現個人觀點、又聯繫到中國普遍社會樣貌的文本。如〈作品第 52 號〉：

很多年　靠著一堵舊牆排隊　把新雜誌翻翻
很多年　送信的沒有來　鐵絲上晾著衣裳
很多年　人一個個走過　城建局翻修路面
很多年　有人在半夜敲門　忽然從夢中驚醒
很多年　院壩中積滿黃水　門背後縮著一把布傘
很多年　說是要到火車站去　說是明天

很多年　鴿哨在高藍的天上飛過　有人回到故鄉[216]

〈作品第 52 號〉以後現代多層次的話語「拼貼」、冷調性與客觀的敘事語調，懸置了「很多年」的時間對記憶的淘洗與沖刷。「時間」作為現代派詩人巨大、無法迴避的生存情狀，而作為消解時間深度的「後現代」，不必然取消生命與思想的深度。于堅將時間與主體的「縱深」尺度拉平到「橫寬」的社會維度，「很多年」後面所羅列的動態「謂語」，傳達了一幕多樣態交織、複雜、正在變動中的生活情境。

又如〈羅家生〉，于堅將冷調性與客觀的敘事語調，再度瞄準「平民」的日常生活。

---

[215] 于堅，〈詩歌精神的重建——一份題綱〉，收於謝冕主編、吳思敬分冊主編，《中國新詩總系・第 9 卷（理論）・1917~2000》，頁 673-675。

[216] 于堅，〈作品第 52 號〉，收於謝冕主編、王光明分冊主編，《中國新詩總系・第 7 卷（作品）・1979~1989》（北京：人民文學出版社，2009），頁 227。

如同科雷將「客觀化」作為于堅詩歌寫作的核心機制，「于堅詩中的『客觀化』，是擺脫了社會因襲的、常規和習慣性的見解與闡釋後，對人類經驗的再現」[217]：

他再來上班的時候
還是騎那輛「蘭鈴」
羅家生
悄悄地結了婚
一個人也沒有請
四十二歲
當了父親

就在這一年
他死了
電爐把他的頭
炸開了一大條口
真可怕

埋他的那天
他老婆沒有來
幾個工人把他抬到山上
他們說　他個頭小
抬著不重
從前他修的表
比新的還好

煙囪冒煙了
工人們站在車間門口
羅家生
沒有來上班[218]

---

[217] 柯雷（Maghiel van Crevel）著，張曉紅譯，《精神與金錢時代的中國詩歌：從1980年代到21世紀初》，頁205。

[218] 于堅，〈羅家生〉，同上註，頁229。

正如于堅自陳：「《羅家生》這首詩，它之所以使許多讀者感到「客觀」，乃是這裡並不激發讀者對生活的虛構力，而是激發讀者對「存在」的確認」[219]。于堅無意在「傷痕」、「尋根」中向自己的內在探索，而是如同韓東，以「客觀」、「平視」的視角，操作出一個被文革傷害的生命——「羅家生」，在文革後投入了資本發展的生產過程與被異化的社會關係之中，讓讀者對中國在時代轉換過程中的生命悲劇，有更深切的體認。〈羅家生〉與廠裡的群眾之間沒有對話、沒有情感交流的隔絕，一如張新：「〈羅家生〉已經不自覺得超越了當時文學界整體的表現傷痕與反思內容的主流，使『羅家生』的生存狀態不僅僅是文革社會的一種情景再現，而且具備于堅日後將著力表現的那種現代社會生存環境的一些人際關係的常態性質素」[220]。

唐曉渡認為〈羅家生〉的動人之處「不僅在於提示了芸芸眾生們日常生活的悲喜劇——這卑微者所擁有的真正財富，更在於這種提示所賴以進行的不動聲色、言此意彼、高度緊張的敘述方式，在於從背後支持這種敘述方式的深厚積蓄和冒險精神」[221]。承上，這首詩敘事語調是冷的，但與社會整體卻維持一種「高度緊張」的張力，整個文本透露出來的生命體驗卻是異常沉重。

于堅拒絕過多文化隱喻型態的語言進入詩中，一直是他的詩歌寫作的核心。而在〈對一隻烏鴉的命名〉、〈一隻蝴蝶在雨季死去〉、〈O 檔案〉、〈避雨之樹〉、〈想像中的鋤地者〉等詩中，于堅認為物體的客觀實存本身就是象徵與隱喻。首先，是〈避雨之樹〉：

寄身在一棵樹下　躲避一場暴雨
它用一條手臂為我擋住水　為另外的人
從另一條路來的生人　擋住雨水
它像房頂一樣自然地敞開　讓人們進來
我們互不相識的　一齊緊貼著它的腹部
螞蟻那樣吸附著它蒼青的皮膚　它的氣味使我們安靜
像草原上的小袋鼠那樣　在皮囊中東張西望
注視著天色　擔心著閃電　雷和洪水
在這棵樹下我們逃避死亡　它穩若高山
那時候我聽見雷子確進它的腦門　多麼凶狠

---

[219] 于堅，〈談談我的《羅家生》〉，《滇池》19961 年 11 期（1996.11），頁 49。
[220] 張新，《20 世紀中國新詩史》（上海：復旦大學出版社，2009），頁 577。
[221] 唐曉渡，〈一種啟示：于堅和他的詩〉，收於馬紹璽、胡彥編著，《以個人的方式想像世界：于堅的詩與一個時代》（北京：生活書店出版有限公司，2015），頁 7。

那是黑人拳擊手最後致命的一擊
但我不驚慌　我知道它不會倒下　這是來自母親懷中的經驗
不會　它從不躲避大雷雨或斧子這類令我們恐懼的事物
它是樹　是我們在一月份叫做春天的那種東西
是我們在十一月叫做柴禾或烏鴉之巢的那種東西
它是水一類的東西　地上的水從不躲避天上的水
在夏季我們叫它傘　而在城裡我們叫它風景
它是那種使我們永遠感激信賴而無以報答的事物[222]

于堅在這首詩裡，從描述「樹」的功能、生色氣味、與寫作主體的關係等等，「樹」此一自然物性的恢復，不必賦予更多情感與倫理關係。一株被過多知識與文化意涵的「避雨之樹」，承受了過多人為「知識」的話語暴力。張新以為這首詩「還原了大自然的生物之間共生的『生物鏈』的和諧秩序和自然本性」[223]，不迴避口語，以純粹、直覺式的感受與聯想，不必然排斥「詩意」，反而更逼近了事物的原始本質。如黃粱：「于堅詩語的連線凌駕日常語言之處在於語段串接式通貫、自覺的詩性安排，如〈避雨之樹〉裡紫、棕、黑一抹一抹流轉層積，氣息蒼青肅穆，詩性之線縱橫全篇」[224]。

同樣的詩法，〈對一隻烏鴉的命名〉「把一隻真實的烏鴉從烏鴉的種種被人為的『命名』的象徵意義和隱喻裡解放出來，還原一隻烏鴉的本來面貌」[225]：

當一隻烏鴉　棲留在我內心的曠野
我要說的　不是它的象徵　它的隱喻或神話
我要說的　只是一隻烏鴉　正像當年
我從未在鴉巢中抓出一隻鴿子
從童年到今天　我的雙手已長滿語言的老繭
但作為詩人　我還沒有說出過　一隻烏鴉[226]

---

[222] 于堅，〈避雨之樹〉，《于堅的詩》，頁 25。
[223] 張新，《20 世紀中國新詩史》，頁 566。
[224] 黃粱，〈文化與自然的本質對話——綜論于堅詩篇的質樸理想〉，收於于堅，《一枚穿過天空的釘子》（臺北：唐山，1999），頁 XV。
[225] 張新，《20 世紀中國新詩史》，頁 567。
[226] 于堅，〈對一隻烏鴉的命名〉，《于堅的詩》，頁 88-89。

詩的起首，于堅闡釋烏鴉的方式「不是它的象徵　它的隱喻或神話」，而是透過最具體的生命經驗，敘述「烏鴉」。於是，「詩人力求寫出一隻更實體更直觀的原在的烏鴉，讓這隻大嘴巴的黑鳥以它本然的存在去與詞語發生關係」[227]，因此，于堅對「烏鴉」的敘述，以不過度超譯烏鴉的生存實相為原則，把「烏鴉」被文化隱喻系統所「迫害」與「追捕」的形象及意義，加以還原。于堅持續圍繞烏鴉生存與動作的具體形象，讓「烏鴉」掙脫文化象徵與隱喻，逼近「烏鴉」的物性自然：

> 當我形容烏鴉是永恆黑夜飼養的天鵝
> 具體的烏　閃著天鵝的光　飛過我身旁那片明亮的沼澤
> 這事實立即讓我喪失了對這個比喻的全部信心
> 我把「落下」這個動詞安在它的翅膀之上
> 它卻以一架飛機的風度「扶搖九天」
> 我對它說出「沉默」　它卻佇立於「無言」
> 我看見這隻無法無天的巫烏
> 在我頭上的天空牽引著一大堆動詞　烏鴉的動詞
> 我說不出它們　我的舌頭被鉚釘卡位
> 我看見它們在天空疾速上升　跳躍
> 下沉到陽光中　又聚攏在雲之上
> 自由自在　變化組合著烏鴉的各種圖案[228]

張新以于堅〈避雨之樹〉、〈對一隻烏鴉的命名〉等詩為例，認為朦朧詩人所謂「把某種政治意志符號化、象徵化，用一個象徵化的政治概念，樹立道德典型，這是避重就輕的辦法。從〈避雨之樹〉所描述樹的更多信息來看，象徵不僅僅是一種創作手法，更是思維方式，而這種思維方式早已衝破詩界的邊沿，成為整個社會共同的思維方式」[229]。因此，〈對一隻烏鴉的命名〉也是一種反隱喻的思維方式，還原了物性自然。這是一種在後現代詩裡相當策略性的「解構」寫作，因此「于堅的這種解構，不是在推崇虛無主義，也不是玩世不恭式的看透，而是呼喚真實和本色」[230]。

最後，作為于堅最具後現代特色的長詩〈O　檔案〉，生命具體的存在被掏空、編碼為一個毫無情感意向的「檔案空間」。于堅的後現代詩往往有更具備向政治社

---

[227] 陳超，《精神重力與個人詞源：中國先鋒詩歌論》，頁 293。
[228] 于堅，〈對一隻烏鴉的命名〉，《于堅的詩》，頁 90。
[229] 張新，《20 世紀中國新詩史》，頁 567。
[230] 同上註，頁 566。

會現狀做出話語突圍的能力，如〈想像中的鋤地者〉，透過綿密不斷的「感覺流」，努力解放「勞動」與「鋤具」等向來被共產黨意識形態與左翼文化知識系譜賦予了過多的歷史、政治與現實意義的「客觀對應物」，于堅致力於把「勞動」與「鋤具」還給「春天」。

而于堅對社會主義與文化專制主義思想，對主體施以「教條」或統治「律令」的現象，在〈O 檔案〉中，出現了不同的文本形式與話語策略：

建築物的五樓　鎖和鎖後面　密室裡　他的那一份
裝在文件袋裡　它作為一個人的證據　隔著他本人兩層樓
他在二樓上班　那一袋　距離他 50 米過道　30 級臺階
與眾不同的房間　6 面鋼筋水泥灌註　3 道門　沒有窗子
1 盞日光燈　4 個紅色消防瓶　200 平方米　一千多把鎖
明鎖　暗鎖　抽屜鎖　最大的一把是「永固牌」掛在外面
上樓　往左　上樓　往右　再往左　再往右　開鎖　開鎖
通過一個密碼　最終打入內部　檔案櫃靠著檔案櫃　這個在那個旁邊
那個在這個高上　這個在那個底下　那個在這個前面　這個在那個後面
8 排 64 行　分裝著一噸多道林紙　黑字　曲別針和膠水
他那年 30　1800 個抽屜中的一袋　被一把角匙　掌握著
並不算太厚　此人正年輕　只有 50 多頁　4 萬餘字
外加　十多個公章　七八張像片　一些手印　淨重 1000 克
不同的筆跡　一律從左向右排列　首行空出兩格　分段另起一行
從一個部首到另一個部首　都是關於他的名詞　定義和狀語
他一生的三分之一　他的時間　地點　事件　人物和活動規律
沒有動詞的一堆　可靠地呆在黑暗裡　不會移動　不會曝光
不會受潮　不會起火　沒有老鼠　沒有病菌　沒有任何微生物
抄寫得整整齊齊　清清楚楚　乾乾淨淨　被信任著[231]

〈O 檔案〉裡每一行、每一處斷句，都有仿擬「檔案」的意味。人的生命被符號化、格式化、檔案化，被尋常的管理制度監視與控制。于堅執意穿透日常生活的本質，突顯以意象與朦朧詩意反映宏大歷史與政治體制的荒謬性，因為悲劇早已在日常生活裡種種，「意象」反而使得生命本質的理解出現偏誤。

[231] 于堅，〈O 檔案〉，《于堅的詩》，頁 341-342。

至目前為止，評論家與學者都將〈O 檔案〉視為對中國極權主義國家機器的擬仿寫作。如柯雷：「〈O 檔案〉描述的是中華人民共和國國家機構管理屬下成員或員工之手段的人事檔案現象。人事檔案能在各個領域決定個體在社會生活中的境遇，涉及物質環境、家庭關係、政治權利等眾多方面。……同樣重要的是，〈O 檔案〉關注的是公共話語和個人話語兩不兼容的問題」[232]。

黃粱以為〈O 檔案〉「提出了一個無法迴避的時代命題。人的『格式化』根源來自集權社會盲信功能主義的社會控制要求，以行為操縱防止越軌顛覆社會秩序」[233]，或如張檸以「詞語集中營」形容〈O 檔案〉內的「詞語民主」：「檔案編年史的時間就成了一個外殼，一個圍圈的柵欄，或者說一個『集中營』的圍牆。……長詩〈O 檔案〉將一個極權主義的秩序外殼，與一個民主主義的混亂內核奇妙地交織在一起了」[234]。

沈奇則點出國家「檔案」體制對人精神內在的暴力，于堅詩裡對體制暴力進行的客觀陳述與「解構性的命名」，反而達到了穿透歷史與現實的美學效果：

> 在這部對文化專制之典型形態即『檔案話語』的解構性『命名』的鴻篇巨製中，詩人澈底洗刷了新詩傳統中一味追求形而上和浪漫感傷與矯情的遺風，將自己置於『非詩』的邊緣，以此來拓殖漢詩語言新的表現域度和對歷史與現實的穿透力。指認、檢視、形而下、以物觀物、客觀陳述，只是以所謂「垃圾式」的語言來書寫語言的垃圾，以對話結構的顛覆來抵達對精神暴力的顛覆，所有這些看似與詩性相去甚遠的乾巴巴的東西，經由于堅式的特殊編碼，均產生出異質的活泛和意趣。[235]

相較於韓東由於更為專注於自我與世界的存有思考，其「口語」「偶爾」會不經意滑入「隱喻」的維度，而于堅的「口語」更為強調「拒絕隱喻」。從〈避雨之樹〉到〈對一隻烏鴉的命名〉，雖平視、客觀的視角設定與敘述方式在韓東的詩裡也極為常見，但于堅的詩在「詞語」與「物象」之間，刻意維持著高度的「非闡釋」關

232 柯雷（Maghiel van Crevel）著，張曉紅譯，《精神與金錢時代的中國詩歌：從 1980 年代到 21 世紀初》，頁 189-190。

233 黃粱，〈文化與自然的本質對話——綜論于堅詩篇的質樸理想〉，收於于堅，《一枚穿過天空的釘子》，頁 XVII。

234 張檸，〈〈O 檔案〉，詞語集中營〉，收於馬紹璽、胡彥編著，《以個人的方式想像世界：于堅的詩與一個時代》，頁 274。

235 沈奇，〈飛行的高度——論于堅從〈O 檔案〉到〈飛行〉的詩學價值〉，收於同上註，頁 21。

係，更為側重從「詞語」內部清除文化渣滓與否的問題。而于堅的寫作，如〈O檔案〉，有著更朝向整體中國政治社會現實，如消費社會、思想控制、喬治歐威爾極權世界等的批判，做出後現代解構式的語言參與。

于堅不只一次談到雲南「民間」話語、藍調音樂的「即興」與「身體的憂鬱感」，以及惠特曼與艾倫金斯堡等詩人的「金屬般的聲音」與「形而下的嚎叫」對他詩歌寫作的影響[236]，也拒絕被特定的話語系統收編（即便是後現代）、高聲疾呼「後現代可以休矣」。于堅認為，第三代或後現代詩作為「解構主體性的文化運動，從八〇年代到今天，已經導致了主流價值的碎片化。這個世紀『左傾』文化創造的主體性其實比我們估計得要虛弱很多，它其實只是各種機會主義的大雜燴」[237]，並批判九〇以降的第三代詩人失去了作為「先鋒」詩歌本質上對終極要值的追求，自身也成了對價值相對主義的拜物教：「澈底無神的寫作今天和拜物教的市場經濟一樣氾濫」[238]。

以上，于堅對後現代陣營的批判，也預示其晚近的詩越來越往文化性的方向走。但就于堅具有後現代詩屬性的文本來說，顯示于堅並非排斥一切終極價值的追求，只是中國政權對「精神自由」尺度的限縮一直以來困擾著中國詩人，這也是于堅的後現代詩「解構式」參與中國政治與社會現實的主要參照點。

三、李亞偉：次文化版本、迎向民間生活的後現代

若說到第三代詩歌中，「口語詩」的代表人物，除了韓東與于堅之外，就非四川詩歌團體「莽漢」代表詩人之一的李亞偉莫屬。李亞偉的詩嬉笑怒罵或是萬玩世不恭中自有凜冽的嚴肅，在描繪人情悲歡情態中表現出濃厚的喜劇精神。如楊小濱在《中國當代詩典》第一集「總序」中稱其詩「文字瀟灑如行雲流水，在古往今來的遐想中妙筆生花，充滿了後現代的喜劇精神」[239]，而「莽漢們」的詩，一反學院精英式的節制、拘謹、引經據典，而顯得粗魯、莽撞、帶有江湖氣，宛如宿醉中的一絲清醒，是激情絢麗年代裡人內心的原始瘡痂，莽漢詩裡那類充滿著率性、真誠的「生活毛細孔」的文字，不少論者也指出與美國西岸「垮掉派」的內在精神聯繫。[240]

---

[236] 于堅，《還鄉的可能性》（北京：商務印書館，2013），頁101。

[237] 同上註，頁242。

[238] 同上註，頁243。

[239] 楊小濱，〈朝向漢語的邊陲〉，收於李亞偉，《紅色歲月：李亞偉詩選》（臺北：秀威資訊科技，2013），頁5。

[240] 如柏樺記述到：「八六年當李亞偉第一次讀到垮掉派詩人艾倫・金斯伯格的時，他用他調皮的川東鄉音嚎叫了一聲：『他媽的，原來美國還有一個老莽漢』。」見柏樺，《左邊：毛澤東時代的抒情詩人》（香港：牛津大學出版社，2001），頁154。

由李亞偉執筆的「莽漢」宣言：

> 莽漢們如今也不喜歡那些精密得使人頭昏的內部結構或奧澀的象徵體系。莽漢們將以男性極其坦然的眼光對現實生活進行大大咧咧地最為直接地楔入。
>
> 在創作過程中，莽漢們極力避免博學和高深，反對那種對詩的冥思苦想似的苛刻獲得。
>
> 在創作原則上堅持意象的清新、語感的突破，尤重視使情緒在復雜中朝向簡明以引起最大範圍的共鳴，使詩歌免受抽象之苦。一首真正的莽漢詩一定要給人的情感造成強烈的衝擊。莽漢詩自始至終堅持站在獨特角度從人生中感應不同的情感狀態，以前所未有的親切感、平常感及大範圍鏈鎖似的幽默感來體現當代人對人類自身生存狀態的極度敏感。[241]

「不喜歡那些精密得使人頭昏的內部結構或奧澀的象徵體系」、對現實進行「大大咧咧地最為直接地楔入」，可以見到語言上對直覺與語感的強調，其實與「他們」雷同。尤其是「極力避免博學和高深，反對那種對詩的冥思苦想似的苛刻獲得」、「使詩歌免受抽象之苦」以及生命體驗上對「親切感、平常感及大範圍鏈鎖似的幽默感」的強調，其實也極鮮明呼應了第三代詩「反英雄」、反宏大抒情、反崇高、回歸日常與口語的總體詩歌景觀。於是，李亞偉聲稱：「莽漢這一概念從一開始就不僅僅是詩歌，它更大的範圍應該是行為和生活方式」[242]。

我認為，當牢牢被「崇高」、「抽象」與「隱喻」綁住的詩歌，「莽漢」的出現，恰好是一次語言的大規模鬆綁。「莽漢」的亞文化特徵—其邊緣性、顛覆性與批判性，有著不容被主流話語收編的特性。李亞偉和其餘莽漢詩人中，潑皮、無賴、酒色財氣來者不拒，充滿「民間」的思考習氣與生活味。而李亞偉的詩，就是深度暈染四川「民間」話語的文本，被抒情、崇高、英雄的朦朧詩所架空的詩歌語言，如何以「莽漢」的地痞潑賴習氣衝擊、消解之。在他早期的作品〈薩克斯〉中，「解構」崇高的傾向還略顯含蓄：

> 我是一個從天上掉來的語言打手
> 漢字是我自殺的高級旅館
> 在語法的大道上，每當白雲們遊過了家鄉的屋頂

---

[241] 徐敬亞、孟浪、曹長青、呂貴品編，《中國現代主義詩群體大觀：1986-1988》，頁 95。

[242] 李亞偉，〈英雄與潑皮〉，《詩探索》1996 年 2 期，頁 131。

我便坐在一隻貓頭鷹的眼中過夜！[243]

既然朦朧詩以崇高話語及宏大抒情對語言秩序加以規整，李亞偉就是一個「從天上掉來的語言打手」，對語言進行本體解構的色彩濃厚。因為「漢字是我自殺的高級旅館」，而主體在漢字裡自殺，在貓頭鷹的眼中過夜、蟄伏「夜視」周圍的一切，體現李亞偉對詩歌中的形式、語言與主體的「後設」思考，以及對自身書寫位置的基本認知。

又如〈硬漢們〉。從〈硬漢們〉以降，李亞偉的詩除了體現出對詩歌經典的質疑，以及對其自身所處「教育」場域裡，文化權力位階的質疑。也因為兩者時常以「文學院」尤其是「中文系」為主要繁衍場域，前者生產後者，而後者被「傳統」生產出來後，又鞏固前者：

我們曾九死一生地
走出了大江東去西江月
走出中文系，用頭
用牙齒走進了生活的天井，用頭
用氣功撞開了愛情的大門

我們曾用屈原用駢文、散文
用玫瑰、十四行詩向女人劈頭蓋臉打去
用不明飛行物向她們進攻
朝她們頭上砸下一兩個校長、教授
砸下威脅砸下山盟海誓
強迫她們掏出藏得死死的愛情[244]

敬文東認為「『莽漢主義』根植於青春和力比多，也根植於教育的反動性，莽漢主義的新質力比多和腐朽、板滯的教育，構成了一種可笑的、可悲的正比關係：教育的腐朽與板滯性越嚴重，力比多的威力也就越大」[245]，因此，「莽漢主義詩歌就是對力比多的直接引用」[246]。李亞偉對既成／繼承文學傳統的「文學院」，及其被編碼的愛

[243] 李亞偉，〈薩克斯〉，《紅色歲月：李亞偉詩選》，頁196。
[244] 李亞偉，〈硬漢們〉，《紅色歲月：李亞偉詩選》，頁199。
[245] 敬文東，《道旁的智慧——敬文東詩學論集》（臺北：秀威資訊科技，2010），頁318。
[246] 同上註，頁319。

情生活，進行力比多的搗毀、破壞，引入了力比多的「肉體」本能：「用頭／用牙齒走進了生活的天井，用頭／用氣功撞開了愛情的大門」。

順著敬文東的思考進一步延伸，「莽漢」的語言後設、對語言本質的思考、對語言狂歡性的把握等等，其實與整個八〇年代的時代氛圍有關。一個以菁英／啟蒙話語主導社會主義市場經濟的時代，「反文化」的「莽漢」，最直接的生存武器就是以肉身面對傳統，就是朝向自我而不帶知識（做作）的真誠剖析。李亞偉清楚知覺到「我們知道我們比書本聰明，可我們／是那麼地容易／被我們自己的名字褻瀆、被女人遺忘在夢中／我們僅僅是生活的僱傭兵／是愛情的貧農」[247]，一種從個體出發深入當代集體意識中心的先鋒精神，掉頭轉向了對個體感知與生活的挖掘，這也是一種「先鋒」詩歌，只是屬於取消傷痕向度、回歸世俗與生活本身、用「口語」表達的「先鋒」詩歌。

我在研究韓東與于堅的段落中提及，作為中國後現代詩最主樣特徵之一的「口語化」，並非只是情緒、低俗或謾罵的「口語」，而是通過「口語」淨化漢語內部遭到過多文化霸權操弄的詞語，進一步建構新的審美體驗與自我認同。既然「口語」是要「『獻給打鐵匠和大腳農婦』（萬夏語），要把愛情詩獻給女幹部和青年女工，把打架和醉酒的詩獻給曠課的男生、卡車司機和餐館老闆」[248]，而〈中文系〉就是要「獻給中文系的學生和老師」的：

中文系就是這麼的
學生們白天朝拜古人和黑板
晚上就朝拜銀幕或很容易地
就到街上去鳳求凰兮
中文系的姑娘一般只跟本系男孩廝混
來不及和外系娃兒說話
這顯示了中文系自食其力的能力
亞偉在露水上愛過的那醫專
的桃金娘被歷史系的瘦猴賒去了很久
最後也還回來了亞偉
是進攻醫專的元勛他拒絕談判
醫專的姑娘就有被全殲的可能醫專

[247] 李亞偉，〈硬漢們〉，《紅色歲月：李亞偉詩選》，頁201。
[248] 李亞偉，〈口語和八十年代〉，同上註，頁225。

就有光榮地成為中文系的夫人學校的可能[249]

整首而〈中文系〉充滿中文系「建制派」及其賴以維繫法統地位的「傳統」的絕對反叛。對於愛情與女體的追尋與搶奪，只是李亞偉這位中文系的「非建制派」與取得大學教席、傳授傳統敦厚詩教的「建制派」，進行話語鬥爭的敘事替代物。李亞偉對「中文系」的建置教育與生態，以諷刺、自我解嘲代替直陳的批判，如劉波：「李亞偉的玩世不恭與真誠豪放，讓他筆底的這首詩起了波瀾，並能引起人難得的共鳴。諷刺的精神體驗和披露的快感，是這首詩一直為人所稱道的原因：中文系的腐朽在幾十年的教育中已昭然若揭」[250]。

而李亞偉寫愛情的聚散離合或「視覺體驗」也充滿諧趣，如〈美女和寶馬〉：「但你是天上的人／你要去更遠的地方／聽雲中的聲音／你要騎著最美的女人去死」[251]；〈深杯〉：「將命運破碎的女子收拾好，湖水就寧靜下來／你從一塊天空中掏出島嶼和蝴蝶回到家中／一如用深深的杯子洗臉和沐浴／上面是淺淺的浮雲，下面是深深的酒」[252]；〈渡船〉：「我說，如此美麗的天氣，死去或活著都隨你的便／而你緊閉了眼說你不要聽，咬住船頭／穿過亞麻、黃柳和高粱／要在天黑之前趕回姐妹們中間」[253]等等，在口語化的書面語之中，能可以見到相當精準犀利、穿透人世情態的詩意。

而〈秋收〉更是李亞偉經由「生活流」與「四川方言」建構，表現出以後現代視野介入歷史與現實的能力。「生活流」的隨性、質樸、粗放，以及有意識地以「方言」回到「詞語」原初的命名狀態，這兩者結合為對「秋收」的文化想像空間。一開始，是回溯到社會主義革命的歷史想像中：

這時背著書包穿過麥田去向人民群眾學習語言
唱著雷鋒的歌
逐漸風行的毆鬥和拓墣學
因為被普遍認為經濟發展的必經過場
被不停地登記註冊和掛在嘴邊
語言在詩的國度脫掉衣服就一下子左右了農業

[249] 李亞偉，〈中文系〉，同上註，頁 206-207。
[250] 劉波，《第三代詩歌研究》，頁 175。
[251] 李亞偉，〈美女和寶馬〉，《紅色歲月：李亞偉詩選》，頁 180。
[252] 李亞偉，〈深杯〉，同上註，頁 182。
[253] 李亞偉，〈渡船〉，同上註，頁 184。

成熟的麥子導向共產主義一邊[254]

綜觀〈秋收〉整個文本，後現代戲仿意味相當濃厚，這個文本以後現代戲仿技巧介入了大寫「他者」——共和國政治／歷史。因為後現代戲仿「運用歷史記憶及審美內省顯示，這種自我指涉話語和社會話語一直密不可分」[255]，這一段描寫一個被工農兵的「朗誦」壓制為——社會主義收成，此一政治意義的「秋收」，及其衍生的心靈景緻，同樣在「自我指涉」與「社會話語」之間徘徊。之後，隨著官方指導意識形態的轉變、社會快速地資本化、市場化，許多不同身分階級的「人民」，介入了「秋收」：如「品質惡劣的老師」（在文革期間被鬥垮的鄉村知識份子）、適逢回村的「不誤正業的女子」（城市裡的女性）、「公家派出的賢達之士」（中共官僚建制派的學院人士）、「殺父奪妻的仇人」（香港洋務買辦），最後，則是「莽漢」出場，以「反文化」的姿態捍衛「秋收」：

語言從內部把握著語言，摸到了文字便就地消滅
然後又單槍匹馬幹掉評論家
如今沒有知識沒有文化的軍隊紛紛退伍回到了草原
交換著播種和收割的方式
把吃剩的乳房轉讓出去，哺育又一代人
而更瘋的瘋子就從大學裡沖出來，喝酒寫歪詩
把字典改寫成史詩
如此猖狂的寫法怎麼得了？這些鳥文字何時方休？
四處的徵婚和嫁女，三個月不用
你還得自行處理[256]

莽漢捍衛「秋收」的方式：「語言從內部把握著語言，摸到了文字便就地消滅」，李亞偉在此表現了深謀遠慮的語言知覺，其後現代的「解構」意識其實來自現實生活裡的文化壓制。而既然「史詩」被知識份子寫得越來越抽離世俗世界與普遍人性，莽漢就必須「從大學裡沖出來，喝酒寫歪詩／把字典改寫成史詩」，〈秋收〉以此作結，印證寫作主體相對於現存體制與文化的反叛意識。

---

[254] 李亞偉，〈秋收〉，同上註，頁 125。
[255] 琳達哈琴著，李楊、李鋒譯，《後現代主義詩學：歷史・理論・小說》，頁 49。
[256] 同上註，頁 130-131。

程光煒的論點：

> 『莽漢』不僅是一個詩歌概念，還是一種行為和生活方式，是中國聚眾起義的傳統與美國五、六十年代垮掉派思潮的奇妙結合。因為受到金斯伯格長詩〈嚎叫〉的影響，莽漢詩人崇尚口語，力主故事性、挑衅性反諷性和朗誦風格，追求生命的原生和真實，反對以大師的口吻去寫詩，他們自嘲寫的是『渾蛋詩歌』。[257]

漢字／文明／古典帶給當代詩人的知識暴力，如影隨形，而這樣的知識暴力又與國家體制同構。莽漢詩人看穿了這一點，認為詩歌的「反文化」其實是一種生存的語言。因此，「作為具有文化力量的傳統本身是暴力的，傳統對詩人形成了壓迫性，所以詩人用暴力來反抗秩序、穩定和祖國形勢一片大好」[258]，李震認為李亞偉的「語言天賦直接來自他對人類命名世界的那種臨界狀態的領悟，因此語言對他來說只能是一個沒有維度、沒有疆界的靈地。他的詩歌寫作就是他立足這塊靈地，與寄寓在現存語言中的一些規則與秩序的背水一戰」[259]，兩位評論者都點出李亞偉依託對語言的直覺思考、而非體系與知識，重新建構新型態詩歌美學的企圖。

不論在語言型態與表述方式上，李亞偉及其莽漢群體，帶給當代中國詩壇一股巨大的破壞力道，但也透露出不依託「知識」與「傳統」的勇氣，是一種次文化版本、迎向世俗生活的後現代詩。但是，若只是生產著一個個倚賴「直覺」與「口語」的封閉文本，最終無法「超越」知識與傳統。一個被文革中斷、基於個體覺醒的詩歌（朦朧詩）還沒有完全長出「現代」的豐碩骨骼，第三代詩人過早斷定這類詩歌類型的「前景」就急遽地想再青春一次，於是也讓八〇年代的後現代修辭特徵，在還沒有真正理解「現代」以前，就過早地站在「現代」的反面，且「反文化」過度消耗了語境可以拓寬的時代深度，出現了過度自我消解、闡釋力不足的問題。

四、周倫佑：清除語義結構、回到「前文化」的後現代

「非非主義宣言」之中，包括三個「摒除」與三個「還原」：「摒除感覺活動中的語義障礙」（感覺還原）、「摒除意識屏幕上語義網絡構成的種種界定」（意識還原）、「搗

---

[257] 程光煒，《中國當代詩歌史》（北京：中國人民大學，2003），頁294。

[258] 楚歌，〈傳統、暴力與古典：李亞偉詩歌抒情的核心〉，《涪陵師范學院學報》2006年6期（2006.11），頁86。

[259] 李震，〈處子・莽漢・玩兒命詩學——重讀李亞偉〉，《涪陵師范學院學報》2006年6期（2006.11），頁83。

毀語義的板結性、廢除語言的確定性、非文化地使用語言」（語言還原）[260]。以上，可以見到非非群體對歷史語言結構所框定的「語義」網絡，及其生成的文化、意識與傳統，出現了對語言「功能」與「本質」的反思。

因此，「非非」堅持對詩歌語言進行三度程序的「非非處理」。其中，包括「使所用語言在非兩值定向化的處置中，獲得多值乃至無窮值的開放性」（無價值定向）、「非抽象化地處置語言，掃除語言抽像中的概念定質，在描述中清洗推理和推理中的判斷」（革除抽象語言）、「將語言推入非確定化」（非確定化語言），[261]如此一來，詩歌所體現的後現代性，不再是以感覺與意識，而是以「語義學」與「語源學」告別文化、價值與傳統。

但以如此「反文化」的宣言，否定了所有文化、價值與傳統的詩歌語言，一種「搗毀語義的板結性，非運算地使用語言」以及「非文化地使用語言」，究竟是怎樣的語言，也就是說，一種還原了原始感覺、意識與語言的詩歌，究竟是怎樣的詩歌，必須從其創作實踐來檢視。譬如，羅振亞認為：

> 再突破語言的方面走得最遠的是「非非主義」。「非非」這否定意識便是從對語言的不信任開始，並建立了一套語言理論體系。他們企圖通過「感覺還原」、「意識還原」、「語言還原」，建構一種前文化語言，通過非兩值定向化、非抽象化、非確定化的「非非處理，使語言逃避意識、思想、意義，超越邏輯、理性、語法」。[262]

作為「非非」代表詩人的周倫佑，其「後現代」詩並非表現為掏空所有意義的深度或全面解構寫作主體的思想成分，也沒有逃避「詩歌」對公共論域的價值承擔與形而上的精神追求。周倫佑寫下了篇幅甚多的詩論，一方面反對面對世界的暴力，故作田園或閒適、逃避且無力的「白色寫作」，反對這樣一個朦朧詩潮之後「對現實的自覺脫離（更大程度上是對人的自覺脫離）為代價而獲得意義的」[263]詩歌現象，另一方面，他也為第三代詩「口語化」與重視「日常經驗」的傾向，提出其相當反思性的觀察與論斷：「接過『拒絕深度』的口號，以使自己的平庸顯得合理且必要，乃至於平添幾分神聖。……所謂『後現代』的自我標榜，一種打腫臉充胖子的把戲，

---

[260] 徐敬亞、孟浪、曹長青、呂貴品編，《中國現代主義詩群體大觀：1986-1988》，頁 33-34。

[261] 同上註，頁 34。

[262] 羅振亞，《中國現代主義詩歌史論》，頁 249。

[263] 周倫佑選編，《打開肉體之門——非非主義：從理論到作品》，頁 200。

一種外部攀附的努力，仍然無助於改變白色寫作的平庸性質」[264]。

於是，周倫佑提倡「紅色寫作」，揭示自身的寫作觀：「以人的現存實在為中心，深入骨頭與制度，涉足一切時代的殘暴，接受人生的全部難度與強度。一切大拒絕、大介入、大犧牲的勇氣」[265]。所以，面對歷史創傷、生存險阻與現實苦痛，周倫佑的後現代版本體現出「創造性的承擔」，強調語言與現實生命接觸時的生存境遇與肉性體驗，與此同時，所謂「反文化」並不是反對「文化」本身，而是反對「文化」帶來的定向「價值體系」與「詞語系統」[266]，反對權力者以「語義」介入了主體對世界的認識與想像的中介——語言，反對任何「約定公理」在語言中的運作，如同另一位非非詩人藍馬聲稱的「前文化語言」：「僅僅表現著非文化的造化秩序的符號（例如各種光、聲、形、色、質等及其運動）以及一些『非符號化過程』（如體內的神經過程和激素過程）均屬前文化語言」[267]。

從實際的寫作來檢視，既然「非非」認定朦朧詩深入文化、歷史的抒情主體是虛幻的，象徵語言與再現客體之間失去了主體的操作機制，正如楊黎〈冷風景〉裡一切修辭都是「絕對客觀」的物理狀態呈示，寫作主體不再為特定的歷史意識與文化傳統，頻繁調動經過主體過濾的象徵與隱喻。「非非」既然「反文化」、反價值與傳統、反語義學與語源學，也就理所當然地「告別了象徵」。

既然「非非」認為朝向歷史記憶（鏡子）指認自我的鏡像機制失效，朝向未來（烏托邦）有所創造的主體位置（英雄）與先驗意識也趨於瓦解，如何在象徵沒落、經典崩潰的語言界域中，迴避對「語言」過多的文化與情感賦予（反文化）、又要創造出主體與世界之間更深刻的存有關係，以表現「三個還原」（感覺還原）、（意識還原）、（語言還原），我認為不妨試讀〈自由方塊〉：

> （在臺階上靜坐三天。繞著圓頂轉一
> 週。沒找到進出的門。你又坐下來）
>
> 動機 I：姿勢設計
>
> 姿勢是應該考慮的。就像仕女注意自己的表情。比如笑不能
> 露齒。比如目不許斜視。皮爾·卡丹選你作時裝模特兒。你

[264] 同上註，頁 203。

[265] 同上註，頁 216。

[266] 周倫佑，〈反價值〉，同上註，頁 277-283。

[267] 藍馬，〈前文化導言〉，同上註，頁 302。

按現代標準重新設計自己。坐如鐘。夜半鐘聲到客船。你不在船上。在寶光寺數那些數不完的羅漢。面南而坐。面壁而坐。皆是聖人的坐法。你不是聖人。不想君臨天下。可以坐得隨便一些。任意選一個蒲團。或想像古代的某一位隱士。或模仿一隻猴子。古來聖賢多寂寞。坐為悟道之本。你不坐便不學無術。孔子坐而有弟子三千。芝諾坐然後發現飛矢不動。阿基里斯永遠追不上烏龜。而你看見楊朱坐得像一朵花無風也擺動。引來三五隻蝴蝶。男人喜歡搖尾巴的女孩。睡如弓。大雪滿弓刀。挑選睡式非常必要。最好不要白天殺人據說釋迦牟尼就是因為宮女睡態不雅而憤世出家的。從此他特別講究睡的技巧。你是喜歡側睡的。你想換一種睡法。你試著翻身。那種感受很強烈。那隻腳似有似無。那種飛機。噴氣式的。那種鴨兒鳧水。畫外的愛民拳。你覺得那種姿態十分優雅。死是明天的事。再研究研究。今天還是堅持做早操。至於今生之後是否有來世。從孫中山到耶穌都沒說清楚過。瑞士的丹尼肯又考證上帝是外星人。那個天堂你更不想去了。低頭可以接受。沒有尾巴可翹。但腰要挺直。男兒有淚不輕彈。保持平衡極端重要。站如松。松下問童子。言師採藥去。松下的童子再答。不知師傅在哪棵松下。重要的是要站得謙恭。最好不要說話。韓愈欣賞賈島站著推門敲門的姿勢。留他作了門客。你知道門外還有別種姿勢：

——陶淵明悠然見南山的姿勢
——王維松風吹解帶的姿勢
——蘇東坡大江東去的姿勢
——李清照人比黃花瘦的姿勢

人之外還有許多別的姿勢。雲的姿勢。月的姿勢。鳥的姿勢。虹的姿勢。你借來斑馬和天鵝。加上那一切。設計出一種新的款式。很多人都來模仿你了。

（在臺階上靜坐六天。繞著圓頂轉兩

週。沒找到進出的門。你又坐下來）[268]

〈自由方塊〉裡，沒有任何創造性的象徵或隱喻，只有不斷地「自由聯想」所生成的、每一個片段事件的「即興演出」（happening performance）。敘事主體或坐或想，一路從自身的「坐姿」想到陶淵明、王維等的「姿勢」，不斷諧擬「古典」的「坐姿」（陶淵明悠然見南山的姿勢），到自身想要「借來斑馬和天鵝」而吸引眾人模仿。這首詩確實將一種人面對「經典」而不敢「妄想」的內容「還原」了，如同小學生在課堂上為課本上的「經典人物」易容，莊嚴與諧擬之間，其實存在著相當豐富的生命跨度。周倫佑相信，唯有透過此類「還原」過程，才能將原本被「文化」強勢驅除出去的感覺、意識與語言，返歸自身。

或許反對後現代的批評家會質疑，刮除了「文化」、「傳統」與「語源」的詩，最後剩下了什麼可稱道的「價值」？但「價值」本身即是後天的人為建構之物，期間也充滿了主流意識形態力量對特定「文化樣態」的擇取，以權充為「經典」的事實。因此，周倫佑的「還原」，從「數典忘祖」開始、從對「尋根」的調侃開始，因為要背叛經典與向「尋根」叫陣，得先一一清理、記憶「經典」，再加以遺忘。

如長詩〈頭像〉：

數典忘祖　第1（也算一種文化態度）

數完祖先的牙齒你便口吃了。語無倫次的手指翻過典籍。使木刻的字句冒煙。無一處可以棲身。女媧亂倫。黃帝怕死。老子順手牽羊不知去處。皆不是好的祖宗。食古不化而常常便祕。你焚香沐浴之後再讀《內經》。還是無用。只有學西醫嘔吐。吐出無頭的刑天。吐出河圖洛書。吐出一陰一陽之道。吐出君君臣臣之禮。吐出更早的烏龜與石器。始覺空虛得年輕。

六親不認　第2（也算一種尋根思想）

根在水里流動，而你在水上
割斷那些繩子魚兒便上樹了
羊群睡在草中

[268] 周倫佑，〈自由方塊〉，同上註，頁1-2。

你在非洲做倒騎斑馬的夢
印滿條紋的河象紋身的女人
供你觀賞極富段落感的表演
最先成熟的手插入空氣
轉眼長出整齊的牙齒
翻開葬儀之唇，所有的血都是鹹的
遊戲於犬齒的部落保持著童貞
指樹為姓，然後伐木為薪
劍氣到處你已無切膚之痛
擦去腳後跟的顏色，潔白如嬰兒的睡眠
你已無親緣之情[269]

我認為周倫佑開啟了「形而下」的詩歌進程，成為了中國「肉身寫作」（下半身）的開端。因為，為了剝除「文化」沉積在語言內的思維方式與語言操作，唯有突出「肉體」、直覺式的感官與狂歡（語無倫次）的言語，才能遂行。周倫佑擴大了詩歌現象社會話語空間的打擊面，不只對「文化」，也過大到「尋根」、「社會意識」、「哲學命題」與「生活方式」，意圖相當寬廣、龐大。

數過經典、忘過祖先的主體，沒有得到任何來自異時空的賦權，反而「吐出更早的烏龜與石器。始覺空虛得年輕」，表現出不可遏抑的虛無。在「六親不認　第2」中，「尋根文化空間」被改寫為部落的「史前生活空間」，表現出一種「文化」進程背後的殘酷與暴力，一個被堂而皇之供奉在博物館的藏品或民族集體記憶本身，即蘊藏著不透光、野蠻的存在狀態與本質。而這一切的「透析」，皆需透過各類後現代諧擬、仿作、混合亞文體、荒誕的敘述等「文字技術」表現之。

如同陳旭光：

> 周倫佑是在詩歌本書的平面上，肆無忌憚地玩弄和播散著言語的碎片。他的詩歌成為一個開放的、不斷作「增熵性」、「替換性」運動的「語言場」和「語流集散地」。話語大面積災變，空洞的能指符號無線增殖與疊合。……他還在詩歌中進行「亞文體敘述」或「體類混雜」。即在詩歌文本中對非詩文體（相對於詩文體的亞文體）進行滑稽性模仿。[270]

---

[269] 周倫佑，〈頭像〉，同上註，頁 29-30。

[270] 陳旭光，〈「第三代詩歌」與「後現代主義」〉，收於張濤編，《第三代詩歌研究資料》，頁 10。

於是，作為在中國獨有的「後文革」語境下的後現代詩，不必然迴避內在詩性的辯證思考，周倫佑要去除的只是知識、文化、傳統對語言進行的「超荷」負擔。而最具體的案例，就是對「社會主義」進行顛覆式的仿寫、嘻笑式的改作，從〈毛主席說——仿《江湖亂》酒令〉到〈談談革命——對一種意識形態話語的仿寫〉，皆涉及這樣拼貼、仿寫的修辭策略。試以後者為例：

現在需要把步子邁大一點
革命就是解開搞。第二次
把地分給農民（五十年不變）
就是全民經商。股份制。市場經濟
革命就是農轉非，「54321 辦公室」
（五講四美三熱愛兩個文明一齊抓）
具有中國特色。不准隨地大小便
就是十億人民九億賭。公費桑那浴
盲流。梅毒。性病大普及
革命就是姓「社」姓「資」說不清楚
不要再爭了。全國人民一齊向錢看
到頭來革命是關於一隻貓的問題
我贊成這樣的說法：白貓黑貓
捉住老鼠就是好貓。最後我要說
革命就是隔著口袋買貓
革命就是捉老鼠[271]

〈談談革命〉對對一種意識形態話語的仿寫，首先幫忙毛主席「革命不是請客吃飯」一語做出補充，從「革命就是大（偉大正大遠大宏大高大／大躍進大字報大批判文化大革命」、「革命就是最大程度的反（反帝反修／反左反右反自由化反和平演變）」一路仿寫到鄧小平「解開搞」（改革、開放、搞活）、「白貓黑貓／捉住老鼠就是好貓」，周倫佑的文本仿寫，背後涉及嚴肅的時代語境問題——中國官方意識形態對社會與個人的主導力量。

而〈鏡中的石頭〉則是周倫佑表現詩性辯證思索的代表作，如何將寫作主體內

[271] 周倫佑，〈談談革命——對一種意識形態話語的仿寫〉，《在刀鋒上完成的句法轉換》（臺北：唐山，1999），頁 123。

蘊的「存有」思考置入非線性、非再現的語言中，是周倫佑後現代美學技藝的重要寫作命題。黃粱將這首詩視為周倫佑「解構暴力學」的一部分，以為「『石頭』作為暴力的象徵在語言中被拋擲、框限、內外翻滾，從二維到三維，打亂秩序又建立秩序，堅硬善變不易捉摸，系列探索了暴力的克制與放縱，文化摹寫與權力意圖的摩擦互涉，掀起思想定製暴力的想像圖景」[272]：

一面鏡子在任何一間屋裡
被虛擬的手執著，代表精神的
古典形式。光潔的鏡面
經過一些高貴的事物，又移開
石頭的主題被手寫出來
成為最顯著的物象。迫使鏡子
退回到最初的非美學狀態
石頭溺於水，或水落石出
一滴水銀被內部的物質顛覆
手作為同謀首先被質疑
石頭被反覆書寫，隨後生根
越過二維的界限，接近固體
讓端莊體面的臉孔退出鏡子
背景按照要求減到最少
石頭打亂秩序，又建立秩序
高出想法許多，但始終在鏡面以下
有限的圓被指涉和放大
更多的石頭以幾何級數增長
把鏡子漲滿，或使其變形
被手寫出來的石頭脫離了手
成為鏡子的後天部分
更不能拿走。水銀深處
所有的高潮淪為一次虛構
對外代表光的受困與被剝奪
石頭深入玻璃，直接成為
鏡子的歧義。一滴水銀

---

[272] 黃粱，〈刀鋒上的詩與歷史——解析周倫佑的思想詞根和時代語境〉，同上註，頁 XIV-XV。

在陽光下靜靜煮沸。鏡子激動
或平靜，都不能改變石頭的意圖
石頭打破鏡子，為我放棄寫作
提供了一個絕好的理由[273]

我對這首詩的解讀與黃粱「暴力解構學」的思考略有不同，我認為「鏡子」與「石頭」之間那類相互映射、彼此對照的關係，在文本中失效了。周倫佑試圖清除的是，「鏡子」被「文化」賦予的古典意境／功能／權力。「石頭」能夠迫使「鏡子」「退回到最初的非美學狀態」，也能「讓端莊體面的臉孔退出鏡子」，石頭被「照射」的「被動性」，全然轉成「主動性」，「石頭」可以修改甚至主導「鏡子」的映現內容，但又不全然變換「鏡子」的再現機制：「石頭打亂秩序，又建立秩序／高出想法許多，但始終在鏡面以下」，甚至加入其中：「成為鏡子的後天部分」。而中古世紀製作「鏡子」的錫和水銀的汞齊（汞合金），也就是製鏡技術的「古典形式」，最終「所有的高潮淪為一次虛構」，「古典」寫作的規約、陳規、法則，在文本中全然被「石頭」改寫了，「石頭」最後深入了「玻璃」，「直接成為／鏡子的歧義」。我認為〈鏡中的石頭〉是周倫佑對自身寫作主體的「後設」思考，是整個第三代詩人對時代環境箝制主體寫作自由的無意識虛構。

周倫佑的詩是否能達到其「理論宣示」的要求——中斷語言裡慣常的語義與語源、拒絕所有「文化」積澱帶來的感覺模式與情感賦予、表達「三個還原」以達到趨於零度的話語狀態等等，見仁見智。例如李振聲認為：

> 由於語言無可迴避地總有著對於世界具體情態和存在意義的領會、隱涵和闡釋的一面，即與生俱來地具有文化的性格，這就註定了『非非』的構想基本上只能停留在理論假想這一層面，『非非』詩人實際上沒有也不可能提供出能與他們消解文化影響和清洗語言慣性力量這種還原主義理論名實相符的作品。[274]

確實，在周倫佑嘻弄、仿寫社會主義話語的詩中，其實仍是蘊藏著一定程度的「理智」（拒絕人性被非理性革命話語操弄）與「情感」（擁抱人性的本真狀態）的操作，是「有意識」也是有「文化」的（即便是反毛話語的「文化」）。不管其「還原主義」

---

[273] 周倫佑，〈鏡中的石頭〉，同上註，頁 103-104。
[274] 李振聲，《季節輪換：第三代詩敘論》（上海：復旦大學出版社，2008），頁 66-67。

的理論宣稱是否在其創作實踐中成功落實，無論如何，周倫佑清除語義結構、試圖回到「前文化」的狀態的傾向，呈現出對海德格「本真」世界的探求，以及對後現代思維圖示去中心、拼貼、仿寫等修辭技巧的使用，周倫佑皆展現了十足的實驗力度與企圖。

其實，周倫佑訴諸超驗意識與形而上的「前文化」文化實驗與理論野心，並非超越一切語言秩序規則與放棄終極價值設定的解構，其背後仍帶有重構烏托邦秩序的內在意識，一種仍有疆界與終點的語言革命。如同朱大可如此形容「非非」：「他們是一些狂熱的文化遊戲份子，迷戀於取消文化和清洗語言的理論野心，用『非非辭典』製造大規模的詞語動亂，並指望在文化之外建立新的烏托邦秩序」[275]。又如董輯的觀察：「相比於 1980 年代尤其是第三代詩歌時期各地眾多的民間詩歌行為，非非主義嚴肅、學術，以運動為方式而不同於運動，非非主義的自覺、理性、歷史追求，使非非主義能夠做到一支獨秀」[276]。無論如何，周倫佑具備高度的寫作自覺，理論生產與詩歌寫作並進，並未走向極端「解構」而放棄詩語言本質的追求。

五、陳東東：體現「不確定內在性」、深度意象的後現代

陳東東，1961 年出生上海，與王寅、孟浪、劉漫流等，同為第三代「海上詩群」代表詩人。相較於以北京為中心的《今天》－朦朧詩群重構「個體／民族」話語連續性的「啟蒙」敘事以及宏大抒情的美學傾向，上海本來就是近代中國吸納外國思潮的商業重鎮，而八〇年代「改革開放」的上海，詩人在其中棲居，必能感受到一股強烈的由市場經濟引擎帶動的、偏離傳統與文化的精神失重現象，由於不同於北京文化圈政治／民族／傳統的親緣性，上海詩人勢必從自身的「都市」經驗提取詩歌要素。

如同楊小濱：

> 朦朧詩一代主要是以北京為主的詩人群體以對政治文化的直接訴說反映出文革後一代人的精神向度，上海詩人從前朦朧詩時代到後朦朧時代一直致力於開闢另一條道路：他們從現代都市經驗中提取了舞臺般的（或甚至夢境般的）場景，並從城市主體的視角出發書寫時代的戲劇。[277]

---

[275] 朱大可，《燃燒的迷津》（上海：學林出版社，1991），頁 64-65。

[276] 董輯，〈80 年代詩歌運動中的非非主義〉，收於張濤編，《第三代詩歌研究資料》，頁 267。

[277] 楊小濱，〈驅力主體的奇境舞臺：陳東東詩中的都市後現代寓言〉，《臺灣詩學學刊》31 期（2018.05），頁 34。

又如王曉漁：

> 按照城市地理學的常規，上海是一座匱乏波西米亞空間的城市。在 1980 年代，它遠遠不如北京，因為後者擁有一個聲名顯赫的圓明園藝術村，那裡走出過『圓明園詩群』(即圓明園詩社，1983-1986)。但正是上海背後的「海上」體驗，使得匱乏波西米亞空間的上海寫作者，普遍具有了異鄉人的感受。[278]

作為中國「口岸」現代化指標城市的上海，詩人持續地對抗生活場域裡資本主義的空間與精神異化，因此一直致力於都市場景元素的戲劇化，更可以說，如此紛繁都市場景的「戲劇化」處理，是一種積極抗拒政治大話語與資本異化介入的寫作策略，如前述楊小濱稱之的「從現代都市經驗中提取了舞臺般的(或甚至夢境般的)場景」，以及王曉漁「波西米亞空間的上海寫作者，普遍具有了異鄉人的感受」，皆促使在上海寫作的詩人，催生出——具有都市文化主體性與美學生產性的「戲劇化」詩語言。

由孟浪執筆「海上詩群」的「藝術自釋」，不見得能全然代表陳東東的詩歌美學特質與詩學主張，卻能夠經由其所屬「海上」話語陣地的同仁看法，蠡測陳東東的書寫趨向與藝術關懷。「自釋」裡，在浮華喧噪的「上海」，詩人在「海上」行走，感覺到某個直屬於自身內在的「藝術整體」正在消亡：

> 海上有冰山正在長成。冰山正在融化。
>
> 我們握住它們。詩歌出現了，技巧從我們的手中漸漸消失。詩歌生命反抗著另一類「生命」，或死物。
>
> 我們在海上行走就是在冰山上行走。
>
> 技巧隱匿，但目標凸現。技巧是首先的、基本的。接下去就不是，根本不是。是語言，是生命。語言和生命所呈現的魅力使我們深陷其中，語言發出的呼吸比生命發出的更親切、更安詳。[279]

我認為，相較於「他們宣言」與「非非宣言」，此篇「海上宣言」的「後現代性」向來被學界忽略。在「海上」的詩人目睹著「冰山」(由藝術家本真思維所投射的現實)正趨於融化，詩人「語言」與「生命」的「深陷其中」，也就是詩歌必須完成於

[278] 王曉漁，〈詩壇的春秋戰國——當代上海的詩歌場域(1980-1989)〉，《揚子江評論》2007 年 2 期(2007.04)，頁 53。

[279] 徐敬亞、孟浪、曹長青、呂貴品編，《中國現代主義詩群體大觀：1986-1988》，頁 70。

「語言」，尤其是「我們的詩歌是村民的詩歌，緊挨我們身邊的都市顯得並不重要，我們內心的時空無始無終、無邊無際」[280]，其中，「緊挨我們身邊的都市顯得並不重要」，表現出主體總是「生活在他方」，是一種被時代語境所放逐的狀態，其背後代表著偌大的感覺匱乏，亟需「語言」加以填補。

如此一來，「海上」至多與「使詩歌免受抽象之苦」（莽漢）有「如何」處理語言的歧異，但與「詩到語言為止」（他們）、「三個還原（感覺、意識、語言）」（非非），就擁有了某種思維取向的一致性，也就是——後現代詩歌中，「語言」從屬於「主體」意志的再現功能，必須被解放出來。後現代主體目睹了「語言－世界」同一性的欺罔，主體必須置身於「語言」之中，在「語言」中辨認，也可以說，「語言」本身就是「主體」。

陳東東無疑是第三代詩人之中，最具有「都市性」特徵的詩人，其「都市性」並非只是都市空間種種現代化物件的搬演與陳述，而是涉及「都市」生活背後的「語境」——對彈性、開放、雜燴的場景意象的「挪用」與「發明」。若按照目前學界對「後現代」的操作性定義：語言作為生命本質與自然實體的再現機制的失效，連帶造成生命考掘與介入現實的藝術行為失去了表徵權威，以及，對資本主義社會的現代性與啟蒙理性所訴諸的——重構文化秩序、尋求與傳統斷裂的激情或召喚宏大主題，出現了絕對的懷疑論姿態。

以上，陳東東的詩從上述定義上看，其早期的詩作超現實色彩濃烈，對「潛意識」的使用時常朝向「意識」的安排與操控，尚未構成「反再現」（anti-representation）、反意象、反敘事的後現代詩，但其寫作主體已然朝向反「朦朧－啟蒙」的位置上位移、拒絕明確的主題呈示，且寫作主體時常看不到特定的意識形態歸屬而體現出哈山的「不確定內在性」（indetermanence），在中國的文化語境上，這已是屬於後現代的主體性。

陳東東如此拒絕意識形態屬性而體現「不確定內在性」的語言，與美國「深度意象派」詩歌，有其美學系譜上的跨國聯繫。[281]其寫於八〇年代的作品，其詩中顯現的「生命」型態，往往或馴服「語言」與「時間」，或揭露「慾望」，表現出羅伯特・布萊（Robert Bly）：「詩歌就是一種瞬間深入到無意識的事物」[282]。而按雅可布森（Roman Jakobson）對隱喻（metaphor）和轉喻（metonymy）的語言概念分析，

---

[280] 同上註，頁 70。

[281] 尹根德，〈美國深度意象派詩歌對中國第三代詩人的影響——以陳東東為例〉，《比較文學與跨文化研究》第 1 卷 2 期（2017.12），頁 77-82。

[282] Bly, Robert. *American Poetry: Wildness and Domesticity* (New York: Harper & Row, 1990), pp. 33.

橫軸為轉喻－臨近（contiguity），縱軸為隱喻－相似（similarity）。[283]雅可布森更認為，這兩種組合－功能與失語症（aphasia）緊密相關，也體現在詩歌之中：「在詩歌中，相似性高於連續性，任何轉喻都略帶隱喻，任何隱喻都帶有轉喻色調」[284]。

陳東東對「無意識」的修辭處理，常常是「轉喻」（metonymy）式的，能指之間的運動倚賴的是「指代」與「聯想」作用，而非「相似」的想像關係，如此以「轉喻」搭建出精神的「幻域」，這是相當鮮明的後現代修辭學。如：「當雲層終於斷裂／魚群被引向臨海的塔樓／華燈會突然燃遍所有的枝頭／照耀你的和我的語言」（〈語言〉）[285]，「語言」被引向超現實的圖樣秩序之中，「雲層」、「魚群」、「華燈」皆是生命際遇中某個「情境」的「轉喻」；「當我意識到一夜的雨聲其實只是落葉在敲打／我手中的詩，也將凝冷如一株／殘菊」（〈秋天看花〉）[286]，「雨聲」是死去的時間的「轉喻」；「我穩坐有如花開了一夜／雨中的馬。雨中的馬也注定要奔出我的記憶／我拿過樂器／順手奏出了想唱的歌」（〈雨中的馬〉）[287]，「雨中的馬」亦是記憶裡無法被記述之生命內容的「轉喻」，而需要透過「樂器」（「寫作」此一行為的「換喻」），求取生命的整全；「正好是這樣一夜，海神的馬匹跨越／一支三叉戟不慎遺失／他們能聽到／屋頂上一片汽笛翻滾／肉體要更深地埋進對方」（〈海神的一夜〉）[288]，三叉戟作為波賽頓的武器，是其行使權力與力量的象徵，然而卻「遺失」了，「遺失」指向性失能的「轉喻」，指向慾望能指（陽具）的失能，也指向來自真實域且無法被想像域整合的慾望創傷。

以上，如同于堅與周倫佑，可以見到陳東東的後現代詩並不拒斥生命實相的觀察與探勘，也並未熱衷於主體與語言的自我消解，只是陳東東並未「拒絕隱喻」、也不試圖走向「前語言」，而是更深入「隱喻」內部而自覺地構築「轉喻」的「幻域」劇場，其修辭背後的深度意象結構指向現代性／啟蒙主體的深層顛覆，其意象不再反映他律的歷史記憶與民族集體創傷，也不同於現代主義詩學執迷於普遍化、規律化的精神解放敘事。陳東東的詩像是座落在朦朧與後朦朧之外特例而獨立的存在，是建立在一種「對總體與秩序的絕對懷疑論」之上的——自律與自為的文化建構行動。

---

[283] Jakobson., Roman. ed. Krystyna Pomorska and Stephen Rudy. *Language in literature* (Cambridge, Mass.: Belknap Press, 1987), pp. 105.

[284] *ibid*. pp. 85.

[285] 陳東東，〈語言〉，《明淨的部分》（長沙：湖南文藝出版社，1997），頁 4。

[286] 陳東東，〈秋天看花〉，同上註，頁 20。

[287] 陳東東，〈雨中的馬〉，同上註，頁 21。

[288] 陳東東，〈海神的一夜〉，《明淨的部分》，頁 49。

八〇年代，陳東東的詩正處於以「詞語」與「時間」和「記憶」搏鬥的時空，其「詞語」仍在尋找一種啟蒙的「光亮」，但這個「啟蒙」早已不是朦朧詩文本中那樣長滿文革的記憶傷痕、或試圖整飾民族與傳統的感覺毛細孔，陳東東的「啟蒙」來自「語言」自然生成的生命，來自「詞語」與個人的生命情境遭遇之後，種種風格化的表演。

如「輯二、明淨的部分」裡寫一個不定向的方位——北方：「而我們用更多的時間看海，從夏季的最後一夜／散步進秋天／並反覆誦念同一段祝禱／我們有那麼多晦暗的想法／為什麼就不能有／清澈地刻劃出風景的音樂，和沉默之後的／幾句低語」（〈再獲之光・北方〉）[289]，「北方」像是詩人內在已然荒廢的所在，那是一段美好記憶曾經停駐的時間，必須跋涉過漫長的沉默之地後，才能看到依稀足堪辨認的形貌；而「正對使物質淨化的大海，一對鷗鳥／從時間凝望的瞳仁裡飛出，傾斜著進入／有真理居住的旋轉的海盆。而我已經呼喊出心靈的詞語／在巨大的牆面上／正對使物質淨化的大海」（〈再獲之光・詞語〉），如果說「一對鷗鳥／從時間凝望的瞳仁裡飛出，傾斜著進入／有真理居住的旋轉的海盆」意味「詞語」從時間的咒術中逃脫，卻又追求某種「自我解放」的「真理」，代表「現代」主義詩學既追求精神反抗，又不自覺落入自我／真理同一性的矛盾修辭，那麼，「而我已經呼喊出心靈的詞語／在巨大的牆面上／正對使物質淨化的大海」則是「後現代」的，因為詩人喊出的「心靈詞語」，並未以暴力的象徵修辭強行竄改／易容「大海」，刻著詩人詞語的「牆面」只是「正對著」大海，這是一種對萬物「平視」的包容與尊重。

陳東東的詩示範了後現代主體與深度意象的結合，意味後現代詩不必然解除所有語言的歷史、文化與美學深度，而是保持著對歷史、文化、社會場域中任何型態話語的高度自覺與警醒，一方面提防它們主導著書寫主體的意象／向生產，一方面將「語言」如何呈示歷史、文化與美學深度的工作，交由「語言」折射自「生活」與「都市」的「轉喻」式詞語，大面積地在語言之內繁殖、演繹、延異。

例如以下詩句：

> 迎面是為我挖開的傷口。這表明真實。
> 昨天的雨能造就比那時更多的水窪和天空。
> 我手中的簿冊，裡面有我最為單薄的語言，歌唱一隻鳥，
> 或紙折的大陸架。

---

[289] 陳東東，〈再獲之光・北方〉，《明淨的部分》，頁 63-64。

我因此感受到夜色的赤裸。[290]

突然間，一切都活著，並且發出自己的聲音，
一隻灰趾鳥飛掠於積雨的雲層之上，

而八月的弄簫者待在屋裡
被陰天圍困。
他生鏽的自行車像樹下的怪獸。[291]

陳東東的後現代性話語讓宏大抒情的獨白，成為了「單薄的語言」，但是也更為「感受到夜色的赤裸」，寫作不但是「發出自己的聲音」，也是存在的「弄簫者」。即使面對死亡的迫近（「被陰天圍困」），也能夠一窺並穿透死亡的祕密（「生鏽的自行車像樹下的怪獸」）。

以上，種種不連續的感知形象依賴的是感性的肉身結構，是帶有明亮與聲音的內在秩序，而非紊亂、晦澀的無意識詞語宣洩，「簿冊」（書寫）與「弄簫」（演奏）皆是欺近生命存在本質的「扮裝」，這樣的「扮裝」再現出啟蒙與文明現代性其「整體性」幻覺投射在文本裡的斷裂、殘存、片段、局部（「手中的簿冊」與「八月的弄簫者」都只是後現代主體在歷史與時間裡的「有限」工具，涉及再現「整體」的不可能），也是肉身感知世界（只能「具體地」寫或吹奏）而不落入形上追求的後現代「技藝」，以上皆呼應了歐陽江河對「89以後」中國詩歌轉向「中年寫作」的定義[292]。

現代性的崇高言說被世俗化的大眾消費與感官所替代，陳東東的後現代詩不走「他們」、「非非」那類消解思想、自我指涉、無意識拼貼、對崇高語境進行反諷與戲擬的路數（「莽漢」），或如部分臺灣後現代詩人使用的「語言遊戲」與「媒材混用」，**語言的無政府狀態不會是陳東東追求的美學，其追求的是語言表述與審美內省意識的一致性與整合性**。〈明淨的部分〉則是陳東東抵抗都會異化生活的「神話抒情詩」，經由「神話」達到對生活處境的深度透析。〈明淨的部分〉裡，每個意象都顯得片段，像是詩人某個短暫的、現代的多重機遇（multiple happening）的「神話化」，而又以「神話空間」串連起種種片段的抒情與記事：

---

[290] 陳東東，〈即景與雜說・由兩部分組成的情景話語・三首四行詩（三）〉，同上註，頁71-72。

[291] 陳東東，〈即景與雜說・即景與雜說（一）〉，同上註，頁73。

[292] 歐陽江河指認「中年寫作」的基本特徵：「整體，這個象徵權力的時代的神話在我們的中年寫作中被消解了，可以把這看作一代人告別一個虛構出來的世界的最後儀式。」見歐陽江河，〈89後國內詩歌寫作——本土氣質、中年特徵與知識份子身分〉，《花城》1994年5期（1994.10），頁199。

我盼望過的
我用旗幟召喚的　終於在海上出現
她通體輝煌

她如同詩篇中所描繪
出現於海上　和詩的門楣
透過鏗鏘的節律　像亮光一片　至尊的聲音臨近

這歌中之歌
這清澈的光　明淨的部分
她的短笛　要永久吹奏　永久吹奏

把物質點化
在恢復的岸上　我佈置好讚歎
她通體輝煌　出現於海口　和詩的門楣[293]

神話抒情與田園牧歌，使得陳東東的表述主體擁有極為澄明的意識運作，立於「恢復的岸上」，遍覽「她」裸體的「通體輝煌」與「詩的門楣」，「海上」成為了存在的證明。誠如王曉漁的看法：

> 對於臨海而建的上海來說，「海上」是它的反面。前者是中國首屈一指的模範城市，象徵著秩序、安全、穩定、繁榮；而後者卻是一大塊翻雲覆雨的水域，象徵著漂流、危險、變化、衰亡。城市臨海的防波大堤、水位警戒線，時時刻刻提醒著「海上」對上海可能的危險。所以，上述這群詩人自我命名為「海上詩群」而不是「上海詩群」[294]。

陳東東的表述主體不是建築在一般意義上後現代的文學表徵模式之上，那種主客體感知的去疆域化、解除文類界線、解構過頭的語言遊戲全然不會在陳東東的詩

[293] 陳東東，〈明淨的部分〉，《明淨的部分》，頁 104。
[294] 王曉漁，〈詩壇的春秋戰國——當代上海的詩歌場域（1980-1989）〉，《揚子江評論》2007 年 2 期（2007.04），頁 53。

裡見到，陳東東致力於後現代主體文化深度的賦予，致力於從異化的現實時空中提取反思的語言。

而「從 1990 年代開始，陳東東的詩中出現了較為顯著的都市意象或場景，但並非出於寫實的衝動，而是將都市處理成一個寓言化的空間，並以此觀察都市主體的生存命運」[295]，陳東東的都市寓言空間，重視的仍是語言的知性探索與都市感性的重建。

〈時代廣場〉

雨已經化入造景噴泉
軍艦鳥學會了傾斜著飛翔
朝下，再朝下，拋物線繞不過
依然鋥亮的玻璃鋼黃昏

甚至夜晚也保持鋥亮
晦暗是偶爾的時間裂縫
是時間裂縫裡稍稍滲漏的
一絲厭倦，一絲微風

不足以清醒一個一躍
入海的獵豔者。他的對象是
鋥亮的反面，短暫的雨，黝黑的
背部，有一橫曬不到的嬌人

白跡，像時間裂縫的肉體形態
或乾脆稱之為肉體時態
她差點被吹亂的髮型之燕翼
幾乎拂掠了歷史和傳奇[296]

在朦朧詩人的言說權威遭受到「第三代」此一新編碼模式的挑戰之後，作為第三代

[295] 楊小濱，〈驅力主體的奇境舞臺：陳東東詩中的都市後現代寓言〉，頁 34。
[296] 陳東東，〈時代廣場〉，《導遊圖》（臺北：秀威資訊，2013），頁 77-78。

詩人共同的美學特徵——文化傳統的崇高感，被世俗大眾的消費慾望變造為諧擬的「個人戲劇」。陳東東也不自外於此，其「個人戲劇」來自於對都市景觀的深層精神敘述。在這首詩中，一切屬於「自然」的物像皆被工業化、資本化的都市光景吸入：「雨已經化入造景噴泉」、軍艦鳥飛翔的拋物線也繞不過「依然鋥亮的玻璃鋼黃昏」，最後，連作為人類自然生理時鐘的「夜晚」都無法繞開工業化幻影的抓攫，呈現「甚至夜晚也保持鋥亮」。

而後，「晦暗是偶爾的時間裂縫」此一超現實的構圖出現，意謂抒情主體瞥見了在龐大都市幻景裡一絲絲精神救贖的契機，這個契機轉瞬即逝而微微張闔在都市現代性的「反面」，也就是在「鋥亮的反面」。「白跡」應是抒情主體的自我投射，是自我的延異之物——「像時間裂縫的肉體形態」，而其轉為「時態」，也意謂主體必須在物理空間被資本主義異／物化統治的當下，重新生產「時間」，也才能重新生產自己的歷史和傳奇（「幾乎拂掠了歷史和傳奇」）。

「都市詩」只是主題分類，不必然等於後現代詩，而陳東東的都市視域的確充滿意象挖掘、是廣義的現代主義手法運用，但不難發現其主體位置仍是「後現代」的——主體並未以英雄式的姿態任意調動一切、或悲壯或頹廢地擺佈文字，而呈現一種對自身能力欠缺的「謙卑」體認，專注於情境的「局部」——例如「有一橫曬不到的嬌人」，「嬌人」既是慾望客體、也是主體本真存在的託寓，卻能夠不被資本幻影統轄，主體並未如現代主義詩學以「對抗」或「否定」大他者的都市表徵，而僅僅表現如此「局部」的慾望自我指涉（self-reflectivity），顯示一定程度上的後現代反諷；而「幾乎拂掠了歷史和傳奇」的「幾乎」，也是一種主體位格上的「降位」，「幾乎」就是「還未達到」，主體對自我建構的力量並未向現代派那樣樂觀而一廂情願。

再以〈幽隱街的玉樹後庭花（3 月 20 日，也許）〉為例，一樁由化學實驗室所變造的超現實的、虛擬的個人戲劇：

> 比門捷列夫溢出其實驗性，對象棋殘局的
> 紅藍之變，更成為酒吧劇場裡反戰的
> 戲中戲、燒杯涓滴的意願試劑、洗錢魔術裡
> 微妙的輪盤賭……甚或一記鐘震顫幽隱街
> 那塔樓暗自赤立童然，將消費後殘餘的音屑
> 收回，如垃圾桶回收空瓶、易拉罐……
> 退潮之血
> 再也不起浪，直到她兩腿間開合的淵藪

湧現又一座盜版樂園
……全靠著化學，靠
職業技巧的海市蜃樓，夜女郎翻過身
以彷彿純熟的純屬無意，顯露不必再隱瞞的
沙場。——「每次我都要將它生下，」
每次我都喚它做黎明。」——每次黎明
都叼著保險套頂端漲滿的乳頭順勢
被拽出——黎明咬破這
化學製品
……[297]

後現代主義在美學上有著一種表現力的退化現象，主體表述結構與意義深層模式的解體，一切無形的、崇高的、永恆的形上追求，但陳東東在詩裡卻可以在「化學」的想像介面上，以語言的狂歡形式表述隱微的、對生存世界的道德批判。恰好我們可以在陳東東這首詩裡看見「象棋殘局」、「酒吧劇場」、「燒杯試劑」、「洗錢魔術」等無數暫存的「事件」，「語言化」為精神與世界的多重機遇（happening）、隨機的即興表演（performance），每一個句子很少見到有意識的隱喻，卻在整體上有一種諷刺的隱喻笑果，這是典型的後現代都市詩歌的生存學。詩的後半段，主體展示的性愛景致也是陳東東通向其後現代主體的確立方式，女子「兩腿間開合的淵藪／湧現又一座盜版樂園」，性愛不再是真誠無欺的身體交合，而是充滿「盜版」的贗品與幻影。楊小濱認為這首詩「性感身體不再簡單展示日常的性活動，也沒有密集的隱喻來暗示性活動，而是身體器官與現實事物絞合在一起，使得現實本身，甚至科學化的事實，顯示出極度色情的樣貌，彷彿我們無時不處在這樣一種耽美、腐朽的色情現實中」[298]。因此，陳東東筆下的性愛隱喻——黎明，從屬於初生的、晨起的、希望的意涵，淡化了性愛過程的不歡快、「生下」更被賦予了生殖意義，且能夠咬破「化學製品」，這裡顯示陳東東在翻轉都市帶給性愛的空無快感之餘，也把其資本主義的「化學製品」驅除出主體的感覺維度之外。

楊小濱如下論證陳東東的都市後現代驅力與寓言：

---

[297] 陳東東，〈幽隱街的玉樹後庭花（3 月 20 日，也許）〉，《導遊圖》，頁 128-129。

[298] 楊小濱，〈論兩岸當代詩的幾個核心問題〉，《詩探索》2012 年 1 期，頁 105；又見楊小濱，《朝向漢語的邊陲：當代詩敘論與導讀》（臺北：釀出版，2021），頁 43。

> 細讀陳東東的近作可以發現，某種與現代性發生錯綜關係的後現代驅力主體與不斷逃逸的創傷核心之間的張力成為他近年詩學的動力。那麼，陳東東近年的詩如何通過寓言化的方式切入了當代史的創傷性深處，使得詩意的語言產生出一種回旋曲式的對於創傷體驗的無盡言說，便成為值得探究的課題。而這種創傷性絕爽的美學，又和都市的精神背景難以割裂。[299]

後現代主義不再如現代主義那般講究深度、提煉與變化，但陳東東的意象深度建立在後現代主體的感覺結構之上，但卻沒有將「意象」退化為無數破碎的、扁平的「形象」，也沒有過度消耗漢字的形體以追求無意義的快感，而是突出語言自身的「質感」與特性，藉此重建人與外在世界的本真關係。陳東東的詩體現出張棗所言後朦朧詩的重要特徵：「……對語言本體的沉浸，也就是在成詩過程中讓語言的物質存在獲得自身的空間實體，並作為詩意的質量來確立」[300]。

另外，陳東東亦不斷地建構能夠容納自身語言、具有整體性的都市寓言，以寓言式的語言與結構，適度讓心靈與世界的多重機遇呈現出來。陳東東是一個不斷測試語言自身性質與彈性，以呈現內在精神世界的詩人，如其自陳：「語言跟世界的較量不過是／跟自己較量——窗龕的超現實／現在也已經是你的現實」[301]。

更重要的是，同樣屬於後現代／都市、意欲拆除都市幻象的感覺結構，陳東東展現了不同於林燿德的語言策略，陳東東沒有如林燿德那樣以異次元、末日、核爆等意象演示著持續變動的「都會」與「生存」，即使是兩者共同都抒發過的性愛，林燿德〈如何辨識你的陰核〉是試圖別立一個新世代感官屬性與性愛觀的文化政治架構，陳東東的〈幽隱街〉則保持著語言內面的敏感、維持著不確定的內在性，在抽空現實意涵的語言表象之下，仍保存著強烈可感的人文情操與普世關懷。

第五節　結語：兩種後現代的各自表述

回顧並比較兩岸「後現代詩」的歷程，陳仲義有如下觀察：

> 臺灣後現代詩整體上比大陸早起步四、五年左右，臺灣後現代詩的面貌，主要體現於報刊上個人作品發表和個人詩集出版，行政干預少，壓力較小。而

[299] 楊小濱，〈驅力主體的奇境舞臺：陳東東詩中的都市後現代寓言〉，頁 43。

[300] 張棗著、亞思明譯，《現代性的追尋：論 1919 年以來的中國新詩》（成都：四川文藝出版社，2020），頁 311。

[301] 陳東東，〈窗龕〉，《導遊圖》，頁 91。

大陸因意識形態牽制，尤其是早期處於民間狀態，只好以運動社團為依托，一旦出現契機，便容易形成短期內奔湧而至、泥沙俱下的浩大聲勢。

在此，有一個鮮明的「時間差」問題必須提出來。按一般規律，臺灣現代主義詩歌自 1953 年出發，經由「橫的移植」，到 60 年代中期達到高潮，接下去，理應有後現代「續弦」。殊不知被鄉土文學狠狠掃轉，來了個總體「剎車」，苦心經營近 20 年的現代詩，竟未遭後現代的反撥與接連，反倒被相當程度回歸傳統的「鄉土」掩蓋了鋒芒，直到十年之後，後現代才「掙扎」著嶄露頭角，留下「隔代遺傳」的鮮明胎記。

然而在大陸，情況卻不是這樣。作為前現代的朦朧詩，自 1978 年發端，前後不過 8 年，發育尚未完全成熟，就被 1986 年「大展」浪潮所淹沒，根本沒有經過「臺式」鄉土洗禮，反而呈現跨越式態勢。大陸後現代風如此「提速」，實在始料未及，它的提前，為 90 年代的後意象、後口語、後敘事、後語言打下鋪墊。[302]

陳仲義提及兩岸後現代詩的「時間差」，在臺灣部分，現代主義的文化累積遭到了「鄉土」意識抬頭的「煞車」，其實不盡然。如同本書第三章對臺灣戰後世代五位現代主義詩人（楊澤、羅智成、陳義芝、簡政珍與蘇紹連）的文本分析，「鄉土」並未「煞車」他們詩裡的現代性，只是以不同的取向（或抒情、或知性），將「鄉土」的現實視域融合進他們的寫作之中。

另外，「時間差」其實也不只是臺灣的「鄉土」與中國的「大展」兩個參照。我認為「時間差」應該落在臺灣的「解嚴」（1987）與中國的「六四」（1989），這兩個時間點為兩岸的後現代詩帶來不同的歷史際遇。臺灣因為「解嚴」，使得後現代詩從世代／語言的後現代（如夏宇），轉向主體／理念的後現代（如陳黎），臺灣的後現代詩因為威權解體與民主化，出現了層次上的不同。而中國因為「六四」事件，大大傷害了知識份子群體的政治願景，使得「早產」的現代（朦朧）－後現代（第三代）的文化理想主義被扼殺殆盡，迅速「早夭」，致使美學上的主體結構受到破壞，轉向歐陽江河稱之修辭量度減量或輕量化、拒絕整體的「中年寫作」、重構寫作與現實關係的「本土氣質」以及終結寫作政治話語群眾化的「知識份子」立場[303]，或是走向了取向不明的「個人化」寫作、垃圾派與下半身。

---

[302] 陳仲義，〈海峽兩岸：後現代詩考察與比較〉，《文藝評論》2004 年 3 期（2004.03），頁 37。

[303] 歐陽江河，〈89 後國內詩歌寫作——本土氣質、中年特徵與知識份子身分〉，《花城》1994 年 5 期

臺灣學者方面，陳大為對「後現代」在兩岸各自詩史接受程度的觀察：

> 「後學」大興，兩岸皆然，但臺灣（外文）學界將「後現代」視為前衛藝術與思想的旗幟，部分新銳作家視之為引領風騷的標籤，前仆後繼地投奔到後現代旗下，按照後現代的美學特質——拼貼、嬉戲、諧擬、不確定、零散化、平面化、圖象化——來創作，然後急迫地等待後現代學者來「冊封」或「冠名」。[304]

> 後現代主義思潮對中國第三代詩歌的影響固然很深，但它比較是內在的，反映在主體創作意識、詩學理念、詩作技巧與表現上。由李亞偉執筆的〈莽漢主義宣言〉，隻字未提及垮掉派；由周倫佑和藍馬執筆的〈非非主義宣言〉，也完全不見任何後現代主義的蹤跡。第三代詩人澈底隱匿（或在自鑄的「詩學術語」中轉化）其詩歌美學主張裡的「後現代基因」，彷彿所有的詩歌理念／理論都是自創的，無師承可尋。師承對他們而言，形同惡夢。[305]

陳大為指出兩岸後現代詩人與評論家在詩史「命名權」上的爭奪。兩岸的「後現代」的創作實踐與理論傳播，皆座落在一個「後學」興起與「詩史」命名權的競賽之中。兩岸的後現代詩人，皆帶有厚重的「世代焦慮」，皆體現出對前一個世代所構築之美學典律的不耐、質疑與顛覆，但對歐美後現代思潮的接受上，以及如何在詩歌語言上體現「後現代」，卻出現了從理論到創作的價值偏差。

兩岸後現代詩不論從生成背景，與具體作品而論，其實具有不少美學特徵上的共通點。其一，對許多現代主義詩歌的宏大主題，比如戰爭、死亡、愛情，都有降格為「日常生活」的傾向，連帶的在語言上，也造成深度意象轉向「口語」，偏離了現代主義講究的濃縮與精練的修辭慣性。其二，都帶有厚重的「世代焦慮」，是一種基於「世代」對文化權力的交替意識，對前行代的美學典律進行顛覆式的話語操練。

在後現代詩表徵模式的面向上，兩岸後現代主義其實比較接近現代主義對根源與本質的討論。從此點看，中國的後現代詩人，儘管解崇高、反權威、嘲諷經典、口語化等特色鮮明，但從韓東、于堅、周倫佑的詩來看，某種寬度與深度、亟待闡

（1994.10），頁 197-208。

[304] 陳大為，〈中國當代詩史的後現代論述〉，《國文學報》43 期（2008.06），頁 182。

[305] 同上註，頁 186。

釋的心智空間仍是存在的。兩岸詩人確實偏離了象徵與隱喻語法的使用，但仍重視形式的實驗精神、重視個體生活經驗的揭示，以及對於集體生存困境的理解。

在臺灣方面，不論是羅青的錄影鏡頭、陳克華的科幻、身體與情色，或是林燿德的都市、陳黎的本土，都較傾向從「邊緣」向「中心」的文化奪權，至少在前衛／先鋒的思維圖示上，仍是傾向高度現代主義的文化政治類型。如同王浩威指陳「儘管林燿德自身的焦慮（原先建立的現代主義文學觀，不斷遭到後現代的挑戰和修補），投射在他對羅門的評論中；然而，同樣的，他本身現代主義的立場，還是不斷浮現出來」[306]，由此觀之，其實臺灣詩人除了夏宇，在整體兩岸漢語詩的先鋒座標上，比較看不到「重構」另一類集體美學話語（世代話語）的傾向，其餘如林燿德、陳克華、陳黎與羅青，其實都有重構世代美學的強烈意圖。

因此，陳仲義認為「不管是純語言嬉戲，還是應用文體流布，臺灣詩人似乎更願意在工具載體層面上運作，即在主體意識統攝下，精當地加以利用，這樣生命意識與語言意識的結合就不那麼緊密了，冷靜的技術處理倒成了熱門貨」[307]，這個見解只見到臺灣的後現代詩皆是經由慣性表意機制的破壞或是敏感於異質媒材的工具性，達到後現代既「棄絕文字」的同時，又能夠「樹立新美學形式」的目的（如夏宇），但卻沒有顧慮到部分陳黎與向陽的後現代詩，其實背後帶有濃厚後殖民「重構主體」的思維與意圖。而中國後現代詩人方面，不論是「他們」、「非非」、還是「莽漢」，則是生命意識的引導語言本體論的變革，「語感」擴大了後現代「口語詩」的表現界域。

據陳仲義的說法，中國後現代詩人對「語言的本體性型構和自足性強調，體現在意符化追求過程，詩人為本真事物找尋安身之地；語義的傳達，不再成為本書終極目的：而言說的自動或半自動，可能呈現為生命的清新狀態」[308]，中國後現代詩人的「語感」或「生活流」指向生命意識的拓寬或感覺的重塑，較沒有如臺灣詩人刻意標舉特定議題／空間的場所意識、破壞文字結構或混用異質媒材，而是經由語言的反諷、諧擬、平視／客觀的陳述，對宏大敘事進行「反敘事」，在語言上較能察覺到生命意識與語言意識匯流的痕跡。

以下，分別論證兩岸的後現代詩的主要特徵：

---

[306] 王浩威，〈重組的星空！重組的星空？——林燿德的後現代論述〉，收於林水福、中國青年寫作協會編，《林燿德與新世代作家文學論：悼念一顆耀眼文學之星的殞滅》（臺北：行政院文化建設委員會，1997），頁 310。

[307] 陳仲義，〈海峽兩岸：後現代詩考察與比較〉，《文藝評論》2004 年 3 期（2004.03），頁 40。

[308] 同上註。

一、臺灣：從「世代／語言」到「主體／理念」的位移

八〇年代的兩岸詩壇，就場域生態（結社形態）上看，仍是以「詩社」與「集團」等結社為主導，新興詩社的大量出現，體現出對前世代話語權力的爭奪。臺灣在 1987 年以後，正式在語境的開放上取得合法性，使得新詩的現代性與後現代性，得以在不被政治力壓抑的時空中推展。如同林燿德對臺灣六〇至七〇文學場域「文學集團 vs.集團文學」的觀察，八〇年代臺灣整體新詩景觀走向多元化、都市化、市場化、資訊化，丁威仁所謂眾聲喧嘩的「詩文學邦聯」[309]現象的出現，不再那麼強調社性、組織成員高度自治、寬鬆的結社信條與詩觀。

到了九〇年代，網路詩的出現，不但去中心、而且「去結社」的情況更為普遍，因此，「無論是將網路當成發表介面，或是網路本身就是創作工具（如超文本詩），實際上都存在著『反文化霸權』的延伸思考」[310]，而網路詩強求開放性、多元性、泯除文類界限的特質等等，皆讓「後現代」主義的詩學觀念得已被廣泛傳播。

從羅青「錄影詩學」的客觀攝影鏡頭，展現對時代社會做出諷喻的手法，到《吃西瓜的方法》的開放文本、刻意與現代主義美學典律保持距離，皆可以見到羅青試圖掙脫現存創作範式——現代與寫實的痕跡。

夏宇「有意識地」即興、拼貼、後設、戲仿等技巧的使用，反意象、反抒情、反現代等思維的呈示，其實有深層的心理動機——那就是為了應對歷史總體話語對個體感性及語言表達的壓制，以及，又能利用語言詩凸顯語言的肉質（物質性）、反叛語言常規，使得其「解構」得以深入漢語語言符號系統的內部，而不是只停留在形上學、主體意識或話語霸權層次的「概念」對抗。

從林燿德的後現代詩以「世代」為思想，以「都市」為媒介，以「後現代」為方法。其創作主體的「存在」意識與「歷史」、「現實」的同一性思維，仍有一定程度上的關聯，也仍有對於「價值」歸屬與「總體」表徵的設定與表現，而非朝文化本體解構或自體生殖的游牧，仍是屬於「現代性」的感知操作，可以隱約感覺得到「後現代」只是操作性的意義，作為與前行代美學典律決裂的話語工具。

陳克華作為一位後現代詩人的重要，仍是其「性別政治」（同志）所驅動的情色書寫。華人社會的情慾表達趨向隱蔽，性器與情色進入書寫操作時常常被崇高主體與雅文化去除與削弱，陳克華的後現代詩張揚大膽、裸露的官能情色視野，不但是一種文化話語的性／別政治，也達到對主流話語進行「反身性」的解構功效。

---

[309] 丁威仁，《戰後臺灣現代詩史論》（臺中：印書小鋪，2008），頁 310-326。

[310] 同上註，頁 331。

陳黎的後現代詩開展出豐厚的本土意識，是後現代的操作無礙於「本土」建構此一概念的絕佳範例，而其「本土」的建構也與後現代拆散文字與聲音的同一性、「反線性敘事」的傾向有效融合，將文化主體的重構（後殖民）與對總體話語中心的解構（後現代），在「本土／前衛」此一思維構圖上做出具象／圖像的表達。

以上，可以見到臺灣後現代詩與中國後現代詩最大的不同，在於同志的情色感官書寫進入了後現代視域，這一點上來看，中國後現代詩較無同志性／別政治的空間，「同志」不論在現實還是符號界域，都還是一種道德禁忌。另外，中國的後現代詩，亦缺乏如林燿德對都市文本的挖掘，以及夏宇對於「語言詩」路數的開發，以及，「本土」視域的出現，涉及臺灣獨特的時代語境與歷史結構，故不贅言。

二、中國：觸及「民間」情味的後現代

中國雖然在八〇年代經歷了理想主義的飆速與蓬勃，但《今天》－朦朧詩群的崛起與脈絡的週期顯得相當短暫，其現代主義挾帶強烈啟蒙／抒情的思維構圖，不到十年且未經深刻反思的過程，就被快速崛起的「第三代詩」所取代。不論是「非非」強調的超越邏輯、理性與語法，阻斷主體對語言的介入、顛覆常規語言體制；「莽漢」的反抒情甚至反詩；「他們」的「詩到語言為止」與拒絕隱喻，第三代詩基於對朦朧詩的反動，試圖將社會革命的願景，收納在對「語言」與「主體」進行反思與重建的感覺結構之中。

而第三代詩的串連組織與話語運作的方式，在一定程度上也有某種「紅衛兵運動」的影子，拉幫結派的組織方式與六四事件的發生，阻撓了後現代詩進一步深化為詩學的深厚積累過程。如陳大為：

> 後現代主義的影響是潛在式的，無聲的，形成深刻的影響，但在行動和言論上，真正主導著詩人主體思識和整個大局的，卻是揮之不去的「紅衛兵情結」。所有西方文學或語言學理論，只作為心照不宣的書寫工具，經過吸收、轉化、重新命名，成為第三代詩人在所有公開言談中，隱匿的論述。[311]

第三代詩人大多數沒有如同朦朧詩人那樣的文革歷史經驗，或是沒有完整經歷文革對個體身體、心靈與思想的迫害，如何影響了知青的「自我」認同模式。朦朧詩歌的抒情主體任何嘗試發聲的努力及其衍生的話語技術，都是一種「自我」與「時代」之間由主體想像的與理想化的美學關係。如同拉岡所言「鏡像」的主體認同化的歷程：

---

[311] 陳大為，〈中國當代詩史的後現代論述〉，《國文學報》43 期（2008.06），頁 187。

「內在世界（Innenwelt）與外在世界（Unwelt）之間循環的碎片狀態，導致了一種不停修正的自我查核」[312]，朦朧詩人展現詩人面對積極的樂觀精神、以現代主義意象輸出個體情感並轉化時代苦難，充分體現先鋒詩歌美學的現代性。

也就是說，文革話語塑造了朦朧詩人「自我」關於時空感知的「鏡像」（specular image），然而也導致其「自我」成為一個極具時代發話權力的文化大「他者」，不走啟蒙／抒情路線的詩，成為一個被「朦朧－現代主義」詩學所想像的、期望的、異化的、扭曲的感知客體，這就是中國在朦朧詩還未邁向成熟之時，就急遽轉向後現代的文化心理根源。

因此，第三代詩人所謂「反文化」其實是反對的不是「文化」本身，而是反對文化積累的極權壓制面，也就是——對語義、語法、詞性、形象、聲音的板結性與宰制性，於是誠如程光煒所言，第三代詩人普遍具有語言本體意識，早已明瞭「個性的作用是極其微弱的，文化史的積累對文本的影響遠遠超出了作家個人『創造力』對文本的影響」[313]，為了打破這樣在語言與文化之間的「慣性」作用，第三代詩人只好創造了新的槓桿——轉向了詩歌內部關於「朦朧」或「詩意」的構成法則與方式，去思考語言自身如何以更為獨立、自足的姿勢承擔揭露生存現實、闡釋歷史記憶的倫理責任。

歸納第三代詩歌運動的美學，其標榜的反崇高、反對抒情、回歸個人立場；反宏大敘事、反集體話語，回歸現實生活敘事；反文化、反意象、拒絕隱喻，回歸口語書寫；以上一切美學主張，其起源自世代焦慮，也是一種新世代詩人亟欲恢復「自我」的內在慾望，姑且不論這個時期「自我」表述是否成功、是否具備更充分的文化政治意義，但是創在主體企圖經由詩歌體現想像「自我」與現實「自我」的辯證，試圖經由詩歌理解文革（鏡像）裡的「自我」的虛幻性、反抗時代話語的整體性對「自我」的形塑，從這個角度看，地下詩歌時期則是整個中國當代詩主體性修復或重建的重要階段。

中國民間社會基於其深厚的歷史積累、頻仍的思潮錯動與繁複的文化地理空間，仍持續存在著各類存續力頑強的、形式與本質殊異的文化生命樣態，這樣精神化的生命樣態往往與不同地域的語言、風俗、宗教等社會化物質，相互結構化為種種既變動性又富於創造力的情感文本事件，此即陳思和著名的文學史論斷：「潛在寫作」或「地下文學」，以及文學史發展上一個潛在的文學結構：「以天安門詩抄為

---

[312] Lacan, Jacques. *Écrits.*, tr. Bruce Fink.（New York: W. W. Norton & Company, 2006）, pp.78.

[313] 程光煒，〈非個性化——對實驗詩創作論的解釋〉，收於陳旭光編選，《快餐館裡的冷風景：詩歌詩論選》（北京：北京大學出版社，1994），頁 297。

例，這些作品顯然可以分為兩類：一類是知識份子利用民間歌詞的形式來表達菁英意識，但還有一類則是政治性民謠，單純地宣洩了民間對當時政治的不滿」[314]。

若說「朦朧詩」時期的中國詩歌，就是以菁英話語塑造一種宏大抒情的「話語場」，這個話語場內突出「自我」，並進行「家國」（集體）與「自我」（個體）頻繁詰問與辯證，在意識形態教條與政治口號的喧嘩之中警醒，並為承受文革傷痕的「民間」代言。當「毛時代」已然遠去，沒有完整的紅衛兵武鬥、上山下鄉資歷的第三代詩人，他們並未執著於為悲愴的土地代言，並未致力於在滄桑的國族歷史上賦予人性的思想，但仍有一種從壓抑的革命國度裡所扭曲的「自我」，意圖挖掘自我意識，甚至還原為「前文化」的本我衝動，而其在語言創造之際，所倚仗的思想根源，其實是中國的「民間」思想。

中國一直以來存在著「民間思想」傳統，一種抵抗官方、主流意識形態體制的潛在社會力量。「民間思想」其背後代表著一群無法被主流社會賦權、無法被歷史敘事代言的廣大「人民」群體，但「民間思想」不等於「人民」。在文革尚未體制化以前，「人民」其實是毛澤東藉以塑造個人崇拜、鬥爭黨內當權派的工具。錢理群將中國民間異端思想作為一類無法被權力規訓的歷史實體及其思想活動，放置在一個毛澤東個人意志與革命話語無法全面收編的歷史情境之中加以考察，如此一來，一個時代變局下的中國於是存在著「兩個中國、兩條不同的發展路線」[315]，毛話語與民間話語自此形成一種既對立又依存的關係：「一個是毛澤東領導的、佔主流地位的中國，另一個則是儘管被鎮壓、被抹殺，卻始終頑強存在的『地下中國』」。[316]而我以為，「莽漢」的李亞偉，其詩歌語言的民間味「底氣」，對「中文系」體制的揶揄嘲弄，其〈秋收〉等詩裡充滿民間氣息的「生活流」與「方言」，莽撞而又戲謔地解構了政治體制對現實生活的編碼系統，也「捍衛」了屬於自身與地方的精神「收成」。

而李亞偉這樣帶民間生活底氣的「莽漢」詩風以及帶有知／智性的白話語言，臺灣由於政經、歷史與文化條件的不同，難以形塑出這樣的風格。即便是鄉土詩，臺灣鄉土詩人面對的也是因為資本主義壓迫下消逝的鄉土地景或原鄉情節，或是某種由後殖民主義與國族主義驅動的地方情感，像李亞偉這樣對既存體制進行後現代戲謔式的奚落與嘲諷的語言，在臺灣是較為少見的。

如同楊小濱：

---

[314] 陳思和，《還原民間：文學的省思》（臺北：東大圖書，1997），頁 115。

[315] 錢理群，〈後記〉，見《毛澤東時代和後毛澤東時代（1949-2009）——另一種歷史書寫（下）》（臺北：聯經，2012），頁 349。

[316] 同上註。

> 莽漢式的咆哮體從未在臺灣當代詩中出現，……而書面體的或者更準確地說是「雅言體」的詩歌寫作，在臺灣從現代派時期的周夢蝶、鄭愁予、余光中、楊牧到中生代的楊澤、羅智成、陳義芝到新生代的楊佳嫻，都有廣泛的影響，卻在大陸當代詩裡基本缺席。即使如潘維的江南婉約體，也大量夾雜著現代詞語、歐化句式，以及超現實的表現意味，基本上是口語化的。張棗、柏樺等人時而浸染的古典風，也更是建立在口語的基礎上。究其原因，我以為是抒情主體形象的不同範本所致。在臺灣，詩人通過「雅言體」所建立的文人化形像在文化價值上是絕對正面的，而在大陸，這樣溫文爾雅的聲音和形象幾乎一定會被視為蒼白無力，甚至是孤芳自賞、矯揉造作的。大陸當代文化的正面模式，一是西化現代的，二是草民白話的，三是陽剛的。[317]

臺灣「雅言體」的表現路徑，恰好與中國「莽漢」走向了不同的方向，「莽漢」確實走在「草民白話」與「陽剛」之間。因此，當現代主義的「宏大敘述」或「元敘述」失去表述效力之後，以「莽漢」為主的中國後現代詩人高舉的「野史」（les petites histoires）、拆解文本的深層結構、對一切價值理念的懷疑，其實也與一種不被體制馴服的「民間思想」型態有關。

以上，以此來看，朦朧詩在確立了「一代人」身處時代主流的邊緣，但仍以隱喻、反諷等手法寄寓批判精神，印證了其作為「現代主義傾向的朦朧詩的先驅」的詩史地位，而第三代詩歌作為恆續更新的主體意志，認為在理性的廢墟上朦朧詩搭建起的情感文字建築，仍是總體價值的虛妄表現，他們期待為詩歌語言在時代中撐開一道反思的縫隙，打開「民間」經驗與後現代技巧做出融合，即使是將「第三代詩」視作「現代主義」自身發展過程之轉折的論者，如張清華也指稱第三代詩人「……使所有具備現代性寫作立場的詩人都共同認識到並找到了一個起點，即民間、邊緣、個人，這是使當代詩歌乃至所有藝術復歸其本體的根本起點」[318]。

我認為中國後現代詩的可貴之處在於：書寫的自由度不斷受到共產黨官方意識形態國家機器的箝制下，還能夠開展出種種反威權、碰觸政治禁忌並結合後現代特色的新詩語言（如周倫佑）。而且從李亞偉與韓東的詩中，可以見到不少「地方習氣」、風俗或至少是某種（擬似）「平民」的姿態與口吻。雖然那樣的民間生活習氣缺乏完整的描繪而被「後現代」導引到一種諷刺、調侃甚至叫囂的語調（李亞偉），

---

[317] 楊小濱，〈論兩岸當代詩的幾個核心問題〉，《詩探索》2012 年 1 期，頁 99。

[318] 張清華，《內心的迷津：當代詩歌與詩學求問錄》（濟南：山東文藝出版社，2002），頁 162。

但那樣「民間性」的語言身段、以及刻意揚「醜」的語調和意象，在臺灣後現代詩中較為缺乏。臺灣的後現代詩人多出身中產階級菁英階層，少數除陳黎、向陽之外，其寫作仍是後現代範疇內的菁英話語，而缺乏李亞偉、韓東、于堅等人或大量使用民間方言，或觸及尋常市井的人間情味。

另外，也不是沒有學者對第三代詩有所針砭。如霍俊明就質疑第三代詩人過度執迷於驅除語言裡的歷史、政治與文化作用所產生的弊端：

> ……第三代詩歌的危險就是用一種語言觀念取代另一種語言觀念，這種二元對立你死我活的拒絕任何中間狀態的思維方式，大大消解了第三代詩文本實驗和語言轉向的歷史價值和詩學意義。[319]

張桃洲亦提出質疑：

> 「第三代詩」為漢語寫作貢獻了許多新奇的句法和新鮮的修辭。可是，詩人們在種種『標新立異』意願的驅使下難免偏於一端；同時，在一種標籤化和簡化的『詩到語言為止』宣示的促動下，詩歌漸漸進入自足後的封閉，其具體表現是『不及物』和自我循環，導致活力漸失、趨於萎縮。實際上，不只是『第三代詩』，就整個中國當代詩歌來說，將技藝推到無上的位置，都要擔負其本身隱藏的可能風險，這種風險至少包括兩個方面：一是單一技藝形成的慣性滑動，二是技藝自我隔絕、脫離一定語境後陷入『美學上的空轉』。[320]

劉波認為：

> 「第三代」詩人注重平民意識的反叛精神，只知破壞，少有建設，最終還是缺乏一種特殊的超越性力量。整個詩人群的精神視野在封閉的技術考究時代難以獲得有效的敞開，同時，他們中很多詩人的後蓄力量不足，直接導致他們日後放棄詩歌寫作，甚至完全在詩壇上銷聲匿跡，這是「第三代」詩人的悲劇性體現，同時也缺少關懷性的人格魅力。[321]

---

[319] 霍俊明，〈詩歌語言：特殊話語的頓挫與飛揚〉，《詩刊》2005 年 5 期（2005.03），頁 61。
[320] 張桃洲，〈詩人的「手藝」——一個當代詩學觀念的譜系〉，《文學評論》2019 年 3 期，頁 181。
[321] 劉波，《第三代詩歌研究》，頁 113。

或如羅振亞：

> （第三代詩）個體經驗的極端強調帶來了瑣碎無聊的病態纏繞，將為低淺層次的情感偏癱，付出了犧牲社會意識的慘重代價；激情衝動暗和天籟同時也平滑為自動創作的迷狂與模糊，從而，導致了共感效應的喪失在把人引向真正『人的道路』的同時，也把人引向一個平庸無聊的孱弱世界、一個脫離現實的心靈世界。[322]

> 只要第三代詩在朦朧詩正題階段的使命意識與自身反題階段的生命意識綜合的基礎上，重新確立抒情位置，接通個體情思與群體意向，達到文化意識與時代精神的同步共振，尋找自身向時代、民族的入世化開放；在藝術上求得自娛性與使命感的雙向平衡，走出形式誤區，注意創造飽具情思與哲學意味的智性空間，那麼重建詩歌理想的實現變指日可待。[323]

以上，第三代詩對詩形式要素特別是對語言的強調，使得詩的觀念與思維轉向語言本身施力，引導了中國八〇年代詩歌進入了最豐盛的創造力時期，句法、修辭的創新實驗激化了語言可以達到的未知境地，但也出現了過度脫離現實語境的弊端，過度解構詩本體的自我指涉導致了詩的語言藝術失去了基本的歷史、社會與現實向度，而陷入「自我」能指的消耗、陷入價值相對主義的精神迴圈，而成為封閉形態的審美虛無主義。

---

[322] 羅振亞，《中國現代主義詩歌史論》，頁 239。

[323] 羅振亞，《中國現代主義詩歌史論》，頁 273。

第五章　女之書：兩岸八〇年代以後的女性詩歌

我們像一樣擺設／（時時刻刻），擺在／所有事物的隔壁／／發現時間的細眼／尷尬地，與我們／對看[1]

每天只寫幾個字／像刀／劃開橘子細密噴湧的汁水。／讓一層層藍光／進入從未描述的世界。／／沒人看見我／一縷縷細密如絲的光。／我在這城裡／無聲地做著一個詩人。[2]

第一節　前言：從女性主義到女性詩歌

一、從西方女性主義談起

回復「女性」最為一個自足、自為、獨立的性／別屬性，揭示男性在政治、社會領域中的文化心理層面的宰制結構，爭取諸如生育、墮胎、避孕、婚姻、勞動等面向的性別平等，向來是第二波女性主義者的主要戰場。而在文化意識形態領域，對於女性持有的陰性氣質（femininity）的社會建構，以此來對抗男性／父權的凝視，也一直是女性主義者。西蒙波娃（Simone de Beauvoir）的《第二性》（The Second Sex）將論述視野從生理性／別的身體差異，轉向社會性／別的權力宰制關係之上，認為女性是相較於男性而被界定的性別，因為「男人是主體，是絕對，而女人是他者」[3]，因此「女人不是生成的，而是形成的」（One is not born, but rather becomes, a woman.）[4]，既然性／別概念是透過社會化過程而建構的，那麼女性的解放勢必排除男性／父權對其分派的社會角色，才能成為一個真正自由的主體。

女性主義經典文本的吳爾芙（Virginia Woolf）《自己的房間》（A Room of One's Own），除了指陳女性處於被動的工具從屬地位——「在過去的幾個世紀中，女性一

[1] 零雨，〈吳爾芙和她的房間〉，《關於故鄉的一些計算》（臺北：零雨出版，唐山總經銷，2006），頁 4-5。

[2] 王小妮，〈重新做一個詩人〉，《我的紙裡包著我的火》（瀋陽：春風文藝出版社，1997），頁 200。

[3] de Beauvoir, Simone. tr. and ed. Parshley. H. M. *The Second Sex*. (New York: Vintage Books, 1989). pp. 16.

[4] *ibid*. pp. 273.

直是觀賞的鏡子，擁有神奇和美好的力量，可以將男性的形象放大」[5]，吳爾芙標示了一處作為性女性獨立思考的場所——「房間」，「千百年來，婦女一直坐在屋內，時至今日，這房間的牆壁早已浸透了她們的創造力，而實際上，那些磚石、砂漿早已不堪重負，不由得這種力量不去訴諸筆端，或寫或畫，又或是要從商從政」[6]，時間、金錢、閒暇限制了「房間」的物件內涵，卻永遠無法限制女性豐盛的內在生命與創造力。

而對於如何鬆動陽具中心主義（phallocentrism）及其文化霸權，英、美、法等國的女性主義學者紛紛提出不同的文化戰略。艾蓮娜・西蘇（Hélène Cixous）提及「陰性書寫」（Écriture féminine）跨越了生理性別，是「雙性」（bisexuality）的，兼容開放的「雙性」，不但是生產「陰性書寫」的必要條件，也促成了性／別光譜上「異己（差異）」的多樣性，有助於脫離陽具話語的欲望結構及社會效果，當然，西蘇也指出「陰性書寫」也是一種「身體」寫作：「女性必須通過自己的身體進行書寫，必須創造出堅不可摧的語言，這些語言會破壞分區、階級和修辭、法規和守則」[7]，女人的身體「不是簡單的局部物體，而是變化的整體，動感和無窮的變化，是一個愛欲永不停止旅行的宇宙，廣闊的星體空間」[8]，唯有回歸自覺的「身體」，才能具備充分的力量回應婚姻與性別體制加諸女性身體與精神的馴化作用。

克莉絲蒂娃（Julia Kristeva）從符號學與精神分析出發，如同拉康，將「無意識」納入對性／別語言符號系統運作，並將書寫（表意過程）區分為兩種模式：「象徵」（symbolic）與「表徵」（semiotic）。「象徵」是父系語言的文化建構，而「表徵」的定義則來自希臘語語源，傾向呈現「標記、痕跡，索引、先驗符號、證明、刻痕或書面的符號、烙印、痕跡、圖形」，是再現與母親親密關係的「前語言」（pre-language）。[9]基於母親的身體是組織社會關係的符號中介，並成為「表徵」的秩序原則，克莉絲蒂娃借用源自柏拉圖的《蒂邁歐篇》（Timaeus），意指一種「母性容器」（chora），是一個「永恆」場所；它是「一個由驅力及其運動所構成的無法表達的整體……作為話語闡述的斷裂和連續並存，先於語言的存在、真實性、空間性和時間性」[10]。以此來看，克莉絲蒂娃的「表徵」與「母性容器」和西蘇的「陰性書寫」

---

[5] Woolf, Virginia. *A Room of One's Own*. (London: Grafton, 1977), pp. 41.

[6] *ibid*. pp.95.

[7] Cixous., Hélène. tr. Keith Cohen and Paula Cohen. "The Laugh of the Medusa" in *Signs*., vol. 1, No. 4 (Summer, 1976), pp. 886.

[8] Hélène Cixous., in ed. Sellers, Susan. *The Hélène Cixous Reader*. (London: Routlege, 2003), pp. 44.

[9] Kristeva, Julia. "Revolution in Poetic Language." in ed. Moi, Toril. *The Kristeva Reader*. (New York: Columbia University Press, 1986)., pp. 92-93.

[10] *ibid*. pp. 93-94.

一樣，具備了前伊底帕斯、還未進入象徵域、是不斷律動、狂喜與愉悅的原生狀態，代表女性無法被父系話語的整體性、理則性、形上學化約的內在世界。

從西蘇到克莉絲蒂娃，皆致力於挖掘「陰性」的潛在能量，及其釋放在語言介面上關於父權（他者）與身體（我）之間的異質性。依希嘉黑（Luce Irigaray）嘗試擴大「書寫」的性／別感知面向至陽具的視覺文化體制，因為相較於陽具的侵略、插入、排他與佔有，陰唇的生理構造（兩片、成雙）擁有「自體快感」（autoeroticism）的特質，不像陽具的「獨一」（one）必須建構女體的想像（或觀看）才能達到快感。因此，「女人所擁有的性器官多少遍及全身，……『她』（Elle）自身就是無限的異己（other），……『她』的表意可以指向任何方向，使『他』無法辨別任何意義的連貫性」[11]。

既然不需客體化而能達到快感的陰唇飽受男性視覺體制的壓抑，女人若要以主體身分占有社會及象徵地位，為了讓女性「能夠通過已經存在於歷史中自己的形象和男性作品的生產條件來找到自己，而不是根據男性的作品與家譜」[12]，女性必須讓「我們的（陰）唇一起說話」，訴諸「身體無固定的邊界，此為永無止盡的行動狀態」[13]。依希嘉黑所認知的女性身體是「流體」（fluidity），不只如此，女性還更需盡快以「流體」變動不定的特質，在所有文化表徵行動上（書寫、言談、闡述）擺脫男性話語對女性的文化壓抑、發明屬於女人的語言，建立新的言說方式。

女性的情慾、性徵、符號和創造力，在歷史、文化與社會場域及語言系統內被男性經驗與陽性話語所掩蓋，可以被視為女性主義者的共識。而美國學術場域的經驗主義與文化實踐傳統，亦帶來了不同的理論視野。如伊蘭・修華特（Elaine Showalter）則是指出當代女性文學批評正處於「荒野」之中，女性批評家在補充、修正或批判男性話語形塑的文學史或文學詮釋的同時，則不自覺地落入以男性經驗與為參照系而無法建立一個「純正女性中心、獨立自主、知性統合」的女性文學批評體系，也就是建構一個研究女性作品歷史、主題、文類與修辭特色的「女性中心批評」（gynocritics）刻不容緩。[14]於是，「女性中心批評」的首要任務是「標明女性文學認同的正確文化地點，和描述貫穿女性作家個人文化境遇的種種力量」[15]。

---

[11] Irigaray, Luce. tr. Catherine Porter., Carolyn Burke. *This Sex Which is Not One*. (Ithaca: Cornell UP, 1985)., pp. 28-29.

[12] Irigaray, Luce. tr. Carolyn Burke and Gillian Gill. *An Ethics of Sexual Difference*. (Ithaca: Cornell UP., 1993)., pp.10.

[13] Irigaray, Luce. tr. Catherine Porter., Carolyn Burke. *This Sex Which is Not One*. pp. 215

[14] 伊蘭・修華特（Elaine Showalter）著，張小虹譯，〈荒野中的女性主義批評〉，《中外文學》第 14 卷 10 期（1986.03），頁 77-85。

[15] 同上註，頁 103。

伊蘭·修華特更進一步梳理珍·奧斯汀（Jane Austen）、莫勒斯沃斯（Mary Louisa Molesworth）、迪娜·瑪麗亞·克拉克（Dinah Maria Craik）、法蘭西絲·霍森·柏納特（Frances Hodgson Burnett）、朵洛西·理查德森（Dorothy Richardson）與吳爾芙等女性作家與女性傳統（female tradition），認為女性文學「總是不得不與將女性經驗降到第二位的文化和歷史力量作鬥爭」[16]。伊蘭·修華特致力於為女性文學批評別立在男性話語之外的審美獨立性，「女權主義者批評者的任務是找到一種新的語言，一種新的閱讀方式，可以整合我們（女性）的智慧和經驗，我們的理性和痛苦，我們的懷疑論和我們的視野」[17]。

茱蒂絲·巴特勒則是指出「女性主義」將「女人」建構為唯一、穩定的主體在語言與政治上「再現」的局限性，認為必須鬆綁「女人」作為性別話語的「生理」性別（自然）與「社會」性別（文化）的模擬關係，生理性別的自然化仍是社會性別建構的範疇，因此「生理性別不能被視為是一個先於話語的解剖學事實，事實上從定義而言，生理性別一直以來就是社會性別」[18]。

巴特勒為破除兩極化的性別文化建構，提出「展演性」（performativity）的概念：「原始或主要性別認同的概念經常在變裝、易裝和 T/P 身分的性風格化的文化實踐中被戲擬」[19]，一種兼具實踐與生產的性別展演——身體的風格化（stylization of the body），讓主體的身分政治跨越了異性戀的話語規範，也揭露了穩固的身分建構背後，其實指向的是藉由文化儀式性的重複，而形塑出的主體幻想。巴特勒的性別展演概念，為女性主義與性別理論帶來巨大衝擊，待下文進入兩岸女詩人的文本分析部分時也會觸及，巴特勒的「性別展演」也有助於分析部分兩岸女性詩人，有意規避陰性氣質的展露或試圖再現某種游移不定的性別認同的文化事實。

而後現代的「去中心」與女性主義試圖建構「主體」的意向，兩者有所衝突的問題，女性主義者也給予了關注與回應。南西·米勒（Nancy K. Miller）認為：

> 後現代主義者斷言作者已死與主體性的消亡，我認為這一觀點並不必然適用於女性，它過早排除女性能動作用（agency）的問題。因為女性沒有如同男性擁有朝向本源、體制、生產等身分的歷史關係。我認為，她們（群體上）

---

[16] Showalter, Elaine. *A Literature of their Own: British Women Novelists from Brontë to Lessing*. (Princeton, N.J.: Princeton University Press, 1977)., pp. 36.

[17] Showalter, Elaine. "Toward a Feminist Poetics," in ed. Showalter, Elaine. *The New Feminist Criticism: Essays on Women, Literature, and Theory*. (New York: Pantheon, 1985)., pp. 141-142.

[18] Butler, Judith. *Gender Trouble: Feminism and the Subversion of Identity*. (New York: Routledge, 1999)., pp. 12.

[19] pp. 174.

> 還沒有被承擔過多的自我、本我、超我等所累。由於女性主體在法律上被排除在古希臘城邦之外，她因而被去掉中心、被消解本源、被非體制化，所以女性與整體性、文本性、慾望和權威的關係，從結構上展示了不同於普遍（男性）立場的重要差別。[20]

以上，女性主義理論家從「陰性」特質的挖掘與定義（西蘇）；從符號學與精神分析層面建構女性話語主體（克莉絲蒂娃）；訴諸生理結構流動特質的性別政治（依希嘉黑）；建構一個研究女性作品歷史、主題、文類與修辭特色的「女性中心批評」（伊蘭・修華特）；打破社會規範意義上的性別而透過「展演」而創造新的主體性（巴特勒）；或是認為後現代「去中心」排除了女性在社會機制中的能動性因素（南西・米勒）等等。無論如何，女性主義理論家不論是抱持女性話語獨立與主體／身分的期待視野（horizon of expectation），或是嘗試跳脫穩定的性別光譜，尋覓顛覆異性戀話語政體的可能性，賦予女性／身體更寬廣的解放動能。 然而，女性主義理論終究需要女性在日常空間、身體、情慾等面向的「話語」實踐，才能生產更為具有顛覆潛能的性政治（sexual politics）。也就是說，女性主義的理論視域與思想動能，如何在當代女性詩歌中體現、並被整合進詩歌語言結構裡，以傳達一定程度的性別政治意涵，是本章極力關注的課題。女性詩歌如何在男性／父權編碼下進行多元「話語空間」的拓展，尤其是如何突出自我情慾、傳達幽微的精神世界、創造身體在社會話語空間裡的存在樣態與表述方式，並進一步建構「女性」差異的認同政治，以上則必須仰賴女詩人的持續寫作。

若說兩岸的後現代語境的興起與衰落，與全球化、都市化及特定政治進程有關，而其標榜的對傳統文化秩序、宏大價值體系、主流話語進行「解構」、「去中心」、「顛覆」的思維，其實也與女性主義及性／別話語同步。八〇年代以降，兩岸時代語境進入典範更替的轉換期，傳統價值體系的崩解、社會秩序的重組，以及文化理念的重塑，這個時候，「解放」、「多元」、「認同」等價值話語，開始從被「體制」壓抑的「身分」屬性、從向來被「中心」所冷落的「邊緣」位置，大量浮現。

也因此，「女性」作為被父權社會壓抑以及趨於邊緣的身分屬性，其思考與言說方式的特殊性與複雜性，向來是詩學研究不能迴避的議題。本章「八〇年代以降」兩岸共十一位女詩人的作品做出比較式的細讀，探討兩岸女詩人如何在不同的歷史境遇下，建構身為女性的言說主體（female speaking subject），以及呈現出相對於男性／

---

[20] Miller. Nancy K. *Subject to Change: Reading Feminist Writing*. (New York: Columbis University Press., 1988)., pp. 106.

父權的精神紋理與書寫風貌。另外，兩岸女詩人在不同的社會時空與話語規則之中，如何在語言符號系統中找尋屬於女性主體符號再現的異質性（heterogeneity），亦是值得探究的比較詩學問題。

二、臺灣：從「戒嚴」走出的女人

臺灣於八〇年代政治禁忌的逐漸解除，為文化場域與思想潮流帶來巨大的影響。自此，臺灣女詩人從「戒嚴」的歷史黑幕裡走出，適逢「解嚴」的歷史浪潮，與同時期的婦女運動同步地開始建構自身的主體性話語。「解嚴」釋放了長期被禁錮的身分認同與文化主體意識，從後現代到後殖民，從一元／威權走向多元／平權的價值重塑，出現政治詩、身體詩、圖像詩、網路詩、原住民詩、方言詩、女性詩等新興文類。新詩領域新興文類的出現，意謂長期被黨國政治系統掌握的文化價值體系，也就是一元化的中華民族／家父長／父權話語系統，出現了日漸鬆動甚至趨於瓦解的現象，其中，面對父權／男性最為抵抗的語言表態，就是「女性詩」此一類別。

臺灣女性詩學在性／別議題上展開話語權的拓寬行動，除了是對既存體制與權力核心進行「解構」的文化動能，也是女詩人也開始展開女性寫作的實質創作活動，以女性的意識、觀念、態度和立場從事寫作。臺灣以女性與同志為主體的性／別書寫，往往與婦女運動與同志平權運動的開展息息相關，而「女性詩學」的擘建，尤其得力於婦運人士對父權進行的政治與文化詰問[21]。結合而就本章的研究主題「女性詩歌」來說，兩岸的結社模式也有所異同。

在臺灣，於 1998 年成立的「女鯨詩社」，包括江文瑜、李元貞、利玉芳、沈花末、杜潘芳格、海瑩（張瓊文）、陳玉玲、張芳慈、劉毓秀、蕭泰、顏艾琳、王麗華等十二位詩人，並出版了《詩壇顯影》與《詩在女鯨躍身擊浪時》兩本詩選集，以集體的力量施展以女性為主體的文化聲音，在生理性別與社會性別反覆辯證，墊高了女性詩歌在文化場域的影響力。

在臺灣女性詩歌的研究領域，已累積相當豐厚的成果。

鍾玲的《現代中國繆思——臺灣女詩人作品析論》可謂有里程碑之意義。鍾玲認為戰後至八〇年代的臺灣女詩人，除了繼承古典傳統、含蓄矜持語調與婉約風格為主流（林泠、夐虹、馮青、胡品清……）之外，尚有三種針對主流風格的反動：（1）極端的豪放雄偉風格（張香華、夐虹、淡瑩）；（2）基情告解式文體（朵思、

---

[21] 楊宗翰，《臺灣新詩評論：歷史與轉型》（臺北：新銳文創，2012），頁 152-153；160-161。

曾淑美、斯人）；（3）陰冷氣質（朱陵、沈花末）與反叛戲謔風格（夏宇）。[22]以上，不論是「主流」寫法還是「流變」風格，女詩人經由「風格」的建構，並且與六〇年代的西化、現代主義、七〇年代鄉土寫實、八〇年代以降的環保主義、人道主義與後現代主義進行多面向的互動，近一步形塑臺灣新詩的「女性文體」。

陳義芝《從半裸到全開——臺灣戰後世代女詩人的性別意識》從戰後世代女詩人的「情慾表現」、「兩性觀」、「服裝心理學」、「旅行心裡」等主題，考察戰後女性詩人的性別意識與感官世界。其中，第二章「永恆的男人（Animus）——臺灣戰後世代女詩人作品的男性形象」，引述榮格（Carl G. Jung）的「Animus」（女性心靈的男性靈魂像）原型意義，論述臺灣戰後女詩人作品中諸多男性形象。[23]尤其是第三章「從半裸到全開——臺灣戰後世代女詩人的情慾表現」，區分女詩人的六個子題：「依違於男性律動間」、「遐思空間與密語帷幕」、「延宕的前戲」、「身體器官象徵」、「試探與偽裝」及「肉體狂歡節」，在蠡測女性主體聲音與男性話語的相對位置，以及女詩人如何展露感官的方式或姿態上，具備相當的論述層次感與嚴謹、縝密而細緻的推論。

鄭慧如《身體詩論：1979~1999》雖不是專論女詩人，而是以「身體」統攝，討論「身體」在不同歷史階段（1970、1980、1990）三個「十年」跨度之中，由「身體」所延伸出的性別建構與話語實踐。其中，與本章研究時間跨度重疊的「八〇年代以降女詩人」的身體書寫特徵，在八〇年代主要分為，「鍾玲、利玉芳、李元貞為一類，使用的是命名式的語言，所用（身體）意象常有銳利感，中心意旨明晰清楚。……另外一類，像羅英、丘緩、夏宇的詩作，使用的是置換式的與言，文字的原始意義被取義寬廣的比喻或象徵所包覆，……，詩中的身體觀也處於私語化的情致空間」[24]；九〇年代則主要從三個空間（開創寫作空間、超越社會規範、揮灑個人色彩）層次，討論朵思、陳義芝、江文瑜、陳克華、許悔之、顏艾琳、唐捐等人的詩作[25]。

---

[22] 鍾玲，《現代中國繆思——臺灣女詩人作品析論》（臺北：聯經，1989），頁 395-406。

[23] 關於「阿尼瑪」（Anima，男性心靈的陰性靈魂像）與「阿尼瑪斯」（Animus，女性心靈的陽性靈魂像）應用於戰後女詩人現代詩創作批評方面，李癸雲則以蓉子詩裡的「維納麗沙」為例，認為女詩人不少作品映現的是「阿尼瑪」而非「阿尼瑪斯」，可以算是對陳義芝研究的回應：「女詩人未必是映現自己身為女性的真實層面，而可能是鑄模一位理想女人，作為客觀現實裡不斷被書寫、被想像的反動，在文字間鞏固自我詮釋權。如此一來，觀察其詩中的女人意象，同樣具有指涉詩人心靈的象徵意義，意象深具符號性。」見李癸雲，《結構與符號之間：臺灣現代女性詩作之意象研究》（臺北：里仁，2008），頁 137-138。

[24] 鄭慧如，《身體詩論：1970~1999》（臺北：五南，2004），頁 182。

[25] 同上註，頁 199-268。

李元貞的《女性詩學：臺灣現代女詩人集體研究（1951~2000）》以「女性詩學」為主要綱目，從女性主體的角度，切入女詩人作品（1951~2000）與特定社會、文化語境的交互關係，並從「自我觀」、「國家論述」、「『我』的敘事方式」、「女性身分」、「『身體』與『情慾』想像」、「『時間』與『社會』正義」、「語言實踐」等面向，探索女詩人的主體（社會位置、生活經驗、身體與情慾）和文學傳統、時代潮流以及語言系統相互對話、交錯的性別書寫景觀。於是，與鍾玲偏重梳理美學風格不同，這是一部以「女性詩學」建構作為總體目標的文學／文化論述，「女性」所書寫的經驗、身體與情慾被放在更為宏觀的社會文化視野下加以審視，因此「『女性』作為『位置』與『經驗』的視野，如果能善加運用，會成為寫詩或製詩的有力因素，是本書研究的主旨」[26]。

李癸雲《朦朧、清明與流動：論臺灣現代女性詩作中的女性主體》，全書重點章節分為（1）女性主體的「主體位置」相較於父權／中心話語的書寫策略，（2）「性別認同」上的扮裝、掙扎與流動性，（3）從「語言實踐」視野下達到建構跨性別、瓦解陽具體體中心的「流體詩學」，以及（4）「以詩建構主體性」。李癸雲從「依循、解構與重建的身分」以及「他者、整體與特殊的自我」兩個角度，考察女詩人作品中建構主體性的話語策略，認為部分臺灣女詩人如方娥真、涂靜宜與沈花末等，普遍上對父權／男性話語皆有顛覆與解構意圖不那麼顯著，但隨著時代變遷與社經結構轉型，「新世代女詩人……女權意識較為高昂，主體與文字運用較不受約束。至於新興網路文學中的女詩人，他們大都不依循社會角色的扮演，其詩作多寫情慾，或在形式與文字上做各種前衛的嘗試，卻很少在主體性方面作開拓」[27]。

洪淑苓《思想的裙角——臺灣現代女詩人的自我銘刻與時空書寫》則是晚近女詩人研究最重要的一本學術著作。洪淑苓標舉了 1921 年至 1940 年（戰前世代）出生的八位女詩人：陳秀喜（1921-1991）、胡品清（1921-2006）、杜潘芳格（1927-）、蓉子（1928-2021）、林泠（1938-）、朵思（1939-）、敻虹（1940-）、羅英（1940-2012），從自我形象（胡、林、朵、敻）、時空意識（蓉、陳）和生（活）／死（亡）書寫（杜、羅）三個面向，以「女性經驗中覺醒與承擔」以及「重塑理想的女性形象」兩個視角探討八位女詩人其女性意識的呈現[28]，研究八位女詩人各有側重的創作意識與審

---

[26] 李元貞，〈自序〉，《女性詩學：臺灣現代女詩人集體研究（1951~2000）》（臺北：女書文化，2000），頁 5。

[27] 李癸雲，《朦朧、清明與流動：論臺灣現代女性詩作中的女性主體》（臺北：萬卷樓，2002），頁 276-277。

[28] 洪淑苓，《思想的裙角——臺灣現代女詩人的自我銘刻與時空書寫》（臺北：臺大出版中心，2014），頁 3-11。

美經驗，具體而微地呈現戰前世代女詩人的書寫，在戰後時空的美學與詩史意義。本書研究對象設定在戰前出生世代之女詩人，雖與本章研究對象並無重疊，但其對自我形象、時空意識和生死書寫的論述視域與切入視角，與本章對研究對象的解讀方式多有啟發。

孟樊認為臺灣女性詩蔚為潮流其實與詩選編纂以及詩史詮釋所共同形塑性別政治氛圍有關，並認為除了「陽具中心批評」之外，應該從其他多元及建設性的角度重新評估女性詩，亦認為女詩人應該「從一種有權力威嚴和佔有慾的語言，改換成一種帶有感情和關懷的語言」[29]；陳義芝認為「『女性詩』意謂能反思女性劣勢處境，預報女性抗爭焦慮，映現女性自覺的女詩人作品。換言之，是指含攝女性主義思想的詩」[30]。

從詩史來看，鄭慧如看法是「臺灣現代詩史上的性別議題，一向指的是生理性別及社會性別上，女性為自己身為女人的權益，對抗『男性沙文主義』；或社會性別上的同性戀者，以突破禁忌的姿態凸顯自己的愛欲」[31]，但本書也試圖指出，將表現女性主體意識、張揚身體愛慾、表現女性情感世界的詩，指認為「女性詩」，基於研究框架需要，其實無可厚非。但我認為，部分女性詩人其實並未積極展現「女性主義」意識，至少未曾主動考慮要以「女性」的思維、感覺與意念經營語言，其屬於「女性」感知的種種細節其實深藏、潛伏在「語言」藝術的經營面上，而必須透過對其藝術表現、程序與構圖的探究，才能還原其女性思想、精神或氣質的原貌。

臺灣女詩人方面，本章選擇利玉芳、零雨、陳育虹、羅任玲與顏艾琳作為研究對象。利玉芳（1952-）既是「笠」詩社、「女鯨詩社」成員，本身也是「客家籍」詩人，其詩處在性／別、國族與族群的交疊場域之中，自然有一定代表性；零雨（1952-），其知性氣質、善於出入虛實與營造多層次感官經驗的能力出眾，不只在臺灣女詩人行伍中別立風格，甚至在兩岸詩壇中也不多見；陳育虹（1952-）在詩壇的地位是在二十一世紀之後始確立，相較於張揚情慾、感官與身體想像的江文瑜及顏艾琳，陳育虹則比較沒有這類激越的感知形態表現，而是經由隱喻語言，追尋女性感知原型，進一步確立其女性的文化主體；羅任玲（1963-）的語言冷熱交替、剛柔兼具，頻繁以其作為「女性」個人的細微感覺，以及對生命存在本質的種種思索，穿梭在現實與想像、紀實與虛構、黑暗與寂靜之間；顏艾琳（1968-）灌注身體、性慾與至詩中，語言一反女性正格的閨閣、婉約，大膽、辛辣地表述身體與情慾的性政治。

---

[29] 孟樊，《當代臺灣新詩理論》，頁 303。

[30] 陳義芝，《現代詩人結構》（臺北：聯合文學，2010），頁 197。

[31] 鄭慧如，《臺灣現代詩史》，頁 402。

三、中國：從「朦朧」走出的女人

七〇年代末到六四事件前的中國，歷經了一段理想主義的狂飆突進時期，從朦朧詩的啟蒙敘事與宏大抒情，到第三代詩（非非、莽漢、他們）出現了口語化、反抒情、反宏大敘事、反文化的美學，詩歌語言朝向文化整體意涵的「崇高」進行戲仿與反諷，雖趨向「民間」但理想主義依然濃厚。其後，文化上的理想主義在六四事件發生後而中斷，轉向了九〇年代大眾消費視野下的個人寫作、新死亡與下半身。

在此一時期的中國女詩人，剛從「朦朧」裡走出，試圖尋找自己的身分與話語。但或因被收編在「朦朧詩」與「第三代」詩歌的文化景觀之下，並沒有以「女詩人」為號召的具體、全國性的結社動作，但仍各自展現了屬於女性特質的感官經驗、獨特感覺與思路，拓寬了女性作為文化主體在當代中國詩壇的話語空間。中國女詩人的聲音，從五四以降，在李澤厚稱之的「啟蒙」與「救亡」兩大主旋律中，承受著來自傳統、男性、家庭、國族等超出自身主體意識、身體感官與感覺結構範疇的集體重荷。因此，不論從集體的「婦女」到個體的「女人」，中國女性的歷史命運，一直以來備受宏大敘事與集體主義話語的遮蔽。在戰前，是民族、啟蒙、戰爭，到戰後，是解放、人民、革命、現代性甚至後代性等等。於是，中國女性詩歌必須走出上述集體話語的牢籠，重新以「女性」視角、情感屬性、生活經驗等等，重構與自我、社會、文化語境等面向的話語關係。

然而，這不意味看女性寫作勢必走向低谷與邊緣，如同謝冕在《中國女性詩歌文庫》的〈總序〉中言及，從中國新詩史的整體發展而言，上個世紀七〇年代以前女性寫作的表現是斷續而不連貫的、未形成大的格局，直到「晚近二十年」，也就是八〇年代以降，「集團式地大批湧現，量與質並重而高水平的突起」[32]。謝冕清楚的傳達「八〇年代」標誌出女性詩歌終於擺脫男性、革命、傳統的束縛與局限，是一個女性尋求自我聲音的年代。又如同羅振亞認為八〇年代女詩人書寫是由女性主義此一立場引發，為顛覆男性中心、確立女性主體話語而做出更多身體、情慾與非理性的自白傾向：「尤其唐亞平、翟永明、伊蕾、小君等人的詩表明，她們再也難以滿足羞澀含蓄、靈肉分離的柏拉圖式的愛慾，而以肉體與心靈的雙重飢渴呼喚強而有力的男性征服以印證自己的女性特質」[33]。

從文學史的整體上看，承受著五四以降「民族」與「革命」等宏大話語包袱的八〇年代女詩人，仍處於探索主體獨立與話語內涵的過渡期，而九〇年代的女性寫

---

[32] 謝冕，〈總序〉，收於翟永明著、唐曉渡編，《稱之為一切》（瀋陽：春風文藝出版社，1997），頁 3。

[33] 羅振亞，《中國現代主義詩歌史論》，頁 238。

作則是「向內轉」，轉向女性意識及其話語獨立性的生成。如王光明：「80年代女性寫作與『五・四』女性寫作有一脈相承之處，就是對於社會重大問題關；90年代女性寫作卻要求絕對獨立的女性世界的表達」[34]。當然，轉型期的八〇年代中國女性詩歌語言，正處於探索與建構的階段，也必然有其話語體系的封閉與開放問題。

張立群認為：

> 由於這一時期（80年代中期）女性詩歌過分倚重『自我』，因而，它的極度個性化自我便在『懸浮』和『封閉』中成為一種拒絕任何事物的『到場』與『在場』，使其最終淪為『非自然狀態』甚至『病態』中的『女巫』或『巫女』，……80年代中期的女性自我意識彰顯並沒有達到其應有的效果或曰高度，而真正標誌女性『個人化』全面展開的卻無疑是90年代以後的事情了。[35]

因此，時序推進到九〇年代，受到六四事件的政治創傷，無數具備反體制、具備叛逆精神、革命信念與理想主義的文化火苗遭到撲滅。於是，九〇年代大陸先鋒詩歌轉向了「個人寫作」，意謂八〇年代「第三代」詩歌寫作的「集團性」、「反英雄」、「反崇高」的鮮明旗幟已不復見，[36]取而代之的是對「現實」關注方式上的「個人」敘事，也就是走上「及物」路線、揭示現實、挖掘日常生活處境和經驗、面向「此在」的價值立場、規避烏托邦和宏大敘事、把歷史「個人化」的寫作，也就是重新「修正詩歌與現實的關係」[37]。臧棣也以為「如果非要動用『轉型』這樣的概念的話，那麼我認為90年代詩歌完成了一個極其重要的審美轉向：從情感到意識。換句話說，人的意識——特別是自我意識，開始成為最主要的詩歌動機」[38]。

又如中國女性主義學者荒林（劉群偉）的看法：

> 90年代女性寫作區別於80年代和「五・四」女性寫作的地方，就是對於兩性關係的凸現，或者說，對於有始以來「性政治」的揭露。為了反抗「性政

---

[34] 王光明、荒林，〈兩性對話：中國女性文學十五年〉，《文藝爭鳴》1997年5期（1997.09），頁7。

[35] 張立群，《1980年代以來中國女詩人寫作論綱》（新北市：花木蘭文化出版社，2016），頁4。

[36] 如柯雷（Maghiel van Crevel）：「截至九〇年代末，像曾經的《今天》、《非非》或徐敬亞『大展』（指的是徐敬亞於1986年組織的「中國詩壇1986'現代詩群體大展」，被視為中國「第三代詩人」的正式現身）那樣，在詩界產生了公共影響力的群體活動，已逐漸難覓蹤影。」（引文括弧內說明文字為筆者所加，柯雷2017:18）

[37] 羅振亞，《大陸當代先鋒詩歌論》（新北市：花木蘭出版社，2016），頁60-64。

[38] 臧棣，〈90年代詩歌：從情感轉向意識〉，《鄭州大學學報（哲學社會科學版）》31卷1期（1998.01），頁71。

> 治」中女性被壓抑和被書寫的歷史和現實境遇，90 年代女性寫作強調「書寫自身」，有時就是直接書寫「女性之軀」。[39]

在荒林看來，90 年代女性意識「在寫作中的確立，是境遇與話語相逢的結果」。社會的轉型、世界女性主義思潮與文學作品（自白派女詩人普拉斯）的傳入，對中國女詩人帶來了主體建構與藝術表現的深刻影響。於是，九〇年代最重要的女性詩歌選集《蘋果上的豹——女性詩卷》的編選者崔衛平，也因此在序文開篇指出「中國當代『女性主義詩歌』是一個被延誤的話題」[40]，並如下概括編選原則：「女性視角、女性精神性別的立場、自己心靈的宇宙和空間，以及女性與寫作的新型關係」。

九〇年代審美潮流的轉向，也在不同程度上影響了中國女詩人的自我建構、創作與審美經驗。如同趙娜：

> 20 世紀 70 年代末、80 年代初，舒婷、林子、李小雨等女性詩人的作品裡「人的意識」重新顯現。而隨後的女性主義詩歌以態度決絕的性別對抗建構了女性的自身話語，帶來了女性詩歌史上的一場革命。但這股風潮並沒有在 90 年代繼續下去，90 年代女性詩歌出現了多元發展的態勢。女性詩人不再只囿於女性主義的統一模式，她們的創作大致分為從智性、情感、身體三個層面。[41]

趙娜認為九〇年代中國女性詩歌突破了八〇年代個別鋪陳「黑夜」或「身體」的各自為政狀態，而從智性（王小妮、杜涯、藍藍）、情感（林雪、娜夜）、身體（翟永明、唐亞平）三個面向，開啟了女性詩歌新的美學形態。

另外，關於「女性詩歌」的定義，中國學界與評論界大致上不將女性詩歌限定在「女性」此一性別經驗範疇，或直接等同於反男性／陽具中心主義與父權話語的「女性主義」詩歌，而是更為側重「女性」在特定歷史與文化階段，經由寫作呈現自身的身體、情感與世界觀的種種豐富變貌，並進而參與時代語境的形塑與改造。例如，吳思敬的定義是「女性詩歌是指由女性作者創作的，側重反映女性的情感、生存狀態和女性對世界態度的詩歌。女性主義詩歌則指不同程度上受到西方女權主義影響，與我國當下的女性主義思潮緊密聯繫，體現了女性的自我意識、個體意識

---

[39] 同上註。

[40] 崔衛平，〈編選者序〉，收於崔衛平編選，《蘋果上的豹——女性詩卷》（北京：北京師範大學出版社，1993），頁 1。

[41] 趙娜，《女性書寫：智性・情感・身體——20 世紀 90 年代女性詩歌引論》（開封：河南大學中國現當代文學博士論文，2014），頁 3。

和對男權文化的批判意識的詩歌」[42]。

而唐曉渡則是認為：

> 追求個性解放以打破傳統的女性道德規範，屏棄社會所長期分派的某種既定角色，只是期初步的意識形態；回到和深入女性自身，基於獨特的生命體驗所或具的人性深度而建立起全面的自主自立意識，才是其充分實現。真正的「女性詩歌」不僅意味著對被男性成見所長期遮蔽的別一世界的揭示，而且意味著已成的世界秩序被重新闡釋和重新創造的可能。[43]

而中國最具代表性的女詩人翟永明認為「女性詩歌」必須提出自身作品的審美高度，而不應憑藉「女性」而佔據文學史地位，並認為「一些女詩人（林雪、張真、陸憶敏）已逐漸超越了僅僅尋求自身特性的階段。她們通過作品顯示女性的能力和感受，並試圖接近藝術中最為深刻和廣泛的問題——人類普遍的命運及人生的價值」[44]，而且，「與過去女詩人（林徽因、鄭敏、陳敬容）的寫作不一樣的是：她們更多地關注女性自身對歷史、命運、價值和女性特質的自我感受，並形成獨立和自覺的女性話語」[45]。在這裡，翟永明認為女性必須要在寫作方法、內容和主題所反映的藝術價值與美學追求上與「男性」一較長短，而不是只是操作「女性」在文化場域的身分正確而已。

本章將研究的時間區間定錨在八〇年代至世紀之交，探討這一個歷史時間界域內的兩岸女性詩歌書寫，所選擇的研究對象——伊蕾、王小妮、翟永明、陸憶敏、唐亞平與虹影，也都集中在五〇至六〇年代出生，在八〇年代至世紀之交生產了豐盛的寫作成果。這些女詩人不但早已走出舒婷以私我、婉約的情感折射宏大集體的美學，以「黑夜」、「身體」或「死亡」儲備著反叛男性／陽剛價值體系的能量，透過自覺、獨立、在地的語言實踐，走入「黑夜」的同時，也同時與黑夜場域外試圖侵入的「光」（男性／父權象徵體系）進行話語的競逐。中國女詩人不但需要掙脫以男性社群為主體的文化集體話語（朦朧詩），更需要掙脫社會革命／敘事的文化慣習，重新以「女性」視角、情感屬性、生活經驗等等，重構與自我、社會、文化語

---

[42] 吳思敬、李小雨、周瓚等，〈當下女性詩歌的走向及其他——答《詩潮》編者問〉，《詩潮》2002 年 3-4 月號（總 104 期），頁 35。

[43] 唐曉渡，〈女性詩歌：從黑夜到白晝——讀翟永明的組詩〈女人〉〉，《詩刊》1987 年 2 期（1987.03），頁 58。

[44] 翟永明，〈女性詩歌與詩歌中的女性意識〉，《詩刊》1989 年 6 期（1989.06），頁 11。

[45] 翟永明，〈女性詩歌：我們的翅膀〉，《最委婉的詞》（北京：東方出版社，2008），頁 114。

境等面向的話語關係。

第二節 臺灣：走向社會——女性話語的多元化實踐

一、利玉芳：女性、本土性、母語性的交錯與融合

利玉芳既是「笠詩社」同仁，亦是「女鯨詩社」的創社成員之一。就笠詩社的屬性來看，無疑是關懷社會、重構主體性、實踐「本土」詩學的路線，如江自得概括《笠》詩人的創作基調：「繼承日治時期臺灣詩人反殖民的精神，讓批判、抵抗、關懷土地、關懷弱勢、重建歷史記憶、重構主體性，成為笠詩人作品的特色。其鮮明的現實主義、反殖民、後殖民的精神，讓戰後臺灣詩學的土地長出一棵『臺灣意識』的大樹」[46]。

而就女鯨詩社詩選集《詩在女鯨躍身擊浪時》的序文中，江文瑜除了以鯨魚的形象「躍身擊浪」、「噴氣」、「嬉戲」比喻女詩人們的書寫身姿，更在「回音定位」一項中寫道：「以雌性的嚎叫，吸引雄鯨的注意，也發出強烈的自我定位訊號」[47]，女鯨同仁展現女性身體與情慾的話語聲音，思考家務勞動本質、身孕的自主性、情慾的道德規範，擺脫男性的社會與文化凝視，致力於女性詩學的建立。利玉芳出身屏東內埔鄉，屬於傳統的客家鄉鎮，其浸染自土地生活與母語記憶的色彩，亦始終濃厚。

承上，**利玉芳的寫作就如是呈現「本土性」（笠）、「女性」（女鯨）與「母語性」（客家）三者的交錯與融合**。利玉芳的女性自覺早有顯露，其曾言「女人寫詩所呈現的能見度是一種身分、一個位置、一項精神作業。女性詩人憑依著與生俱來的溫柔與智慧，掌握文字的書寫及傳情，鋪設語言的建構力以凝聚讀者的領受，流露出詩所以賦予女性的意義」[48]，因此「女人寫詩，不能免除對國土、人民、自由、生態的關切，文化的變革、宗教信仰的追求、家庭親情、愛情觀等等，也不可能離開女性詩人視線的焦點」[49]，以上，呈現其「女性」自覺以及「本土」寫作主題的交會。此外，又說：「我用真誠的語言寫我隱藏已久的聲音」[50]，語言不只是「女性」

---

[46] 江自得，〈站在「以臺灣為中心」的基礎上〉，江自得等編，《重生的音符：解嚴後笠詩選》（高雄：春暉出版社，2009），頁 13。

[47] 江文瑜，〈詩在女鯨躍身擊浪時——序〉，收於江文瑜編，《詩在女鯨躍身擊浪時》（臺北：書林，1998），頁 3。

[48] 利玉芳，〈卷頭語：女性與詩・詩與女性〉，《臺灣現代詩》21 期（2010.03），頁 1。

[49] 同上註。

[50] 利玉芳，〈自序〉，《活的滋味》（臺北：笠詩刊社，1986），頁 12。

的語言，也來自「母語」，呈現「女性」自覺與「母語」的交會。

承繼自「女性」（女鯨）的一脈，利玉芳的書寫處於八〇年代婦女運動蓬勃發展的時間點，書寫臺灣女性的集體命運與時代處境，成為了其詩歌書寫的核心面向之一。利玉芳早期的寫作，尤其在《活的滋味》中如〈古蹟修護〉、〈給我醉醉的夜〉，主要表達女性情慾。鍾玲認為利玉芳「不僅描寫情慾官感經驗，對女體其他生理變化也同樣關注」[51]，當然，除了書寫身體情慾，利玉芳更有為數甚多的挖掘社會不公義、具備文化抗議色彩的詩作，這與其族群屬性的邊緣位置（客家），以及立足於「笠」的「南方」經驗有關，如洪淑苓：「笠詩社整體的精神仍然是屬於南方的，和政治意識上的『臺北』，有著對立、抗衡的微妙狀態。自身體驗加上笠詩社的啟發，『南方意識』在利玉芳的詩作中明朗呈現，也形成她獨特的風格」[52]。

但若就九〇年代出版的詩集如《貓》、《向日葵》、《淡飲洛神花茶的早晨》等來看，孟樊以為「若只就表現的主題及選取的題材來看，可以說利玉芳創作的『政治傾向』遠大於其『情慾取向』，亦即其政治詩的數量遠多於所謂的情慾詩（或情色詩）」[53]，孟樊進一步指陳其「政治詩」的三項特徵，分別為：「臺灣意識」（Taiwan consciousness）、「母性思考」（maternal thinking）與「女體語言」（language of female-body）。我認為，孟樊界定利玉芳的「政治詩」書寫特徵中，「臺灣意識」可歸結於《笠》的本土意識與人文關懷，「母性思考」與「女體語言」可歸結於「女鯨」集團意識的傳衍與延伸，確實是利玉芳詩美學的重要核心概念，但未提及利玉芳的「母語」意識，其實滲透了其「臺灣意識」、「母性思考」與「女體語言」的書寫之中，「母語」（尤其是客語）涉及利玉芳建構自身女性與本土認同的發聲方式，「母語」（客語）其鄉土的音質特性、角色以及再現的文化空間，其實在利玉芳的詩中是至為關鍵的。

首先，先就利玉芳發揮「女鯨」集團意識的文本加以論證。如〈嫁之（一）〉，描述女性婚嫁時的心境：「紙扇輕輕扔出車窗／好讓父母撿起／搖扇一襲清涼的風」[54]；〈水稻不稔症〉以稻穗的不稔實隱喻流產與婚姻關係：「莫歎我肚子裡沒有你的愛／是你不讓我做你四月的情婦」[55]，鄭慧如認為此詩「集中在女性懷孕生產這個生理特質，喻之為『水稻不稔』的病癥，物化女性身體來討論情愛不在，也可

---

[51] 鍾玲，《現代中國繆司——臺灣女詩人作品析論》，頁 324。

[52] 洪淑苓，〈臺灣詩人利玉芳的南方經驗與日常書寫〉，The World Literatures and the Global South Conference for the 3rd International Congress，雪梨：雪梨大學語言與文化學院主辦，2019.8，pp.23-25。

[53] 陳俊榮（孟樊），〈利玉芳的政治詩〉，《當代詩學》4 期（2008.12），頁 84。

[54] 利玉芳，〈嫁之（一）〉，《活的滋味》，頁 19。

[55] 利玉芳，〈水稻不稔症〉，同上註，頁 24。

見利玉芳的強烈抗議」[56]；〈貓〉，利玉芳將女性於父權社會中的處境，以「貓」的動物屬性發揮：「牠的眼睛就是我遺失的眼睛／牠黑夜裡放大瞳孔／不是因為四周對她有了設限和疑懼嗎？」[57]，「貓」面對著「四周」的「設限」與「疑懼」，性情仍是溫馴、靜謐與神祕，但仍在「黑夜裡放大瞳孔」，仍未放棄對外部世界的警覺與凝視。「貓」的性情與姿態，就像是：

原以為貓的哀鳴只是為了飢餓
但我目睹牠在寒冬遍佈魚屍的堤岸
不屑走過
然後拋給冷漠的曠野
一聲鳴叫
發現那是我隱藏已久的聲音[58]

女性的「聲音」如「貓」的悲鳴，就在蕭瑟寒冷、「遍佈魚屍」的堤岸旁，發出空曠裡的低音。利玉芳將資本主義社會裡的父權結構與女性處境，以「貓」的神情動作自況，其「不屑走過」是女性面對父權文化壓抑結構下自身的堅韌姿態，其「一聲鳴叫」或許是「書寫」，是女性掙脫時代保守框架的武器。

當然，利玉芳的女性詩，也與其母語情結相結合。〈憑弔〉：

越來越少的人能準確地指出
我的出生地
只有我的耳朵
傾聽我自言自語
證明我的語言還未消失

在鷺鷥南飛的故鄉

人們仍認真地發音
緊緊地抓住方言不放

---

[56] 鄭慧如，《身體詩論：1970~1999》，頁 180。
[57] 利玉芳，〈貓〉，《活的滋味》，頁 56。
[58] 同上註，頁 57。

唱山歌自衛
但沒有一個地區
能持續他們的憤怒和同情[59]

〈憑弔〉的題旨，是一個客家女性詩人施展其社會關懷的寫作，對母語（客語）流失的「憑弔」，其實是「召喚」，召喚一種建立在與「母語」情感經驗基礎上的集體生活倫理。〈憑弔〉寫出一個工商發達、但欠缺尊重自然生態情懷的社會，人人急功近利、忘卻母語與土地，主體只能「傾聽我自言自語／證明我的語言還未消失」。

利玉芳的族群詩，如〈山的風景〉、〈虹的倒影〉與〈倒風內海〉等詩，也致力於還原臺灣的族群史與開發史，以釐清其「主體建構」的歷史意涵。這些作品與其承接自《笠》的本土詩學有關，也可以被放在「後殖民文學」的思考中去解讀，但其「本土性」又關注不同族群與女性身分，因而也充滿女性主體與族群多元思維。清治時期，「傀儡番」是漢人對於臺灣南部排灣族、魯凱族的通稱，而「假黎婆」為閩南語轉化而來的客語，指稱「原住民血統身分的女性長者」。當然，在那個「開山撫番」的時代，原漢之間貿易、接觸、通婚的過程中，帝國權力的財產剝削、嫁入漢人家庭的原民女性承受的污名，「假黎婆」面對的是國家機器與父權體制的雙重壓迫。詩的最後一段：「山崗上的隘口／攔阻道上彎曲蛇行的鱸鰻／讓在地的動物自由通行／讓飛鳥知道／山的風景沒有界線」[60]，利玉芳將「自然」做出原民女性歷史境遇的投影，是原民女性心靈的地景化。

又如〈虹的倒影〉：「聽不懂西拉雅混合的臺語／卻不後悔嫁給臺灣郎／妳佇立上游／捲起矇昧的黑褲管／露出膚色的小腿肚／讓靜脈在白皙的領域自由擴張」[61]，女性的個人命運、體力勞動的辛酸與族群的融合史交織在一起。〈倒風內海〉，則是利玉芳詩的「本土性」多元關懷的展現。「倒風內海」是18世紀前位於現今臺南沿海一帶的潟湖，當時從中國沿海來臺的移墾移民，為避開平埔族社，多經海路進入倒風內海的海岸港口，沿八掌溪或急水溪進入內地開墾，現已因淤積、陸化而幾乎消失，僅餘北門潟湖，是一處遭到遺忘的地理：「倒風內海已經消失在臺灣的地圖上／故鄉的空氣依舊漂浮著淡淡地鹽分／繁星漁火偶爾點亮夢中的碼頭／海鳥隨著季風過境埤塘的濕地／入港的船隻猶靜靜地停泊在畫冊的內海」[62]，利玉芳利用自然生態的描繪，重建「倒風內海」此一消逝的歷史地景。

---

59 利玉芳，〈憑弔〉，《活的滋味》，頁66。

60 利玉芳，〈山的風景〉，《燈籠花：利玉芳詩集》（臺北：釀出版，2016），頁13。

61 利玉芳，〈虹的倒影〉，《燈籠花：利玉芳詩集》，頁43。

62 利玉芳，〈倒風內海〉，《燈籠花：利玉芳詩集》，頁45。

利玉芳的客語詩，經由客家傳統風物的比興，傳達鄉土之美、人情的聚合離散與族群歷史的哀愁。如〈桐花雨〉:「桐花雨穿落山風／穿落杉林／跌落地泥／桐花雨　涿濕涯　涿濕涯」[63]，詩人的心緒與桐花雨，彼此起落呼應；〈最後个藍布衫〉:「日頭烈烈　像燈光／滾滾个河壩　抨大鼓／藍衫伯母／一步一步行上風中个舞臺」[64]，在客家文學語彙裡，「河壩」與母性的孕育與堅毅有關，刻畫一個持守鄉里、心繫家人的女性形象。

利玉芳的生態詩時常與社會脈動呼應，且具深厚的生態內省意識與環保關懷精神。1987 年，中油公司與中華民國政府決定在高雄煉油廠增設第五套輕油裂解廠（簡稱「五輕」)，引發高雄後勁地區居民的「反五輕運動」，這時候，利玉芳寫下「噢！南方也有一隻巨大的錢鼠／晝夜從中油的大煙囪頂上出沒／排放瓦斯的臭味／花椰菜不願被記上污點／水也希望有清白的一天」[65]，「錢鼠」其實是鼩鼱目的哺乳類動物、只是與鼠類外型相像但並非鼠類，且身體的麝香腺分泌性費洛蒙的氣味、與人類生活領域如草地、公園、水溝、住家等共生，利玉芳利用此一意象隱喻政商聯盟及其利益裙帶關係，寄生於社會結構的「無所不在」。

政治詩部分，早期的〈遙控飛機〉，「飛機」既是「被遙控」，可見政客只是個別政治集團利益的代理人，另一方面，群眾也被蠱惑與遙控，寫出政客的演說話術與群眾集體意識的共生關係，演示臺灣政治場域裡的公眾缺少對權力進行反思的盲從：「那不斷超越在廣場四周／在群眾頭頂的／模型飛機　耍弄糾纏和翻滾的演技／群眾的頸子抬起痠痛的天空／叫讚／它　狂愛這樣熱烈的擁護和呼叫／彷彿聽著處女在初夜的嘶喊」[66]，批判政治亂象的同時，其女性意識（「彷彿聽著處女在初夜的嘶喊」）亦進行介入，達成深層的諷喻效果。

又如寄寓政治批判的〈臨暗〉，是客語書寫與政治批判的結合：

唱票接近尾聲
日頭也漸漸落山
正正正正
正正正正正正正正上
正正正正正正正正
止

---

[63] 利玉芳，〈桐花雨〉，《燈籠花：利玉芳詩集》，頁 122。
[64] 利玉芳，〈最後个藍布衫〉，《燈籠花：利玉芳詩集》，頁 124。
[65] 利玉芳，〈巨大的錢鼠〉，《向日葵》（臺南：臺南縣立文化中心，1996），頁 64。
[66] 利玉芳，〈遙控飛機〉，《活的滋味》，頁 64。

臨暗仔
選票唱到順順序序
無限無防月光來失電
星仔星仔　遽遽遽遽
手電筒借分我
燈籠花燈籠花　緊緊緊緊
一盞一盞點著來[67]

黨國不分的時代，「民主」仍只是威權聊備一格的擺設，選舉舞弊層出不窮。〈臨暗〉描寫的是國民黨與地方派系猖獗的做票文化，「臨暗」（傍晚）時分，正是各個投開票所的「停電」的好時機。客家喜慶宴會的代表花卉——燈籠花（扶桑），成為照亮烏暗政治的利器。在這裡，花卉意象與時代氛圍之間，形成一種巧妙的美學張力。

林秀蓉從生態女性主義與女鯨文本的角度切入利玉芳的整體書寫觀察：「從利玉芳的詩可以理解，自然與母親意象的內在聯繫，其一，暗示自然的賜予以及柔順的特質。其二，隱含母親與孩子之間的血緣關係，提醒世人必須與自然相依生存。其三，象徵對於自然的謝意與尊敬」[68]，利玉芳的詩不論是族群詩、生態詩或政治詩，都不能自外於其參與「笠」（本土）與「女鯨」（女性）的同仁經驗，以及其出身地——屏東六堆客家聚落的母語涵養。**利玉芳的寫作就如是呈現「本土性」(笠)、「女性」(女鯨) 與「母語性」(客家) 三者的交錯與融合**。

二、零雨：懸宕、折返在起點與終點之間的「寓言」

目前臺灣學界對零雨的研究中，主要分為兩大脈絡：一脈認為零雨的詩進行性／別、身體與慾望的解讀。如陳義芝從榮格「雌雄同體」論述出發，認為零雨的〈孤獨列傳〉[69]是「浪子」（Animus，女人心目中的男性形象）的投射；[70]而楊宗翰則是如下認知零雨詩裡的陰性特質：「性別身分的曖昧游移、性器象徵的反覆出現、戲劇化的性儀式等」[71]，楊宗翰的見解如同依希嘉黑所認知的女性身體是「流體」，身

67 利玉芳，〈臨暗〉，《燈籠花：利玉芳詩集》，頁 132。

68 林秀蓉，〈大地關懷與女鯨詩篇：論利玉芳詩的創作意識〉，《屏東文獻》18 期（2014.12），頁 140。

69 〈孤獨列傳〉：「許多我不理解的謎語　傳遍了長安城　樹在／晚風裡輕搖　有人　留下一個空蕩的劍鞘　在／晚風裡輕搖　樹　上面刻了一個患漫的名字／酒樓裡傳出一首歌的身世　葉子又落了」見零雨，《城的連作》（臺北：現代詩季刊社，1990），頁 108。

70 陳義芝，《從半裸到全開——臺灣戰後世代女詩人的性別意識》（臺北：臺灣學生書局，1999），頁 28。

71 楊宗翰，〈零雨的啟示——關於臺灣現代詩中性別議題的思考〉，《創世紀》詩雜誌 120 期（1999 年秋

體「流體」變動不定的特質，也更容易被轉化為女性文化表徵（書寫、言談、闡述）的游移、跨界、流動，無法被清楚定義與理解的性／別身分，正是其性／別得以「被建構」成為主體的關鍵所在。

另一脈比較不從「性別／慾」的角度解讀零雨。如黃文鉅以歷史記憶、空間寓言的角度解析零雨，認為零雨大致是以寓言的方式再現歷史記憶：「本書並不著重於零雨詩中的女性意識，而欲以更為宏觀的視野，觀照其中呈現出來的歷史記憶，乃至時空流轉、宿命乖舛的微言大義」[72]。我認為，「寓言」確實是零雨主要的書寫策略，尤其是將種種生命時間的焦慮與挫敗感，轉化為寓言空間，更為關鍵。

比較屬於折衷兩者的論點，是李癸雲。李癸雲從「『賦詩言志』的意義、「回歸女性感性世界」書寫方式，以及「重新命名，再次排練」的寫作策略，從以上三個角度解讀零雨，其中，李癸雲引述克里斯蒂娃在〈何謂今日之反抗？〉一文中，感性的回歸作為揭示記憶、重塑主體之精神反抗的重要性，認為零雨的「回歸女性感性」是「有別於文明不斷往前往外進展的向內探索，是一種抵制理性思想與體制的感官性，是抗拒被表演性質的社會建制所耍弄的本質回溯」[73]，面對社會建制的話語空間，女性的感性書寫不意謂只有揭櫫身體感官情慾的象徵式對抗，也不是藉由感性文字而逃離、躲藏，李癸雲標註了零雨的感性是一種朝向個人生命存在本質的回溯、充滿存在意識的擘劃，反抗著建制話語的性別表演。

目前部分論者認知到零雨詩作中的女性主體不是那麼趨顯，加上其語言的知性、冷硬與反／冷抒情的風格，以及帶有某些抗拒被任何意識形態與文藝潮流歸類、編碼的後現代「去中心」傾向，使得其作品確實不易辨認出明顯的女性意識。如同楊小濱與零雨的對談：

> 問（楊小濱）：你另一點與眾不同之處在於，在你的詩裡並不容易看出明顯的所謂「女性意識」，你所關注的似乎是更為普遍的人的生存狀態和歷史。不知你自己是否同意？（下略）
>
> 答（零雨）：到目前為止，我寫詩時著眼的對象確實就是一般人。……我對「人」的意識很早，對「女性」的意識卻很晚——幾乎是在這幾年出現了「女性主義」這類字眼，我才特別強烈意識到。我以為從「人」到「女人」的過

季號），頁 116。

[72] 黃文鉅，《記憶的技藝：以夏宇、零雨、鴻鴻為考察》（臺北：政治大學中文研究所碩士論文，2008），頁 66。

[73] 李癸雲，〈賦詩言志，重新排練——論零雨詩作的反抗意涵〉，《國文學報》56 期（2014.12），頁 197。

> 程是莊嚴而輝煌的，而我卻很晚才能體會。在性別這一方面，我實在過於渾沌和天真。但也許因為如此，寫詩時就自然回到了最基本的人的狀態——單純從「人」著眼，未考慮性別。[74]

但我們可以據此稱零雨的詩沒有「女性意識」？如同楊小濱指稱的「不容易看出」，但並不意謂「沒有」或「缺乏」，特別是在《特技家族》之中，楊小濱如是讀出了其性別寓意：「儘管對女性主體的表達並非零雨詩集的主導動機，詩集中的愛麗絲和潘朵拉等角色還是各自涉及了女性的原型」[75]。呼應楊小濱的觀察，零雨其政治、社會與文化的「女性意識」確實在其詩中不如部分臺灣與中國女詩人（如利玉芳、顏艾琳與翟永明）顯著，但我認為零雨對「寫作」高度的自我內省，導致其「陰性特質」被打散至內斂與流動兼具的知性抒情語言之中，而顯得不易被察覺。零雨詩裡高度內省的自我，不斷與一個或數個不在場的「他者」對話、辯證、共存，如同西蘇：「寫作是女人的。……寫作，是我內在他者的通道、入口、出口、居所——是我和也不是我的他者，我不知道如何成為的他者，但它讓我感覺正在流逝、讓我感覺到我的存活——像是些什麼讓感到分崩離析、擾亂我、改變我，——女性的，或男性的，一些什麼？——幾個，或一些未知的他者，這確實給了我想要知道的渴望，所有的生命都從它那裡翱翔」[76]，「他者」孕育著流轉不息的空間語言，尤其在零雨的詩中，空間裡所有的物件都彷如西蘇說的「他者的通道、入口、出口、居所」，持續向主體發散與敞開，並不斷地移動、飛翔或旅行，指認一個沒有終點的存在。

因此，零雨的寓言空間與其女性主體的建構，兩者並不衝突，以下的文本分析之中，會依次舉證兩者的並立與對話。首先，從女性話語的角度來看，零雨不像部分男性詩人常將以知性標舉自身的美學特異性（林亨泰），或擬造閨怨與古典風格（鄭愁予），或在抒情詩裡融入大量學院知識與浪漫主義精神（楊牧），而零雨不論在具體或抽象的運作卻極為節制、且講究知性與感性部位的勻稱；男性詩人時常將物的移形換位扭曲到超現實的狀態（洛夫），而零雨對日常物的變形與觸碰卻不那麼尖銳、堅硬，其冷硬的修辭術裡講究的是撫平自我與世界的衝突後，種種寓言化的生命情境；部分男性詩人將城市或國族空間視作「後現代」的書寫策略，試圖以後現代的言說策略對現實與歷史進行更加深刻的凝視（林燿德、陳黎），男性詩人對空間是帶有介入與改寫的慾望，而零雨對現實與歷史的思考力度絲毫不遜於男性

---

[74] 楊小濱、零雨，〈書面訪談錄——楊小濱專訪零雨〉，收於零雨，《特技家族》（臺北：現代詩季刊社，1996），頁 162。

[75] 楊小濱，〈表演與虛無：讀零雨詩集《特技家族》〉，《歷史與修辭》，頁 232。

[76] Cixous., Hélène. in ed. Sellers, Susan. *The Hélène Cixous Reader*. pp. 42.

詩人，但零雨擅長的是對特定空間進行抽象式的穿透，並未刻意改寫或介入空間的原有樣貌，使得其詩裡的空間帶有知性的結構秩序。一般來說，現代主義的詩人對客觀現實抱持著個人化、英雄式的介入，「整體」是亟待被自我意識整合的對象，但零雨的詩卻減少書寫者主觀意識或過多軟式感性情緒的介入，以此呈現種種人類普遍意義上正在承受的、或即將面臨的集體精神困境，使得其詩在某種程度上頗具後現代性。

首先，《城的連作》中，〈城的歲月〉將自身「成長」的時間之殤，經由特定「物」堆積成抵抗時間向度的感知「體系」，城的「歲月」因而成為經由「空間」展演的「時間」。〈城的歲月〉是零雨根植於生活的心靈經驗上所轉化之「物－體系」的堆積，「物」的堆積不必然成為「體系」，要成為「體系」必然有一定程度之形上思維的擘劃與操控。因此，零雨其個人化物－體系的構成不是疏離於現實經驗的憑空想像，而是零雨不斷藉由意象思維馴服、掙脫原有空間與事物的「引力」所構成：

城市被物品建造起來
在燈光的四壁裡
人們重複著各種迴聲
有時跳舞，有時躺下
向多目的年輕的道路
有時用繩索試驗
上昇
有時下降
那些做雲的背景的
廣告看板
有人在畫雲。[77]

建造「城市」的「物品」確切所指為何？「物品」既然是科技文明的產物，零雨的抒情主體只有從科技文明的物－體系的縫隙中逃脫，尋找「人們重複著各種迴聲」，尋找可歸屬於自身存在本質的「物－體系」。而「迴聲」或許來自一段被遺忘而又陷入集體無意識的歷史，又或許來自資本主義異化社會裡個體「找不到方向」的迷失感，總而言之，零雨的抒情主體確實地捕捉到這個來路不明、去向也未定的「迴聲」，看著人們「有時跳舞，有時躺下」，著兩個動作背後其實蘊涵著對人世災難的諷喻。

[77] 零雨，〈城的歲月——記一位少年的成長〉，《城的連作》（臺北：現代詩季刊社，1990），頁 25-26。

主體目睹人世因果循環的慘劇，而亟欲掙脫其所屬物品與空間的「引力」，因此唯有「用繩索試驗」，主體不斷試探著意象與物品決鬬後的引力法則是「上昇」或是「下降」，而原本作為「雲」背景的「廣告看板」被劃上了「雲」，「背景」從屬於文明世界的特性被抹消，而直屬於表徵人本真內在的「雲」，「廣告看板」也成為了主體存在境遇的「物」，一個能夠反映自我「成長」狀態的「鏡像」，即使，「鏡像」最終會帶給主體建構自我過程的分裂。

零雨的詩就是如此，其具體的意象指稱往往是「臨即」且「隨機」的，但其意象的「臨即」與「隨機」卻是抒情主體有意識、刻意地圍繞自身的生命經驗（成長）而設計，且帶有「抽象化的現實」與「現實化的抽象」的組裝。如「抽象化的現實」：

> 蟑螂抓完了
> 聰明的人知道
> 該抓甲蟲了
> 簡單的頭腦體操
> 勢之所趨
> 就有了多采多姿
> 就有了生活
> （新與舊是兩個血腥的懸崖）[78]

抓取「蟑螂」與「甲蟲」並列為「頭腦體操」，與常理不符，若仔細推就，「蟑螂」環伺在居家生活周邊，而「甲蟲」通常需在特定森林野地而獲得，隱喻人為活動對自然環境的壓迫與榨取，「新」與「舊」作為「血腥的懸崖」，暗示人類文明「進步」表象下，仍有無數無法被整合進資本書明體系的族群與個人被犧牲、失去生命，這裡顯現出零雨以詞語表徵現實的能力，是零雨詩思最精密細微之處。

或是「現實化的抽象」：

> 我們混淆了健康與病
> 仍然在擺弄動物結實的身體
> 我們用尺畫出直線的混亂
> 畫不出單純的圓[79]

---

[78] 零雨，〈城的歲月——記一位少年的成長〉，《城的連作》，頁 33-34。

[79] 同上註，頁 26。

這一段描述抒情主體「成長」的受困與混亂。「成長」在零雨眼中不是一條勻稱、和諧的「直線」，「健康」與「病」的生理機轉無法被截然二分，但也確實在每個人生命的某個階段彼此互相轉換、相互註解（健康意味疾病的遲來，而疾病意味健康的缺席），詩中的「混淆」（我們）其實是「清醒」（我）地意識到，「我們」（都市生活的集體）一直處於「病態」之中卻自認為「健康」，反諷集體（我們）生命存在感的匱乏與迷失。「畫不出單純的圓」意謂生命「藍圖」的虛妄，「單純」的圓永遠不復存在，有的只是週而復始的介入與逃離，零雨的詩在此顯現出複雜的生命反省向度。

以上，經由「抽象化的現實」與「現實化的抽象」組裝，零雨組構了一幕複雜的生命寓言，一種經由「成長」經驗的「時間」轉化為寓言化的意象空間。零雨立足於成長時間的「物－體系」的堆積，以及其寓言化意象空間的發明，其實是一種生存焦慮感的安置，以寓言抵抗著資本主意的異化世界。

〈城的連作〉則是以散文詩的形式，搬演隱喻化的現實感受。開篇的〈九月〉頭一句，零雨就寫下「城」的集體哀悼意象：「城，還在縞素裡過活」[80]，大規模的死亡已然發生，居民只能在純白的喪服（縞素）覆蓋的空間中，遙寄創痛，繼續過活。於是「不論白天或黑夜，都在灰衣裡的城市，以一個冬天沉沉守著葬禮的儀式」[81]，死亡以「冬天」的守候作為標記。零雨筆下的城，不只是一個被死亡淩遲的城，也是一個被死亡抹去時間與記憶的城市：「要是你的腹部鬆塌，你的皮膚絕緣於陽光，我知道你是屬於那個城的，那個沒有年輪的城」[82]，以及：

> 迷路的人踉踉蹌蹌向那邊的城，一粒黑色的稗子，迤迤然遠去。他看著迷路的人委實穿過而猶溫的衣衫，說，這就是所謂的，所謂的文明嗎？他看著迷路的人路邊丟棄的衣衫，久久。[83]

「迷路的人」與猶溫而後被丟棄「衣衫」，指涉所謂文明帶給人類的科學與理性，最終仍是集體迷失的結局。「這就是所謂的，所謂的文明嗎？」顯示零雨將自身存在的思考，放大至人類文明的架構之中，當作為「文明」換喻修辭的「衣衫」從「猶溫」而被「丟棄」，「文明」至此成為一個歷時性的騙局，當「迷路的人」丟下了「衣衫」，也才能變明方位，走向「那邊的城」。

---

[80] 零雨，〈城的連作・九月〉，同上註，頁 85。
[81] 零雨，〈城的連作・春霧〉，同上註，頁 89。
[82] 零雨，〈城的連作・森林〉，同上註，頁 90。
[83] 同上註，頁 91。

一群並不高明的神明統治我們
我們排隊領他們指定的身分證
食物都分了類
各自戳破許多夢想
把口袋翻出來示眾
警車在黑夜裡臨檢
終於他在寄來的信上
蓋著訣別的戳記
「這個城就是你的據點」
他們反覆叮嚀
迷信佔據了重要的街口
狂歡的遊戲日漸風行
寫信是可能的極刑[84]

〈圍城日記（二）〉則是一則政治寓言，顯示零雨的寓言空間也有政治隱喻的色彩。「不高明的神明」、「排隊領他們指定的身分證」、「寫信是可能的極刑」都具有特定的政治指涉，隱喻極權政體與戒嚴統治。一個被權力地景分類、黑夜裡的臨檢、被迷信佔據的城市，為何「這個城就是你的據點」？〈圍城日記（二）〉裡，每個隱喻與指涉皆朝向詩人所屬的社會空間開放，藉此主體得以在寓言空間與社會空間之間反抗、建構、解構、往返。城市的圍困狀態是集體的沉睡，是公眾美學空間的圍困。零雨看到了城是被圍困之中亦有漫散在各個不知名角落裡的反抗，在每個人的意識深處、也在直覺裡。這也是零雨構築「城」此一寓言空間的美學意義，在於與當時臺灣快速增長的資本利得思維與猖獗的威權貪腐風氣做出美學的拉鋸。

從《城的連作》到《消失在地圖上的名字》，寓言空間出現了型態的轉變。《城的連作》裡，知性（抽象）與寫實（現實）之間的轉換機制是順暢無礙的，許多隱喻詞語也都可以還原為特定現實的感知雛形。但是無法以語言整合他者（世界）的創傷，零雨的抒情主體不斷承受著來自現實的感官與知覺的重力，壓迫到零雨的「城」的象徵與隱喻系統，使得零雨的寓言空間出現了「幾何」的型態。《消失在地圖上的名字》一開始，「城」的時間與空間仍然維持其隱喻的型態：「城裡藏著一面鐘／隨時瞄準扭曲的人體／隨時背離」[85]；「街之盡頭／那人的雙眼擄獲／兩具被囚

[84] 零雨，〈圍城日記（二）〉，同上註，頁 121-122。
[85] 零雨，〈雨中大街〉，《消失在地圖上的名字》（臺北：時報文化，1992），頁 24。

困的天空／患著風溼」[86]；「進入旅館的人／都變老了／從後門溜出來的那個人／帶著一副翅膀／——也變老了」[87]；以及「而如此頹圮——／崩塌過且又／試圖振作的／黃昏／背負一個／又一個／行經的日影」[88]，從「城」、「街」到「旅館」，從「變老」到「崩塌」，零雨再度把詞語帶到了潛意識裡由時－空彼此鑲嵌與再現的結構之中，但隱然可見時－空結構漸漸微縮、塌陷。

到了詩集的中段，寓言化的時－空結構瞬時轉向「幾何」，「幾何」的出現意味零雨適度抽離了繁複的隱喻表達，顯見一種「反－現代」的表意模式。如〈我的記憶是四方形〉：

關於世界
我的記憶是四方形
關於榮譽。也是
愛情——蜷縮在角落
也是的

外面的世界，有關的傳說
是這樣的：也日漸變成
四方形
那麼就給我一杯四方形
咖啡，給我一頓四方形
早餐。黃昏，必然也是
四方形。萬一落日也生
成四方形，我的抽屜就
日趨完整[89]

這裡，顯而易見的是零雨「重複」地以「四方形」收攏記憶、愛情、榮譽、生活、黃昏等等，適度地讓語言再現「再現的困難」，足見零雨的後現代性。然而，呈現「幾何」型態的「箱子」並未限制住零雨持續繁衍寓言空間的衝動，其後「走近箱

[86] 同上註，頁 25。
[87] 零雨，〈旅館〉，同上註，頁 28。
[88] 零雨，〈秋日〉，同上註，頁 30-31。
[89] 零雨，〈我的記憶是四方形〉，同上註，頁 40。

子右邊／向右拐那是記憶的村落／走進箱子的左邊向左拐那是／前進的出口」[90]，「記憶」的回返往事與「前進」的現代性慾望，在此呈現出「既不前進也不後退」的兩難，因此，楊小濱認為其「箱子系列」的主體特徵是後現代語境裡的「後歷史」主體，因為「零雨詩裡的後現代性既不是對現代性時間的斥責，也不是對它的讚美，而是一種置身其中的反諷。……可以看出，『後歷史』的主體並不是站在歷史過程之外，而是置身其中才審視了自我的尷尬」[91]，這種置身在現代性「進步」之歷史進程裡的反諷姿態，如同「練習在黑暗來臨前／跑步回家，以免錯過／黃昏／／以免走錯門」[92]，後歷史主體看穿了現代性「進步」神話的重複與無意義，只能循著現代性時間秩序（「在黑暗來臨前」）儘快「跑步回家」，如此重複著「現代」、操演著現代秩序下無意義的時間感，形成了對「現代」的深刻反諷。

從《城的連作》展演隱喻化的時－空結構，到了〈我的記憶是四方形〉轉為幾何化、抽象的「箱子」，寓言空間型態的改變，意謂零雨的抒情主體不斷趨近存在本源、又不斷遭遇阻礙的過程。誠如林銳指稱：

> ……零雨詩作美學形式是由如下幾個基模構成：懷疑、逃離、建構、崩潰、重返。基於本質意識形態的失落感，其詩作總懷抱著懷疑的態度逃離既存現實，並試圖建構象徵的空間提供避難所，去呈現生活的辯護態度，辯護是沒有結果的，但是詩作美學的張力正在這種拉扯和永恆的追尋中得以建立。詩人對於美學的態度，與其說是批判我們所熟知的世界，不如說是對「不知道」的辯解。與崛起的方向相反，零雨的詩作是一種向下的運動，這種運動方式具體表現在空間的崩潰中，是對瓦解和災難的把握。從這個意義上說，重返就成了一個假設的、暫時的終點，諭示著下一次懷疑以及逃離的開始。[93]

所謂「懷疑、逃離、建構、崩潰、重返」的過程也就是零雨的抒情主體在存在與虛無、此岸與彼岸、起點與終點之間往返的過程。林銳所指的「空間的崩潰」，其實是主體的時間感知出現塌陷的寓言化空間，而眾所週知，時間感的塌陷是後現代意識的內在表徵，零雨趨近存在本源的現代意識與時間感塌陷的後現代意識，在零雨身上出現了匯合與交錯，形成一個詩學詮釋上的焦點。

〈特技家族〉則是零雨操演「知性」美學的代表文本。〈特技家族〉裡戲劇場景

---

[90] 零雨，〈既不前進也不後退〉，同上註，頁 42。

[91] 楊小濱，〈解讀兩岸當代詩的後現代性〉，《歷史與修辭》，頁 69-70。

[92] 零雨，〈既不前進也不後退〉，《消失在地圖上的名字》，頁 42。

[93] 林銳，《徒然的追尋——零雨的空間詩學研究》（臺中：東海大學中國文學系碩士論文，2010），頁 6。

（表徵特技）與內在獨白（表徵虛無）相互交錯，零雨有意藉「特技」演出內心與虛無的搏鬥。也因為「特技」必須倚賴「演出」：「貼近心窩的地方／撐一支棍子／棍子那端撐一個／貼近／心窩的地方」[94]，而「演出」越高難度，「虛無」也越強烈：「降落對方的位置／（總是面帶笑容）／互相凝睇／對方的虛空」[95]，這裡可以看到表演與內在、特技與虛無之間的碰撞、衝突。如同楊小濱：

> 對於零雨來說，表演是存在的基本形式，它來自虛無，又朝向虛無；它反抗虛無，又迷戀虛無。……零雨的詩展示了追求與幻滅之間的張力，使詩的感性保持在一種特技般的衝突狀態裡。如果生存是一種動盪在意義和無意義之間的特技，零雨的詩也是表達這種動盪的語言特技，其中主體對虛無的不斷突破（表演）同虛無的不斷滲透以非凡的速度交織在一起。[96]

楊小濱的觀察帶出了「特技」與「虛無」之間，那時時存續之存在感知的張力。也因為「特技」的呈現必須仰賴「演出」，而「演出」的撐槌、爆破、吞火、跳躍、飛翔等動作，又無一不是在演出「虛無」，像是人類發明了無處掙脫時空限制的飛行器與通訊科技，但始終無法掙脫時間落實在生命的痕跡。〈特技家族〉的第九首：

> 於是鬆了綁
> 留下一根迅速癱瘓的繩子
>
> 推開門再推開門門外是一個門
> 的世界推開門再推開門走下
> 一個狹小的樓梯間推開門
> 再推開門。走上一個狹小的樓梯間
> 推開門再推開門。上面
> 是一個門的世界——推開門
> 再推開門眺望門外到達不了的地域
> 推開門
> 再推開門

---

94 零雨，〈特技家族〉，《特技家族》（臺北：現代詩社，1996），頁4。

95 同上註，頁7。

96 楊小濱，〈表演與虛無：讀零雨詩集《特技家族》〉，《歷史與修辭》，頁230-231。

觸摸到一根黑暗中的繩索
緩緩綑綁自己[97]

繩子的「癱瘓」，讓主體有了「自由」的假象。不斷「推開門」，空間不斷遞延，但無論怎麼推開門，「一個門的世界」始終如影隨形，主體只能「眺望門外到達不了的地域」，再嘗試「推開門」，最後，以為走出黑暗的自己，再度用繩索將自己綑綁，如同商禽的評語：「詩人在最後一句時已很清楚地演出了自由之局限：緩緩綑綁自己」[98]，若「特技」是對「自由」的尋索，但「虛無」仍然能夠讓演出者自行「綑綁」自己。以此來看，以知性的語言演繹虛無的命題，始終是零雨詩歌的核心。

零雨亦有改作希臘神話典故，而傳達性別政治意涵的作品。希臘神話裡潘朵拉出於好奇，打開了天神宙斯叮嚀不可開啟的盒子，釋放出人世的所有邪惡——貪婪、誹謗、虛偽、嫉妒、痛苦、戰爭等等，只留存「希望」在盒中。〈潘朵拉的抒情小調 2〉則借喻自希臘神話，極具性別政治意涵：「兩個人在戀愛著他。一個／兩隻手抓牢圓形的胸部一個／紳士狀躺在最陰暗的腹腔／——這是最日常的生活了」[99]，戀愛裡的三人行，一個貪嗜身體感官慾望、一個故作「紳士」而只躺在腹腔隱忍（性？）飢渴，零雨這裡要表達得是，在「盒外」的世界，女性始終無法逃離男性的身體凝視。因此：

（我們還在盒子裡吶）
最深沉的恐懼躺臥其中
從不睡眠。那麼，只好做一些
規律運動，並且模擬愛的語調
顯示我們並未老去[100]

盒子裡，原來不是只有「希望」，「恐懼」仍然存在，「規律運動」是兩人的虛無練習，連「愛的語調」都需要模擬再三。在這裡，零雨的女性主體並非經由批判男性陽剛意象而獲取合法性的力量，而是朝向人本質的存在樣態做逼視與思考，將古典神話改作為現代寓言，從寓言空間之中提取屬於女性的思考力量及詞語之源。

[97] 零雨，〈特技家族〉，《特技家族》，頁 10-11。
[98] 見商禽，〈小評〉，收於同上註，頁 15。
[99] 零雨，〈潘朵拉的抒情小調 2〉，同上註，頁 127。
[100] 零雨，〈潘朵拉的抒情小調 3〉，同上註，頁 131。

又如〈吳爾芙和她的房間〉，或許是零雨最具女性意識的文本。吳爾芙作為性女性獨立思考的場所——「房間」，在零雨筆下如是成為「隔壁」：「我們總是在隔壁／——傾聽，觀察，紀錄／美或其他類似物／／我們怎麼去建立家庭／與夫對坐，與子女一起／做功課」[101]。「隔壁」顯然不是「主室」，是一個屈從、附屬的空間，但也因為有些許隔牆的障蔽，也讓女性有一個自主容身之處，得以「傾聽，觀察，紀錄」。詩的最末，零雨寫出了身為女性對細微之處獨特的敏感：

> 我們像一樣擺設
> （時時刻刻），擺在
> 所有事物的隔壁
>
> 發現時間的細眼
> 尷尬地，與我們
> 對看[102]

詩中的「我們」不斷在妻子、母親、家庭主婦、職涯等不同角色轉換間奔忙，即使被當成聊備一格的「擺設」，也能夠「發現時間的細眼」、察覺於時間作用在自身的身體與心理上的變化，並找到自身的存在價值。從這首詩來看，零雨一貫的知性思維使其不熱衷於從政治賦權上去建構主體性，而是從「存在之思」此一男女共有的感覺結構上，找尋自身（女性）的言說可以通往怎樣的思考深度。

零雨在《木冬詠歌集》中以「寫作」作為創世的轉喻，展現了獨特的性別意識。但是，零雨的「自我」並非純粹的「女性」自我，而是擁有包容「他」的雌雄同體特質。例如〈創世排練第一幕〉，其實是一幕「性別」的排練：「我轉過巷子，看到／最初的那人／等在最初的位置／我們歡然相逢／讓他進入我的體內／然後我便會看到沙灘／那條船，渡過河回到故里／環顧世界又只剩下我一人」[103]，零雨在此逆寫了「夏娃原為亞當肋骨」的創世神話，讓「他」（「最初的那人」）進入「我」的體內，其後的精神「溯源」運動之中（回到故里），零雨式的存在意識：孤獨（環顧世界又只剩下我一人），也在此顯露，最終「最後，走下臺階／進入舞臺最前方／人群愈來愈多——（啊！上帝／穿著常服於其中——）／但那是第二幕了」[104]，上帝

---

[101] 零雨，〈吳爾芙和她的房間〉，《關於故鄉的一些計算》（臺北：零雨出版，唐山總經銷，2006），頁 3。
[102] 同上註，頁 4-5。
[103] 零雨，〈創世排練第一幕〉，《木冬詠歌集》（臺北：零雨出版，唐山總經銷，1999），頁 24。
[104] 同上註，頁 25。

也成為了零雨性別排練的「觀眾」。

楊小濱認為「如果我們假定抒情主體發出的是女性的聲音的話，這個包容了『他』的『我』以男女同體的方式重組了任何性別中心的秩序，成為創世或誕生的基礎」[105]，以此來看，零雨將「寫作」提升至「創世」的本質／起源意涵，勢必梳理男／女尚未分流的「前性別」世界，如同夏娃還未初嚐禁果前的伊甸園，不存在「意識到的」性別界線。而為了將其女性主體整合進「自我」對普遍生命本源追索過程，在修辭策略方面，如同在〈遠古〉、〈瀚海〉和〈水火〉等詩裡，零雨「不時通過布萊特式的間離性來塑造上帝的觀眾角色，同時通過舞臺效果把人的創世活動非本質化。這種非本質化或非實在化的操作在零雨的不少詩裡以鏡子的意象為樞紐」[106]。

以〈瀚海〉為例，作為創世起源的意向／象「早於……」，與「鏡子」倒影「我」卻無法如實呈現「我」之間，恰好構成了零雨以女性言說建構起「身體」的詮釋：

> 一種古早，早於清晨
> 早於我，早於我寄居的時代
> 早於星球，早於宇宙
> 那種浩瀚，我不能
> 述說，我讓鏡子
> 說話。但鏡子亦不能
>
> 穿過我的身體
> 又塑造我的形貌
> 只能回身看它
> 看我的軀殼
> （——在它的軀殼之中——）
> 變幻難測
> 而不能言說[107]

楊小濱以為，零雨詩中的性別主體充滿自我衝突修辭的悖論：「以悖論的方式掙扎

---

[105] 楊小濱，《語言的放逐：楊小濱詩學短論與對話》，頁 166。
[106] 同上註。
[107] 零雨，〈瀚海〉，《木冬詠歌集》，頁 32-33。

在「不能述說」／「不能言說」和對自然景色（雲、落日、海洋、雀鳥等等）的詩意述說之間。這種抒情主體的悖論是一種處於表達的欲望和無法絕對表達的憾恨之間的永久彷徨」[108]，「言說」與「不能言說」之間，其實是虛幻與實在之間的辯證張力。

李癸雲認為〈瀚海〉一詩表現出零雨以虛幻的鏡像檢視父權體制的壓迫，認為「此詩中所強調的那種深層結構是與生俱來的註定，既無法言說又浩瀚龐大，穿越並塑造了『我』的形貌，『我的軀殼』在『它的軀殼之中』。這樣的『我』，便如鏡子折射出的影像般，變幻難測，並且無言以對」[109]，「我」此一「女性」的生命深層結構是「鏡子」無法再現的。

而筆者認為，「鏡子亦不能／穿過我的身體／又塑造我的形貌」意味「鏡子」反映／應「自我」創世起源的「挫敗」，零雨的女性言說主體早已洞見生命本源的「浩瀚」與「無限」，「鏡子」作為人類生存實相的短暫顯影，無法倒映生命的偌大的創世起源追索意圖，經由否定「鏡像」，也能夠達到否定「他者」介入主體建構的過程，而將女性言說主體的建構權力交給「自我」。

不論是將鏡子視作存在與虛無辯證的中介（楊小濱），還是視之為性別化的操作媒介（李癸雲），無論如何，零雨呈現出對「鏡子」陳述、再現生存實相的否定。此點與中國女詩人唐亞平的〈鏡子與花朵〉不同，〈鏡子與花朵〉中的「鏡中的玫瑰含苞待放／開是一種天然的技巧／凋謝是另一種技巧」、「傲慢的冬季／冰裂的天空寒氣襲人／冰是美人的鏡子」、「冷是美人的氣質／美人們用心如鏡」、「水是智者的鏡子／雲是神的鏡子」[110]等詩句，鏡子被當作一個客觀、忠實的映照工具，如實反映著從傳統到現代不同時代裡的女性，承受著社會主流男性設定之價值觀念的集體壓迫。

因此，女人的衰老（「凋謝是另一種技巧」）、女人的冷若冰霜（「冰是美人的鏡子」）、男人的化身（智者、神）凝視下的女人必須如「水」、如「雲」般成為其「鏡子」等等，都成為唐亞平利用「鏡子」以顛覆男性象徵符號的工具。因此，唐亞平側重於將「鏡子」視作其女性主體建構的中介之物，是肯定與樂觀意義的用法，而非如同零雨這般藉由否定「鏡子」以確證更為具備存在維度的女性主體。

此外，「鏡子」除了為零雨鋪排、演練創世的性別，也被刻意置放在「旅行」之中，「鏡子」朝向意識、朝向內在、朝向本質與過去，但倒影事物的表象性、虛

---

[108] 楊小濱，《語言的放逐：楊小濱詩學短論與對話》，頁 166。
[109] 李癸雲，《朦朧、清明與流動：論臺灣現代女性詩作中的女性主體》，頁 52。
[110] 唐亞平，〈鏡子與花朵〉，《黑色沙漠》，頁 199-200。

幻性與暫時性，「鏡子」終究撐不起零雨心中預設的「實在」，但卻成為了零雨應對虛無的擴增實境（augmented reality）載具。

零雨的「旅行」始終帶著「鏡子」，在〈火車旅行 1〉中，看著夕陽「攜帶巴哈」前來：「他不指揮他唱／催眠曲一面照鏡子／我也照鏡子／鏡子很清澈／看到明天（是不是可能／逆向行走？）」[111]，對於「明天」是否能夠「逆向行走」的揣測，「鏡子」即使無法提供主體一個實在化的顯影，但卻給予主體一個理解與領悟自我的契機。「我的好朋友總是說／快到了快到了／快快加快腳步／／我有些歡喜也有些不歡喜」[112]，朋友的「快到了」反證主體存在意識的「未到」，自我始終處於起點不明、終點消逝的僵局之中。在此，零雨的「旅行」其實是一趟「存在」的旅行，一趟回返自我、沒有終點的旅行。

不論零雨如何切換寓言的型態與語言策略，零雨的詩總屬於生命的寓言，而生命的內涵必須有語言加以再現並秩序化才得以演示，語言是詩人信靠、也懷疑的矛盾情結。《關於故鄉的一些計算》是零雨詩歌書寫的「語言轉向」，轉向對語言、語詞、文字的存在式思考。對歷經蘇聯史達林勞改營迫害的曼德爾施塔姆（Osip Mandelstam）來說，就是存在，也是死亡。而〈語詞系列（1-9）〉，副標題就是獻給這位俄國詩人：「語詞穿樑而上，把屋體結構／薰得黑亮，在最高角落／找到位置，俯視眾多子孫」[113]，語詞是家族記憶結晶化的生命，是先祖的靈魂；又如公眾和個人之間的偏離與壓迫，也經由「語詞」而遂行：「你和語詞之間有一些／空隙——有一些語詞／穿上華服。以為足以進入／內部／／但語詞也有無聲的時候／語詞自己知道」[114]；或是描述一個文明尚未經由「語詞」分派人的階級、職業與性情的史前時代：「野鴨從沼澤飛起／翅膀留在空中／語言四散／文字在獸蹄裡奔跑」[115]。以上，「語詞」、「語言」與「文字」不只是成為抒情主體貫通「存在之思」的媒介，而是「語詞」就是「存在」本身。

從《城的連作》演練隱喻化的時－空結構，到「箱子」演練幾何化、抽象的「現實」，〈特技家族〉以「特技」演練內心與虛無的搏鬥，〈潘朵拉的抒情小調〉與〈吳爾芙和她的房間〉等詩演練女性主體感知世界的方式，直到《關於故鄉的一些計算》的「語言轉向」，演練「語詞」在「存在之思」裡的特性與位置。對人存在本質的探索，一直是零雨的詩中的核心命題，且始終在是抵抗幻覺到回歸語言的過程，如同

[111] 零雨，〈火車旅行 1〉，《木冬詠歌集》，頁 89-90。

[112] 同上註，頁 90。

[113] 零雨，〈語詞系列（1-9）〉，《關於故鄉的一些計算》，頁 41。

[114] 零雨，〈語詞系列（10-18）〉，同上註，頁 56-57。

[115] 零雨，〈詩篇〉，同上註，頁 73。

零雨聲稱的「幻覺」與「修辭」之間無止盡的層層疊加：「幻覺比記憶真實，記憶比現在真實，現在比語言真實，語言比書寫真實……一場沒完沒了的比賽。最終將回歸到弔詭的修辭表層」[116]，以及「語詞」的繁衍建立在人的生命種種探索與震盪之上：「語詞有它相互的限制、無奈與矛盾，但也因此激起它的有機製造體系。例如因限制而不斷延伸的探索，因無奈而極力開展的震盪，因矛盾而必須證明的確定，在在使語詞的譜系愈加繁衍茁壯」[117]。

零雨對自身精神困境進行諸多層次的語詞操演，或寓言、或隱喻、或性別，甚至能夠以知性緩和、消解實體的暴力：「田野，由細節構成／暴力的細節暴力的／構成」[118]，而懸宕在「起點」與「終點」之間，在趨向「故鄉」之時，那原鄉故景消逝的悲哀，也能夠經過理性的「計算」而化解，於是建構一趟回返自我、沒有終點的歸鄉之旅：「到底要翻過幾個山嶺／追到霧，追到秋天的柚子／冬天的橘子／／追到那個精算師／問他到底怎樣／才算是故鄉」[119]。

零雨的寓言空間可以是超現實、潛意識的，也有屬於性別的、創世的或政治隱喻的，語言總是在存有與虛無之間擺盪的身姿，直到後期的《田園／下午五點四十九分》，語言才轉趨舒緩、漸漸具備現實輪廓、回歸田園美學。[120]但無論如，零雨一直在尋找自我的存在、命名與起源，對存在本質的追求使得其寓言空間往往沒有結構化的情節、缺乏穩定的敘事意指與刻意弱化，也指向其內在強烈的精神困境。

三、陳育虹：以隱喻追尋女性感知原型

臺灣女詩人的「女性主體」的建構方式，相較於張揚情慾、感官與身體想像的江文瑜及顏艾琳，陳育虹則比較沒有這類激越的感知形態表現，而比較聚焦在語言的經營。如同其指稱藝術是「造化」：「藝術，如同宇宙造化，追求小我與大我的一統」[121]，又如楊宗翰：

> 與許多臺灣女詩人不同，陳育虹的作品不好彈同調及婉約老調，其抒情詩中

---

[116] 零雨，〈代序：亂世的你盛世的他〉，同上註，頁 2。

[117] 零雨，〈後記〉，同上註，頁 157。

[118] 零雨，〈野地系列（14 首）〉，同上註，頁 133。

[119] 零雨，〈關於故鄉的一些計算〉，同上註，頁 125。

[120] 本書研究框架設定到「世紀之交」，因此只討論到《關於故鄉的一些計算：零雨詩集（2000-2004）》，未能及於 2014 年方出版的《田園／下午五點四十九分》。後者相關研究，見洪淑苓，〈零雨《田園／下午五點四十九分》的地理與人文〉，《當代詩學》15 期（2021.03），頁 5-45。

[121] 陳育虹，〈書後〉，《其實，海》（臺北：皇冠，1999），頁 206。

> 自有一種堅硬的知性為底。而她對音韻的講求及節奏的掌握，恰又微妙地調和了本顯銳利的鋒芒，遂使詩句凝而不滯，行間閃現著理智與思考後的結晶。[122]

陳育虹的詩顯然不那麼身體、不那麼情色，更與古典、婉約談不上邊，而致力於打造知性與抒情兼具的女性語言。因此，「召喚女性譜系源頭、再現理想女性形象，陳育虹的詩正是從這兩點確立了女性主體的位置」[123]，在陳育虹進入成熟期的詩集《河流進你深層靜脈》與《索隱》之中，經由隱喻語言，陳育虹追尋女性感知原型，進一步確立其女性的文化主體。

《關於詩》是陳育虹的第一本詩集，仍處於摸索自身的語言風格時期，「詩」對其來說，是生命本身去經驗流逝時間感的旁觀者：「那繁花般開了／滿地的／怎麼竟是／落葉／／是秋哪／正破窗而入」[124]，也是陳育虹開始以「詩」的形式與語言容納生命裡種種因緣聚散的開始：「五月之後便沒有消息／聚散因緣／我也並不奢望／什麼／只是偶爾忍不住，癡想」[125]。

而旅居於加拿大時期的詩，時常以簡潔的句法表達生命與情感歷程的各個樣態，試圖以詩的語言碰觸生命的時空深度，試圖把握。如〈其實，海〉，其抒情主體在「一切」之中，觀看「風」、「時間」、「光」與「空間」的流動與變化：

> 一切等於
> 風等於時間
> 等於光等於空間
> 等於——
>
> （去了又來了
> 遠了又近了
> 暗了又明了
> 散了又聚了啊）

---

[122] 楊宗翰，〈從女性沉默主體，到以詩自我定位——以四位臺灣當代女詩人為例〉，《臺灣文學研究學報》27 期（2018.10），頁 234。

[123] 同上註。

[124] 陳育虹，〈入秋〉，《之間：陳育虹詩選》（臺北：洪範，2011），頁 142。

[125] 陳育虹，〈關於詩〉，同上註，頁 144。

等於感覺
流動的鈷藍色的
感覺，其實
是一切[126]

「一切」是主體投射於外的「世界」，「風」、「時間」、「光」與「空間」所構成的「一切」等於「感覺」。「鈷藍色」在十九世紀被創造之後，大量被「印象派」畫家用在畫作之中以描繪水紋的光影，在這裡，「鈷藍色」所創造的內在空間，也收攏了外在的「一切」，代表陳育虹嘗試著以自身女性的感知，去抓取世界的繁複樣貌。

這個時期，陳育虹開始在「詩」裡擴大主體存在的證明。如寫「葉」的無限時空：「從我掌紋你必讀不到我的／過去現在與未來我已無涉／時間的縱深與空間的橫流／當我仆臥樹下入滅如佛花／我是雲山煙水的大地一片」（〈葉〉）[127]；以「影子」暗喻「愛情」關係的分合：「沒有答案／他一逕逃避閃躲，狡黠的／他逐漸焦慮，似乎／聽見他的嘲弄／隨著陽光嘩嘩起伏／／右後方的影子愈走愈遠／愈遲疑，他累了／陽光安靜下來／而他仍然沒有看輕／他——」[128]；或在「斑駁」的萬物中梳理自身，並以佛語的「識」作結：「斑駁的紅磚牆斑駁的彼時／斑駁的長椅斑駁的期盼／斑駁的笙斑駁的記憶／斑駁的燈影斑駁的塵緣／斑駁的斑駁的，斑駁的識」（〈斑駁的花季〉）[129]。

另外，陳育虹也透過空間感的移情作用，探索自身的「身體」與「記憶」：如「溽熱／密閉／陰闇／壅塞／血腥的啊我寄生的／／母親的／子宮」（〈高溫城市〉）[130]；又如「匍伏／且噤默／如一尾石斑於礁下／我以投地之姿／傾聽，你有浪茫茫／飄　落　凝結／為一冬日／冬日之玄寂／／你是沉淼的黑海」（〈雪夜〉）[131]等等。

臺灣女性詩歌有著以女性感覺去尋找萬物照應的傾向，藉由萬物與主體的互動來釐清、整理內在世界的繁複紛雜，而陳育虹就是此中的代表。〈河流進你深層靜脈〉展現陳育虹對「時間」與「自身」關係的思索，將女性對生命本質的思考，注入某種不確定的「水文」地形之中，「河流」向來有其「淵源」、「流域」、「流動」的

[126] 陳育虹，〈其實，海〉，《其實，海》，頁 13-14。
[127] 陳育虹，〈葉〉，《其實，海》，頁 28。
[128] 陳育虹，〈葉〉，《其實，海》，頁 41-42。
[129] 陳育虹，〈斑駁的花季〉，同上註，頁 59。
[130] 陳育虹，〈高溫城市〉，《其實，海》，頁 80。
[131] 陳育虹，〈雪夜〉，同上註，頁 188。

特質，陳育虹以「河流」隱喻女性在當代社會中的身世處境：

河
流進你深層靜脈
微細，沒有間歇
絕對的主流
你是倒影
漂浮，零重量
……

你搜尋一個字、詞、
適當的韻尾
他無所謂
他不等候，側著臉
大狐步走了[132]

這首詩的敘述者以第三人稱存在，觀察著詩人自己（你），經由陳述、言說（搜尋一個字、詞），擺脫「他」（時間）的牽引。「靜脈」在人體血液循環系統中負責輸送二氧化碳與代謝物至心臟，而「深層靜脈」如同陳育虹為女性言說主體所擘建的思想腔室，意謂「深層靜脈」正默默承受著世界（器官）輸出的大量廢物。而「絕對的主流／你是倒影／漂浮，零重量」，則是對女性處境的隱喻，女人僅是「倒影」且「漂浮」、「無重量」。女性置身於曖昧未明的時代中：「你彷彿聽見無數支流、伏流／每一流岸都嚷著／自己的季節／你知道其實只有一條／不確定的河／甚至，不成其河」[133]，如何在「河」主流、支流、伏流中，明辨出屬於自己的聲音，是這首詩提出的主要命題。

又如下詩句：

像一道裂縫
所謂有瑕疵的完美
你無法想像永恆

[132] 陳育虹，〈河流進你深層靜脈〉，《河流進你深層靜脈》（臺北：寶瓶文化，2002），頁 14-15。
[133] 同上註，頁 16。

他說永恆
與孤寂是綿綿長河
微細，沒有間歇
絕對的主流[134]

對「時間」來說，萬物的生命形態如摧枯拉朽，一切絢爛終歸消亡。陳述者在生死兩極之間往返，並張望成一道「裂縫」，闡述流進「深層靜脈」的「河」是「永恆」與「孤寂」這樣的「絕對的主流」，「你」即便「無法想像永恆」，最終「你」也只能「順著那條失眠的河／移向／夜，無伴奏的／最低音」[135]，從這裡看，「你」並未只能屈服於「時間」，世界仍有另外的「河」（失眠）可以容納自身的言說，找到如「夜」般「無伴奏」、蟄伏、神祕的內在風景。

《河流進你深層靜脈》之中，時間與愛情是兩大主題。關於時間，陳育虹不斷練習在萬物生息棲止的脈搏中感受「時間」，如同「櫻花」粉嫩色澤之美的乍現與凋零：「冷靜的火／燃燒，無有餘燼／櫻花就是這樣／春也是」[136]，詩人自此早已洞悉生死輪迴的奧祕。而其後，「其實一切發生的都／未發生／雨從沒說過什麼，寂靜／是最高音／／因為花／春凌遲死亡」[137]，以「寂靜」取代「發生」，以「花」的瞬時撲滅「死亡」，陳育虹以其預示的感覺展現對「時間」的凌厲反抗。而陳育虹感受時間的方式，不只是從萬物與主體交感的面向，也趨近社會重大事件的「死亡」。如集集大地震：「而我／在百丈深的地底終於醒來／清楚的／斷垣殘壁的角落／一株鳳仙微微向我／頷首」[138]，與美國 911 事件：「（我只記得火與／灰燼／世界在剎那化為／灰燼／／永恆在剎那／停頓）」[139]。

關於愛情，有的寫得較為戲劇化，如〈我們曾經如此〉以「鬥牛」演繹了兩人在愛情關係的進退失據。「你」（牛）驕狂熱烈地趨向「我」（鬥牛士），卻不知「氈巾」的引誘與帶來的是自身的傷痕累累：「如果這是愛情／你說讓我用最尖銳的犄角／戳動你／馬蹄聲四方雜沓／血紅的氈巾掩蓋我／血紅的你掩蓋我／我迷惘受傷」[140]，愛情如一場鬥牛戲，任何一方若沒有拿捏好距離，騙局、傷害、毀滅無處

[134] 同上註，頁 19。
[135] 同上註。
[136] 陳育虹，〈櫻花就是這樣〉，同上註，頁 53。
[137] 同上註，頁 55。
[138] 陳育虹，〈在百丈深的地底——9/21/1999 集集大地震〉，同上註，頁 161。
[139] 陳育虹，〈哀紐約〉，同上註，頁 163。
[140] 陳育虹，〈我們曾經如此〉，同上註，頁 145。

不在。有的則是較為親臨的寫實：「後視鏡裡只餘夜色／我以時速千里的孤獨前行／也是夜色／眼角有／你，未乾的哀傷」[141]，「後視鏡」讓「我」對「你」可望見卻無法觸及，隱喻兩人若即若離的感情關係。

與《其實，海》及《河流進你深層靜脈》相較，《索隱》詩質更為濃縮、凝鍊與飽滿。若說前二冊詩集是其女性主體「被動地」回應紛亂的外在事象與自身生命經驗，語言仍處於現實與想像之間不斷湧現的急躁與敏感，那麼，《索隱》的「情」不但得到更為藝術化的處理，風格、結構與創作題旨呈現高度的統一。以「情詩」為主要題材的《索隱》，從形式上看，分別以〈索〉與〈隱〉兩個系列詩作相互對話與交錯，中間穿插被柏拉圖稱之為「第十位繆思」的女詩人莎弗（Sappho）詩抄的譯文。〈索〉系列的發話者多為「我」（第一人稱）與「你」（第二人稱）之間的對話，「我」總是朝向「你」發話，不斷對「你」生產著慾望。而〈隱〉系列則因為「你」對「我」的「隱蔽」及其因為「月」的引力，產生「你」與「我」之間的「感覺間隙」，再加上莎弗殘簡詩章作為註解，為「你」「我」話語的交織與錯位，打開一個「我」－「你」－「莎弗」互為隱喻的感知空間。

詩人在〈代序〉陳述：「索，是索尋；隱，是隱喻。索尋，隱喻。／／於是月是隱喻。／莎弗是隱喻。嗔愛欲求是隱喻。／索尋是隱喻；隱喻或亦是隱喻」[142]，於是，若細究文本，〈索〉系列的隱喻建立在對「你」愛慾（追索與對話）之上，是愛慾的隱喻。〈隱〉系列則是在對「你」的愛慾過程中，所有慾望不可企及之失敗與匱乏的「補白」，是愛慾隱喻的「創傷修補」。而〈索〉與〈隱〉之間，因為「月」的阻礙，生成各式行星動力的擬態（愛慾隱喻的隱喻），旁註翻譯的莎弗詩篇，堆疊出對話式的、綿密、長篇的愛慾神話。

白靈的見解，涉及「索」與「隱」的互為指涉關係：

> 〈索〉是寫宇宙事物的難以探究、深入，普世皆然，能顯現和可探知的是多麼侷限，「你」亦然，然而情動時，這一切皆可跨越，寫出了人「索」情的隱微心境。〈隱〉寫孤獨的必須和渴望，即使溫存歡舞後，各自飛回各自的天涯，一種成熟後的自處之道，也道出了歷盡人生各種喜怒哀樂生離死別後的自然心境。[143]

---

[141] 陳育虹，〈後視／鏡中的你〉，同上註，頁 271。

[142] 陳育虹，〈索‧隱（代序）〉，《索隱》（臺北：寶瓶文化，2004），頁 15。

[143] 白靈編，《新詩 30 家：臺灣文學三十年菁英選（1978-2008）》（臺北：九歌，2008），頁 101。

陳義芝則聚焦在「月」的「陰性原型」特質：

> 陳育虹筆下的神話對焦於「女性愛情」，神話系統為其憑藉，乃生命主體對應於人間世界的一個星座——不論誕生或再生。在《索隱》裡，月亮是生存的原型而非物質性欲求，是一切心理、動力、象徵、意義的統攝中心，以一想像力場，成為陳育虹探索未知的靈魂。……月有大地之母的象徵；陳育虹拿月亮表現陰性情愛，作為原型女性，是對莎弗的承接。[144]

愛慾是《索隱》的主題。〈索〉既然是「索尋」，即使是隱喻，也是必須回歸到因為「索尋」而生的時空板塊變動，或兩人關係的動態構成，所有的愛慾想像，最終回到由隱喻構設的象徵原型之中。進一步陳義芝的看法，陳育虹「拿月亮表現陰性情愛，作為原型女性，是對莎弗的承接」，陳育虹不只承接莎弗「女性自我」的愛慾表述，也經由陳育虹自身作為當代「女性主體」的愛慾話語，莎弗的慾望與壓抑也重新得到釋放，一個具備時間跨度的當代感知對應。以下，分別以〈索〉、〈隱〉與〈莎弗詩抄〉分項論述陳育虹《索隱》的女性話語策略。

〈索〉系列中，「你」面臨著「我」的時間性：「你，你是我／多年前飛濺出的一滴血／撞擊的瞬間／冷靜地、完整地／持定／你是我的史前」[145]；愛慾無法整合的憂慮：「事實是我無法進入／你，一如／我無法進入野雁／與波斯菊／我們來自不同的部落」[146]；符號機制也漸漸失效：「不用文字／不思索：符號、假設、／觀念、借喻等等／我情願這麼面對你／（我猜你偏愛／一些不確定、距離／及孤獨）／想像你掌心的玄機／你不著邊際的／美學」[147]；表達情感關係傾斜或失衡的情境隱喻：「你是冷靜以待的／老靈魂／你是冬月／而我，搖搖欲墜的秋」[148]；愛情顯得隱密而孤獨，如同「夜行」：「你不想做我的神／不預警，不顯勝蹟／不給任何應許／你要我慣於夜行／沒有月亮」[149]；最終：「你不再是／我的，不再出現／只剩一個模糊的字／風，或者，煙／只剩想像」[150]，對「你」愛慾出現了現實可感知的虛空，關於「你」的一切，唯有倚賴想像。又如：

---

[144] 陳義芝，《現代詩人結構》，頁 183-187。
[145] 陳育虹，〈之五・索〉，《索隱》，頁 35。
[146] 陳育虹，〈之七・索〉，頁 44。
[147] 陳育虹，〈之二十・索〉，《索隱》，頁 35。
[148] 陳育虹，〈之二五・索〉，《索隱》，頁 116-117。
[149] 陳育虹，〈之四一・索〉，頁 181。
[150] 陳育虹，〈之四八・索〉，頁 210。

> 並沒有你
> 你只是一個代名詞
> 我甚至不想為你
> 命名[151]

以上，直到〈之五五・索〉之前，「我」不斷在趨近「你」的心理運作，文字符號雖偶爾失效，但仍然信服文字能夠企及、填補愛慾的匱乏。到了〈之五五・索〉，主體意識到了詞語的「命名」，才是一切貪嗔癡怨、七情六慾的苦痛根源，否定了語言，也等同否定了愛慾能夠被滿足的可能，甚至「天堂」、「地獄」等也形同虛構的符號，不再具有概念、價值或倫理尺度。陳育虹將愛慾的缺失等同於詞語命名，使得語言成為了亟需被超越的「此在」，也賦予主體。

〈隱〉系列中，「我」處於「隱蔽」狀態，而「月亮」引發了星體的引力與潮汐，在「你」「我」之間，不斷生成欺近與渴求的需要，卻又不斷造成慾望的延遲與背棄。「月」或許是「你」「我」之間不可抗宿命的隱喻，對「你」與「我」慾望往返的隱喻構成壓迫與阻滯。譬如：「月亮進入你／像某種礦物質／隨著牛奶、水蜜桃／／或一尾魚／進入你的消化器官／血液、腦細胞、神經系統／／月亮進入你／佔有你、改變你——／主導你」[152]，「月亮」開始主導「你」的物理存續狀態；「每一次猛然回頭／你都看見月亮／逼視著你／透視你」[153]，以及「你試圖拼接那／切割準確、光滑的／一千片月亮／拼圖／月亮位於拼圖中央而／偏左，彷彿心臟」[154]，「月亮」取代「你」，隱喻對象的替代意謂「他者」（月亮）在愛慾表述過程中主客關係上的僭越，能指對應的取消是愛慾的創傷；「你害怕了／月亮向你走來／你拾起鞋，奔跑，離開／甚至忘了拿背包／甚至忘了方向」[155]，與「月亮在門外／你在門裡／你不想開門」[156]，也呼應〈之四八・索〉「橫笛或豎琴溫存歡舞之後／渴望冥思或獨處／兩顆星球失去呼應的磁極失去／熱力與引力各自衰老／在各自的天涯」[157]，「你」最後被「月亮」的力場覆蓋。但是，陳育虹在末尾又構設了一個愛慾

[151] 陳育虹，〈之五五・索〉，頁 246。
[152] 陳育虹，〈之六・隱〉，頁 38。
[153] 陳育虹，〈之十・隱〉，頁 52。
[154] 陳育虹，〈之十四・隱〉，頁 68。
[155] 陳育虹，〈之二六・隱〉，頁 118。
[156] 陳育虹，〈之三六・隱〉，頁 158。
[157] 陳育虹，〈之四九・隱〉，頁 212。

的「精神分裂」：

> 你敞開——
> 月亮自你內裡升起
> 月亮。欲望。
> 你終於知道
> 月亮真正的名字
>
> 你終於知道月亮
> 不是月亮
> 是　另一個你[158]

「月亮」成為「另一個你」，是陳述者「我」對「名字」（命名）的洞悉，也是情感創傷的超越。對想像客體（你）的「精神分裂」，使得愛慾想像能夠不流於宿命論的結局，而成為愛慾再生產的動力。

最後，在「莎弗詩抄」的部分，詞語的破碎與殘缺，恰好形成「我」與「你」愛慾辯證的核心。陳育虹揭示：「莎弗以『自我意識』為創作起點，書寫對神的忐忑、對美的嚮往、對愛的呼喚，也書寫欲望與壓抑、哀傷與歡愉、失落與期待」[159]，《索隱》的「愛慾」主題，最後回歸題旨——「自我意識」。如同「……遺忘……／有人會說／是的，只要我活著／就有愛……／而我說我向來是／堅定的情人／疼痛／……苦澀／但明知如此……不管你／如何，我會愛／為了……的箭矢／我……／……你／……會愛……」[160]，既然「我」早已洞燭萬物命名是愛慾的起源，殘缺的「……」就此撐開了「索」「隱」愛慾闡釋的話語空間，也指向詞語命名之「起源」的窺望。誠如喬治史坦納（George Steiner）指出愛慾本能其實與翻譯的文化／語言之溝通、交際特質相關：

> 愛慾和語言相互交織。交際和話語，係詞和連接，是主要溝通事實的子類。它們源於自我的生命需要，以「理解」和「包容」這兩種重要的意義去接觸和理解另一個人。[161]

[158] 陳育虹，〈之五六・隱〉，頁 250。

[159] 陳育虹，〈詩人莎弗・註〉，頁 266。

[160] 陳育虹，〈莎弗詩抄 fr. 88〉，頁 173。

[161] Steiner, George. *After Babel: Aspects of Language and Translation* (Oxford; New York: Oxford University

同時，楊牧也指出翻譯莎弗的借喻角色，指向詩／自我的完成：「詩是詩人借以指向詩之完成過程裡的修辭意象，一種借喻，莎弗譯罷就是索隱的索隱」[162]。因此，「翻譯」莎弗不但是愛慾「創傷」的翻譯，也是女性「自我」的翻譯。

陳育虹在《索隱》書末的梳理：「『索』，尋什麼？『隱』，喻什麼？一個因由，悸動初始的動？一個投射，時而鮮明時而曖昧？一個尾聲，激揚或困乏，已迄或未竟？而最終莫非一個記憶；記憶的搜掘、捕捉或遺漏。最終莫非一個凝視；以至形之於象。最終，莫非一個敘述；敘述的可能，與枉然」[163]。以上，「因由」、「悸動」、「投射」、「尾聲」、「記憶」、「凝視」、「形象」等等，皆是陳育虹生命經驗歷程的「精細化」，但若要將種種「精細化」的詩意付諸於詩的語言，就涉及了「敘述」的既遂或枉然。因此，若將《索隱》的隱喻修辭結構「還原」，其實是一個記述愛慾匱乏的潛意識世界，這裡顯現出陳育虹掌握、再現、敘述潛意識語言的控制能力，也就是說，陳育虹將潛意識語言做出高度知性控制的方法，就是「隱喻」，或「隱喻的隱喻」。

四、羅任玲：從「觀看」走向「存在」的語言

羅任玲的詩總是帶著「存在者」的姿態與心緒、亦具備強烈的存在主義思維，語言時而委婉含蓄、時而陰森冷硬，試圖透析紛亂喧囂世界裡，其作為「女性」個人的細微感覺，以及對生命存在本質的種種思索。羅任玲自言：「詩是我私藏的一枚驚嘆號，會飛的，有時喜歡潛水，到深海裡。但多半時候它只替我找到一些飛鳥的羽毛，一些破碎的貝殼」[164]，詩的意象不只帶著羅任玲逼視世界的正面，還有其未知、不可測的背面，一如其詩總帶有預示、穿透人／物原有關係的能力。

張默在《密碼》的序文中總結羅任玲詩作的特徵：「（1）感覺敏銳，思考清晰，從容地穿梭於各種題材，最能曝曬深刻動人的一面。（2）語言確當，剛柔並用，輕巧地直探事物的核心，使其豁然跳進讀者的眼簾。（3）氣氛森冷，風格新異，犀利地襲擊眾生的思維，從而衍生一些奇特的效果」[165]，經由「事物」所反映的繁複世界，在羅任玲詩裡均被其敏銳的詩意思考，打磨為冷峻又簡練的感覺模具，以此構築其屬於個人的存在思索與性別話語。

其一，羅任玲不少詩作意充滿著「黑」的色調意象，如楊宗翰指陳：「羅任玲詩

Press, 1998)., pp. 59.

[162] 楊牧，〈詩是借喻〉，收於陳育虹，《之間：陳育虹詩選》，頁 21。

[163] 陳育虹，〈書後〉，《索隱》，頁 263-264。

[164] 羅任玲，〈非詩非序〉，《密碼》（臺北：曼陀羅創意工作室，1990），頁 13。

[165] 張默，〈飛越感覺的極限：讀羅任玲的詩集《密碼》〉，收於羅任玲，《密碼》，頁 5。

作的終極力量來自黑與靜，並在經過長久沉思默想後，譜寫出一闋闋女性主體如何與自然及生命和諧共處之篇章」[166]。但我以為，羅任玲調動「黑」的思維其實是是「趨光性」的，主體並未在「黑」裡駐留太久，「黑」只是主體辨明自身存在本質的過渡空間。如〈哈囉！黑暗〉:「我在靜寂的夜裡肅穆祈求／哈囉！黑暗／以七彩為你紋身／點綴無數晶亮魔球／懸掛在往事的小窗，輕輕開／啟，歲月拭淨／所有愛怨薄而透明／劃入夜空折疊入夢」[167]，「黑暗」為主體打開了「往事」、「歲月」、「夢境」等內在意識，「黑暗」是主體趨光的觸媒，又：

> 總有什麼誓約吧
> 會擊破黑暗
> 靜靜地我要等
> 光華昇騰化為
> 永晝[168]

如上，「黑暗」裡「光華」早已醞釀，只是隱而未顯，隨時靜待「永晝」的到來。又如〈陽光以及我只不過和你一樣渴求一些陽光〉「申：我只好等著。／在面具尚未完全交給黑夜之前。／用潔淨的指尖，／驅走惱人的蒼蠅」[169]，主體並未在「黑夜」來臨前蟄伏與恐懼，主體還能夠用極纖細隱微的動作（用潔淨的指尖），驅散煩悶自己的瑣細物事（惱人的蒼蠅)。還有〈九月〉:「坐在黑黑的秋天裡／想像蜘蛛結網／那些隱晦的時光字語／如雨聲滴流」[170]，「黑黑的秋天」為正在寫作的主體，搭建了一處通往張愛玲書寫狀態的感知通道。

以「黑夜」作為女性匯集靈感泉源與情感力量的感知空間，這一點與中國詩人翟永明雷同。但翟永明的「黑夜」有其支撐女性價值思考的形而上思維，女性主體情思的生產必須透過「黑夜」:「我稱之為『黑夜意識』的正是一種來自內心的個人掙扎，以及對『女性價值』的形而上的極端的抗爭」[171]，而羅任玲的「黑夜」或許也因為來自內心的糾結與掙扎而發生，但比較沒有「女性價值」此一價值尺度與形

---

[166] 楊宗翰，〈從女性沉默主體，到以詩自我定位——以四位臺灣當代女詩人為例〉，《臺灣文學研究學報》27 期（2018.10），頁 244。

[167] 羅任玲，〈哈囉！黑暗〉，《密碼》，頁 92。

[168] 同上註，頁 93。

[169] 羅任玲，〈陽光以及我只不過和你一樣渴求一些陽光〉，《密碼》，頁 133。

[170] 羅任玲，《逆光飛行》（臺北：麥田，1998），頁 35-36。

[171] 翟永明，〈再談「黑夜意識」與「女性詩歌」〉，《詩探索》1995 年 1 期（1995.02），頁 128。

上學的追求，「黑暗」或「黑夜」對羅任玲而言，是一個感知瞬間的暫留，是其尋覓「光源」的途徑或通道，因而不具備自主性與超越性的美學生產意義。

其二，羅任玲也善於描寫都市生活的眾生相，其描寫的方式不外乎獨白口吻，但不依從於外在表象，而能深入人情事物的本質。如「『向北極的綠光……』／字跡渙散不清了／我吃力唸著：／『凡見著的人便能永遠將所愛編織入夢再不分離』」[172]（〈綠光〉），以創世的語調默禱著戀人之間的情感拉鋸：爆裂與潛伏；而面對都市的異化生活，人們不被理解的心緒，恰如凝立不動的「雕像」，人們都是透過「雕像」去認識彼此：「然而植樹節就要過去了／有人用斗大的落日鏟起積雪／釋放我的雕像／那些眼、耳、唇、鼻／怯怯皺眉的靈魂」[173]（〈植樹節〉），羅任玲在這裡嘗試捕捉的是都會生活裡那些遺失的美好，在「植樹節」沿街「種植心情」，以「預示」的心情回望「戰亂離棄的年代」；或在生活的百種風景片段中思索「餘生」：「一張口無語的思緒／一老而不老的米酒／一完而還有的海誓／一決而未決的髮絲／一該苦而不苦的黃蓮」[174]，生命終老階段的孤獨、蒼白與無力，在每個局部的生活意象裡展開，無人能倖免於此。

羅任玲亦寫了不少「擬仿童話」的作品，臺灣女詩人群「童話論述」其來有自，洪淑苓曾列舉十位臺灣現當代女詩人的作品，並區分出四種童話論述類型：一、喻寫童話，關懷社會與人生（蓉子、曾美玲）；二、擁抱童話，自我治療與認同（胡品清）；三、解構童話，嘲弄愛情與生活（夏宇、陳斐雯、羅任玲與洪淑）；四、塑造新童話，「扮演」的書寫策略（顏艾琳、廖之韻與吳菀菱）。[175]在「羅任玲」的童話論述部分，洪淑苓視之為「童話的追尋與失落」：「羅任玲詩中的童話論述充滿弔詭的趣味，表現了追尋與失落的糾葛」[176]。

而我以為，在羅任玲的擬童話詩中，洪淑苓指稱其「童話」詩的「弔詭的趣味」，來自於刻意營造「童話」與「現實」的境界反差，顯示其「擬仿」的動機在於對價值紛亂、公義失衡的社會現象，做出更深層次的反思。如寫「核爆」化身「巫婆」：「在暗夜裡起床。點燈／繞地球一周／把恐懼寄給不乖的小孩／慢慢啃／油嫩的小指頭」[177]（〈核爆巫婆〉），「核爆」帶來的輻射恐懼與末日災厄，轉化為童話世界的輕盈與靈巧，卻看得到「啃小指頭」背後的殘酷與沉重；又如〈我在果菜市場遇見

[172] 羅任玲，〈綠光〉，《密碼》，頁 23。
[173] 羅任玲，〈植樹節〉，同上註，頁 25。
[174] 羅任玲，〈所謂餘生〉，同上註，頁 28。
[175] 洪淑苓，〈臺灣女詩人的童話論述〉，《臺灣文學研究集刊》3 期（2007.05），頁 141-168。
[176] 同上註，頁 159。
[177] 羅任玲，〈核爆巫婆〉，《密碼》，頁 34。

白雪公主〉：「那是今天早晨的事了。我在果菜市場遇見白雪公主，她看／來蒼老而憂鬱，並忙著和一隻青蘋果討價還價。『可是，妳不是中了毒⋯⋯』／誰說的？她扭轉臃腫的腰身。／『小時候童話書裡說的』我大聲回答。／小時候？我早就不相信童話了」[178]，羅任玲欲以童話故事的情境，帶出對社會現象更為澄明、透亮的觀察視角，陳述主體的「我」懷抱著童話遐想，對照「白雪公主」的柴米油鹽現況，蘊含女性成長的苦痛與無奈。羅任玲的童話思維畢竟是其女性主體意識介入公共話語場域的媒介，並非是有意識地經營並使其成為獨立的審美空間，於是，與「童話」思維的決裂勢在必行：

> 「王子公主死於不確定的年代，
> ⋯⋯生前陽光燦爛，⋯⋯」
>
> 未及讀完告示
> 我匆匆離開他們
> 不小心踩斷公主或王子的
> 一根肋骨
>
> 為了避免我的心意急速老化不可收拾
> 偶而變成小小孩是必要的⋯⋯[179]

楊宗翰認為「不小心踩斷公主或王子的／一根肋骨」此一動作代表「踏破了關於黑森林的種種童年幻想，也逃逸出公主與王子的美好童話幻象。這類『美好』童話源自男性社會長年積累的書寫成果，早已充滿了父權的指紋，當然吝於提供女性主體位置」[180]。與其說羅任玲是「擬仿」童話，不如說是「逆寫」童話。敘事者行經「黑森林」，目睹「兩具擁抱的枯骨／仿若遺忘」，童話已死，敘述者踩在公主或王子的肋骨上，卻佯裝說為了避免心態老化而「偶而變成小小孩是必要的⋯⋯」，這樣看來，羅任玲早已看穿了「童話」其背後不具備女性價值參照的真相，是父權制度將女性思想、身體與慾望加以「唯美化」、「溫馴化」的文化詭計。

其三，則是羅任玲找尋到特定的精神形式——寂靜，以緩衝時間對萬物的洗刷。

---

[178] 羅任玲，〈我在果菜市場遇見白雪公主〉，同上註，頁 84。

[179] 羅任玲，〈我堅持行過黑森林〉，同上註，頁 98-99。

[180] 楊宗翰，〈從女性沉默主體，到以詩自我定位——以四位臺灣當代女詩人為例〉，《臺灣文學研究學報》27 期（2018.10），頁 241。

當然，寂靜可以是空無的存在，基於詩語言賦形於萬物與情意表達的需要，羅任玲遇見、選擇了「大海」。「大海」是羅任玲承裝「寂靜」的存在居所，是其內在豐饒世界的微觀顯影之處。如同〈風之片斷〉，女詩人在暴雨隱去的知本森林裡，「石階上赫見一雙小巧的昆蟲翅翼，色如黛玉，貌似奇貝，在初陽下閃爍幽光」[181]，因而：「我拾起你／像拾起／整個宇宙的風聲／空蕩的兩片小舟／托住／空蕩的一整座森林／影子／啊影子／召喚著／一整座海洋的靜寂」[182]。這首詩以昆蟲翅翼起興，翅翼裡迴響著萬物搏動的生命與宇宙推向自我的回音。向陽以為「題目『風之片斷』既狀寫羽翼在風中垂落的『片斷』，也寓涵生命在飄零過程中和宇宙交會的空寂」[183]。

《一整座海洋的靜寂》整部詩集就是以「寂靜」銘刻時間的遺址，以「寂靜」解脫時間賦予自我與事物種種歷史性與文化性的枷鎖。詩人自陳：「時間，理所當然貫穿了這整本詩集。那是不同的我在其中思索探問的總合，……一整座海洋的靜寂，除了作為光陰、自然、歷史、生命、靈魂的多重指涉，更是我日常生活的寫照，並非憑空想像」[184]。因此，「寂靜」是羅任玲感測時間的精神形式，「寂靜」可以說是時間死亡或崩塌後，一處能夠顯示事物本質、又抵抗事物被時間吞噬的精神界域。

一如「被寂靜追逐的／我的童年／像風帆一樣／慢慢跑著／終於越過了雲霧／來到昏暗的家」[185]，與「被寂靜拋出的／夏天清晨六點的海／奧義環抱著／最遠最藍的那一點／默默划去／有心或無蹼的一部分」[186]，寂靜或追逐詩人的童年，或拋投海洋，終會抵達一個醒悟的時刻（來到昏暗的家、最遠最藍的那一點），而那裡就是羅任玲心靈運動停歇的地方。

又如〈紅衣說法〉：

以寂靜餵養的大寂靜
端坐著，諦看
千年後的玄黃
是否也將輕蕩而過
日暮後的水月

---

[181] 羅任玲，〈風之片斷〉後記文字，《一整座海洋的靜寂》（臺北：爾雅，2012），頁25。
[182] 同上註，頁24-25。
[183] 羅任玲，〈風之片斷〉詩後「附錄」，同上註，頁26。
[184] 羅任玲，〈自序：豐饒的寂靜〉，同上註，頁7。
[185] 羅任玲，〈月光廢墟〉，同上註，頁30。
[186] 羅任玲，〈昨日的窗簾〉，同上註，頁39。

與鏡花[187]

以及〈虛線〉：

你轉身忽然就看見了自己

如鈴聲輕觸於長廊
時間圓弧的把手
緩慢轉開陽光的孔隙
畫一條　永恆的虛線[188]

〈紅衣說法〉裡，「寂靜」推遲了時間落實在詩人心中的生理刻度，而倒轉了時間的運行法則，時間的彼岸，既是「永劫回歸的邊境」，也是萬物生息與瞬息空幻的臨界線；而〈虛線〉，時間被實體化為把手（實），轉開陽光的「孔隙」（虛），感知虛實交錯、既超現實、亦能靜謐無聲中閃現存在之思（永恆的虛線），萬物與自我在此達成一種協調的秩序。

羅任玲在《一整座海洋的靜寂》極盡刻畫生態經驗、與無數自然物種（紅嘴藍鵲、月光鳥、灰貝杜鵑、狼毒草、山櫻、菩提樹……）相遇與對話，在物種的生命形式與動靜中，讓自我的存在感知慢慢顯影出來。印證了其在《密碼》序言中的「觀察者」位置：

> 詩是我的攝影機，真正的攝影機太重，而我又太懶。(眼睛和靈魂雖然原始，卻最好用。）我亦不喜歡走路，走路太慢；不喜歡說話，說話太累。只好回到詩裡，要一些奇奇怪怪的角色出來，各就各位。幕後的人這時候出遊去了，去扮演一些更悲傷的角色，或者，更無聊的觀察者。[189]

這是一個以詩穿透萬物與世界的「觀察者」位置，攝影機既凝神聚焦又有視野侷限的雙重特質，促使羅任玲以客觀、謙卑的觀察角度或語言經營方式，觀看自我與世界而不過度張揚自身的身體或情慾特質，「觀察者」位置恰好與其「存在者」位置形成其詩歌書寫的兩大精神犄角。因此，從「黑」意象的調度、描寫都市生活、擬仿

[187] 羅任玲，〈紅衣說法〉，頁 109。
[188] 羅任玲，〈虛線〉，頁 125。
[189] 羅任玲，〈非詩非序〉，《密碼》，頁 13。

童話到以「寂靜」銘刻時間遺址，羅任玲的詩是從「觀看」走向「存在」的語言，習於將暫時性事物推向終極的永恆命題，其對世界的預言能力來自於其濃厚的存在之思，呼應了我在起頭提及的「羅任玲的詩總是帶著『存在者』的姿態與心緒、亦具備強烈的存在主義思維」。

五、顏艾琳：從情慾、身體到母性的話語政治

《抽象的地圖》是顏艾琳追愛、尋愛，經由愛情關係感受、反思女性身分，其女性主體迴避著抒情語調，帶有性別化的視角過濾生活周遭，顯露批判的話鋒。如女性對愛情的理解，對社會共識的「愛情簡章」出現了懷疑：「首先是誠實　不欺騙　不謊言　信任　忠於擇善固執／再來就是為他設想　包容　諒解……／等一下　這真的是簡章的內容嗎　為什麼沒有／浪漫抒情　溫存一點的　比較瘋狂刺激的／比較驚天動地的」[190]；詩中的「她」不是「吃」著蘋果，而是用「削」的，像是女性自身審視愛情的表裡：「她削著蘋果，／用蜂蜜一般的聲音／灌入我的耳朵」[191]；回應男性凝視下的女性扮裝的省思：「善於戴面具／對於自己撒謊的女人／才是眾人矚目的／焦點」[192]；或隱喻性暴力：「那個男人要打開一扇窗。／窗外的夕陽／像失去貞操的女人／慘慘澹澹地／流洩滿眼的血紅」[193]，男人意欲打開窗，「窗」應是女性陰戶的隱喻，打開之後是「失去貞操的女人」，訴諸的是男性「處女情結」的文化意識形態結構。

更值得探討的是顏艾琳的「黑色」意識（感官）如何與其性別意識（女性）共融的詩學問題。顏艾琳曾在專訪中透露「黑暗」指向內心美學感官規整外部世界的意義：「……我對黑暗特別有感覺，我不怕黑暗，並且去享受黑的一切，比方說包容、空曠，黑是一種寂靜的狀態，黑把所有的顏色都吞掉；其實在腦中所產生的意象更是具體的。所以，黑給我的感覺是很溫暖的」[194]，不同於中國女詩人翟永明的「黑夜意識」：「一個個人與宇宙的內在意識——我稱之為黑夜意識——使我注定成為女性的思想、信念和情感承擔者、並直接把這種承擔注入一種被我視為意識之最的努力之中」[195]，在論述上，翟永明將「黑夜」上升到一個「生產」女性思想、信念與情感的美學空間。

---

[190] 顏艾琳，〈有人向我索取愛情簡章〉，《抽象的地圖》（板橋：臺北縣立文化中心，1994），頁 7。

[191] 顏艾琳，〈亞當的蘋果核〉，同上註，頁 9。

[192] 顏艾琳，〈女人〉，同上註，頁 55。

[193] 顏艾琳，〈抽象三圖〉，同上註，頁 116-117。

[194] 林佩君、陳靜怡、李惠絨，〈黑暗精靈——專訪顏艾琳〉，收於顏艾琳，《抽象的地圖》，頁 166-167。

[195] 翟永明，〈黑夜的意識〉，收於吳思敬編選，《磁場與魔方：新潮詩論卷》（北京：北京師範大學出版社，

在創作實踐層面，也不能忽略顏艾琳意欲以「黑暗」闡述其女性意識：

黑。我寂寞地假想子宮的幽闃、溫度。
好，黑。
但那卻是久遠記憶的回溯了。[196]

克莉絲蒂娃「母性容器」論：「母性容器是社會關係組織轉化為象徵法則的中介，並成為符號學的秩序原則，正走在毀滅、侵略和死亡的道路上」[197]，「子宮的幽闃、溫度」也是克莉絲蒂娃的「母性容器」論的具象感知，「黑暗」可以等同於「子宮」空間的視覺化再現。「子宮」其生理屬性為女性所擁有，顏艾琳在詩裡將子宮的「黑暗」導向「久遠記憶的回溯」，明顯地與克氏對子宮處於前象徵期，不確定、不可命名和言說的觀念相符，顏艾琳曾言及「……自我毀滅和自我創作的原創力是一種二元並存論」[198]，既然「子宮」無法言說、是男性生理與精神體制無法企及之處，也因此其帶有「毀滅、侵略和死亡」的驅力，也被賦予了顛覆男性律法、權威的語言源頭。

「黑暗」的不可測度、朦朧、混沌，與「溫泉」的流體意念結合，成為性慾的誘引之所：

黑暗中的底層
是我在等待。
為了誘引你的到來
我將空氣搓揉——
成秋天森林的乾爽氣味，
適合助燃
我們燃點很低的肉體。[199]

與翟永明相似的是，「黑暗」的深沉、靜寂、空洞，及其連帶的恐懼、悲哀、死亡、疫病等象徵聯想，在這裡卻成為性慾的勾引與性行為的發生之處，是光明／陽剛此

1993），頁 140。

[196] 顏艾琳，〈黑雨季〉，《抽象的地圖》，頁 164。

[197] Kristeva, Julia. “Revolution in Poetic Language.” in ed. Moi, Toril. *The Kristeva Reader*., pp. 95.

[198] 林佩君、陳靜怡、李惠絨，〈黑暗精靈——專訪顏艾琳〉，頁 167。

[199] 顏艾琳，〈黑暗溫泉〉，《骨皮肉》，（臺北：時報文化，1997），頁 33。

組符碼的對立意涵。鄭慧如以為「『道德』所象徵的體制，是『黑暗』身體另一面向的意義」[200]；楊宗翰認為〈黑暗溫泉〉「肯定了女性對自身情欲的積極主動，也暗示男性的解放與救贖，有賴黑暗溫泉之神祕力量」[201]，因此，「黑暗」蘊含了女性性慾與情慾想像之外，其幽深神祕的空間屬性也蘊含毀滅的力道，足以支撐其女性感知與原創力的生產、也有衝決既存性別體制的革命潛能。

與〈暑雨〉透過雨水指認自身身體性徵（乳房）的母性包容，顏艾琳的〈水性——女子但書〉則是透過「經血」指認性慾自主。李癸雲指出水的流動性源於女性身體的創造力，具有顛覆固體／陽具象徵系統的力量：「……以女人身上的水，來影射女性寫作的特質，甚而建立流動性的陰性書寫觀念……：女人身體之水→女性創生能力→女性書寫的創造力→女性尋得身體與書寫的獨特性」[202]，但此「體液」的劃分生理差異的論證方式，在劉正忠看來卻是一種反（男性）社會體制的「詩意生產」與「抒情轉換」，因此，「（體液）進入詩人的視域（無論做為材料、主題或方法），通常不僅作為生理經驗而已，更被視為身體與社會、文化交互作用的產物」[203]，因此，體液想像是「認知身體存在的重要途徑，同時也布滿倫理與慾望介入的痕跡」[204]。

於是，「體液」此一被主流社會文化集體壓抑的「身體」生產，在顏艾琳的詩意運作機制裡，有了反父權話語收編的意義。〈水性——女子但書〉裡的「潮」，也跟「體液」有關，但是指「經血」淨空後的「子宮」與「卵巢」：

日子剛過去，
經血沖洗過的子宮
現在很虛無地鬧著飢餓；
沒有守寡的卵子
也沒有來訪的精子。
只剩一個
吊在腹腔下方的空巢，
無父無母、

---

[200] 鄭慧如，《身體詩論：1970~1999》，頁 234。

[201] 楊宗翰，〈從女性沉默主體，到以詩自我定位——以四位臺灣當代女詩人為例〉，《臺灣文學研究學報》27 期（2018.10），頁 226-227。

[202] 李癸雲，《結構與符號之間：臺灣現代女性詩作之意象研究》，頁 39。

[203] 劉正忠，〈臺灣當代詩的女性體液書寫〉，《清華中文學報》3 期（2009.12），頁 302。

[204] 劉正忠，《現代漢詩的魔怪書寫》（臺北：臺灣學生書局，2010），頁 252。

無子無孫。[205]

劉正忠指出，「經血－沖洗－子宮」這類「身體之『潮』固然觸及慾望，而所謂慾望並沒有一般理解得那麼平板。其間可能還潛存著思維、情感、文化與想像等各種面向的豐富訊息」[206]。陳義芝以為這首詩「詩題名『潮』，恰有月經與月亮的周期相對應。字行裡間沒有兩性權力的爭奪，也看不出什麼性意識機制，只有真實的身體，透露出女性月復一月的『月亮病』——四無旁依的空巢情緒」[207]，陳義芝突出「月經」後尚未開始排卵、亦沒有性生活的「空巢」狀態，我認為恰好是顏艾琳在展開情慾書寫的同時，也因為「卵巢」的空乏狀態、擺脫了父權指定或界定的生殖機能，顏艾琳試圖經由指認自己的身體（子宮與卵巢）與性徵，進一步產生女性主體意識的起始步驟。

於是，《骨皮肉》裡描繪女性情慾的大膽激越，性愛與性器成為表徵女性，早已成為顏艾琳的創作標誌。如描寫性愛，以性愛催生「文明」：「是的，我們的臥姿／是洪荒時期取火的動作，／藉由摩擦和不斷地鑽抽／來燃燒自己的文明」[208]；或是男性生殖器化身為「獸」：

：「夜，
謝謝你啣住了她的情緒。」於是
我的情人在過後不久
便無法控制
那隻巨大且狂野且黑沉且柔情的
獸。[209]

透過撫觸，「獸」無法被男性控制，卻成為女性情慾操弄的客體。「夜」的出現，是其情慾主體向外部世界增殖的表現，也順勢將陽具的性別由「他」變為「她」，成為一種自我慾望的體察與關照。〈獸〉顯示女人的性快感來源是多元、講究互動的，女人的性高潮的獲取途徑也不必然經由陽具的插入，而是主動性的參與肢體親密的過程。

---

[205] 顏艾琳，〈水性——女子但書〉，《骨皮肉》（臺北：時報文化，1997），頁 36。
[206] 劉正忠，《現代漢詩的魔怪書寫》，頁 279。
[207] 陳義芝，《從半裸到全開——臺灣戰後世代女詩人的性別意識》，頁 53。
[208] 顏艾琳，〈度冬的情獸〉，《骨皮肉》，頁 30。
[209] 顏艾琳，〈獸〉，《骨皮肉》，頁 29。

又如〈淫時之月〉以「月」表徵女性情慾主體：

骯髒而淫穢的橘月升起了。
在吸滿了太陽的精光氣色之後
她以淺淺的下弦

微笑地，
舔著雲朵
舔著勃起的高樓
舔著矗立的山勢；

以她挑逗的唇勾，
撩起所有陽物的鄉愁。[210]

「月」即使「骯髒而淫穢」，馴服所有陽具的勃起（高樓、山勢），陽具形體的高亢、雄偉與侵略性，在詩裡被「舔」，「舔」之但不讓其「進入」而「撩起所有陽物的鄉愁」，這是刻意的欲迎還拒，男性性徵在性慾上的主動權被大幅度的弱化，是相當具有女性主體建構意義的文本。

若說顏艾琳只會經由書寫情慾與身體以建構女性主體的唯一管道，就是過於單向度地疏忽了顏艾琳女性主體建構內涵內的「母性」其角色與作用。「母性」在顏艾琳的詩中，如〈孕事〉、〈可愛〉、〈夜出子時〉等詩是比較典型的「母親」形象的生殖、孕養與照護，而在〈交換〉中「因為我的母性，／你像纖弱的花／春寒中綻放了。／我的荒原，／一時間竟豐富了……」[211]，「母性」顯然擁有療癒憂鬱症的力量。

《她方》裡，顏艾琳轉向「母性」思考，對「母性」如何成為女性主體建構的重要元素，有更為多面向的探索，其「母性」內涵也將性、生殖，與死亡命題聯繫起來：

當陽具深深地嵌入
彷彿填充了——

[210] 顏艾琳，〈淫時之月〉，同上註，頁 38。
[211] 顏艾琳，〈交換——寫給我們的憂鬱症〉，同上註，頁 73。

一出世　便以日日準備的
肉的棺槨；[212]

「肉的棺槨」是嬰孩死去的肉身，肉身尚未靈活躍動於世界，顏艾琳就宣判了其死亡。以此來看，「陽具」射出的精子與母體的受孕機制被橫斷，「母性」在此不再被視為父系社會下繁衍、生殖、養育下一代的工具，而是自我生命的轉喻場域：「陽具不是她的法器／是　她的涅槃」[213]。因此，宣告嬰兒肉身的死亡，其實是男性精子傳衍機制的中斷，也是顏艾琳面對父權的象徵抵抗。

顏艾琳以語言來顛覆陽物中心，也以「黑暗」作為話語策略闡述其女性意識。其回溯「子宮」、指認「乳房」、再現「卵巢」、嘲諷陽物之鄉愁，再再與其社會、文化意義的女性主體建構有關。即使《她方》回歸「母性」也不是男性視閾下的傳統「母性」，而是來自其個人生命經驗的重省。

一直以來，女性文學論者過於側重性、情慾、身體對女性主體建構的作用，但卻視「母性」為退步、保守的情感，是男性為收編、圍困女人於「家庭」的陽謀，但顏艾琳卻寫出了「母性」與陽具話語體系的機鋒與周旋。如同陳雀倩提及「在顏艾琳的詩作中，女性情慾的書寫非但不能再以本質論論之，而且是一種『多元情慾』的開放」[214]，情慾的「多元」觸角並沒有促使顏艾琳走向更為激進的感官表意政治，「多元」情慾不只正視情慾與身體，也讓顏艾琳適度收斂其語言，向內在「母性」的內涵挖掘，藉此形塑更為全面的性別話語戰略。因此，從整體上看，顏艾琳的女性書寫是從情慾、身體到母性的話語政治。

第三節　中國：走向自身——女性話語的語言化實踐

一、伊蕾（1951-）：寫在身體上的自然

中國 1980 年代後期，中國詩壇出現了以女詩人為主體、師承於普拉斯的自白派詩歌，其中翟永明、伊蕾、唐亞平等最受矚目。她們不約而同地察覺到男性知識定義一切事物的普遍性權力，因此其詩歌寫作歷程體現出女性的內心體驗，以黑夜、身體、情慾、死亡等主題，對其性別自我與生活世界做出無數超越式的價值投射與

---

[212] 顏艾琳，〈陽具屬陰〉，《她方》（臺北：聯經，2004），頁 138。

[213] 同上註。

[214] 陳雀倩，〈女性書寫的延異與衍異——以羅英、夏宇、顏艾琳詩作為例〉，《問學集》9 期（1999.06），頁 130。

精神釋放，其語言也共同體現出對自身生理、心理、意識等各層面背後的社會文化壓抑。但我認為伊蕾的詩是寫在身體上的自然，自然化的身體，使其詩歌語言不以表述直白的性慾，而具有某種美學昇華效果。

陳超在伊蕾《獨身女人的臥室》序言中提及：

> 對她（伊蕾）來說，一種萬劫不復的命運鋪天蓋地地把他擊得粉碎。只有這種粉碎才是她自我建構和還原的起點。她曾經不斷地說服自己，要自己確認生命和性愛有某種永恆的意義；可是在她生命深處永遠躁動著一種相對和懷疑的力量，她最終要做的只是在承認生命和性愛的脆弱的前提下，如何拯救它。在生命已經腐爛掉絕對背景的條件下，要為它尋找一種絕對的意義：詩歌對她而言，是一種實踐活動。[215]

陳超很精準地指出伊蕾詩歌內面的核心要素：已然設定好的、背景般的毀滅領域，而其女性主體必須置身其中去經驗那種巨大的粉碎，也唯有如此，生命與性愛也能在個體脆弱的心志基礎上，獲得永恆意義。

「毀滅」是伊蕾重建其女性主體的形上學背景，因為一切有形的實體、價值的歸屬均已毀滅，因此女詩人看見了萬物的殘破：「當峭壁切開落日／我看見了一個鮮紅的殘破」[216]，如同其以意象的示現手法，描述自身在寒霜裡如火焰般的生命：

> 我是倏忽崩斷、滿天橫飛的一百根琴弦！
> 我是冬霜裡掙扎著復活的一千根柳枝！
> 我是走向遠方的坎坷交叉的一萬條曲巷！
> 我是大風雪裡飛揚而起的理還亂的長髮！[217]

或化身為「柳絮」，隱忍地承受外界所有的欺凌，展現屬於女性的寬愛情懷：

> 把我叫做柳絮吧！
> 讓沙子、街道和腳

[215] 陳超，〈序〉，收於伊蕾，《獨身女人的臥室》（桂林：灕江出版社，1987），頁 1-2。
[216] 伊蕾，〈殘破〉，同上註，頁 59。
[217] 伊蕾，〈火焰〉，同上註，頁 32。

變成任意驅趕我的鞭子
讓心不在焉的手把我捏碎
然後我淡淡地笑了
去到任何一個我認為可以落腳的
地址扎根[218]

前述是伊蕾除了仍在進行對世界的本真還原工作，也同時進行著梳理熱人愛情經驗裡糾結的身體思緒：「我的痛苦千姿百態／圍繞你翩翩起舞／彈性的肌膚任憑你／任憑你蹂躪」[219]，以及「走向你，走向你／中間隔著永恆的距離」[220]等，這時候的伊蕾其性別意識不那麼明顯，其語言也尚未步出男性象徵界域的龐大陰影。

到了〈獨身女人的臥室〉，伊蕾終於開始建構「自己的房間」，翟永明認為〈獨身女人的臥室〉是伊蕾「急於撕破社會對女人的角色束縛和虛偽的道德綑綁，她用一種熱情奔湧不加遏制的語言，對獨身女性心理進行了充分和直截了當的表達，並創造了一個獨立的女性精神世界」[221]，而陳超認為「獨身女人」基本上與「我」之間形成了「自我」與「意識」的分裂，也因為這樣的分裂狀態，促使「『臥室』具備了人類整體生存的喻義」[222]。獨立的世界對應的就是空間的表徵權力，伊蕾如此凝視「鏡中」的自己：「她目光直視／沒有幸福的痕跡／她自言自語，沒有聲音／她肌肉健美，沒有熱氣／她是立體，又是平面／她給你什麼你也無法接受／她不能屬於任何人／——她就是鏡子中的我」[223]，又如：「我把剩餘時間統統用來想／我賦予想一個形式：室內散步／我把體驗過的加以深化／我把發生過的改為得到／我把未曾有的化成幻覺」[224]。

上述兩個詩句，都是在「臥室」此一空間發生，「鏡子」此一反身性的中介出現，是「觀看」中的我與「想像」中的我，彼此整合的過程。當然，「我賦予想一個形式：室內散步」，也是伊蕾利用人為動態劃分空間，進而伸張自身的女性主體意識。於是，當主體以空間形塑對外部世界的感知基礎時，表徵「死亡」與「棄絕」，成為中國女詩人最重要的話語策略：

---

[218] 伊蕾，〈女人眼中的水柳〉，同上註，頁 66-67。
[219] 伊蕾，〈情舞・6. 我就是水〉，頁 117。
[220] 伊蕾，〈情舞・9. 阻力的誘惑〉，頁 119。
[221] 翟永明，〈女性詩歌：我們的翅膀〉，《最委婉的詞》，頁 115。
[222] 陳超，《精神重力與個人詞源：中國先鋒詩歌論》，頁 361。
[223] 伊蕾，〈獨身女人的臥室・1. 鏡子的魔術〉，《獨身女人的臥室》，頁 126。
[224] 伊蕾，〈獨身女人的臥室・13. 想〉，同上註，頁 136。

我被圍困
就要瘋狂地死去[225]

不知是哪一天我把我丟失了
我驚惶失措，全副武裝去找我
到處都是我的棄物[226]

以上兩個段落，其一，精神意志的被「圍困」直接被引導到「死亡」，「死亡」雖是個體生命的極端型態，與「圍困」之間顯然還有偌大的「生存」範疇，但是當自我感知「空間」無法彌平外部的（社會、文化、主流意識形態）對女性主體的壓迫時，「死亡」就曾成為解散空間、進而化解性別壓迫的表徵權力。其二，「丟失」之後「尋找」接踵而至，「棄物」明明還在現場，成為一個能夠對應「我」的生存擬態、唯一回復主體完整性的情感線索，這意味著「棄物」這一個主體既缺場又在場的矛盾之物，始終是女性自我認同建構的開始。

作為「身體」一部分的「頭髮」，在生理特徵上因其直接相連於頭部，不但能有女性柔美形象的再現意義，也是女性思想活動的延伸之物。「黑頭髮」可謂伊蕾的「身體詩學」，如下描述：

黑頭髮
黑色的柔軟的旗幟
一個女性最後的驕傲
在三月的風中
千瘡百孔
是的，她背叛了尊嚴的血統
沒有貞節的光芒
最後的驕傲，在三月裡
自由地微笑[227]

[225] 伊蕾，〈被圍困者・1. 主體意識〉，同上註，頁 138。
[226] 伊蕾，〈被圍困者・12. 我把我丟失了〉，同上註，頁 146-147。
[227] 伊蕾，〈黑頭髮〉，《叛逆的手》（哈爾濱：北方文藝出版社，1990），頁 129。

「旗幟」標立女性的身分認同，但外在形象卻是「柔軟」的，這裡伊蕾的意圖甚為明顯。既然女性的歷史與現實遭遇總是「千瘡百孔」，對「貞節」此一「尊嚴的血統」進行最深刻的「背叛」，就是伊蕾的詩其性別主體構思的「現代」意涵。詩的最後，黑頭髮其「乞望的眼睛／等待著在你男性的手中／結為岩石」[228]，以頭髮的「乞望之眼」，誘惑男人入甕之後，女人的頭髮卻不再是男人視覺的褻玩對象，成為了非性慾化的「岩石」，「岩石」此一意象變體充滿了一種話語的詭計與嘲諷意義。

〈我的肉體〉亦是伊蕾「身體詩學」的發揮：

我是深深的岩洞
渴望你野性之光的照射
我是淺色的雲
鋪滿你僵硬的陸地
雙腿野藤一樣纏繞
乳房百合一樣透明
臉盤兒　桂花般清香
頭髮的深色枝條悠然蕩漾
……
我的肉體，給你的財富
又讓　你揮霍
我的長滿清苔的皮膚足可抵禦風暴
在廢墟中永開不敗[229]

此詩將性愛交合做出自然化隱喻的處理，把身體自然化的意象如「深深的岩洞」、「淺色的雲」、「野藤」、「百合」、「深色枝條」等，對應著「你」的自然化：「野性之光」、「僵硬的陸地」，身體打開了性慾過程裡每一個知覺的細部，而自然化的意象也緩衝了性愛交合過程中野蠻的肉慾成分，帶有情感昇華的效果。

而伊蕾另一首〈女性心態〉「猶如被正午的太陽一劈兩半／我／一半是實體／一半是虛幻」[230]，顯現出被陽剛氣質劈成兩半的女性主體，只能不斷地在「實體」與「虛幻」的轉換中，再現、整合、敘述、詮釋。這首詩不經意洩露了伊蕾寫詩的

[228] 同上註。
[229] 伊蕾，〈我的肉體〉，同上註，頁 145。
[230] 伊蕾，〈女性心態〉，同上註，頁 135。

語法祕密與內在邏輯，在潛意識的景框運鏡中雜揉率性的自白語言，以及虛實相間的意象調度，共同構成伊蕾的女性詩歌語言景觀。

其實，深究伊蕾不少詩作中，不少不經意的「呼告」語法傷害了其詩質底蘊，而直陳式句法太多也間接造成部分詩作給予人的思考餘裕不足，但仍可見到伊蕾不少作品的語言總是屬於寫在「身體」上的「自然」，「自然」意象的背後是伊蕾虛無世界觀的經驗總和。

如同陳超指稱伊蕾的詩是「肉體的存在和精神的虛無構成經驗之圈的兩個半圓，前者追索後者，成為一種功能，在相互矛盾相互排斥的展示中，達到生命原動力真相的澄明」[231]。伊蕾將「身體」賦予「自然」視界的框線、淡化實體的暴力而達到藝術的昇華效果，而其文字裡每每洋溢著表述自我情慾與生存理智之間的衝動與僵持，亦蘊含了伊蕾努力掙脫性別傳統與男性知識的內在思想軌跡。

二、王小妮（1955-）：獨立（文化面）／女性（生活面）的綜合美學維度

王小妮向來被歸類於「朦朧詩群」世代，但與同為朦朧詩群的舒婷相較，其「啟蒙」式的抒情語言只在其八〇年代前期的寫作出現，而後在八〇年代中期則轉為疏淡，轉向生命與世界尋常碰撞裡的頓悟與靈思、轉向「日常生活智性抒發」[232]。下鄉插隊的歷史與生活經驗，帶給王小妮的詩一種穿透農村社會生活的深入。其在八〇年代初期的寫作如〈早晨，一位老人〉、〈田野裡的印象〉、〈碾子溝裡蹲著一個石匠〉、〈一個年輕的工人〉等，寫出了一個個底層勞動人民的形象，「傷痕」的意味濃厚。或是如〈印象二首〉，傾向於啟蒙主義、元歷史的「趨光性」，意圖廓清文革專制的黑暗：「沿著長長的走廊／我，走下去……／——呵，迎面是刺眼的窗子，／兩邊是反光的牆壁。／陽光，我，／我和陽光站在一起」[233]。

或是如朦朧詩群表現出元歷史的集體焦慮以及啟蒙意識，以「個人」化的象徵思維承擔歷史與現實：

> 夏天的雨
> 突然來沖洗北京了。
> 我躲進一家
> 旗幟社的屋檐。

---

[231] 陳超，《精神重力與個人詞源：中國先鋒詩歌論》，頁 361-362。

[232] 趙娜，《女性書寫：智性・情感・身體——20 世紀 90 年代女性詩歌引論》，頁 31-35。

[233] 王小妮，〈印象二首〉，《我的紙裡包著我的火》，頁 3。

青色的
有些剝落的牆壁，
讓我感到了
一層層的負重和遙遠[234]

「負重」的是「一代人」的精神重擔，「遙遠」的是那一段扭曲、黑暗的文革歲月，「夏天的雨」突然襲來，那是朦朧詩群驟然下起的語言之雨——進行人性尊嚴的確認與修復，以及將原本書革時期倒轉主、客體（革命－我）的政治階序關係，成為「我－時代」的象徵關係，這首詩反映了朦朧詩世代共同的文化工程、價值理念與精神構圖。

這時候的王小妮，其詩本於其不慍不火、純樸自然的性情，雖帶有朦朧詩潮啟蒙主義的價值投射，但大體上其在八〇年代初期的寫作仍是從個人出發，對文革的集體記憶進行去政治化的梳理，同時也由其性情出發，寫出對底層人物的悲憫情懷。如同徐敬亞：

> 在中國重建一種人文秩序的前夜，王小妮以他的天資敏感與發自內心的善良，無疑地充當了一個農業文明的救贖者。……即使在最早期的那些詩中，離她的善良與同情，也含著尖銳的刀刃。那些縫合著城市與鄉村的直白表述之針，細而深入。[235]。

然而，在其夫婿徐敬亞遭到精神清污運動與朦朧詩批判的波及之後，致使王小妮詩風的自主發展承受政治外力的戕傷，於是「1985 年左右，王小妮的詩風發生了轉變。詩中的『善意』步步隱退，變成了對人性陰暗面的揭示。致使王小妮詩風轉變的最根本原因是朦朧詩大批判運動對其生活的影響」[236]，也因為這樣發生於詩歌寫作的外部原因，造成王小妮的語言出現了卑屈、傷害與黑暗的思緒。如〈告別〉裡的「謠傳」:「謠傳指著一個人的品行，／讓他自己的品行也驚愕」[237]，以此隱晦、反諷的方式批判黨的文宣機器對其夫婦的人格抹煞，連同「愛情」也變得必須潛隱、躲藏：「我原是寧靜的女人／近來又在學習／潛藏愛情」[238]。

---

[234] 王小妮，〈雨中的北京〉，同上註，頁 26。
[235] 徐敬亞，〈一個人怎樣飛起來〉，收於同上註，頁 4。
[236] 趙娜，《女性書寫：智性・情感・身體——20 世紀 90 年代女性詩歌引論》，頁 28。
[237] 王小妮，〈告別・謠傳〉，《我的紙裡包著我的火》，頁 41。
[238] 王小妮，〈告別・車站〉，同上註，頁 44-45。

王小妮原本明亮、趨光的內在視野，轉向了應對政治迫害浪潮底下，求取一隅偏斜的日光以煨暖。〈完整〉一詩是這個時期藝術表現最好的作品之一：「日光靠慣性往返於天地／而背影卻從來不堪複述／飛翔　收攏了翅膀生息／比天空還暗淡」[239]，「日光」不再與朦朧詩群一貫的啟蒙意識相連結，而成為一種單調、物理運行的「慣性」，意謂其啟蒙理想的崩潰，作為象徵與隱喻思維牽引的形象化動作——「飛翔」，也斂翅不飛且「比天空還暗淡」。詩的最末：

> 鳥已在自己的拯救中完整
> 這完整水火不入
> 人為超人而自慰
> 鳥在起飛前佇立對岸[240]

「鳥」的斂翅在此成為「已在自己的拯救中完整」，為求取生存，作為詩人妻子的王小妮，很清楚地知道不只為自己，也必須為其夫婿找尋在嚴酷的政治環境與個人的意象自由之間的一種迴旋空間。「鳥在起飛前佇立對岸」此一姿態，意謂其詩歌寫作立身於官方權力的「對岸」，「起飛前」的「佇立」，也意味某種人文價值的堅守。

八〇年代後半葉，在中國詩壇刮起一陣「黑夜」旋風之際，王小妮並為迎合這股不可遏抑的情境力量。即使王小妮寫過〈黑暗又是一本哲學〉：「黑暗從高處叫你。／黑暗也從低處叫你。／你是一截／石階上猶豫的小黑暗。／光只配照耀臺階。／石頭嗡嗡得意」[241]，「光」同樣不再受詩人的意象思維所青睞，「黑暗」反而留存的是生命種種美好的暫留，記憶化身為黑暗而獲取保護色，暫時緩衝了時間對記憶的封凍、對生命的摧折，但在此，王小妮的「黑暗」似與翟永明一脈女性主體的建構意向無關。

這個時期，王小妮轉向以其作為女人擁有的直覺與敏銳，呈現種種生命經驗的超越式的感悟，例如寫對疾病與生死的超越與豁達：「疾病走進來，／低著頭，縮頭縮腳／比人還和氣。／可以斷言／它不會再去尋找別人，／我定會令它／一見就生出情意」[242]；或是對於生存自由的隱喻式表達。例如：「我正把一塊冰／注視成水。／他卻水一樣揮揮手，／送我一頂帽子。／它說，／冰和水太冷。／／我想謝謝它，

---

[239] 王小妮，〈完整〉，同上註，頁 50。
[240] 同上註，頁 51。
[241] 王小妮，〈黑暗又是一本哲學・黑暗哲學〉，同上註，頁 139-140。
[242] 王小妮，〈守護別人時，疾病對我見異思遷〉，同上註，頁 66。

／又想學著行騙一次」[243]，此詩可以說是以人稱代詞為架構的情境隱喻，寄託政權戕害人性自由的批判。詩中的「我」彷彿是到了類似偵訊室的空間，「他」作為偵訊員，「它」則是黨的思想戒規與意識形態教條，「我」只能把「冰」注視成「水」，此意象是「我」被偵訊的時間刻度，也是「我」自由意志的替代之物，面對一頂意識形態的「帽子」，「我」也只好「又想學著行騙一次」，以委婉隱喻的修辭傳達專制政體對詩人追求心靈自由的壓迫；當然，隱喻的表達也擴及某種時代隱微的感覺，對文藝走向公眾化、庸俗化的警示：「輝煌／是一種最深的詞／／無數手向你舞噪時／會場是敗園／在你的風裡頽響飄搖。／想到我的提醒了嗎。／穿透我的白紙／就能看見／你那雪原灰兔的眼睛」[244]。

八〇年代末期，王小妮即使不那麼「黑夜／暗」，但仍持續思索其作為女性的主體性與寫作之間的關係。如〈應該做一個製造者〉與〈重新做一個詩人〉應是王小妮最具性別宣示意涵的作品：

我寫世界
世界才肯垂頭顯現。
我寫你
你才摘下眼鏡看我。
我寫自己時
看見頭髮陰鬱，應該剪了。
能製作出剪刀
那才是真正了不起。

請你瞇一下眼
然後別回頭地遠遠走開。
我要寫詩了
我是
我狹隘房間裡
固執的製作者。[245]

---

[243] 王小妮，〈我會晤它，只是為了證實它慣於騙人〉，同上註，頁 74。
[244] 王小妮，〈我悠悠的世界・不要把你所想的告訴別人〉，同上註，頁 92。
[245] 王小妮著，〈應該做一個製造者〉，《我的紙裡包著我的火》，頁 107-108。

在這首詩裡，「剪刀」是最為突出的能指，指涉詩人的意象手工藝必須播打磨製作成「剪刀」，也才能修繕時間帶給主體的憂鬱。這首詩更為重要之處在於其女性書寫權力的宣示，因為「她（王小妮）已經突入最後的腹地：歷來女子是被講述的，她卻成了講述（寫）的主體」[246]，與其突破「房間」的狹隘空間，不如在房間鍛鍊「固執」的技藝。以及，〈重新做一個詩人〉：

關緊四壁
世界在兩小片玻璃之間自燃。
沉默的蝴蝶四處翻飛
萬物在不知不覺中洩露。
我預知四周最微小的風吹草動
不用眼睛。
不用手。
不用耳朵。

每天只寫幾個字
像刀
劃開橘子細密噴湧的汁水。
讓一層層藍光
進入從未描述的世界。
沒人看見我
一縷縷細密如絲的光。
我在這城裡
無聲地做一個詩人。[247]

女詩人緊閉於居家空間，在繁忙的家務勞動中「預知四周最微小的風吹草動」。不依賴視覺（眼睛）、聽覺（耳朵）與觸覺（手），而依賴「文字」趨近一個「從未描述的世界」。這裡顯示女性思想獨立與書寫的依存關係，也展示了一種生活實相的還原。如同吳思敬認為王小妮將「黑夜」潮流裡拔高、神聖化的「女神」系譜還原為「普通女人」，具有真切的現實主義感受性：

[246] 崔衛平，〈編選者序〉，收於崔衛平編選，《蘋果上的豹——女性詩卷》，頁 5-6。
[247] 王小妮，〈重新做一個詩人〉，《我的紙裡包著我的火》，頁 199-200。

> 對王小妮而言，她最看重的是自由。她要按自己的本性去生活，為此她寧可辭去公職；她要按自己的本性去寫作，為此她從不拉隊伍、扯旗號、發宣言。……王小妮之後越來越多的女性詩人加強了『內功』的修煉詩歌的寫作從漂浮的空中回到地面詩歌的主體由女神、女巫、女先知還原到普通女人。[248]

八、九〇年代之交，中國歷經政治氛圍的不穩定，直到 1992 年鄧小平在「南巡講話」中才正式確立社會主義市場經濟的發展模式。王小妮亦歷經數年的停筆，在 1993 年重新發表了長詩〈看望朋友〉。「鋼軌，冰冷地行走／像兩條失眠的蛇。／你昏迷的時候／是不是／感到了它不安的震動」[249]，地鐵空間的陌生、異化、冰冷，與其說是「看望」朋友，不如說是「看望」那狂飆突進的資本化社會開啟前夕的躁動與不安。

羅振亞認為，八〇年代中期以後，王小妮的詩屢屢有對「日常性的直覺還原」，以達成對特定象徵詞彙進行文化去蔽、還原事物本質的傾向，我認為這個傾向到了九〇年代，才真正開始顯著。如同羅振亞所說：

> 王小妮詩歌「文化去蔽」帶來的另一個突出特徵，是常致力於事態、過程的複現和突顯……轉向個人化寫作後，為和煩瑣平淡的日常生活呼應，為控制「在場」自我的激情噴發，她走上了反抒情的道路，在文本中融入客觀事態、心理細節等敘事因素，體現出一定的敘事長度和流動過程，冷靜地還原生活和感覺的本來面目。[250]。

羅振亞指稱的客觀的事態與細節、敘事的流動與特定生活感覺的還原，恰好就體現在家務勞動的細節之中。一如〈白紙的內部〉，流動式的生活細節展示之中，讀者可以感受到語言不時流露出自我情感、意志，與外部世界秩序之間的險峻矛盾：

> 不為了什麼
> 只是活著。

---

[248] 吳思敬，〈從黑夜走向白晝——21 世紀初的中國女性詩歌〉，《南開學報（哲學社會科學版）》2006 年 2 期（2006.03），頁 46。

[249] 王小妮，〈看望朋友・2. 從地下穿越國土〉，《我的紙裡包著我的火》，頁 149-150。

[250] 羅振亞，〈飛翔在「日常生活」和「自己的心情」之間——論王小妮的個人化詩歌創作〉，《當代作家評論》2009 年 2 期（2009.02），頁 128。

像隨手打開一縷自來水。
米飯的香氣走在家裡
只有我試到了
那香裡面的險峻不定。
有哪一把刀
正劃開這世界的表層。

一呼一吸的活著
在我的紙裡
永遠包藏著我的火。[251]

又如：

我完全沒有想到
只是兩個小時和一塊布
勞動，忽然也能犯下大錯。

什麼東西都精通背叛。
這最古老的手藝
輕易地通過了一塊柔軟的髒布。
現在我被困在它的暴露之中。[252]

王小妮〈一塊布的背叛〉是一次對崇高藝術的解構行動，並嘗試重組心靈視野、焊接人類現實處境的作品。一幅陳列於美術館的「抽象畫」往往被特定的行規話語：藝術史或繪畫流派所遮蔽，詩人的凝視穿越了重層的藝術史話語網絡，透過「一塊柔軟的髒布」看見了畫中人物（推測可能是一位女工），處於勞動處境的被宰制狀態。因此，「在這個複雜又明媚的春天／立體主義者走下畫布。／每一個人都獲得了剖開障礙的神力／我的日子正被一層層看穿」[253]，畫中人物「背叛」了原作者（畫家）的立體與抽象技法，畫家被請下了畫布，而文本（畫作）走入了一個被詩人凝

[251] 王小妮，〈白紙的內部〉，《我的紙裡包著我的火》，頁 195。
[252] 王小妮著，〈一塊布的背叛〉，《我的紙裡包著我的火》，頁 196。
[253] 同上註，頁 196-197。

視後而還原的生命處境，女工勞動生命的艱難也因而「暴露」在詩人眼前。

至此，「一塊髒布」以「我」為指稱，進入「一張橫豎交錯的桃木椅子／我藏在木條之內／心思走動」[254]，「髒布」生產著「背叛」的自為／律性，藝術品的他／典律受到了抑制。詩人的凝視穿越了歷史時空、藝術規則與社會意識等複雜交織的巨大能指，以詩歌語言對藝術品典律的解構，尋找一種根植於生存現實的語言彈性，如同詩末：「只有人才要隱祕／除了人／現在我什麼都想冒充」[255]的酸澀諷喻，〈一塊布的背叛〉直指勞動生命中橫陳的近乎生硬又生動的生存現實，以及在這樣形態的生存現實裡，具體勞動者的生活情境。

進入新世紀的王小妮，其詩的書寫仍一貫地堅持文化自主性與人性自由，並將這樣想往自由的情懷透過「觀物」而體現，其背後正是「母性」包容、寬慰的展演。如〈十枝水蓮〉：「是我放下它們／十張臉全面對牆壁／我沒想到我也能製造困境。／頑強地對白粉牆說話的水蓮／光拉出的線都被感動／洞穿了多少想像中沒有的窗口」[256]，陳仲義以為「軀體——情欲書寫，對王小妮來講，一早就轉換為母性的詩寫……〈十枝水蓮〉散發著母性的光輝，是稀淡的愛欲的流露、欣慰的疼痛，和溫情的反思，以及人格的鏡像折射」[257]，印證了荒林所說：「如果說在王小妮的寫作實踐中，時間感是其詩學基礎，女性的母性景觀展示，就構成其詩學的豐富表達」[258]。

關於王小妮詩歌的總體特徵描述，以下，是黃禮孩、陳仲義與張曉紅的見解：

> 王小妮一直以來都在寫著精神的心靈之歌，她不斷展現思想、意識、認知上的新開端，一些凝固的影像被打破，她獲得詩性的許可，向封閉的空間打通世界之門。王小妮的詩歌既有個體的觀看角度，也有在場感之上的思想解脫，在語言的記憶和經驗的裂變裡不斷躍向新的境界。[259]

> 早在黑夜意識聚攏伊始，王小妮就避開「女神、女巫、女媧」的流行模式，以本色「女人——人」的面目出現，體現一種「冰冷」的還原相貌。在王小

[254] 同上註，頁 197。

[255] 同上註。

[256] 王小妮，〈十枝水蓮〉，《名作欣賞》25 期（2011.09），頁 13。

[257] 陳仲義，〈新世紀大陸女性詩歌的情欲詩寫〉，《當代詩學》4 期（2008.12），頁 19。

[258] 荒林，〈時間感，或存在的承擔與言說——王小妮寫作的女性詩學意義〉，《文藝爭鳴》2000 年 4 期（2000.07），頁 64。

[259] 黃禮孩，〈【小眾詩地圖】一塊布的背叛｜粵詩五人，黃禮孩主持，王小妮、盧衛平、夢亦非、黃金明、鄭小瓊〉，（來源：https://wemp.app/posts/a15e6f64-f413-4a44-ab85-0e20958d5328，查詢日期：2021.07.10）

> 妮文本中，幾乎找不到女人書寫中最普遍重要的功課——愛情詩。最多，我們讀到的是「迎著眼睛，我拖著你的手」這樣寥寥幾句有節制的表白，遑論從中窺見其情欲書寫蹤跡。所以多數人認定王小妮是「無性別」寫作。[260]

> 王小妮用家常式的詩歌語言來展現來展現世界本真的面目，而不在意它理應成為什麼樣子。王小妮的口語減輕了漢語詞彙上的文化歷史負荷，關照著中國詩人孜孜以求的「語言詩學」。儘管如此，王小妮的言說具有顯著的性別化特徵，這與女人的感知、直覺和敏感密不可分。[261]

以上，黃禮孩著重王小妮的內在「詩性」既能夠解脫個體觀看的局限，也能夠從整體的歷史與現實視野以審視自我經驗；陳仲義著墨在王小妮的「無性別」書寫，以及其背後抗拒潮流推移的獨立性；我認為張曉紅的見解更為重要，作為與中國女性詩歌中與「身體詩學」並立的「語言詩學」，適度在語言表面淡化女性主體意識，而將更寬廣繁複的女性氣質元素編織進詩語言的內面，這是王小妮朝向「語言詩學」的重要關鍵。

我認為王小妮的詩，確實不那麼直陳地或概念式地表露「女性」的主體或價值，但仍是展示了獨立（文化面）／女性（生活面）的綜合美學維度，這個維度發生在語言的內面，是其女性主體有意識地與多重個體、集體與時代語境交相實踐的結果。前者「獨立（文化面）」根植於文化自主思維，其文化自主性有效地以詩的語言應對龐雜的社會變動，展現在〈雨中的北京〉、〈告別〉系列、〈我悠悠的世界〉等詩中，後者「女性（生活面）」根植於婚姻與家庭生活，而磨礪出的，展現在〈應該做一個製造者〉、〈十枝水蓮〉等詩裡。

王小妮的生命目睹著土地與人民巨大的生存疼痛，面對歷史與現實中削瘦、苦痛的微小他人，王小妮總懷著悲憫的女性哲思，尋求將之「安放」：

> ……安放應當是對應著一切生命的。作為大地，它有責任安放每一個落地者，不分尊卑高下，它要向他們不可選擇地依賴於它那樣，使他們得到安生，這是它應盡的義務。[262]

---

[260] 陳仲義，〈新世紀大陸女性詩歌的情欲詩寫〉，《當代詩學》4 期（2008.12），頁 19。
[261] 張曉紅，《互文視野中的女性詩歌》（桂林市：廣西師範大學出版社，2008），頁 98。
[262] 王小妮，〈安放——關於我們生存背景的扎記〉，《安放》（濟南：山東文藝出版社，2007），頁 211。

王小妮不那麼呼應朦朧詩的啟蒙價值圖示，也不那麼張揚「黑夜」作為其性別的話語繁衍之所，其「自白」也往往節制、內省而排拒氾濫的抒情，而展現出女性詩思的歷史縱深與現實關懷。

三、翟永明（1955-）：以「黑夜」生產女性美學的話語空間

作為中國最重要的女性詩歌地標之一，翟永明其組詩〈女人〉與序言〈黑夜的意識〉，至今仍被評論界視為是中國當代女性詩歌最具代表性的敘事聲音與詩歌現象。對翟永明而言，性別意識與藝術品質的結合、以此建構出女性獨有的感受、經驗世界的話語方式與內容，才是「女性」得以與男性詩歌比肩的主要憑藉。於是，性別意識如何透過藝術表述而開展，這也是翟永明詩歌語言生成的內在動力。

關於翟永明詩歌寫作「藝術性」的構成，目前學界與評論界都認為其「取法」自美國自白派（confessional poetry）詩人希薇亞・普拉斯（Sylvia Plath）[263]。而其標舉的「黑夜意識」，不但在其自身的寫作中成為一個鮮明的意象主題／空間（如〈女人〉），也影響了伊蕾〈黑頭髮〉與唐亞平〈黑色沙漠〉組詩的寫作。

既然，「黑夜意識」是「一個個人與宇宙的內在意識——我稱之為黑夜意識——使我注定成為女性的思想、信念和情感承擔者、並直接把這種承擔注入一種被我視為意識之最的努力之中」[264]，自然意象的「黑夜」，其無邊際的黑暗、能見度的稀薄，往往帶有恐懼、夢魘與咒詛的負面意念，經過了翟永明的改造，被賦予了「女性的思想、信念和情感承擔者」此一性別倫理內涵。而女性面對自身被否定、被淹滅、不為人知的生命經驗，「黑夜」此一美學圖像「升起時帶領我們進入全新的、一個有著特殊佈局和角度的，只屬於女性的世界」[265]，至此，所謂「黑夜意識」就在外在世態與內心感知之間搭建起來：「女性的真正力量就在於既對抗自身命運的暴戾，又服從內中心召喚的真實，並在充滿矛盾的二者之間建立起黑夜的意識」[266]，「黑夜」不只是銘刻女性的情感與思想，更是女性賴以覺醒的美學空間與存在表徵。

---

[263] 在翟永明《稱之為一切》中，〈女人〉起首就有普拉斯「你的身體傷害我／就像世界傷害著上帝」的題辭。〈女人〉的組詩之一〈沉默〉，亦提及普拉斯於 20 歲時自殺未遂的生命經驗。我認為，與其說翟永明「取法」普拉斯的語言技巧，不如說是「自白派」意圖揭示在這個時代的生命個體所承受的精神壓迫，而致力於個人隱私、情感創傷、性衝動、厭世感等生命經驗的直陳式表達，給予翟永明此一「女性／後朦朧」的文化身分某種巨大的精神衝擊，讓翟永明的「反」意識（女性／反男性話語；後朦朧／反宏大抒情）寫作，得以有一個美學的參照系統。關於翟永明與普拉斯的「互文性」研究，見張曉紅、連敏，〈〈女人〉中的女人：翟永明和普拉斯比較研究〉，《中國比較文學》2007 年 1 期（2007.01），頁 106-127。

[264] 翟永明，〈黑夜的意識〉，收於吳思敬編選，《磁場與魔方：新潮詩論卷》（北京：北京師範大學出版社，1993），頁 140。

[265] 同上註。

[266] 同上註，頁 140-141。

既然「黑夜意識」既是女性直覺與身體的容器：「對女性來說，在個人與黑夜本體之間有著一種變幻的直覺。我們從一生下來就與黑夜維繫著一種神祕的關係，一種從身體到精神都貫穿著的包容在感覺之內和感覺之外的隱形語言」[267]，而且也是女性純粹感知的生產之所：「黑夜的意識使我把對自身、社會、人類的各種經驗剝離到一種純粹認知的高度，並使我的意志和性格力量在種種對立衝突中發展得更豐富成熟，同時勇敢地袒露它的真實」[268]，以此來看，翟永明的「黑夜」其實與克莉絲蒂娃的「母性容器」等同，都是女性語言尚未進入象徵域、無定向、反表意、不斷流動的驅力世界。

翟永明更認為，女性首先必須面對自身性別存在的「深淵」，因為「事實上『過於關注內心』的女性文學一直被限定在文學的邊緣地帶，這也是「女性詩歌」衝破自身束縛而陷人的新的束縛。什麼時候我們才能擺脫「女性詩歌」即「女權宣言」的簡單粗暴的和帶政治含義的批評模式，而真正進入一種嚴肅公正的文本含義上的批評呢？事實上，這亦是女詩人再度面臨的『自己的深淵』」[269]。從上文的脈絡可以推測，翟永明的「黑夜」不再是封閉而自戀的性別存在美學，而是向男性擁有的想徵界域——「白晝」進軍。吳思敬認為翟永明此文有意超脫既有的性別認知結構，走向「白晝」：

> 從黑夜走向白晝，不是倒退到當年那種在「男女平等」的旗號下漠視性別差異，以及性別意識被政治意識、階級意識所遮蔽的時代，而是在充分意識到性別差異　充分尊重女性的性別特徵與個性特徵的基礎上，對女性社會定位與社會屬性的重新思考　是對女性意識的一種深化與昇華。
>
> 實際上，女性不是僅僅擁有黑夜的，她們同樣擁有白晝，她們要在白天生活、戀愛、思考、寫作……僅僅在黑夜中出現的女人是不完整的女人，僅僅表現黑夜的詩篇也是不完整的詩篇。因而從黑夜走向白晝不僅是翟永明等女性主義詩人在走的道路　同時也是女性詩歌的自然發展趨勢。[270]

在此，可以補充的是，我認為翟永明〈黑夜的意識〉一文裡提及的「深淵」，並非女

---

[267] 同上註，頁 141。

[268] 同上註，頁 142。

[269] 翟永明，〈再談「黑夜意識」與「女性詩歌」〉，《詩探索》1995 年 1 期（1995.02），頁 129。

[270] 吳思敬，〈從黑夜走向白晝——21 世紀初的中國女性詩歌〉，《南開學報（哲學社會科學版）》2006 年 2 期（2006.03），頁 45。

性趨向「光明」的過渡地帶或媒介之物。因為，翟永明清楚理解到，中心（男性）／邊緣（女性）的話語位置不論如何倒轉，都會陷入二元對立的詮釋循環。因為「如果說翟永明是通過『創造黑夜』而參與了『女性詩歌』的話，那麼可以期待，『女性詩歌』將通過她而進一步從黑夜走向白晝」[271]。因此，後期的翟永明不僅僅走向了「白晝」，而是更凸顯了「深淵」對「黑夜」的建構性意義。「深淵」代表一種往內深掘卻又往外敞開的地域，其自身就是翟永明性別意識的心靈地形學，是翟永明建構黑夜意識與話語生產的處所，它被標誌在女性情感、意識與思想的深處，它的包容性、開放性、多義性，跨越了女權的政治社會宣示，生產著自足自為的女性話語。

歷來研究者對翟永明「黑夜意識」的闡釋甚多。翟永明自陳：「我稱之為『黑夜意識』的正是一種來自內心的個人掙扎，以及對『女性價值』的形而上的極端的抗爭」[272]。漢學家顧彬（Wolfgang Kubin）頗析了「黑暗」（darkness）在東西方哲學、宗教與道德意涵上的差異與共性，[273]並認為「黑夜」從中國五四以降，一直與啟蒙、戰爭、帝國主義、現代性等話語有關，然後到文革時期的毛澤東被塑造成「太陽」的象徵形象，「黑夜」在象徵位格上也備受打壓。因此，在顧彬看來，翟永明的「黑夜」實屬不易的是其「黑夜」，走出了中國文學傳統與歷史框架中的既有格局，於是，「『黑夜意識』是一種內心意識，在此一個人的（女性的）自我和宇宙相遇。正是在這種意識下，女性作家建構她的思想、信念和情感」[274]。

唐曉渡認為：

> 「創造黑夜」意味著在更深刻的意義上達到對宇宙和人類本體的親近，意味著女性在人類永恆的精神歷程中可能做出的獨特貢獻。……作為一個完整的精神歷程的呈現，《女人》事實上致力於創造一個現代東方女性的神話：以

---

[271] 唐曉渡，〈女性詩歌：從黑夜到白晝——讀翟永明的組詩〈女人〉〉，《詩刊》1987 年 2 期（1987.03），頁 50。

[272] 翟永明，〈再談「黑夜意識」與「女性詩歌」〉，《詩探索》1995 年 1 期（1995.02），頁 128。

[273] 顧彬（Wolfgang Kubin），〈黑夜意識和女性的（自我）毀滅——評現代中國的黑暗理論〉，《清華大學學報（哲學社會科學版）》第 20 卷 2005 年 4 期（2005.08），頁 48-50。顧彬以為「由於英國和德國的浪漫主義運動的影響，『黑夜』成為苦痛的靈魂的存在之時和寄託之地。憂鬱的靈魂，沒有享受到去神祕化過程（Entzauberung der Welt）所帶來的歡愉，相反，承受著因神祕的喪失所帶來的苦痛」（頁 49），而認為東方世界從《道德經》中老子將「玄」（黑色）的特徵「歸於物之初態，即那種物無差異、萬物混沌的狀態」，而後「在《易經》中『道』指一種陰與陽、男與女、黑與白的相互轉換。五行學說引入後，『黑暗』又開始象徵土地、水、北方、冬天、智慧、悲傷等。在佛教中，黑夜有表示知識的意思。因為佛教冥想的時空是以黑暗為特徵的，所以，黑暗在佛教中是啟悟心智的先決條件」（頁 49），並總結東西方共有的「黑夜」的矛盾性：「可象徵恐懼，又可象徵啟發心智的力量」（頁 50）。

[274] 同上註，頁 52。

> 反抗命運始，以包容命運終。「黑夜」的真義亦即在此。[275]

「黑夜」不只是體現翟永明身為女性的片段心理情緒，而是作為一名「女性」其整體精神歷程的展示。

陳仲義則側重於「黑夜」意識下，「性別」與「身體」的調度與統合：

> （翟永明）將黑夜意識的表述上升到理論層面，也就是「性別詩學」，它同時包含著『軀體寫作』這一重要內涵，兩者構成完整的結合，在當代詩歌歷史上具有開創意義。通過一連串的性別「徹悟」與軀體「衝動」，通過女性自我覺醒，尤其是動用了女性優於男性更纖細、更敏銳的感官，和有別於男性特有的性器官及其相關物（乳房、子宮、懷胎、經血等），成就了女性書寫新景象。[276]

李蓉亦持這樣的「身體」論調：

> 翟永明所說的神祕的「黑夜」是「身體的黑夜」，「身體」構成了生命的衝動和未知，並形成了對精神某種奇妙的蠱惑，它是語言不可言說的部分，這裡，翟永明將「身體」的重要性上升到生命本體的層面。[277]

女性的「身體」在宏觀社會語境下被壓抑，而「身體」的禁忌感、隱密與幽暗的特性，又與其「黑夜」意識產生美學的共生與共融。

羅振亞則對翟永明的「黑夜」提出兩種解讀，一是「詩人要創造的『黑夜』也可以理解成對於女性自我世界的發現及確立，女性因兩性關係的對抗、緊張無法在男性世界中實現自我確立，只能邊緣化地另闢私人化的生存和話語空間，退縮到黑夜的夢幻之中去編織自己的內心生活。這裡詩人描繪的黑夜還能夠看作女性的一種自縛狀態」[278]，二是「（黑夜）也指向著任激情、慾望和幻想自由飛翔的自足而詩意

---

[275] 唐曉渡，〈女性詩歌：從黑夜到白晝——讀翟永明的組詩〈女人〉〉，《詩刊》1987 年 2 期（1987.03），頁 59。

[276] 陳仲義，〈黑夜，及其深淵的魅惑——翟永明詩歌論〉，《南京理工大學學報（社會科學版）》第 22 卷 4 期（2009.08），頁 2。

[277] 李蓉，〈以「身體」為源：論翟永明的性別之詩〉，《中國文學批評》2015 年 4 期（2015.12），頁 28。

[278] 羅振亞，〈「複調」意向與「交流」詩學：論翟永明的詩〉，《當代作家評論》2006 年 3 期（2006.05），頁 149。

化的世界，將其視為自我創造的極端個性化的心靈居所也未嘗不可」[279]。「黑夜」自此形成翟永明女性主體辯證意識的兩個極端，主體可以在「黑夜」裡纏結於認同的掙扎，也可以通往詩意的覺醒。

以上觀之，我認為，「黑夜」不只是翟永明亟欲割裂「光明」此一陽剛能指的靜態精神狀態而已，而是作為一個動態、「生產」女性美學的話語空間而存在。翟永明的長篇組詩〈女人〉，就是女詩人以詩歌語言構築「黑夜」的能指空間、進行自我的對話，並帶領集體女性走出「黑夜」的代表文本，是女性主體、語言、自白技巧到有機整體。在〈女人〉中，紛至沓來的性別隱喻式語言，「有意識」地抗拒如同男性語言般不斷將象徵搬弄為普遍的抽象，而是透過可感的事物召喚主體的回應，將女性自我話語生產為一個話語經濟迴路。

首先是〈預感〉：

穿黑裙的女人夤夜而來
她祕密的一瞥使我精疲力盡
我突然想起這個季節魚都會死去
而每條路正穿越飛鳥的痕跡

貌似屍體的山巒被黑暗拖曳
附近灌木的心跳隱約可聞
那些巨大的鳥從空中向我俯視
帶著人類的眼神
在一種祕而不宣的野蠻空氣中
冬天起伏著殘酷的雄性意識[280]

「穿黑裙的女人」的神祕窺看「使我精疲力盡」，「穿黑裙的女人」可以被視為是想像的女性「主體」，這個想像的「主體」與陳述者的主體「我」，成為此女性能指空間所有感知的「生產單位」，驅散了來自「主體」外部的制約與同化。這印證了依希嘉黑「她是她自身不確定的他者。……在女人的語言中，『她』可以朝向任何方向，使得『他』無法辨明任何意義的連貫性」[281]，因此，無論「貌似屍體的山巒」、「巨

[279] 同上註，頁 150。

[280] 翟永明，〈預感〉，《登高：翟永明詩選》（臺北：秀威資訊，2013），頁 16。

[281] Irigaray, Luce. tr. Catherine Porter., Carolyn Burke. *This Sex Which is Not One*. pp. 28-29.

大的鳥」怎樣偽裝或窺伺，皆成為被「黑夜」調度的感知客體，陳述者的主體「我」早已「預感」著「祕而不宣的野蠻空氣」與「冬天起伏著殘酷的雄性意識」，甚至「夜晚似有似無地痙攣，像一聲咳嗽／憋在喉嚨，我已離開這個死洞」[282]，「我已離開這個死洞」預示女人終能擺脫陽具－語言的同一性話語的支配，女性主體感知語言經由「預感」的攻略，早已部署在男性話語之前。

〈女人〉組詩開篇的〈預感〉，意象與敘事的運行呈現性別意識與潛意識的雙向交錯，對男性權力話語做出感知／覺的結構性拆解與重劃。到了〈臆想〉，陽性意符——太陽，正式地被「誘導」入黑夜的創作意識之中。「太陽，我在懷疑，黑色風景與天鵝／被泡沫溢滿的軀體半開半閉」[283]，「太陽」在中國新詩「意象史」裡的角色，無庸置疑是啟蒙的、民族的、革命的，是傳統思維投射下的感覺結構，也是陽剛的家父長制符號學的一員，甚至在文革時期，「太陽」也被神格化為毛澤東的化身。在〈臆想〉裡，「太陽」終究被「黑色風景」與「天鵝」所架空，成為一個「空洞」的、被閹割的能指。

而我認為〈臆想〉的最大美學意義，在於兩個面向。其一，既然古希臘神話中，天神宙斯化作「天鵝」引誘斯巴達國王廷達瑞俄斯之妻麗達（Leda），「天鵝」就此成為拉康指稱的「想像陽形」，是陽具在符號界的「扮裝」，翟永明將「黑色風景」與「天鵝」並列，「黑色風景」有其深遠的背景，與「天鵝」此一局部、必須倚賴想像客體以求取快感的陽符不同，可以說「黑色風景」容納了「天鵝」的性慾快感，佛洛依德認知的女性處於被閹割的陽具焦慮，在此反而成為翟永明性別逆襲的轉換處，轉化為「黑色風景」此一普遍性的陰性能指。此外，〈臆想〉更呼應了普拉斯〈格列佛〉（Gulliver）：「烏雲籠罩你的身體／高而冰冷／而且有點平，好像他們／／漂浮在看不見的玻璃上。／與天鵝不同，／他們沒有倒影」[284]。以普拉斯詩來看，既然「烏雲」與「玻璃」的視覺再現機制失效，而「天鵝」就此成為女性主體認識世界的中介。

其二，既然「天鵝」在「黑夜風景」之中，想必就是「黑天鵝」了，在此，〈臆想〉成功地以女性意識改寫了「黑天鵝」的生物學意義。「黑天鵝」本是「天鵝」屬性偏離了原有期望範圍為「白色」的「離群值」現象，「黑夜」意識拂照下的「天鵝」，進一步與「泡沫」浸染。從詞源學與神話原型來看，古羅馬神話裡的愛神維納斯（Venus），亦同樣是執掌生育與航海的女神。維納斯是大地女神蓋婭（Gaia）與

---

[282] 翟永明，〈預感〉，《登高：翟永明詩選》，頁 17。

[283] 翟永明，〈臆想〉，《登高：翟永明詩選》，頁 18。

[284] Plath, Sylvia. ed. Hughes, Ted. *Collected Poems.* (New York: HarperCollins Publishers Ltd., 2018)., pp.388.

掌管天堂的烏拉諾斯（Uranus）結合生下了一批泰坦巨人。後來這批巨人皆因長相怪異而被打入冥界底層，蓋婭在盛怒之下令小兒子克洛諾斯用鐮刀割下烏拉諾斯陽具後丟入大海，陽具和海融合後生出「泡沫」，維納斯就此誕生。以此來看，「黑夜」下「天鵝」與「泡沫」的「臆想」，是翟永明女性主體意識的生成意義所在。而後，詩的末兩句「在骨色的不孕之地，／最後的一隻手還在冷靜地等待」，《聖經》創世神話中夏娃原借自亞當「肋骨」而生，也遭到翟永明的性別改寫。因為「骨色」只剩下稀薄的顏色以作為「借喻」，創世神話裡女性依從於男性的生成起源，受到了女性話語的阻斷，當女人開始說話，「不孕之地」也否決女性淪為男性生殖、生養、傳宗接代的工具性意義，而「最後的一隻手」是女人拿起筆、開始書寫的手，正為女性主體書寫著所有的「臆想」。

若說男性慣用文化、經典、傳統灌注特定修辭意象（太陽、天空、白晝），而生產出帶有位階差異的文化宰制結構，那麼〈瞬間〉則是刻畫女人感覺的「瞬間」，「瞬間」來自男性話語霸權無法控制與約束的感知空間。翟永明的「瞬間」來自「夜被遺棄，／我變得沉默為止」[285]，意味女人的「黑夜」來自自身內在世界的「沉默」，「沉默」不是沒有言語，而是「賦予」萬物言語，即使是不起眼、質地堅硬的「石頭」：

站在這裡，站著
面對這塊冷漠的石頭
於是在這瞬間，我痛楚地感受到
它那不為人知的神性
在另一個黑夜
我漠然地成為它的贗品[286]

女人對存在、生命、死亡的感知，不再透過男性話語生產所謂傳統、經典作為中介，而是直覺式導向「漠然地成為它的贗品」。「石頭」的意象頻繁地在翟永明〈女人〉各篇中出現，意味經過詩人性別視野過濾下的客觀現實，不但是人類存在的原像、意味對人存在本質的理解，也是除「黑夜」之外，一個翟永明建構女性言說的「客觀對應物」（objective correlative）。而「贗品」不意味對生命本源進行屈服、附從或形貌上的模仿。我們必須注意到「贗品」是座落在「在另一個黑夜」，而且主體

---

[285] 翟永明，〈瞬間〉，同上註，頁 20。
[286] 同上註，頁 21。

顯現「漠然」的姿態，可見為了抵抗「男性」擘畫的生存世界，「另一個黑夜」其實是翟永明佯裝、欺敵的修辭術。

到了〈荒屋〉，翟永明對「命名」的權力深自覺醒，「命名」是男性象徵霸權侵入了符號界的殖民行為，這也是翟永明刻意書寫「荒屋」的深層心理動機。因為「我一向在黃昏時軟弱／而那裡荒屋緊閉眼睛／我站在此地觀望／看著白晝痛苦的光從它身上流走」[287]，「荒屋」儘管傾頹、破敗，但顯然「荒屋」歷盡男性施加其上的「命名」暴力之後，「黃昏」在時序上的屬性在「黑夜」之前，「我」的「軟弱」其實是「黑夜」將要來臨的舒緩姿勢，而「白晝痛苦的光」隱喻男性話語對其銘記儀式的失敗。

又如下詩行：

我來了　我靠近　我侵入
懷著從不敞開的脾氣
活得像一個灰甕

它的傲慢日子仍然塵封未動
就像它是荒屋
我是我自己[288]

在此，「荒屋」如同克莉絲蒂娃定義下，處於前象徵期、充滿不確定、無法命名與言說的「母性容器」：「是一種表意的形式，是語言符號尚未明確表達為客體的缺失，以及尚未在真實與象徵之間出現區分的時候」[289]，是反抗律法與威權、曖昧混沌的狂歡話語空間。「我」進入「荒屋」之後「活得像一個灰甕」，「灰甕」是女性敞開言說的沉默隱喻，讓一切女性言說喚起自身「傲慢的日子」。因此，「荒屋」可以被視為是符號子宮，呈現並賦予「母親身體」（女性言說）在社會他者與象徵界之間，作為一種顛覆與破壞潛能的中介作用：「母親的身體是組織化社會關係與象徵法則的中介，並成為符號子宮的秩序原則——位在破壞、侵略和死亡的道路上」[290]，陽性邏各斯、線性的話語在此斷裂，翟永明構築「荒屋」的目的在以隱喻重新為女性言說「命名」。

---

[287] 翟永明，〈荒屋〉，同上註，頁 22。
[288] 同上註，頁 23。
[289] Kristeva, Julia. "Revolution in Poetic Language." in ed. Moi, Toril. *The Kristeva Reader*. pp. 94.
[290] *ibid. pp. 95.*

相較於〈女人〉「第一輯」中各篇，翟永明的女性意識與外部世界的關係仍處在「試探」的階段，在結構上「隱喻」仍是大於「自白」，讀者必須在不少關鍵詞彙上做出語源上的考覺，才能大致看出詩人「黑夜」語境下的複雜心境與感受。「第二輯」〈世界〉、〈母親〉、〈夜境〉、〈憧憬〉、〈噩夢〉諸篇，明顯地語言較為舒緩，「自白」的成分也較多。例如〈世界〉裡「為那些原始的岩層種下黑色夢想的根。／它們靠我的血液生長／我目睹了世界／因此，我創造黑夜使人類倖免於難」[291]，「世界」被詩人的「黑夜」所盤踞與改造，甚至「我創造黑夜使人類倖免於難」，女人的內心自此不再被生殖、養育、家庭、婚姻等支配型態的語境所佔據，因為「黑夜」讓女人言說，「黑夜」就是女人的言說。

在〈母親〉中，翟永明經由覆述「母親」對自身的生育、教養的生命經驗，詩中翟永明並未刻意突出「母親」在一般社會主流價值派發的角色形象（如光輝、慈愛、包容等等），而是突顯由「黑夜」意識派發的「母親」，也就是其主體承受男性話語的銘寫之後，所呈現的價值空缺，亟待敘述者重新在母－女之間架構出「黑夜」的對話。在敘述者眼中，要重構母－女的話語迴路，首先必須否定「受孕」：「那使你受孕的光芒，來得多麼遙遠，多麼可疑，站在生與死／之間，你的眼睛擁有黑暗而進入腳底的陰影何等沉重」[292]，乘載女性在歷史中失語的命運確實無比沉重，一切都有賴於已成長的女兒，發出主體言說來分擔：

沒有人知道我是怎樣不著邊際地愛你，這祕密
來自你的一部分，我的眼睛像兩個傷口痛苦地望著你

活著為了活著，我自取滅亡，以對抗亙古已久的愛
一塊石頭被拋棄，直到像骨髓一樣風乾，這世界

有了孤兒，使一切祝福暴露無遺，然而誰最清楚
凡在母親手上站過的人，終會因誕生而死去[293]

女性言說抗拒的是男性的話語挪用，而自成一個自給自足、自我闡釋的話語空間。女詩人與母親同屬女人，並未歷經想像陽形座落在符號界的移置與匱乏作用，因此

[291] 翟永明，〈世界〉，《登高：翟永明詩選》，頁 27。
[292] 翟永明，〈母親〉，同上註，頁 28。
[293] 同上註，頁 29。

拒絕伊底帕斯象徵結構的女詩人與母親彼此生產著「自然」，成為了一處不可被化約的內在。如同依希嘉黑：

> 作為母親，女人仍停留在（再）生產自然的那一方。也因為如此，男人從未完全超越他跟『自然』的關係。……在既存的社會秩序之中，母親的產品是合法的償還物，只有當它們標有父親的名字時，或只有在它們在父親的法律中得到承認：也就是說只有在它們被父親挪用的情況下。[294]

翟永明深自理解男性話語慣於挪用女人（再）生產的「自然」，並將之轉化為資本標的與交換價值，也深自明瞭「自然」對女性主體賦權的重要性。因此，當母－女的原初關係被父親所霸佔，「我」重建母－女關係的方法是讓自己成為「孤兒」，因為必須成為「孤兒」才能擺脫了被父親／陽具的象徵作用下的母－女關係。於是，「凡在母親手上站過的人，終會因誕生而死去」意謂把生死這樣的象徵交換關係，從男性／父親那裡奪回。

「第二輯」主要是確立「女性言說」的方式、對象與內涵，「第三輯」諸篇著重在「女性感知」與「內在語言」之間，如何相容與適應的問題。包括〈獨白〉、〈證明〉、〈邊緣〉等，最突出的特色在於「女性感知」再現於語言上的狀態，被打磨得具體且清晰。如〈獨白〉：「我是軟得像水的白色羽毛體／你把我捧在手上，我就容納這個世界／穿著肉體凡胎，在陽光下／我是如此炫目，是你難以置信」[295]，又如〈證明〉：「我是夜的隱密無法被證明／水使我變化，水在各處描繪／孤獨的顏色，它無法使我固定／我是無止境的女人」[296]，以上詩句都是「女性感知」在「內在語言」上的擴張與延長，表達女性的身體、情感與思考，有時「軟得像水的白色羽毛體」，有時又像「夜的隱密無法被證明」，無法被單一、既存的性別刻板概念所歸類。

「第四輯」則是將「女性言說」帶向更為深遠、普遍而存在性的命題。例如〈旋轉〉「夜還是白晝？全都一樣／孵出卵石之眼和雌雄之軀／據說球莖花已開得一無所剩／但靠著那條路的邊緣／黑色渦旋正在茫茫無邊」[297]，隱喻生命興衰榮枯、週而復始的週期，寄寓女人仍然能夠以言說刮起「黑色渦旋」，抵抗生命輪迴的宿命；或是以「夜」引導「人生」：「夜使我們害怕，我們尋求手臂／無限美，無限奇妙／

---

[294] Irigaray, Luce. tr. Catherine Porter., Carolyn Burke. *This Sex Which is Not One*. pp. 185.

[295] 翟永明，〈獨白〉，《登高：翟永明詩選》，頁36。

[296] 翟永明，〈證明〉，同上註，頁38。

[297] 翟永明，〈旋轉〉，同上註，頁47。

以月的形體，以落葉的痕跡／夜使我們學會忍受或是享受」[298]；或是以「夜」攪擾死亡：

> 熱烘烘的夜飛翔著淚珠
> 毫無人性的器皿使空氣變冷
> 死亡蓋著我
> 死亡也經不起貫穿一切的疼痛[299]

「死亡」只是有形生命形態的結束，「黑夜」早已「熱烘烘的夜飛翔著淚珠」，意味女性話語銘刻其上而具有某種程度的「超越性」，即使受到死亡覆蓋，仍無法抵禦「黑夜」之「貫穿一切的疼痛」。以上，均可以見到翟永明持續地以「黑夜」建構女性意識與話語系統的努力，「黑夜」不斷地在主體生命的靜止與運動、存在與死亡、身體與精神、言說與沉默之間，找尋建構女性主體言說的存在之域。

唐曉渡認為：

> 〈女人〉產生於這樣一個特定的時刻：這裡被偶然的創作契機所觸發的，是一種同樣受到致命壓抑、並具有典型的女性（不限於性別意義上的女性）受虐性質的個體經驗和人類經驗、個體幻覺和集體幻覺、個體激情和歷史激情的奇妙混合。[300]

唐曉渡認為〈女人〉並非只是闡釋個體經驗世界的女性文本，而是不斷與人類、集體、歷史等界域做出多面向的對話與互動，並朝向女性話語的「典型」感覺樣態邁進。

羅振亞則是偏重〈女人〉的整體美學意義上的評估：

> 〈女人〉提供了諸多的聯想方向，貌似單純明朗，實則繁複朦朧。一方面對身體、慾望和情緒的發現，使這組詩經營的是想像的、潛意識的世界，這個境域本來就飄渺不定，混沌無端；一方面對男性世界和秩序的對抗，並非源於方向明確後的清醒自覺，緊張紛亂的情緒借帶自動傾向的自白語言表現出

[298] 翟永明，〈人生〉，同上註，頁48。
[299] 翟永明，〈生命〉，同上註，頁53。
[300] 唐曉渡，〈誰是翟永明？〉，收於翟永明著、唐曉渡編，《稱之為一切》，頁10。

來，也加重了理解難度。[301]

綜合以上兩位評論者的看法，翟永明經由「黑夜」建構女性話語的努力，不是個別意義上的，而是擁有收放、介入集體話語的能力，但也因為其或受到朦朧詩潮影響或帶有自動書寫傾向，使得其主體話語的輪廓稍嫌模糊、語言也顯得晦澀。

《靜安莊》是翟永明下鄉插隊的經歷和感受為題材寫作的長詩。[302]全詩按一至十二月編排共十二首，以「靜安莊」為基本的構設場景，寫出此場景空間的人民、勞動、苦痛、節氣與時間變遷的細節等等。更重要的是，翟永明無意重述集體意識（傷痕）投射下的歷史場景與插隊記憶，而是試圖呈現透過女性身體經驗所篩選、過濾後的生活內容與歷史場景，「靜安莊」自此不再是大寫歷史下的敘事客體，只是背負傷痕敘事的文化載體，而是翟永明意欲以自身的性別意識改作後的文本，「靜安莊」裡的一切人與物是乘載著女性身體與慾望的變形現實。

第一首〈第一月〉就是「黑夜」意識的延伸，「黑夜」介入了靜安莊的歷史敘事中，原有的「上山下鄉」的宏大話語全數被「黑夜」所拆散，一切景物皆透過女性感知重新組構：

第一次來我就趕上漆黑的日子
到處都有臉型相像的小徑
涼風吹得我蒼白寂寞
玉米地在這種時刻精神抖擻
我來到這裡，聽見雙魚星的嗥叫
又聽見敏感的夜抖動不已[303]

〈第二月〉則是出現了割斷趨光的「向日葵」的頭顱，隱喻著「毛話語」及其歷史能指（太陽）的褪去，「他們回來了，花朵列成縱隊反抗／分娩的聲音突然提高／感覺落日從裡面崩潰／我在想：怎樣才能進入／這時鴉雀無聲的村莊」[304]，「分娩」此一詞語的出現，「靜安莊」的感知構成自此出現了一個「母體」的起源。而「四月」適逢清明，日子因為思親而殘忍因而是「最殘忍的一個月」，從母體而生的「我」抵抗著父／家系為傳衍主幹的清明時節，母體從「黑夜」而來而成為了一種主體指

---

[301] 羅振亞，〈詩人翟永明的位置〉，《當代作家評論》2010 年 6 期（2010.11），頁 76。
[302] 周瓚，〈翟永明：編織詞語與激情的詩人〉，《名作欣賞》2011 年 4 期（2011.02），頁 104。
[303] 翟永明，〈靜安莊・第一月〉，《登高：翟永明詩選》，頁 60。
[304] 翟永明，〈靜安莊・第二月〉，同上註，頁 63。

認外在事物關係的本質，也重新確認了「地下」的性別（母土）。「我」不論說話或沉默，抵抗的姿態不是張揚肢體而是聽從「地下的聲音」，隱微而神祕：「生下我，又讓我生育的母親／從你的黑夜浮上來／我是唯一生還者，在此地／我的腳只能聽從地下的聲音／以一向不抵抗的方式／遲遲到達沉默的深度」[305]。

翟永明最重要的美學特徵就是將陳述對象與話語結構「身體化」、「黑夜化」，〈女人〉中的身體比較停留在潛意識的運行，而〈靜安莊〉則是歷史記憶的「身體化」。也可以說，整座靜安莊一景一物的動靜都是其女性「身體」的延伸，也都在其「黑夜」的覆蓋之下。如此一來，被主流歷史敘述旁落的勞動者、被遮蔽的地方與苦難，也得到某種程度上意義的揭示與拓寬。

如〈第八月〉：「赤裸的街道發出響聲／如成熟的鳥卵，內心裝滿白色空間／被風慢慢吹硬了老骨頭／石灰窨發出僅存的感染／來自旱季的消息使我聞到罪行／人頭攢動，誰仰面去看／誰就化為石頭」[306]，「赤裸」的街道、「成熟」的鳥卵、「白色空間」、「老骨頭」等意象，皆讓人不禁聯想到一個「上山下鄉」年代裡知青的勞動與苦悶，「罪行」、「感染」、「石頭」等字眼，更是隱喻一個群眾至上、思想禁閉的歲月，每個人都必須恪遵黨的指令，成為一個個沒有生命的「石頭」。

到了〈第十二月〉，「身體」（喉音、肋骨）依然被轉化為記憶重述的一部分：

> 始終在這個鴉雀無聲的村莊，耳聽此時出生的
> 古老喉音，肋骨隱隱作痛
> 一度可接近的時間　為我
> 打開黑夜的大門，女孩子站在暮色裡[307]

〈第十二月〉裡，女性身體迫近了那個傷痕的時間，對集體苦難的梳理，也不再是控訴憤恨的語調，而是調度女性感知意象去填補傳統歷史敘事遺失的部分，並引導讀者對這一段歷史進行重新理解。如果說重述歷史能夠療癒集體情感，那麼翟永明示範了詩歌語言如何再現記憶與身體的「交感」（correspondence）。如同羅振亞：

> 《靜安莊》繼續堅持性別立場，在身體的變化和歷史場景的變遷結合背景下，書寫女人個體的身體史。靜安莊承載了詩人知青生活的一段經歷和精神歷

[305] 翟永明，〈靜安莊・第四月〉，同上註，頁 68。
[306] 翟永明，〈靜安莊・第八月〉，同上註，頁 76。
[307] 翟永明，〈靜安莊・第十二月〉，同上註，頁 85。

> 險，那裡的鄉村極為庸常的物象和夜晚，以幻象形式進入詩人的眼睛和心理後，變得神祕恐怖，籠罩著死亡的陰影。全詩通過十九歲的女性之軀覺醒、受壓、變形但卻不可阻擋的慾望突現，衝擊並改寫了靜安莊已有的文化構架，對抗男權神話的意向更為突出。[308]

不同於〈女人〉主要透過「黑夜」向外部世界進行象徵詞語的擴張，長詩〈靜安莊〉是一個知青女性表現如何以女性成長歷程中的感知，重建一段不論在個體或集體上，皆是沉重、壓抑的歷史記憶。這樣以女性成長主題處理生命經驗與記憶內容的傾向，如描寫母親逝世的七個夜晚（〈死亡的圖案〉）[309]，或梳理自身於貴州桐梓的童年記憶（〈稱之為一切〉）[310]，都有可觀的發揮。

進入九〇年代的翟永明，語言轉為清晰明朗，主題上也不再圍繞性別，轉向對日常生活的關注，而在性別人稱上，如同靜文東的觀察「在『把女人當作人』（朦朧詩／舒婷）被轉換為『把女人當作女人』之後很久，翟永明通過人稱的轉換為手段，又把這一命題轉化為『把女人當作（普通）』人」[311]，也就是九〇年代翟永明的寫作，不那麼強調自身的女性立場了。

羅振亞認為翟永明「進入九十年代門檻特別是一九九二年後，她不斷調整方向，求新求變，挖掘新語感、新結構、新主題，完成了由反叛男性詞語世界的階段向回到詞語本身、直面詞語世界階段的轉換，在關注『說什麼』的基礎上，開始注意『怎麼說』的技術問題」[312]。羅振亞並且認為進入九〇年代的翟永明，出現了如下三種美學轉換：一是「超越性別立場的博大言說」，這個時期的翟永明不再固守於「女性言說」，而向人類命運、歷史主題、社會現實、日常生活等普遍性命題持續探索[313]；二是「從自白話語到『對話』、『交流詩學』的轉換」，從八〇年代原始激情的釋放到九〇年代更為重視詞語的結構安排，以及從〈女人〉時期的獨語、自白走向「旁採小說和戲劇的結構技巧，借助詩人與現代場景、生活和語言的交流、對話抒情達意」[314]；三是「完成了平和從容對緊張含混的風格置換」，從原先為了拓寬女性話語

---

[308] 羅振亞，〈詩人翟永明的位置〉，《當代作家評論》2010 年 6 期（2010.11），頁 76。

[309] 翟永明，〈死亡的圖案〉，《潛水艇的悲傷：翟永明集 1983~2014》（北京：作家出版社，2015），頁 50-62。

[310] 翟永明，〈稱之為一切〉，同上註，頁 63-79。

[311] 敬文東，〈從「靜安莊」到「落水山莊」——詩人翟永明論〉，《海南師範學院學報（社會科學版）》第 17 卷總 72 期（2004.04），頁 56。

[312] 羅振亞，〈詩人翟永明的位置〉，《當代作家評論》2010 年 6 期（2010.11），頁 78。

[313] 同上註，頁 78-80。

[314] 同上註，頁 80。

空間而顯得曖昧、神祕、晦澀，轉向世俗生活與具體的生活氣息，也就是「從黑色到無色的轉換，對應的是從情緒激烈到觀察冷靜的變化，折射出詩人內心氣定神閒的平靜和從容」[315]。

我認為「六四」事件帶給中國知識份子重大的集體精神摧折，造成八〇年代那樣燃燒的理想主義色彩，以及汲營於對文化傳統與美學規範的破壞與重建的勇氣，皆不復見。整體寫作轉向個人化、私我化，轉向非政治的中性文化表述，這一點女詩人翟永明也不能自外於此。如同翟永明所言：「90 年代的寫作中，『我』這樣的一個個體，已不再是我詩歌中絕對的發言人、自白者。而是退到詩歌的背面觀察，抑或自由地出入其中。我希望這樣一種語言方式，能夠讓我的陳述集主客觀於一體，讓我的思維方向和讀者的注意力能互相滲透」[316]。

「六四」為中國當代詩人帶來語言上的去政治化與極大程度上的「內縮」取向，集體的、啟蒙的「文化激情」，退縮至個人的、未知的「精神地帶」。翟永明九〇年代的寫作，語言像是擱淺在許多「未完成」的時間記憶之中，等待重新被喚醒、訴說。「未完成」代表詩人在八〇年代意猶未盡的文化藍圖，被「六四」事件震碎之後，以「碎片化」的狀態，零散、紛亂地分佈在無數文本之中。這時候，翟永明能做的，就是努力拼湊「當下」生活情境中須臾閃現的記憶碎片。1990 至 1991 年翟永明旅居美國，她透視「當下」與「過去」之間斷裂之處，重新找尋自我聲音的起源，恰似「我」與「你」相約在紐約曼哈頓的咖啡館：

「情網恢恢
穿過晚年還能看到什麼？」
用光了的愛
在節日里如貨輪般浮來浮去

一點點老去
幾個朋友
住在偏僻閒散的小鄉鎮
他們慣於呼我的小名[317]

---

315 同上註，頁 81。

316 翟永明，〈時間美人和美人的時間〉，收於《潛水艇的悲傷：翟永明集 1983~2014》，頁 276。

317 翟永明，〈咖啡館之歌〉，《登高：翟永明詩選》，頁 120。

這樣內在心緒的輕描、點染，甚至有些乾癟的獨白式敘述體，絲毫沒有過往建構女性語言的跋扈姿態與苛求隱喻。在此，翟永明的身體超脫了有形的國族疆界，但心神卻受困於時間流逝的迷惘。盤據在東亞大陸的身世記憶，仍持續牽引著身在異國的女詩人。如陳仲義：

> 在平靜從容的氛圍中，閃爍著交談者難以逾越的心理距離，作者將從前占主導地位的情感邏輯，分派為敘述者和旁聽者，個人獨白被「追憶」、「細數」、「插話」分解為眾多碎片。且又落入各行其是的「不在場」，加上某些旁白和自言自語，使得《咖啡館之歌》處在搖擺卻有序的流動中，因其包容講究的敘述而顯得開朗練達。[318]

翟永明〈咖啡館之歌〉為其座落在九〇年代的寫作開啟了回歸尋常視野、不再刻意雕琢意象、也不再別立「黑夜」立場的書寫方向。

這意味著翟永明回歸「詩人」本位，但不意味喪失「女性」立場、身體、情感與思考。翟永明敏銳的身體知覺仍在，只是轉為在「社會性別」（女性）與「詩人身分」（文化）之間，找尋一個感覺的平衡。

九〇年代翟永明出現了不少取材自傳統小說、話本、民間傳奇的作品，並嘗試翻新「傳統」的語境、意象及語言質料，意欲突顯「女性」處境與群體經驗，從歷史／傳統過渡到現實／現代的連續性與斷裂性。在〈編織和行為之歌〉中，除了寫黃道婆、花木蘭和蘇蕙三位「織女」的編織勞動與傷痛的「心史」之外，也道出「編織行為」被男性社會分派的處境：「她們控制自己／把靈魂引向美和詩意／時而機器，時而編針運動的聲音／談論永無休止的女人話題／還有因她們而存在的／藝術、戰爭、愛情——」[319]；〈三美人之歌〉則是寫孟姜女、白素貞和祝英臺等女性的情貞，如寫著祝英臺躍入梁山伯塌裂的墳中而羽化成蝶的故事：「在黑夜，黑透的深處／她比黑更黑，因為她／從陽間進入墳墓／如果他死了，我也不活著／用呼吸捲起他空虛的影子／將石碑搗爛」[320]，亦有適度對禮教（男性律法）的壓抑做出現代感知的配置：「如此之輕　寂寞的靈魂／穿越過玲瓏剔透的小小形體／當我站在這裡，向上流動的血液／鼓動著我黑色的風衣／向上勁飛　好似她在領舞」[321]。

---

[318] 陳仲義，〈黑夜，及其深淵的魅惑——翟永明詩歌論〉，《南京理工大學學報（社會科學版）》第 22 卷 4 期（2009.08），頁 3。

[319] 翟永明，〈編織和行為之歌〉，《登高：翟永明詩選》，頁 225。

[320] 翟永明，〈三美人之歌〉，同上註，頁 179。

[321] 同上註，頁 181。

又如〈時間美人之歌〉：

「當月圓之夜
由於恣情的床笫之歡
他們的骨頭從內到外地發酥
男人呵男人
開始把女人叫作尤物
而在另外的時候
當大禍臨頭
當城市開始燃燒
男人呵男人
樂於宣告她們的罪狀」[322]

翟永明自陳「『記憶」和『歷史』是通過古代美人的群體經驗和現代女性的個人經驗發展開，經由那些具象的場景和感官上的幻想，層層傳遞出來的。它（這首詩）並不僅僅描述一個連鎖的，或者說是系列的女性世界和女性命運」[323]。古往今來，歷史事實總是殘酷的，女性寫作讓翟永明看盡了男性權錢性交易的世界，女人（楊玉環）的身體除了滿足男人於床笫之歡，其生命最終在政治的利益衝突上，也成為了唐高宗與各路節度使的交易籌碼。

唐曉渡認為〈時間美人之歌〉、〈編織行為之歌〉、〈十四首素歌——致母親〉等詩「與〈女人〉（不只是〈女人〉）的遙相呼應和對照不僅極大地加強了其作品整體上的互文性，而且表明，通過這種互文性，『個人和歷史的幻象』可以怎樣從一種『不變的變化』中，由於『緩慢地靠近時間的本質』被有利的創造或重新創造出來」[324]，歷史中的「女人」不是具有主體性的「女人」，而是透過女性的感知與思考拆解歷史的幻象，還原「古典」範疇中的「女人」的存在價值。在〈時間美人之歌〉中，翟永明回顧了自身的寫作歷程，並將趙飛燕、虞姬和楊玉環的命運，放在對寫作行為的反思之中，主題上與八〇年代的〈女人〉遙相呼應。

寫於世紀之交的〈潛水艇的悲傷〉，無疑是翟永明的女性話語介入現實的代表作之一。「潛水艇」乃是二戰時期始出現的水下戰爭機器，擁有潛伏、隱密、難以追

---

[322] 翟永明，〈時間美人之歌〉，同上註，頁 174。
[323] 翟永明，〈時間美人和美人的時間〉，收於《潛水艇的悲傷：翟永明集 1983~2014》，頁 275-276。
[324] 唐曉渡，〈誰是翟永明？〉，收於翟永明著、唐曉渡編，《稱之為一切》，頁 23。

蹤的特性，用於封鎖敵方海域或殺傷交戰船艦。「潛水艇」在詩裡，則是一副難以適應新時代（改革開放、市場經濟）逐利拜金、官僚貪腐的過時「價值框架」：

> 國有企業的爛帳　以及
> 鄰國經濟的蕭瑟　還有
> 小姐們趨時的妝容
> 這些不穩定的收據　包圍了
> 我的淺水塘
>
> 於是我這樣寫道：
> 還是看看
> 我的潛水艇　最新在何處下水
> 在誰的血管裡泊靠
> 追星族，酷族，迪廳的重金屬
> 分析了寫作的潛望鏡[325]

新時代的中國早已是世界 GDP 大國、引進外資不的步伐乏大幅加快，此時的「戰爭」早已是「經濟」、「貨幣」與「資本」，早已不是陳舊過時如「潛水艇」這樣的實體戰爭機器。詩末「現在　我必須造水／為每一件事物的悲傷／製造它不可多得的完美」，「潛水艇」的陳舊、過時、失去了「時代的關注」，詩人得以透過潛艇的潛望鏡深潛於社會某個角落，以寫作持續反思社會現實、注入更多人文養分。

1998 年以後，翟永明在成都經營「白夜」酒吧，自此，此酒吧變成為了四川著名的文化地標。擁有了一份寫作之外的營生事業，使得翟永明不再為「黑夜」、「女性」的標籤在文化界的位置與角色而窘迫，她得以進駐「詞語」本身，趨近語言中那一個「最委婉的詞」：

> 僅用一個詞　改變世界
> 是可能的　如同
> 僅用一個詞　改變愛情[326]

[325] 翟永明，〈潛水艇的悲傷〉，《登高：翟永明詩選》，頁 235。

[326] 翟永明，〈最委婉的詞〉，《潛水艇的悲傷：翟永明集 1983~2014》，頁 210。

「詞語」何以「委婉」？因為唯有「委婉」，才能應對、緩衝時代變遷帶給詩人心靈的刮痕，休止外在世界人情事態的冷感與殘酷。詞語雖然「委婉」，但卻能夠「改變世界」、「改變愛情」，意味進入步伐快速的資本主義社會，美好事物的消常常是不動聲色、毫無動靜的，而唯有「詞語」能給予心靈力量，給予消逝的事物重生。因為「當詞語在詩歌中游走時，對它的把握實際上是順應和捕捉，詞語與寫作中的激情共舞，你必須在炫目的光影中明白無誤地發現它，在最順利的時候，詞語應你的企盼而來，像大點大點的雨滴落下來……。對我來說，這與理性的介入無關，理性在寫作中總是屈從於詞語的調遣」[327]，因此，當「詞」被翻譯為北京語的「改朝換代」、成都語的「下課」或是愛情語彙上的「移情別戀」，這不僅僅是「regime change」此一「委婉」的政治修辭所能涵蓋，而是翟永明深刻意識到人事變幻的無常，因而訴諸「委婉」的包容與謙抑，訴諸的是詞語裡的柔性力量。

翟永明不只一次提及女性詩歌不能過於側重「女權」概念，而忽略技術的要求與美學高度。從八〇年代激情地建構女性言說的「黑夜」，嘗試在〈女人〉中「淋漓盡致地宣洩了我對現實中女性內心世界的（更正確地說是我個人的內心世界）絕望和掙扎，是一種近似於人格分裂的表達」[328]，當然，將歷史記憶「身體化」（〈個人女性觀〉）也是翟永明極為特出的話語策略，印證了荒林的看法「在翟永明詩歌中，軀體寫作，軀體成為主動的反映者，回應她們所經歷和面對的外部世界。這是一個角度的轉換，它所具有的意義便是對生命和世界的重新闡釋以及一整套新的語言的誕生」[329]。

到了九〇年代中期以後，受到六四事件衝擊，那種張揚、高調的女性主體不復存在，而是更趨近寫作本質以及語言的內在生命：「我也不再諱言我是女詩人這一事實，無論我今後的寫作主題是女權的或非女權的，我都要求它更為深入，更為開闊地接近生命的本質和寫作的本質」[330]。這個時期翟永明「黑夜」的語言激情褪去，卻仍未放棄女性身體與思想的本質，而是回到詩歌、回到語言，回到人類命運、歷史主題、社會現實、日常生活等普遍性命題持續探索，找到賦予「女性言說」新的適應時代語境的語言方式。

四、唐亞平（1962-）：性慾化的黑夜與身體，反思死亡與鏡像

將敘述客體與話語結構「身體化」、「黑夜化」，並解脫朦朧詩的黑夜原型——源自歷史化、傷痕化與啟蒙主義的社會／歷史自我，轉向女性主體與言說的獨立生

[327] 翟永明、周瓚，〈詞語與激情共舞——翟永明書面訪談錄〉，《作家》2003 年 4 期（2003.04），頁 8。
[328] 翟永明，〈與馬鈴薯兄弟的訪談〉，《最委婉的詞》（北京：東方出版社，2008），頁 197。
[329] 荒林，〈女性詩歌神話：翟永明詩歌及其意義〉，《詩探索》1995 年 1 期（1995.02），頁 98。
[330] 翟永明，〈個人女性觀〉，《潛水艇的悲傷：翟永明集 1983~2014》，頁 266。

產場域，是「黑夜」一脈女相詩人（翟永明、伊蕾、唐亞平）最重要的美學特徵。翟永明〈女人〉中的「身體」比較倚賴超現實的運作：經由潛意識、夢境、變形的事物與扭曲的幻覺，進一步趨近內心隱密的情感與思考，修復女性感知與內在語言的話語關係，並藉此將女性言說帶向存在命題。但翟永明的「身體」在黑夜中往往剝離於客觀存在樣態，而成為構造女性話語的一個隱喻機關，因而去性化、較抽象且較無血色。而唐亞平一樣以「黑夜」作為女性言說的場域，但我認為唐亞平的「身體」在其黑夜之中比較是性慾化的，後文論證其「黑夜」系列時會再申述。

唐亞平寫於八〇年代初期的詩，記述童年記憶，有健康明朗、描繪田園生活的〈田園曲〉，也有部分詩作仍隱約感受到文革歷史的負荷：「只剩下一隻充血的眼睛／遠處的電線網在朝霞裡化為血絲／……紅色的小皮球掉在澡盆裡／濺起卑污的水珠」[331]，文革倒映在抒情主體的眼睛仍在瘀血、四周是血色的風景，而「紅色皮球」是心裡恐懼陰影的化身，隨時會濺起不願回顧的記憶（卑污的水珠）。唐亞平於四川完成大學學業並移居貴州後，貴州「高原」地形的貧瘠與曠漠，山勢的雄偉與峭拔，帶給人存在感的渺遠與孤寂，以及少數民族的生活、宗教與風俗，皆成為了唐亞平汲取精神資源之處。

這時候，唐亞平進入了謝冕稱之的「高原時期」。而在這個時期，高原地形的粗獷與原始，也為其寫作帶來了一種性別向度的勇毅尋索：

我率領山民們化為瀑布掙脫沉重的壓抑
在懸崖上鋪展液體的狂風張開宇宙的聲帶
代表整個高原的磅礴
代表群山蘊含的激情和心願
哭訴高原巨大的沉寂深厚的痛苦
歌唱整個高原的想像和性格

我就是瀑布
在沉睡的夢的邊緣截斷陰河
變成瘋狂的裸女
誰也不敢親近我誰也不敢佔有我
雲彩也不敢獻媚蒼鷹也不敢炫耀[332]

[331] 唐亞平，〈日出〉，唐亞平著、謝冕編，《黑色沙漠》（瀋陽：春風文藝出版社，1997），頁 4。
[332] 唐亞平，〈頂禮高原・我就是瀑布〉，《黑色沙漠》，頁 38-39。

唐亞平熱烈地擁抱高原，擁抱這裡的平凡人民，也開始孕育其性別之思。不同於後續的「黑夜」轉向純粹女性感知的內在探索，「高原」時期的唐亞平是把自己投入到這塊土地的女性集體中，貴州高原山線的嶙峋、剛猛的形象特質被轉化為詩中的人性與風土之美。因此，唐亞平高唱「我就是瀑布」其背後其實是貴州風土與人情賦予主體的感知意象，如同謝冕認為「唐亞平走進了高原人生活的深處，在這種『走進』中表現了她的深刻」[333]。

《黑色沙漠》裡，出現了十二首各自獨立、又以「黑夜」為核心意象的作品，歷來一直是唐亞平的詩研究中最受矚目的重點。就翟永明〈女人〉的次標題「臆想」、「渴望」、「獨白」、「證明」等等來看，唐亞平的「沙漠」、「沼澤」、「洞穴」等就比較「具象」，也因為具象思維使得唐不像翟那樣在黑夜的運行過程中，又屢屢罩上一層晦澀、抽象的意念或情感以求取感性與知性的平衡，唐的抒情主體與意象的調度之間，存在著相當簡約的直覺與感性。因此，我不認為如部分評論者認為唐亞平是對翟永明的模仿，呼應張曉虹的看法：「唐亞平或許模仿翟永明的詩歌視角，但兩人的詩歌聲音卻大相徑庭」[334]。

> 我的眼睛不由自主地流出黑夜
> 流出黑夜使我無家可歸
> 在一片漆黑之中我成為夜遊之神
> 夜霧中的光環蜂擁而至
> 那豐富而含混的色彩使我心領神會
> 所有色彩歸宿於黑夜相安無事[335]

眼裡流出的「黑夜」，使主體「無家可歸」，亦成為「夜遊之神」，這是相當明確的性別主體宣示。更重要的是，翟永明的黑夜時常因為外部的精神壓抑而顯得自我否定：「如每個黃昏醉醺醺的凝視／我是夜的隱密無法被證明」（〈證明〉），唐亞平的「夜遊之神」明朗、正向、自我肯定的方式就更為鮮明。

又如〈黑色沼澤〉：

> 我的欲望是無邊無際的漆黑

[333] 謝冕，〈從盆地走向高原〉，同上註，頁 7。

[334] 張曉紅，《互文視野中的女性詩歌》，頁 173。

[335] 唐亞平，〈黑色沙漠、黑夜（序詩）〉，《黑色沙漠》，頁 79。

我長久撫摸那黑色的地方
看那裡成為黑色的漩渦
並且以漩渦的力量誘惑太陽和月亮
……
要麼放棄要麼佔有一切
我非要走進黑色沼澤
我天生的多疑天生的輕信
我在出生前就使母親的預感痙攣[336]

〈黑色沼澤〉表現出女人性慾的表徵模式，可以是自為自存的。既然慾望是「無邊無際的漆黑」，自我撫觸就可以激起性慾高潮的「漩渦」。唐亞平以性慾為「黑色沼澤」劃定活動的邊界，在這裡慾望是一切的統治者，甚至可以中斷「母親的預感」，唐亞平試圖將慾望生產（性）與母體源流（世系）斷開，突顯女人作為情慾的主體性。

作為女性言說的場域，唐亞平「黑夜」裡的「身體」偏重性慾化的表現，「洞穴」（陰戶）成為發散慾望的泉源：

洞穴之黑暗籠罩晝夜
蝙蝠成群盤旋於拱壁
翅膀煽動陰森淫穢的魅力
女人在某一輝煌的瞬間
隱入失明的宇宙
是誰伸出手來指引沒有天空的出路
那隻手瘦骨嶙峋
要把女性的渾圓捏成棱角
覆手為雲翻手為雨
把女人拉出來
讓她有眼睛有嘴唇
讓她有洞穴
是誰伸出手來
擴展有沒有出路的天空[337]

---

[336] 唐亞平，〈黑色沙漠・黑色沼澤〉，同上註，頁 80。
[337] 唐亞平，〈黑色沙漠・黑色洞穴〉，同上註，頁 84。

這類比較裸露性慾的書寫方式，唐亞平的「洞穴」指涉的是女人的陰戶，臺灣詩人顏艾琳在〈獸〉裡「那隻巨大且狂野且黑沉且柔情的／獸」與〈淫時之月〉「勃起的高樓」、「矗立的山勢」等，都是描寫男性陽具。一樣是身體情慾的隱喻描寫，唐亞平仍冀望「是誰伸出手來…」，其性慾的滿足仍須仰賴男性的性器，而顏艾琳則是抵抗男性的符號陽具的侵入、而將陽具「物化」，主體的能動性更為突出。在此，〈黑色沼澤〉雖然試圖建立女性慾望的主體，但到了這首〈黑色洞穴〉的實際性語言操作上，我認為顏艾琳對性慾中性別權力的拆解更為透徹。

〈黑色子夜〉則是以黑夜凝視女性的生存：

點一支香煙穿夜而行
女人發情的步履浪蕩黑夜
只有欲望猩紅
因尋尋覓覓而忽閃忽亮
……
所有的窗口傳來漆黑的呻吟
於是只有一個願望——想殺人放火，想破門而入
一個老朽的光棍
扯掉女人的衣袖
搶走半熄滅的煙蒂
無情無義地迷失於夜[338]

這首詩的社會控訴意味強烈，影射無數女性在不知名的黑夜裡承受的性暴力。因此，在黑夜裡，不只是女人孵化感官慾望與主體言說的場所，也必須適度反應社會各個角落裡女性的實際遭遇，顯示唐亞平的女性意識中所具備的社會批判向度。

除了黑夜與身體，死亡也是兩岸女詩人極為熱愛的主題，只是各自的表演姿態不同，詞語使用的習性也各有特色，給予讀者的情感效應也有所差異。唐亞平的死亡，由「酣睡」來演出：

被子在深夜發酵
不同的懶散同時膨脹
繡花睡衣一身浮腫

[338] 唐亞平，〈黑色沙漠・黑色子夜〉，同上註，頁 86。

我血肉蓬鬆，睡意綿綿
床是迷人的舞臺
這時我在天上
流行劃過眼角
柔軟的夕陽精謐輝煌
遙遠的夢境燈火通明
我身臨其境，任酣睡表演死亡
一條腿表演，一條腿看戲
一邊臉死去，一邊臉守靈
死是一種慾望一種享受
我攤開軀體，睡姿僵化
合上眼睛像合上一本舊書
發亮的窗口醒成墓碑
各種銘文讀音嘈雜[339]

同樣是閉眼的「酣睡」，與「死亡」有種神態外觀上的相似，抒情主體棲身於「酣睡」的領域中，讓腿看戲（葬禮）、讓臉演出（守靈），死亡因而成為一種被主體嘲諷的「表演」，也證實了詩一開始的「床是迷人的舞臺」。這裡顯示出唐亞平極力淡化死亡的恐懼與儀式的莊嚴，突顯主體超越死亡的表述能力，因為中國不少女詩人如同唐亞平一樣，不相信死亡只能是被「描述」而不能被「經驗」的客觀實存，她們相信女性言說若能充分描述死亡，並進一步形成預示般的集體經驗，女性主體也能自此被證成。

另外，「鏡子」對身體的映照與再現，及其帶給主體意識的反身性，往往與主體的建構有關。張曉紅如此表述「鏡子」與女性詩歌的關係：

> 鏡子常常表現為一種無效的求知手段，因為它只能提供片面的、破碎的和虛幻的反射。即便如此，當代中國女詩人仍然堅持與鏡子對話，以此作為一種自身與傳統進行磋商的方式。鏡子意象表明，女性氣質如何脫胎於特定的社會歷史語境，而女人又如何繼續陷入到性別身分的圈套之中。[340]

[339] 唐亞平，〈死亡表演〉，同上註，頁 168。
[340] 張曉紅，《互文視野中的女性詩歌》，頁 163。

張曉紅認知的「鏡子」似乎無法提供中國女詩人其性別主體足夠的反身性，而又讓女性陷入不夠自覺的「性別圈套」之中。但我認為唐亞平不少與鏡子有關的作品之中，主體卻是很清晰地意識到「鏡子」的虛幻性與表象性，回應鏡中世界的暫時與殘缺，也是在回應自我、性別與書寫。如表現對鏡子的宰制，以紓緩時間焦慮：「現在我不愁何處棲身／這一堵牆的房子／有著無限的空間／我安居其中，和光獨處／我的一身由鏡子做主／我消磨鏡子／鏡子消磨時光」[341]；主體與鏡子彼此映照：「我服侍鏡子／鏡子服侍我／我的形體日漸白胖／鏡子放浪形骸」[342]，鏡子只能照見我的「身形」，而我卻照見鏡子的「本性」；指涉與書寫的關係：「那些筆畫禾苗般生長／露珠滴翠／這是筆的夢境／靠這隻筆實現死亡誕生和愛情／靠鏡子起家」[343]，鏡子透過書寫、漢字的凝視，「夢境」也逐漸踏實，可以實現死亡、誕生與愛情。以上，可以見到唐亞平對鏡子意象的運用仍是具備充分反思性的，鏡像的須臾與幻象，正是反襯其女性主體的豐滿與盈實。

唐亞平的黑色系列是「女性內在世界象徵性的顯示和把握，是它的基本內容，而它的某些激憤又讓人依稀辨認出女性主義的微妙而曲折的影響」[344]，張曉紅也如實指出唐亞平與翟永明在詩歌語言上的不同之處：「《黑色沙漠》的抒情口吻時而桀驁不馴、澎湃有力、富有破壞性，時而憤世嫉俗、玩世不恭、挖苦譏諷。唐亞平的語調顯然有別於翟永明那種預言式的、試探性的和沉思冥想的語調」[345]。

唐亞平自言：

> 詩對於我個人來說是一種生活方式，一種命運，一種信仰。一切從身體出發，用個人的敘述與歷史和自然對話，我以對話的方式進入歷史和自然。把身體作為語言的根據，用詩召喚世界，……使詩與存在與日常生活統一於一身，通過對語言的把握達到對世界的把握。[346]

唐亞平建構女性主體的主題是黑夜、身體、死亡與鏡像，其「黑夜」裡的「身體」偏重性慾化的表現，能夠照見女性存在的象徵維度，也能兼顧社會面的省思與批判。其寫死亡與「鏡子」的系列詩，表現充分的反思特質，使得其女性主體的建構面更為寬廣。

---

[341] 唐亞平，〈鏡子之一〉，頁 147。
[342] 唐亞平，〈鏡子之二〉，頁 188。
[343] 唐亞平，〈鏡子與筆〉，頁 198。
[344] 謝冕，〈從盆地走向高原〉，同上註，頁 10。
[345] 張曉紅，《互文視野中的女性詩歌》，頁 178。
[346] 唐亞平，〈我因為愛你而成為女人〉，《詩探索》1995 年 1 期（1995.02），頁 134。

五、陸憶敏（1962-）：由死亡書寫趨向美的終極依歸

1984年，翟永明發表〈女人〉之後，以「黑夜」建構女性主體並探索自身內在的隱密世界，而伊蕾、唐亞平、陸憶敏等女詩人，往往與翟永明與「黑夜」聯繫在一起，但這不代表其詩不論從風格、類型、語言皆從屬於「黑夜」，每一位詩人的成長背景、生命際遇、以語言承受與感知時代的方式都是不一樣的，因此也必須把詩人的在地化實踐納入考量。

陸憶敏成長於上海，一個充滿現代風味與異國情調的城市，也是感受資本主義異化生活最為直接的地域，「陳東東的同班同學王寅、陸憶敏同樣進行著『環球旅行』：前者看『捷克電影』（王寅代表作《想起一部捷克電影想不起片名》），後者讀『美國婦女雜誌』（陸憶敏代表作《美國婦女雜誌》）。但不管是「田園詩」還是「異域詩」，他們都從上海隱身而去，成為了一個時間或空間上的波西米亞人」[347]，由於上海歷來承受西潮的衝擊，王曉漁清楚地指出上海／海上詩人的烏托邦精神結構總是波西米亞化的，就是因為上海城市空間的獨特性，詩人不斷地從城市中「隱身」，總是以移動、短暫、瞬時的詩思取代上意識的思想體系。

陸憶敏的詩，除了女性感知網絡綿密，更夾帶著銳利的柔情、張（愛玲）腔的蒼涼透視，以及自白派女詩人普拉斯的傳承。柏樺認為「她的詩是那麼輕盈，那麼迅速（迅速中還以柔情，海子的詩在迅速中帶著烈火），那麼幸福，那麼寬懷，寬懷中滿含感恩的清淚」[348]，鐘鳴以張愛玲的「荒涼」、「惘惘的威脅」形容陸憶敏詩中「大有哀情，出手極快」銳利而溫情的透視[349]；如同翟永明，余夏云認為陸憶敏也深受自白派普拉斯的影響，但是「區別於普拉斯自傳性的自白之聲，陸憶敏以其節制的古典情懷在戲劇化的聲音上做出了有益嘗試。……陸憶敏學普拉斯，改造普拉斯，最終建立了自己的聲音」[350]。

又如李振聲認為，相較於翟永明，陸憶敏詩中的「女性」意識較不是抽象、全景式的概括，語言密度也沒那麼繁複、緊張，而是有一種簡潔、一種疏朗：

> 陸憶敏無心也無力像翟永明們一樣，把女性的生活的生活命運當作一個實存

---

[347] 王曉漁，〈詩壇的春秋戰國——當代上海的詩歌場域（1980-1989）〉，《揚子江評論》2007年2期（2007.04），頁53-54。

[348] 柏樺，〈上海行〉，收於陸憶敏著、胡亮編，《出梅入夏：陸憶敏詩集》（太原：北岳文藝出版社，2015），頁119；柏樺，《左邊：毛澤東時代的抒情詩人》，頁217。

[349] 鐘鳴，〈詩的肖像〉，收於陸憶敏著、胡亮編，《出梅入夏：陸憶敏詩集》，頁138。

[350] 余夏云，〈出梅入夏：陸憶敏的詩〉，同上註，頁159-161。

> 的整體，直接凌駕於其上，對之做出全景式的，因而不免顯得抽象的概括和審視，……她傾向於一種簡潔的抒情性，詞語和節奏通常較為疏朗和灑脫，而在意象和隱喻結構上則呈現出嚴謹性，因而給人外鬆內緊，外表散淡、內涵緊張之感。[351]

胡亮認為「女權意識」、「死亡意識」與「自我分裂」是陸憶敏詩歌寫作的三大主題，尤其是後者，「特別是後期的作品來看，她已經發現了種種自我（包括『你』和『他』）以及它們相互之間的攔截和擁抱、敵意和暖意。不同的自我，向不同的力量都做了交代」[352]，因此，陸憶敏的「自我分裂」更是其「女權」及「死亡」與時代環境（他者）交互運作下的產物。胡亮更以為同時期北島的異域詩歌，帶來了中國文學傳統的異化，遺失了自身的漢語身分[353]，反觀陸憶敏：

> （陸憶敏）試圖在被割斷的中國傳統和不斷帶來興奮點的西洋傳統之間，通過個人自出機杼，在畫龍點睛的有限的異化中保全那個固執而優越的漢語之心。……陸憶敏只通過少量作品，就在對異域經驗表示友好的同時，清楚地出示了傳統與個人的雙重力量。……陸憶敏與陳東東、柏樺、張棗、鐘鳴以及宋氏兄弟一起，可以比較正式地中斷北島們開創的過渡性時代。[354]

〈美國婦女雜誌〉是陸憶敏建構女性主體意識的代表作品之一。首先，「美國」與「婦女」明示出一種文化「他者」身分與「自我」性別身分的融會與衝突。陸憶敏的女性主體從「窗戶」向外望，凝視著一個失去聲音的且屬於自己的「群體」：

> 從此窗望出去
> 你知道，應有盡有
> 無花的樹下，你看看
> 那群生動的人

---

[351] 李振聲，〈女性詩歌：人物與風景〉，同上註，頁 139-140。

[352] 胡亮，〈序一：誰能理解陸憶敏〉，同上註，頁 4。

[353] 我認為這個觀點其實有待商榷。北島、楊煉、多多的海外流亡詩歌，並非疏離了中國傳統與漢語身分，反倒是重構中國詩歌傳統、以及對自身漢語身分的重新探尋。此小節的論述重點在陸憶敏，故不再申論。

[354] 胡亮，〈序一：誰能理解陸憶敏〉，《出梅入夏：陸憶敏詩集》，頁 2-3。

把髮辮繞上右鬢的
把頭髮披覆臉頰的
目光板直的、或譏誚的女士
你認認那群人，一個一個

誰曾經是我
誰是我的一天，一個秋天的日子
誰是我的一個春天和幾個春天
誰？曾經是我[355]

「那群生動的人」背後都有其各自的故事，「我」其實在「那群女人」之中，彼此以隱密、不易被察覺的方式，分享著「我的一天，一個秋天的日子」與「我的一個春天和幾個春天」等被時間切割的感覺經驗。崔衛平認為此詩可以看出陸憶敏建構女性意識主體的方式：「不是在一個封閉的天地中和男人上演激烈的對手戲，也不是在男人離去之後於黑暗中注視自己身體上所受的『傷害』和『傷口』，而是在面臨一個女性群體時所產生的認同感，是無條件地加入到自己這一性別和其遭遇的共同行動中去」[356]，因此「那群生動的人」是一種女性認同主體的意象召喚。

前述胡亮認知的「女權意識」、「死亡意識」與「自我分裂」是陸憶敏詩歌寫作的三大主題，其女性主體獲致力量的來源，確實來自對「死亡」的探索。如同普拉斯於 20 歲時自殺未遂的生命經驗、挖掘內心隱私，致力於神祕、性經驗與情感創傷的「自白詩」對翟永明的影響，陸憶敏承接的是普拉斯詩中的「死亡」與「傷害」主題。

因此，陸憶敏「死亡意識」的源由顯得更為複雜，標舉「死亡」此一難以經由世俗理性觀照與通透的存在，目的除了解構外在體制與性別的暴力，也有重整自我認同的意圖。而李振聲如下的觀察，亦有值得商榷與對話的必要：

以顯得理智和充滿懷疑的言辭來表達女性的挫折感和對被傷害經驗的刻骨銘心，構成了陸憶敏主要的抒寫對象和內容，……他們經歷著由恢復（相對於「五四」而言）和開拓（相對於當代世界文化環境而言）了的思想文化視

[355] 陸憶敏，〈美國婦女雜誌〉，《出梅入夏：陸憶敏詩集》，頁 3。
[356] 崔衛平，〈文明的女兒——陸憶敏的詩歌〉，《看不見的聲音》（杭州：浙江人民出版社，2000），頁 176-177。

> 野，提示和警醒了對於男權意識形態的幻滅感，這就使得她們特別容易產生一種全面喪失自我的感覺。她們詩中大量出現的「死亡」詞彙，正是這種全面喪失感的鏡像化。[357]

我認為，就是因為陸憶敏經歷了極左文化專制與男權體制的雙重幻滅，死亡非但不是「自我喪失」的鏡像詞語，而是賦予主體一種「踰越」暴力的內在力量，每一次的死亡，就是一次刷新自我認識的心靈時刻。於是，陸憶敏如此寫下：「她高談死亡，也默想它／我看見一道紫色晚霞／想起她們偶然地死去／她的影子這樣清晰／慢慢地靠近我的身體」[358]。在此，普拉斯式的精神與靈魂閃爍著「晶亮」的死亡之光，吸納一切聲光與形體，引領著陸憶敏的死亡書寫。

而〈美國婦女雜誌〉的後半部分，顯示陸憶敏女性主體的建立，更充滿著死亡意識的拂照與逼顯：

> 我們不時地倒向塵埃或奔來奔去
> 挾著詞典，翻到死亡這一頁
> 我們剪貼這個詞，刺繡這個字眼
> 拆開它的九個筆劃又裝上
>
> 人們看著這場忙碌
> 看了幾個世紀了
> 他們誇我們幹得好，勇敢、鎮定
> 他們就這樣描述
>
> 你認認那群人
> 誰曾經是我
> 我站在你跟前
> 已洗手不幹[359]

「死亡」經驗有其個人性，是無法被重述的創傷經驗，個體只能以各個的方式揣摩

---

[357] 李振聲，〈女性詩歌：人物與風景〉，《季節輪換：「第三代」詩敘論》，頁 194-195。

[358] 陸憶敏，〈Sylvia Plath〉，《出梅入夏：陸憶敏詩集》，頁 61。

[359] 陸憶敏，〈美國婦女雜誌〉，《出梅入夏：陸憶敏詩集》，頁 3-4。

與感知，是無法與他人共享的。〈美國婦女雜誌〉從前半部的「我」到後半部的「我們」，女性主體的度量從個人被擴大至集體。「我們」「翻到死亡這一頁」，並「刺繡這個字眼」，傳統的女性勞作刺繡著「死」一字的筆畫線條，不只是隱喻女性自封建社會以來，承擔著國族、家庭、男性、道德教條的結構性壓迫，「刺繡」此一女性「刻板」的勞作，其「動」的姿態凌駕了死亡的「靜」，仍然雖「死」猶「生」，隱喻在父權社會的壓迫下對「死亡」的終極克服。最後，「我站在你跟前／已洗手不幹」，新時代女詩人的陸憶敏不再服從傳統勞作的「性別分工」，顯示其女性主體建構的完成。

陸憶敏的「死亡」意識更深入了特定的空間視野，陸憶敏瞄準的是老舊、斑駁、晦暗的「空間」，除了在象徵意義上「陳舊」本就與「死亡」有極強的聯繫，另一方面，無法被整合進「死亡」的「空間」，因為其未死猶生，不但是死亡「延異」之物，也在「活著」與「死亡」之間打開某種辯證性的感知地帶，我認為這個要死也不活的地帶，就是女性創造力的泉源。如〈避暑山莊的紅色建築〉裡，死亡的陰影無所不在，但被收攏的時光（夏日），主體帶著它「依牆而行」：

我所敬畏的深院
我親近的泥淖
我樓壁上的紅粉
我樓壁上的黃粉
我深閨中的白色骷髏封印
收留的夏日，打成一疊，濃墨鑒收
它尚無墳，我也無死，依牆而行[360]

〈老屋〉裡的死亡，化身為一名自殺者，「閒坐」在抒情主體身旁。文本中，可以清晰地察覺到「自殺」的氣定神閒，而「我」卻迷戀於空間的侷促——一條「長廊」，「長廊」同樣屬於生與死之間的灰色地帶：

但當厄運將臨
當自殺者閒坐在我的身旁
我局限於
它昏暗悠長的走廊

360 陸憶敏，〈避暑山莊的紅色建築〉，《出梅入夏：陸憶敏詩集》，頁 6。

在夢中的任何時候
我都不能捨此屋而去
就像一隻懨懨的小獸[361]

〈街道朝陽的那面〉：

所有的智慧都懸掛在朝陽的那面
所有的心情也鄰近陽光
這幾乎就是一種醫學
在冬天，你總走在那一面

有人總坐在午後的街上
就像插圖出現在書中
這幾乎包含了種種醫學
在你失去年輕又不太年老的時候[362]

〈街道朝陽的那面〉雖未明指死亡，但「醫學」本身即是朝向死亡的潛文本。主體所見的一切即是解剖後的「大體」，主體在實際感知死亡以前（「失去年輕又不太年老的時候」），早已經由「醫學」而鋪排、預演了死亡，這是對死亡恐懼的超越，對死亡意識的克服。

不同於以各種「空間」形貌反證死亡意識，陸憶敏的死亡意識也透過直述式的句法，與更為明朗的意念而表達。如〈死亡是一種球形糖果〉：「死亡肯定是一種食品／球形糖果　圓滿而幸福／我始終在想著最初的話題／一轉眼已把它說透」[363]，在這裡「死亡」成為了一種「食品」，是一種被剝除神祕幻影的存在之物；〈可以死去就死去〉「汽車開來不必躲閃／煤氣未關不必起床／游向深海不必回頭／／可以死去就死去，一如／可以成功就成功」[364]，這裡顯見死亡不再是令人拒斥的神祕與恐怖，陸憶敏將通往死亡的「自殺」行為視作「常態」性的生活認知。

〈溫柔地死在本城〉死亡的莊嚴轉化為出格的寓言想像，在詩中死亡顯得沒有重量，顯得輕盈而美好：

---

[361] 陸憶敏，〈老屋〉，《出梅入夏：陸憶敏詩集》，頁 16。
[362] 陸憶敏，〈街道朝陽的那面〉，同上註，頁 19。
[363] 陸憶敏，〈死亡是一種球形糖果〉，同上註，頁 27。
[364] 陸憶敏，〈可以死去就死去〉，同上註，頁 28-29。

當有人走過大路，群鴿帶我躍起
人們爭看我睡夢似的眼睛和手臂
我看見自己實現了在屋頂盤飛
並嘆息牆不夠紅潤顯得發青[365]

崔衛平認為〈死亡是一種球形糖果〉、〈可以死去就死去〉、〈溫柔地死在本城〉這三首詩，顯示：「陸憶敏在處理這個主題時，是把死亡放在一個能夠接受的位置上，而不是與之對立、對抗的位置上；是將死亡當做一件能消化之物，而不是需要嘔吐出來的一種東西；死亡甚至是始終與人相伴的柔情蜜意的事物，這種對待它的態度，是包容的、寬大的，用她自己後來的話來說，是『寬懷』的」[366]。

又如寫死去火化的場景，美麗而莊嚴：「有一二個人影／在我床前晃動／他們陪伴我　但疏遠我／陽光從兩面牆上燒烤我／我像一隻美麗的雉雞曲著雙腳／頭髮散發著蒸氣／和滋滋的響聲」[367]，焚屍之火被轉喻為陽光，至此成為一幕蒸氣與陽光的和諧場景，焚屍的驚怖也被詩人寬慰的情懷撫平。

以上，與死亡母題有關的作品中，死亡既然是生命反叛自我存續狀態最為暴力的拆解，崔衛平認知陸憶敏對死亡的「寬懷」，也是一種對死亡的拆解，只是不再以暴力的形式，而是以「寬懷」的方式。

陸憶敏亦時常在意識深處，或「背對」上意識的自己，向外「觀想」人的生命經驗與存在命題，如同胡亮指稱的「自我分裂」傾向。如「內視／我背對自己，坐擁天下」[368]；或在「沉思」裡坐想，在「沉思」中，空乏的名字是消逝愛情的「在場」證明：「請不要把我安葬／請不要把我安葬／也許／我將只是一個空名／並沒有出現過／我站過的地方是一塊空草地」[369]，或是：「在粉塵世界中／目直口呆／在腰部斷層中飛出兩隻鳥／那是我傷心的臀」[370]，甚至棲身在世界賦予主體的痛感之中反思：「痛感是一種補償機制／是一種存在方式／是一小筆財富」[371]。

陸憶敏這種自我分裂或自我指涉式的「內視」傾向，往往是同一代中國女詩人

---

365 陸憶敏，〈溫柔地死在本城〉，同上註，頁 43。
366 崔衛平，〈文明的女兒——陸憶敏的詩歌〉，《看不見的聲音》，頁 179。
367 陸憶敏，〈室內的一九八八・七月一日〉，《出梅入夏：陸憶敏詩集》，頁 110。
368 陸憶敏，〈內觀〉，同上註，頁 75。
369 陸憶敏，〈沉思〉，同上註，頁 63。
370 陸憶敏，〈殯葬〉，同上註，頁 69。
371 陸憶敏，〈不可或缺的遺憾〉，同上註，頁 84。

共有的精神品質，只是陸憶敏無意經由「內視」逼顯拔高而激越的女性意識，而是真誠地銘刻自我的生命，紀錄對這個世界的希望、幸福與哀悼。如〈室內的一九八八〉：

揉我的雙眼
裡面有眩華的陽光
在霧後
在水裡有一輪又一輪
委婉的太陽[372]

在一個中心的中心有一個中心
這種現象就是一盞孤燈
燈光下，寂靜中我聽到你的琴聲
我像一隻白色的現代鴿子倚床而睡
嘴角掛著幾滴乳汁般的句子[373]

既然是「室內」，陸憶敏依然能持續生產著「自己的房間」，在「房間」裡，陸憶敏回到了一種女性視野裡的蠻荒，回到了主體與世界最本真的原型連結中。「太陽」意象不再是逐日神話裡的爭鬥與對立，出現在「霧」後，而且是「委婉」的，象徵生命的圓融、和諧境界；同樣的，當世界的「中心」（事物表象）一層一層如漩渦席捲而來，陸憶敏仍在愛情中展現寂靜的諦聽，孤燈與鴿子象徵美好的守護與絮語的傳遞。

陸憶敏曾言：「女詩人無意於為真理而生，為真理而死，最情願的是為美而生，為美而死，這是他們最大的優點，也是她們在生活中最純情的微笑」[374]，由死亡書寫趨向美的終極依歸是陸憶敏詩歌寫作的總體景緻。陸憶敏的詩雖寫死亡，但並非寫死亡的陰鬱，而是經由死亡撐開生存知覺的毛孔，其自省、內視的詩，也並非封閉的內向思考，而是面向世界的溫存與寬容。

---

[372] 陸憶敏，〈室內的一九八八・六月二十一日〉，同上註，頁 101。
[373] 陸憶敏，〈室內的一九八八・六月二十一日〉，頁 106-107。
[374] 陸憶敏，〈序二：誰能理解弗吉尼亞・伍爾芙〉，《出梅入夏：陸憶敏詩集》，頁 8。

六、虹影：微型化的生存圖景，還原人類存在本質

八〇年代初期開始寫詩的虹影，雖以小說聞名，但其初入文壇之時，是以詩人的身分出道的。尤其，虹影曾自陳「我的詩是我的小說的濃縮版，是小說的血液」[375]，虹影詩歌的寫作主體、語言表達、語意指向等等向來具有曖昧不明的特性，也並未刻意突出特定身體部位或女性感官以張揚某種「女性」的性別意識或精神空間，而是經由語言朝向生命神祕未知的區域去探索，這或許與其自傳體小說《飢餓的女兒》所揭露的「私生女」的身世經歷有關，詩人必須廓清謎樣世界的線條及輪廓，方得以開展自我與世界的命名行為與象徵關係。

就虹影寫作時序來看，其大致與八〇年代先後出現的「朦朧詩」與「第三代詩」相當，然而，虹影似乎與朦朧詩世代將時代語境推高到啟蒙的普遍性不同，也不那麼急躁地呼應第三代詩人「反文化」、「反崇高」、「反意象」與「口語化」的觀念潮流，而是從「當下」的生活情境出發，並從中抽離具有政治、社會與文化指涉的符號系統，使得其詩常常成為某種懸置意念的組合，某種鑲嵌在特定生活視野裡的瞬時性。因此，從中國先鋒詩歌朝向語言與生命本質探索的傾向而言，虹影的詩恰恰是先鋒詩歌大潮之中較為「正統」的一脈，不刻意朝向傷痕的歷史或束縛自由的威權樹立「反」英雄式的界碑，也不執著於朝向詩歌形式或表達的完整性與整體性投擲裂解結構的彈藥，而是讓短暫、瞬時而不易察覺的感受成為詩歌的基調，隱藏在語言本體攀附在世界與人類的存有之處，等待詞語的破碎與意義的靜止，意圖還原世界與生命的本質。

如同〈四月之二〉開篇的詩句：「已經七天了／什麼消息也不傳來／我在樹下／烏鴉在牆上飛來飛去／從不曾有人經過這個位置」[376]，虹影不少詩作的開頭，總是以如此透徹、冷靜的形象語言卻不甚明確的指涉姿態出現，試圖將生命存在的諸般表象，包括種種時代風景、人性樣貌、生活百態，全數剔除任何政治或社會意識型態的意向性（intentionality），也看不見激越的官能表現或情感渲染，而是還原到詩人內在凝視事物存在的「此時此刻」之中。因此：

我不是花蕾，初放的花蕾
掉入你杯裡的是昨夜的果子
我努力呼喊別人的名字

---

[375] 蔣登科，《重慶詩歌訪談》（重慶：重慶大學出版社，2013），頁236。
[376] 虹影，〈四月之二〉，《快跑，月食》（臺北：唐山，1999），頁3。

親吻別人的身體

雨水一次比一次凶猛
我的皮膚金黃，根鬚濕透
隔著眾人的肌膚大笑[377]

在這裡，到底「我」為何？是詩人抒情主體的化身？還是四月（春季）的擬狀？「花蕾」、「昨夜的果子」、「呼喊別人的名字」、「親吻別人的身體」等，皆無法具體框定「我」的實質形象、範疇與意義。更耐人尋味的是，「我的皮膚金黃，根鬚濕透」或許可以遙指前述詩行「昨夜的果子」，但已然「掉入你杯裡」的果子又為何會遭逢雨淋而濕透？而遭到吞嚥的果子，又為何「隔著眾人的肌膚大笑」？這裡出現了語意與語感的悖離，主觀的詩性邏輯在此凌駕了客觀的物理邏輯，這顯示出虹影對現實物狀的超越，也是對阻滯人類本真感知的生存表象的超越，也是對生命存在原象的追索。

虹影的詩時常讓語言的整體性崩塌，同時，也利用崩塌後存賸的語言「局部」，讓世界微型化的生存圖景得以顯示，還原人類存在的本質樣態。例如〈沉默的桃花〉透過詩人自身與桃花的對話，看盡時間的流逝，看穿一株桃花的花開花謝，暗喻生命本質的無恆常：

看你把花蕊的寒氣吸進
絕望地尋找那個春天

你不會說什麼
留下　像二十多年前
門外池塘　我看見一面水霧

這是我失去的全部
我不明白你凋謝了
我還在這兒　想你接近我[378]

---

[377] 同上註。

[378] 虹影，〈沉默的桃花〉，《快跑，月食》，頁5。

「水霧」、「凋謝」等視覺的暫留，表現出詩人對生命暫時狀態的把握。這樣以語言訴諸世界與生命本質還原的意向性，在當代漢語詩歌也許並不罕見，但差別在於還原的「方法」。虹影的詩訴諸的是「詞語–意義」此一連續體的破碎，讓意義的解讀被迫停留在特定詞語的局部結構之中。

虹影的詩美學建立在一種主體與世界極為臨即且瞬時的感官交會上，但又不匆忙於傳達特定的意旨，而是提取「發生在詞語之前」的象徵，語言時常成為發生在實體生命事件之前的「詞語生命」，藉此找到自身與世界更為穩固的闡釋關係。因此，虹影的詩時常出現一種語言的「懸置現象」，導致讀者被迫朝感受的方向走，而非解讀意義，如〈挽留〉：

> 水塘投下一粒石頭
> 我被固定　除了一些文字
> 和文字的開始和結尾
>
> 每一種姿態都是一種祈禱
> 這些太平常
> 你經過　看到池塘中最小的石頭
> 你走近　設想
> 我波動不定的結局[379]

〈挽留〉透過相當細緻的語言操作，蓄意促使「向池塘投擲石頭」此一舉措與生命的興衰榮枯產生象徵與隱喻的關係。〈挽留〉講述生命或身體變化衰老的實像，投射在池塘「波動不定的結局」此一片段形象之中。在這裡，「你」似乎能概觀全覽抒情主體受限於文字中的困局，證明「你」或許意謂超越當下時間性的「我」，意圖「挽留」自我與世界短暫而美好的「此刻」。詩人在此將語言做出蓄意留白與微型化寓言的處理，藉此再現自我與世界的複雜關係。

虹影詩歌語言向來拒絕整體表達而著重斷裂或破碎的形式，整體意義上的片段，迫使語言對現實的指涉效果，出現了瓦解甚至失效，這麼做的目的，是為了讓詩歌語言卸除再現現實的負擔，而是指向短暫、瞬間即逝的真實經驗。即使是巨大的政治事件（六四天安門事件），詩人對語言的裁切仍是婉拒整體性表達、蓄意留白、簡要且精準。

---

[379] 同上註，頁6。

〈時間〉：

> 鐘擺磨損，一道閃電劃過
> 越境者心中的亮點
>
> 夜半
> 歌聲向日葵擁來
> 我緊靠門
> 恐懼，你好[380]

「時間」意指「六四」此一影響中國民主命運的集體精神創傷，形成了一道難以重述與追溯的生存現實。虹影的語言操作於是將這樣的投射在內在意識的顯影處（心中的亮點、歌聲向日葵擁來），加以回溯與還原，直達語言之中世界與人類總體意識塌陷之處（鐘擺磨損）。「恐懼，你好」一行，將世界與個人的表象關係拆解為如此瞬時性的感覺，這樣非整體性的表達手法，也使得六四事件後，中國社會普遍抑鬱與噤啞的政治運動，從這一行詩句得到具體而微的揭示。

從〈時間〉一詩，可以窺見進入到「個人寫作」的九〇年代，詩人面對「現實」關注方式轉向「個人」敘事，轉向描寫日常生活的情境與經驗，詩歌與現實的語境關係面臨了重大修正。[381]在此一詩歌語境的前提下，虹影：

> 遭受到理性邏輯規則制約的詩性空間得以復甦，被遮蔽的存有也得以顯現。因為冷靜，也因為節制，虹影的詩在篇幅上都顯得比較短小。她不需要鋪排過多的故事甚至簡單的情節，而是通過語言之間的斷裂建構一種特殊的張力，說出或者暗示自己的體驗。就這一點來說，虹影是較好地把握和堅持了現代詩的文體本性的。更深一點揣測，她對中國傳統詩在語言、文體等方面的特色和優勢是非常看重的，不追隨潮流，走自己的路。[382]

黃粱也認為虹影：

---

[380] 同上註，頁 8。

[381] 羅振亞，《大陸當代先鋒詩歌論》（新北市：花木蘭出版社，2016），頁 60-64。

[382] 蔣登科，〈隱藏了故事的「自敘傳」——虹影詩歌的一種讀法〉，《當代作家評論》2015 年 3 期，頁 67。

> 將世界、將存在的表現統攝於語言當中，語言崩解之處，同時是世界顯示、還原本態之處，透過歷史性和規範性，透過某種程度的遮蔽隱瞞，得以使一物化為一物，使世界化為世界。虹影詩歌所突破的，正是語言本身的軌則，特別是語意的限度。這種內部的突破，殊異於後現代詩歌對語言質疑及破壞的外在表現，它直指語境的內涵，藉由語境背後的拆解，達到詩性空間的還原。……虹影詩歌的文化意義在詩學上是中國古典詩學「重意致，輕言傳」的審美理念在當代的延伸，先邏輯性的意念敷衍和詩性空間的虛實錯綜在文本實踐上醞藉深遠，滋味遼亂，拓進了現代漢語的感覺縱深。[383]

虹影的詩歌語言，語言總被扭轉到思維的深處，照見外部世界與自我生存的本質樣貌，體現出詩人心靈再現事物、屬性或狀態的能力。

面臨「六四」此一集體的能指創傷事件，虹影詩歌語言堅持迴避過於淺白直陳的語言，努力讓詩裡每一個微型化的意象組合都能夠照見個人或集體的生存圖景，並還原人類存在本質。虹影的詩偏向點描式的敘事，組裝無數斷裂或破碎的生命零件，呈現非整體化的語言表達模式，迫使語言對現實的指涉效果，出現了瓦解甚至失效，這麼做的目的，是為了讓詩歌語言卸除再現現實的負擔，而是指向短暫、瞬間即逝的真實經驗。

第四節　結語：黑暗／夜預演、死亡演出與身體情節

進入八〇年代，隨著官方對民間社會管控的鬆動，兩岸女詩人皆充分醒覺於自身的性／別意識與認同，並且以「身體」作為建構女性主體意識與自主話語空間的感覺網絡。她們將意象技巧應用在女性身體器官、心理情慾、生理現象等，對於「身體」生產著更為直覺而不避依賴「菲勒斯」中介的語言表述與感知經驗。兩岸女詩人同樣感覺到黑暗／夜、性慾、身體、死亡的內在力量，認為上述的意象叢的利用與展演，有助於女性感知經驗的抒發與主體意識的建立。

於是，兩岸女詩人普遍意識到男人為了讓性慾體制進一步轉化為性別的社會交易體系，將自身的生理－勞動力還原為「人類」此一普遍抽象概念之下，必須將女人的精神與身體進一步「物化」以納入其交換與流通的經濟，也就是依希嘉黑認為的「將『自然』服從於勞動和技術；將其物質的、有形的、可感知的特性全部化為男性具體實踐活動中；女人之間的平等，是根據外在於她們的律法而定；將女性建

---

[383] 黃粱，〈隔著眾人的肌膚大笑——漫說虹影詩歌的距離與間隙〉，見虹影，《快跑，月食》，頁 XVIII。

構為『物品』的構成，象徵著男性之間關係的物質化，等等。在這樣的社會秩序中，女性因而代表了一種自然價值再現後的社會價值。女性就是在這樣的過渡中求取所謂的『發展』」[384]。可以這麼說，女性詩歌美學話語得以成立的關鍵，就是「寫作」此一非物質生產的勞動有助於反抗男性賦予女性的「物化」構成，女性透過「寫作」而不再成為男性／父權價值範疇內「物質化」的象徵中介，透過「黑夜」、「死亡」與「身體」，女性得以自我再現、自我反饋、自我「發展」。

本章「**第二節、臺灣：走向社會——女性話語的多元化實踐**」，分為五小節：（一）利玉芳：女性、本土性、母語性的交錯與融合；（二）零雨：懸宕、折返在起點與終點之間的「寓言」；（三）陳育虹：以隱喻追尋女性感知原型；（四）羅任玲：從「觀看」走向「存在」的語言；（五）顏艾琳：從情慾、身體到母性的話語政治。臺灣女詩人雖也有闡釋普遍的存在本質（零雨、羅任玲）、以隱喻追尋自我原型（陳育虹），或是描述流產、子宮、月經等生理變化（利玉芳、顏艾琳）等比較內省式的詩句，受益於解嚴後的文化空間與蓬勃發展的婦女運動，整體上仍是朝向社會多元領域的話語實踐，與社會現實的對話關係亦比較外顯些。

本章「**第三節、走向自身——女性話語的語言化實踐**」，分為六小節：（一）伊蕾（1951-）：寫在身體上的自然；（二）王小妮（1955-）：獨立（文化）／女性（生活）的綜合美學維度；（三）翟永明（1955-）：以「黑夜」生產女性美學的話語空間；（四）唐亞平（1962-）：性慾化的黑夜與身體，反思死亡與鏡像；（五）陸憶敏（1962-）：由死亡書寫趨向美的終極依歸；（六）虹影：微型化的生存圖景，還原人類存在本質。中國女詩人剛從文革走出，語言型態相較於臺灣本來就比較收斂，雖然歷經了一段思想短暫解凍、集體理想主義的高潮期（八〇年代），雖也有對抗體制（政權或男性）的叛逆姿態與語言（王小妮、翟永明），但八九年後受制於極權政體一元話語的言論空間限制，而走向個體寫作，與社會現實的對話關係是內隱的。

兩岸女詩人在意象的使用頻率上，「黑暗／夜」、「死亡」與「身體」三者，頻繁於兩岸女詩人作品中出現。以下，結論將從「黑暗／夜的預演」、「死亡的演出」、「身體的情節」三個層次，總結本章內容。

一、黑暗／夜的預演

零雨的「黑暗」，落在後歷史主體的感覺結構之上，穿透、審視現代性的「進步」神話：「練習在**黑暗**來臨前／跑步回家，以免錯過／黃昏／／以免走錯門」[385]，

---

[384] Irigaray, Luce. tr. Catherine Porter., Carolyn Burke. *This Sex Which is Not One*. pp. 184-185.

[385] 零雨，〈既不前進也不後退〉，《消失在地圖上的名字》，頁 42。

只體在「黑暗」「來臨前」就預先演練、消解了現代性的時間秩序，「黑暗」在詩中是一個現代性的時間裝置；而〈特技家族〉中的「再推開門眺望門外到達不了的地域／推開門／再推開門／／觸摸到一根**黑暗**中的繩索／緩緩綑綁自己」[386]，「黑暗」在這裡成為了主體演示自由與虛無的中介，較不具有獨立的闡釋意涵；零雨另以「黑布」隱喻父女二人之間的情感裂隙：「突然，關上燈的**黑暗**中／火車開了，載你到遠方／永不停留的旅站／／啊父親！你遞給我黑布／它像一條小船，被我丟棄／在故鄉寧靜的溪流」[387]，火車隱喻父女兩人生命的行進，「黑暗」驅動了主體與父親及故鄉的本質連結。

陳育虹筆下比較沒有明確的「黑暗／夜」意識，但少數作品如《索隱》裡的〈之十六・索〉，仍提及黑夜：「一切可見而不可見／在這樣的**黑夜**，我撫摸的／不是你——／我幾乎感覺／那麼，是你的魂嗎？」[388]，「黑夜」讓一切可見亦不可見，也直接造成「你」形影的閃爍未定，「黑夜」是一個不定向的、指向對愛情的悼念儀式空間。

羅任玲的詩中，「黑暗」只是主體辨明自身存在本質的過渡空間。如〈哈囉！黑暗〉：「我在靜寂的夜裡肅穆祈求／哈囉！黑暗／以七彩為你紋身／點綴無數晶亮魔球／懸掛在往事的小窗……」[389]，「黑暗」同樣是抒情主體打開了「往事」、「歲月」、「夢境」等內在意識，亦不具備自存自為的形上意義。

顏艾琳則是以「黑暗」闡述其女性意識，「黑暗」賦予女性一種感知溯源的意涵：「黑。我寂寞地假想子宮的幽闃、溫度。／好，黑。／但那卻是久遠記憶的回溯了」[390]，「黑暗」與「子宮」相聯繫，「黑暗」可以等同於「子宮」空間的視覺化再現，也是「子宮」此一生理性徵賦予主體內在的感知空間。另一首〈黑暗〉，「黑暗」的幽深、不可測度、遮蔽光影折射的特性，蘊含了女性性慾與情慾想像。

「黑夜」作為中國女性詩歌重要的意象群，「黑色」可以是身體、慾望、情色的孕育之處，也可以是女性情感與思考的存在之所。如陳仲義：

> 1985 年翟永明發表〈黑夜意識〉，確立大陸女性詩歌在嚴格意義上的冠名與自覺。「黑夜」，借指女性區別於男性特有的肉體與精神世界。它充分體現女性第二特徵，隱含著女性內心的個人掙扎。「黑色」，也一時成為女性詩歌關

---

[386] 零雨，〈特技家族〉，《特技家族》，頁 10-11。
[387] 零雨，〈父親在火車上〉，《木冬詠歌集》，頁 58。
[388] 陳育虹，〈之十六・索〉，《索隱》，頁 74-75。
[389] 羅任玲，〈哈囉！黑暗〉，《密碼》，頁 92。
[390] 顏艾琳，〈黑雨季〉，《抽象的地圖》，頁 164。

> 於身體、激情、情欲的標籤，它與神秘、欲望和女性的特殊氣質相聯繫。黑夜意識湧入眾多文本與議題：肉體、毀滅、死亡、神秘、欲望等等，幾乎佔據當時女性詩歌大半版圖。……性感歡娛、肉欲氣息、自主自足性體驗，一時作為「黑夜」的主要內涵。在女性性別意識前導下，一大批黑夜文本（〈女人〉、〈靜安莊〉、〈死亡的圖案〉、〈黑色沙漠〉、〈獨身女人的臥室〉等）戴上女神、女巫、女媧、乃至「壞女人」的四重面具，向男權主義祭壇發出最初、也是最驚世駭俗的衝擊。[391]

伊蕾的「黑暗」，是落實在自身的「身體」上：「黑頭髮／黑色的柔軟的旗幟／一個女性最後的驕傲」[392]，「黑頭髮」是伊蕾的「身體詩學」的表現，「頭髮」的底色「黑暗」，也是伊蕾鋪排其女性身體感官、建構女性主體意識的場所。

王小妮的〈黑暗又是一本哲學〉：「黑暗從高處叫你。／黑暗也從低處叫你。／你是一截／石階上猶豫的小黑暗。／光只配照耀臺階。／石頭嗡嗡得意」[393]，在這裡，「光」只占據「臺階」，也只能驅動無生命的實體「石頭」，「黑暗」卻成為召喚主體的來源，佔據人所有的意識界域，王小妮似乎以「黑暗」反襯人類存在的卑微與受制處境。

本章在論述翟永明的部分指明：「『黑夜』不只是翟永明亟欲割裂「光明」此一陽剛能指的靜態精神狀態而已，而是作為一個動態、「生產」女性美學的話語空間而存在」，而「黑暗」同樣代表著再現女性話語空間的能指。因此，如〈預感〉：「貌似屍體的山巒被**黑暗**拖曳／附近灌木的心跳隱約可聞／那些巨大的鳥從空中向我俯視／帶著人類的眼神／在一種祕而不宣的野蠻空氣中／冬天起伏著殘酷的雄性意識」[394]，一切死寂之物被「黑暗」拖曳，而引起後續一連串「雄性」的意象群（巨大的鳥、野蠻空氣、殘酷的雄性意識），是「黑暗」此一女性能指「預感」了他者／男性象徵的到來。

翟永明自陳：「我稱之為『黑夜意識』的正是一種來自內心的個人掙扎，以及對『女性價值』的形而上的極端的抗爭」[395]，形而上的抗爭當然也包含從歷史典故取道。〈三美人之歌〉則是寫孟姜女、白素貞和祝英臺等女性的情貞，如寫著祝英臺躍入梁山伯塌裂的墳中而羽化成蝶的故事：「在**黑夜**，**黑透**的深處／她**比黑更黑**，因

---

[391] 陳仲義，〈新世紀大陸女性詩歌的情欲詩寫〉，《當代詩學》4 期（2008.12），頁 5-7。

[392] 伊蕾，〈黑頭髮〉，《叛逆的手》，頁 129。

[393] 王小妮，〈黑暗又是一本哲學・黑暗哲學〉，《我的紙裡包著我的火》，頁 139-140。

[394] 翟永明，〈預感〉，《登高：翟永明詩選》，頁 16。

[395] 翟永明，〈再談「黑夜意識」與「女性詩歌」〉，《詩探索》1995 年 1 期（1995.02），頁 128。

為她／從陽間進入墳墓／如果他死了，我也不活著／用呼吸捲起他空虛的影子／將石碑搗爛」[396]，為了與歷史典故做出現代的互文，祝英臺唯有「**比黑更黑**」，才能是一個來自黑暗深處、能夠自我言說的女性主體。

唐亞平「黑夜」裡的「身體」偏重性慾化的表現，「洞穴」（陰戶）成為發散慾望的泉源：「洞穴之黑暗籠罩晝夜／蝙蝠成群盤旋於拱壁／翅膀煽動陰森淫穢的魅力／女人在某一輝煌的瞬間／隱入失明的宇宙」[397]，又如「我的眼睛不由自主地流出黑夜／流出黑夜使我無家可歸／在一片漆黑之中我成為夜遊之神」[398]，「黑夜」把原本不屬於自己的「家」放逐了，「無家可歸」才是女性找尋自我存在價值的起點。

陸憶敏則是將「黑夜」比擬為驚惶疑懼此一情緒的化身：「**黑夜**像一隻驚恐亂竄的野禽／進屋睡了，拉上窗匝，低聲咕噥」[399]，若把「黑夜」比擬為女性自身，那麼既是驚恐的野禽，去進屋之後低聲咕噥，顯示其需要的是一處情感與記憶皆能夠收放自如的空間。

由上可見，臺灣女詩人多數對「黑暗／夜」的運用，或是驅動存在與記憶命題（零雨、羅任玲）的中介之物，或是追尋愛情的儀式性悼念（陳育虹），只有顏艾琳較具有將「黑暗／夜」連結女性意識建構的傾向。中國女詩人方面，伊蕾、翟永明、唐亞平是把「黑暗／夜」意識構築為具有女性主體與形上本體意義的詩學類型，而王小妮與陸憶敏雖沒有這樣的傾向，卻也為「黑暗／夜」賦予了更多屬於女性感知的詩意。

二、死亡的演出

「死亡」不只是有形生命形態的結束，兩岸女詩人而言，「死亡的演出」在一定程度上對自身的性別主體的建構亦有輔助作用。帶有女性話語銘刻意味的「死亡」，對任何拘束人類思考的價值實體皆具備某種程度的「超越性」，詩的語言受到死亡的覆蓋，是抵禦外部價值侵入的顯著座標。

零雨：「不論白天或黑夜，都在灰衣裡的城市，以一個冬天沉沉守著葬禮的儀式」[400]，死亡以「冬天」的守候作為標記，是零雨標誌個人感知時間的精神刻度。都市的現代性空間導致廣大人群其個人感知的死亡，致使城市的天幕都是灰黑色調，集體感知無法與主體進行連結，使得存在之思的流動受到外部的限制，對零雨

---

[396] 翟永明，〈三美人之歌〉，《登高：翟永明詩選》，頁 179。
[397] 唐亞平，〈黑色沙漠・黑色洞穴〉，同上註，頁 84。
[398] 唐亞平，〈黑色沙漠、黑夜（序詩）〉，《黑色沙漠》，頁 79。
[399] 陸憶敏，〈桌上的照面〉，《出梅入夏：陸憶敏詩集》，頁 39。
[400] 零雨，〈城的連作・春霧〉，《城的連作》，頁 89。

來說，這形同死亡。

陳育虹在《河流進你深層靜脈》之中，「其實一切發生的都／未發生／雨從沒說過什麼，寂靜／是最高音／／因為花／春凌遲死亡」[401]，以「寂靜」取代「發生」，以「花」的瞬時撲滅「死亡」，陳育虹以其預示的感覺展現對「時間」的凌厲反抗。

《她方》裡，顏艾琳轉向「母性」思考，對「母性」如何成為女性主體建構的重要元素，有更為多面向的探索，其「母性」內涵也將性、生殖，與死亡命題聯繫起來：「當陽具深深地嵌入／彷彿填充了——／一出世　便以日日準備的／肉的棺槨」[402]，「肉的棺槨」是嬰孩死去的肉身，肉身尚未靈活躍動於世界，顏艾琳以「母性」對其傳達的「死亡」宣判，顯示出中斷陽具與生育之間符號關係的內在慾望。

表徵「死亡」與「棄絕」，是伊蕾最重要的話語策略。如〈被圍困者・1.主體意識〉：「我被圍困／就要瘋狂地死去」[403]，「死亡」在此成為解散既有空間、進而化解性別壓迫的表徵權力。

翟永明以「夜」攪擾死亡：「熱烘烘的夜飛翔著淚珠／毫無人性的器皿使空氣變冷／死亡蓋著我／死亡也經不起貫穿一切的疼痛」[404]，翟永明除了持續地以「黑夜」建構女性意識與話語系統的努力，而「黑夜」裡，「死亡」既然經不起「黑夜」貫穿一切生命形式的疼痛，對翟永明來說，「死亡」有效地促使主體不斷地在靜止與運動、身體與精神進行存在的辯證，以找尋建構女性主體言說的存在之域——黑夜。

唐亞平的死亡，由「酣睡」來演出：「我身臨其境，任酣睡表演死亡／一條腿表演，一條腿看戲／一邊臉死去，一邊臉守靈／死是一種慾望一種享受／我攤開軀體，睡姿僵化／合上眼睛像合上一本舊書／發亮的窗口醒成墓碑／各種銘文讀音嘈雜」[405]，同樣是閉眼的「酣睡」，與「死亡」有種神態外觀上的相似，抒情主體棲身於「酣睡」的領域中，讓腿看戲（葬禮）、讓臉演出（守靈），死亡因而成為一種被主體嘲諷的「表演」。

陸憶敏〈美國婦女雜誌〉的後半部分，顯示陸憶敏女性主體的建立，更充滿著死亡意識的拂照與逼顯：「我們不時地倒向塵埃或奔來奔去／挾著詞典，翻到死亡這一頁／我們剪貼這個詞，刺繡這個字眼／拆開它的九個筆劃又裝上」[406]，陸憶敏

[401] 陳育虹，〈櫻花就是這樣〉，《河流進你深層靜脈》，頁 55。

[402] 顏艾琳，〈陽具屬陰〉，《她方》（臺北：聯經，2004），頁 138。

[403] 伊蕾，〈被圍困者・1. 主體意識〉，《獨身女人的臥室》，頁 138。

[404] 翟永明，〈生命〉，《登高：翟永明詩選》，頁 53。

[405] 唐亞平，〈死亡表演〉，《黑色沙漠》，頁 168。

[406] 陸憶敏，〈美國婦女雜誌〉，《出梅入夏：陸憶敏詩集》，頁 3-4。

的「死亡」意識更深入了特定的空間視野，陸憶敏瞄準的是老舊、斑駁、晦暗的「空間」，除了在象徵意義上「陳舊」本就與「死亡」有極強的聯繫，另一方面，無法被整合進「死亡」的「空間」，因為其未死猶生，不但是死亡「延異」之物，也在「活著」與「死亡」之間打開某種辯證性的感知地帶，我認為這個要死也不活的地帶，就是女性創造力的泉源；又如〈死亡是一種球形糖果〉：「死亡肯定是一種食品／球形糖果　圓滿而幸福／我始終在想著最初的話題／一轉眼已把它說透」[407]，在這裡「死亡」成為了一種「食品」，是一種被剝除神祕幻影的存在之物。

三、身體的情節

利玉芳〈水稻不稔症〉以稻穗的不稔實隱喻流產與婚姻關係：「莫歎我肚子裡沒有你的愛／是你不讓我做你四月的情婦」[408]，將女性流產此一生理特質與「水稻不稔症」做出連結，利玉芳的「身體」，是抵抗、批判男性物化的身體。

零雨〈潘朵拉的抒情小調 2〉則借喻自希臘神話，極具性別政治意涵：「兩個人在戀愛著他。一個／兩隻手抓牢圓形的胸部一個／紳士狀躺在最陰暗的腹腔／——這是最日常的生活了」[409]，戀愛裡的三人行，一個貪嗜身體感官慾望、一個故作「紳士」而只躺在腹腔隱忍（性？）飢渴，零雨這裡要表達得是，在「盒外」的世界，女性始終無法逃離男性的身體凝視；而〈瀚海〉作為創世起源的意向／象「早於……」，與「鏡子」倒影「我」卻無法如實呈現「我」之間，恰好構成了零雨以女性言說建構起「身體」的詮釋：「一種古早，早於清晨／早於我，早於我寄居的時代／早於星球，早於宇宙／那種浩瀚，我不能／述說，我讓鏡子／說話。但鏡子亦不能／／穿過我的身體／又塑造我的形貌」[410]。

陳育虹也透過空間感的移情作用，探索自身的「身體」與「記憶」：如「溽熱／密閉／陰闇／壅塞／血腥的啊我寄生的／／母親的／子宮」（〈高溫城市〉）[411]，這首詩顯示壅塞、濕熱的都市空氣與「子宮」空間之間的意象並置／互換。「子宮」既然是女人自我命名的存在之源，一切社會主流價值造成的個體生理與心理創傷、或是自身種種不易解讀的情感或思緒，都可以回溯「子宮」此一生命原型重新梳理、反思。

羅任玲的擬童話詩〈我堅持行過黑森林〉：「未及讀完告示／我匆匆離開他們／

---

[407] 陸憶敏，〈死亡是一種球形糖果〉，《出梅入夏：陸憶敏詩集》，頁 27。

[408] 利玉芳，〈水稻不稔症〉，《活的滋味》，頁 24。

[409] 零雨，〈潘朵拉的抒情小調 2〉，《特技家族》，頁 127。

[410] 零雨，〈瀚海〉，《木冬詠歌集》，頁 32-33。

[411] 陳育虹，〈高溫城市〉，《其實，海》，頁 80。

不小心踩斷公主或王子的／一根肋骨」[412]，羅任玲戲擬童話的目的在於洞悉「童話」本身女性歷史的缺位，是父權制度將女性思想、身體與慾望加以「唯美化」、「溫馴化」的文化詭計。

「體液」此一被主流社會文化集體壓抑的「身體」生產，在顏艾琳的詩意運作機制裡，有了反父權話語收編的意義。〈水性——女子但書〉裡的「潮」，也跟「體液」有關，但是指「經血」淨空後的「子宮」與「卵巢」：「日子剛過去，／經血沖洗過的子宮／現在很虛無地鬧著飢餓；／沒有守寡的卵子／也沒有來訪的精子。／只剩一個／吊在腹腔下方的空巢，／無父無母、／無子無孫」[413]，顏艾琳試圖經由指認自己的身體（子宮與卵巢）與性徵——「卵巢」的空乏狀態，進一步產生女性主體意識的起始步驟。

〈我的肉體〉亦是伊蕾「身體詩學」的發揮。「我是深深的岩洞／渴望你野性之光的照射／……我的肉體，給你的財富／又讓　你揮霍／我的長滿清苔的皮膚足可抵禦風暴／在廢墟中永開不敗」[414]，此詩的「身體」打開了女性，也打開了性慾過程裡每一個知覺的細部，而自然化的意象也緩衝了性愛交合過程中野蠻的肉慾成分，帶有情感昇華的效果。

翟永明的「身體」常常不是表面原意，而是「黑夜」隱喻系統的一部分。其最重要的美學特徵就是將陳述對象與話語結構「身體化」、「黑夜化」，〈女人〉中的身體比較停留在潛意識的運行，而〈靜安莊〉則是歷史記憶的「身體化」。也可以說，整座靜安莊一景一物的動靜都是其女性「身體」的延伸，也都在其「黑夜」的覆蓋之下。如〈第八月〉：「赤裸的街道發出響聲／如成熟的鳥卵，內心裝滿白色空間／被風慢慢吹硬了老骨頭／石灰窖發出僅存的感染／來自旱季的消息使我聞到罪行／人頭攢動，誰仰面去看／誰就化為石頭」[415]，每一行詩句皆是隱喻著文革的歷史記憶場景，寄託「上山下鄉」年代裡知青的勞動與苦悶；到了〈第十二月〉，「身體」（喉音、肋骨）依然被轉化為記憶重述的一部分：「始終在這個鴉雀無聲的村莊，耳聽此時出生的／古老喉音，肋骨隱隱作痛」[416]，女性身體迫近了那個傷痕的時間，對集體苦難的梳理，也不再是控訴憤恨的語調，而是調度女性感知意象去填補傳統歷史敘事遺失的部分，並引導讀者對這一段歷史進行重新理解。

作為女性言說的場域，唐亞平「黑夜」裡的「身體」偏重性慾化的表現，「洞

---

[412] 羅任玲，〈我堅持行過黑森林〉，《密碼》，頁 98-99。
[413] 顏艾琳，〈水性——女子但書〉，《骨皮肉》，頁 36。
[414] 伊蕾，〈我的肉體〉，《叛逆的手》，頁 145。
[415] 翟永明，〈靜安莊・第八月〉，《登高：翟永明詩選》，頁 76。
[416] 翟永明，〈靜安莊・第十二月〉，同上註，頁 85。

穴」（陰戶）成為發散慾望的泉源：「是誰伸出手來指引沒有天空的出路／那隻手瘦骨嶙峋／要把女性的渾圓捏成棱角／覆手為雲翻手為雨／把女人拉出來／讓她有眼睛有嘴唇／讓她有洞穴／是誰伸出手來／擴展有沒有出路的天空」[417]，「洞穴」指涉的是女人的陰戶，但主體的性慾滿足仍須仰賴男性的性器與撫摸，雖然在性慾主體性的宣示效力尚不足，但已然突破了傳統女性詩的意象使用方式。

以上，「黑暗／夜的預演」、「死亡的演出」、「身體的情節」三個層次，是兩岸女性詩歌的交會之處，部分女性詩人轉向存在命題的哲思（零雨、虹影），但仍可以見到其屬於女性的「智／知性」神采。誠如趙娜：

> 她們（90 年代女詩人）的智性言說為女性詩歌帶來了新的氣象，使得女性詩歌的審美空間得到了新的拓展；她們將情感變化與生活形態的轉換聯繫起來，將愛情、婚姻等主題抒發地淋漓盡致；她們從身體寫作中抽離出來轉向對傳統文化的發掘、以更廣的視域來關注世界，提升了詩歌的精神力量；還有的開拓了身體寫作的新向度……多種書寫交相輝映，建構了新的斑斕風景。[418]

在此補充趙娜的看法。知性的發揮不只在題材的拓寬上，也反映在女詩人對「語言」的經營方式上。虹影的詩並未刻意突出特定身體部位或女性感官以張揚某種「女性」的性別意識或精神空間，而是經由語言朝向生命神祕未知的區域去探索，虹影的詩語言是一種「詞語化」的生命，已然發生在實體生命事件（人為悲劇）之前，也因為沒有諸如事實性的人為悲劇、死亡、傷害情境的壓迫，反倒使虹影藉此在「語言」之中，找到自身與世界更為穩固的闡釋關係。虹影的詩顯示女性詩介入、參與了九〇年代詩歌「語言轉向」的重要案例，虹影善於使用意象與概念、部分與整體之間的「間距」，傳達出某種朦朧隱微的生命情緒，還原人類的存在本質。

而相堪比擬、亦具備高度存在之思色彩的，是臺灣女詩人零雨。零雨擅長的是對特定空間進行抽象式地穿透並擬造生命存在的「寓言」，零雨並未刻意改寫或介入都市空間的原有樣貌，知性（抽象）與寫實（現實）之間的轉換機制是順暢無礙的，使得其詩裡的空間帶有知性的結構秩序。因此，我認為零雨的知性思維是有現實血肉的，零雨對寓言空間的經營其實是對現代主義過度隱喻／象徵的力道的拉回

---

[417] 唐亞平，〈黑色沙漠・黑色洞穴〉，《黑色沙漠》，頁 84。

[418] 趙娜，《女性書寫：智性・情感・身體——20 世紀 90 年代女性詩歌引論》（開封：河南大學中國現當代文學博士論文，2014），頁 15。

作用，寓言在現實與象徵／隱喻之間又重新搭建了一處戲劇化的特技舞臺，讓不被察覺的自我異化事實得以被揭示。

從《城的連作》到《消失在地圖上的名字》，零雨的寓言空間出現了型態的轉變，許多隱喻詞語也都可以還原為特定現實的感知雛形。都市寓言修補了現代主義象徵與真實的裂縫，以及無法以語言整合他者（世界）的創傷，趨近存在本源的現代意識與時間感塌陷的後現代意識也在此匯合。但如此一來，卻使得零雨的抒情主體不斷承受著來自現實的感官與知覺的重力，壓迫到零雨的「城」其寓言化空間內的象徵與隱喻系統，使得零雨的寓言空間出現了「幾何」的型態。

第六章　結論：重建兩岸新詩的「比較論述」

第一節　比較向度——自我、現代、後現代與女性

其一，本書第二章**「自我之書：兩岸現代主義新詩的自我與世界」**，主要比較兩岸在「現代主義」的「自我面」（主體）落實於語言上的建構與表現方式，以及論述兩岸在「自我」作為價值尺度在美學表現策略與方法上的差異。本章指出兩岸戰後至七〇年代新詩裡的「自我」，由於歷史語境與社會條件差異，而出現不同意義的「自我」（主體）結構與美學型態。兩岸在「戰後至七〇年代」此一歷史階段之中，兩岸詩人皆受到外部政治勢力的壓迫，但不同的意識形態光譜與社會氛圍，對於兩岸詩人在「心靈法則」、「現代意識」與「感覺結構」（話語形構），或是在「語言邏輯」、「形式思維」或「表達方式」（美學生產）上，出現了不小的差異。

總體而言，這個時期臺灣雖處於冷戰、親美、反共的政治形勢中，臺灣六〇年代至七〇年代現代主義仍能為持一定的藝術自律、仍然能在「自由中國」的符號下，開展豐饒的現代主義繁花，臺灣現代主義的推移與轉化過程中，較偏重「傳統」的移植與繼承。臺灣六〇至七〇年代的現代主義是「形式」的現代性，充滿著各式表現技術的思維，相信特定的表現技術得以探索「自我」的真實。即使不見容於統治當局的政治表述（如左翼詩歌）由於政治禁忌而較為稀缺，但橋接自歐美現代派詩歌資源的「橫的移植」能夠檯面化、適度得到官方容許，並逐步茁壯成為一幕盛大的現代主義詩歌景觀，是**現代主義揚聲版本、強調「自我」技術面的現代主義**。

中國戰後至文革結束前，現代詩的命運則由於特定歷史條件的限制，中共對文藝結社與話語場域的監控、同化、統御的力量更強，在即便擁護現實主義戰鬥精神的胡風及七月詩群都被劃為「右派」的情況下，集權化、一元化的極左思維以「群眾」、「人民」、「階級」為名，對詩人身體、思想、心靈無所不在的介入、馴服與操控，自此，地下詩人的「自我」走向了自我修復、啟蒙主義的道路。除了少數如黃翔等勇於衝撞體制的詩人，地下詩歌與白洋澱詩群的光譜中，大體上「自我」形象在中國早期的先鋒詩歌裡通常以不確定、模糊的隱喻形態呈現，相較於臺灣具有豐沛的技術展示，中國此時的現代主義側重於與「革命」話語加以「斷裂」的變異及

衍發，屬於**現代主義深潛版本、強調「自我」啟蒙面的現代主義**。

其二，本書第三章**「時間之書：兩岸現代主義新詩的歷史／時間」**，比較兩岸在「八〇年代以降」新詩的軸線演進、感覺結構與美學表現的差異。本章比較兩岸八〇年代以降的現代主義新詩——「抒情臺灣：「再次」現代的現代主義」（「續航」路徑）與「朦朧中國：「啟蒙」的現代主義」（「斷裂」路徑），回顧臺灣抒情現代主義與中國朦朧詩的話語形構與美學生產的歷史，考察兩岸詩人如何以「歷史時間」的反思為支點與槓桿，進行「現代性」的詩意「跳躍」，以及以此「跳躍」的現代詩思維圖示，呈現出對何謂「現代」概念的認知與對「傳統」刺激方式的重要差異，並進一步比較兩者關於不同取向的「時間無意識」應用於遣詞造句方式的異同。尤其在「如何現代」的面向上，兩岸在彼此異質的政治時空與文化語境之中，出現「抒情」現代與「啟蒙」現代的差異。

在「文化史詩」的面向，羅智成寫了不少「文化史詩」，但沒有如楊煉與江河的作品那般，籠罩著深厚的、「恢復人的尊嚴」的啟蒙理性意識，臺灣詩人要表現的，始終是「抒情傳統」於當代的適應與再創造。另一方面，臺灣詩人重探中國歷史、神話、寓言等題材的作品，既有抽象、宏觀的俯瞰，也有著與日常的親切感並存的狀態，營造出一種相當「個人化」的思維、風格與氛圍，把個人心緒與歷史敘事做出比例精美的揉雜，希冀在「傳統」與「現代」的融合基礎上，重塑一種創新的、屬於自身語境的、自我言說的語言。臺灣戰後第一代詩人不論偏向主觀／感性（楊澤、羅智成、陳義芝），還是客觀／知性（簡政珍、蘇紹連），五位臺灣詩人的現代主義皆是朝向古典文化與抒情傳統回歸，並展現更為開放、積極的入世意義，屬於**「抒情傳統」的現代主義**。

兩岸詩人面對「傳統」的態度，都是將「古典」與「傳統」視為建構民族精神與文化典型的重要資源，問題是如何親近、擷取「傳統」，並以現代主義的技法重新「發明」「傳統」。就此點來看，臺灣戰後第一代詩人，並未具備「文革」傷痕記憶與歷史經驗，其書寫也未受到左翼革命教條主義的干擾，因此，得以放緩向集體話語突進的熱烈激情，讓私我的情感得以棲身在「文化中國」（楊澤、羅智成、陳義芝）的符號之下，或是將知性思維落實於詩的形式與內容的變革上（蘇紹連、簡政珍）。

當然，中國朦朧詩人並非不「抒情」，或如北島不斷思考詩如何承擔揭露生存現實、闡釋歷史記憶，或如舒婷展現女性的感性思維，或如顧城的自然與童話，或如楊煉撫今追昔的姿勢與大敘述的抒情，但無論採取何種詩學進路，都無法避免背後「啟蒙」思維圖示過於膨脹的問題。中國朦朧詩人過於急切地想擺脫文化專制遺毒，以詩重建語言、象徵與個體心智，導致語言內面對立於文革意識形態的意念過於明顯，也造成技巧與修辭有時過於無法兼顧理念與表現（北島）、有時流於鋪張而失控（楊煉）、或太單向流於封閉美學（顧城）的問題。因此，中國朦朧詩人回到「現代」的路徑受到文革頌歌詩體的橫斷，於是就必須「隔代地」掌握五四的「啟蒙」遺產，並將啟蒙信條轉化為現代化的漢語，這樣詩學上的轉化過程背後啟蒙意識的構圖相當明確，屬於**「啟蒙構圖」的現代主義**。

其三，本書第四章**「叛逆之書：兩岸的後現代詩」**，主要比較兩岸「後現代詩」各式內在觀念，以及落實在語言面的不同表現手法。本章指出，兩岸後現代詩不論從生成背景，與具體作品而論，其實具有不少美學特徵上的共通點與差異點。

臺灣的後現代詩或都市、或情色、或世代、或破壞，體現出從「世代／語言」到「主體／理念」的位移軌跡。臺灣八〇年代後現代詩的「本土」雖仍有「世代」的文化反叛立場，從羅青、陳克華、林燿德與夏宇，是作為「世代」反叛、「語言」的後現代詩，其中展現出「形式」或「語言」遊戲的性質，亦在所難免，但這並非其真正、最終極的價值訴求，意圖顛覆「現代」或「正典」的世代思維，主導著詩人對新詩語言的經營。解嚴以後，如陳黎與向陽，作為主體思考、本土「理念」的後現代詩已然浮現，代表後現代的思維／技巧進一步「在地化」，最終與臺灣社會語境相互融合。

中國後現代詩人不斷受到共產黨官方意識形態國家機器的文化干預，但從周倫佑的詩中，可以見到周倫佑以後現代去中心、拼貼、仿寫等修辭技巧的使用，試圖去除「文化」裡的威權暗影，體現重構烏托邦秩序的內在意識。從李亞偉與韓東的詩中，詩人立足在抵抗官方、主流意識形態體制的「民間」社會，「順勢」地以口語化、反權威、反崇高為表現策略，以嘲諷、戲謔的方式解構了政治體制對現實生活的編碼系統，完成了一次背向朦朧世代方向的「主體重建」與「語言發現」。

據本書研究發現，兩岸後現代詩在美學上的具體差異則是，中國詩人並未向臺灣詩人（林燿德）高舉都市空間、異次元／核暴／末日、抵拒現代主義烏托邦的場所意識（田園、鄉土），或如陳克華高舉身體主義與同志身分的大旗，中國詩人的後現代詩較傾向在語言層面的知性思考，比較沒有像臺灣後現代詩人如對具體的生存現實做出「話語空間」的界線操作。當然，譬如夏宇「語言詩」色彩濃厚，但夏宇的「新象形」字充滿「前文化」色彩，意圖廢除表意文字所乘載的歷史／文化連續性，但是夏宇偏向從「漢字」的局部著手，與中國周倫佑致力將現代漢詩中被「文化」強勢驅除出去的感覺、意識與語言加以「還原」、從「語境」整體著手的作法，有所不同。

中國後現代詩人即便都市性最強的陳東東，其重視的仍是語言的知性探索與都市感性的重建，其他如李亞偉部分後現代詩作充滿著「民間」與「地方」的習氣與情味，在「後現代＋民間性」的象限上，臺灣則有本書論述的陳黎與向陽。在後現代視域上，如韓東與于堅比較傾向羅青的客觀鏡頭，周倫佑則意圖廓清「文化癌」在語言的板結，莽漢的李亞偉則是亞文化、衝撞體制，但沒有如夏宇走向文化虛無主義的極端，而在身體、性別或其他公共議題的表態上，也不若陳克華那樣激進裸露。中國後現代詩人對語言的戲仿其實可以對應於官方統治意識型態的深層反諷，其意向徵狀趨向於晚期現代性社會對於人的異化狀態的否定，而手法卻是後現代的。

其四，本書第五章**「女之書：兩岸八〇年代以後的女性詩歌」**，以寫作與出版時間座落在「八〇年代以降」兩岸十位女詩人做為研究對象，希望探究兩岸女詩人在八〇年代以後，不同的歷史境遇下建構女性言說主體的書寫軌跡，以及在不同的社會時空與話語規則之中，努力在語言符號系統中找尋屬於女性主體符號再現的異質性。另外，本章致力呈現兩岸女詩人以寫作釋放被男性象徵系統收編的歷史性、她者性（otherness）、物質性（materiality）與否定性（negativity），找尋自身獨特的情感與思考與言說方式，驅動流動的意符以抵抗陽具同一性話語體系的控制與收編。

臺灣女詩人從戒嚴中走出，屬於走向社會——女性話語的多元化實踐。臺灣女詩人雖也有闡釋普遍的存在本質（零雨、羅任玲）、隱喻追尋自我原型（陳育虹），或是描述流產、子宮、月經等生理變化（利玉芳、顏艾琳）等比較內省式的詩句，受益於解嚴後的文化空間與蓬勃發展的婦女運動，整體上仍是朝向社會多元領域的話語實踐，與社會現實的對話關係亦比較外顯些。

中國女詩人從文革走出，語言型態相較於臺灣本來就比較收斂，屬於走向自身——女性話語的語言化實踐。中國女詩人雖然歷經了一段思想短暫解凍、集體理想主義的高潮期（八〇年代），也有對抗體制（政權或男性）的叛逆姿態與語言（王小妮、翟永明），但八九年後，受制於極權政體一元話語的言論空間限制，而走向個體寫作，其主體與社會現實的對話關係是內隱的。

時序進入「八〇年代以降」，兩岸女詩人對於「黑暗／夜」、「死亡」與「身體」三組意象的頻繁徵用，逐步建構了女性自身的象徵系統，亦重新界定了自身的美學。兩岸女詩人清楚察覺到男性性慾／文化體制是透過「交易女人」而成立的，因此，雖然兩岸女詩人的話語策略與思考方式有所差異，但其張揚性慾、宣敘黑夜、裸露身體、排演死亡等意象演出，除了是出於抵抗男性性慾／文化體制的內在心理動機，也意謂女詩人開始以身為「女性」的視角，梳理自身的情感世界、生活經驗甚至是形而上思索等等，並嘗試提出自身的美學議程，以此重塑身為女性的性／別認同。

第二節　變動中的漢語：後歷史、後國家、後倫理

本書另提出兩岸新詩戰後以降六十年的演變軌跡，是「後」「國族／歷史／倫理」的。「後」不只是遞延的時序，也是感覺的徵候，更是審美的意識形態。隨著特定歷史語境的展開，特定的詩觀、流派的生成，或特定形式與詩藝的探索，以上意謂兩岸詩人在新詩的內緣面，除了是詩人面向語言本身的反思、重新反省自身與歷史與傳統的想像關係之外，在新詩的外緣面，更屬於詩人如何落實各自的文化思想資源（抒情或啟蒙、菁英與民間、女性），以應用到詩歌寫作上（新詩現代化與後現代化）的問題，諸如：如何拒斥官方意識形態教條、如何承擔語言說歷史／時間、如何抗拒資本主義與市場經濟的宰制，或是如何以個人話語（個體）達到神話祛魅（集體）的文化實踐。

所謂「後歷史」、「後國家」、「後倫理」，這三種美學徵候在兩岸戰後至世紀之交的六十餘年之中，再現出與歷史、現實、生命對話與角力的過程。「後」不只是時間的遞延，更是主體面對特定歷史／時間結構壓迫下的精神徵候，或是根源於「現代性」的種種文化、道德與精神危機的集體焦慮，而詩的寫作，就是上述精神徵候或集體焦慮的語意（現代主義）或反語意（後現代主義）的記號。「後－」雖然具備一定的「後現代」主義思維特質，但並非是全然解構「語體中心論」與「主體建構」的空乏所指，兩岸在八〇以後的「後」主體，是一次次以詩歌進行自我建構的集體文化機制，包括對歷史遺留文化秩序的反思（後歷史）、多元的共同體想像的文化參與（後國族），和經由寫作，對生活場域進行倫理的重構（後倫理）。

以下，分項論述：

一、後歷史

「後歷史」並非「後」於特定、客觀的「歷史／時間」序列或階段，而是起始於寫作主體對「歷史／時間」座落在主體自身內部的意義的反思。中國自改革開放後紛呈浮現的新詩集團、流派與美學主張，以及臺灣解嚴後亦呈現巨量爆破性成長的現／當代詩歌場域，皆為兩岸詩人「後歷史」的精神徵狀提供了一個適合的話語場域，兩岸詩人在關鍵的政治時間點（解嚴與改革開放）之前，早已開始進行了「後歷史」的寫作。

第二章「自我之書」闡述兩岸戰後世代詩人在自我話語的繁衍與構成上，展現

出華文文學場域政治「大敘事」同一性圖像宰制下的異質性，臺灣偏向個人主體的追求與定位，主體不斷向外部世界拓殖，而中國則呈現人性尊嚴的修復與回歸意識，面對外部世界侵擾而顯現不斷向內固守的姿態，這個時候兩岸詩人（除黃翔）雖沒有激進的表態，早已將特定的「歷史／時間」情結納入主體的反思意識之中，因此，早已是「後歷史」的感覺結構。

而進入到八〇年代之交，兩岸各自以不同的想像方式「承接」與「發明」現代主義詩學，臺灣戰後世代詩人不論是主觀抒情路線（楊澤、羅智成、陳義芝），還是客觀物像的凝視與沉思路線（蘇紹連、簡政珍），是以「抒情傳統」的方式「再次」現代，而中國的「朦朧五君」礙於文革的歷史創傷，必須先恢復「人」的基本尊嚴，以及確保寫作立場不再受革命意識形態統御，因此無法如同臺灣五位詩人已然在六〇年代擁有完整的「文化中國」思想資源而再「發明」出適應當代語境的「抒情傳統」，而呈現出「啟蒙主義」構圖的現代主義風格。

進入到世代叛逆與語言／形式激進過命的後現代，兩岸也因為現代性歷史脈絡與語境的差異——中國的革命現代性與臺灣的殖民現代性，兩者迥異的歷史時空及社會屬性各有所本，面向不同結構性特徵的歷史話語，兩岸後現代詩流派主張與個人寫作活動皆呈現出「世代交替」的現象，在各自的文化場域裡，或與本土意識融合，或表達民間不被馴服的美學，共同生產著推翻既有美學體制的激進表意文本。

而在部分兩岸詩人提出解構一切男性話語主體權力的「女性詩學」的文化議程之時，兩岸女性詩人不只是依靠寫作反抗男性／陽物符號在社會生活場域的統治，兩岸女詩人的後歷史主體，皆看穿了現代性「進步」神話與歷史唯物主義的幻象的重複與無意義，臺灣女詩人看見了資本主義與男性話語共謀的社會總體結構，而中國女詩人也認識到了官方、威權與文革伴隨著市場經濟大潮而來，兩岸女詩人持續生產著身分敘事與批判話語仍持續得擾動主流權力的話語中樞。如臺灣女詩人零雨循著現代性時間秩序（「在黑暗來臨前」）儘快「跑步回家」，操演著對「現代」的深刻反諷；而中國女詩人翟永明則是在洞悉陽物能指在語言中的表述功能，而另以「黑夜」重新搭建女人的感知界域。

因此，所謂「後」歷史，就是當代兩岸詩人以全景關照式的詩性敏感，以語言創造了新的歷史身體，又以此「語言化」的歷史身體重新鑄造能夠與當代語境對話或對抗的感性經驗。在後歷史的文化反思中，臺灣詩人面對的是威權到民主的社會轉型，新詩在「現代」不斷自我更新的歷程中，也參照、吸納了「本土」認同的精神資源，更在新詩現代性介面上進行對古典傳統的「創造性轉化」上，有豐富而深刻的表現；而中國詩人則是在極權話語不斷介入寫作的境況中，面對著創傷與尋根的固有傳統，中國朦朧詩人以書寫抵拒極權化的修辭肉身，後朦朧（第三代）詩人在理性的「國族能指」的黑洞之外，又重新以反詮釋的文字，昭示歷史啟蒙理性的大崩潰，推進也抬升了新詩語言在「先鋒」向度的藝術多樣性與表現力。

二、後國族

若從「現代主義」為思考起點，兩岸的現代主義、後現代主義甚至女性詩學，相較於西方，都屬於「遲來的現代性」。而「後國族」的理論思考即是處於遭西方文化帝國主義強勢輸入的兩岸新詩社群或個人，如何以詩歌美學構面開啟抒情的／啟蒙的（第三章）或的感覺重構行動，進而超越遭西方宰制的文化霸權，走向文化自主的道路。因此，兩岸戰後以降的新詩話語形構與美學生產能否達成「逆寫帝國」[1]，或是排入「第三世界」[2]的文化議程——共同作為「第三世界」的批判詩學而存在，這是一個總體詩美學所體現的政治、文化與社會意識的評價問題。

還有，「後國族」意謂著「超克」帝國主體，也意謂著，現代詩歌是否具有超國

[1] 「逆寫帝國」原出處為 Bill Ashcroft、Gareth Griffiths 與 Helen Tiffin 合著的同名專著，考察印度、澳大利亞、西印度群島和加拿大等曾經作為「大英帝國」殖民地的後殖民獨立國家，其所建立的後殖民文化的具體實踐，及其對「帝國」中心所輻射出的傳統經典、強勢文學與文化的主導思想提出了種種挑戰與抵抗。見 Ashcroft, Bill., Griffiths, Gareth. and Tiffin, Helen. *The Empire Writes Back: Theory and Practice in Post-Colonial Literatures* (London: Routledge. 2002). 然而，與《逆寫帝國》所建基的後殖民視域不同，臺灣只是受到中國「統合論」的政治壓力，但臺灣並未與中國之間並未有「殖民主義」的歷史遭遇與宗主／附庸的主從關係。本書挪用「逆寫帝國」一詞的初衷在於，八〇年代以降部分臺灣本土詩人已然警覺中國逐漸作為一種新形態「帝國」的文學生產與「中華文化」的全球文化擴張戰略，並以詩歌為表現媒介與活動場域，提出了一系列的文化抵抗文本。

[2] 「第三世界（Third World）」指稱的對象為亞洲、非洲、拉丁美洲等政治、經濟、社會現代化進程中處於「開發中」階段的國家。所謂「第三世界」概念，大致上即為在國際政治經濟研究的「世界體系理論」當中，世界體系的空間被劃分為「核心」（core；技術的擁有者提供者，已開發的工業化國家或地區）、「半邊陲」（the semi-periphery；「核心」國家技術的吸收者，也參與剝削「邊陲」的剩餘價值）與「邊陲」（the periphery；提供原物料與廉價勞動力），透過資本主義市場機制，邊陲受到中心的剝削。華勒斯坦（Immanuel Wallerstein）認為，「資本主義世界經濟建立在全球勞動分工的基礎上，其中這個經濟的各個區域（我們稱之為核心，半邊緣和邊緣）被賦予特定的經濟角色，發展出不同的階級。」Wallerstein, Immanuel. *The Modern World-System: Capitalist Agriculture and the Origins of the European World-Economy in the Sixteenth Century* (New York: Academic Press)., pp. 162.又強調：「如果世界體系是唯一真正的社會系統（除了真正孤立的自給自足的經濟體），那麼必須遵循的是，社會階級和身分群體的出現、聯盟和政治角色，必須被視為這個世界體系的要素。反過來說，分析一個階級或一個狀態組的關鍵要素之一，不僅是其自我意識的狀態，而且是其自我定義的**地理範圍**。」*ibid.* 351. 被歸類為屬於「半邊陲地帶」或「邊陲地帶」的國家，在地理上大多處於「工業化國家」的南邊，因此常被泛稱為「南方國家（The Southern Nations）」。因此，部分進步知識份子尋求人類的解放，提倡所謂「南方的覺醒」（Awakening of the South），呼籲全世界被壓迫者突破民族國家的思考框架，共同思考全球資本主義市場邏輯的抵抗方式。見 Amin, Samir. *Global History: A View from the South* (Cape Town, South Africa: Pambazuka Press. 2011).

／家向度的話語結構能力，以及涉及朝向共同體思考的「現代漢語」的文化主體，此一主體認同的判斷問題。因此，在八〇年代「全球化」的感知地表上（九〇年代則是更為明顯），臺灣與中國詩壇同受全球資本主義現代性與新自由主義文化治理模式的影響，兩岸詩人同樣在這樣的時代條件底下，以書寫進行文化抵抗。但「抵抗」的方式與策略不會是單一的，詩歌生產內面思維的圖像也必然錯綜複雜，兩岸詩人的「反全球化」抵抗的文本，重塑出一種具潛在革命力量的語言網絡。

筆者以為，兩岸在現今在社會物質發展基礎上已經不再是「第三世界」，但考量到在整體全球「文化工業」的產業鏈帶裡，西方／東方目前仍以核心／邊陲的壓迫結構圖示之中，「東方」至今仍處於被宰治的附庸地位。因此，如果將原先「資本市場資源配置」校準為「文化市場資源配置」，我們可以發現，兩岸新詩仍屬於一種抵抗帝國主義、新殖民主義與全球化壟斷性資本秩序的文化生產。這裡需要辯證的觀點是，新世紀以降的中國已然蛻變為一個能夠挑戰美國霸權的新興帝國，在這樣的認識上，新世紀後的中國當然不會是「第三世界」或「全球南方」的一員，但是若回到中國崛起中的「九〇年代」這個時空，中國仍在大力吸收外資資本與技術，但在文化面卻仍是承受著西方單向輸入的狀態。因此，若將研究的時間框架擺置在「南方」（亞、非、拉）這一邊緣、能動性的文化主體位置上，仍是有詮釋效力的。

本書研究發現，臺灣後鄉土時期的現代主義詩人，如楊澤、羅智成、陳義芝等等，不論是想像的鄉愁詩也好，還是文化中國的想像也好，其詩中仍然是掙扎於特定的國族文化形構的。即使是知性意涵較強的簡政珍與蘇紹連，兩位詩人在詩中或向現實偏移，或表達一定的「重塑精神烏托邦」的意圖甚為明顯。而中國朦朧五君則是更不用說了，其「啟蒙」與「後文革／歷史」的精神暗影精神仍時時糾纏著抒情主體，時而個體詩學，時而國族詩學。兩岸真正要進入到後現代與第三代，才真正進入「後國族」的總體精神結構。在臺灣後現代詩拆除一切話語權威、解構漢字之時，中國部分第三代詩人不斷清除文化親緣性的渣滓、並將語言推向「前文化」的表述時，連同「國族」的文化意識形態建築也一併拆除。

尤其是時間落在九〇年代之後，中國新左翼思想的崛起，其內在精神動力即是「去帝國」，是面向美國及其附從國（英、德、日等）為首的全球「帝國」，進行思想上的去殖民。就臺灣來說，九〇年代是「後殖民」的年代，除了面對島內白色恐怖平反與歷史轉型正義的開啟，另一方面由於中國官方文攻武赫的效應激發之下，兩岸的意識形態對抗再現於新詩領域的軌跡仍清晰可辨，這時候，臺灣的「去帝國」，就漸漸形成了文學本土論的「去中國」此一意識形態圖示。

因此，雖說基於創作意圖表露程度的差異，以及伴隨著本土化運動的開展，多數後現代詩人（陳黎與向陽是為例外）確實在某程度上，與具體政治現實的關係較為疏離。然而，臺灣後現代詩生成的高峰期恰好是臺灣經濟起飛與歐美文化思潮大舉輸入的時期，後現代詩人無論是面對、接受或抗拒西方「帝國」（尤其是美國）的文明／化想像系統的擴張與統合，無法迴避的是美國此一「帝國」的中心／邊陲的文化權力機制。臺灣新詩美學場域如何在這樣「帝國」的文化編碼程序之外，相較於中國後現代詩人游離、異軌於官方話語，臺灣後現代詩人在都市、科幻、情色的虛構之中掙扎與思索，繁衍出自身更多元、差／異的美學系譜。這時候的新詩書寫與閱讀，更應該回到全球資本政體、跨國視域的「後國族」探查，才是可行的論述途徑。

因此，所謂「後國族」的感覺結構，是考察當代兩岸詩歌之中種種亟待挖掘的隱蔽思想與言說力量，以及各自在政治威權的解體後，漢語語體之裂變所導致的去中心化與文化真空，兩岸詩人如何以一種書寫的自主性，參與自身生活場域的想像實踐。「後國族」帶有後現代思潮中「去中心化」、「去疆界化」的意涵，或許可以解答兩岸詩人在歷史結構、新詩傳統與文化場域的越／界過程中，設想「帝國」文化想像崩潰之後重構一擬像的、超國／家的「自我」，或是說形成某種「後國族」感覺結構的文化詩學。

三、後倫理

海德格以降，「寫作」早已是詩人文字的棲居之所，詩人在文字裡居住、勞動與生活的實體場域，心靈在此生養、成長與死亡，也在此遷徙、享樂、社交、孵育美夢與體驗文明。因此，寫作生活也是一種感知生活的「倫理」，詩人所認知的現代性感知「倫理」，不只是道德性理念或文化行為的敘事，更是一認知測繪的知覺，依據此，詩人方能塑造認同、擘劃未來。兩岸後倫理詩人，如楊澤、羅智成、林燿德的臺北，或是陳東東、陸憶敏的上海，伴隨著因為全球資本主義帶來的城市生活空間快速的時空壓縮，而詩歌向來被威權政治或資本市場網絡覆蓋的私密性與私我話語，也日益暫被詩人的寫作主體覆蓋上重層的詩意空間，隨著閱讀行為的展開，詩人－讀者之間也共同蘊含著集體精神的顛覆潛能。

本書將在「後倫理」此思考線路中揭示，兩岸進入八〇年代中期以後，兩岸新詩的現代性亦歷經了不同程度之後現代性反思的洗刷與清理之後，統治者的現代性敘事教條已然虛幻如浮雲，而詩歌也歷經日益膨脹的資本主義時間流的抵銷，記憶也因此成為一種「空間化」的符碼，而不再如同現代主義時期是「時間化」的。

因此，陳黎搬運、堆積臺灣遺失的「地名」，而李亞偉搬運的則是粗獷的民間生活情味／境，兩者皆蘊含著獨特的語言運鏡方式，以語言的「空間」轉向，重塑著新詩語言與自身生命的關係。當「後倫理」其實在兩岸進入後現代界域時，指涉著兩岸在時代變遷與社會轉型過程中，種種遺失的、未被發現的、深層的地域認同與生活的記憶，這樣「非詩」的時空中寫詩，其實是重構一種人與時代關係的生活倫理學，也是一種抗拒表象與遺忘的精神倫理學。

於是，後現代的「空間」成為詩語言的主要甚至是唯一的借喻時，若將時代往前推，由於政治表述的被壓抑，詩人的「後倫理」則是被壓縮在有限的精神世界之中，漸漸被詩人的主觀或客觀語言技術，凝聚成一道可觀的自覺意識。當臺灣跨語世代詩人陳千武以「新即物美學」的精神，凝視著媽祖鼻子上的蒼蠅的時候（〈媽祖生〉），其顯示出的本土／現實精神雖是寄託封建國民性的批判，卻也是其反思歷史的開始。因為，當封建或威權可以利用宗教機構建構自身的合法性，這是一個人類盲目的歷史積累，而當人無法克服歷史化的盲目，獨立思考也就無法生成。

我們可以說，陳千武不只在著名的〈信鴿〉這類作品中，以「我回到了，祖國／我才想起／我底死，我忘記帶回來」這樣的詩句，帶給讀者極大的歷史反思空間。「媽祖」系列的新即物批判美學更是「後歷史」的歷史視域，其「笠」精神導向的本土／現實意識，表現了在那個時代只能隱微傳達而無以明示的國族認同。而且，陳千武試圖以新即物主義的客觀、「知性」美學，呈現「自我意識－物的客觀秩序－本土的社會現實批判」此一心智景觀的時候，這其實是一種新詩寫作的「後倫理」，詩寫作賦予了主體破壞現存文化／倫理秩序的慾望，改造了主體原本屈從於歷史結構、文化權威或政治現實的關係。

又如同楊牧，本書研究發現，其〈給智慧〉[3]已表現出古典／現代的張力；歷史（宋代）／現實（子夜）的引力；審美／想像的重力，三種力量在詩人的中國古典的想像視域裡聚合，傳統與現代之間彼此拉扯、牽引，體現出「後歷史」（在現代界域想像歷史）、後國族（在現代界域想像文化中國）、後倫理（在現代界域審視自身）的感覺結構。

又如北島，以〈古寺〉[4]為例，此詩跳脫了過去格言體的套路，正式開啟了北島以「象徵」索驥歷史真相、反思記憶傷痕的重要參照手法。此詩一句「生者的目

---

[3] 楊牧，〈給智慧〉：「讓我獨自在雨地裡行走／穿過烟柳，穿過拱門，穿過一切宋代的美／然後，我們將在橋頭相遇」，見《楊牧詩集 I 1956-1974》，頁 161-162。

[4] 北島，〈古寺〉：「會隨著一道生者的目光／烏龜在泥土中復活／馱著沉重的祕密，爬出門檻」，見《午夜歌手——北島詩選 1972-1994》，頁 50-51。

光……」宣告了自身的歷史位置，詩人是一個文革劫後餘生之人，而且「馱著沉重的祕密」，也因為歷史敘事的重量如此沉重，主體才需要向「烏龜」一樣，緩緩爬出「門檻」。「門檻」意謂文革記憶的傷痕，主體必須以象徵「爬過」它，不論是個體還是國族，才能真正迎向光明。因此，此詩雖然仍糾纏於意欲拯救國族集體感覺失憶的文化整體情結，不像李亞偉、周倫佑等那麼拆解既存文化體制的「後國族」，但「後歷史」（重思歷史／時間）與「後倫理」（重思詩的政治倫理）的感覺結構仍是鮮明的。

而本書第五章所論述的女性詩學中，部分女詩人的寫作所揭示的「身體性」亦是一後歷史、後國族與後倫理的三重感覺結構。自啟蒙理性時代以來，女性的身體一直被男性體制的國家意識、新教文明與家庭倫理所壓制，因此，身體往往被視為不潔、邪惡、悖德與非理性的，必須從公眾視野與主流文化中驅除。就是因為啟蒙理性早以宣告女性的身體是非法的，而進入現代主義的文化界域之後，女性裸露身體器官、書寫性徵（子宮、陰道、卵巢）、甚至張揚情慾想像等等，當然具有「性政治」的意涵，面對男性／國族／家庭的多重壓迫，含有多元、邊緣與反叛意義的身體／情慾寫作，無疑具有「後國族」意義，當然「身體」的歷史不是意識形態的歷史，身體揭櫫感官的特質，無疑是重構歷史，也是「後歷史」的，而「女性寫作」的感知張斂開闔模式，又別立於男性／雄性象徵模式，重構了個人與性別的倫理秩序，因此也是「後倫理」的。

「後」歷史、「後」國族、「後」倫理三個面向，足以構成兩岸戰後至世紀之交六十餘年的「變動中的漢語」。一個「變動中」的漢語，從白話詩、現代詩、現代漢詩甚至到華語語系新詩，各個地域文化背景或有差異，但也時時刻刻與前述三者比拉扯、共構、互文，而逐步形成一種現代漢語新詩的「共時性」研究架構，如同張桃洲：「建構漢語詩歌『共時體』的根基之一，最終應該落實到『漢語性』上面來，『漢語性』與『現代性』正是新詩的兩翼」[5]。因此，沈奇以為「對於依然『在路上』的現代漢詩，收攝不是鎖定，不是整合為一統的所謂『經典範式』，現代漢詩必須以內部的多元互動來保持活力，在開放狀態下實現其豐富性。收攝是指在每一向度的精神拓殖中，找到更契合這一向度的言說方式……同時注意讓各種潛在的新的藝術質素，得以充分滋生，最終進入自然的規律」[6]。

當然，臺灣詩人有其獨立於中國「現代漢語詩」場域的思考，有其自身如何思

---

[5] 張桃洲，《中國大陸先鋒詩歌簡史》，頁 158。

[6] 沈奇，〈拓殖、收攝在路上——現代漢詩的本質特徵及語言轉型〉，現代漢詩百年演變課題組編，《現代漢詩：反思與求索》（北京：作家出版社，1998），頁 290。

考「漢語」或「中文」如何再次回應當代語境的方式。基於不同的歷史經驗與美學際遇，臺灣詩人在解嚴後，甚至可以在拆解一切大敘述的後現代詩中，仍可以孵育「本土」意識與思想（如陳黎《島嶼邊緣》與向陽《亂》），成為後現代／本土的雙軌精神結構，而中國詩人比較沒有如臺灣詩人具有一體化「國族敘事」的集體內在焦慮，其後現代的「民間」氣味，是屬於特定的「地方」認同或「階層」屬性，而非整體性的國族意識。

無論如何，「後」歷史、「後」國家、「後」倫理，揭示了兩岸詩人集體在特定時代之中的歷史圖示、思想容量與美學導向。我們不免發現，兩岸詩人面對各自重層鏡像的歷史迷霧，兩者在其內在隱性的、具有高度個人自覺的語言考掘，皆浮現出一種創造體系的徵候，而隨之這樣的徵候，滯留在話語空間裡的文體、意象與形式，往往是面向歷史總體性的一種決絕的斷裂感。

不論是自我意識、現代主義、後現代主義與女性詩學，詩人創作傾向中存在著一種面向歷史總體性的「斷裂」感，這樣的斷裂感除了來自兩岸戰後詩人遭遇了不同的歷史進程，更肇因於生活經驗與社群想像的不同，因而醞釀出一系列兩岸差／異的現代漢語詩型星雲。

第三節　本書研究成果與研究展望

本書旨將臺灣海峽兩岸現／當代華文詩歌美學，視為一總體又錯動之審美構造，而加以批判性的考察與研究。筆者以「二次戰後至世紀之交」這六十餘年，以「比較詩學」為進路，兩岸華文詩歌及其所經略的題材、聲韻與形式上的創新為經緯，辨明兩岸在新詩領域的「話語形構」與「美學生產」的差異，不但是為戰後兩岸詩人的心靈軌跡與存在境況做出見證，從本書實際的文本分析之中，呈現兩岸戰後詩人試圖超克既定文化霸權秩序所提供之哲學假設的文／言地域化想像。

本書在研究方法上，並非遵循現有兩岸新詩史將兩岸詩人與詩作理論化、概念化，而是強調兩岸戰後跨文化詩學的比較研究。依此，筆者除了參照大量兩岸戰後詩史著作，並以實際的文本分析，逐一檢視兩岸戰後四十餘位詩人與詩作，如何呈現出彼此分殊／差異的「心靈法則」、「現代意識」與「感覺結構」（話語形構），又在相異的文化土壤之上，兩岸詩人出現怎樣分殊／差異的「語言邏輯」、「形式思維」或「表達方式」（美學生產）。

於是，本書試圖突破兩岸詩歌研究原有的「單向視域」研究方法，超越以單一「民族／國家」作為一體的思考，以「兩岸」作為比較的國族／地域範疇，及其向全球延伸之「境外」中文／華文／漢語書寫的話語形構與美學生產。如「問題意識」及「相關文獻回顧」二節所述，在本書對於「臺灣新詩」與「中國新詩」的比較方式，由於「影響研究」目前累積的成果仍極為有限，且目前所累積的研究成果亦並未以「美學」為研究界面與尺度加以貫通，本書因而選擇的是「平行研究」作為方法，以「詩史」與「詩人」作為整本書的總體架構。

本書並非將當代中文／華文／漢語詩歌，視作一個語言上「同文」的屋宇或版圖，而是如同政治現狀，兩岸詩壇看似分治而共存，實則存在著某種深層美學思維與路線上的競合關係。於是，我思考的是，如何以自身於臺灣本土培育的文學訓練與學術素養出發，回應、看待與解讀中國現當代詩，以及如何探勘、發現兩岸詩比較研究的「張力」，重構「兩岸新詩的比較論述」，以作為「世華文學」與「華語語系文學」的研究參照。

「同文」（中文）作為臺灣與中國兩者文化主體的「交涉」平臺，「同文」確實搭建著某種先驗性的民族情節或歷史通感，然而，在這樣「同文」的符號系統底下，考察 1960 年代至世紀之交這六十餘年的兩岸新詩，兩岸詩人在「現代主義」心靈再現機制的探索、自我的存在圖像與樣貌、挖掘事物意義的深度與力度、在「後現代主義」對語言本體解構策略的多樣性，以及，在「鄉土」與「現實」如何賦予「現代主義」詩歌的批判力與技巧特性上，兩岸皆呈現出獨特而殊異的面貌，本書據此出發，建構出比較研究的向度與視野。

新世紀以來，部分中國詩人在創作的質量上被抬上了世界文壇，主要原因在於中國詩人屢屢遭受威權體制的干預，尤其在八〇年代以後，比起臺灣詩人大幅度解脫了政治意識形態的控制，中國詩人面臨的寫作處境更為艱難。因此，詩歌與現實的界線顯得較不穩定，意象的密度也受到政治力壓抑而顯得趨於稠密且隱蔽。[7]而解嚴後的臺灣新詩，卻能夠如實承接現代、後現代與鄉土的傳統，進一步推進此三個詩學傳統板塊的思想力與表現力。九〇年代以降，隨著政治、社會、經濟的脈動與變化，臺灣詩人在語言上顯然找到了具體的現實「落點」，情感呈示上顯得激情、外露些，而不同於同個時段的中國詩人語言上習慣內聚、收斂，並試圖從語言與世界碰撞的偶然性與敘事性關係中，找尋詩意的微光。

目前對兩岸詩的「比較研究」著力甚深的學者，臺灣方面是楊小濱，而中國方面則是陳仲義。但截至本書完成之際，目前臺灣學界仍未有任何長篇幅的學位論文

7　這裡指稱八〇年代以後中國當代新詩趨於「稠密且隱蔽」的論斷，是指語言與政治的相對關係而言，屬於總體觀察而非全然適用於個別類型或風格（部分詩型如口語詩當然有例外），亦非指稱臺灣新詩寫作中的意象不「稠密」與不「隱蔽」。

或學術專著，處理「兩岸」詩歌美學比較研究的議題。本書意圖突破兩岸新詩研究的盲點，筆者認為，包括都市與鄉村、情慾與性別、記憶與遺忘等主題上，「兩岸詩」的比較研究，必能開展出「異質性」與「同質性」的詮釋辯證能量。也就是說，兩岸詩分屬不同的歷史文化發展方向，兩岸詩早已不是「互為主體」，而是「各為主體」的，也因為「各為主體」，因此才必須有催生「比較研究」研究視野與論述生產的急迫性。

這體現在「華語語系文學」與「世界華文文學」這樣面對「中國性」本質的詩歌生產，所演繹出種種與本質論的「中國性」彼此「歧出」且「競合」的關係，以及中國「境外」華文文學種種折射出異種／端的美學系譜。因此，本書雖未以「華語語系」諸多理論概念作為研究方法，但在「兩岸詩」此一研究視閾下所獲致的研究成果，亦可以「華語語系論述」如何落實到詩歌實際批評與比較研究的參照，亦冀望本書未來可以是「華語語系」論述諸多概念辯證下所催生出之「華語語系兩岸詩歌史論」的重要引據文獻之一。

筆者以為，同享漢語文明及漢字文脈的中國與臺灣，兩岸詩人以符號想像建構真實與認同的方式極為不同，在戰後以特定書寫態勢激發各自的傳統與歷史資源的方式不同，彼此之間更隱含差異的歷史進程與文化想像。這具體體現在八〇年代以降，兩岸詩人對於傳統文化的詮釋方式上，以及對特定集體歷史記憶與社會現實進行反思的方式上。

兩岸詩學只能是差異的、辯證式的共存，是既辯證又共存的符號延異風景。因此，即使政治對話能夠列入各自的未來議程，和解的政治是否能創造出文化的趨同性仍在未定之天，兩岸新詩在當代是否能走向匯通、融合與共存的文明知識生產，也不無疑慮。但無論如何，兩岸詩壇在當代皆出現了如何與消費社會及市場價值相調適的問題，這是本書論述未逹之處，亦是未來兩岸詩學研究的重要面向。

參考文獻

一、詩集・選集

（一）臺灣部分

白靈編，《新詩 30 家：臺灣文學三十年菁英選（1978-2008）》（臺北：九歌，2008）。
向明，《向明・世紀詩選》（臺北：爾雅，2000）。
向陽，《向陽詩選（1974~1996）》（臺北：洪範，1999）。
向陽，《亂》（新北市：INK 印刻，2005）。
余光中，《掌上雨》（臺北：文星書店，1964）。
余光中，《掌上雨》（臺北：時報文化，1986）。
余光中，《敲打樂》（臺北：九歌，1986）。
余光中，《天狼星》（臺北：洪範書店，1987）。
余光中，《余光中詩選（1947-1981）》（臺北：洪範書店，2006）。
余光中，《蓮的聯想》（臺北：九歌，2007）。
余光中，《望鄉的牧神》（臺北：九歌，2008）。
余光中，《在冷戰的年代》（臺北，九歌，2019）。
余光中著，陳芳明編選，《余光中六十年詩選》（新北市：INK 印刻文學，2008）。
利玉芳，《活的滋味》（臺北：笠詩刊社，1986）。
利玉芳，《向日葵》（臺南：臺南縣立文化中心，1996）。
利玉芳，《燈籠花：利玉芳詩集》（臺北：釀出版，2016）。
林亨泰著，呂興昌編，《林亨泰全集二・文學論創作卷 2》（彰化：彰化縣立文化中心，1998）。
林亨泰著，呂興昌編，《林亨泰全集四・文學論述卷 1》（彰化：彰化縣立文化中心，1998）。
林亨泰著，呂興昌編，《林亨泰全集五・文學論述卷 2》（彰化：彰化縣立文化中心，1998）。
林亨泰著，呂興昌編，《林亨泰全集六・文學論述卷 3》（彰化：彰化縣立文化中心，1998）。
林亨泰著，呂興昌編，《林亨泰全集七・文學論述卷 4》（彰化：彰化縣立文化中心，1998）。
林亨泰著，呂興昌編，《林亨泰全集八・文學論述卷 5》（彰化：彰化縣立文化中心，1998）。
林燿德，《銀碗盛雪》（臺北：洪範，1987）。
林燿德，《都市終端機》（臺北：書林，1988）。
林燿德，《都市之甍》（臺北：漢光，1989）。
林燿德，《鋼鐵蝴蝶》（臺北：聯合文學，1997）。
青空律（紀弦），《詩誌》第 1 號（臺北：暴風雨出版社，1952）。
洛夫，《石室之死亡》（臺北：聯合文學，2016）。

洛夫，《無岸之河》（臺北：水牛，1986）。
洛夫，《洛夫世紀詩選》（臺北：爾雅，2000）。
桓夫（陳千武），《媽祖的纏足》（臺中：笠詩刊社，1974）。
張默等編，《六十年代詩選》（臺北：大業書店，1973）。
《笠》編輯委員會策劃編譯，《華麗島詩集——中華民國現代詩選》（東京：K. K.若樹書房，1969）。
夏宇，《備忘錄》，（臺北：作者自印，1986）。
夏宇，《腹語術》（臺北：夏宇出版，2014）。
陳黎，《親密書：英譯陳黎詩選 1974-1995》（臺北：書林，1997）。
陳黎，《陳黎詩集 I：1973~1993》（臺北：書林，1998）。
陳黎，《島嶼邊緣》（臺北：九歌，2003）。
陳黎，《陳黎詩集 II：1993~2006》（臺北：書林，2014）。
陳克華，《星球紀事》（臺北：時報文化，1987）。
陳克華，《欠砍頭詩》（臺北：九歌，1995）。
陳克華，《美麗深邃的亞細亞》（臺北：書林，1997）。
陳克華，《我撿到一顆頭顱》（臺北：麥田，2002）。
陳明臺編，《陳千武詩全集（三）》（臺中：臺中市文化局，2003）。
陳明臺編，《陳千武詩全集（四）》（臺中：臺中市文化局，2003）。
陳育虹，《其實，海》（臺北：皇冠，1999）。
陳育虹，《河流進你深層靜脈》（臺北：寶瓶文化，2002）。
陳育虹，《索隱》（臺北：寶瓶文化，2004）。
陳育虹，《之間：陳育虹詩選》（臺北：洪範，2011）。
陳義芝，《不安的居住》（臺北：九歌，1998）。
陳義芝，《陳義芝詩精選集》（臺北：新地文化藝術，2010）。
楊牧，《柏克萊精神》，（臺北：洪範書店，1977）。
楊牧，《楊牧詩集 I 1956-1974》（臺北：洪範，1978）。
楊牧，《楊牧詩集 II 1974-1985》（臺北：洪範，1995）。
楊牧，《有人》（臺北，洪範書店，1986）。
楊牧，《奇萊後書》（臺北：洪範書店，2009）。
楊澤，《薔薇學派的誕生》（新北市：INK 印刻文學，2017）。
楊澤，《彷彿在君父的城邦》（新北市：INK 印刻文學，2017）。
楊熾昌著，呂興昌編，《水蔭萍作品集》（臺南：臺南文化中心，1995）。
鄭炯明編，《臺灣精神的崛起》》（高雄：春暉出版社，1989）。
鄭愁予，《鄭愁予詩集 I:1951-1968》（臺北：洪範書店，2003）。
鄭愁予，《鄭愁予詩集 II:1969-1982》（臺北：洪範書店，2004）。
零雨，《城的連作》（臺北：現代詩季刊社，1990）。
零雨，《消失在地圖上的名字》（臺北：時報文化，1992）。
零雨，《特技家族》（臺北：現代詩季刊社，1996）。
零雨，《木冬詠歌集》（臺北：零雨出版，唐山總經銷，1999）。
零雨，《關於故鄉的一些計算：零雨詩集（2000-2004）》（臺北：零雨出版，2006）。
簡政珍，《季節過後》（臺北：漢光文化，1988）。
簡政珍，《紙上風雲》（臺北：書林，1988）。

簡政珍，《爆竹翻臉》（臺北：尚書文化，1990）。
簡政珍，《歷史的騷味》（臺北：尚書文化，1990）。
簡政珍，《詩的瞬間狂喜》（臺北：時報文化，1991）。
簡政珍，《意象風景》（臺中：臺中市立文化中心，1998）。
顏艾琳，《抽象的地圖》（板橋：臺北縣立文化中心，1994）。
顏艾琳，《骨皮肉》（臺北：時報文化，1997）。
顏艾琳，《她方》（臺北：聯經，2004）。
羅門，《羅門創作大系・卷二》（臺北：文史哲，1995）。
羅青，《錄影詩學》（臺北：書林，1988）。
羅青，《吃西瓜的方法》（臺北：麥田，2002）。
羅任玲，《密碼》（臺北：曼陀羅創意工作室，1990）。
羅任玲，《逆光飛行》（臺北：麥田，1998）。
羅任玲，《一整座海洋的靜寂》（臺北：爾雅，2012）。
羅智成，《畫冊》（臺北：作者自印，1975）。
羅智成，《傾斜之書》（臺北：時報文化，1982）。
羅智成，《黑色鑲金》（臺北：聯合文學，1999）。
羅智成，《光之書》（臺北：天下文化，2000）。
羅智成，《擲地無聲書》（臺北：天下遠見，2000）。
蘇紹連，《茫茫集》（彰化：大昇，1978）。
蘇紹連，《河悲》（臺中：臺中縣立文化中心，1990）。
蘇紹連，《驚心散文詩》（臺北：爾雅，1990）。
蘇紹連等著，簡政珍編，《新世代詩人精選集》（臺北：書林，1998）。
蘇紹連，《童話遊行》（臺北：釀出版，2012）。
蘇紹連，《無意象之城》（臺北：秀威資訊科技，2017）。

（二）中國部分

上海文藝出版社編，《重放的鮮花》（上海：上海譯文出版社，1979）。
于堅，《一枚穿過天空的釘子》（臺北：唐山，1999）。
于堅，《于堅的詩》（北京：人民文學出版社，2000）。
于堅，《還鄉的可能性》（北京：商務印書館，2013）。
王小妮，《我的紙裡包著我的火》（瀋陽：春風文藝出版社，1997）。
王小妮，《安放》（濟南：山東文藝出版社，2007）。
北島，《古老的敵意》（香港：牛津大學出版社，2012）。
北島、李陀編，《七〇年代》（北京：三聯書店，2009）。
北島，《午夜歌手——北島詩選 1972-1994》（臺北：九歌，1995）。
北島，《北島詩選》（廣州：新世紀出版社，1986）。
北島，《守夜：詩歌自選集，1972-2008》（香港：牛津大學出版社，2009）。
北島，《城門開》（香港：牛津大學出版社，2010）。
北島，《履歷：詩選 1972-1988》（北京：三聯書店，2015）。
江河，《從這裡開始》（廣州：花城出版社，1986）。
江河，《太陽和他的反光》（北京：人民文學出版社，1987）。

老木編，《新詩潮詩集》（北京：北京大學五四文學社，1985）。
西渡、郭驊編，《先鋒詩歌檔案》（重慶：重慶出版社，2004）。
多多，《多多詩選》（廣州：花城出版社，2005）。
多多，《里程：多多詩選 1973-1988》（北京：今天編輯部，1989）。
伊蕾，《獨身女人的臥室》（桂林：漓江出版社，1987）。
伊蕾，《叛逆的手》（哈爾濱：北方文藝出版社，1990）。
李亞偉，《紅色歲月：李亞偉詩選》（臺北：秀威資訊科技，2013）。
周倫佑選編，《褻瀆中的第三朵語言花：後現代主義詩歌》（蘭州：敦煌文藝出版社，1994）。
周倫佑選編，《打開肉體之門——非非主義：從理論到作品》（蘭州：敦煌文藝出版社，1994）。
周倫佑，《在刀鋒上完成的句法轉換》（臺北：唐山，1999）。
芒克，《重量：芒克集 1971~2010》（北京：作家出版社，2017）。
芒克，《往事與《今天》》（新北市：INK 印刻文學，2018）。
非馬編，《朦朧詩選》（臺北：新地出版社，1988）。
辛笛等著，《九葉集：四十年代九人詩選》（南京：江蘇人民出版社，1981）。
洪子誠、程光煒編，《朦朧詩新編》（武漢：長江文藝出版社，2004）。
虹影，《快跑，月食》（臺北：唐山，1999）。
郝海彥編，《中國知青詩抄》（北京：中國文學出版社，1998）。
首都大專院校紅代會《紅衛兵文藝》編輯部編，《寫在火紅的戰旗上：紅衛兵詩選》（北京：人民教育印刷廠，1968）。
徐敬亞、孟浪、曹長青、呂貴品編，《中國現代主義詩群大觀：1986-1988》（上海：同濟大學出版社，1988）。
唐亞平著、謝冕編，《黑色沙漠》（瀋陽：春風文藝出版社，1997）。
陸憶敏著、胡亮編，《出梅入夏：陸憶敏詩集》（太原：北岳文藝出版社，2015）
陳東東，《明淨的部分》（長沙：湖南文藝出版社，1997）。
陳東東，《導遊圖》（臺北：秀威資訊，2013）。
陳超編選，《以夢為馬‧新生代詩卷》（北京：北京師範大學出版社，1993）。
陳建華，《陳建華詩選》（廣州：花城出版社，2006）。
崔衛平編選，《蘋果上的豹——女性詩卷》（北京：北京師範大學出版社，1993）。
舒婷，《心煙》（上海：上海文藝出版社，1988）。
舒婷，《中國當代名詩人選集：舒婷》（北京：人民文學出版社，2007）。
黃翔，《我在黑暗中搖滾喧嘩》（臺北：唐山，2002）。
黃翔，《黃翔詩歌總集（上卷）》（香港：世界華語出版社，2017）。
楊煉，《[illegible]》（《易》）（臺北：現代詩社，1994）。
楊煉，《鬼話‧智力的空間（散文‧文論卷）1982-1997》（上海：上海文藝出版社，1998）。
楊煉，《楊煉創作總集：1978~2015（第一卷　海邊的孩子：早期詩及編外詩）》（上海：華東師範大學出版社，2015）。
楊煉，《楊煉創作總集：1978~2015（第二卷　禮魂及其他：中國手稿）》（上海，華東師範大學出版社，2015）。
楊煉，《發出自己的天問：楊煉詩與文論》（臺北：釀出版，2015）。
綠原、牛漢編，《白色花——二十人集》（北京：人民文學出版社，1981）。
翟永明著、唐曉渡編，《稱之為一切》（瀋陽：春風文藝出版社，1997）。

翟永明，《最委婉的詞》（北京：東方出版社，2008）。

翟永明，《登高：翟永明詩選》（臺北：秀威資訊，2013）。

翟永明，《潛水艇的悲傷：翟永明集 1983~2014》（北京：作家出版社，2015）。

韓東，《韓東的詩》（南京：江蘇鳳凰文藝，2015）。

韓東，《你見過大海：韓東集（1982~2014）》（北京：作家出版社，2015）。

謝冕、唐曉渡編，《在黎明的銅鏡中——「朦朧詩」卷》（北京：北京師範大學出版社，1993）。

謝冕主編、王光明分冊主編，《中國新詩總系・第 7 卷（作品）・1979~1989》（北京：人民文學出版社，2009）。

謝冕主編、吳思敬分冊主編，《中國新詩總系・第 9 卷（理論）・1917~2000》（北京：人民文學出版社，2009）。

顧城，《黑眼睛》（北京：人民文學出版社，1986）。

顧城著，顧工編，《顧城詩全編》（上海：三聯書店，1995）。

顧城著，顧鄉編，《顧城詩全集》（南京：江蘇文藝出版社，2010）。

顧城著，張寶云、林婉瑜編，《回家：顧城精選詩集》（新北市：木馬文化，2016）。

二、研究專著

（一）中文部分

丁旭輝，《臺灣現代圖象詩技巧研究》（高雄，春暉出版社，2000）。

丁威仁，《戰後臺灣現代詩史論》（臺中：印書小鋪，2008）。

文訊雜誌社編，《臺灣現代詩史論：臺灣現代詩史研討會實錄》（臺北：文訊，1996）。

毛澤東，《毛澤東選集・第一卷》（北京：人民出版社，1991）。

——，《毛澤東選集・第三卷》（北京：人民出版社，1991）。

——，《毛澤東選集・第五卷》（北京：人民出版社，1966）。

中共中央黨史研究室著，《中國共產黨歷史・第 2 卷（1949-1978）[下冊]》（北京：中共黨史出版社，2011）。

王力堅，《回眸青春：中國知青文學》（新北市：華藝學術出版，2013）。

王文仁，《現代與後現代的游移者：林燿德詩論》（臺北：秀威資訊，2010）。

王元忠，《艱難的現代：中國現代詩歌特徵性個案研究》（北京：中國社會科學，2007）。

王家平，《文化大革命時期詩歌研究》（開封：河南大學出版社，2004）。

王威智編，《在想像與現實間走索》（臺北：書林，1999）。

王德威，《現代抒情傳統四論》（臺北：臺灣大學出版中心，2011）。

四川人民出版社編，《結幫・篡黨・滅亡——揭發批判「四人幫」反黨集團雜文集》（成都：四川人民出版社，1977）。

巴赫金（Mikhail Mikhailovich Bakhtin）著、李兆林、夏忠憲等譯，《巴赫金全集·第六卷·拉伯雷研究》（河北省：河北教育出版社，1998）。

古繼堂，《臺灣新詩發展史》（北京：人民文學出版社，1989）。

古繼堂，《簡明臺灣文學史》（北京：時事，2002）。

史雲、李丹慧，《中華人民共和國史・第八卷：難以繼續的「繼續革命」——從批林到批鄧（1972-1976）》

（香港：香港中文大學當代中國研究中心，2008）。
印紅標，《失蹤者的足跡：文化大革命期間的青年思潮》（香港：中文大學出版社，2009）。
伊哈布・哈山（Ihab Hassan）著，劉象愚譯，《後現代轉向——後現代理論與文化論文集》（臺北：時報文化，1993）。
江文瑜編，《詩在女鯨躍身擊浪時》（臺北：書林，1998）。
江自得等編，《重生的音符：解嚴後笠詩選》（高雄：春暉出版社，2009）。
朱大可，《燃燒的迷津》（上海：學林出版社，1991）。
朱學勤，《思想史上的失蹤者》（廣州：百花出版社，1999）。
朱棟霖、丁帆、朱曉進主編，《中國現代文學史 1917-1997（下冊）》（北京：高等教育出版社，1999）。
朱棟霖、丁帆、龍泉明主編，《中國現代文學史：1917-2000（下）》（北京：北京大學出版社，2007）。
阮美慧，《戰後臺灣「現實詩學」研究：以笠詩社為考察中心》（臺北：臺灣學生書局，2008）。
阿君・阿帕度萊（Arjun Appadurai）著，鄭義愷譯，《消失的現代性：全球化的文化向度》（臺北：群學，2009）。
余光中編，《中華現代文學大系（貳）——臺灣一九八九～二〇〇三——評論卷（一）》（臺北：九歌，2003）。
呂興昌編，《林亨泰研究資料彙編》（彰化：彰化縣立文化中心，1994）。
呂周聚編，《朦朧詩歷史檔案——新時期朦朧詩論爭文獻史料輯》（北京：人民出版社，2016）。
吳思敬編選，《磁場與魔方》（北京：北京師範大學出版社，1993）。
吳思敬，《走向哲學的詩》（北京：學苑出版社，2002）。
宋永毅，《文化大革命和它的異端思潮》（香港：田園書屋，1997）。
杜國清，《臺灣文學與世華文學》（臺北：臺大出版中心，2015）。
杜國清，《詩論・詩評・詩論詩》（臺北：臺大出版中心，2010）。
杜鴻林，《風潮盪落（1955-1979）：中國知識青年上山下鄉運動史》（深圳：海天出版社，1993）。
李騫，《20 世紀中國新詩流派研究》（北京：中國社會科學出版社，2012）。
李元貞，《女性詩學：臺灣現代女詩人集體研究（1951~2000）》。
李清秋，《黑夜給了我黑色的眼睛：顧城詩傳》（北京：石油工業出版社，2015）。
李建立編，《朦朧詩研究資料》（南昌：百花洲文藝出版社，2017）。
李振聲，《季節輪換：「第三代」詩敘論》（上海：學林出版社，1996）。
李瑞騰編，《聽我胸中的烈火——余光中教授紀念文集》（臺北：九歌，2018）。
李奭學主編，《異地繁花：海外臺灣文論選譯（下）》（臺北：國立臺灣大學出版中心，2012）。
李癸雲，《朦朧、清明與流動：論臺灣現代女性詩作中的女性主體》（臺北：萬卷樓，2002）。
李癸雲，《結構與符號之間：臺灣現代女性詩作之意象研究》（臺北：里仁，2008）。
李豐楙、劉苑如編，《空間、地域與文化——中國文化空國的書寫與闡釋》（臺北：中央研究院中國文哲研究所，2002）。
亞思明，《大海深處放飛的翅膀：北島與《今天》的文學流變》（臺北：秀威資訊科技，2020）。
孟繁華，《新世紀文學論稿：作家與作品》（北京：中國社會科學出版社，2017）。
林巾力，《福爾摩沙詩哲林亨泰》（臺北：INK 印刻，2007）。
林水福、中國青年寫作協會編，《林燿德與新世代作家文學論：悼念一顆耀眼文學之星的殞滅》（臺北：行政院文化建設委員會，1997）。
林水福編，《兩岸後現代文學研討會論文集》（臺北：輔仁大學外語學院，1998）。
林水福、林燿德編，《蕾絲與鞭子的交歡——當代臺灣情色文學論》（臺北：時報，1997）。

林燿德，《一九四九以後》（臺北：爾雅，1986）。
林燿德，《不安海域》（臺北：師大書苑，1988）。
林燿德，《重組的星空：林燿德論評選》（臺北：業強，1991）。
林淇瀁，《書寫與拼圖：臺灣文學傳播現象研究》（臺北：麥田，2001）。
林淇瀁，《場域與景觀：臺灣文學傳播現象再探》（臺北：印刻，2014）。
東海大學中國文學系編，《苦悶與蛻變：六〇、七〇年代臺灣文學與社會》（臺北：文津，2007）。
波特萊爾著，郭宏安譯，《1846 年的沙龍》（桂林：廣西師範大學出版社，2002）。
波特萊爾著，陳太乙譯，《現代生活的畫家：波特萊爾文集》（臺北：麥田，2016）。
於可訓，《中國大陸當代詩學》（臺北：秀威資訊科技，2013）。
孟樊、林燿德編，《世紀末偏航——八〇年代臺灣文學論》（臺北：時報文化，1990）。
孟樊編，《當代臺灣評論大系（4）：新詩批評卷》（臺北：正中書局，1993）。
孟樊，《當代臺灣新詩理論》（臺北：揚智，1995）。
孟樊，《臺灣後現代詩的理論與實際》（臺北：揚智文化，2003）。
孟樊、楊宗翰，《台灣新詩史》（新北市：聯經，2022）。
柯雷（Maghiel van Crevel）著，張曉紅譯，《精神與金錢時代的中國詩歌：從 1980 年代到 21 世紀初》（北京：北京大學出版社，2017）。
柯慶明、蕭馳編，《中國抒情傳統的再發現》（臺北：臺大出版中心，2009）。
姚家華編，《朦朧詩論爭集》（北京：學苑出版社，1989）。
胡賽爾（Edmond Husserl）著，李幼蒸譯，《純粹現象學通論》（北京：商務印書館，1992）。
柏樺，《左邊：毛澤東時代的抒情詩人》（香港：牛津大學出版社，2001）。
洪子誠、劉登翰著，《中國當代新詩史（修訂版）》（北京：北京大學出版社，2005）。
洪子誠，《1956：百花時代》（濟南：山東教育出版社，1998）。
洪淑苓，《思想的裙角——臺灣現代女詩人的自我銘刻與時空書寫》（臺北：臺大出版中心，2014）。
洪淑苓，《孤獨與美——臺灣現代詩九家論》（臺北：釀出版，2016）。
姜華宣、張尉萍、蕭甡編，《中國共產黨重要會議紀事（1921-2011）》（北京：中央文獻出版社，2011）。
侯吉諒編，《洛夫「石室之死亡」及相關重要評論》（臺北：漢光，1997）。
封德屏編，《臺灣現代詩史論》（臺北：文訊雜誌社，1996）。
奚密，《現當代詩文錄》（臺北：聯合文學，1998）。
奚密，《臺灣現代詩論》（香港：天地圖書有限公司，2009）。
徐復觀，《中國人性論史‧先秦篇》（臺北：臺灣商務印書館，1999）。
徐曉、丁東、徐友漁編，《遇羅克著作與回憶》（北京：中國文聯出版社，1999）。
徐瑞岳、徐榮街編，《中國現代文學辭典》（徐州：中國礦業大學出版社，1988）。
唐曉渡，《唐曉渡詩學論集》（北京：中國社會科學出版社，2001）。
翁文嫻，《間距詩學：遙遠異質的美感體驗探索》（臺北：開學文化，2020）。
崔衛平，《看不見的聲音》（杭州：浙江人民出版社，2000）。
崔衛平，《積極生活》（北京：中國人民大學出版社，2003）。
高友工，《中國美典與文學研究論文集》（臺北：臺大出版中心，2016）
馬紹璽、胡彥編著，《以個人的方式想像世界：于堅的詩與一個時代》（北京：生活書店出版有限公司，2015）。
陳千武，《臺灣新詩論集》（高雄：春暉，1997）。
陳大為，《亞洲閱讀：都市文學與文化（1950-2004）》（臺北：萬卷樓，2004）。

陳大為，《中國當代詩史的典律生成與裂變》（臺北：萬卷樓，2009）。
陳子善編，《詩人顧城之死》（上海：人民出版社，1993）。
陳世驤著，楊牧編，《陳世驤文存》（臺北：志文出版社，1972）。
陳世驤著，張暉編，《中國文學的抒情傳統：陳世驤古典文學論集》（北京：三聯書店，2015）。
陳旭光，《快餐館裡的冷風景：詩歌詩論選》（北京：北京大學出版社，1994）。
陳思和，《還原民間：文學的省思》（臺北：東大圖書，1997）。
陳春秋水，《一場盛世的狂歡：從顧城到海子》（北京：現代，2016）。
陳芳明，《後殖民臺灣：文學史論及其周邊》（臺北：麥田，2002）。
陳芳明，《臺灣新文學史》（臺北：聯經，2011）。
陳芳明編，《練習曲的演奏與變奏：詩人楊牧》（臺北：聯經，2012）。
陳芳明，《美與殉美》（臺北：聯經，2015）。
陳芳明，《現代主義及其不滿》（臺北：聯經，2019）。
陳幸蕙編，《七十三年文學批評選》（臺北：爾雅，1985）。
陳義芝，《從半裸到全開——臺灣戰後世代女詩人的性別意識》（臺北：臺灣學生書局，1999）。
陳義芝編，《臺灣文學經典研討會論文集》（臺北：聯經，1999）。
陳義芝，《聲納：臺灣現代主義詩學流變》（臺北：九歌，2006）。
陳義芝，《現代詩人結構》（臺北：聯合文學，2010）。
陳義芝，《風格的誕生——現代詩人專題論稿》（臺北：允晨，2017）。
陳超，《精神重力與個人詞源：中國先鋒詩歌論》（臺北：秀威文創，2013）。
陳超，《打開詩的漂流瓶——現代詩研究論集》（河北：河北教育出版社，2003）。
陳超編選，《最新先鋒詩論選》（石家莊：河北教育出版社，2003）。
陳思和，《當代大陸文學史教程：1949-1999》（臺北：聯合文學，2001）。
陳仲義，《中國朦朧詩人論》（南京：江蘇文藝，1996）。
許又方編，《美的辯證：楊牧文學論輯》（臺北：臺灣學生書局，2019）。
麥子，《顧城詩傳：我用黑色的眼睛尋找光明》（北京：時事，2014）。
莊柔玉，《中國當代朦朧詩研究：從困境到求索》（臺北：大安，1993）。
現代漢詩百年演變課題組編，《現代漢詩：反思與求索》（北京：作家出版社，1998）。
張新，《20 世紀中國新詩史》（上海：復旦大學出版社，2009）。
張濤編，《第三代詩歌研究資料》（南昌：百花洲文藝出版社，2017）。
張立群，《1980 年代以來中國女詩人寫作論綱》（新北市：花木蘭文化出版社，2016）。
張漢良，《現代詩論衡》（臺北：幼獅，1977）。
張漢良、孟樊編，《現代詩導讀・批評篇》（臺北：故鄉出版社，1979）。
張誦聖，《文學場域的變遷——當代臺灣小說論》（臺北：聯合文學，2001）。
張誦聖，《現代主義・當代臺灣：文學典範的軌跡》（臺北：聯經，2015）。
張清華，《內心的迷津：當代詩歌與詩學求問錄》（濟南：山東文藝出版社，2002）。
張清華，《中國當代先鋒文學思潮論》（北京：中國人民大學出版社，2014）。
張桃洲，《中國大陸先鋒詩歌簡史（1968-2003）》（臺北：秀威經典，2019）。
張棗著、亞思明譯，《現代性的追尋：論 1919 年以來的中國新詩》（成都：四川文藝出版社，2020）。
張淑香，《抒情傳統的省思與探索》（臺北：大安出版社，1992）。
張靜如編，《中國共產黨全國代表大會史叢書：從一大到十七大》（瀋陽：萬卷，2008）。
張曉紅，《互文視野中的女性詩歌》（桂林：廣西師範大學出版社，2008）。

程光煒，《中國當代詩歌史》（北京：中國人民大學出版社，2003）。
程光煒，《文學講稿：「八十年代」作為方法》（北京：北京大學出版社，2009）。
湖南人民出版社編，《澈底揭發批判王張江姚反黨集團》（長沙：湖南人民出版社，1976）。
須文蔚，《臺灣文學傳播論》（臺北：二魚文化，2009）。
須文蔚編選，《臺灣現當代作家研究資料彙編 50・楊牧》（臺南：臺灣文學館，2013）。
琳達・哈琴（Linda Hutcheon）著，李楊、李鋒譯，《後現代主義詩學：歷史・理論・小說》（南京：南京大學出版社，2009）。
黃俊傑，《東亞儒學視域中的徐復觀及其思想》（臺北：臺大出版中心，2018）。
黃維樑編，《璀璨的五彩筆：余光中作品評論集（1979-1993）》（臺北：九歌，1994）。
黃維樑編，《火浴的鳳凰》（臺北：純文學出版社，1979）。
黃維樑，《壯麗：余光中論》（香港：文思出版社，2014）。
黃黎方編，《朦朧詩人顧城之死》（廣州，花城出版社，1994）。
彭金山等編，《1949-2000 年中國詩歌研究》（上中下冊）（蘭州：敦煌文藝，2008）。
傅正明，《黑暗詩人：黃翔研究文集》（崑崙出版社・世界華語出版社，2019）。
敬文東，《詩歌在解構的日子裡》（北京：北京大學出版社，2008）。
敬文東，《道旁的智慧——敬文東詩學論集》（臺北：秀威資訊科技，2010）。
楊牧，《傳統的與現代的》（臺北：洪範，1979）。
楊牧，《文學知識》（臺北：洪範書店，1979）。
楊嵐伊，《語境的還原：北島詩歌研究》（臺北：秀威資訊，2010）。
楊照，《夢與灰燼——戰後文學史散論二集》（臺北：聯合文學，1998）。
楊健，《中國知青文學史》（北京：中國工人出版社，2002）。
楊健，《墓地與搖籃：文化大革命中的地下文學》（北京：朝華出版社，1993）。
楊露，《革命路上：翻譯現代性、閱讀運動與主體性重建（1949-1979）》（北京：中央編譯，2015）。
楊小濱，《歷史與修辭》（蘭州：敦煌文藝出版社，1999）。
楊小濱，《語言的放逐：楊小濱詩學短論與對話》（臺北：釀出版，2012）。
楊小濱，《慾望與絕爽：拉岡視野下的當代華語文學與文化》（臺北：麥田，2013）。
楊小濱，《朝向漢語的邊陲：當代詩敘論與導讀》（臺北：釀出版，2021）。
楊宗翰，《臺灣新詩評論：歷史與轉型》（臺北：新銳文創，2012）。
楊嵐伊，《語境的還原：北島詩歌研究》（臺北：秀威資訊，2010）。
趙鼎新，《合法性的政治：當代中國的國家與社會關係》（臺北：臺大出版中心，1997）。
葉石濤，《臺灣文學史綱》（高雄：春暉，1998）。
廖亦武編，《沉淪的聖殿：中國 20 世紀 70 年代地詩歌遺照》（烏魯木齊：新疆青少年出版社，1999）。
彰化師範大學國文學系、臺灣文學研究所編，《看似尋常，最奇堀——林亨泰詩與詩學國際學術研討會論文集》（臺北：五南，2009）。
彰化師範大學國文學系編，《第六屆現代詩學研討會論文集：臺灣前行代詩家論》（臺北：萬卷樓，2003）。
鄭毓瑜，《引譬連類：文學研究的關鍵詞》（臺北：聯經，2012）。
鄭慧如，《身體詩論：1970~1999》（臺北：五南，2004）。
鄭慧如，《臺灣現代詩史》（新北市：聯經，2019）。
廖咸浩，《愛與解構：當代臺灣文學評論與文化觀察》（臺北：聯合文學，1995）。
劉禾編，《持燈的使者》（桂林市：廣西師範大學出版社，2009）。
劉波，《「第三代」詩歌研究》（保定：河北大學出版社，2012）。

劉春，《一個人的詩歌史》（臺北：龍圖騰文化，2014）。
劉紀蕙，《孤兒・女神・負面書寫——文化符號的徵狀式閱讀》（臺北：立緒文化，2000）。
劉森堯、梁永安譯，《啟蒙運動（上）：現代異教精神的崛起》（新北市：立緒文化，2019）。
劉正忠編，《臺灣現當代作家研究資料彙編 33・洛夫》（臺南：臺灣文學館，2013）。
劉正忠，《現代漢詩的魔怪書寫》（臺北：臺灣學生書局，2010）。
蔡翔，《革命／敘述：中國社會主義文學–文化想像（1949-1966）》（北京：北京大學出版社，2010）。
蔣登科，《重慶詩歌訪談》（重慶：重慶大學出版社，2013）。
錢理群，《毛澤東時代和後毛澤東時代（1949-2009）——另一種歷史書寫（下）》（臺北：聯經，2012）。
霍俊明，《先鋒詩歌與地方性知識》（濟南：山東文藝出版社，2017）。
霍俊明，《變動、修辭與想像：中國當代新詩史寫作問題研究》（臺北：新銳文創，2013）。
蕭蕭，《臺灣現代詩美學》（臺北：爾雅，2004）。
蕭蕭、白靈、羅文玲編，《〈錯誤〉的驚喜：鄭愁予詩學論集》（臺北：萬卷樓，2013）。
蕭蕭、白靈、羅文玲編，《愁予的傳奇：鄭愁予詩學論集 3》（臺北：萬卷樓，2013）。
蕭蕭、白靈、羅文玲編，《愁予的傳奇：鄭愁予詩學論集 4》（臺北：萬卷樓，2013）。
蕭開愚、臧棣、孫文波編，《中國詩歌評論：從最小的可能性開始》（北京：人民文學出版社，2000）。
鍾玲，《現代中國繆思——臺灣女詩人作品析論》（臺北：聯經，1989）
簡政珍、林燿德編，《臺灣新世代詩人大系（上）》（臺北：書林，1990）。
簡政珍，《臺灣現代詩美學》（臺北：揚智文化，2004）。
羅青，《詩人之燈》（臺北：三民，1988）。
羅青，《什麼是後現代主義》（臺北：五四書店，1989）。
羅秀美，《文明・廢墟・後現代：臺灣都市文學簡史》（臺南：國立臺灣文學館，2013）。
羅振亞，《中國現代主義詩歌史論》（北京：社會科學文獻出版社，2002）。
羅振亞，《大陸當代先鋒詩歌論》（新北市：花木蘭出版社，2016）。
蘇其康、王儀君、張錦忠等編，《望鄉牧神之歌：余光中作品評論與研究》（臺北：九歌，2018）。
璧華、楊零編，《崛起的詩群：中國當代朦朧詩與詩論選集》（香港：當代文學研究社，1984）。
顧愛彬、李瑞華譯，《現代性的五副面孔》（北京：商務印書館，2002）。

（二）外文部分

Amin, Samir. *Global History: A View from the South*. Cape Town, South Africa: Pambazuka Press. 2011.
Ashcroft, Bill., Griffiths, Gareth. and Tiffin, Helen. *The Empire Writes Back: Theory and Practice in Post-Colonial Literatures*. London: Routledge. 2002.
Bell, Daniel. *The Cultural Contradiction of Capitalism*. New York: Basic Books, 1976.
de Beauvoir, Simone. tr. and ed. Parshley. H. M. *The Second Sex*. New York: Vintage Books, 1989.
Benjamin, Walter. tr. by Osborne, John. *The Origin of German Tragic Drama*. Lodon. NewYork: Verso, 1997.
Bernstein, Charles. ed., *Close Listenings: Poetry and the Performed Word*. New York: Oxford University Press, 1998.
Bly, Robert. *American Poetry: Wildness and Domesticity*. New York: Harper & Row, 1990.
Bond., Bruce. *Plurality and the Poetics of Self.,* Cham: Springer International Publishing, 2019.
Butler, Judith. *Gender Trouble: Feminism and the Subversion of Identity*. New York: Routledge, 1999.
Calinescu, Matei. *Five Faces of Modernity: Modernism, Avant-Garde, Decadence, Kitsch and Postmodernism.* Durham: Duke University Press,1996.

Cixous., Hélène. in ed. Sellers, Susan. *The Hélène Cixous Reader*. London: Routlege, 2003.

Crevel, Maghiel van. *Language Shattered: Contemporary Chinese Poetry and Duoduo*. Leiden: Research School CNWS., 1996.

Deborah S. Davis et al. ed. *Urban spaces in contemporary China: the Potential for Autonomy and Community in post-Mao China*. Washington, D.C.: Woodrow Wilson Center Press; Cambridge; New York: Cambridge University Press, 1995.

Deleuze, Gilles. and Guattari. Felix. tr. Massumi, Brian. *A Thousand Plateaus: Capitalism and Schizophrenia.* Minneapolis: University of Minnesota Press, 1987.

Derrida, Jacques. *Specters of Marx: The State of the Debt, The Work of Mourning & the New International.* Tr. Kamuf, Paggy. New York: Routledge., 1994.

Derrida, Jacques. tr. Bass., Alan. *Writing and difference*. London: Routledge, 2001.

Derrida, Jacques. tr. Spivak, Gayatri. *Of Grammatology*. Baltimore: Johns Hopkins University Press, 2016.

Eliot, T. S., *Selected Essays*. London: Faber and Faber Ltd., 1934.

Frisby., David. *Fragments of Modernity: Theories of Modernity in the Work of Simmel, Kracauer and Benjamin.*, Cambridge: Polity Press, 1985.

Giddens, Anthony., *Modernity and Self-Identity: Self and Society in the Late Modern Age*. Cambridge: Polity Press, 1991.

Guobin, Yang. *The Red Guard Generation and Political Activism in China*. New York: Columbia University Press, 2016.

Goodman., David S. *Beijing Street Voices: The Poetry and Politics of China's Democracy Movement*. New York: Marion Boyars Publishers.

Hutcheon, Linda. *Irony's Edge: The Theory and Politics of Irony*. London: Routledge, 1994.

Hutcheon, Linda. *The Politics of Postmodernism*. London: Routledge, 2002.

Irigaray, Luce. tr. Catherine Porter., Carolyn Burke. *This Sex Which is Not One*. Ithaca: Cornell UP, 1985.

Irigaray, Luce. tr. Carolyn Burke and Gillian Gill. *An Ethics of Sexual Difference.* Ithaca: Cornell UP., 1993.

Jakobson., Roman. ed. Krystyna Pomorska and Stephen Rudy. *Language in literature.* Cambridge, Mass.: Belknap Press, 1987.

Jameson., Fredric. *Postmodernism, or the Cultural Logic of Late Capitalism.* Durham, NC: Duke University Press, 1991.

Klein, Lucas., & van Crevel, Maghiel, ed. *Chinese Poetry and Translation: Rights and Wrongs.* Amsterdam: Amsterdam University Press, 2019.

Kristeva, Julia. in ed. Moi, Toril. *The Kristeva Reader*. New York: Columbia University Press, 1986.

Lacan, Jacques. *Écrits*., tr. Bruce Fink. New York: W. W. Norton & Company, 2006.

Lifton, Robert Jay. *The Protean Self: Human Resilience in an Age of Fragmentation*. New York: Basic Books, 1993.

Lyotard, Jean-Francois. tr. Bennington., Geoff. and Massumi., Brian. *The Postmodern Condition: A Report on Knowledge.* Minneapolis: University of Minnesota Press, 1984.

Meisner, Maurice. *Mao's China and After: A History of the People's Republic*. New York: Free Press, 1999.

Miller. Nancy K. *Subject to Change: Reading Feminist Writing*. New York: Columbis University Press., 1988.

Osborne, Peter. *The Politics of Time: Modernity & Avant-Garde*. London; New York: Verso, 1995.

Plath, Sylvia. ed. Hughes, Ted. *Collected Poems.* New York: HarperCollins Publishers Ltd., 2018.

Rabinow, Paul. (ed.) *The Foucault Reader*. New York: Pantheon Books., 1984.

Reiss Hans., ed. *Kant: Political Writings*. tr. Nisbet., H.B. New York: Cambridge University Press., 1991.

Showalter, Elaine. *A Literature of their Own: British Women Novelists from Brontë to Lessing*. Princeton, N.J.: Princeton University Press, 1977.

Showalter, Elaine., ed. *The New Feminist Criticism: Essays on Women, Literature, and Theory*. New York: Pantheon, 1985.

Steiner, George. *After Babel: Aspects of Language and Translation*. Oxford; New York: Oxford University Press, 1998.

Strong, Beret E. *The poetic Avant-Garde: the Groups of Borges, Auden, and Breton*. Evanston, Illinois.: Northwestern University Press, 1997.

Strauss, Claude Levi-. *The Savage Mind.* trans. Weidenfeld, George. and Nicolson Ltd. Chicago: University of Chicago Press, 1966.

Taylor, Charles., *Sources of the Self: the Making of the Modern Identity*. Cambridge: Cambridge University Press, 1989.

Walder, Andrew G., ed. *Fractured Rebellion: The Beijing Red Guard Movement*. Cambridge, Mass.: Harvard University Press, 2009.

Wallerstein, Immanuel. *The Modern World-System: Capitalist Agriculture and the Origins of the European World-Economy in the Sixteenth Century*. New York: Academic Press.

Woolf, Virginia. A Room of One's Own. London: Grafton, 1977.

Yeh, Michelle. *Modern Chinese Poetry: Theory and Practice since 1917*. New Haven: Yale UP., 1991.

三、期刊論文

（一）中文部分

一平，〈孤立之境——讀北島的詩〉，《詩探索》2003 年 3-4 輯（2003.11.15），頁 144-163。

丁旭暉，〈在天地性靈之間：楊牧情詩的巨大張力〉，《國文學誌》23 期（2011.12），頁 1-28。

于堅，〈談談我的《羅家生》〉，《滇池》19961 年 11 期（1996.11），頁 48-50。

王幹，〈歷史・瞬間・人——論北島的詩〉，《文學評論》1986 年 3 期（1986.06.30），頁 53-59。

王芳玲，〈食指早期詩歌意象的借用與轉化——以〈海洋三部曲〉和〈魚兒三部曲〉為例〉，《語文學刊》2010 年 9 期（2010.05）。

王光明、荒林，〈兩性對話：中國女性文學十五年〉，《文藝爭鳴》1997 年 5 期（1997.09），頁 4-11。

王光明，〈論「朦朧詩」與北島、多多等人的詩〉，《江漢大學學報（人文科學版）》第 25 卷 3 期（2006.3），頁 5-10。

王建永，〈從「童心」到「童話」——論顧城詩歌創作的童心視角〉，《當代文壇》2009 年 04 期（2009.07.01），頁 111-115。

王穎慧，〈「中國手稿」裡的美洲血統——論楊煉早期詩歌美學的譜系繼承問題〉，《臺灣詩學學刊》14 期（2009.12），頁 127-170。

王穎慧，〈楊煉「同心圓」的構成與實踐：正典《易》的接受與《符號略》理念模式〉，《中國現代文學》17 期（2010），頁 35-59。

王曉漁，〈詩壇的春秋戰國——當代上海的詩歌場域（1980-1989）〉，《揚子江評論》2007 年 2 期（2007.04），頁 49-56。

尹根德，〈美國深度意象派詩歌對中國第三代詩人的影響——以陳東東為例〉，《比較文學與跨文化研究》第 1 卷 2 期（2017.12），頁 77-82。

戈雪，〈一個純真脆弱的童話世界：論顧城的詩〉，《江漢大學學報》17.4（2000），頁 69-72。

白靈，〈介入與抽離——從簡政珍的詩看中生代詩人的說與不說〉，《臺灣詩學學刊》9 期（2007.06），頁 5-27。

本社，〈五年之後〉，《創世紀》（1956.10）。

本社，〈古剎的竹掃〉，《笠》1 期（1964.6），頁 3-4。

本社，〈笠下影 3：桓夫作品介紹〉，《笠》3 期（1964.10）。

本社，〈新即物主義〉，《笠》23 期（1968.2）。

本社，〈詩刊與理想與使命〉《笠》50 期（1972.08），頁 148-150；145。

本刊記者，〈辦好文學期刊，促進「百花齊放，百家爭鳴」〉，《文藝報》23 期（1956）。

石天河，〈重評「諾日朗」〉，《當代文壇》9 期（1984.09.27），頁 14-20。

向以鮮，〈神祕的陶罐——當代詩歌意象的歷史文化詮釋之一〉，見老木編，《當代文壇》2007 年 6 期（2007.11.05），頁 150-154。

伊蘭・修華特（Elaine Showalter）著，張小虹譯，〈荒野中的女性主義批評〉，《中外文學》第 14 卷 10 期（1986.03），頁 77-85。

宋壘，〈與何其芳、卞之琳同志商榷〉，《詩刊》10 期（1958.10）。

利玉芳，〈卷頭語：女性與詩・詩與女性〉，《臺灣現代詩》21 期（2010.03），頁 1。

吳思敬，〈舒婷：呼喚女性詩歌的春天〉，《文藝爭鳴》2000 年 1 期（2000.01），頁 64-67。

吳思敬、李小雨、周瓚等，〈當下女性詩歌的走向及其他——答《詩潮》編者問〉，《詩潮》2002 年 3-4 月號（總 104 期），頁 34-45。

吳思敬，〈從黑夜走向白晝——21 世紀初的中國女性詩歌〉，《南開學報（哲學社會科學版）》2006 年 2 期（2006.03），頁 44-50。

貝嶺，〈文化大革命中的地下詩歌〉，《傾向：文學人文季刊》9 期（1997.06），頁 1-17。

李蓉，〈以「身體」為源：論翟永明的性別之詩〉，《中國文學批評》2015 年 4 期（2015.12），頁 25-34。

李震，〈處子・莽漢・玩兒命詩學——重讀李亞偉〉，《涪陵師范學院學報》2006 年 6 期（2006.11），頁 78-99。

李元洛，〈傳統與現代的交融——略論陳義芝的詩〉，《文訊》104 期（1994.06），頁 7-11。

李恆久，〈郭路生和他的早期詩〉，《黃河》1997 年 1 期（1997.02），頁 175-182。

李振聲，〈徘徊在時代的邊緣〉，《二十一世紀》110 期（2008.12），頁 132-138。

李潤霞，〈頹廢的紀念與青春的薄奠——論多多在「文化大革命」時期的詩歌創作〉，《江漢論壇》2008 卷 12 期（2008.12），頁 103-106。

李癸雲，〈蘇紹連詩中的存在悲劇感〉，《臺灣詩學季刊》27 期（1999.06），頁 177-192。

李癸雲，〈參差對照的愛情變奏——析論夏宇的互文情詩〉，《國文學誌》23 期（2011.12），頁 65-99。

李癸雲，〈賦詩言志，重新排練——論零雨詩作的反抗意涵〉，《國文學報》56 期（2014.12），頁 197-210。

村野四郎著，陳千武譯，《體操詩集》（全），《笠》39 期（1964.6）。

林巾力，〈想像「現代詩」：以林亨泰五〇年代的「現代主義」建構為例〉，《中外文學》35 卷 2 期（2006.07），頁 111-140。

林巾力，〈主知、現實、超現實：超現實主義在戰前臺灣的實踐〉，《臺灣文學學報》第 15 期（2009.12），頁 79-109。
林巾力，〈「反諷」詩學的探討——兼以陳黎的詩作為例〉，《文史臺灣學報》11 期（2017.12），頁 181-214。
林秀蓉，〈大地關懷與女鯨詩篇：論利玉芳詩的創作意識〉，《屏東文獻》18 期（2014.12），頁 133-152。
林淇瀁（向陽），〈七十年代現代詩風潮試論〉，《文訊》12 期（1984.06），頁 47-76。
林淇瀁，〈八〇年代臺灣現代詩風潮試論〉，《臺灣史料研究》9 期（1997.05），頁 98-118。
林淇瀁，〈臺灣新詩風潮的溯源與鳥瞰〉，《中外文學》28 卷 1 期（1999.06），頁 70-112。
林莽，〈食指論〉，《詩探索》1998 年 1 期，頁 54-64。
林賢治，〈北島與《今天》——詩人論之一〉，《當代文壇》2007 卷 2 期（2007.03），頁 23-28。
林燿德，〈黑色自白書〉，《文藝月刊》208 期（1986），頁 58。
周瓚，〈翟永明：編織詞語與激情的詩人〉，《名作欣賞》2011 年 4 期（2011.02），頁 103-105。
易彬，〈『命運』之書：食指詩歌論稿——兼及當代詩歌史寫作的相關問題〉，《揚子江評論》2018 年 6 期（no.73），頁 62-71。
青空律（紀弦），〈詩論三題〉，《詩誌》第 1 號（臺北：暴風雨出版社，1952），頁 3。
紀弦，〈現代派信條釋義〉，《現代詩》13 期（1956.2）。
柯慶明，〈根之茂者其實遂——論陳義芝的詩〉，《臺灣詩學季刊》第 35 期（2001.06），頁 146-160。
洛夫，〈建立新民族詩型之芻議〉，《創世紀》第 5 期（1956.3）。
洛夫，〈再論新民族詩型〉，《創世紀》第 6 期（1956.6）。
洛夫，〈超現實主義與中國現代詩〉，《幼獅文藝》30:6（1969.6）。
洪子誠，〈北島早期的詩〉，《海南師範學院學報（社會科學版）》第 18 卷總 75 期（2005.01.30），頁 4-10。
洪淑苓，〈詩的鈕扣，情的瘡痂——讀陳義芝《青衫》詩集〉，《文訊》18 期（1985.06），頁 141-145。
洪淑苓，〈臺灣女詩人的童話論述〉，《臺灣文學研究集刊》3 期（2007.05），頁 141-168。
洪淑苓，〈臺灣詩人利玉芳的南方經驗與日常書寫〉，The World Literatures and the Global South Conference for the 3rd International Congress，雪梨：雪梨大學語言與文化學院主辦，2019.8.23-25。
洪淑苓，〈零雨《田園／下午五點四十九分》的地理與人文〉，《當代詩學》15 期（2021.03），頁 5-45。
唐谷青（杜國清），〈日本現代詩鑑賞（12）笹澤美明〉，《笠》58 期（1973.12）。
唐亞平，〈我因為愛你而成為女人〉，《詩探索》1995 年 1 期（1995.02），頁 130-134。
唐曉渡，〈女性詩歌：從黑夜到白晝——讀翟永明的組詩〈女人〉〉，《詩刊》1987 年 2 期（1987.03），頁 50-59。
唐曉渡，〈芒克：一個人和他的詩〉，見《詩探索》1995 年 3 期（1995.08），頁 111-133。
唐曉渡，〈顧城之死〉，《當代作家評論》2005 年 6 期，頁 17-25。
許悔之，〈石室內的賦格——初探〈石室之死亡〉兼論洛夫的「黑色時期」〉，《文訊》25 期（1986.08）。
徐友漁，〈異端思潮和紅衛兵的思想轉向〉，《二十一世紀》37 期（1996.10）。
奚密，〈狂風狂暴靈魂的獨白：多多早期的詩與詩學〉，《文藝爭鳴》10 期（2014.10）。
郭世英，〈一星期三天一天，兩天，三天」〉，《詩歌月刊》（2006.01）。
殷小苓，〈千年孤獨之後——對楊煉《禮魂》的探討〉，《讀書》1986 年 8 期（1986.02），頁 71-76。
荒林，〈女性詩歌神話：翟永明詩歌及其意義〉，《詩探索》1995 年 1 期（1995.02），頁 95-103。
陳大為，〈中國當代詩史的後現代論述〉，《國文學報》43 期（2008.06），頁 177-198。
陳大為，〈現代神話史詩的先鋒實驗——江河詩歌的「英雄轉化」與敘事思維〉，《中國現代文學》14 期（2008.12），頁 3-35。
陳允元，〈徬徨者與信仰者——論七、八〇年代之交的楊澤詩及其時代意義〉，《臺灣詩學學刊》13 期（2009.08），頁 57-82。

陳允元，〈問題化「後現代」：以八〇年代中期臺灣「後現代詩」的想像建構為觀察中心〉，《中外文學》42 卷 3 期（2013.09），頁 107-145。
陳仲義，〈海峽兩岸：後現代詩考察與比較〉，《文藝評論》2004 年 3 期（2004.05），頁 36-42。
陳仲義，〈詩說與詩寫互為辯證——簡政珍詩歌論〉，《臺灣詩學學刊》9 期（2007.06），頁 123-140。
陳仲義，〈新世紀大陸女性詩歌的情欲詩寫〉，《當代詩學》4 期（2008.12），頁 3-25。
陳仲義，〈黑夜，及其深淵的魅惑——翟永明詩歌論〉，《南京理工大學學報（社會科學版）》第 22 卷 4 期（2009.08），頁 1-24。
陳政彥，〈析論鄭愁予前期詩作中的古典風格〉，《臺灣詩學學刊》22 期（2013.11），頁 95-124。
陳雀倩，〈女性書寫的延異與衍異——以羅英、夏宇、顏艾琳詩作為例〉，《問學集》9 期（1999.06），頁 117-136。
陳義芝，〈語言與時代的雙重斷裂——林亨泰前衛詩學探查〉，《中外文學》35 卷 2 期（2006.07）。
陳思和，〈試論當代文學史（1949-1976）的「潛在寫作」〉，《文學評論》1999 年第 6 期，頁 104-113。
陳超，〈北島論〉，《文藝爭鳴》2007 年 8 期（2007.09.15），頁 89-99。
陳俊榮（孟樊），〈利玉芳的政治詩〉，《當代詩學》4 期（2008.12），頁 81-104。
陳俊榮（孟樊），〈夏宇的後現代語言詩〉，《中外文學》38 卷 2 期（2009.06），頁 197-227。
陳俊榮（孟樊），〈蘇紹連的散文詩〉，《臺灣詩學學刊》15 期（2010.07），頁 7-30。
陳俊榮（孟樊），〈為現代都市勾繪新畫像——林燿德的都市詩學〉，《人文中國學報》20 期（2014.09），頁 319-342。
陳俊榮（孟樊），〈簡政珍的現象學詩學〉，《臺灣文學學報》30 期（2017.06），頁 1-25。
陳建民，〈詩的心相導向——論簡政珍的《歷史的騷味》〉，《中外文學》21 卷 10 期（1993.03），頁 57-87。
陳建民，〈簡政珍詩中後現代精神的正面導向〉，《興大人文學報》39 期（2007.09），頁 229-250。
陳巍仁，〈「驚心」設計下的典律？——臺灣當代散文詩美學特徵再檢視〉，《中國現代文學》17 期（2010.06），頁 61-78。
陸定一，〈百花齊放，百家爭鳴——一九五六年五月二十六日在懷仁堂的講話〉，《天津大學學報》1956 年 2 期（1956.10），頁 1-13。
啞默，〈貴州方向：中國大陸潛流文學〉，《傾向》9 期（1976.06），頁 57-63。
張松健，〈詩史之際：楊牧的「歷史意識」與「歷史詩學」〉，《中外文學》46 卷 1 期（2017.03），頁 111-145。
張郎郎，〈張郎郎作品〉，《詩選刊》2009 年 10 期（2009.10），頁 6-7。
張清華，〈黑夜深處的火光：六七十年代地下詩歌的啟蒙主題〉，《當代作家評論》（2000.03），頁 48-54。
張清華，〈從精神分裂的方向看——食指論〉，《當代作家評論》2001 年 4 期（2001.07），頁 89-99。
張清華，〈朦朧詩：重新認知的必要和理由〉，《當代文壇》2008 年 5 期（2008.09），頁 33-39。
張桃洲，〈詩人的「手藝」——一個當代詩學觀念的譜系〉，《文學評論》2019 年 3 期，頁 178-188。
張漢良，〈都市詩言談——臺灣的例子〉，《當代》32 期（1982.12），頁 43。
張曉紅、連敏，〈〈女人〉中的女人：翟永明和普拉斯比較研究〉，《中國比較文學》2007 年 1 期（2007.01），頁 106-127。
傅元峰，〈寫給人類的詩——食指詩歌研討會發言紀要〉，《太湖》2010 年 1 期（2010.02），頁 63-71。
傅元峰，〈孱弱的抒情者——對「朦朧詩」抒情骨架與肌質的考察〉，《文藝爭鳴》2013 年 2 期（2013.02.15），頁 76-82。
湯擁華，〈詞語之內的航行——多多詩論〉，《華文文學》2006 年 1 期（2006.02），頁 21-27。
黃錦樹，〈抒情傳統與現代性——傳統之發明，或創造性的轉化〉，《中外文學》34 卷 2 期（2005），頁

157-185。

覃子豪，〈新詩向何處去〉，原載《藍星詩選》第 2 期（1957.8）。

賈鑒，〈多多：張望，又一次提高了圍牆……〉，《華文文學》2006 年 1 期（no.72），頁 28-35。

楚歌，〈傳統、暴力與古典：李亞偉詩歌抒情的核心〉，《涪陵師范學院學報》2006 年 6 期（2006.11），頁 86。

敬文東，〈從「靜安莊」到「落水山莊」——詩人翟永明論〉，《海南師範學院學報（社會科學版）》第 17 卷總 72 期（2004.04），頁 52-56。

楊小濱，〈劫難的寓言：八十年代後期的後朦朧詩〉，《傾向：文學人文季刊》12 期（1999.01），頁 369-386。

楊小濱，〈眾皆革命，我獨恍惚——論陳建華六十年代詩作〉，《上海文化‧新批評》2009 年第 1 期（2009.01），頁 34-36。

楊小濱，〈絕爽及其不滿——當代詩中的身體與色情書寫〉，《臺灣文學研究集刊》14 期（2013.08），頁 71-112。

楊小濱，〈驅力主體的奇境舞臺：陳東東詩中的都市後現代寓言〉，《臺灣詩學學刊》31 期（2018.05），頁 33-56。

楊宗翰，〈零雨的啟示——關於臺灣現代詩中性別議題的思考〉，《創世紀》詩雜誌 120 期（1999 年秋季號），頁 111-119。

楊宗翰，〈楊牧、楊澤與羅智成詩中的現代抒情風貌〉，《文史臺灣學報》11 期（2017.12），頁 153-179。

楊宗翰，〈從女性沉默主體，到以詩自我定位——以四位臺灣當代女詩人為例〉，《臺灣文學研究學報》27 期（2018.10），頁 213-247。

解昆樺，〈藏鋒的童話：顧城寓言故事詩手稿中尾段結構的遮蔽修辭〉，《中山人文學報》37 期（2014.07），頁 99-131。

鄭慧如，〈現實與想像——以簡政珍為主，兼論臺灣中生代詩人之作〉，《詩探索（理論卷）》2008 卷 2 期（2008/12），頁 90-110。

臧棣，〈後朦朧詩：作為一種寫作的詩歌〉，《文藝爭鳴》1996 年 1 期（1996.01），頁 50-59。

臧棣，〈90 年代詩歌：從情感轉向意識〉，《鄭州大學學報（哲學社會科學版）》31 卷 1 期（1998.01），頁 70-71。

齊望，〈評「諾日朗」〉，《文藝報》11 期（1983），頁 72-73。

翟永明，〈女性詩歌與詩歌中的女性意識〉，《詩刊》1989 年 6 期（1989.06），頁 10-11。

翟永明，〈再談「黑夜意識」與「女性詩歌」〉，《詩探索》1995 年 1 期（1995.02），頁 128-129。

翟永明、周瓚，〈詞語與激情共舞——翟永明書面訪談錄〉，《作家》2003 年 4 期（2003.04），頁 7-16。

歐陽江河，〈受控的成長——略論南方詩歌的發展，兼論幾位四川詩人的創作〉，《大拇指》218 期（1986.7.15），第 1~4 版（無頁碼）。

歐陽江河，〈89 後國內詩歌寫作——本土氣質、中年特徵與知識份子身分〉，《花城》1994 年 5 期（1994.10），頁 199。

劉正忠，〈臺灣當代詩的女性體液書寫〉，《清華中文學報》3 期（2009.12），頁 299-354。

劉正忠，〈朝向「後人類詩」——陳克華詩的科幻視域〉，《臺大文史哲學報》78 期（2013.05），頁 75-116。

劉正忠，〈余光中詩的抒情議題〉，《臺大中文學報》54 期（2016.09），頁 223-264。

劉正忠，〈漢字詩學與當代漢詩：從葉維廉到夏宇〉，《中山人文學報》46 期（2019.01），頁 31-58。

劉正忠，〈伏流，重寫與轉化——試論 1950 年代的鄭愁予〉，《清華中文學報》24 期（2020.12），頁 207-262。

蔣登科，〈隱藏了故事的「自敘傳」——虹影詩歌的一種讀法〉，《當代作家評論》2015 年 3 期，頁 59-67。
魯揚，〈莫把腐朽當神奇——組詩〈諾日朗〉剖析〉，《詩刊》1 期（1984.01），頁 53-56。
駱以軍，〈飄移在小城街道裡的囈語——試評楊澤〈1976 記事 1〉〉，《現代詩》，復刊第 15 期（1990.06），頁 27。
霍俊明，〈詩歌語言：特殊話語的頓挫與飛揚〉，《詩刊》2005 年 5 期，頁 58-62。
蕭蕭，〈現代詩的情色美學與性愛描寫〉，《臺灣詩學學刊》9 期（1994.12），頁 10-23。
蕭蕭，〈臺灣詩刊概述〉，《文訊》213 期（2003.07），頁 73-78。
蕭蕭，〈後現代主義的臺灣論述——羅青論〉，《國文學報》10 期（2005.06），頁 105-128。
龍彼德，〈一項空前的實驗〉，《中國文化研究》8 期（1995 夏之卷），頁 94-100。
顏元叔，〈細讀洛夫的兩首詩〉，《中外文學》1 卷 1 期（1972.6），頁 118-134。
羅振亞，〈「複調」意向與「交流」詩學：論翟永明的詩〉，《當代作家評論》2006 年 3 期（2006.05），頁 147-153。
羅振亞，〈飛翔在「日常生活」和「自己的心情」之間——論王小妮的個人化詩歌創作〉，《當代作家評論》2009 年 2 期（2009.02），頁 124-133。
羅振亞，〈詩人翟永明的位置〉，《當代作家評論》2010 年 6 期（2010.11），頁 74-85。
顧彬著（Wolfgang Kubin），〈黑夜意識和女性的（自我）毀滅——評現代中國的黑暗理論〉，《清華大學學報（哲學社會科學版）》第 20 卷 2005 年 4 期（2005.08），頁 48-67。

（二）外文部分

Cixous., Hélène. tr. Keith Cohen and Paula Cohen. “The Laugh of the Medusa” *Signs*., vol. 1, No. 4 (Summer, 1976), pp. 886.
Dian, Li. “Ideology and Conflicts in Bei Dao’s Poetry” *Modern Chinese Literature*, Vol. 9, No. 2 (Fall 1996): 269-385.
Habermas, Jürgen. “Modernity versus Postmodernity.” *New German Critique No.*22 (Winter, 1981): 4-15.
McDougall, Bonnie S. “Dissent Literature: Official and Nonofficial Literature in and about China in the Seventies.” *Contemporary China.* vol. 3 #4 (Winter 1979) : 57.
McDougall, Bonnie S. “Bei Dao’s Poetry: Revelation & Communication.” *Modern Chinese Literature*, Vol. 1, No. 2 (Spring 1985) : 225-252.
Patton, Simon. “The Forces of Production: Symmetry and the Imagination in the Early Poetry of Gu Cheng.” *Modern Chinese Literature and Culture*, Vol. 13, No. 2 (FALL, 2001) : 140-154.
Yu, Shiao-ling. “Voice of Protest: Political Poetry in the Post-Mao Era.” *The China Quarterly*. No. 96 (Dec., 1983): 703-719.

四、學位論文

林銳，《徒然的追尋——零雨的空間詩學研究》（臺中：東海大學中國文學系碩士論文，2010）。
陳允元，《殖民地前衛——現代主義詩學在戰前臺灣的傳播與再生產》（臺北：政治大學臺灣文學研究所博士論文，2017）。
黃文鉅，《記憶的技藝：以夏宇、零雨、鴻鴻為考察》（臺北：政治大學中文研究所碩士論文，2008）。
程波，《先鋒及其語境：中國當代先鋒文學思潮研究》（上海：復旦大學中文系博士論文，2002）。

趙娜，《女性書寫：智性・情感・身體——20 世紀 90 年代女性詩歌引論》（開封：河南大學中國現當代文學博士論文，2014）。

五、報紙與網路資料

北明，〈一個中國自由詩人的故事〉，網路連結：https://sites.google.com/site/chenyuanliang/home/yigeshirendegushi

阿盛，〈溫柔敦厚・抒情傳統——陳義芝〉，《自由時報》，1999.02.12，第 41 版。

張光年，〈關於詩歌問題的討論：在新事物面前——就新民歌和新詩問題和何其芳同志、卞之琳同志商榷〉，《人民日報》1959 年 1 月 28 日，網路連結：https://new.zlck.com/rmrb/news/I7MYL06J.html

孫守紅專訪，〈探祕《啟蒙》的背後——答中國大陸青年學者、文學評論家孫守紅問〉，「地方文革史交流網」，網路連結：http://difangwenge.org/read.php?tid=12967

黃粱，《百年新詩》「第四章　中國先鋒詩歌歷史脈動與精神歷程」，黃粱部落格「野鶴原」，連結：http://huangliangpoem.blogspot.com/2020/08/blog-post_33.html

黃翔，〈致中國當代詩壇的公開信：從艾青、周良沛的文章談起〉，網路連結：http://cn.epochtimes.com/b5/4/1/16/n450054.htm

黃粱，《百年新詩》「第四章　中國先鋒詩歌歷史脈動與精神歷程」，見黃粱部落格「野鶴原」，網路連結：http://huangliangpoem.blogspot.com/2020/08/blog-post_33.html

黃粱，《百年新詩》第三十二章：顧城（1956-）顧城詩四講，網路連結：http://huangliangpoem.blogspot.com/2020/09/1956.html

鄭樹森，〈評陳義芝《遙遠之歌》〉，《中國時報》，1993.10.02，第 22 版。

秀威經典 語言文學類 PG2800 臺灣詩學論叢 24

比較詩學：
兩岸戰後新詩的話語形構與美學生產

作　　者 / 涂書瑋
論叢主編 / 李瑞騰
責任編輯 / 石書豪
圖文排版 / 黃莉珊
封面設計 / 陳香穎

出版策劃 / 秀威經典
發 行 人 / 宋政坤
法律顧問 / 毛國樑　律師
印製發行 / 秀威資訊科技股份有限公司
114 台北市內湖區瑞光路 76 巷 65 號 1 樓
電話：+886-2-2796-3638　傳真：+886-2-2796-1377
http://www.showwe.com.tw
劃撥帳號 / 19563868　戶名：秀威資訊科技股份有限公司
讀者服務信箱：service@showwe.com.tw
展售門市 / 國家書店（松江門市）
104 台北市中山區松江路 209 號 1 樓
電話：+886-2-2518-0207　傳真：+886-2-2518-0778
網路訂購 / 秀威網路書店：https://store.showwe.tw
國家網路書店：https://www.govbooks.com.tw

2022 年 12 月　BOD 一版
定價：850 元

讀者回函卡

國家圖書館出版品預行編目

比較詩學：兩岸戰後新詩的話語形構與美學生產 / 涂書瑋作. -- 一版. -- 臺北市：秀威經典, 2022.12
面；　公分. -- (語言文學類；PG2800) (臺灣詩學論叢；24)
BOD版
ISBN 978-626-95350-8-8(平裝)

1.CST: 詩學　2.CST: 比較詩學

812.18　　　111017088